Escritos de un viejo indecente,
La máquina de follar,
Erecciones, eyaculaciones,
exhibiciones

Charles Bukowski

Escritos de un viejo indecente, La máquina de follar, Erecciones, eyaculaciones, exhibiciones

EDITORIAL ANAGRAMA

BARCELONA

Títulos de las ediciones originales:
Notes of a Dirty Old Man, Essex House, 1969
Erections, Ejaculations, Exhibitions and General Tales of Ordinary Madness
(Selección aprobada por el autor), City Lights Books, San Francisco, 1972

Escritos de un viejo indecente, traducción de J. M. Álvarez Flórez y Ángela Pérez
La máquina de follar, traducción de J. M. Álvarez Flórez y Ángela Pérez
Erecciones, eyaculaciones, exhibiciones, traducción de J. M. Álvarez Flórez y Ángela Pérez

Diseño de la colección: Ggómez. guille@guille01.com
Ilustración: Daniel Burch Caballé

Primera edición de «Escritos de un viejo indecente» en «Contraseñas»: junio 1978
Primera edición de «La máquina de follar» en «Contraseñas»: junio 1978
Primera edición de «Erecciones, eyaculaciones, exhibiciones» en «Contraseñas»: 1978
Primera edición en «Compendium»: octubre 2014

ISBN: 978-84-339-5950-8
Depósito Legal: B. 14326-2014

Printed in Spain

Liberdúplex, S. L. U., ctra. BV 2249, km 7,4 - Polígono Torrentfondo
08791 Sant Llorenç d'Hortons

Escritos de un viejo indecente

PRÓLOGO

Hace más de un año que empezó John Bryan con su periódico underground OPEN CITY en la habitación delantera de una pequeña casa de dos pisos de alquiler. El periódico se trasladó luego a un apartamento de enfrente, luego al distrito comercial de la avenida Melrose. Pero cuelga una sombra. Una sombra, inmensa, lúgubre. El tiraje aumenta pero la publicidad no llega como debería. Al otro extremo, en la parte mejor de la ciudad está el *L.A. Free Press,* ya asentado. Que se lleva los anuncios. Bryan creó su propio enemigo trabajando primero para el *L.A. Free Press* y pasando su tiraje de 16.000 a más del triple. Es como organizar el Ejército Nacional y unirse luego a los revolucionarios. Por supuesto, la batalla no es simplemente OPEN CITY contra FREE PRESS. Si has leído OPEN CITY, sabrás que la batalla es más amplia que eso. OPEN CITY incluye a los grandes tipos, los primeros, y hay algunos muy *grandes* que bajan por el centro de la calle, AHORA, y son unos verdaderos mierdas, además. Es más divertido y más peligroso trabajar para OPEN CITY, que quizá sea el periodicucho más vivo de los Estados Unidos. Pero diversión y peligro no ponen margarina en la tostada ni alimentan al gato. Y renuncias a la tostada y acabas comiéndote el gato.

Bryan es el tipo de idealista y romántico loco. Se fue, o le echaron, se fue y le echaron (corrieron muchos cuentos sobre eso) de su trabajo en el *Herald Examiner* por oponerse a que le borraran la polla y los huevos al Niño Jesús. Esto en la portada del número de Navidad. «Ni siquiera es mi Dios, es el suyo», me dijo.

Así pues, este extraño romántico idealista, creó OPEN CITY. «¿Qué te parece si nos haces una columna semanal?» preguntó

9

despreocupadamente, rascándose la barba pelirroja. En fin, la verdad, pensando en otras columnas y otros columnistas, me parecía un latazo imponente. Pero empecé, no con una columna sino con una crítica de *Papá Hemingway,* de A. E. Hotchner. Luego, un día, después de las carreras, me senté y escribí el título, ESCRITOS DE UN VIEJO INDECENTE, abrí una cerveza, y el texto se hizo solo. No hubo la tensión ni el cuidadoso esculpido con un trocito de cuchilla roma, que hacía falta para escribir algo para *The Atlantic Monthly.* No había necesidad en este caso de soltar simplemente un periodismo liso y descuidado. No parecía haber presión alguna. Bastaba sentarse junto a la ventana, darle a la cerveza y dejar que saliese. Lo que quisiese salir que saliera. Y Bryan nunca fue problema. Yo le entregaba el trabajo (en los primeros tiempos) y él le echaba una ojeada y decía: «vale, de acuerdo.» Al cabo de un tiempo, simplemente le entregaba los papeles y él los leía; luego se limitaba a meterlos en el cajón y decía: «De acuerdo. ¿Qué se cuenta?» Ahora ni siquiera dice «De acuerdo». Me limito a entregarle el papel y eso es todo. Esto me ha ayudado a escribir. Piénsalo: libertad absoluta para escribir lo que te dé la gana. Lo he pasado bien haciéndolo, y a veces ha resultado también cosa seria; pero tuve la sensación firme, según pasaban las semanas, de que lo que escribía era mejor cada vez. Este libro es una selección de unos catorce meses de columnas.

En cuanto a acción, no tiene comparación posible con la poesía. Si te aceptan un poema, lo más probable es que salga de dos a cinco años después, y hay un cincuenta por ciento de probabilidades de que nunca aparezca, o de que versos exactos de él aparezcan *más tarde,* palabra por palabra, en la obra de algún famoso poeta y entonces sabes que el mundo no es gran cosa. Esto, por supuesto, no es culpa de la poesía; se debe sólo a que hay mucho mierda intentando publicarla y escribirla. Pero con los ESCRITOS, me sentaba con una cerveza y le daba a la máquina un viernes o un sábado o un domingo y el miércoles la cosa llegaba a toda la ciudad. Recibí cartas de gente que nunca había leído poesía, ni mía ni de ningún otro. La gente venía a mi casa (vinieron demasiados realmente), y llamaban a la puerta y me decían que ESCRITOS DE UN VIEJO INDECENTE les conectaba. Un vagabundo que ya no está en la carretera se trae a un gitano y a su mujer y hablamos, fantaseamos y bebemos hasta medianoche. Una telefonista de Newburgh, N.Y., me envía dinero. Quiere que deje de beber cerveza y coma bien. Me dijeron que un loco que se hace llamar «Rey Arturo» y vive en la calle de los borrachos de Hollywood quiere ayudarme a escribir mi columna. También llamó a mi puerta un médico: «Leí su columna y creo que puedo ayudarle. Yo era psiquiatra». Le eché.

Espero que esta selección te sirva. Si quieres mandarme dinero, vale. O si quieres odiarme, también vale. Si yo fuese el herrero del pueblo no andarías en broma conmigo, pero sólo soy un viejo con algunas historias sucias. Que escribe para un periódico que, como yo, podría morir mañana por la mañana.

Todo resulta muy extraño. Piénsalo: si no le hubiesen borrado la polla y los huevos al Niño Jesús, no estarías leyendo esto. En fin, que te diviertas.

CHARLES BUKOWSKI, 1969

ESCRITOS DE UN VIEJO INDECENTE

algún hijoputa había acaparado todo el dinero, todos decían estar sin blanca, se acababa el juego, yo estaba allí sentado con mi compadre Elf, Elf estuvo jodido de pequeño, encogido todo, se pasó años tumbado en la cama apretando esas pelotas de goma, haciendo extraños ejercicios, y cuando un buen día salió de aquella cama, era más ancho que alto, una risueña bestia musculosa que quería ser escritor pero escribía demasiado parecido a Thomas Wolfe y, Dreiser aparte, T. Wolfe fue el peor escritor norteamericano de todos los tiempos, y, bueno, le arreé detrás de la oreja y la botella cayó de la mesa (él había dicho algo con lo que yo no estaba de acuerdo) y cuando fue a levantarse yo tenía la botella agarrada, un escocés magnífico, y le aticé en la mandíbula y parte del cuello allí debajo y abajo se fue otra vez, y yo me sentía el amo del mundo, yo estudiaba a Dostoievski y escuchaba a Mahler en la oscuridad, y, bueno, tuve tiempo para beber de la botella, posarla, amagar con la derecha y empalmarle la izquierda justo debajo del cinturón, cayó contra el aparador, como un fardo, se rompió el espejo, hizo ruidos como de película, relampagueó y se hizo añicos y luego Elf me atizó en la frente, arriba, y caí hacia atrás sobre una silla y la silla se aplastó como paja, mobiliario barato, y luego me vi yo en el suelo... (tengo manos pequeñas y no tenía muchas ganas de pelea y no le había dejado fuera de combate) y aquel papanatas de tres al cuarto vengativo se me vino encima y recibí más o menos uno por cada tres que aticé, no muy buenos, pero él quería seguir y el mobiliario se desmoronaba por todas partes, con muchísimo ruido y yo estaba deseando que alguien parase aquel maldito asunto: la casera, la policía, Dios, cualquiera, pero aquello siguió y siguió y siguió, y luego ya no me acuerdo.

cuando desperté, el sol estaba alto y yo *bajo* la cama. salí de allí debajo y descubrí que podía aguantar de pie. tenía un gran corte debajo de la barbilla, los nudillos raspados. había tenido resacas peores. y había sitios peores para despertar. ¿como la cárcel? quizá. miré a mi alrededor. *había* sido real. todo roto, apestando, tirado, derramado (lámparas, sillas, aparador, cama, ceniceros), increíblemente macabro, no había nada delicado allí, no, todo era feo y muerto. bebí un poco de agua y luego pasé al retrete. aún seguía allí: billetes de diez, de veinte, de cinco, el dinero, yo lo había ido metiendo allí cuando entraba a mear durante la partida, y recordé que la pelea había empezado por el DINERO. recogí los billetes, los metí en la cartera, coloqué mi maleta de cartón en la cama inclinada y empecé a meter allí mis andrajos: camisas de faena, zapatones con agujeros en las suelas, calcetines sucios endurecidos, arrugados pantalones con perneras que querían reír, un relato sobre un tipo que agarraba ladillas en el Palacio de la Ópera de San Francisco y un sobado diccionario de los Drugstores Thrifty: «Palingenesia: Recapitulación de estudios ancestrales de la vida y la historia».

el reloj funcionaba, el viejo despertador, Dios le bendiga, cuántas veces lo había mirado en mañanas de resaca a las siete y media y había dicho ¿que se joda el trabajo? ¡que se joda el trabajo! en fin, marcaba las cuatro de la tarde. estaba a punto de colocarlo en la maleta para cerrarla y cuando (claro, ¿por qué no?) alguien llamó a la puerta.

¿SÍ?

¿SEÑOR BUKOWSKI?

¿SÍ? ¿SÍ?

QUIERO ENTRAR A CAMBIAR LAS SÁBANAS.

NO, HOY NO. HOY ESTOY MALO.

OH, CUANTO LO SIENTO. PERO DÉJEME ENTRAR Y CAMBIAR LAS SÁBANAS, ES UN MOMENTO LUEGO ME IRÉ.

NO, NO, ESTOY DEMASIADO ENFERMO, DEMASIADO. NO QUIERO QUE ME VEA USTED TAL COMO ESTOY.

Y la cosa siguió y siguió. ella quería cambiar las sábanas. yo decía: no. ella decía: quiero cambiar las sábanas, y dale y dale.

aquella casera. aquel pedazo de carne. todo carne. todo gritaba en ella CARNE CARNE CARNE. yo sólo llevaba allí dos semanas. abajo había un bar. venía gente a verme, no estaba yo, y ella decía siempre: «está abajo en el bar, siempre está abajo en el bar». y la gente decía: «pero hombre por Dios, ¿qué PATRONA es ésa que tienes?».

pues era una mujer blanca, muy grande, y le gustaban aquellos filipinos. aquellos filipinos hacían trucos, amigo, cosas que un blanco ni soñaría, ni yo siquiera. y han desaparecido ya esos filipinos de sombreros de ala ancha bajos sobre la cara y grandes hombreras. eran los reyes de la moda, los chicos del tacón puntiagudo; tacones de cuero, rostros canallescos, cetrinos... ¿dónde os habéis ido?

bueno, la cosa es que no había nada que beber y yo estuve horas allí sentado, volviéndome loco. estaba muy nervioso, carcomido, hasta los huevos, sentado allí con cuatrocientos cincuenta dólares de buen dinero y sin poder echar una cerveza. estaba esperando la oscuridad. la oscuridad, no la muerte. quería salir. echar otro trago. reuní valor por fin. abrí un poco la puerta, sin soltar la cadena, y allí había uno, un macaquito filipino con un martillo. cuando abrí la puerta, alzó el martillo y sonrió. cuando la cerré sacó los clavos de la boca y fingió clavarlos en la alfombra de la escalera que llevaba al primer piso y a la única puerta de salida. no sé cuánto duró. siempre lo mismo. cada vez que yo abría la puerta él alzaba el martillo y sonreía. *¡macaquito de mierda!* no se movía del primer escalón. empecé a ponerme loco. sudaba, apestaba; circulitos girando girando girando, luces laterales y relampagueos de luz por el cráneo. si no hacía algo las iba a pasar putas. volví y cogí la maleta. no pesaba nada. andrajos. luego cogí la máquina. una portátil de acero prestada, de la mujer de un antiguo amigo, nunca devuelta. daba una sensación agradable y sólida: gris, lisa, pesada, seria, intrascendente. cerré los ojos y solté la cadena en la puerta, y, maleta en una mano y máquina de escribir robada en la otra, me lancé al fuego de ametralladora, amanecer de mañana de duelo, crujidos de trigo partido, el final de todo.

¡EH! ¿ADÓNDE VAS?

y aquel mono empezó a alzar una rodilla, alzó el martillo, y me bastó con eso (el relampagueo de luz eléctrica sobre martillo). tenía la maleta en la mano izquierda, la máquina portátil de acero en la derecha, él estaba en posición perfecta, agachado junto a mis rodillas y la lancé con gran precisión y cierta cólera, le di con la parte dura lisa y pesada, magníficamente, a un lado de la cabeza, el cráneo, la sien, su ser.

hubo casi como un estruendo de luz como si llorase todo, luego silencio. me vi fuera, de pronto, en la acera, había bajado aquella escalera sin darme cuenta. y quiso la suerte que hubiese allí un taxi.

¡TAXI!

entré.

UNION STATION.

era agradable, el quedo rumor de los neumáticos al aíre mañanero.

NO, ESPERE, dije. LLÉVEME A LA ESTACIÓN DE AUTOBUSES.

¿QUE LE PASA, AMIGO? preguntó el taxista.

ACABO DE MATAR A MI PADRE.

¿MATÓ A SU PADRE?

¿NUNCA OYÓ HABLAR DE JESUCRISTO?

CLARO.

ENTONCES VENGA: ESTACIÓN DE AUTOBUSES.

estuve una hora sentado en la estación de autobuses, esperando el de Nueva Orleans. preguntándome si habría matado al tío. subí por fin con máquina y maleta, metí la máquina bien al fondo del portaequipajes de arriba, porque no quería que el chisme me cayera en el coco. fue un viaje largo de mucho sople y cierta relación con una pelirroja de Fort Worth. bajé también en Fort Worth, pero ella vivía con su madre y tuve que coger una habitación y por error me metí en una casa de putas. toda la noche aquellas mujeres gritando cosas como: «¡EH! ni hablar no me metes ESE chisme DENTRO por nada del mundo!» toda la noche los grifos corriendo. abrir y cerrar de puertas.

la pelirroja, era una criatura linda e inocente, o aspiraba a mejor hombre. en fin, dejé la ciudad sin poder llegarle a las bragas. por fin llegué a Nueva Orleans.

pero Elf. ¿recuerdas? el tipo con quien me peleé en mi cuarto. bueno, durante la guerra murió ametrallado. antes de morir se pasó en la cama, según me dijeron, mucho tiempo, tres o cuatro semanas, y *lo más extraño* es que me había dicho, no, me había *preguntado:* «¿te imaginas que algún IMBÉCIL hijoputa apriete al gatillo de una ametralladora y me parta en dos?»

–bueno, es culpa tuya.

–ya, ya sé que tú no vas a morir frente a ninguna ametralladora.

–puedes estar bien seguro, no moriré así, muchacho. a menos que sea una ametralladora de las del Tío Sam.

–¡no me vengas con ese cuento! sé que amas a tu patria. ¡se te ve en la cara! ¡amor, amor de verdad!

fue entonces cuando le pegué la primera vez.

después de eso, ya sabéis el resto de la historia.

cuando llegué a Nueva Orleans, procuré cerciorarme de que no me metía en una casa de putas, aunque toda la ciudad lo parecía.

----

estábamos sentados en la oficina después de otro de aquellos partidos de siete a uno, y la temporada iba mediada ya y estábamos en cola, a veinticinco partidos del primero y yo sabía que era mi última temporada como entrenador de los Blues. nuestro primer bateador había bateado 234 y nuestro primer meta base se anotaba seis. nuestro primer *pitcher* andaba entre siete y diez con una media de 3,95. el viejo Henderson sacó la botella del cajón de la mesa y bebió su trago. luego me la pasó.

–y para colmo –dijo Henderson– enganché ladillas hace dos semanas.

–vaya, jefe, lo siento.

–no me llamarás jefe mucho más.

–lo sé. pero no hay entrenador de béisbol que pueda sacar a *esos* borrachos del último puesto –dije yo, atizándome un buen trago.

–y lo peor –dijo Henderson– es que creo que fue mi mujer quien me las pegó.

yo no sabía si reírme o qué, así que no hice nada.

y entonces hubo una delicadísima llamada en la puerta de la oficina y luego se abrió. y allí apareció ante nosotros un chiflado con alas de papel pegadas a la espalda.

era un chaval de unos dieciocho años.

–estoy aquí para ayudar al club –dijo el chaval.

con aquellas grandes alas de papel encima. un loco rematado. llevaba agujeros en la chaqueta, las alas estaban pegadas a la espalda. o fijadas con un esparadrapo. algo así.

17

—escucha —dijo Henderson—, ¡quieres hacer el favor de largarte! ya ha habido suficiente comedia en el campo, así que seriedad. hoy empezaron a reírse de nosotros nada más salir. ¡venga, *fuera y deprisa!*

el chico se acercó, echó un trago de la botella, se sentó y dijo:

—señor Henderson, yo soy la respuesta a sus oraciones.

—oye, chaval —dijo Henderson—, eres demasiado joven para beber eso.

—soy más viejo de lo que parezco —dijo el chaval.

—¡pues yo tengo algo que te hará un poco más viejo! —Henderson apretó el botoncito que había en la mesa. eso significaba TORO Kronkite. no quiero decir que Toro haya matado nunca a un hombre, pero sería una suerte que pudieses fumar Bull Durham por un ojo del culo de goma después de que él te diese un repaso. el Toro entró arrancando casi una de las bisagras de la puerta al abrirla.

—¿cuál, jefe? —preguntó, meneando sus largos y estúpidos dedos mientras examinaba la habitación.

—el mierda de las alas de papel —dijo Henderson.

el Toro se aproximó.

—no me toques —dijo el mierda de las alas de papel.

el Toro se lanzó hacia él, Y DIOS ME VALGA, aquel mierda empezó a ¡VOLAR! aleteó por la habitación, casi pegado al techo. Henderson y yo nos lanzamos a por la botella, pero el viejo me ganó. el Toro cayó de rodillas:

—¡DIOS DEL CIELO, TEN PIEDAD DE MÍ! ¡UN ÁNGEL! ¡UN ÁNGEL!

—¡no seas imbécil! —dijo el ángel, revoloteando—. no soy ningún ángel. sólo quiero ayudar a los Blues. soy hincha de los Blues de toda la vida.

—de acuerdo, baja. hablemos de negocios —dijo Henderson.

el ángel, o lo que fuese, bajó volando y aterrizó en una silla. el Toro le arrancó los zapatos y los calcetines o lo que fuese y empezó a besarle los pies.

Henderson se agachó furioso y escupió al Toro en la cara:

—¡lárgate, bicho subnormal! ¡si hay algo que odie es el sentimentalismo baboso!

el Toro se limpió la cara y se fue muy quedamente.

Henderson recorrió los cajones de la mesa.

–¡mierda, creí que tenía por aquí en algún sitio contratos!

entretanto, mientras buscaba los impresos de los contratos, encontró otra botella y la abrió. cuando arrancaba el celofán, miró al chico:

–dime, ¿eres capaz de hacer una curva interior? ¿y una externa? ¿qué me dices de un deslizado?

–que me cuelguen si sé –dijo el tipo de las alas–. he estado escondido. lo único que sé es lo que leí en los periódicos y vi en la televisión. pero siempre he sido hincha de los Blues y estoy muy triste por lo mal que os va la temporada.

–¿has estado escondido? ¿*dónde?* ¡un tipo con alas no puede esconderse en un ascensor del Bronx! ¿cuál es tu *truco?* ¿cómo lo conseguiste?

–no quiero aburrirle con todos los detalles, señor Henderson.

–por cierto, muchacho, ¿cómo te llamas?

–Jimmy. Jimmy Crispin. J.C. para abreviar.

–oye, chico, ¿qué coño quieres, reírte de *mí?*

–oh *no,* señor Henderson.

–¡entonces choca esas cinco!

las chocaron.

–maldita sea, ¡qué manos tan FRÍAS! ¿cuánto hace que no comes?

–comí unas patatas fritas y una cerveza con pollo hacia las cuatro.

–echa un trago, chaval.

Henderson se volvió a mí.

–Bailey.

–¿sí?

–quiero que esté todo el equipo en ese campo a las diez mañana por la mañana. sin excepciones. creo que hemos conseguido lo mejor desde la bomba atómica. ahora salgamos todos de aquí y vayamos a dormir un poco. ¿tú tienes dónde dormir, muchacho?

–sí, claro –dijo J.C.

y bajó volando las escaleras y allí nos dejó.

teníamos el estadio cerrado. sólo estaba allí el equipo. y con las resacas que arrastraban y el ver a aquel tipo de las alas se creyeron que era un montaje publicitario. o un ensayo de uno. se colocó el equipo en el campo con el muchacho en la base del bateador. deberíais haber estado allí para ver cómo se abrieron aquellos ojos inyectados en sangre cuando el chico se lanzó por la línea de la tercera base y ¡VOLÓ hasta la primera! luego tocó y antes de que el tipo de la tercera base pudiese hacer nada el chico llegó volando a la segunda.

todos se estremecieron bajo aquella luz de diez de la mañana. para jugar con un equipo como los Blues hay que estar bastante loco, pero, de todos modos, aquello era demasiado.

luego cuando el *pitcher* se disponía a lanzar al bate que habíamos puesto, J.C. se lanzó volando a la tercera base ¡como un reactor! ninguno podía verle siquiera las alas, ni aunque hubiesen tenido tiempo para tomarse dos alka-seltzer aquella mañana. cuando la pelota llegó a la base del bateador, aquello había bajado volando y había tocado base meta.

descubrimos que el chico podía cubrir *todo* el *outfield.* ¡tenía una velocidad de vuelo tremenda! nos limitamos a meter a los otros dos *outfielders* en el *infield.* teníamos así dos *shortstaps* y dos segundas bases. y tan *mal* como estábamos, estábamos en el infierno.

aquella noche era nuestro primer partido de la liga con Jimmy Crispin en el *outfield.*

lo primero que hice cuando llegué fue telefonear a Bugsy Malone.

—Bugsy, ¿cómo van las apuestas a favor de los Blues?

—no hay apuestas. no hay ningún loco capaz de apostar por los Blues ni siquiera diez mil a uno.

—¿qué me das tú?

—¿hablas en serio?

—sí.

—doscientos cincuenta a uno. quieres apostar un dólar, verdad?

—uno de los grandes.

—¡uno de los *grandes*! ¡espera! dentro de dos horas te llamo. al cabo de una hora cuarenta y cinco minutos, sonó el teléfono.

—vale, de acuerdo. uno de los grandes nunca viene mal, sabes.

—gracias, Bugsy.

—de nada.

nunca olvidaré aquel partido de la primera noche. creyeron que queríamos gastar una broma para animar a la gente pero cuando vieron a Jimmy Crispin elevarse en el cielo y lanzarse luego en picado en un clarísimo jonrón que habría superado la valla izquierda del centro del campo en más de tres metros, entonces el partido se animó. Bugsy había bajado a echar un vistazo y le observé en su palco. cuando J.C. se elevó para agarrar aquella pelota, a Bugsy se le cayó de la boca el puro de cinco dólares. pero en el reglamento no decía nada de que no pudiese jugar al béisbol un hombre con alas, así que los teníamos bien agarrados por los huevos. y cómo. ganamos el partido como nada. Crispin marcó cuatro veces. ellos no lograron sacar nada de nuestro *infield* y cualquier cosa del *outfield* era un fuera seguro.

y los partidos que siguieron. cómo afluían las multitudes. les volvía locos ver aquel hombre volar por el cielo, pero además estaba el hecho de que habíamos perdido veinticinco partidos y quedaba muy poco y por eso seguían viniendo. a la gente le encanta ver a un hombre salir de la bodega. los Blues lo conseguían. era el mayor milagro de todos los tiempos.

LIFE vino a entrevistar a Jimmy. TIME. LIFE. LOOK. él no les contó nada. «lo único que quiero es que los Blues ganen la liga», dijo.

pero a pesar de todo era matemáticamente difícil y, como el final de un libro de cuentos, llegamos por fin al último partido de la temporada. íbamos empatados con los Bengals para el primer puesto, y jugábamos contra los Bengals, y el ganador lo ganaba todo. no habíamos perdido un solo partido desde que Jimmy se había incorporado al equipo. y yo andaba rondando ya los doscientos cincuenta mil dólares. menudo entrenador era yo.

estábamos en la oficina justo antes de aquel último partido nocturno, el viejo Henderson y yo. y oímos ruido en la escalera y luego se derrumbó un tipo por la puerta, borracho. J.C. ya no tenía alas, sólo muñones.

—¡me serraron las jodidas alas, los muy miserables! me metieron a esa mujer en la habitación del hotel. ¡qué mujer! ¡qué tía! ¡y me cargaron la bebida! me eché encima de ella y entonces ellos empezaron a SERRARME LAS ALAS! ¡yo no podía moverme! ¡no podía ni sujetarme los huevos! ¡qué FARSA! y aquel tipo dándole a su puro, y riéndose detrás... ay Dios santo, qué tía tan cojonuda, y ni siquiera pude correrme... mierda...

–bueno, muchacho, no eres el primero al que jode una mujer. ¿sangras? –preguntó Henderson.

–no, es sólo hueso, materia ósea, pero estoy muy triste, os he dejado en la estacada, amigos, he dejado en la estacada a los Blues, me siento muy mal, muy mal.

¿*ellos* se sentían muy mal? yo perdería 250 de los grandes.

acabé la botella que había en la mesa. J.C. estaba demasiado borracho para jugar, con o sin alas. Henderson dejó caer la cabeza sobre la mesa y empezó a llorar. saqué su luger del cajón de abajo. me la metí en la chaqueta, salí de la torre, bajé a la sección de reserva. ocupé el palco situado inmediatamente detrás del de Bugsy Malone y la hermosa mujer con quien estaba. era el palco de Henderson y Henderson prefería morir bebiendo con un ángel muerto. no necesitaría aquel palco. y el equipo no me necesitaría a mí. telefoneé al banquillo y les dije que le pasaran la cosa al bateador o a cualquier otro.

era nuestro campo, bateaban primero ellos.

–¿dónde está vuestro *center fielder?* no lo veo –dijo Bugsy, encendiendo un puro de cinco pavos.

–nuestro *center fielder* ha vuelto al cielo debido a una de tus sierras Sears-Roebuck de tres dólares y medio.

Bugsy se echó a reír.

–un tipo como yo puede mear en el ojo de una mula y sacar un julepe de menta. por eso estoy donde estoy.

–¿quién es la bella dama? –pregunté.

–ah, ésta es Helena. Helena, éste es Tim Bailey, el peor entrenador de béisbol del mundo.

Helena cruzó aquellas cosas de nailon llamadas piernas y perdoné efectivamente a Crispin.

–encantada de conocerle, señor Bailey.

–lo mismo digo.

empezó el partido. como en los viejos tiempos. a la séptima carrera perdíamos diez cero. Bugsy se sentía como Dios, tocándole las piernas a aquella tía, frotándose con ella, el mundo entero en el bolsillo. se volvió y me pasó un puro de cinco pavos. lo encendí.

—¿ese tipo era realmente un ángel? —me preguntó, medio son-
riéndose.

—dijo que le llamáramos J.C., para abreviar, pero la verdad es
que no sé.

—parece que el Hombre le ha ganado a Dios casi todas las veces que se han enzarzado —dijo.

—no sé —dije yo—, pero según mi opinión, cortarle las alas a un
hombre es como cortarle el pijo.

—puede. pero según la mía, los fuertes son los que mueven las
cosas.

—o la muerte las para. ¿cuál de las dos cosas?

saqué la luger y la apoyé en su nuca.

—¡Bailey, por amor de Dios! ¡cálmate! ¡te daré la mitad de lo
que tengo! ¡no, te lo daré todo, todo lo que tengo, esta tía, todo,
todo…! ¡pero quítame esa pistola de la cabeza!

—¡si piensas que matar es algo fuerte, PRUEBA algo fuerte!

apreté el gatillo. fue espantoso. una luger. cáscaras de cráneo y
cerebro y sangre por todas partes: por encima de mí, de las piernas
de nailon de ella, de su vestido…

se suspendió el partido una hora y nos sacaron de allí: a Bugsy
muerto, a su mujer, loca de histeria, y a mí. luego siguieron.

Dios gana al Hombre; el Hombre gana a Dios. madre hacía
conservas de fresas mientras todo se desmoronaba.

al día siguiente estaba yo en mi celda y el celador me entregó
el periódico:

«LOS BLUES REMONTARON EL PARTIDO EN LA CARRERA CA-
TORCE Y LO GANARON JUNTO CON LA LIGA».

me acerqué a la ventana de la celda, octava planta. hice una
bola con el papel y lo metí por las rejas. lo embutí allí y lo empujé
entre ellas y cuando caía por el aire lo contemplé, vi cómo se
abría, como si tuviera alas, bueno, no quiero exagerar, bajó flotando como suelen hacer los trozos de papel desplegados, hacia el
mar, aquellas olas blancas y azules ahí abajo y yo sin poder tocar-
los, Dios gana al Hombre siempre, constantemente, sea Dios Lo
Que Sea: ametrallador soplapollas o cuadro de Klee, en fin, y, claro, aquellas piernas de nailon rodearán ahora a otro maldito imbécil. Malone me debía doscientos cincuenta de los grandes y no podría pagar. J.C. con alas, J.C. sin alas, J.C. en una cruz, yo no

estaba aún muerto del todo, y me alejé de la ventana, me senté en aquel retrete carcelario sin tapa y me puse a cagar, ex entrenador de primera, ex hombre, y a través de los barrotes entraba un viento leve y leve es este modo de dejaros.

---

hacía calor allí dentro. me acerqué al piano y toqué. no sabía tocar el piano, aporreé las teclas. había gente bailando en el sofá. luego miré debajo del piano y vi una chica allí abajo tumbada con el vestido alzado hasta las caderas. seguí tocando con una mano, y estiré la otra debajo y le di un tiento. la mala música o el tiento la despertaron. salió de debajo del piano, la gente ya no bailaba en el sofá, conseguí llegar hasta allí y dormir quince minutos, llevaba dos días y dos noches sin dormir, hacía calor allí dentro, mucho. al despertar vomité en una taza de café. luego aquello se llenó y tuve que seguir en el sofá. alguien trajo un gran orinal. a tiempo justo. lo solté. amargo. todo era amargo.

me levanté y fui al baño. había dos tipos allí dentro desnudos. uno tenía crema de afeitar y una brocha y estaba enjabonándole la polla y los huevos al otro.

—tengo que echar una cagada —les dije.

—adelante —dijo el enjabonado—, no te molestaremos. entré y me senté.

el tipo de la brocha le dijo al otro:

—oí que habían echado a Simpson del Club 86.

—KPFK —dijo el otro—, despiden a más gente que Douglas Aircraft, Sears Roebuck y los Drugstores Thrifty juntos. una palabra impropia, una frase que se salga de su línea de ideas precocinadas sobre la humanidad, la política, el arte, etc., y estás listo. el único que está seguro en KPFK es Eliot Mintz... es como un acordeón de juguete: estires como estires, siempre suena lo mismo.

—bueno, adelante —dijo el tipo de la brocha.

—¿adelante qué?

—frótate el pijo hasta que se ponga duro.

solté un cerote grande.

—¡Dios mío! —dijo el de la brocha, que ya no la tenía, la había tirado en el lavabo.

—¿Dios mío qué? —dijo el otro.

–¡tienes un chisme con el capullo como un mazo!

–tuve un accidente, es por eso.

–me hubiese gustado tener un accidente igual.

solté otro.

–bueno, adelante.

–¿adelante qué?

–échate hacia atrás y métela entre los muslos.

–¿así?

–sí.

–¿y ahora qué?

–baja la barriga. deslízala. hacia delante y hacia atrás. aprieta las piernas. ¡así! ¡ves! ¡ya no necesitarás mujeres!

–¡oh Harry, esto *no es* como lo otro! ¿qué me ofreces? ¡esto es una mierda!

–¡es que hace falta PRÁCTICA! ¡ya verás! ¡ya verás!

me limpié, tiré de la cadena y salí de allí.

fui a la nevera y saqué otra lata de cerveza, saqué dos latas de cerveza, abrí las dos y empecé la primera. calculé que debía de estar en algún lugar de Hollywood Norte. me senté frente a un tipo de casco metálico rojo y unos sesenta centímetros de barba. había estado brillante un par de noches pero se le estaba agotando la velocidad y perdía pie. pero aún no había llegado a la etapa del sueño, sólo a la etapa triste y hueca. quizá estuviese esperando un porro, pero nadie sacaba nada.

–Big Jack –dije.

–Bukowski, me debes cuarenta dólares –dijo Big Jack.

–oye, Jack, tengo idea de haberte dado veinte dólares la otra noche. creo que te los di. me acuerdo de aquellos veinte.

–no lo *recuerdas*, ¿verdad Bukowski? porque estabas *borracho*, Bukowski, ¡por eso no puedes recordar!

a Big Jack no le caían nada bien los borrachos.

Maggy, su novia, estaba sentada al lado.

–le diste un billete de veinte, sí, pero porque querías más bebida. salimos y te trajimos material y te dimos el cambio.

–de acuerdo. pero ¿dónde estamos? ¿Hollywood Norte?

–no, Pasadena.

–¿Pasadena? no lo creo.

yo había estado viendo que la gente se metía detrás de la gran cortina. algunos salían a los diez o veinte minutos. otros no salían nunca, el asunto aquel llevaba rodando cuarenta y ocho horas. terminé la segunda cerveza, me levanté, corrí la cortina, me metí allí, estaba muy oscuro dentro pero olía a hierba. y a culo. me quedé quieto hasta que mis ojos se acostumbraron a la oscuridad. había sobre todo tíos, lamiendo culos, exprimiendo. chupando. no era para mí. soy un carca. aquello era como el gimnasio de hombres después de que todos han pasado por las paralelas, el ácido olor a semen, sentí náuseas. un negro de color claro se acercó a mi.

—oye tú eres Charles Bukowski, ¿verdad?

—sí –dije.

—¡vaya! ¡la mayor emoción de mi vida! ¡leí *CRUCIFIX IN A DEADHAND*! ¡te considero el más grande desde Verlaine!

—¿Verlaine?

—¡Sí, Verlaine!

estiró el brazo y me echó mano a los huevos. le aparté la mano.

—¿qué pasa? –preguntó.

—en este momento no, pequeño, busco a una amiga.

—oh, perdón...

se alejó. seguí mirando por allí y me disponía ya a irme cuando vi una mujer medio apoyada en un rincón lejano. tenía las piernas abiertas pero parecía bastante mareada. me acerqué y le eché un vistazo. me bajé los pantalones y los calzoncillos. tenía buena pinta. metí el chisme. metí lo que tenía.

—oooh –dijo ella–. ¡qué bueno! ¡la tienes tan curvada! ¡como un garfio!

—un accidente que tuve de niño, con un triciclo.

—oooh...

cuando ya se ponía bien el asunto algo me EMBISTIÓ entre las nalgas. vi ante mis ojos relampagueos de luces.

—¡eh, qué DEMONIOS!

me saqué aquello. allí me vi de pie con la chorra de aquel tío en la mano.

—¿qué coño pretendes, amigo? –le pregunté.

—oye –dijo él–, esto es como un juego de cartas, si quieres entrar en el juego, tienes que aceptar las cartas que salgan.

me subí los calzoncillos y los pantalones y salí de allí.

Big Jack y Maggy se habían ido. había un par de personas traspuestas en el suelo. me acerqué a por otra cerveza, la bebí y me largué. la luz del sol me golpeó como un coche patrulla con las luces rojas encendidas. encontré mi trasto metido en el camino de coches de otro, con una multa de aparcamiento encima. pero de todos modos había sitio para salir de allí. todo el mundo sabía hasta dónde tenía que llegar. era agradable.

me paré en la Estación Standard y el tipo me explicó cómo tenía que coger la autopista de Pasadena. logré llegar a casa. sudando. mordiéndome los labios para no dormirme. tenía allí una carta de Arizona, en el buzón, de mi ex mujer.

«... sé que te sientes solo y deprimido. cuando te sientas así, debes ir a El Puente. creo que te gustará esa gente. al menos algunos. puedes ir también a las lecturas de poesía de la Iglesia unitaria...»

dejé correr el agua en la bañera, buena, calentita. me desvestí, cogí una cerveza, bebí la mitad, puse la lata en el borde y me metí en el agua, cogí el champú y la esponja y empecé a darles a cuerdas y nudos.

––––––––––

conocí a Neal C,* el chico de Kerouac, poco antes de que bajase a tenderse junto a aquella vía de ferrocarril mexicana para morir. los ojos se clavaban en ti como palillos de dientes y Neal con la cabeza junto al altavoz, se movía, saltaba, miraba insinuante, con su camiseta blanca de manga corta y cantaba como un cuco al compás de la música, *precediéndola* justo un pelo, como si fuese él quien dirigiera el espectáculo. yo, sentado con mi cerveza, le miraba. ya me había liquidado un paquete o dos de seis botellas. Bryan estaba dando instrucciones y material a dos chavales que iban a cubrir aquel espectáculo que siempre prohibían. en fin, no sé exactamente qué pasaba con aquel espectáculo del poeta de San Francisco, cuyo nombre ya no recuerdo. pues bien, nadie se fijaba en Neal C y a Neal C no le preocupaba, o eso hacía ver. cuando la

* Neal C.: Neal Cassady, personaje legendario de los cincuenta y sesenta, que tuvo una gran influencia sobre Kerouac, Ginsberg y el movimiento beatnik. *(N. de los T.)*

canción acabó, se fueron los dos chavales y Bryan me presentó al fabuloso Neal C.

—¿una cerveza? –le pregunté.

Neal echó mano a una botella, la tiró al aire, la agarró, quitó el tapón y vació el medio cuarto de dos largos tragos.

—toma otra.

—vale.

—yo me consideraba bueno con la cerveza.

—yo soy el muchacho duro de la cárcel. he leído cosas tuyas.

—yo también leí cosas tuyas. lo de que salías por la ventana del baño y te escondías desnudo entre los matorrales. buen material.

—oh sí.

seguía dándole a la cerveza. nunca se sentaba. no hacía más que moverse por allí. estaba un poco aturdido por la acción, el relámpago eterno, pero no había odio alguno en él. te agradaba aunque no quisieras, porque Kerouac le había preparado para la admiración de los masones y Neal había picado, seguía picando. pero en fin, Neal era pistonudo y uno podía pensar además que Jack sólo había escrito el libro, él no era la madre de Neal. sólo su destructor, deliberado o no.

Neal bailaba por el local en la Subida Eterna. la cara parecía vieja, dolorida, todo eso. pero su cuerpo era el cuerpo de un muchacho de dieciocho.

—¿quieres probar con él, Bukowski? –preguntó Bryan.

—sí, ¿quieres venir, muchacho? –me preguntó él.

tampoco ahora había odio. sólo seguir el juego.

—no, gracias. en agosto cumpliré cuarenta y ocho. ya no estoy para esos trotes.

no habría podido manejarle.

—¿cuándo viste a Kerouac por última vez? –le pregunté.

creo que dijo que 1962, 1963. en fin, hacía mucho tiempo.

después de darle un rato a la cerveza con Neal, tuve que ir a por más. el trabajo de la oficina estaba casi hecho y Neal paraba en casa de Bryan y Bryan le invitó a cenar. yo dije: «vale», y, como estaba un poco animado, no me di cuenta de lo que iba a pasar.

cuando salimos empezaba a caer una lluvia muy fina. de esa que realmente jode la calle. yo aún no sabía. pensé que iba a conducir Bryan, pero se colocó al volante Neal. en fin, pasé atrás.

B. montó delante con Neal. y empezó el viaje. por aquellas calles resbaladizas, y cuando parecía que habíamos doblado ya una esquina, Neal decidía girar a la derecha o a la izquierda. pasábamos junto a los coches aparcados con la línea divisoria a sólo un pelo. sólo como un pelo puede describirse. un leve desvío hacia el otro lado habría sido el final para todos.

cuando salíamos del apuro yo siempre decía algo ridículo, como «¡chúpate ésa!» y Bryan se reía y Neal seguía conduciendo, ni ceñudo ni feliz ni sardónico, sólo allí: haciendo los movimientos. comprendí. era necesario, era su plaza de toros, su pista de carreras. era *santo* y necesario.

lo mejor fue justo al salir de Sunset, rumbo al norte, hacia Carlton. la llovizna era ya más intensa, estropeando al mismo tiempo la visión y las calles. al salir de Sunset, Neal inició su siguiente movimiento, ajedrez a toda pastilla, algo que había que calcular en una décima de segundo. un giro a la izquierda en Carlton nos llevaría a la casa de Bryan. estábamos a una manzana de distancia. había un coche delante y dos aproximándose. podría haber disminuido sin duda la velocidad y seguir después, pero habría perdido su *movimiento*. Neal no podía hacer eso. pasó al de delante, y yo pensé: ya está, bueno, no importa, da igual en realidad. piensas eso, eso pensé yo. los dos coches casi pegados, el otro tan cerca que su faros inundaban mi asiento trasero. creo que en el último segundo, el otro conductor tocó el freno. esto nos concedió el pelillo. Neal debía de haberlo calculado. aquel movimiento. pero el asunto no terminó ahí. íbamos ya a mucha velocidad y el otro coche, que se acercaba lentamente del bulevar Hollywood estaba a punto de impedir el giro a la izquierda en Carlton. siempre recordaré el color de aquel coche. tan cerca llegamos a estar. una especie de gris-azulado. un coche viejo, cupé, encogido y duro como una especie de ladrillo de acero rodante. Neal se desvió por la izquierda. me pareció que íbamos a embestir al otro coche por el centro. era inevitable. pero, curiosamente, el movimiento del otro coche hacia delante y nuestro movimiento hacia la izquierda, coordinaron de modo perfecto. de nuevo el pelillo. Neal aparcó el coche y entramos en casa. Joan sacó la cena.

Neal comió todo lo de su plato y la mayor parte de lo del mío. bebimos un poco de vino. Joan tenía un cuidaniños muy inteligente, un joven homosexual, que creo que se ha ido con una banda de rock o se ha matado o algo así. en fin, el caso es que le di un pellizco en el trasero cuando pasaba junto a mí. le encantaba.

creo que estuve demasiado tiempo bebiendo y hablando con Cassady. el cuidador de niños no hacía más que hablar de Hemingway, me comparaba más o menos con él, hasta que le dije que se callara y fue al piso de arriba a ver cómo estaba Jason. y unos días después me telefoneó Bryan:

—murió Neal, murió Neal.

—joder, no.

luego Bryan me explicó algo más del asunto. y nada más. sí, no había duda.

tantos viajes, tantas páginas de Kerouac, tanta cárcel, para morir solo bajo una gélida luna mexicana, solo, ¿comprendes? ¿ves los pequeños cactus miserables? México no es un sitio malo simplemente porque esté oprimido; México es un mal sitio simplemente. ¿ves cómo miran los animales del desierto? las ranas, cornudas y simples, esas serpientes como hendiduras de mentes humanas que reptan, se paran, esperan, mudas bajo una muda luna mexicana. reptiles, rumores de cosas, contemplando a aquel tipo allí en la arena con su camiseta blanca de manga corta.

Neal, había encontrado su movimiento, no hacía daño a nadie. el tipo duro de la cárcel, allí tumbado junto a una vía férrea mexicana.

esa única noche que estuve con él le dije:

—Kerouac ha escrito todos tus otros capítulos. yo he escrito ya tu último.

—adelante —dijo él—, escríbelo.

punto y aparte.

---

los veranos son más largos donde cuelgan los suicidas y las moscas comen tortitas de barro. es un famoso poeta de la calle de los años cincuenta y sigue vivo aún. y tiro mi botella al canal, estamos en Venice, y Jack está refugiado aquí por una semana, más o menos, tiene que dar una lectura no sé dónde, dentro de unos días. el canal tiene un aspecto extraño, muy extraño.

—poca profundidad para la autodestrucción.

—sí —dice él con voz de película del Bronx—, tienes razón.

tiene treinta y siete años y el pelo canoso. nariz aguileña, encorvado, enérgico, desengañado. macho. muy macho. sonrisita judía. quizá no sea judío. no se lo pregunto. los ha conocido a todos. meó en el zapato de Barney Rosset en una fiesta porque no le gustó algo que dijo Barney. Jack conoce a Ginsberg, Creeley, Lamantia, etc., etc., y ahora conoció a Bukowski:

—sí, Bukowski vino a Venice a verme. toda la cara llena de cicatrices. los hombros caídos. parece acabado. apenas habla, y cuando habla dice vulgaridades. no parece que haya escrito todos esos libros de poemas. pero es que ha estado demasiado tiempo en esa oficina de correos. es muy escurridizo. le ha sorbido el espíritu. una vergüenza, pero así son las cosas. de todos modos, sigue siendo un jefe, un verdadero jefe, ¿comprendes?

Jack conoce el asunto por dentro, y es divertido pero real saber que la gente no es gran cosa, que es todo una farsa puñetera y que lo sabes pero resulta divertido oírlo decir, allí sentado al borde de un canal de Venice intentando curar una resaca de calibre extra.

hojea un libro. fotografías de poetas, más que nada. no estoy allí. empecé tarde y viví demasiado en cuartuchos solo bebiendo vino. ellos suponen siempre que un ermitaño está loco, quizá tengan razón. recorre el libro. dios, allí sentado con aquella resaca y el agua allí abajo y Jack mirando el libro aquel, veo manchas claras, narices, orejas, el brillo de las páginas fotográficas. no me importa, pero pienso que necesitamos encontrar algo de qué hablar y a mí me cuesta trabajo hablar y él hace el trabajo, así que así estamos, canal de Venice, toda la miserable tristeza de la vida...

—este tío se volvió loco hace unos dos años.

—este tío me dijo que tenía que chupársela si quería que publicara mi libro.

—¿lo hiciste?

—¿que si lo hice? ¡le eché a cintazos! ¡qué cosas tienes!

me enseña el puño del Bronx.

me echo a reír. es cómodo y es humano. este amigo. todos tenemos miedo a ser maricas. estoy harto de eso. quizá debiésemos volvernos todos maricas y tranquilizarnos. no agarrar el cinturón como Jack. pero, para variar, Jack es bueno. hay demasiada gente con miedo a hablar contra los maricas, intelectualmente. lo mismo que hay demasiada gente que tiene miedo a hablar contra la izquierda, intelectualmente. no me preocupa el rumbo que tome el asunto, sólo sé que hay demasiada gente con miedo.

en fin, Jack es buen tío. he visto últimamente a demasiados intelectuales. estoy harto ya de esos ingenios insignes que tienen que soltar diamantes cada vez que abren la boca. estoy harto de luchar por cada espacio de aire libre para la mente. por eso estuve apartado de todos tanto tiempo, y ahora, al volver a ver a la gente, descubro que debo volver a mi cueva. hay otras cosas además de la mente: hay insectos, y palmeras y pimenteros de mesa, y yo tendré un pimentero de mesa en mi cueva, para reírme.

la gente siempre te traicionará.

no confíes nunca en la gente.

—todo ese asunto de la poesía lo controlan los maricas y la izquierda —me dice, mirando al canal.

hay en esto una parte de verdad indiscutible y amarga y no sé qué hacer ni qué decir. tengo, desde luego, plena conciencia de que algo va mal en este asunto de la poesía: los libros de los famosos son tan aburridos, incluido Shakespeare. ¿pasaba igual *entonces?*

decidí soltarle a Jack un poco de mierda:

—¿recuerdas la vieja revista de *poesía?* no sé si fue Monroe o Shapiro o qué. en fin, se ha hecho tan mala que ya no la leo, pero recuerdo una cosa que dijo Whitman:

»"para tener grandes poetas necesitamos grandes públicos". bueno, he pensado siempre que Whitman era un poeta superior a mí, pero esta vez creo que se equivocó. debería haber dicho:

»"para tener grandes públicos necesitamos grandes poetas".

—sí, eso mismo, estoy de acuerdo —dijo Jack—, me encontré a Creeley en una fiesta hace poco y le pregunté si había leído algo de Bukowski. se quedó congelado, no me contestaba, amigo, ya sabes lo que quiero decir.

—larguémonos de aquí —dije.

fuimos hacia mi coche. tengo, más o menos, un coche, un cacharro, claro. Jack no suelta el libro. aún pasa hojas.

—este tipo anda chupando pollas.

—¿de veras?

—este tipo se casó con una maestra de escuela que le atiza en el culo con una correa, una mujer horrible. no ha escrito ni una palabra desde que se casó. le tiene el alma enganchada ella en su co-ño-correa.

—¿hablas de Gregory o de Kero?

—¡no, éste es *otro!*

—¡vaya por Dios!

seguimos hacia el coche. soy bastante torpe para las sensaciones, pero puedo SENTIR la energía de este hombre. ENERGÍA, y me doy cuenta de que quizá sea posible que vaya caminando con uno de los pocos inmortales poetas primitivos de nuestra época, y luego tampoco eso importa, después de pensarlo.

entro. el trasto arranca pero el cambio está jodido otra vez. logro llevarlo en primera todo el camino, pero el cabrón se cala en todas las señales, apenas tiene batería, yo rezo, una arrancada más, que no venga la poli, no más líos por conducir borracho, no más cristos de ningún género en ningún género de cruz, podemos escoger entre Nixon y Humphrey y Cristo y acabar jodidos de todas todas acudamos a quien acudamos. giremos hacia donde giremos, y yo giré a la izquierda, frené ante la dirección a la que íbamos y salimos.

Jack aún seguía con el libro.

—este tipo está bien. se mató él mismo, mató a su padre, a su madre, a su mujer, pero no disparó contra sus tres hijos ni contra el perro. uno de los mejores poetas desde Baudelaire.

—¿sí?

—sí, coño, sí.

salimos del trasto y yo hago la señal de la cruz para que arranque otra vez más aquella mierda.

subimos y Jack llama a la puerta.

—¡PÁJARO! ¡PÁJARO! ¡soy Jack!

se abre la puerta y allí está el Pájaro. miro dos veces. no puedo ver si es hombre o mujer. la cara es esencia destilada de opio de belleza intacta. es un hombre, los movimientos son de hombre. lo *sé* pero sé también que si se lanza a la calle puede alzarse un infierno y pueden atacarle incluso brutalmente. le matarán porque no ha muerto en absoluto. yo he muerto nueve décimas partes pero mantengo la otra décima como un arma. puedo bajar la calle sin que me diferencien del vendedor de periódicos, aunque los vendedores de periódicos tengan caras más agradables que cualquier presidente de Estados Unidos, pero en fin, ése es otro asunto.

—Pájaro, necesito veinte –dice Jack.

Pájaro saca un bendito billete de veinte, su movimiento es suave, pausado.

—gracias, muchacho.

—de nada, ¿queréis pasar?

—vale.

entramos. nos sentamos. ahí está la estantería de libros. echo un vistazo. no parece tener ni un libro aburrido. descubro allí todos los libros que he admirado. ¿cómo demonios? ¿es un sueño? el chico tiene una cara tan guapa que cada vez que le miro me siento bien, es como un plato de chile y judías, caliente, después de salir de una borrachera muy mala, el primer bocado en semanas, bueno, mierda, yo siempre estoy en guardia.

el Pájaro. y el océano allá abajo. y la batería mal. un cacharro. los polis patrullan sus calles estúpidas y secas. qué mala guerra ésta. qué pesadilla estúpida, sólo este momentáneo espacio fresco entre nosotros, todos vamos a acabar aplastados, nos convertirán enseguida en juguetes rotos, en esos zapatos de tacón alto que bajan corriendo alegremente las escaleras para acabar fuera de ella jodidos para siempre, para siempre, imbéciles y estúpidos, imbéciles e instrumentos, dios maldiga nuestra flaca bravura.

nos sentamos. aparece una botella grande de escocés. echo un buen trago y, bueno, siento náuseas, parpadeo, idiota, cerca ya de los cincuenta y aún intentando jugar al Héroe. héroe tonto del culo en una andanada de vómitos.

entra la mujer del Pájaro. nos presentan. es una mujer líquida de vestido marrón, sólo fluye fluye con ojos risueños, fluye, de veras, fluye.

—¡UAU UAU UAU UAU! —exclamo.

tiene tal aspecto que tengo que cogerla, abrazarla, y apoyármela en la cadera izquierda, hacerla girar, reír, nadie me toma por loco. reímos todos, todos comprendemos. la dejo. nos sentamos.

a Jack le gusta que yo salga a escena. ha estado tirando de mi alma y está cansado. esboza la sonrisa. es un buen tipo. supongo que alguna vez, en una rara existencia, habrás entrado en una habitación llena de gente que te ayuda sólo con mirarla, con escucharla. éste fue uno de esos momentos mágicos. me daba perfecta cuenta. yo ardía como un plato de tamal con pimientos. todo bien. o.k.

soplé otro buen trago para perder la vergüenza. me di cuenta de que era el más débil de los cuatro y que no quería hacer daño, sólo comprender su santidad sencilla. amaba como un perro loco y pajillero metido en una cuadra de perras calientes, sólo que tenía milagros para mostrarme tras el esperma.

el Pájaro me miró.

–¿viste mi composición?

alzó una cosa bastante mierdosa con un pendiente de mujer y otras chorradas más colgando.

(por cierto... me doy cuenta de que cambio de presente a pasado, y si no te gusta... métete un pezón por el escroto. –linotipista: deja esto.)

me lancé a una larga y aburrida perorata, explicando que no me gustaba esto y sí aquello, hablando de mis sufrimientos en las clases de arte.

el Pájaro me arranca el freno.

en realidad la cosa es sólo a jeringa y entonces me sonríe, pero, en fin, yo también conozco el asunto: que quizá, según me han dicho, desde dentro, el único yonqui que puede conseguirlo es Wm. Burroughs, dueño, casi, de la Burroughs Co. y que puede hacerse el duro aunque no sea por dentro más que un blando y gordo cerdo chupaverrugas. eso es lo que yo he oído, y me lo dijeron muy bajito. ¿es cierto? en realidad, cierto o no, Burroughs es un escritor bastante torpe y sin la insistencia de la intelectualidad pop en su influencia literaria, no sería casi nada, como Faulkner no lo es salvo para extremistas sureños muy secos como el señor Corrington y el señor Sí Señor y el señor Come-Mierda.

–muchacho –empiezan a decirme–, estás borracho.

y lo estoy. y lo estoy. y lo estoy.

no hay otra solución más que ponerse a discutir o dormirse.

me hacen un sitio.

bebo demasiado aprisa. siguen hablando. les oigo, suavemente.

duermo. duermo en camaradería. el mar no me ahogará y tampoco ellos. aman mi cuerpo dormido. soy tonto del culo. aman mi cuerpo dormido. ojalá lleguen a lo mismo todos los hijos de Dios.

jesús jesús jesús jesús

¿a quién le importa una batería

muerta?

Dios, madre, fue terrible... allí salían de aquellos grandes agujerocoños del suelo haciéndome maniobrar con mi maleta de cartón mientras subía por Times Square.

logré por fin preguntarle a uno dónde estaba el Village y cuando llegué al Village busqué una habitación y cuando abrí la botella de vino y me quité los zapatos descubrí que la habitación tenía un caballete, pero yo no era pintor, sólo un chaval que buscaba fortuna. me senté junto al caballete, a beber vino y mirar por la ventana sucia.

cuando salía a por otra botella de vino vi a aquel joven allí de pie con su albornoz de seda, boina y sandalias, barba medio enferma. hablaba por teléfono allí, en el pasillo.

—oh, sí sí, querida, *tengo que verte*, sí. *¡tengo que verte!* si no me cortaré otra vez las venas... ¡de veras!

tengo que largarme de aquí, pensé. éste no sería capaz de cortarse ni los cordones de los zapatos. qué mierda repugnante. y luego van a sentarse en los cafés, tan tranquilos, con su boina, con todo el atuendo, fingiendo ser Artistas.

allí estuve una semana bebiendo, hasta que se acabó el alquiler, y luego busqué una habitación fuera del Village. por el aspecto y el tamaño la habitación era muy barata, no podía entenderlo. encontré un bar en la esquina y allí me pasaba el día soplando cerveza. se acababa el dinero pero, como siempre, me fastidiaba mucho buscar trabajo. cada momento de borrachera y hambre tenía para mí cierto tipo de contenido placentero. esa noche compré dos botellas de oporto y subí a mi cuarto. me quité la ropa, me metí en la cama en la oscuridad, cogí un vaso, me serví el primer trago. entonces descubrí por qué era tan barata la habitación. pasaba el tren justo por delante de la ventana. y la parada estaba allí. enfrente justo de mi ventana. el tren iluminaba toda la habitación. y yo tenía que ver todo un vagón de caras. caras horribles: putas, orangutanes, cabrones, locos, asesinos... eran todos mis amos. luego, rápidamente, el tren volvía a arrancar y la habitación quedaba a oscuras... hasta el siguiente vagón de rostros, que siempre llegaba demasiado pronto. necesitaba el vino.

los propietarios del edificio eran una pareja judía que llevaba

36

también una sastrería y servicio de limpieza de ropa de la acera de enfrente. decidí que mis harapos necesitaban limpieza. el momento de buscar trabajo atravesaba con pedos y eructos mi loco horizonte. allá me fui borracho con mis andrajos.

–... necesito que me limpien o me laven o hagan algo con esto...

–¡pobre chico! ¡cómo puede andar en ANDRAJOS! esto no me serviría a mí ni para limpiar las ventanas. verá usted una cosa... ¡eh, Sam!

–¿sí?

–muéstrale a este buen muchacho el traje que dejó aquel hombre.

–¡oh sí, mamá, aquel traje tan bueno! ¡no *comprendo* cómo aquel hombre lo dejó!

no quiero repetir todo el diálogo. yo insistí más que nada en que el traje era demasiado pequeño. ellos dijeron que no. yo que si no era demasiado pequeño sí demasiado caro. ellos dijeron siete. yo dije: no tengo ni blanca. ellos dijeron: seis. yo: no tengo ni cinco. cuando bajaron a cuatro pedí que me pusieran el traje. lo hicieron. les di los cuatro. volví a mi habitación, me quité el traje y dormí. cuando desperté estaba oscuro (salvo cuando pasaba el tren) y decidí ponerme el traje nuevo y salir y buscarme una chica, una chica guapa, claro, que apoyase a un hombre de mis aún ocultos talentos.

cuando me metí en los pantalones, se abrió toda la bragueta hasta atrás. en fin, me habían timado. hacía algo de frío pero pensé que la chaqueta lo taparía. cuando me metí la chaqueta, la manga izquierda se desprendió por el hombro soltando un repugnante almohadillado gomoso.

ya me habían jodido otra vez.

me libré de lo que quedaba del traje y decidí que tendría que trasladarme de nuevo. encontré otro sitio, muy parecido a un sótano, allí bajando las escaleras entre los cubos de basura de los inquilinos, iba encontrando mi nivel.

la primera noche que salí, después de cerrar los bares descubrí que había perdido la llave. sólo llevaba puesta una camisa californiana blanca y fina. anduve en autobús de un lado a otro para no congelarme. Por fin, el conductor dijo que era final de trayecto o que había terminado el servicio. yo estaba demasiado borracho para recordarlo.

cuando salí aún hacía frío y de pronto me vi allí de pie a la entrada del Yankee Stadium.

oh señor, pensé, aquí es donde mi héroe de la niñez, Lou Gehrig, jugaba y ahora yo voy a morir aquí fuera, bueno, es muy propio. anduve un rato por allí y luego encontré un café. entré. las camareras eran todas negras de mediana edad pero las tazas de café eran grandes y un bollo y un café costaban muy poco.

me llevé el servicio a una mesa, me senté, comí el bollo muy deprisa, sorbí el café y luego saqué un cigarrillo y lo encendí.

empecé a oír voces:

—¡ALABEMOS AL SEÑOR, HERMANO!

—¡OH, ALABEMOS AL SEÑOR, HERMANO!

miré a mi alrededor. me alababan todas las camareras y parte de los clientes. era muy hermoso. al fin el reconocimiento. al carajo las grandes revistas. siempre triunfaría el genio. sonreí a todos y di una gran chupada.

entonces, una de las camareras me gritó:

—¡NO SE FUMA EN LA CASA DEL SEÑOR, HERMANO!

apagué el cigarrillo, terminé el café. luego salí y miré el letrero del escaparate:

MISIÓN DEL PADRE DIVINO.

encendí otro cigarro y empecé el largo paseo de vuelta a mi casa. cuando llegase allí nadie contestaría al timbre. al fin me tumbé encima de las latas de basura y me puse a dormir. sabía que abajo en la acera me engancharían las ratas, era un joven listo.

tan listo que incluso conseguí un trabajo al día siguiente. y a la noche siguiente, con resaca, temblón, muy triste, estaba trabajando.

me iniciaban dos tipos. llevaban los dos en el trabajo desde que se inventara el metro. íbamos caminando con esas pesadas planchas de cartón bajo el brazo izquierdo y un pequeño instrumento en la mano derecha que parecía un abridor de latas de cerveza.

—en Nueva York todo el mundo tiene esos bichitos verdes encima —decía uno de los tipos.

—¿de veras? —dije yo, sin importarme lo más mínimo de qué color fuesen los bichos.

–los verás en los asientos. los encontramos en los asientos todas las noches.

–sí –dijo el otro viejo.

seguimos andando.

buen Dios, pensé, ¿le pasó esto alguna vez a Cervantes?

–ahora fíjate –dijo uno de los viejos–. cada tarjeta tiene un numerito. sustituimos cada tarjeta con el numerito por otra tarjeta con el mismo numerito.

zas, zas. abrió las tiras con el abrecervezas, metió el nuevo anuncio, sustituyó las tiras, cogió el anuncio viejo y lo metió al fondo del montón de anuncios del brazo izquierdo.

–ahora prueba tú.

probé. las pequeñas tiras no querían ceder. mi abrecervezas no tenía filo. me sentía enfermo, temblaba.

–lo conseguirás –dijo un viejo.

jódete que lo estoy consiguiendo, pensé.

seguimos.

luego salimos de la parte trasera del vagón y allá se fueron pisando los travesaños entre las guías. el espacio que había entre travesaño y travesaño era de más o menos un metro, un cuerpo podía caer fácilmente por allí. y estábamos a unos treinta metros de la calle. los dos viejos se deslizaron sobre los travesaños con su pesada carga de cartón y me esperaron junto al nuevo vagón. había un tren parado al otro lado recogiendo pasaje. estaba bien iluminado todo aquello, pero nada más. las luces del tren me mostraban claramente el vacío de un metro entre travesaño y travesaño.

–¡VAMOS! ¡VAMOS! ¡QUE HAY PRISA!

–¡a la mierda vosotros y las prisas! –grité a los dos viejos. luego me posé en un travesaño con mi carga de cartón debajo del brazo izquierdo y el abridor de cervezas en la mano derecha. un paso. dos pasos. tres pasos... con aquella resaca, enfermo.

entonces salió el tren que estaba cargando. quedó todo tan oscuro como en un armario. más oscuro. yo no veía nada. no podía dar el paso siguiente. y no podía dar la vuelta. en fin, me quedé allí.

–¡vamos! ¡venga! ¡hay muchos vagones más!

por fin mis ojos pudieron adaptarse un poco a la oscuridad. empecé a dar de nuevo vacilantes pasos. algunas de las traviesas estaban suaves, gastadas, redondeadas, astilladas. dejé de oír sus gritos. fui dando aquellas angustiosas zancadas una a una, esperando siempre que la próxima me enviase por allá abajo.

llegué hasta el otro vagón y tiré al suelo los anuncios de cartón y el abrecervezas.

—¿pero qué coño pasa?

—¿qué pasa? ¿qué pasa? sabéis lo que os digo: ¡QUE OS VAYÁIS A LA MIERDA!

—¿pero qué te pasa?

—un paso en falso y puede uno matarse. ¿es que sois tan bobos que no os dais cuenta?

—aún no se ha matado nadie.

—tampoco hay nadie que beba como yo. venga, vamos, decidme cómo tengo que hacer para salir de aquí.

—bueno, hay una escalera al fondo y a la derecha, pero tendrás que cruzar las vías en vez de seguirlas, y eso significa que tienes que pasar por dos o tres raíles terciarios.

—habla claro, ¿qué es un raíl terciario?

—por donde pasa la corriente. si tocas uno te mueres.

—enséñame el camino.

los viejos me indicaron la escalera. no parecía quedar muy lejos.

—gracias, señores.

—cuidado con el raíl terciario. es dorado. si lo tocas te carboniza.

me lancé a cruzar. sentía que me observaban. cada vez que llegaba a un raíl terciario, procuraba levantar mucho la pierna y exagerar la nota. tenían un aspecto tan suave y apacible a la luz de la luna.

llegué a la escalera. volví a resucitar. al fondo de ella había un bar. oí risas. entré y me senté. había un tipo hablando. contaba que su madre se ocupaba mucho de él, le hizo aprender piano, ir a clases de pintura, y él conseguía sacarle el dinero a su madre, como fuera, para seguir bebiendo. todo el bar reía a carcajadas. yo también empecé a reírme. el tipo era un genio, y lo daba todo por nada. seguí riéndome hasta que el bar se cerró y nos separamos, cada cual siguiendo su camino.

dejé Nueva York poco después, no volví, no volveré. las ciudades están hechas para matar a la gente, y hay ciudades afortunadas y de las otras. sobre todo de las otras. en Nueva York tienes que tener toda la suerte. yo sabía que no tenía tanta. lo siguiente que supe fue que estaba sentado en una linda habitación del este de la ciudad de Kansas oyendo al encargado zurrar a la chica porque no había conseguido venderme un poco de su culo. era real y pacífico y sano de nuevo. escuchaba los gritos sentado allí en la cama, con el vaso a mano. eché un buen trago, luego me estiré entre las sábanas limpias. el tipo estaba pasándose. oí la cabeza de ella pegando en la pared.

quizá le hiciese un favor al día siguiente, cuando no estuviese tan cansado del viaje en autobús. tenía un buen culo. al menos en él no le estaba pegando y yo estaba fuera de Nueva York, casi vivo.

----

aquéllas eran noches, aquellos tiempos del Olympic, tenían a un holandés calvo y bajito que hacía los anuncios (¿se llamaba Dan Tobey?), y tenía *estilo*, había visto cosas, puede que incluso en los barcos fluviales cuando era un crío, si era *tan* viejo, quizá Dempsey-Firpo o así. aún puedo verle estirándose para coger aquel cordón y bajando lentamente el micro, y la mayoría de nosotros estábamos borrachos antes de la primera pelea, pero era una borrachera tranquila, fumando puros, sintiendo la luz de la vida, esperando que nos pusiesen allí a dos tipos, cruel pero así eran las cosas, era lo que nos hacían a nosotros y aún seguíamos vivos, y, sí, la mayoría íbamos con una pelirroja teñida o una rubia, hasta yo. se llamaba Jane y habíamos disputado entre nosotros varios combates bastante buenos a diez asaltos, en uno me dejó noqueado, y qué orgulloso me sentía cuando volvía ella del váter de señoras y empezaban todos a levantarse y a silbar y a aullar y ella meneaba aquel gran culo mágico y maravilloso embutido en aquella falda ceñida... *era* un culo mágico sí: podía dejar a un hombre tieso y jadeante aullando palabras de amor a un cielo de cemento. luego ella bajaba y se sentaba a mi lado y yo alzaba la botella como una diadema, se la pasaba, ella echaba su traguito, me la devolvía y yo decía de los tipos de atrás: «esos pijoteros cabrones dando esos chillidos, voy a matarlos». y ella miraba el programa y decía: «¿quién va a ganar la primera?».

yo solía escoger bien (acertaba sobre el noventa por ciento) pero tenía que verlos antes. elegía siempre al tipo que menos se movía, que parecía como si no quisiese pelear, y si uno se santiguaba al sonar la campanilla y el otro no, ya tenía ganador: elegía al que no. pero las cosas solían ir juntas. el que hacía mucha sombra y mucho baile solía ser el que se santiguaba y el que las llevaba.

no había muchos combates malos en aquellos tiempos y si los había era igual que ahora (entre los pesos pesados sobre todo). pero en aquellos tiempos procurábamos que se enterasen: destrozábamos el ring o prendíamos fuego al local, arrancábamos los asientos. sencillamente no podían permitirse darnos demasiados combates malos. los malos eran en el Legion de Hollywood y al Legion de Hollywood no íbamos. hasta los de Hollywood sabían que lo bueno era el Olympic. vino Raft, y los otros, y todas las starlets, ocupando todos los asientos de primera fila. los de la galería soltaban sus gracias y los púgiles luchaban como púgiles y el local se ponía azul de humo de puros, y cómo gritábamos, amigo, y tirábamos dinero y bebíamos nuestro whisky. cuando se terminaba, estaba el autocine, el viejo lecho de amor con nuestras ceñidas y viciosas mujeres. luego te metías en casa y dormías como un ángel borracho. ¿quién necesitaba la biblioteca pública? ¿quién necesitaba a Ezra? ¿o a T. S. o a E. E.? ¿o a D. H. o a H. D.? ¿a cualquiera de los Eliot? ¿a cualquiera de los Sitwell?

nunca olvidaré la primera noche que vi al joven Enrique Balanos. por entonces tenía yo por favorito a un chaval de color. solía llevar un borreguito blanco al ring con él antes de la pelea y lo abrazaba, y eso es un poco tonto, pero era duro y bueno y a un tipo duro y bueno le están permitidas ciertas libertades ¿no?, el caso es que él era mi héroe, y debía de llamarse algo así como Watson Jones. Watson tenía buena clase y estilo... era rápido, muy rápido y tenía PEGADA y le *gustaba* su trabajo. pero entonces, una noche, sin aviso, alguien metió furtivamente a este joven Balanos contra él, y Balanos ganó, se tomó su tiempo, lentamente fue agotando a Watson, lo dominó y acabó liquidándolo cerca del final. mi héroe. no podía creerlo. si no recuerdo mal, Watson quedó noqueado, lo que significó realmente una noche mala, muy mala. yo con mi botella pedía piedad a gritos, pedía a gritos una victoria que sencillamente *no* podía venir. Balanos desde luego se lo mereció. tenía el jodido unos brazos que eran como serpientes, y no se *mo-*

vía, se deslizaba, resbalaba, se agitaba como una especie de araña maligna, consiguiéndolo siempre, llegando a tiempo siempre. me di cuenta aquella noche de que haría falta alguien muy bueno para derrotarle y que lo mejor que Watson podía hacer era coger su borreguito e irse a casa.

sólo mucho después de aquella noche, bebiendo whisky a mares, peleando con mi mujer y maldiciéndola por estar sentada allí enseñándome toda aquella magnífica pierna, pude admitir que había ganado el mejor.

–Balanos. buenas piernas. no piensa. sólo reacciona. mejor no pensar. esta noche el cuerpo derrotó al alma. suele pasar. adiós Watson, adiós Central Avenue, todo terminó.

destrocé el vaso contra la pared y fui y me agencié una tía. estaba herido, era guapa. nos fuimos a la cama. recuerdo que entraba por la ventana una lluvia fina. dejamos que nos lloviera encima. era bueno. tan bueno que hicimos el amor dos veces y cuando nos pusimos a dormir nos dormimos con las caras mirando a la ventana y por la mañana estaban todas las sábanas mojadas y los dos nos levantamos estornudando y riendo, «¡dios! ¡dios!» qué divertido. y el pobre Watson tumbado en algún sitio, deshecha la cara, contemplando la Verdad Eterna. viendo ante sí los combates de seis asaltos, los de cuatro, y luego vuelta a la fábrica conmigo, asesinando ocho o diez horas al día por una miseria. sin llegar a nada, esperando a Papá Muerte, metiendo a tu inteligencia a patadas en el infierno y metiendo a patadas en el infierno a tu espíritu, estornudábamos «¡dios!» qué divertido. y ella dijo: «estás todo azul, te has vuelto todo ¡AZUL! ¡dios, mírate al espejo!» y yo, helado y moribundo, me miré al espejo y estaba todo ¡AZUL! ¡ridículo! ¡un cráneo y mierda de huesos! empecé a reír, tanto me reí que caí en la alfombra y ella cayó encima y los dos reímos reímos reímos, dios, reímos hasta que pensé que nos habíamos vuelto locos, y entonces tuve que levantarme, vestirme, peinarme, lavarme los dientes, demasiado enfermo para comer, con arcadas mientras me cepillaba los dientes, y salí y fui andando hacia la fábrica de electricidad de allá arriba, con aquel sol, pero había que agarrarse a lo que fuera.

———

Santa Anita, 22 de marzo, 1968, 3,10 de la tarde. no puedo conseguir el a la par de Quillo's Babe con Alpen Dance. la cuarta carrera ha terminado y no me he estrenado siquiera, he perdido cuarenta dólares. debería haber ganado Boxer Bob en la segunda con Bianco, uno de los mejores jinetes desconocidos de la pista a 9/5. cualquier otro jinete, por ejemplo Lambert o Pineda o González, y el caballo habría ido a 6/5 o a la par pero tengo un viejo aforismo (me dedico a los aforismos mientras ando hecho un andrajo) que dice que el conocimiento es, si no se aplica, peor que la ignorancia. porque si haces conjeturas y no resulta, puedes muy bien decir: mierda, los dioses están contra mí. pero si *sabes* y no haces, tienes desvanes y pasillos oscuros en la mente por los que bajar y subir y despistarte. eso no es sano, lleva a situaciones desagradables, a beber demasiado y a la máquina de hacer picadillo.

de acuerdo. los apostadores veteranos no se desvanecen sin más. mueren, dura y finalmente, en Quinta Este o vendiendo periódicos enfrente con gorra de marino, fingiendo que es todo una broma, la mente partida en dos, las tripas colgando, pijo sin dulce coño. creo que fue uno de los discípulos preferidos de Freud, que se ha convertido ahora en un filósofo de cierto renombre (mi ex esposa solía leerlo) quien dijo que el juego era una forma de masturbación. qué bonito ser un chico listo y decir cosas. casi todas las frases contienen una verdad secundaria. si yo fuese un chico inteligente y perspicaz, diría por ejemplo: «arreglarse las uñas de los dedos con una lima sucia es una forma de masturbación». y probablemente me diesen una beca, una ayuda, la espada del rey en el hombro y catorce culitos calientes. sólo diré esto, que procede de un̄ pasado de fábricas, bancos de parque, trabajos de mierda, malas mujeres, mal período de Vida: la razón de que el individuo medio siga en el tajo es que están atornillados por el cierre del cerrojo, la cara chiflada del capataz, la mano del casero, el sexo muerto de la amante. impuestos, cáncer, melancolía; ropas que se desmoronan la tercera vez que te la pones, agua que sabe a orina, médicos que tienen consultorios indecentes con trabajo en cadena, hospitales sin corazón, políticos con cráneos llenos de pus... podemos seguir y seguir y sólo conseguiríamos que nos tachasen de amargados y de dementes, pero el mundo nos convierte a todos en locos (y locas) y hasta los santos están dementes. nada se salva. en fin, a la mierda. según mis cifras, sólo he tenido dos mil quinientos coños, pero he visto doce mil quinientas carreras de caballos, y si he de dar a alguien un consejo, doy éste: dedícate a pintar acuarelas.

lo que intento decirte es que la razón de que estén en los hipódromos la mayoría de los que están es que viven en un calvario, sí y tan desesperados están que prefieren arriesgarse a una angustia aún mayor a aceptar su situación real (?) en la vida. y los peces gordos no son tan tontos como nos creemos. están sentados en las cumbres observando lo que hacen las hormigas. ¿no crees que Johnson esté orgulloso de su ombligo? ¿y no te das cuenta, al mismo tiempo, de que Johnson es uno de los mayores imbéciles que nos hayan impuesto? estamos enganchados, nos machacan y abofetean estúpidamente. tan estúpidamente que algunos acabamos queriendo a los que nos torturan porque están allí para torturarnos según normas lógicas de tortura. tiene que ser correcto porque es lo único que hay. ¿qué? Santa Anita está ahí. Johnson está ahí. y, de un modo u otro, nosotros los mantenemos ahí. nos construimos nuestros propios hipódromos y aullamos cuando nos arranca los cojones el encargado subnormal que agita la gran cruz de plata (el loro se acabó). que esto explique, pues, por qué algunos, quizá la mayoría, quizá todos nosotros, estamos allí, por ejemplo un día como el 22 de marzo de 1968, de tarde, en Arcadia, California.

fin de la quinta carrera ganada por el caballo doce, Quadrant. el tablero dice 5/2 y yo tengo que ganar como sea. el caballo ganó bien, consiguió pasar a todos los demás en la recta final y entrar solo. he ganado diez y he perdido cuarenta y espero la señal oficial, un 5/2 da entre siete dólares y siete dólares ochenta, así que diez significan de treinta y cinco a treinta y nueve dólares en total. así que pienso que estoy a la par. el caballo estaba el tercero de la lista y no pasó de los 5/2 en toda la apuesta. se encendió en el tablero la cifra oficial:

5:40

allí en el marcador. cinco-cuatro-oooh. lo que queda a medio camino entre 8/5 y 9/5 y no es en absoluto 5/2. a principios de semana, sin previo aviso, el hipódromo dobló el precio de aparcamiento, de 25 centavos a cincuenta. dudo que les hayan doblado los salarios a los empleados del aparcamiento. además ya nos birlan el total de dos dólares en vez de 1,95 por la entrada. ahora,

5,40 dólares. maldita sea. un suave gemido de incredulidad recorrió las gradas y el campo. en mis casi trece mil carreras no había visto nunca caso parecido. el tablero no es infalible. he visto un 9/5 pagar seis dólares, y otras ligeras variantes, pero nunca había visto que un 5/2 pagase cerca de 8/5 ni he visto nunca que un 5/2 bajase de golpe (al final) de 5/2 a cerca de 8/5. habría tenido que haber una cantidad casi increíble de apuestas en el último momento para pasar esto.

el público empezó ¡BUUUU BUUUU! murió. luego empezó otra vez: ¡BUUUUU, BUUUUU, BUUUUU! cada vez que empezaba duraba más. la gente olía a pez podrido y además a codicia. les habían acuchillado, de nuevo. 5,40 dólares significaba para mí un total de veintisiete en vez de los posibles treinta y nueve dólares. y no era el único afectado. se sentía a la multitud agitarse, irritada; para muchos de los presentes, cada carrera significaba tener o no tener dinero para el alquiler. comer o no comer, pagar el coche o no pagarlo.

miré hacia la pista y había allí fuera un hombre agitando el programa, señalando el marcador. hablaba evidentemente con un empleado de la pista. luego el hombre agitó el programa hacia la multitud, indicándole que entrasen, que invadiesen la pista. cruzó un hombre saltando la barandilla, la multitud vitoreó. otro encontró la abertura de la puerta de la barandilla. había tres ya. la multitud vitoreaba. la gente iba sintiéndose mejor. salieron más y más, la multitud vitoreaba. se sentían mejor todos. una oportunidad. ¿una oportunidad? algo así. salieron más. debía de haber de cuarenta a sesenta y cinco personas por la pista.

el anunciador dijo por el altavoz:

—¡SEÑORAS Y SEÑORES, LES PEDIMOS POR FAVOR QUE DESPEJEN LA PISTA PARA QUE PUEDA EMPEZAR LA SEXTA CARRERA!

la voz no era amable. había diez policías de pista allá abajo con sus uniformes grises de Santa Anita. todos armados. la multitud abucheaba, ¡BUUUUUU!

luego, uno de los de abajo se dio cuenta de que la carrera siguiente era sobre césped. demonios, estaban bloqueando la pista de tierra. la gente avanzó hacia el campo interno de hierba que cierra por dentro la pista de tierra cuando salían los caballos por la entrada. eran ocho caballos dirigidos por el guía, de cazadora roja y gorra negra. la multitud se extendió por la pista.

–POR FAVOR –dijo el anunciador–, ¡DESPEJEN LA PISTA! ¡DES-
PEJEN LA PISTA POR FAVOR! EL MARCADOR NO PUDO REGISTRAR
LA ÚLTIMA BAJADA EN LA APUESTA. ¡EL PRECIO ES CORRECTO!

los caballos avanzaron lentamente hacia la multitud expectan-
te. aquellos caballos parecían muy grandes y nerviosos.

–¿qué coño pasa, Denver? –pregunté a Denver Danny, un
tipo que lleva en las carreras mucho más que yo.

–la lectura del marcador es correcta –dijo–. la trampa no está
ahí. están registradas todas las apuestas. cuando cerraron las máquinas, el marcador daba 5/2; se encendió de nuevo y entraron las
variaciones finales, pero siguió el 5/2. los franceses tienen un dicho: «¿quién va a guardar a los guardias de sí mismos?». como recordarás, Quadrant era ganador seguro en cuanto recorrió un tercio de la recta final. pueden haber pasado muchas cosas. quizá no
cerraron las máquinas durante la carrera. en cuanto Quadrant pareció ganador seguro, la dirección pudo dedicarse a meter allí boletos ganadores. otros dicen que pueden tenerse una o dos máquinas
abiertas y en uso y cerrar las otras. en realidad no lo sé. lo único
que sé es que aquí pasó algo raro y también lo sabe todo el mundo.

los caballos seguían avanzando hacia la gente. el guía y el primer caballo, un monstruo, DESEO DE RICO, con Pierce a la silla,
avanzaron hacia la línea de gente que esperaba. uno de los chicos
llamó al policía de pista algo muy sucio y tres de los polis le arrin-
conaron en la barandilla y le dieron una pasada. la gente se echó
encima y le dejaron marchar y corrieron otra vez a sus posiciones
frente a los ocupantes de la pista. los caballos seguían avanzando,
y se veía claramente que pensaban pasar. era una orden. aquél era
el momento: hombres a caballo contra hombres sin nada. dos o
tres tipos se tumbaron ante los caballos, delante de la primera fila
de gente. esto fue el disparador. la cara del guía se crispó de pronto,
se puso tan roja como su cazadora, y agarró al caballo número uno,
DESEO DE RICO, por la rienda, espoleó a su caballo y embistió a través de carne humana, a ojos cerrados. el caballo pasó. no sé si le rompió o no la espalda a alguien.

pero el guía se había ganado bien su sueldo. un buen amigo
de la dirección. y algunos de los pocos esquiroles de las gradas
aplaudieron. pero no había terminado la cosa. unos cuantos agarraron al caballo número uno e intentaron arrancar al jinete de la

silla y echarlo al suelo. entonces avanzó la policía. los otros caballos consiguieron pasar, pero la gente retuvo unos minutos al caballo número uno y Pierce estuvo a punto de verse arrancado de la silla. fue la arremetida final de la marea.

estoy seguro de que si hubiesen podido echar abajo a Pierce habrían acabado quemando las gradas y destrozando todo aquello. entretanto, los polis estaban atizando de lo lindo. no sacaron armas pero daba la sensación de que disfrutaban con aquel asunto, sobre todo uno que estuvo un rato pegándole a un viejo en la coronilla, el cuello y por toda la columna vertebral abajo. Pierce consiguió pasar con DESEO DE RICO, un penco de nombre muy apropiado, y el caballo empezó a calentarse para la milla y media en la pista de hierba. los policías se mostraban particularmente violentos y enérgicos y los rebeldes no parecían demasiado interesados en hacerles frente. se había perdido la partida. en consecuencia, se despejó la pista.

el siguiente mensaje que llegó fue:

—¡NO APOSTÉIS NO APOSTÉIS NO APOSTÉIS NO APOSTÉIS!

qué bueno habría sido, ¿eh? ni un dólar para los buitres, aquellos gordos zopencos subnormales vomitados de casas de barrio residencial. demasiado bueno. había ya seis de los grandes en las apuestas mutuas cuando empezaron a gritar «¡no apostéis!» estábamos enganchados, sangrando, cogidos para siempre... nada podíamos hacer sino apostar de nuevo, y otra vez y otra y apechugar con lo que fuese.

había diez polis en la barandilla del campo interior. orgullosos, sudorosos, seguros, se habían ganado un duro jornal. el ganador de la sexta fue Off, que dio nueve a uno y lo pagó. si el marcador hubiese pagado ocho o siete, la pista de Santa Anita no existiría ya.

leí que al día siguiente, sábado, hubo unas cuarenta y cinco mil personas en la pista, más o menos lo normal.

sí, no estuve allí y nadie me echó de menos y corrieron los caballos y yo escribí esto.

marzo 23, las ocho, Los Ángeles, la misma maldita tristeza y ningún sitio adonde ir.

quizá la próxima vez consigamos agarrar a aquel caballo número uno.

hace falta práctica, un poco de risa y algo de suerte.

———————

este tipo del mono del ejército se me acercó y me dijo: «ahora que ha pasado lo de Kennedy, tendrás algo de qué escribir.» se dice escritor, ¿por qué no escribe *él* sobre ese asunto? siempre tengo que recoger sus mierdas y metérselas en un saquito literario. creo que ya tenemos bastantes especialistas en el caso... ésta es la década de eso: la Década de los Especialistas y la Década de los Asesinos. y ninguno de ellos vale un cerote de perro cristalizado. el principal problema de una cosa como el último asesinato es que no sólo perdemos a un hombre de cierto mérito, sino que perdemos también beneficios políticos, espirituales y sociales, y esas cosas *existen,* aunque parezcan tan altisonantes. lo que quiero decir es que en una crisis de asesinato las fuerzas reaccionarias y antihumanas tienden a solidificar sus prejuicios y a utilizar todas las brechas como medios de echar a la Libertad natural del jodido taburete del final de la barra.

no quiero presumir demasiado de estar activamente interesado por la suerte de la humanidad como Camus (ver sus ensayos) porque, en el fondo, la mayor parte de la humanidad me repugna y la única salida *posible* es un concepto totalmente nuevo de la comprensión de la felicidad, la realidad y el flujo de la Educación-Vibración Universal y esto para los niños pequeños que aún no hayan sido asesinados, pero lo serán, os apuesto veinte a uno, porque no se permitirá ninguna idea nueva: sería demasiado destructiva para la pandilla que tiene el poder. no, no soy Camus, pero, queridos, me fastidia ver que los miserables se aprovechan de la Tragedia.

un fragmento de la declaración del gobernador Reagan: «el ciudadano normal, decente, respetuoso de la ley y temeroso de Dios, está tan inquieto y preocupado como tú y como yo por lo sucedido.

»él, y todos nosotros, somos víctimas de una actitud que ha ido asentándose en nuestro país a lo largo de casi una década: una actitud según la cual un hombre puede decidir las leyes que ha de obedecer y las que no, y aplicar la justicia por su mano en pro de una causa, y qué delito no significa castigo necesariamente.

»esta actitud se ha visto alentada por las palabras demagógicas e irresponsables de supuestos dirigentes, unos aún en sus cargos y otros no».

no puedo seguir, Dios mío. es tan terrible. la Imagen-Padre con el cinturón en la mano para zurrarte. ahora el buen gobernador nos quitará los juguetes y nos meterá en la cama sin cenar.

señor señor, *yo* no asesiné a Kennedy, a ninguno de ellos. ni a King, ni a Malcolm X. ni a los demás. pero me parece del todo evidente que a las fuerzas Liberales de Izquierdas las están liquidando una a una; *cualquiera que sea* la razón (la sospecha puede proceder de que trabajó una vez en una tienda de alimentos de régimen y odiaba a los judíos); *cualquiera que sea* la razón, los izquierdistas son asesinados y metidos en sus tumbas mientras que los derechistas ni siquiera se manchan de hierba la vuelta de los pantalones. ¿no dispararon también además contra Roosevelt y Truman? demócratas. qué extraño.

lo de que los asesinos son enfermos, lo admitiré, y que la Imagen-Padre es también enfermedad, lo admitiré también. me han dicho los temerosos de Dios que he «pecado» porque nací ser humano y en otros tiempos seres humanos le hicieron algo a un tal Jesucristo. yo ni maté a Cristo ni maté a Kennedy, y tampoco los mató el gobernador Reagan. eso nos hace iguales, no le pone a él *por encima*. no veo ninguna razón para perder libertades judiciales o espirituales, por muy pequeñas que sean ya. ¿quién está engañando a quién? si un hombre muere en la cama jodiendo, ¿debemos los demás dejar de copular? si un no ciudadano es un loco, ¿debemos todos los ciudadanos ser tratados como locos? si alguien mató a Dios, ¿quise yo matar a Dios? si alguien quiso matar a Kennedy, ¿quise matar a Kennedy yo? ¿qué hace al gobernador, en concreto, tan justo y a los demás tan pecadores? los escritores de discursos, los no demasiado buenos, además.

un aparte muy curioso: no tenía ninguna razón para cruzar en coche la ciudad el 6 y el 7 de junio y en los distritos negros nueve de cada diez coches llevaban los faros encendidos de día en honor a Kennedy; hacia el norte de la ciudad la proporción descendía hasta el bulevar Hollywood. y por Sunset entre La Brea y Normandie era uno de cada diez. Kennedy era blanco, amigos. yo soy blanco. mis faros no iban encendidos. sin embargo, pasando entre Exposition y Century, me entraron unos frescos y maravillosos escalofríos que me hicieron sentirme mejor.

pero, como digo, todos, incluido el gobernador, tienen boca, y casi todos sueltan su cuento, engranan sus prejuicios, sacan un beneficio personal de la tragedia. los que agarraron quieren conservar y quieren convencerte de que es malísimo *todo* lo que pueda vaciarles los cajones del oro. yo soy apolítico pero con las artimañas que manejan esos reaccionarios, podría verme jodido y otra vez metido en el juego.

hasta los redactores de deportes entraron en el juego, y, como todo el mundo sabe, los redactores de deportes son lo peor de lo peor en cuanto a escribir y sobre todo en cuanto a pensar. no sé si son peores escribiendo o pensando, pero sea lo que sea lo que quede encima, es una unión que sólo podrá engendrar monstruos ilegítimos y repugnantes. como supongo sabes, la peor forma de humor tiene como instrumento de tortura la exageración extrema. lo mismo la peor forma de pensamiento destinado a proteger el ego y a proteger lo emotivo.

un redactor deportivo de uno de nuestros grandes periódicos no sensacionalistas escribió este fragmento (mientras R. Kennedy estaba en cirugía):

«El Estado Violento de Norteamérica: Una Nación en Cirugía.

»... una vez más Norteamérica la Bella ha recibido un proyectil en la ingle. el país está sometido a una operación quirúrgica. Los Estados Violentos de Norteamérica. Una bala es más poderosa que un millón de votos...

»No es una Democracia, es una Locura. Un país que no se atreve a castigar a sus criminales, a disciplinar a sus niños, a encerrar a sus locos...

»Se elige el presidente de Estados Unidos en una armería, en un catálogo postal...

»Están matando a tiros a la libertad. El "derecho" a asesinar es el derecho supremo de este país. La pereza es una virtud. El patriotismo un pecado. La conservación un anacronismo. Dios tiene más de treinta años. Ser joven es la única religión, como si se tratase de una virtud ganada a pulso. "Decencia" es pies sucios, burlarse del trabajo. "Amor" es algo para lo que se necesita penicilina. "Amor" es darle una flor a un joven desnudo con sabandijas en el pelo mientras tu madre está en casa sentada esperando con el corazón roto. Se "ama" a los extraños, no a los padres.

»Me gusta la gente que tiene visillos en la ventana, no la que vive en cuartuchos. Al próximo tipo que llame al dinero "pasta" deberían pagarle en trigo integral. Estoy harto de que me digan que debo intentar "comprender" el mal. ¿Debe un canario "comprender" a un gato?

»La Constitución no se concibió nunca como escudo de los degenerados. Se empieza quemando la bandera y se acaba quemando Detroit. Se elimina la pena de muerte para todos salvo para los candidatos presidenciales... y los presidentes...

»... los Hombres de Dios se convierten en hombres de la Masa. El Himno Nacional es un grito en la noche. Los norteamericanos no pueden pasear por sus parques, subir en sus autobuses. Tienen que enjaularse.

»"¡Ponte en pie, Norteamérica!" grita la gente, pero se le ignora. Enseña los dientes, dicen. Amenaza con replicar. El león enseña los dientes y los chacales huyen. Un animal acobardado invita al ataque. Pero Norteamérica no escucha.

»... estudiantes neuróticos que apoyan los pies en mesas que serían incapaces de hacer, que destruyen universidades que no sabrían reconstruir.

»... todo empieza con eso, la deificación de los desertores, los vagos, los pusilánimes, insolentes invitados a la mesa liberal de la democracia que la vuelcan sobre sus consternados anfitriones...

»... Quiera Dios que nuestros médicos puedan curar a Bobby Kennedy. ¿Pero quién va a curar a Norteamérica?»

¿necesitáis a este tipo? me lo suponía. demasiado fácil. prosa colorista de pregraduado enfocada sólo desde el punto de vista de la supervivencia de la situación actual. ¿conduce un camión de basura? no te sientas mal, hay trabajos mejores, que se hacen peor.

encerrar a los locos. pero ¿quién *está* loco? todos jugamos nuestro jueguecito, según las posiciones de peones, caballos, torres, rey, reina, ay, qué coño, estoy empezando a hablar como *él*.

y luego tenemos a los loqueros, a los pensadores, a los grupos de especialistas, los equipos presidenciales organizados para dictaminar qué nos pasa. quién está loco, quién está alegre, quién está triste, quién tiene razón y quién no. encerrar a los locos cuando cincuenta y nueve de cada sesenta hombres que encuentras en la calle están chiflados, con neurosis industriales y esposas y peleas y no tienen tiempo para pararse un rato y pensar dónde están y por qué, y cuando el dinero que les ha mantenido en marcha y ciegos tantísimo tiempo, cuando eso ya no sirva, entonces, ¿qué vamos a *hacer?* vamos, muchacho, hay asesinos entre nosotros desde hace mucho. sólo que no era una explosión, era sólo un hombre con la cara como serrín y los ojos como manchas de mierda, hay tantos hombres así y tantas mujeres. Millones.

y pronto tendremos los informes de los equipos de loqueros, que, como los comités de la pobreza que nos decían que algunos hombres se morían de hambre en el piso de abajo, nos contarán que hay también algunos muriéndose de hambre en el de arriba. y luego se olvidará todo hasta el próximo atentado o el próximo suceso trascendental o el próximo incendio urbano, y luego se reunirán otra vez y pronunciarán sus estúpidas y esperadas palabritas, se frotarán las manos y desaparecerán como cerotes retrete abajo. parece, la verdad, que todo les da igual siempre que el gráfico de beneficios se mantenga. y los lindos loqueros, agitando sus ases mágicos, liándonos con palabras, diciendo esto es así porque tu madre tenía un pie deforme y tu padre bebía y una gallina te cagó en la boca cuando tenías tres años y por eso eres homosexual, o tornero. todo menos la verdad: sencillamente que algunos hombres se sienten mal porque la vida es mala para ellos tal como es y que podría mejorarse fácilmente. pero no. los loqueros con sus paparruchas mecánicas que algún día se demostrará que son absolutamente falsas, seguirán diciéndonos que todos estamos locos y se les pagará con creces por hacerlo. lo que pasa sencillamente es que no estamos enfocándolo bien. ¿recuerdas alguna de las canciones?

«cuánta suerte tengo, cuánta,
puedo vivir con lujo
porque tengo el bolsillo lleno de
sueños...»

«es mío el universo
aunque tenga la cartera vacía
porque tengo el bolsillo lleno de
sueños...»

o:

«no más dinero en el banco
no más gente a quien poder dar las gracias
qué le vamos a hacer
oh, qué le vamos a hacer
apaguemos las luces y
a dormir.»

lo que no nos *contarán* es que nuestros locos, nuestros asesinos, *salen* de nuestro modo de vida actual, nuestro buen sistema norteamericano de vivir y morir. ¡Dios, el milagro es que no estamos todos *claramente* locos furiosos; en fin, considerando que hemos sido bastante sombríos hasta aquí, terminemos a la luz de lo fantástico, ya que estamos hablando de locura. recuerdo que estaba yo una vez en Santa Fe hablando, más bien bebiendo, con un amigo mío que era un loquero de cierto renombre y, entre trago y trago, me incliné hacia él y le pregunté:

–dime, Jean, ¿estoy loco? venga, chaval, dímelo de una vez. puedo aguantarlo.

él terminó el trago, lo posó en la mesita y me dijo:

–primero habrás de pagar la consulta.

entonces me di cuenta de que por lo menos uno de los dos estaba loco. el gobernador Reagan y los redactores deportivos de Los Ángeles no estaban allí. y aún no había sido asesinado el segundo Kennedy, pero tuve aquella sensación rara, sentado allí con él, de que no estaban bien las cosas, pero que nada bien, y que no lo estarían, que no lo estarían en por lo menos otro par de miles de años.

y en fin, amigo del mono del ejército, escribe tú lo tuyo...

———

–terminó –dijo él–, han ganado.

–han ganado, han ganado, han ganado –dijo Moss.

–¿y quién ganó el partido? –preguntó Anderson a Moss.

–no sé.

Moss se acercó a la ventana. vio a un norteamericano varón que pasaba. gritó por la ventana:

–eh, ¿quién ganó el partido?

–los Piratas tres dos –contestó el norteamericano varón.

–lo oíste, ¿no? –preguntó Moss a Anderson.

–sí. ganaron los Piratas tres dos.

–¿quién habrá ganado la novena carrera?

–eso lo sé yo –dijo Moss–. Spaceman II. siete a uno.

–¿quién montaba?

–Garza.

se sentaron a tomar su cerveza. no estaban borrachos del todo.

–han ganado –dijo Anderson.

–qué te cuentas, di –dijo Moss.

–bueno, pues que como no me agencie una tía enseguida voy a acabar loco.

–el precio es siempre demasiado alto. mejor olvídalo.

–ya sé, ya. pero cómo olvidarlo. empiezo a soñar locuras. que las doy por el culo a las gallinas.

–¿gallinas? ¿funciona?

–en sueños sí.

siguieron trasegando cerveza. eran viejos amigos, treinta y tantos, trabajos de mierda. Anderson, casado una vez, divorciado una vez, dos hijos por ahí. Moss, casado dos veces, divorciado otras dos, un hijo por ahí. era un sábado por la noche, en el apartamento de Moss.

Anderson lanzó al aire haciendo un gran arco una botella de cerveza vacía que aterrizó encima de las otras en el cubo de la basura.

–sabes –dijo–, los hay que, simplemente, no se les dan las mujeres. a mí, por ejemplo, nunca se me dieron demasiado bien. y me fastidia muchísimo todo el asunto. y cuando termina te sientes como si el jodido fueses tú.

–¿quieres tomarme el pelo?

–sabes bien lo que quiero decir: tienes la sensación de que te timaron, de que te estafaron. los calzoncillos allí en el suelo con su levísima mancha-mierda estival y ella camino del baño, victoriosa. y tú allí tumbado mirando al techo con la cara fláccida, preguntándote qué coño es aquello, sabiendo que tendrás que escuchar su cháchara huera el resto de la noche... y yo tengo una hija también. dime, ¿crees que soy un puritano o un marica, o algo así?

—no, hombre, no. sé lo que quieres decir. sabes, eso me recuerda que una vez, en casa de una tía, la conocía muy poco, un amigo me mandó más o menos allí. aparecí con una botella y le solté diez dólares. no estuvo mal y no me monté ninguna intimidad espiritual, ningún rollo sentimental. la dejé sintiéndome bastante libre, allí mirando al techo, estirado, y esperé a que ella hiciese su excursión al baño. pero ella hurgó bajo del colchón y sacó aquel andrajo y me lo pasó para que me limpiara. se me hundió el corazón. aquel coño de trapo estaba casi tieso. pero yo me hice el duro. busqué una zona blanda y me limpié. me costó trabajo encontrarla. luego usó el trapo *ella*. salí como un tiro de allí. y si quieres llamarle a eso puritanismo, allá tú. llámaselo.

estuvieron callados un rato los dos dándole a la cerveza.

—bueno, no seamos tan cabrones —dijo Moss.

—¿eh? —preguntó Anderson.

—*hay* algunas mujeres buenas.

—¿eh?

—sí, quiero decir cuando todo va bien: yo tuve una amiga, ay dios, era gloria pura. y ni rollos románticos ni nada parecido.

—¿qué pasó?

—murió joven.

—lástima.

—lástima, sí. casi muero yo también de la borrachera.

siguieron mamando cerveza.

—¿por qué será? —preguntó Anderson.

—¿por qué será qué?

—¿por qué será que estamos de acuerdo en casi todo?

—por eso somos amigos, supongo. eso es lo que significa la amistad: compartir el prejuicio de la experiencia.

—Moss y Anderson. un dúo. actuando en Broadway. los asientos estarían vacíos.

—sí.

(silencio, silencio, silencio) luego:

—la cerveza es cada vez más floja. ya no la hacen como antes.

—sí. Garza. nunca habría apostado por Garza.

—no tiene un porcentaje alto.

—pero ahora que González perdió su penco puede que consiga mejores marcas.

–González. no tiene fuerza ni envergadura suficiente. se le van los caballos en las curvas.

–gana más que nosotros.

–eso no es ningún milagro.

–no.

Moss tiró la botella de cerveza hacia el cubo, erró el tiro.

–nunca fui un atleta –dijo–. dios, en el colegio siempre me cogían el penúltimo cuando hacían equipos. después de mí iba el idiota subnormal, se llamaba Winchell.

–¿qué fue de Winchell?

–ahora es presidente de una empresa siderúrgica.

–vaya por dios, hombre.

–¿quieres oír el resto?

–¿por qué no?

–el héroe. Harry Jenkins. está en San Quintín.

–vaya. ¿están en la cárcel los hombres que deben estar o los que no deben?

–ambos: los que deben y los que no deben.

–tú has estado en la cárcel. ¿cómo es?

–lo mismo.

–¿qué quieres decir?

–bueno, es una sociedad del mundo en otro elemento, se gradúan ellos mismos según su actividad. los estafadores no se relacionan con los ladrones de coches. los ladrones de coches no se relacionan con los violadores. los violadores no se rozan con los exhibicionistas. todos los hombres se gradúan según lo que les cazaron haciendo. por ejemplo, el que hace películas porno tiene una graduación bastante alta y el que se metió con un niño la tiene bajísima.

–¿y cómo los gradúas tú a ellos?

–todos igual: cazados.

–sí, claro. ¿cuál es la diferencia entre un tipo que está en chirona y el individuo medio que anda por la calle?

–el que está en chirona es el Perdedor que lo ha *intentado*.

–tú ganas. pero sigo necesitando una tía.

Moss fue a la nevera y sacó más cervezas. se sentó y abrió dos.

–ay, las tías –dijo–. hablamos como chavales de quince años. sencillamente no puedo andar ya detrás del asunto. no soporto todos los aburridos preámbulos, todas esas minucias. hay hombres que tienen una especie de don natural. pienso en Jimmy Davenport. dios, qué tipejo vanidoso de mierda era, pero las mujeres sencillamente le adoraban. y como persona era un monstruo horrible. después de jodérselas solía ir a la nevera y mearles en los cuencos de ensalada y en las bolsas de leche; en donde podía. le parecía muy divertido. y ella salía y se sentaba, con los ojos destilando amor por aquel bastardo. me llevaba a las casas de sus chicas para enseñarme cómo lo hacía, e incluso me dejaba probar, un poco de vez en cuando, y por eso iba allí a verlo. pero parece que las mujeres más guapas andan siempre detrás de los mierdas más horribles, los farsantes más descarados. ¿o sólo tengo envidia, tengo la visión deformada?

—tienes toda la razón, hombre. la mujer ama al mentiroso por lo bien que miente.

—bueno, entonces, suponiendo que esto sea verdad, que la mujer procrea con el falsario, ¿no destruye esto una ley de la naturaleza? ¿no destruye la ley de que el fuerte se une con el fuerte? ¿qué clase de sociedad nos da esto?

—las leyes de la sociedad y las de la naturaleza son distintas. tenemos una sociedad antinatural. por eso estamos a punto de irnos al carajo. intuitivamente, la mujer sabe que el farsante sobrevive en nuestra sociedad, y por eso le prefiere. a ella sólo le interesa tener hijos y criarlos con seguridad.

—¿quieres decir entonces que la mujer nos ha conducido al borde del infierno en el que hoy estamos?

—la palabra para eso es «misógino».

—y Jimmy Davenport es Rey.

—¿rey de los Meones? las tías nos han traicionado y sus huevos atómicos se amontonan a nuestro alrededor...

—llámale «misoginia».

Moss alzó la botella de cerveza:

—¡por Jimmy Davenport!

Anderson alzó la suya:

—¡por Jimmy Davenport!

vaciaron las botellas.

Moss abrió otras dos.

—dos viejos solitarios echando la culpa a las mujeres...

–en realidad, somos un par de mierdas –dijo Anderson.

–sí.

–oye, ¿seguro que no conoces a un par de tías?

–puede.

–¿por qué no pruebas?

–eres un pesado –dijo Moss. luego, se levantó y fue al teléfono. marcó un número.

esperó.

–¿Shareen? –dijo–. oh sí, Shareen... Lov... Lov Moss... ¿te acuerdas? la fiesta de la avenida Katella. en casa de Lou Brinson... una noche terrible, sí, *sé* que estuve muy desagradable pero lo pasamos bien, ¿recuerdas? siempre me gustaste, es la cara, creo que es la cara, ese perfil tan clásico. no. sólo un par de cervezas. ¿qué tal Mary Lou? Mary Lou es buena persona. es que tengo un amigo. ¿qué? da clases de filosofía en Harvard. en serio. pero es un tipo muy normal... ¡ya *sé* que Harvard es una facultad. de derecho! pero qué demonios, también tienen Kants como él por allí! ¿qué? un Chevrolet del 65. acabo de hacer el último pago. ¿cuándo? ¿aún tienes aquel vestido verde del maldito cinturón que te queda colgando por el rabo? no me burlo. es muy sexy. y bonito. sigo soñando contigo y con las gallinas. ¿qué? es un chiste. ¿qué me dices de Mary Lou? de acuerdo, vale. pero dile que este chico es muy educado. tipo muy listo. algo tímido. ya entiendes... oh, un primo lejano. de Maryland. ¿qué? ¡bueno, demonios, yo tengo una *familia poderosa!* ah, sí, ¿de veras? vaya, qué graciosa eres. en fin, está en la ciudad y libre. ¡no, *claro* que no está casado! ¿por qué iba a mentir? no, sigo pensando en ti... aquel cinturón colgando... sé que suena un poco rancio... clase. tienes mucha clase. seguro, radio y calentador. ¿el Strip? allí ahora no hay más que críos. ¿y por qué no compro una botella?... de acuerdo, perdona, no, no quiero *decir* que seas vieja. demonios, ya me conoces, ya sabes que soy un bocazas. no, habría llamado pero me mandaron fuera de la ciudad. ¿qué edad? tiene treinta y dos pero parece más joven. creo que tiene una especie de beca. se va pronto a Europa. a dar clases en Heidelberg. que sí, que es verdad. ¿a qué hora? de acuerdo, Shareen. hasta la vista, querida.

Moss colgó. se sentó. cogió de nuevo su cerveza.

–tenemos una hora de libertad, profesor.

—¿una hora? —preguntó Anderson.

—una hora. tienen que empolvarse los coñitos, y demás. ya sabes cómo son esas cosas.

—¡por Jimmy Davenport! —dijo el profesor de Harvard

—por Jimmy Davenport —dijo el troquelador.

apuraron las botellas.

————————

sonó el teléfono.

estaba sentado en la alfombra. arrastró hasta el suelo todo el teléfono tirando del cable. luego descolgó. se oía un sonido.

—¿diga? —dijo.

—¿McCuller?

—¿sí?

—son ya tres días.

—¿de qué?

—de no venir a trabajar.

—es que estoy haciendo una Botella de Leyden.

—¿qué es eso?

—un aparato para almacenar electricidad estática que inventó Cuneo de Leyden en 1746.

colgó el teléfono y luego lo tiró al otro extremo de la habitación. quedó descolgado. terminó la cerveza y entró a cagar. se puso los pantalones y volvió a la otra habitación.

—¡DA DA! —cantó—,

   DA DA

      DA DA

         ¡DA DA DA DA!

le gustaba T. Brass de Herb A. Dios, qué amarga melancolía.

—RA DA

   RA DA

      RA DA DA DA...

cuando se sentó en el centro de la alfombra, allí estaba su hija de tres años y medio. él se tiró un pedo.

—¡eh! ¡te has tirado un PEDO! —dijo ella.

—¡ME TIRÉ UN PEDO! —dijo él.

los dos se echaron a reír.

—Fred —dijo ella.

—¿sí?

—tengo que contarte una cosa.

—suéltala.

—a mamá le sacaron toda aquella mierda del culo.

—¿sí?

—sí, aquellas personas andaban en su culo con los dedos y le sacaron toda aquella mierda de allí.

—¿pero por qué dices eso? sabes que no pasó.

—sí, pasó, *¡pasó!* ¡lo *vi* yo!

—tráeme una cerveza.

—vale.

fue corriendo a la otra habitación.

—RA DA

    —cantó él–,

       RA DA

         RA DA

           ¡RA DA DA DA!

volvió su hija con la cerveza.

—cariño –dijo él–, quiero contarte una cosa.

—de acuerdo.

—el dolor es ahora casi *absolutamente* total. cuando sea absolutamente total, ya no podré aguantarlo.

—¿por qué no te pones azul como yo? –preguntó ella.

—ya estoy azul.

—¿por qué no te pones azul como yo y como las flores?

—lo intentaré –dijo él.

—vamos a bailar «El hombre de la Mancha» –dijo ella.

él puso «El hombre de la Mancha». bailaron, él dos metros de altura y ella más o menos un tercio o un cuarto del tamaño de él. bailaban independientemente, con movimientos distintos, muy serios, aunque a veces se reían a la vez.

el disco se paró.

—Marty me pegó –dijo ella.

—¿qué?

—sí, Marty y mamá estaban abrazándose y besándose en la cocina y yo tenía sed y le pedí a Marty un vaso de agua y no quiso dármelo y entonces yo lloré y Marty me pegó.

—¡tráeme una cerveza!

–¡una cerveza! ¡cerveza!

él se levantó y se acercó el teléfono y lo colgó. en cuanto lo hizo, sonó.

–¿señor McCuller?

–¿sí?

–ha caducado el seguro de su automóvil. su nueva cuota es de doscientos cuarenta y ocho dólares anuales a pagar por adelantado. ha tenido usted tres multas de tráfico. consideramos cada infracción equivalente a un accidente de automóvil...

–¡mierda!

–¿qué?

–un accidente de automóvil le cuesta a usted dinero; una supuesta infracción me cuesta dinero a mí. y los muchachos de las motos, que nos protegen de nosotros mismos, tienen una cuota de dieciséis a treinta multas al día que cumplimentar para pagar sus casas, sus coches nuevos y ropa y baratijas para sus mujeres clase media baja. guárdese sus cuentos. he dejado de conducir. tiré el coche por el muelle anoche. sólo lamento una cosa.

–¿el qué?

–que yo no estuviese dentro de aquel jodido coche cuando se hundió.

McCuller colgó y cogió la cerveza que le había traído su hija.

–doncellita –dijo–, ojalá que algunas de tus horas sean menos duras que las mías.

–te quiero mucho, Freddie –dijo ella.

y le rodeó con sus brazos pero los brazos no podían rodear su cuerpo por completo.

–¡te aprieto! ¡te quiero! ¡te aprieto!

–¡yo te quiero también, doncellita!

la abrazó y la apretó. ella resplandecía, resplandecía. si hubiese sido un gato habría ronroneado.

–ay, ay, qué mundo extraño –dijo él–. lo hemos conseguido todo pero no podemos tenerlo.

se agacharon y se pusieron a jugar en el suelo a un juego llamado CONSTRUYE UNA CIUDAD. hubo cierta discusión sobre dónde estaban las vías férreas y a quién se permitía utilizarlas.

luego sonó el timbre. él se levantó y abrió la puerta. su hija les vio.

–¡mamá! ¡Marty!

–coge tus cosas querida, tenemos que irnos.

–¡yo quiero estar con Freddie!

–te he dicho que cojas tus cosas.

–¡pero yo quiero estar con Freddie!

–¡no voy a repetírtelo! ¡coge tus cosas o te pegaré en el culo!

–¡Freddie, diles *tú* que quiero quedarme!

–ella quiere quedarse.

–estás borracho otra vez, Freddie. ¡te *dije* que no quería que bebieras estando con la niña!

–¡bueno, *tú estás* borracha!

–no la llames borracha, Freddie –dijo Marty encendiendo un cigarrillo–. no me gustas nada. siempre me pareciste medio marica.

–gracias por decirme lo que piensas que soy.

–no la llames borracha, Freddie, o las llevas...

–un momento, tengo que enseñarte algo.

Freddie entró en la cocina, cuando salió cantaba:

–RA DA

    RA DA

       ¡RA DA DA DA!

Marty vio el cuchillo de carnicero.

–¿qué te propones hacer con *ese* chisme? te lo voy a meter por el culo.

–claro, hombre, pero quería decirte algo. la chica de la oficina de la compañía telefónica me llamó y dijo que me desconectarían el servicio porque no se habían pagado las últimas facturas. yo le dije que me gustaría echarle un polvo y colgó.

–¿y qué?

–quiero decir que yo *también* puedo desconectar.

Freddie actuó muy rápido. la rapidez fue una magia quieta. el cuchillo de carnicero tajó cuatro o cinco veces el cuello de Marty antes de que éste cayera de espaldas, escaleras abajo...

–Dios mío... no me mates, no me mates, por favor.

Freddie volvió a la otra habitación, tiró el cuchillo en la chimenea y se sentó de nuevo en la alfombra. su hija se sentó con él:

–ahora podemos acabar el juego.

–claro.

–ningún coche en la vía del tren.

—no, demonios, la policía nos detendría.

—y no queremos que la policía nos detenga, ¿verdad?

—je je.

—Marty es todo sangre, ¿verdad?

—claro que lo es.

—¿es de eso de lo que estamos hechos?

—principalmente.

—¿principalmente qué?

—principalmente sangre y huesos y dolor.

siguieron sentados allí jugando a «Construye una Ciudad». se oían las sirenas, una ambulancia, demasiado tarde. tres coches patrulla. pasó caminando un gato blanco, miró a Marty, alzó la nariz, salió corriendo. una hormiga empezó a subir por la suela de su zapato izquierdo.

—Freddie.

—¿qué?

—quiero decirte una cosa.

—dila.

—aquella gente le andaba a mamá en el culo, y le sacaban toda aquella mierda de allí con los dedos...

—vale, te creo.

—¿dónde está mamá ahora?

—no sé.

andaba mamá recorriendo las calles arriba y abajo contándoselo todo a los vendedores de periódicos y a los dependientes de las tiendas de ultramarinos y a los camareros y a los subnormales y a los sádicos y a los motoristas y a los comedores de sal y a los exmarineros y a los haraganes y golfos y tramposos y a los lectores de Matt Weinstock, y aquí y allá, y el cielo era azul y el pan estaba envuelto y por primera vez en años los ojos de aquella mujer eran vivos y bellos. pero sin duda la muerte era aburrimiento, la muerte era sin duda un latazo y ni siquiera los tigres y las hormigas sabrían nunca cómo y el melocotón chillaría un día.

———————

todos los ríos crecerán, y sin embargo la cosa anda mal. los maestros te atizan con reglas y los gusanos se comen el trigo; están montando ya las ametralladoras en los trípodes y los vientres son blancos y los vientres son negros y los vientres son vientres. sí, pegan a los hombres por el simple placer de *pegar;* los juzgados son sitios donde el final se escribe al principio, y todo lo que precede a eso es simple comedia. llevan a los hombres a habitaciones para interrogarles y salen medio hombres o ya ni hombres siquiera en absoluto. algunos tienen puestas en la revolución sus esperanzas, pero cuando te revelas e instauras tu nuevo gobierno descubres que tu nuevo gobierno es aún el mismo buen Papá de siempre. sólo que con una máscara de cartón. los muchachos de Chicago desde luego cometieron un error metiéndose con los grandes muchachos de la prensa; al atizarles así en la cabeza podrían ponerse a pensar y la gran prensa (aparte del antiguo *New York Times* y de algunas ediciones de *The Christian Science Monitor)* dejó de pensar cuando se declaró la primera guerra mundial. puedes machacar tranquilamente a OPEN CITY por publicar una porción normal del cuerpo humano pero si le atizas una patada en el culo al que escribe editoriales en un periódico de circulación millonaria, cuidado. ándate con ojo, podría empezar a escribir la verdad sobre Chicago y sobre todo lo demás, pese a los anunciantes. quizá sólo pudiese escribir una columna, pero esa columna podría (para variar) hacer pensar a millones de lectores y nadie sabe lo que podría pasar entonces. de todos modos, bien echado está el cierre: darte a elegir entre Nixon y Humphrey es como darte a elegir entre mierda caliente y mierda fría.

y las cosas no cambian gran cosa en ningún sitio. el asunto de Praga ha desanimado a muchos chicos que se habían olvidado de Hungría, andan por los parques con el ídolo Che, con fotos de Castro en sus amuletos, ahí van OOOOOOOOOOOOMMMMM OOOOOOOOOOMMMMMMMM, bajo los auspicios de William Burroughs, Jean Genet y Allen Ginsberg. esos escritores están liquidados, suavizados, atontados, agilipollados, afeminados (no amariconados sino afeminados) y si yo fuese un poli qué ganas me darían de machacar sus cerebros podridos. colgadme por eso si queréis. el escritor de la calle está dejando a los imbéciles chuparle la polla del alma. sólo hay un lugar para escribir, SOLO ante una máquina. el escritor que tiene que irse *a la* calle es un escritor que no conoce la calle. he visto suficientes fábricas, prostíbulos, cárceles, bares, oradores de parque, para cubrir *cien* vidas de cien hombres. ir a la calle cuando tienes un NOMBRE es elegir el camino fácil, con su AMOR, su whisky, su idolatría, su coño, mataron a Thomas y a Behan y medio asesinaron medio centenar más. CUANDO DEJAS TU MÁQUINA DEJAS TU AMETRALLADORA Y LAS RATAS INVADEN. cuando Camus empezó a hacer discursos en las academias, murió su fuerza de escritor. Camus no empezó como orador, sino como escritor; no fue un accidente de automóvil lo que le mató, no.

cuando alguno de mis pocos amigos pregunta: «¿por qué no das lecturas de poesía, Bukowski?» no entienden simplemente por qué les digo «no».

y en fin, tenemos lo de Chicago y lo de Praga, sí, y no es distinto de como siempre ha sido. al pequeño le darán en el culo y cuando (y si) el pequeño se hace grande, dará en el culo también él. preferiría de presidente a Cleaver que a Nixon pero de todos modos no es gran cosa. lo que esos revolucionarios de mierda que vienen a mi casa a beber mi cerveza y a comer lo que tengo y a exhibir sus mujeres deben aprender es que la cosa debe ir de dentro afuera. no puedes simplemente darle a un hombre un gobierno nuevo como un sombrero nuevo y esperar que sea un hombre distinto dentro de ese sombrero. seguirá teniendo las mismas tendencias pijoteras, la barriga llena y un equipo completo de Dizzy Gillespie no van a cambiar eso. son muchos los que juran que hay una revolución en marcha pero me jodería mucho ver que los matan a todos por nada. atiende, puedes matar a la mayoría de la gente sin matar nada, pero habrán muerto inevitablemente algunos hombres buenos. y luego, tendrás esto: gobierno sobre el pueblo: un nuevo dictador con piel de cordero. la ideología era sólo un medio de mantener la lucha en marcha.

la otra noche me dijo un tipo (estaba sentado en el centro de la alfombra, muy espiritual y muy maravilloso):

—voy a abrir todas las alcantarillas. ¡toda la ciudad flotará en cerotes!

bueno, el chico me había soltado ya cagadas suficientes como para enterrar en mierda a toda la ciudad dé Los Ángeles y mitad de camino a Pasadena.

luego dijo: «¿me das otra cerveza, Bukowski?»

su puta cruzó las piernas y me enseñó un relampagueo de braga rosa, así que me levanté y le di al chico una cerveza.

sí, revolución suena como muy romántico. pero no lo es. es sangre y tripas y locura; es niños asesinados por interponerse en el camino, niños que no entienden qué coño pasa. es tu puta, tu mujer con el vientre abierto de un bayonetazo y violada luego ante tus ojos. es hombres torturando a hombres que antes reían con los dibujos del ratón Mickey. antes de meterte en ese asunto, determina dónde está el espíritu y dónde estará cuando todo termine. no estoy de acuerdo con Dos *(CRIMEN Y CASTIGO)* en lo de que ningún hombre tiene derecho a disponer de la vida de otro. pero no vendría mal pensárselo un poco primero. por supuesto, lo malo es que ellos han estado quitándonos la vida sin disparar un tiro. también yo trabajé por sueldos de miseria mientras un pez gordo violaba vírgenes de catorce años en Beverly Hills. he visto cómo le quitaban a un hombre su trabajo por tardar cinco minutos más de lo normal en salir del retrete. he visto cosas de las que ni siquiera quiero hablar. pero antes de matar algo asegúrate de que tienes algo mejor con que sustituirlo; algo mejor que oportunistas políticos que sueltan palabrería de odio en el parque público. si tienes que pagar un dineral, busca algo mejor que una garantía de treinta y seis meses. hasta ahora sólo he visto ese anhelo emocional y romántico de Revolución; no he visto ni un dirigente sólido ni una plataforma realista que aseguren CONTRA la traición que hasta ahora siguió luego siempre. si he de matar a un hombre, no quiero verle sustituido por una copia fiel del mismo hombre y el mismo sistema. hemos malgastado la historia como una pandilla de borrachos jugando a los dados en los retretes del bar del barrio. me da vergüenza ser miembro de la especie humana pero no quiero añadir nada a esa vergüenza, quiero raspar y quitar un poquito de ella.

está bien hablar de Revolución con la barriga llena de cerveza ajena y viajando con una chica de dieciséis años de Grand Rapids escapada de casa; está muy bien hablar de Revolución mientras tres escritores gilipollas de fama mundial te tienen bailando el juego del OOOOOOOOMMMMMMM; pero hay que hacer otras cosas para conseguir que llegue eso; han de pasar más cosas. París, 1870-71, veinte mil personas asesinadas en las calles, las calles rojas, tanto como si hubiese llovido sangre, y las ratas que salen y devoran cadáveres, y gente hambrienta, sin saber ya qué significa aquello, que sale y arranca las ratas de los cadáveres y se las come.

¿y *dónde* está París esta noche? ¿y *qué* es París esta noche? mi camarada va a añadir una cagada a esto y sonríe. bueno, tiene veinte años y prácticamente sólo lee poesía y la poesía no es más que una bayeta húmeda en el fregadero.

y la hierba. siempre equiparan la hierba a la revolución. la hierba simplemente no es tan *buena*. por amor de Dios, si legalizasen la hierba, la mitad de la gente dejaría de fumarla. la Prohibición creó más borrachos que las verrugas de la abuela. la cuestión es que no puedes hacer lo que quieres. ¿quién quiere joder todas las noches con su mujer? o, en fin, aunque sea una vez a la semana...

hay muchas cosas que me gustaría hacer. me gustaría, en primer lugar, impedir que se nombraran candidatos presidenciales tan *feísimos*. luego, cambiaría los museos. no hay nada tan deprimente y tan absolutamente *apestoso* como un museo. nunca entenderé por qué no es mayor el porcentaje de chicas de tres años asaltadas en escaleras de museos. en primer lugar, instalaría por lo menos un bar en cada planta. habría para pagar todos los salarios y daría para la regeneración y salvación de algunos de los cuadros y del tambaleante tigre colmilludo cuyo ojo del culo empieza a parecer más que nada un bolsillo lateral de ocho bolas. luego pondría una banda de rock, una banda de swing y una orquesta sinfónica en cada planta, más tres o cuatro mujeres de buen ver para andar por allí y hacer bonito. uno no aprende nada ni *ve* nada si no vibra. la mayoría contempla el trasero de ese tigre colmilludo detrás de ese cristal caliente y sigue su camino sin más, algo más avergonzado y algo más aburrido.

pero os imagináis a un tipo y a su mujer, con una cerveza en la mano cada uno, mirando al tigre colmilludo y diciendo:

—¡joder, viste qué colmillos! ¿verdad que casi parece un elefante?

—ay, querido —diría ella—, ¡vámonos a casa a hacer el amor!

—¡ni hablar! —diría él—. tenemos que bajar antes al sótano a ver ese avión de 1917. dicen que lo pilotó el propio Eddie Rickenbacker. le pagaron mil setecientos. además, creo que tienen abajo a los Pink Floyd.

pero los revolucionarios quemarán el museo. creen que quemando se soluciona todo. pueden quemar hasta a su abuela si no corre bastante. y luego se dedicarán a buscar agua o a alguien que sepa operar del apéndice o que pueda impedir a los que de veras están locos que les corten el cuello mientras duermen, y van a ver cuántas ratas viven en la ciudad. no ratas humanas sino ratas ratas. y descubrirán que la rata es el último bicho que se ahoga, que arde, que se muere de hambre; es el primer bicho que encuentra comida y agua porque lleva siglos encontrándolas sin que nadie le ayude. las ratas son los verdaderos revolucionarios; las ratas son el verdadero underground, pero a ellas les da igual tu culito salvo quizá para meterle el diente, y tampoco les interesa el OOOOMMMM.

no quiero decir que haya que renunciar. estoy a favor del auténtico espíritu humano, esté donde esté, donde se haya escondido, sea lo que sea. pero cuidado con los farsantes que lo pintan todo de color de rosa y te dejan en la estacada con cuatro polis feroces y ocho o nueve muchachos de la guardia nacional y sólo tu ombligo por última oración. esos que gritan exigiendo tu sacrificio en los parques públicos suelen ser los que primero se largan en cuanto empieza el tiroteo. quieren vivir y escribir sus memorias.

antes era la cosa religiosa. no la farsa de la iglesia grande, que era un latazo. todos se aburrían, hasta el predicador. sino los sitios pequeños, que eran como tiendas, pintados de blanco. Dios, cómo tiraban de uno. yo entraba borracho y me sentaba allí a mirar. sobre todo cuando me echaban de los bares. para qué ir a casa a torturarse. los mejores tinglados religiosos estaban en Los Ángeles. seguían Nueva York y Filadelfia. aquellos predicadores eran unos artistas, amigo. casi me hacían rodar por el suelo también. la mayoría de aquellos predicadores andaban de resaca, con los ojos inyectados en sangre, necesitaban más dinero para poder beber, o puede que incluso para un pico, en fin, cualquiera sabe.

casi a punto estuvieron de hacerme rodar por el suelo y yo estaba frío y bastante cansado. era mejor que una mujer aunque sólo te cazase a medias. quiero dar las gracias a esos chicos, negros la mayoría, por algunas noches entretenidas; creo que si alguna vez escribí poesía en serio, quizá se la robara a ellos, *en parte.*

pero ahora se esfuma ese juego. dios, sencillamente, no pagaba el alquiler ni aportaba la botella de vino, por mucho que gritaran o ensuciaran sus últimos andrajos rodando por el suelo. dios decía ESPERA y es duro esperar con la tripa vacía y ya el alma no se siente tan bien y quizá no pases ya de los cincuenta y cinco. y la última vez que Dios apareció fue hace ya casi dos mil años y no hizo

69

más que unos cuantos trucos baratos de prestidigitador, dejó que unos cuantos judíos le liaran y luego se largó. uno acaba cansado de sufrir. los propios dientes de la propia boca no bastan para matarle a uno ni la misma mismísima mujer en la misma mismísima pequeña habitación.

los liantes religiosos están uniéndose a los liantes revolucionarios y uno ya no puede diferenciar, hermanos, culo de coño. tened en cuenta esto, y tendréis un principio. escuchad muy atentos y tendréis un principio. si os lo tragáis todo, quedaréis liquidados. dios se bajó del árbol, se llevó la serpiente y la tía buena del Edén y ahora tenemos a Karl Marx tirando manzanas de oro desde el mismo árbol, sobre todo maquillado de negro.

si hay una lucha, y creo que la hay, que la ha habido siempre, y que es la de los van Gogh y los Mahler, la de los Dizzy Gillespie y los Charley Parker, entonces, por favor, tened cuidado con vuestros caudillos, pues hay demasiados individuos en vuestras vidas que preferirían ser presidentes de la General Motors a quemar la gasolinera de la esquina. sólo que como no pueden conseguir una cosa, van a por la otra. son las ratas humanas de siempre, que nos han retenido donde estamos. es Dubcek que vuelve de Rusia mediohombre, aterrado por la muerte psíquica. el hombre ha de aprender al fin que es mejor morir mientras le cortan lentamente las bolas que vivir de cualquier otro modo. ¿estupidez? no más estupidez que el mayor de todos los milagros. pero si estás cogido en la trampa, no olvides nunca qué es lo que estás haciendo, exactamente, o el alma se hundirá. Casanova acostumbraba a meter los dedos, las manos, por debajo de los vestidos de las damas mientras en el patio del rey despedazaban hombres; pero él también murió, y sólo era un tipo de gran polla y gran lengua y sin valor alguno. decir que vivió bien es cierto; y lo es también que yo podría escupir sobre su tumba sin el menor reparo. las señoras suelen irse detrás de los más tontos. por eso la raza humana está donde está hoy: hemos engendrado astutos y sempiternos Casanovas, todos huecos por dentro, como los huevos de Pascua de chocolate que damos a nuestros pobres niños.

el nido de las artes como los nidos de los revolucionarios está lleno de unos insensatos de lo más increíble cubiertos de piojos, que buscan solaz cocacolesco porque ni pueden encontrar trabajo como lavaplatos ni pintar como Cézanne. si el molde no te admite, sólo cabe rezar o trabajar por otro molde nuevo. y si descubres que *ese* molde no te sirve, ¿por qué no otro entonces? todo el mundo contento, seguro en su camino.

sin embargo, pese a que soy tan viejo, me satisface mucho vivir en esta época segura. EL HOMBRE CORRIENTE SE HA CANSADO YA DE TANTO CUENTO. está ocurriendo en todas partes. Praga. Watts. Hungría. Vietnam. no es el gobierno. es el Hombre contra el gobierno. es el Hombre que no permite ya que le engañen con unas navidades blancas con la voz de Bing Crosby y unos huevos de Pascua teñidos que hay que esconderles a los chicos que deben TRABAJAR PARA ENCONTRARLOS. de futuros presidentes de Norteamérica cuyos rostros en las pantallas de televisión te hacen salir corriendo al baño para vomitar.

me gusta esta época. me gusta esta sensación. los jóvenes han empezado al fin a pensar. y cada vez son más los jóvenes. pero en cuanto consiguen un ariete de sus sentimientos, perece asesinado. los viejos y los atrincherados están muertos de miedo. saben que la revolución puede llegar a través de las urnas a la manera norteamericana. podemos matarlos sin un tiro. podemos liquidarlos simplemente siendo más reales y humanos y no votando mierdas. pero qué listos son. ¿qué nos ofrecen? Humphrey o Nixon. como dije, mierda fría, mierda caliente, todo es mierda.

lo único que ha impedido que me asesinasen a mí es que soy mierda pequeñita, no tengo ninguna política. observo. no tengo bando, salvo el bando del espíritu humano, que, en fin, parece en el fondo muy superficial, cuento de charlatán, pero que significa sobre todo *mi* espíritu, que significa el *tuyo* también, porque si no estoy de veras vivo ¿cómo podré verte?

sí amigo, me gustaría ver un buen par de zapatos en todo hombre que anda por la calle y ver que todos se consiguen una buena tía y que, además, pueden llenarse el buche de comida. dios, eché mi último polvo en 1966 y llevo meneándomela desde entonces. y, ay, no hay paja comparable al agujero de la maravilla.

son duros estos tiempos, hermano, y no sé exactamente qué decirte. soy blanco, pero he tenido que llegar a admitir (no confiéis demasiado en la capa de pintura) que los blancos son blandos y a mí tampoco me gusta la mierda blanda. pero he visto que muchos de vosotros, negros, sois capaces también de hacerme ir vomitando de Venice Este a Miami Beach. no tiene piel el Alma. el alma tiene sólo entrañas que quieren CANTAR, por fin, ¿es que no oís, hermanos? muy suave, ¿no oís, hermanos? una buena tía y un Cadillac nuevo no resolverían nada. Popeye estará al quite, y tu próximo presidente será Nixon. Cristo se escurrió de la Cruz y ahora estamos clavados nosotros en esa cabrona, blancos y negros, negros y blancos, todos bien clavados.

nuestra elección casi no es elección. si vamos muy deprisa estamos listos. si no vamos deprisa estamos liquidados. éste no es nuestro juego. ¿cómo cagar con dos mil metros de corcho cristiano metidos por el culo?

para aprender, no leas a Karl Marx. es mierda ya muy seca. aprende, por favor, el espíritu. Marx es sólo tanques cruzando Praga. no te dejes cazar así, por favor. en primer lugar, lee a Céline. el mejor escritor en dos mil años. incluye, por supuesto, *EL EXTRANJERO* de Camus. *CRIMEN Y CASTIGO*. *LOS HERMANOS*. Kafka entero. todas las obras del escritor desconocido John Fante. los cuentos cortos de Turguénev. evita a Faulkner, Shakespeare y sobre todo a George Bernard Shaw, la fantasía más pomposa de todos los TIEMPOS, una auténtica mierda con conexiones políticas y literarias de lo más increíble. el único más joven que se me ocurre con carretera pavimentada delante y beso en el culo si hace falta fue Hemingway, pero la diferencia entre Hemingway y Shaw es que Hem escribió algunas cosas buenas al principio y Shaw escribió siempre mierda.

en fin, aquí estamos mezclando Revolución y Literatura y las dos ajustan. ajusta todo de una manera u otra. pero ya me he cansado, lo dejo hasta mañana.

¿estará el Hombre esperando a mi puerta?

¿a quién le importa?

ojalá que con esto se te derrame el té.

————

¿es así como termina todo? ¿Muerte que entra por la nariz en Todas Partes? qué barato. qué plagio. qué brutal... una hamburguesa cruda que apesta olvidada en el horno.

vomitó por encima del pecho, demasiado enfermo para moverse.

nunca mezcles pastillas y whisky. no era ninguna broma, amigo.

podía sentir el alma flotar allí fuera desde abajo, desde su cuerpo. podía sentirla allí colgando como un gato, los pies clavados en los muelles.

¡vuelve, cabrona! le dijo.

pero su alma soltó una carcajada, me has tratado demasiado mal durante demasiado tiempo, amigo. tienes lo que mereces.

eran más o menos las tres de la mañana.

en su caso, no era la muerte lo importante. en su caso, lo importante eran las partes sueltas y sin resolver que se dejaba: una niña de cuatro años en algún campamento hippie de Arizona. calzoncillos y calcetines tirados por el suelo. platos por el suelo. un coche sin pagar, facturas del gas, facturas de la luz, facturas del teléfono, y partes suyas abandonadas por casi todos los estados de la Unión. partes suyas dejadas en coños sin lavar de tantas putas. partes suyas dejadas en astas de banderas y salidas de incendios, en solares vacíos, en cursos para la comunión de la Iglesia católica, en celdas carcelarias, barcos; partes suyas tiradas en vendas y tiritas por las alcantarillas. partes suyas dejadas en los despertadores que se tiran, en zapatos tirados, en mujeres tiradas, en amigos tirados...

era tan triste, tanto, tan tristísimo. ¿quién podía disipar la tristeza, dadas las circunstancias? no podía nadie, no. no había manera. nadie podía hacerlo ni nunca lo había hecho. sólo cabía intentarlo y ponerse más triste que la tristeza misma porque no había camino que te llevara a casa.

de nuevo vomitó, luego se quedó quieto. oía chillar los grillos. grillos en Hollywood. en el bulevar Sunset. los saludables grillos: no tenía más que aquello.

todo acabó, Dios mío, se decía.

se acabó, hermano, sí, dijo su alma.

pero quiero ver otra vez a mi hijita, le dijo él a su alma.

¿tu hijita otra vez? ¡qué artista eres tú! ¡no eres un *hombre!* ¡eres blando!

soy blando, contestó a su alma, tienes razón, soy blando, sí.

había agotado ya todas las curas. no servía la cerveza. ni el agua siquiera. ni pastillas, ni pico ni hachís ni hierba ni amor ni sonido (sólo grillos) ni siquiera esperanza (sólo grillos) ni siquiera una cerilla para prender fuego a aquel sitio de mierda.

73

entonces se puso peor.

empezó a sonar en su cabeza una y otra vez la misma melodía:

–harías mejor cuidando tu negocio, Mister Business.

«mientras puedas aún...»

y eso era. la misma melodía una vez y otra y otra:

–harías mejor cuidando tu negocio, Mister Business.

«mientras puedas aún...»

–harías mejor cuidando...

harías mejor...

–harías...

con un esfuerzo extraído sólo de la locura de espacio (¿quién puede disipar la tristeza? no puede nadie). se incorporó y encendió la lamparita de arriba, que era por entonces sólo una bombilla, pues la pantalla se había roto hacía mucho (¿quién puede disipar la tristeza?) y cogió una postal sacada del buzón unos días antes, y la postal decía:

«Querido: te felicitamos empapados en cerveza alemana y schnapps,

en cristal de colores, esperando...»

el texto se disolvía en el garrapateo torpe y zafio de los muchachos ricos que viven sin problemas y sin necesidad de un excesivo ingenio o de coraje.

decía algo de salir para Inglaterra al día siguiente. los poemas llegan lentamente. demasiada grasa, pocas visitas. demasiado tener colgando el mundo de la punta del pijo.

«te consideramos el mejor poeta desde Eliot».

luego la firma del profesor y la de su alumno favorito.

¿sólo desde Eliot? poca cosa era. él les había enseñado a aquellos cabrones a escribir una poesía viva y transparente y ahora ellos se dedicaban a recorrer alegremente Europa mientras él se moría solo en una miserable habitación de Hollywood.

–harías mejor cuidando tu negocio, Mister Business.

«mientras puedas aún...»

tiró la postal aquella al suelo. no importaba. si pudiese al menos sentir una buena y reconfortante piedad de sí mismo, o sentir una cólera leve o cierto anhelo mierdoso de venganza, podría salvarse aún. pero lo tenía todo seco por dentro. estaba ya seco y era un imbécil y llevaba siéndolo ya mucho.

74

hacía unos dos años que los profesores habían empezado a llamar a la puerta, intentando descubrir el origen de aquello. y no había qué decirles. los profesores eran todos iguales. buena facha y más bien relajados de un modo femenino, largas piernas, grandes ojos de vista panorámica, y, en realidad, bastante tontos, por lo que sus visitas no le divertían nada. en el fondo, eran sólo los nobles cabezones de una estructura en cambio, que, como el tonto aquel de la confitería, se negaban a ver que ardían y se desmoronaban las paredes. su caramelo era la inteligencia.

el aferrarse al intelecto, el aferrarse al intelecto, el aferrarse...

–harías mejor cuidando tu negocio, Mister Business.

«mientras puedas aún...»

y Dios, sí, él *era* blando. los poemas eran todos muy duros; había jugado al duro siempre, pero era un blando. en realidad todo el mundo era blando... el duro estaba allí sólo para cubrir al blando. qué trampa ridícula y estúpida.

sintió necesidad de salir de la cama. le costó. vomitó por todo el pasillo. las arcadas sacaron pulpa verde amarilla y algo de sangre. sintió calor primero, después escalofríos; nuevos escalofríos, luego calor. las piernas como patas gomosas de elefante. flup. flup. flup... y mira (hizo un guiño a alguien que estaba en algún sitio): el quejumbroso y aterrado Ojo de Confucio sobre su último trago.

disipa la tristeza.

entró en la habitación exterior pensando...

es una suerte tener esta habitación exterior, incluso *ahora...*

–eh, Mister Business.

probó a sentarse en una silla, falló, cayó de rabadilla al suelo, se echó a reír, luego miró el teléfono.

así es como termina el Solitario: muriendo solo. agonizando solo.

un Solitario debe prepararse *antes.*

todos esos poemas de nada servirán. esas mujeres que jodí, de nada servirán. y las que no jodí, desde luego, de nada servirán. necesito que alguien disipe esta tristeza. que alguien diga comprendo, amigo, ahora asúmelo y muere.

miró al teléfono, y pensó y pensó y pensó, pensaba a quién podría llamar capaz de disiparle la tristeza, de decir simplemente lo justo, y recorrió los pocos conocidos de los muchos millones que existían... los recorrió uno a uno, los pocos conocidos, muy consciente además de haberse adelantado, no era la hora adecuada para morir, no era correcto, y todos pensarían que estaba haciendo el tonto o que estaba fingiendo o llorándola o loco, y no podría odiarles por hacerlo, no podría reprochárselo: todos estaban encerrados, masturbados, troceados, y cada uno en su propia celdita, eh, Mister Business...

¡hijo de la gran puta!

quien hubiese inventado aquel juego había conseguido una perfecta obra maestra. llámale Dios. se merecía un tiro entre los ojos. pero nunca asomaba la cara para que no pudieses apuntarle. el Tiempo de los Asesinos había olvidado al Mayor de Todos. en otros tiempos casi enganchan al Hijo. pero él se escabulló y aún tenemos que seguir tambaleándonos sobre un resbaladizo suelo de baldosas. el Espíritu Santo nunca se presentó; estaba meneándosela. el más listo de todos.

con que pudiese hablar con mi hijita por teléfono, moriría feliz, pensó.

su alma salió del dormitorio con una lata de cerveza, una lata vacía.

—ay, eres un blandengue, blandengue, blandengue. ¡jódete! tu hijita está en un campamento hippie mientras su madre anda tocándoles los huevos a los tontos. ¡acéptalo, Solitario cagaina!

—... *¡necesitas* amor, *necesitas* amor, y al final te alcanzará el amor, amigo mío!

¿me alcanzará al Final?

Muerte Grande y Severa, sí.

se echó a reír. luego paró. volvió a arrojar. más sangre ahora. sangre más que nada.

se olvidó del teléfono. volvió al sofá.

—... *necesitas* amor, *necesitas* amor...

bueno, pues menos mal, pensó, cambiaron ya de disco.

la agonía no llegaba tan fácil como él había pensado. sangre, sangre por todas partes, las persianas bajadas. la gente preparándose para ir a trabajar. de pronto, al darse vuelta, pareció ver en la estantería todos sus libros de poemas y se dio cuenta entonces, entonces se dio cuenta, de que había fracasado, ni siquiera hasta Eliot, ni siquiera hasta ayer por la mañana, se disiparía, era sólo un mono más que caía del árbol a la boca del tigre, y resultaba triste un momento, pero sólo un momento.

daba igual, daba igual disipar la tristeza. Satchmo, vete a casa. Shostakóvich, que estás en tu Quinta, olvídalo. Peter Ill. Cobarde, porque te casaste con una soprano chiflada con patas de gallo, y lesbiana, cuando ni siquiera eras un hombre, olvídalo. a todos nos ha tentado el juego y todos fracasamos como mamones, y como artistas, y como pintores, y como médicos y como chulos, y como boinas verdes, y como lavaplatos, y como dentistas, y como trapecistas y como recolectores de peras.

cada hombre está clavado en su cruz especial.

disipa la tristeza.

—*necesitas* amor, *necesitas* amor...

luego se levantó y subió las persianas. las malditas persianas, podridas todas. se desmoronaron al tocarlas, se deshicieron, lanzaron un chorro perruno de sonido y cayeron al suelo.

y el maldito sol estaba podrido. traía las mismas flores viejas, las mismas chicas viejas de todas partes.

miró a la gente que se iba a trabajar. no aprendió más de lo que siempre había sabido.

la inseguridad del saber era lo mismo que la seguridad del no saber.

ninguna era mejor; nada valían.

se estiró en el sofá del casero. su sofá, de momento.

y después de tanto follón, no pasó nada.

murió.

---

el sastrecillo estaba muy contento. sentado allí, cosiendo. fue cuando la mujer llegó a la puerta y llamó al timbre cuando se inquietó. «crema agria, tengo crema agria para vender», dijo ella. «lárgate, apestas», dijo él, «¡no quiero tu crema de mierda!» «¡eeeeh!», dijo ella, «¡aquí huele a demonios! ¿por qué no saca la basura?», y se marchó corriendo.

y entonces el sastre recordó aquellos tres cadáveres. uno estaba en la cocina, tumbado allí en el suelo, frente al fogón. otro estaba de pie, colgado por el cuello en el armario, rígido, de pie allí. y el otro en la bañera, sentado, tieso, bueno, no exactamente tieso, porque podía verse la cabeza justo asomando por el borde. estaban empezando a aparecer las moscas y eso no le gustaba. las moscas parecían muy contentas con aquellos cadáveres, se emborrachaban con aquellos cadáveres, y si las espantaba se enfadaban muchísimo. nunca había oído zumbar a las moscas con tanta rabia. le atacaban, le picaban incluso, y, en fin, las dejó en paz.

se sentó otra vez a coser y volvió a sonar el timbre. parece que no me van a dejar coser, pensó.

era Harry, su compadre.

–hola, Harry.

–hola, Jack.

Harry entró.

–¿qué peste es ésta?

–cadáveres.

–¿cadáveres? ¿bromeas?

–no, echa un vistazo.

Harry los encontró con la nariz. encontró el de la cocina, luego el del armario, luego el de la bañera.

–¿por qué los mataste? ¿te volviste loco? ¿qué vas a hacer? ¿por qué no ocultas los cuerpos, te libras de ellos? ¿estás loco? ¿por qué los mataste? ¿por qué no llamas a la policía? ¿has perdido el juicio? ¡dios mío, qué PESTE! ¡oye, amigo, no te me ACERQUES! ¿qué vas a hacer? ¿qué va a pasar ahora? ¡ARRRG! ¡QUE PESTE! ¡ME VOY A PONER MALO!

Jack seguía cosiendo. él cosía y cosía y cosía. como si intentase ocultar algo.

–Jack, voy a llamar a la policía.

Harry fue hacia el teléfono pero se sintió mal. entró en el baño y vomitó en el cagadero con la cabeza del cadáver de la bañera asomando en el borde.

salió, cogió el teléfono, descubrió que quitando el micrófono podía meter el pene en aquel chisme. metió y sacó y estaba bien. muy bien. pronto completó el acto, colgó el teléfono, subió la cremallera, se sentó frente a Jack.

–Jack, ¿estás loco?

–Becky dice que ella cree que estoy loco. me amenaza con encerrarme.

Becky era la hija de Jack.

–¿sabe lo de esos cadáveres?

–todavía no. anda de viaje, por Nueva York. es jefa de sección de uno de esos grandes almacenes. se consiguió un buen puesto. estoy orgulloso de esa chica.

–¿lo sabe María?

María era la mujer de Jack.

–María no lo sabe. ya no aparece por aquí. desde que consiguió el trabajo de la panadería se cree que es alguien. vive con otra. a veces pienso que se ha vuelto lesbiana.

–bueno, mira, yo no puedo llamar a la policía por ti. eres amigo mío. tendrás que arreglar esto solo. pero ¿te importa decirme por qué los mataste?

–no me gustaban.

–pero no puedes andar por ahí matando a la gente que no te gusta.

–es que no me gustaban nada.

–¿Jack?

–¿eh?

–¿quieres usar el teléfono?

–si no te importa.

–el teléfono es tuyo, Jack.

Jack se levantó y se bajó la cremallera. metió el pene en el teléfono. metió y sacó y estaba bien. completó el acto. subió la cremallera. se sentó y empezó a coser otra vez. luego sonó el teléfono. volvió al teléfono.

–¡ah, hola, Becky! ¡cuánto me alegra que llamaras! estoy perfectamente. ah sí, es que le sacamos una pieza al teléfono, es por eso. Harry y yo. es que está aquí Harry ahora. ¿Harry es qué? ¿de veras piensas eso? yo creo que es buen chico. nada. sólo cosiendo. Harry está sentado aquí conmigo. una tarde algo oscura. realmente sombría si te fijas. no hay nada de sol. pasa gente por la ventana, unas caras tan feas. sí, estoy perfectamente. me siento muy bien. no, aún no. pero tengo una langosta congelada en la nevera. me gusta mucho la langosta. no, no la he visto. ahora se cree muy importante. sí, se lo diré. no te preocupes. adiós, Becky.

Jack colgó y volvió a sentarse. se puso a coser otra vez.

–sabes –dijo Harry–, eso me recuerda cuando yo era joven... ¡estas *malditas* moscas! ¡yo no estoy MUERTO!... pues sí, de joven trabajé en esto, sí, yo y aquel otro chico. lavábamos cadáveres. de vez en cuando caía alguna mujer que estaba buena. y entré un día y allí estaba Mickey, el otro muchacho, encima de una. «¡Mickey!» le dije: «¿qué estás HACIENDO? ¡NO TE DA VERGÜENZA!» pero él me miró de reojo y siguió dándole. cuando bajó, me dijo: «Harry, me he tirado por lo menos a una docena. ¡es cojonudo! ¡prueba! ¡verás!» «¡oh, no!», le dije, una vez que estaba lavando a una que estaba realmente buena, anduve metiéndole el dedo. pero nunca pude pasar de eso. Jack seguía cosiendo.

—¿crees que tú habrías probado con una, Jack?

—¡demonios, yo qué sé, cómo voy a saberlo!

siguió cosiendo. luego dijo:

—oye, Harry, he tenido una semana muy dura. quiero comer algo y dormir un poco. tengo una langosta. pero ya sabes lo raro que soy. me gusta comer solo. no me gusta comer delante de la gente. así que...

—¿qué? ¿ya quieres que me vaya? te veo un poco raro. bueno, está bien, me voy.

Harry se levantó.

—no te marches enfadado, Harry. seguimos siendo amigos. dejemos así las cosas. llevamos mucho tiempo de amistad.

—claro, desde el treinta y tres. ¡qué tiempos aquéllos! Roosevelt. la NRA. la WPA. pero lo conseguimos. estos chavales de ahora no saben nada.

—desde luego que no.

—bueno, hasta luego, Jack.

—adiós, Harry.

Jack acompañó a Harry hasta la puerta, abrió la puerta, le vio marchar. los mismos viejos pantalones andrajosos. siempre vestía como un pordiosero.

luego Jack entró en la cocina, sacó la langosta del congelador, leyó las instrucciones. siempre aquellas jodidas instrucciones. luego vio aquel cadáver que había junto al fogón. tenía que quitarlo. la sangre se había secado debajo hacía ya mucho. la sangre hacía ya mucho que se había endurecido en el suelo. el sol salió por fin de detrás de una nube y era el final ya de la tarde, casi el oscurecer y el cielo se hizo rosa y parte de aquel rosa entró por la ventana. casi podía vérsele entrar, muy poco a poco, como la gigantesca antena de un caracol. el cadáver estaba bocabajo, la cara vuelta hacia el fogón con el brazo izquierdo doblado debajo del cuerpo. la mano abierta y vuelta hacia arriba justo apuntando hacia el costado izquierdo. la antena rosada del caracol iluminó la mano, volvió la mano rosa. Jack se fijó en la mano, tan rosa, qué aire tan inocente. sólo una mano, una mano rosa entregada a sí misma. como una flor. por un momento, Jack pensó que se había movido. no, no se había movido. era una mano rosa, sólo una mano, una mano inocente. Jack estuvo allí un rato, de pie, mirando aquella mano. luego se sentó con la langosta. miró la mano. luego empezó a llorar. dejó la langosta y apoyó la cabeza entre los brazos, allí en la mesa, y se puso a llorar. lloró un buen rato. lloró como una mujer. lloró como un niño, lloró como suele llorarse. luego se fue a la otra habitación, cogió el teléfono.

–telefonista, la comisaría de policía. sí, ya sé que suena raro. le falta una pieza. póngame con la comisaría. sí, por favor.

luego esperó.

–¿sí? bueno, escuche, yo maté a un hombre. ¡tres hombres! ¡en serio, *sí!* en serio. quiero que vengan a cogerme. y traigan una furgoneta para los cadáveres. estoy loco. he perdido el juicio. no sé cómo pasó. ¿qué?

Jack dio la dirección.

–¿qué? eso es porque falta la pieza del micrófono. fui yo. jodí el teléfono.

el hombre seguía hablando, pero Jack le colgó.

y volvió a la cocina, se sentó a aquella mesa y volvió a apoyar la cabeza en los brazos. ya no lloraba. sólo era estar sentado allí con aquel sol, que no era rosa ya; y se fue el sol y estaba oscureciendo, y entonces pensó en Becky, luego pensó en matarse y luego ya no pensó en nada. la langosta sudafricana estaba allí junto a su codo izquierdo, empaquetada. nunca llegó a comérsela.

———

me había emborrachado un poco aquella noche y ese tipo que me ha publicado un par de libros me dijo:

–Bukowski, ¿quieres ir a ver a L.?

L. era un escritor famoso. llevaba cierto tiempo siendo escritor famoso. obras traducidas a todo, las mierdas incluso. ayudas, becas, amantes, esposas, premios, novelas, poemas, relatos, cuadros... vive en Europa. se relaciona con los grandes. todo eso.

—no, mierda, no —le dije a Jensen—. su rollo me aburre.

—pero tú dices eso de todo el mundo.

—bueno, es que es verdad.

Jensen se sentó y me miró, a Jensen le gustaba sentarse y mirarme. no podía entender por qué era yo tan tonto. yo era tonto, sí. pero también la luna.

—él quiere conocerte. ha *oído hablar* de ti.

—¿de veras? yo he oído hablar de él.

—te sorprenderías si supieses cuánta gente ha oído hablar de ti. estuve en casa de N. A.* la otra noche y dijo que quería que fueses a cenar. ella, sabes, conoció a L. en Europa.

—¿de veras?

—y los dos conocieron a Artaud.

—sí, y ella seguramente no se puso a tiro.

—así es.

—no se lo reprocho, tampoco yo lo habría hecho.

—hazme un favor, vete a verle.

—¿a Artaud?

—no, a L. terminé el vaso.

—vamos.

fue largo el viaje en coche desde el barrio miserable donde vivía yo a la residencia de L. y L. tenía toda una residencia. Jensen enfiló el camino de coches y el camino de coches era tan largo como una rampa de salida de una autopista normal.

—¿es éste el tipo que anda siempre aullando POBREZA? —pregunté.

—vamos.

—dicen que debe al gobierno ochenta y cinco grandes en atrasos fiscales.

—pobre diablo.

salimos del coche. era una casa de tres plantas. había un columpio en el porche delantero y una guitarra de doscientos cincuenta dólares encima del columpio. un pastor alemán culigordo apareció corriendo, bufando, espumeando y yo le mantuve a raya con la guitarra, no quiero decir tocándola, quiero decir esgrimiéndola mientras Jensen tocaba el timbre.

una cara amarilla y arrugada abrió una mirilla y dijo:

* N. A. y L.: Anaïs Nin y Henry Miller, presumiblemente. *(N. de los T.)*

−¿quién es?

−Bukowski y Jensen.

−¿quién?

−Bukowski y Jensen.

−no les conozco.

el pastor alemán saltó y sus dientes casi me rozan la yugular de pasada. le aticé un buen golpe cuando aterrizó, pero se sacudió un poco y se encogió para volver a saltar, el pelo erizado, mostrándome aquellos sucios dientes amarillos.

−Bukowski escribió ALL THE DAMN TIME, SCREAMING IN THE RAIN. yo soy Hilliard Jensen. NEW MOUNTAIN PRESS.

el pastor lanzó un último gruñido antes de disponerse a saltar, pero él le dijo:

−¡eh, Pupú, estate quieto!

Pupú se tranquilizó un poco.

−Pupú bonito −dije−. ¡Pupú bonito!

Pupú me miró sabiendo que mentía. por fin el buen L. abrió la puerta.

−bueno, pasad −dijo.

tiré la guitarra rota en el columpio y entramos. la habitación delantera era como un aparcamiento subterráneo.

−sentaos −dijo L. podía elegir entre tres o cuatro sillas. elegí la más próxima.

−le doy al sistema un año más −dijo L.−. la gente ha despertado. vamos a pegarle fuego a toda esta mierda.

chasqueó los dedos:

−desaparecerá −(chasqueo)− ¡así! ¡una vida nueva y mejor para todos nosotros!

−¿hay algo de beber? −pregunté.

L. tocó un timbrecito que había junto a su silla.

−¡MARLOWE! −gritó.

luego me miró:

−leí su último libro, señor Meade.*

−no, yo soy Bukowski −dije.

---

* Taylor Meade: actor, poeta, cineasta; célebre personaje neoyorquino vinculado a la Factory de Andy Warhol, en varias de cuyas películas intervino. (*N. de los T.*)

se volvió a Jensen.

—entonces *tú eres* Taylor Meade. ¡Perdona!

—no, no, soy Jensen. Hilliard Jensen. *NEW MOUNTAIN.*

en ese momento, un japonés, pantalones negros relumbrantes, chaqueta blanca, entró trotando en la habitación, se inclinó sólo un poco, sonriendo, como si algún día fuese a matarnos a todos.

—Marlowe, gilipollas, estos señores quieren beber algo. pregúntales qué quieren y sírvelo enseguida o te doy una zurra.

era curioso, parecía como si hubiesen eliminado de la cara de L. todo dolor. aunque había arrugas, las arrugas parecían, más o menos, arroyuelos, cosidos o pintados encima, o *tirados* encima. una cara extraña. amarilla. calva, ojos pequeños. una cara insignificante y sin esperanza, a primera vista. pero *entonces,* cómo podía haber escrito todo *aquello?* «¡oh, sí, Mac tenía una polla muy grande! ¡nunca se vio polla igual! ¡qué cacho de polla, Dios mío! no había otra igual en la ciudad. era la más grande todo al oeste del Mississippi. todos hablaban de la polla de Mac. sí, menudo cacho polla tenía Mac...» etc. en cuanto al estilo, L. les había comido el coco a todos, aunque a mí me parecía bastante torpe.

Marlowe volvió con las bebidas y diré algo en favor de Marlowe: las servía abundantes y fuertes. dejó las bebidas y se fue con su trotecillo. vi cómo balanceaba las ancas embutidas en aquellos pantalones ceñidos mientras volvía trotando a la cocina, que era su sitio.

L. parecía ya borracho. vació la mitad de su vaso. era hombre de whisky y agua.

—nunca olvidaré aquel hotel de París. estábamos allí todos. Kaja, Hal Norte, Burroughs... los mayores cerebros literarios de nuestra generación.

—¿cree que eso le ayudó a escribir, señor L.? —pregunté.

era una pregunta estúpida. me miró con dureza, luego me permitió conocer su sonrisa:

—todo me ayuda a escribir.

y seguimos sentados allí, bebiendo y mirándonos. L. tocó otra vez el timbre y Marlowe entró con su trotecillo para iniciar el proceso de reabastecimiento.

—Marlowe —dijo L.— está traduciendo a Edna St. Vincent Millay al japonés.

—maravilloso —dijo Jensen de *NEW MOUNTAIN.*

no veo nada maravilloso en traducir a Edna St. Vincent Millay al japonés, pensé.

–no veo nada maravilloso en traducir a Edna St. Vincent Millay al japonés –dijo L.

–bueno, Millay está anticuada, pero ¿qué es lo que le pasa a la poesía moderna? –preguntó el *NEW MOUNTAIN*.

demasiada juventud, demasiada precipitación y lo dejan demasiado pronto, pensé.

–no tiene cualidades perdurables –dijo el viejo.

no sé. dejamos de hablar todos, en realidad, no nos caíamos bien. Marlowe entraba y salía trotando con bebidas. yo tenía la sensación de estar en una terrible cueva subterránea o en una película sin significado. sólo escenas sin relación. hacia el final, L. se levantó de pronto y abofeteó a Marlowe, fuerte, no entendí lo que significaba aquello. ¿sexo? ¿aburrimiento? ¿juego? Marlowe sonrió y volvió corriendo al coño de Millay.

–no dejo entrar en mi casa a ningún hombre que no sea capaz de soportar toda la sombra y de soportar toda la luz –dijo L.

–oye amigo –le dije–, creo que tienes mucho cuento, nunca me ha gustado tu material.

–y a mí tampoco me ha gustado el tuyo, Meade –dijo el viejo–. todo ese rollo de chuparles el coño a las estrellas de cine. a una estrella de cine puede chuparle el coño cualquiera. vaya cosa.

–*puede* –dije yo–. ¡y no soy Meade!

el viejo se levantó y avanzó tambaleante hacia mi silla, aquel viejo traducido a dieciocho idiomas.

–¿quieres pelear o joder? –preguntó.

–quiero joder –dije.

–¡MARLOWE! –gritó L.

Marlowe entró trotando y L. gritó:

–¡BEBIDA!

yo había creído REALMENTE que pediría a M. que se bajase los pantalones para que yo pudiese tener lo que quería, pero no fue así. sólo pude contemplar el bamboleo de las ancas de M. corriendo de vuelta a la cocina.

empezamos las nuevas rondas.

–sí –(chasqueo) dijo L.–. ¡el sistema está liquidado! ¡lo reduciremos a cenizas!

luego, la cabeza del viejo cayó hacia delante y se quedó traspuesto. estaba liquidado.

—vamos —dijo Jensen.

—espera un momento —dije.

me acerqué al viejo y metí el brazo por la parte de atrás de la mecedora, bajé hacia el culo.

—¿pero qué haces? —preguntó Jensen.

—todo me ayuda a escribir —dije— y este cabrón está cargado.

conseguí al fin coger la cartera y dije:

—¡vamos!

—no deberías hacer eso —dijo Jensen, y nos dirigimos hacia la puerta de salida.

algo agarró mi brazo derecho y me lo torció a la espalda.

—¡dejamos TODOS LOS DINEROS AQUÍ ANTES DE MARCHAR EN HONOR DEL SEÑOR L.! —dijo el traductor de E. S. Millay.

—¡estás rompiéndome el brazo, nipón de mierda!

—¡DEJAMOS TODOS LOS DINEROS AQUÍ! ¡EN HONOR DEL SEÑOR L.! —gritó.

—¡ATÍZALE, JENSEN! ¡ATÍZALE! ¡QUÍTAME DE ENCIMA A ESTE CABRÓN!

—¡si tu amigo me toca, tu brazo ROTO!

—vale, coge la cartera. ¡al diablo con ella! me ha llegado un cheque de Grove Press.

él cogió la cartera de L., la tiró al suelo. luego cogió la *mía,* la tiró al suelo.

—¡eh, eh, un MOMENTO! ¿qué eres tú? ¿qué clase de chiflado eres tú?

—¡DEJAMOS TODOS LOS DINEROS AQUÍ! ¡EN HONOR DEL SEÑOR L.!

—¡es increíble! esto es peor que una casa de putas.

—¡ahora dile a tu amigo que deje caer al suelo la cartera o te rompo el brazo!

Marlowe aumentó ligeramente la presión para indicarme que podía hacerlo.

—Jensen! ¡tu cartera! ¡TÍRALA!

Jensen tiró su cartera. Marlowe me soltó el brazo. me volví hacia él. sólo podría utilizar el izquierdo.

—¿Jensen? —pregunté.

Jensen miró a Marlowe.

—no —dijo.

miré al viejo que seguía traspuesto. parecía haber una leve sonrisilla en sus labios.

abrimos la puerta. salimos.

—Pupú bonito —dije.

—Pupú bonito —dijo Jensen.

entramos en el coche.

—¿no quieres que vaya a ver a nadie más esta noche? —pregunté.

—bueno, estaba pensando en Anaïs Nin.

—deja de pensar. no creo que pudiese tratar con ella.

Jensen sacó el coche de allí. era sólo una cálida noche más del sur de California. pronto llegamos al bulevar Pico y Jensen enfiló hacia el Este. la revolución no llegaría para mí con tanta rapidez.

———————

—«Red» —dije al muchacho—, yo ya no existo para las mujeres. en gran parte por culpa mía. no voy a bailes, fiestas, lecturas de poesía, *love-ins** y toda esa mierda. y allí es donde andan husmeando las putas. yo solía ligar en los bares o en el tren a la vuelta de Del Mar, en cualquier parte en que se bebiese. ahora ya no puedo soportar los bares. esos tipos sentados allí, solos, pasando las horas, esperando que caiga alguna tía. un panorama lamentable para la especie humana.

Red lanzó al aire una botella de cerveza, la cogió al vuelo, la abrió en el borde de mi mesita de café.

—todo está en la mente, Bukowski. no lo necesitas.

—todo está en la punta de mi pijo, «Red». lo necesito.

—recuerdo aquella vez que agarramos a aquella vieja borracha. la atamos a una cama con una cuerda. cobramos a cincuenta centavos el polvo. vinieron todos los tullidos, locos y chiflados del barrio. en tres días y tres noches, pasaron por allí por lo menos quinientos clientes.

—¡por Dios, «Red», vas a conseguir que me ponga malo!

—creí que eras el Viejo Indecente.

* Reunión de gente con el propósito de meditar, amar o tomar drogas o hablar y comer, o todo ello, con actitud fraternal y solidaria. *(N. de los T.)*

—eso es sólo porque no me mudo los calcetines a diario. ¿la dejabais levantarse a orinar o a defecar?

—¿qué es «defecar»?

—vete a la mierda. ¿le dabais de comer?

—los borrachos no comen. le dábamos vino.

—me siento mal.

—¿por qué?

—lo que hicisteis fue muy cruel, una animalada. aunque, bien pensado, los animales no lo harían.

—ganamos doscientos cincuenta dólares.

—¿qué le disteis a ella?

—nada. la dejamos allí, con dos días de habitación pagados.

—¿la desatasteis?

—claro, no queríamos que nos acusaran de asesinato.

—qué atentos.

—hablas como un predicador.

—toma otra cerveza.

—yo puedo conseguirte una tía.

—¿cuánto? ¿cincuenta centavos?

—no, un poco más.

—no, gracias.

—ves, en realidad, no quieres.

—puede que tengas razón.

fuimos los dos a por cerveza. él se la bebió enseguida. luego se levantó.

—sabes, yo siempre llevo mi navajita de afeitar encima, aquí mismo, debajo del cinturón. la mayoría de los vagabundos tienen problemas para afeitarse. yo no. yo voy preparado y cuando estoy en la carretera llevo dos pantalones, sabes, y me quito los de arriba cuando llego a una población, me afeito, me doy un baño, me pongo la camisa blanca debajo de la azul marino, que lavo en el fregadero, saco una corbata a rayas, me limpio los zapatos, elijo una chaqueta que haga juego con los pantalones en una tienda de ropa de segunda mano, y dos días después me agencio un trabajo de oficina, entre los mierdas. no saben que yo acabo de salir del furgón de un mercancías. pero no aguanto esos trabajos. enseguida, casi sin darme cuenta, echo a andar otra vez.

no sabía qué decirle de aquello, así que me callé y seguí bebiendo.

–y siempre llevo este ganchito de coger hielo cogido aquí en la manga con este elástico, mira.

–sí, ya veo. tengo un amigo que dice que un abridor de lata de cerveza es un arma muy buena.

–tiene razón tu amigo. pero mira, si me para la pasma suelto siempre el gancho, alzo los brazos, grito ¡NO DISPAREN!

Red representó todo el acto allí sobre la alfombra.

–... y tiro el gancho de hielo. nunca me lo cogen encima. no sé cuántos ganchos de hielo habré tirado, muchísimos.

–¿usaste alguna vez el gancho de hielo, «Red»?

me miró muy raro.

–vale, vale –dije–, olvida la pregunta.

y nos sentamos allí otra vez a beber cerveza.

–leí una vez tu columna en un sitio que estuve. creo que eres un gran escritor.

–gracias –dije.

–yo intenté escribir, pero no salía. me siento y no sale.

–¿qué edad tienes?

–veintiuno.

–dale tiempo.

y siguió allí sentado pensando en ser escritor. luego, sacó algo del bolsillo de atrás.

–me dieron esto para que no hablara.

era una cartera de cuero trenzado en tiras estrechas.

–¿quién?

–vi a dos matar a un tío y me dieron esto para que me callara.

–¿por qué le mataron?

–tenía esta cartera con siete dólares.

–¿cómo le mataron?

–con una piedra. estaba bebiendo vino y cuando vieron que estaba borracho ya le machacaron la cabeza con una piedra. y cogieron la cartera. yo estaba mirando.

–¿qué hicieron con el cadáver?

–a primera hora de la mañana pasó el tren a repostar. sacaron el cuerpo y lo metieron allí mismo en una cañada de esas del ganado, entre la hierba, luego volvieron al vagón y el tren siguió.

—ya —dije yo.

—luego los polis encuentran un cadáver como ése, miran la ropa, la cara de borracho, no hay «identificación». borran el caso de los libros. es sólo un vagabundo. qué más da.

seguimos allí bebiendo unas horas más, y le conté cosas, no tan buenas desde luego. luego los dos nos quedamos callados. pensando. luego él se levantó.

—bueno, amigo, hay que seguir ruta. ha sido una gran noche.

me levanté.

—desde luego que sí, «Red».

—bueno, coño, ya nos veremos.

—sí, coño, sí, «Red».

sentía como una resistencia a dejar que marchara. en cierto modo, había sido una gran noche.

—hasta la vista, hombre.

—adiós, Bukowski.

vi cómo rodeaba el matorral por la izquierda, hacia Normandie, hacia Vermont. donde tenía una habitación pagada para tres o cuatro días, y luego se esfumó y entró en la casa lo que quedaba de la luna, lo hizo, y yo cerré la puerta, liquidé una última y cansina cerveza, con la luz apagada, me fui a la cama, me desnudé, me metí allí mientras abajo en los patios ferroviarios ellos andaban entre las vías eligiendo vagones, sitios, destinos anhelados: poblaciones mejores, tiempos mejores, mejor amor, mejor suerte, mejor algo. nunca lo encontrarían, nunca dejarían de buscar.

me dormí.

————

se llamaba Henry Beckett y era una mañana de lunes, acababa de levantarse, miró por la ventana a una mujer de minifalda cortísima, pensando, casi no me impresiona ya, eso no es bueno. una mujer tiene que llevar algo encima o no hay nada que quitar. carne cruda es sólo carne cruda.

estaba ya en calzoncillos y pasó al baño a afeitarse. cuando miró en el espejo vio que su cara era color oro con lunares y puntos verdes. miró otra vez. aún con la brocha de afeitar en la mano. luego la brocha cayó al suelo. la cara seguía en el espejo: color oro con lunares y puntos verdes. empezaron a moverse las paredes.

Henry se apoyó en el lavabo. luego, de pronto, volvió al dormitorio, se tiró en la cama boca abajo. estuvo allí cinco minutos, la cabeza bufando, palpitando, excavando, vomitando. luego se levantó y fue al baño y miró otra vez al espejo: cara color oro con manchas verdes. cara de brillante oro con brillantes manchas verdes.

fue al teléfono.

–sí, soy Henry Beckett. no puedo ir hoy. estoy malo. ¿qué? oh, tengo el estómago muy mal. muy mal.

colgó.

fue de nuevo al baño. no había nada que hacer. la cara aún seguía allí. llenó la bañera, luego fue al teléfono. la enfermera quería darle hora para el próximo *miércoles.*

–¡oiga, es un caso urgente! ¡tengo que ver al doctor *hoy*! ¡es cuestión de vida o muerte! no puedo explicárselo, no, no puedo contárselo, pero *por favor,* ¡métame hoy! ¡tiene que hacerlo!

le dio hora para las tres y media.

se quitó los calzoncillos y se metió en la bañera. vio que su cuerpo era también color de oro con puntos y lunares verdes. todo. por todas partes. cubría su vientre, su espalda, sus testículos, su pene. no lo quitaría con jabón. salió. se secó, se puso otra vez los calzoncillos.

sonó el teléfono. era Gloria. su novia. trabajaba allá abajo.

–Gloria, no puedo contarte lo que pasa. es horrible. no, no tengo la sífilis. es peor que eso. no puedo contártelo. no lo creerías.

ella dijo que iría a la hora del almuerzo.

–no, por favor, nena, antes me mato.

–¡voy *ahora mismo!* –dijo ella.

–por favor, POR FAVOR, no...

pero había colgado. miró el teléfono, lo colgó, entró otra vez en el baño. ningún cambio. volvió al dormitorio, se tumbó, miró las grietas del techo. era la primera vez que se fijaba en las grietas del techo. parecían muy cordiales, lindas, amistosas. se oía el tráfico, un esporádico piar de pájaros, voces en la calle... una mujer diciendo a un niño: «venga, camina *más deprisa,* por favor», de vez en cuando, pasaba el rumor de un avión.

sonó el timbre. entró en la habitación de fachada y atisbó por las cortinas. era Gloria con blusa blanca y falda azul claro de verano. nunca la había visto tan guapa. una fresca rubia que desbordaba vida; la nariz algo fea, demasiado gorda, pero cuando te acostumbras, hasta la nariz también te gusta. su corazón, se daba cuenta, tictaqueaba como bomba en armario vacío. era como si le hubiesen vaciado las entrañas y sólo estuviese allí dentro el corazón, gimiendo hueco. gimiendo hueco.

—¡no puedo dejarte entrar, Gloria!

—¡abre de una vez esa puerta, imbécil!

vio que intentaba verle por entre las cortinas.

—Gloria, no entiendes...

—¡he dicho que abras esa puerta!

—vale —dijo—. ¡vale, como quieras!

sentía el sudor por toda la cabeza, le goteaba detrás de las orejas, le caía cuello abajo.

abrió de golpe.

—¡JESÚS! —medio gritó ella, tapándose la boca.

—YA TE LO DIJE, intenté DECÍRTELO, ¡TE LO DIJE!

él retrocedió. cerró ella la puerta y avanzó hacia él.

—¿qué es eso?

—yo qué demonios sé. no me toques, no toques. podría ser contagioso.

—pobre Henry, oh, pobrecillo, pobrecito mío...

siguió aproximándosele. tropezó él con un cubo de basura.

—¡te dije que no te acercaras, cojones!

—¿por qué? si hasta casi estás guapo.

—¡CASI! —gritó él—. PERO NO PUEDO SALIR A VENDER SEGUROS ASÍ, ¿NO TE PARECE?

entonces, los dos se echaron a reír. luego, él estaba en el sofá y lloraba. tenía la cara verde y oro entre las manos y lloraba.

—dios, ¿no podría ser un cáncer, una angina de pecho, algo agradable y limpio? ¡dios se ha cagado en mí, eso es, Dios se me ha cagado encima!

ella le besaba por el cuello y por las manos con que se tapaba la cara. la apartó:

—¡para, estate quieta!

—te quiero, Henry, no me importa esto.

—estas jodidas mujeres están todas locas.

—desde luego. bueno, dime, ¿cuándo vas al médico?

—a las tres y media.

–tengo que volver a la oficina. telefonéame en cuanto sepas algo. vendré por la noche.

–vale, vale –luego ella se fue.

a las tres y media él tenía un sombrero calado hasta las cejas y una bufanda al cuello. gafas oscuras. condujo hasta casa del médico siempre mirando al frente, procurando parecer invisible. nadie pareció fijarse en él.

en el consultorio, todos estaban leyendo *LIFE, LOOK, NEWS-WEEK;* etc. no había casi sitio en sillas y sofás y hacía calor. sonaban las hojas. bajó la mirada a su revista, procurando que no le miraran. todo fue bien quince o veinte minutos, y luego una chiquilla que andaba por allí botando una pelota, la botó junto a él, tropezó en su zapato y, al tropezar en su zapato, la cogió y le miró. luego volvió con una mujer muy fea de orejas como pastelillos y ojos como el interior de las almas de las arañas y dijo:

–mami, ¿qué le pasa a ese hombre en la CARA?

y mami dijo:

–Ssssssssch!

–¡PERO ES QUE TIENE TODA LA CARA AMARILLA CON MANCHAS ROJAS GRANDES POR ENCIMA!

–*Mary Ann,* ¡te dije que te estuvieras QUIETA! ¡venga, siéntate un rato aquí junto a mí y deja de correr por ahí! ¡VENGA, te dije QUE TE SENTARAS AQUÍ!

–¡oh, *mami!*

la chiquilla se sentó, lloriqueando, mirándole a la cara, lloriqueando y mirándole a la cara.

llamaron a la chiquilla y a mami. llamaron a otro. entraron más, salieron. por fin le llamó el médico.

–señor Beckett.

le siguió.

–¿cómo está, señor Beckett?

–míreme y lo verá.

el médico se volvió.

–¡Dios mío! –dijo.

–sí –dijo el señor Beckett.

–¡*nunca* vi nada igual! desnúdese, por favor, y échese en la mesa. ¿cuándo ocurrió esto por primera vez?

–esta mañana, cuando desperté.

–¿cómo se siente?

–como untado en mierda que no se quitase.

–quiero decir, físicamente.

–me sentí bien hasta que miré al espejo.

el doctor le enrolló el tubo al brazo.

–presión sanguínea normal.

–oiga, dejémonos de cuentos, eso ya vendrá luego. no sabe lo que es, ¿verdad?

–no, nunca vi nada igual.

–no habla usted nada bien el inglés, doctor, ¿de dónde es usted?

–Austria.

–Austria. ¿qué va a hacer conmigo?

–no sé. Quizá un especialista de la piel, hospitalización, análisis.

–estoy seguro de que les pareceré muy interesante. pero no se irá.

–¿qué no se irá?

–lo que he cogido. lo siento dentro. no se irá, nunca.

el médico se puso a auscultarle. Beckett apartó con brusquedad el estetoscopio. empezó a vestirse.

–¡no se precipite, señor Beckett, por favor!

luego, se había vestido y estaba fuera ya. dejó el sombrero, la bufanda, las gafas oscuras. llegó a casa y cogió el rifle de caza y munición bastante para matar un batallón. cogió la desviación de la autopista que llevaba a una loma. la loma dominaba una curva prolongada que reducía la velocidad de los coches que bajaban, no entendía por qué no se había fijado nunca en aquella loma. salió del coche y subió a la cima. limpió de polvo la mira telescópica, cargó, corrió el seguro y apuntó.

al principio, no le cogía el truco. disparaba y el tiro parecía dar detrás del coche. luego practicó guiando los coches hacia la bala. la velocidad de los coches era prácticamente la misma, pero él instintivamente variaba la dirección de las balas según la velocidad variable de cada coche. el primer tipo al que le dio fue muy raro. la bala le entró por la sien derecha y entonces pareció alzar la vista hacia él, y luego el coche se le fue, pegó en la valla, dio una vuelta de campana y él le tiró ya al otro que llegaba, una mujer, falló, le dio en el motor, salió fuego, y ella se quedó allí sentada en aquel coche chillando y braceando y ardiendo, no quiso verla arder. la liquidó. se paró el tráfico. salía la gente de los coches: decidió no tirar a más mujeres. es algo de mal gusto. ni a los niños. de mal gusto. un médico de Austria. ¿por qué no se quedarían en Austria? ¿es que en Austria no había enfermos? alcanzó a cuatro o cinco hombres más antes de que se dieran cuenta de que era un tiroteo, luego llegaron los coches patrulla y las ambulancias. bloquearon la autopista. les dejó meter a los muertos y heridos en la ambulancia. a los enfermeros no les disparó. tiró a los polis. le dio a uno, uno muy corpulento. perdió la noción del tiempo. oscureció. se dio cuenta de que subían loma arriba hacia él. no se quedó en la misma posición. avanzó hacia ellos. cazó a dos en una emboscada por el flanco izquierdo. luego unos cuantos que disparaban a su derecha le llevaron otra vez hacia arriba. querían acorralarle, una posición fija era lo peor. intentó escurrirse de nuevo pero el fuego era demasiado intenso. retrocedió lentamente hacia la cima, defendiendo todo el terreno posible. les oía hablar y soltar tacos. eran varios, dejó de disparar y esperó. localizó a otro. vio una pernera entre los matorrales, apuntó donde calculó que estaría el tronco, oyó un grito, luego siguió subiendo. la oscuridad crecía. Gloria le habría abandonado. él habría abandonado a Gloria con una labor de pintura como aquélla. ¿sería capaz de llevar a una chica púrpura y oro a un concierto de Brahms?

luego, le tenían ya en la cima, pero ellos no tenían matorrales en los que protegerse. había rocas pero eran muy pequeñas. y todos querían volver a casa vivos. él decidió que podía aguantar bastante tiempo. empezaron a tirar bengalas. alcanzó algunas, pero otras estallaron y pronto hubo demasiadas bengalas ardiendo para que pudiese liquidarlas. y ahora disparaban a mansalva sobre él, cada vez más cerca... mierda. mierda. bueno.

entonces se encendió una bengala muy cerca y Henry pudo ver sus manos en el rifle. miró otra vez. sus manos eran BLANCAS.

¡BLANCAS!

¡se había *ido!*

¡él era BLANCO, BLANCO, BLANCO!

—¡EH! —gritó—. ¡LO DEJO! ¡ME RINDO! ¡ME ENTREGO!

Henry se rasgó la camisa, se miró el pecho: BLANCO.

se quitó la camisa, la ató al extremo de su rifle, la agitó, dejaron de tirar.

el loco y ridículo sueño había terminado, el hombre oro y verde había muerto, había desaparecido el payaso; qué chiste, qué mierda, ¿había sido real? ¡imposible! debía de ser su mente. ¿o había pasado? ¿había pasado Hiroshima? ¿había pasado de veras algo alguna vez?

lanzó el rifle hacia ellos, con fuerza. luego, bajó lentamente a su encuentro, las manos en alto, gritando:

—¡ME ENTREGO! ¡ME RINDO! ¡ME RINDO! ¡ME RINDO!

oía voces mientras avanzaba hacia ellos.

—¿qué vamos a hacer, dime?

—no sé. puede ser una trampa.

—mató a Eddie y a Weaver.

—¡me cago en su alma!

—ya está cerca.

—¡me entrego! ¡me rindo!

uno de los polis le pegó cinco tiros. tres en la barriga, dos en los pulmones.

le dejaron allí todo un minuto antes de hacer nada. luego salieron. llegó primero el que le había tirado. le dio la vuelta con la bota, lo puso boca arriba. era un negro aquel poli, Adrian Thompson, ochenta y tres kilos, una casa casi pagada cerca de la zona oeste; y sonreía Adrian a la luz de la luna.

y seguía el tráfico en la autopista de nuevo, como siempre.

———

en todas partes nos aferramos a las paredes del mundo, y en lo más profundo de la resaca, pienso en dos amigos que me aconsejaron varios métodos de suicidio. ¿qué mejor prueba de amorosa camaradería? uno de mis amigos tiene cicatrices de cuchillas de afeitar por todo el brazo izquierdo. el otro introduce píldoras a montones en una masa de barba negra. los dos escriben poesía. hay algo en lo de escribir poesía que lleva a un hombre al borde del abismo. sin embargo, es probable que los tres vivamos hasta los noventa. ¿te imaginas el mundo del 2010 d. C.? por supuesto, su aspecto dependerá en gran parte de lo que se haga con la Bomba. supongo que los hombres seguirán comiendo huevos para desayunar, tendrán problemas sexuales. escribirán poesía. se suicidarán.

creo que la última vez que intenté suicidarme fue en 1954. vivía en la tercera planta de un edificio de apartamentos de la avenida Mariposa N. cerré todas las ventanas y abrí las espitas del horno y de los fogones, sin encenderlas, por supuesto. luego me tumbé en la cama. el gas al escapar sin prenderse hace como un silbido muy suave. me quedé dormido. habría resultado, de no ser que el inhalar el gas me levantó tal dolor de cabeza que me desperté. me levanté de la cama, riendo, y diciendo, «¡maldito imbécil, tú no quieres matarte!» apagué el gas y abrí las ventanas. y seguí riéndome. me parecía una broma muy divertida. y en fin, menos mal que no funcionaba el automático del termo, porque si no aquella llamita me hubiese sacado de modo explosivo de mi linda temporadita en el Infierno.

unos años antes, desperté de una semana de borrachera decidido a matarme. estaba cobijado con un bombón por entonces, y no trabajaba. se había acabado el dinero, se debía el alquiler, y aunque hubiese podido encontrar algún tipo de trabajo esporádico, eso no me habría parecido más que otro tipo de muerte. decidí matarme en cuanto ella se fuese de la habitación. entretanto, salí a la calle, con cierta curiosidad, no mucha, por saber qué día era. en nuestras borracheras, días y noches se mezclaban. bebíamos y hacíamos el amor continuamente, sólo. era cerca del mediodía y bajé la cuesta a enterarme qué día era en el quiosco de la esquina. viernes, decía el periódico. bueno, el viernes era un día tan bueno como cualquier otro. luego vi el titular. PRIMO DE MILTON BERLE* ALCANZADO EN LA CABEZA POR PIEDRA DESPRENDIDA. en fin, ¿cómo demonios vas a suicidarte cuando escriben titulares como ése? agarré un periódico y volví con él. «¿sabes lo que pasó?» pregunté. «¿qué?» dijo ella. «al primo de Milton Berle le cayó una piedra en la cabeza». «¿no bromeas?» «qué va». «¿y qué clase de piedra sería?» «creo que era de esas redondas, lisas y amarillas». «sí, eso creo yo también». «¿de qué color tiene los ojos el primo de Milton Berle?» «supongo que una especie de marrón, un marrón muy claro». «ojos marrón claro, piedra amarillo claro». «¡CLUNK!» «sí, CLUNK!» salí y me agencié un par de botellas y pasamos un día magnífico, pese a todo. creo que el periódico de aquel titular de aquel día se llamaba algo así como «The Express» o «The Evening

---

* Milton Berle, célebre actor cómico, una estrella de la televisión. *(N. de los T.)*

Herald». no estoy seguro. de todos modos, quiero darle las gracias al periódico que fuese y también al primo de Milton Berle y a aquella piedra redonda, amarilla y lisa.

en fin, dado que el tema parece ser suicidio, recuerdo una vez que estaba trabajando en los muelles, solíamos almorzar en aquellos muelles de San Francisco con los pies colgando por el borde. bueno, un día estaba yo sentado allí y el tipo de al lado se quita los zapatos y los calcetines, los coloca cuidadosamente al lado. estaba sentado junto a mí. luego oí el chapoteo y allá abajo estaba. fue muy extraño. gritó «¡SOCORRO!» justo antes de que su cabeza tocara el agua. luego hubo sólo un breve braceo, nada del otro mundo, y yo no sentía gran cosa, me limitaba a mirar aquellas burbujas de aire que subían. luego se acercó corriendo un hombre y empezó a gritarme, «¡HAY QUE HACER ALGO! ¡QUIERE SUICIDARSE!» «¿qué demonios puedo hacer yo?» «¡conseguir una cuerda, tirarle una cuerda o algo!» me levanté de un salto y corrí a la cabaña donde un viejo envolvía paquetes y cajas de cartón. «¡DAME UNA CUERDA!» él me miró sin decir nada. «¡MALDITA SEA, DAME UNA CUERDA. HAY UN HOMBRE AHOGÁNDOSE. QUIERO ECHARLE UNA CUERDA!»

el viejo dio la vuelta y cogió algo que me entregó. lo entregó cogido con dos dedos. era un pedacito de cuerda blanca, reseca. «¡CONDENADO HIJOPUTA!» le grité.

por entonces, ya un joven se había quitado todo menos los calzoncillos y se había tirado al agua y había sacado a nuestro suicida. al chico le dieron el resto del día libre sin descontarle nada. nuestro suicida pretendía haberse caído por accidente, pero no podía explicar lo de quitarse los zapatos y los calcetines. nunca volví a verle. puede que completara el trabajo aquella noche. nunca puedes saber lo que atribula a un hombre. incluso cosas triviales pueden resultar terribles si entras en un determinado estado mental. y el peor cansancio de pesar/miedo/penuria de todos es el no poder explicar ni entender ni aclarar siquiera. simplemente pesa sobre uno como una losa de metal laminado y no hay modo de quitársela de encima. ni siquiera por veinticinco dólares la hora. lo sé. ¿suicidio? el suicidio parece incomprensible al menos que uno mismo esté pensando en ello. no hay que pertenecer al Sindicato de Poetas para unirse al club. vivía yo de joven en aquel hotelucho barato y mi amigo era un hombre mayor, un ex presidiario, cuyo trabajo consistía en hurgar en las tripas de las máquinas de hacer caramelos. no parece mucho para vivir de ello, ¿verdad? el caso es que bebíamos juntos algunas noches y él parecía un buen tipo, una especie de gran muchacho de cuarenta y cinco años, tranquilo y despreocupado, sin ninguna malicia. Lou se llamaba. había trabajado en las minas de diamantes. nariz de halcón. grandes manos deformadas, zapatos en chancleta, despeinado, no tan bueno como yo con las señoras... por entonces. en fin, lo cierto es que perdió un día de trabajo por el trago y los peces gordos del caramelo le echaron. vino y me lo explicó. le dije que no se preocupase: en realidad, el trabajo lo único que hace es robarle a un hombre magníficas horas. no pareció impresionarle mucho mi material casero y se largó. bajé hasta su puerta unas dos horas después a sacarle un par de cigarros. no contestó a la llamada, así que supuse que estaría allí dentro borracho. empujé la puerta y se abrió. allí estaba en la cama, con las espitas de gas abiertas. estoy seguro de que la compañía de gas del Sur de California sencillamente no sabe a cuánta gente sirve. en fin, abrí las ventanas y apagué el hornillo de gas y el calentador de gas. no tenía cocina. era sólo un ex presidiario que había perdido el trabajo de hurgar en las entrañas de las máquinas de caramelos por haber faltado un día. el jefe me dice que soy el mejor obrero que ha tenido. lo malo es que falto demasiados... dos días el mes pasado. me dijo que si faltaba otro día, se acabó.

me acerqué a la cama y le zarandeé.

—¡tu puta madre!

—¿qué?

—tu puta madre, ¡como vuelvas a hacer esto, te corro a patadas en el culo por toda la ciudad!

—¡oh, Ski, ME SALVASTE LA VIDA! ¡TE DEBO LA VIDA! ¡ME SALVASTE LA VIDA!

siguió con su cantinela de «me salvaste la vida» durante unas dos semanas de borrachera. se echaba sobre mi novia con aquella nariz ganchuda, ponía su gran mano deforme sobre la mano de ella, o peor aún, en la rodilla, y decía: «¡sí, este jodido hijoputa me salvó la VIDA! ¿LO SABÍAS?»

—me lo has contado varias veces, Lou.

—¡SÍ, ÉL ME SALVÓ LA VIDA!

dos días después, se fue. dejando a deber dos semanas de alquiler. nunca volví a verle.

esto ha sido una especie de resaca, pero hablar de suicidio evita cometerlo. ¿o no? estoy acabando mi última cerveza y mi radio en el suelo toca música del Japón. acaba de sonar el teléfono. algún borracho. conferencia. de Nueva York. «escucha, amigo, mientras saquen a relucir un Bukowski cada cincuenta años, lo conseguiré.» me permitió complacerme a mí mismo en esto, manipularlo a mi favor, porque tengo los cielos tristes azul oscuro, la melancólica fiebre azulada. «¿recuerdas qué borracheras cogíamos, amigo?» pregunta. «sí, recuerdo». «¿qué haces ahora, aún escribes?» «sí, en este momento estoy escribiendo sobre el suicidio». «¿suicidio?» «sí, es esta columna, bueno, ya sabes, un periódico nuevo que está empezando, OPEN CITY». «¿publicarán lo del suicidio?» «no sé.» hablamos un rato y luego colgó. una resaca. una columna, recuerdo aquella canción que cantaban cuando era niño, LUNES TRISTE, era en Hungría, creo, y siempre que tocaban LUNES TRISTE alguien decidía suicidarse. por fin prohibieron que se tocara la canción. pero están tocando algo ahí en el suelo en mi radio que suena igual de mal. si no ves esta columna la próxima semana puede que no sea por causa del tema. entretanto, no sé si liquidar a Coates o a Weinstock.*

————

fue el lunes pasado por la tarde. había estado trabajando todo el domingo hasta medianoche y luego cogí el coche y me fui allí con las luces ya encendidas. llevé una caja de seis botellas y esto contribuyó a que empezase el asunto. alguien salió y trajo más.

—deberías haber visto a Bukowski la semana pasada —dijo aquel tipo—. estaba bailando con la tabla de planchar. luego dijo que iba a tirarse a la tabla de planchar.

—¿sí?

—sí. luego nos leyó sus poemas. tuvimos que arrancarle el libro de las manos porque si no se habría estado leyéndonos sus poemas toda la noche.

* Paul Coates y Matt Weinstock: famosos periodistas californianos. (*N. de los T.*)

les dije que estaba allí aquella mujer de ojos de virgen, allí sentada mirándome... (mujer, demonios, chica, era una chica) y resultaba difícil parar.

—veamos —les dije–, estamos ahora a mediados de julio y no he echado un polvo en todo lo que va de año.

se reían. les parecía divertido. la gente que anda bien abastecida siempre considera divertido que otro no lo esté.

luego se pusieron a hablar del jovencito rubio y celestial que estaba amartelado con tres chicas a la vez. les advertí que cuando ese chico llegara a los treinta y tres años tendría que buscarse un trabajo. esto parecía una advertencia un poco estúpida y vengativa. no tenía otra cosa que hacer más que darle a la lata de cerveza y esperar que la bomba cayera.

cogí un trocito de papel de algún sitio y cuando nadie me miraba escribí:

amor es una vía con cierto significado; sexo es significado suficiente.

pronto todos los jóvenes se cansaron y tuvieron que irse a dormir. me dejaron con un veterano, un hombre más o menos de mi edad. nosotros teníamos aguante para seguir toda la noche... bebiendo, claro. cuando se acabó la cerveza, él localizó una botellita de whisky. era un veterano del mundo de la prensa, director por entonces de algún gran periodicucho urbano del este. la charla era agradable. dos perros viejos de acuerdo en demasiadas cosas. la mañana llegó deprisa. hacia las seis y media dije que tenía que irme. decidí no ir en coche. eran unas ocho manzanas. el veterano bajó conmigo andando hasta el bulevar Hollywood. junto al callejón de la bodega. luego un anticuado apretón de manos y nos separamos.

cuando estaba a unas dos manzanas de mi casa, me llamó la atención una mujer que intentaba poner un coche en marcha. intentaba sacarlo de junto a la acera. tenía problemas. saltaba hacia delante unos metros, luego se calaba. lo prendía inmediatamente otra vez, de un modo que me parecía un tanto errático y aterrado. era un coche último modelo. me paré en la esquina y la observé. pronto el coche se caló justo a mi lado, allí junto a donde yo estaba en la acera. miré al interior. allí iba sentada aquella mujer. llevaba zapatos de tacón alto, medias negras, blusa, pendientes, anillo de boda y bragas. no llevaba falda. sólo aquellas bragas rosa claro. aspiré el aire de la mañana. aquella cara de vieja y aquellas grandes piernas y aquellos muslos tersos de muchacha.

el coche volvió a saltar hacia delante, se caló otra vez. bajé la acera y metí la cabeza por la ventanilla:

—señora, sería mejor que aparcase este chisme. la policía anda muy activa a estas horas. podría tener problemas.

—está bien.

aparcó el coche junto a la acera, luego salió. bajo la blusa había también jóvenes pechos de muchacha. y allí estaba ella con sus bragas rosa y sus medias negras y sus zapatos de tacón a las seis y veinticinco de la mañana de Los Ángeles. una cara de cincuenta y cinco años con un cuerpo de dieciocho.

—¿está segura de que no le pasa nada? –dije.

—segura del todo —dijo ella.

—¿está *realmente* segura? –pregunté.

—seguro que estoy segura —dijo ella.

luego se volvió y se alejó. y yo me quedé allí mirando moverse aquellas nalgas bajo aquel prieto brillo rosa. se alejaba, calle abajo, entre hileras de casas, y nadie a la vista, ni un policía, ni un ser humano, ni un pájaro siquiera. sólo aquellas cimbreantes nalgas rosadas y jóvenes alejándose. estaba demasiado trompa para gemir; sólo sentía la mordiente y salvaje tristeza de otra cosa buena perdida para siempre. no había dicho las palabras justas. no había dicho la combinación justa de palabras, no lo había intentado siquiera. me merecía la tabla de planchar, así que qué demonios, sólo una loca podía andar por ahí con bragas color rosa a las seis de la mañana.

me quedé viéndola alejarse. los camaradas nunca creerían esto... aquello que se iba. pero entonces, mientras la contemplaba ella se dio la vuelta y volvió hacia mí. también de frente estaba bien. en realidad, cuanto más se acercaba mejor me parecía... quitando la cara. pero había que quitar mi cara también. la cara es lo primero que quitas cuando la suerte se tuerce. la desaparición de lo restante sigue en orden más lento.

llegó junto a mí. aún no había nadie a la vista. a veces la locura se hace tan real que deja de serlo. allí estaba bragas color rosa respirando de nuevo a mi lado, y ni un coche patrulla por ninguna parte, y nadie en ningún sitio entre Venecia Italia y Venice Ca-

lifornia, entre las planchas de esnifar del infierno y el último solar
vacío de Palos Verdes.

—vaya, volviste —dije.

—sólo quería ver si la parte trasera del coche quedaba sobre el
vado.

se inclinó para verlo. yo no podía soportar más. la agarré por
el brazo.

—ven, vamos a mi casa. está ahí mismo. tomemos unas copas
y salgamos de la calle.

me miró con aquella cara que se caía a pedazos. aún no podía
emplazar la cabeza sobre su cuerpo. temblaba como una bestia
apestosa. por fin, dijo:

—bueno, vamos.

así que fuimos allá. no la toqué. le ofrecí un cigarrillo que encontré en el bolsillo de la camisa. le di fuego a la entrada de una
iglesia. esperaba, en cualquier momento, una voz de una de las casas vecinas: «¡eh, mujer, como no se largue de la calle con sus jodidas bragas llamo a la policía!». quizá mereciese la pena vivir en los
arrabales de Hollywood. probablemente hubiese tres o cuatro tíos
atisbando detrás de las cortinas dándole a la mano mientras la
mujer preparaba el desayuno.

entramos, la hice sentarse y saqué media jarra de tinto que había dejado un hippie. bebimos tranquilamente. parecía más sensible que la mayoría. no sacó del bolso las fotos de su familia... los
niños, me refiero. por supuesto, el marido siempre sale.

—Frank me pone mala. Frank no quiere que me divierta.

—¿sí?

—me tiene encerrada. estoy harta de que me encierre. me es-
conde todas las faldas, todos los vestidos. lo hace siempre que
bebe. cuando bebemos.

—¿sí?

—quiere tenerme como una especie de esclava. ¿tú crees que
una mujer debe ser esclava de un hombre?

—¡no, qué coño!

—así que tenía medias y zapatos de tacón y bragas y blusa, pero
ninguna falda y cuando Frank se quedó traspuesto, ¡me escapé!

—pero creo que Frank no debe ser mal tío —dije—, no le trates
demasiado mal, ¿me entiendes?

ésta es la actitud del viejo profesional. fingir siempre ser comprensivo, aun cuando no lo sea.

las mujeres nunca quieren sensibilidad, lo que quieren es una especie de vengatividad emocional hacia algún otro por el que se preocupan demasiado. las mujeres son básicamente animales estúpidos, pero se concentran tanto y tan enteramente en el varón, que a menudo le derrotan mientras él anda pensando en otras cosas.

–creo que Frank es un cabrón, pero ¿no te alegra que esté aquí?

era mucho mejor, desde luego, que las tablas de planchar. terminé mi vaso y le eché el brazo encima y agarré aquella cara vieja y, procurando no dejar de pensar en el cuerpo, la besé, metí bien la lengua, la suya por fin rodeó la mía y la chupó, la chupó, mientras yo jugaba con aquellas piernas de nailon de muchacha y aquellos pechos madre-milagro. Frank era un buen tipo. sobre todo cuando roncaba.

hicimos un descanso y echamos otro trago.

–¿y qué haces tú? –preguntó.

–soy decorador de interiores –dije.

–déjate de cuentos –dijo.

–oye, eres muy lista.

–fui a la universidad.

no le pregunté dónde. el viejo profesional sabe cómo funciona el asunto.

–¿fuiste tú a la universidad?

–no demasiado.

–tienes unas manos bonitas, tienes manos de mujer.

–he oído eso demasiadas veces. como vuelvas a decírmelo te rompo los dientes.

–¿qué eres, un artista, pintor, algo así? pareces un poco confuso. y me he dado cuenta de que no te gusta mirar a la gente a los OJOS. no me gusta la gente que NO PUEDE MIRARME A LOS OJOS. ¿eres un cobarde?

–sí. pero los ojos son distintos. no me gustan los ojos de la gente.

–me gustas.

dio la vuelta y me agarró por delante. no lo esperaba; me disponía a acompañarla al coche de nuevo. o, peor aún, a dejar que se fuera sola.

fue bueno. quiero decir que me agarrara. olvidando las palabras.

bebimos un par de tragos buenos y luego me la llevé a la cama, o me llevó ella a mí. da igual. no hay vez como la primera. digan lo que digan. la hice quedarse con las medias y los zapatos de tacón. soy un raro. no puedo soportar al ser humano en su estado actual, he de ser engañado. los psiquiatras deben de tener un término para designar eso, yo también lo tengo para los psiquiatras.

es como andar en bici: en cuanto vuelves a colocarte en el asiento, el equilibrio y el asombro aparecen de nuevo.

estuvo bien. después de pasar por el baño volvimos otra vez a la habitación delantera y liquidamos la jarra. no recuerdo volver a la cama, pero desperté con aquella cara de cincuenta y cinco años mirándome de reojo; algo realmente demencial. eran unos ojos de locura. tuve que echarme a reír. había estado tirándome de la cuerda mientras yo dormía. me había pasado lo mismo una vez en la calle Irolo con una joven negra que estaba muy buena.

–¡venga, niña, vamos! –le dije.

me incorporé y entré y le abrí bien las piernas. aquella cara de cincuenta y cinco años bajó y me besó, era horrible pero el cuerpo de dieciocho estaba allí firme y prieto, torneado, insinuante; era como una serpiente, algo tan loco como papel de pared que cobrase vida. lo hicimos.

luego, me dormí de verdad. algo me despertó. miré y bragas color rosa tenía las bragas otra vez puestas y estaba poniéndose unos pantalones míos viejos y andrajosos. era triste… ver su culo tan poco favorecido dentro de mis andrajosos pantalones. era triste, ridículo, insoportable, un fastidio arrancalágrimas, pero el viejo veterano achicó los ojos, fingió estar dormido.

¡Frankie, ahí va tu AMOR!

cuando pueda.

la vi mirar en un paquete de cigarrillos vacío, vi como me miraba luego a mí… puede parecer una egolatría espantosa pero percibí que me contemplaba arrobada. a la mierda eso, yo tenía mis propios problemas, aún. me sentía mal cuando vi que lo que me había dado algo se iba por la puerta de mi dormitorio con un piojoso par de pantalones rotos míos. pero los profesionales son capaces de diferenciar un presupuesto futuro mecánico basado en el azar de la cosa verdadera que nunca se muestra... salvo en la forma de una tabla de planchar. salió del dormitorio. las dejo irse, ellas me dejan irme. todo es horrible realmente, y yo añado horror. nunca nos dejarán dormir hasta que estemos muertos y entonces se inventarán otro truco. cojones, sí, estuve a punto de llorar, pero luego, orientado por siglos, la joda de Cristo, todo triste y desgarrador, estúpido, me levanté de un salto y comprobé en mis únicos pantalones no rotos aún de caerme de rodillas borracho. saqué la cartera, miré el dinero y encontré siete dólares, pensé que no me habían robado. y lanzando una tímida sonrisa al espejo, me tumbé otra vez en el ex lecho de amor y... dormí.

—vinieron a mi casa las ardas.
—¿de veras?
—¿las ardillas?
—¡*ardas*!
—¿eran muchas?
—muchas.
—¿qué pasó?
—me hablaron.
—¿de veras?
—sí. me hablaron.
—¿qué dijeron?
—me preguntaron si quería...
—¿qué dijeron?
—me preguntaron si quería un chute.
—¿qué? ¿qué dijiste?
—*dije:* «me preguntaron si quería un chute».
—¿y qué *dijiste?*
—yo dije: «no».
—¿y qué dijeron las ardas?
—dijeron: «¡BIEN, DE ACUERDO!»

* * *

—mamá vio a Bill, mamá vio a Gene, mamá vio a Danny.
—¿de veras?
—sí.

* * *

—¿no puedo tocar tu cosa?

—no.

—yo tengo tetas. tú tienes tetas.

—así es.

—¡mira! ¡puedo hacer desaparecer tu ombligo! ¿te duele cuando te hago desaparecer el ombligo?

—no, eso es sólo grasa.

—¿qué es grasa?

—demasiado de mí donde no debería estar.

—oh.

* * *

—¿qué hora es?

—las cinco y veinticinco.

—¿qué hora es ahora?

—aún son las cinco y veinticinco.

—¿ahora qué hora es?

—escucha, el tiempo no cambia muy deprisa, aún son las cinco y veinticinco.

—¿qué hora es AHORA?

—ya te lo dije: las cinco y veinticinco.

—¿ahora qué hora es?

—cinco y veinticinco y veinte segundos.

—te tiro la pelota.

—bueno.

* * *

—¿pero qué haces?

—¡estoy *escalando!*

—¡no te caigas! ¡si te caes de ahí se acabó!

—*yo* no me caeré.

—no.

—¡no! ¡no me caeré! ¡mírame *ahora!*

—¡oh Dios mío!

—¡voy a bajar! ¡voy a bajarme ahora!

—vale, ¡y ahora quédate ahí quieta!

—¡oh, FARK!

—¿qué dijiste?

—dije: «¡FARK!»

—eso me pareció entender.

—mamá vio a Nick, mamá vio a Annie, mamá vio a Reuben.

—¿de veras?

—¡sí!

—¿vas a trabajar?

—sí.

—¡pero a mí no me *gusta* que tú vayas a trabajar!

—a mí tampoco me gusta ir.

—entonces no vayas.

—sólo así puedo conseguir dinero.

—oh.

—así es.

—¿has cogido tu pluma?

—sí.

—¿cogiste tus llaves?

—sí.

—¿cogiste tu placa?

—sí.

—a trabajar, a trabajar, a trabajar, a trabajar, a trabajar...

* * *

—fuimos anoche al taller.

—¿sí?

—sí.

—¿qué hacía la gente?

—hablaban, todos hablaban y hablaban, y hablaban.

—¿y qué hiciste tú?

—me fui a dormir.

* * *

—¿dónde conseguiste esos maravillosos ojazos azules?

—¡me los hice yo misma!

—¿te los hiciste tú?

—¡sí!

—vaya.

—*tus* ojos son azules.

—no, son verdes.

—no, ¡son *azules!*

—bueno, puede que sea la luz. aquí hay poca luz.

—¿te hiciste tú mismo tus ojos?

—creo que me ayudaron un poco.

–yo me hice mis *propios* ojos, y las manos y la nariz y los pies, y los codos. todo eso.

–a veces creo que tienes razón.

–¡y tus ojos son *azules!*

–vale, mis ojos son azules.

* * *

–¡me tiré un *pedo!* ¡ja, ja ja! ¡me tiré un *pedo!*

–¿de veras?

–¡sí!

–¿quieres cagar?

–¡NO!

–hace horas que no haces pis. ¿te pasa algo?

–no. ¿te pasa algo a ti?

–no sé.

–¿por qué?

–no sé por qué.

–¿qué hora es?

–las seis y treinta y cinco.

–¿ahora qué hora es?

–aún son las seis y treinta y cinco.

–¿qué hora es ahora?

–las seis y treinta y cinco.

–¡oh, FARK!

–¿qué?

–dije: «¡oh, FARK! ¡FARK! ¡FARK! ¡FARK!»

–oye..., tráeme una cerveza.

–vale...

–mamá vio a Danny, mamá vio a Bill, mamá vio a Gene.

–vale, déjame beber la cerveza.

corre hacia sus cosas y empieza a meter piezas de rompecabezas, clips, tiras de goma, cables, sellos azules, sobres, anuncios y una pequeña estatua de Boris Karloff en su bolso. bebo mi cerveza.

---

en Filadelfia, yo tenía el taburete del fondo y llevaba los bocadillos, y así. Jim, el encargado de primera hora, me dejaba entrar a las cinco y media de la tarde mientras él limpiaba y tenía bebida gratis hasta que llegaba la gente a las siete. cerraba el bar a las dos de la mañana, no cual no me permitía dormir mucho rato. pero yo no hacía gran cosa por aquellos tiempos..., ni dormir ni comer ni nada. el bar era tan cochambroso, viejo, y olía tanto a orín y a muerte que cuando entraba una puta a intentar ligar, nos sentíamos particularmente honrados. cómo pagaba el alquiler de mi habitación o lo que pensaba al respecto es algo de lo que no estoy seguro. por entonces, apareció un relato mío en *PORTFOLIO III*, junto con Henry Miller, Lorca, Sartre y otros. la revista costaba diez dólares. era una cosa inmensa de páginas independientes, cada una impresa con diferentes tipos sobre papel de color muy caro, y locos dibujos exploratorios. Caresse Crosby, la directora, me escribió: «un maravilloso relato de lo más insólito. ¿quién ERES tú?». y yo contesté: «Querida señora Crosby: no sé quién soy. sinceramente suyo, Charles Bukowski.» fue inmediatamente después de eso cuando dejé de escribir por espacio de diez años. pero primero una noche de lluvia con *PORTFOLIO*, un viento muy fuerte, las páginas volando calle abajo, gente corriendo tras ellas, yo allí de pie borracho mirando, un corpulento limpiador de ventanas que comía siempre seis huevos para desayunar puso un gran pie en el centro de una de las páginas. «¡eh, ya está! ¡agarré una!» «¡que se jodan, déjala, déjalas que se vayan todas!», les dije yo, y volvimos a entrar. le había ganado una especie de apuesta. con eso bastaba.

todas las mañanas hacia las once, Jim me decía que ya era bastante, me echaba, tenía que salir a dar un paseo. daba la vuelta hasta la parte trasera del bar y me tumbaba allí en la calleja. me gustaba hacer esto porque los camiones subían y bajaban corriendo por la calleja y yo pensaba que en cualquier momento me tocaría. pero andaba de mala suerte. y todos los días venían niñitos negros a meterme palos por la espalda, y luego oía la voz de la madre, «¡ya está bien, ya está bien, dejad en paz a ese hombre!». al cabo de un rato me levantaba, volvía a entrar y seguía bebiendo. el problema era el barro de la calleja. siempre había alguien que me lo sacudía muy escandalizado.

un día, estaba allí sentado y le pregunté a alguien: «¿cómo es que nadie de aquí va nunca al bar del final de la calle?», y me dijeron: «es un bar de gángsters. entras y te matan.» terminé mi bebida, me levanté y fui hasta allí.

el bar era mucho más limpio. había muchos tipos jóvenes y grandes, un poco hoscos. se estaba muy tranquilo.

—tomaré whisky y agua —le dije al encargado.

fingió no oírme.

subí el volumen:

—camarero, dije que quería un whisky con agua.

esperó un largo rato, luego se volvió, vino con la botella y me sirvió. lo bebí.

—tomaré otro.

vi a una joven sentada sola. parecía aburrida. parecía un buen bocado, parecía un buen bocado y aburrida, yo tenía algo de dinero. no recuerdo dónde lo conseguí. bebí el whisky y fui hasta allí y me senté con ella.

—¿qué quieres que ponga en la máquina? —pregunté.

—cualquier cosa, lo que quieras.

cargué el chisme. yo no sabía quién era yo pero podía cargar la máquina. parecía un buen bocado. ¿cómo podía estar tan buena y estar sola?

—¡camarero! ¡camarero! ¡dos vasos más! ¡uno para la señora y otro para mí!

olí la muerte en el aire. y al olerla ya no estuve tan seguro de si olía bien o mal.

¿qué quieres, querida? ¡dile lo que quieres!

llevábamos bebiendo una media hora cuando uno de los dos tipos grandes que se sentaban al final de la barra se levantó; se acercó lentamente hacia mí. se quedó detrás inclinado. ella había ido al cagadero.

—oye, amigo, tengo que DECIRTE algo.

—adelante, cuando quieras.

—ésa es la chica del jefe. si sigues metiendo la pata conseguirás que te maten.

eso fue lo que dijo: «que te maten». como una película. volvió a su sitio y se sentó. ella salió del cagadero, se sentó a mi lado.

—camarero —dije—, dos vasos más.

seguí cargando la máquina y hablando. luego tuve que ir al cagadero *yo*. fui adonde decía HOMBRES y vi que había una larga escalera que bajaba. tenían el cagadero de hombres allá abajo, qué raro. bajé los primeros escalones y pronto me di cuenta de que me seguían los dos tipos grandes del final de la barra. no era tanto el miedo del asunto como la extrañeza. nada podía hacer más que seguir bajando las escaleras. llegué, desabroché la bragueta y empecé a mear. vagamente borracho, vi bajar la cachiporra. moví la cabeza un poco y en vez de recibir el golpe en la oreja me dio justo en la nuca. las luces bailaron y relampaguearon, aunque no fue demasiado malo. terminé de mear, me la guardé y me abroché. di la vuelta. estaban allí esperando que me cayera. «Permiten», dije, y luego pasé entre los dos y subí las escaleras y me senté. me había olvidado de lavarme las manos.

—camarero —dije—, dos vasos más.

sangraba. saqué el pañuelo y me lo puse en la nuca. luego subieron los dos tipos grandes del cagadero y se sentaron.

—camarero —indiqué hacia ellos—, que beban lo que quieran esos señores.

más discos, más charla. la chica no se separaba de mí. yo no entendía casi nada de lo que ella decía. luego tuve que volver a mear. me levanté y fui otra vez hacia el retrete de HOMBRES. uno de los tipos grandes le dijo al otro cuando yo pasaba:

—no podemos matar a este hijoputa. está loco.

esta vez no bajaron, pero cuando yo subí no me senté otra vez con la chica. había probado algo y ya no me interesaba. estuve bebiendo allí el resto de la noche. cuando cerró el bar, salimos todos y hablamos, reímos, cantamos. yo había bebido unos cuantos tragos con un muchacho de pelo negro las últimas horas. se me acercó y me dijo:

—oye, te queremos en la banda. tienes huevos. necesitamos un tío como tú.

—gracias, amigo. te lo agradezco pero no puedo. gracias de todos modos.

luego me fui. siempre el viejo sentido de lo dramático.

pasé a un coche patrulla unas manzanas más allá, les dije que un par de marineros me habían dado con una cachiporra y me habían robado. me llevaron a la casa de socorro y allí me sentaron bajo una brillante luz eléctrica con un médico y una enfermera. «bueno, esto va a dolerle», dijo el médico. la aguja empezó a trabajar. yo no sentía nada. sentía como si me controlara y lo controlara todo perfectamente. mientras me ponían una especie de venda, me estiré y agarré la pierna de la enfermera. la apreté la rodilla. me pareció magnífica.

—eh, ¿qué demonios le pasa?

—nada. era jugando —le dije al médico.

—¿quiere que nos llevemos a este tipo y lo encerremos? —preguntó uno de los polis.

—no, llévenlo a casa. ha tenido una noche muy mala.

los polis me llevaron en coche. fue un buen servicio. de haber sido en Los Ángeles, me habrían metido en el camión de los borrachos. entré en mi habitación, me bebí una botella de vino y me fui a dormir.

no me desperté a las cinco y media, para abrir el viejo bar. a veces me pasaba. a veces me quedaba en la cama todo el día. hacia las dos, oí a una pareja de mujeres que hablaban al pie de la ventana.

—no sé este nuevo inquilino. a veces se queda en la habitación todo el día con las persianas bajadas oyendo la radio. y no hace otra cosa.

—le he visto borracho casi siempre —dijo la otra—. un hombre horrible.

—creo que tendré que decirle que se vaya —dijo la primera.

oh, mierda, pensé. oh, mierda, mierda mierda mierda mierda.

apagué a Stravinski. me vestí y bajé al bar. entré.

—¡¡¡eh!!! ¡aquí está!

—¡creímos que te habían matado!

—¿fuiste al bar de la banda?

—sí.

—cuéntanoslo.

—primero necesitaré un trago.

—claro, por supuesto.

llegó el whisky con agua. me senté en el último taburete. avanzaba la sucia luz del sol penetrando por la Dieciséis y Fairmount. mi día había empezado.

—los rumores —empecé— de que se trata de un sitio peligroso son indudablemente ciertos... —luego les expliqué más o menos lo que os he dicho.

el resto de la historia es que no pude peinarme en dos meses, volví al bar de la banda una o dos veces más, me trataron magníficamente, y poco después me fui de Filadelfia buscando más problemas, o lo que buscase. encontré problemas, pero el resto de lo que buscaba aún no lo he encontrado. Quizá lo encontremos al morir. quizá no. tenéis vuestros libros de filosofía, vuestros sacerdotes, vuestro predicador, vuestro científico, así que no me lo preguntéis a mí. y no entréis en bares en los que el cagadero de hombres queda bajando las escaleras.

----

cuando murió la madre de Henry, las cosas no fueron mal. un bonito funeral católico. el sacerdote quemó unas barritas de incienso y nada más. no abrieron el ataúd. Henry fue derecho del funeral al hipódromo. tuvo un buen día. se ligó allí a una rubia y fueron al apartamento de ella. ella preparó unos filetes y lo hicieron. cuando murió su padre fue más complicado. dejaron abierto el ataúd y tuvo que echarle el último vistazo. antes de eso, la novia del viejo, a la que él no conocía, una tal Shirley, llegó y se lanzó sobre el ataúd, gimiendo y llorando y agarró la cabeza del muerto y le besó. tuvieron que quitárselo. luego, cuando Henry bajaba las escaleras, esta Shirley le agarró y empezó a besarle.

—¡oh, eres igual que tu padre!

él se puso caliente cuando ella le besaba y cuando la apartó algo sobresalía en sus pantalones. ojalá la gente no se dé cuenta, pensó. tomó nota de que tenía que echarle un tiento a Shirley. no era mucho mayor que él. fue del funeral a las carreras, pero esta vez no hubo rubia. y perdió algún dinero. el viejo le había pasado su estigma.

el abogado dijo que no había testamento. no había dinero, pero sí una casa y un coche. Henry no trabajaba, así que se mudó. y se dedicó a beber. bebía con su buena novia Maggie. se levantaba hacia el mediodía y regaba el maldito prado. y las flores. al viejo le gustaban las flores. regaba las flores, se plantaba allí sobre ellas recordando cómo le odiaba el viejo porque no le gustaba trabajar. sólo beber y acostarse con tías. ahora él tenía la maldita casa y el coche y el viejo estaba bajo tierra. llegó a conocer a los vecinos, sobre todo al que vivía hacia el norte. uno que era encargado de una lavandería. Harry. este Harry tenía un prado lleno de pájaros. lleno de cinco mil dólares de pájaros. de todas clases. de todas partes. de extraños colores y extrañas formas y algunos hablaban, uno de ellos decía una y otra y otra vez: «¡vete a la mierda vete a la mierda!» Henry le echó agua pero sin resultado. el bicho dijo: «¿quieres pelea?» y luego siguió «vete a la mierda» cinco o seis veces, muy deprisa. todo el pradillo estaba lleno de aquellas jaulas de alambre. Harry vivía para los pájaros. Henry vivía para el trago, y las tías. ¿y si probase alguno de aquellos pájaros? ¿cómo se jode a un pájaro?

Maggy era buena en la cama, pero era india-irlandesa y tenía un temperamento endiablado cuando bebía. de vez en cuando, él tenía que pegarla. llamó por teléfono a Shirley y le pidió que viniera. empezó a besarle otra vez, diciendo que era exactamente igual que su padre. él la dejó y contestó a sus besos. no lo hizo aquella noche, decidió esperar y asegurarse. no quería herirla.

Harry iba casi todas las noches con su mujer y bebían. Harry hablaba de la lavandería y de los pájaros. los pájaros odiaban a la mujer de Harry. la mujer de Harry cruzaba las piernas muy alto mientras explicaba cuánto odiaba a los pájaros y Henry empezó a notar algo que se movía bajo los pantalones. las malditas mujeres torturándole siempre. luego Shirley empezó a venir y bebían todos juntos. A Maggy no le gustaba que estuviese Shirley allí y Henry no hacía más que mirar a Shirley y a la mujer de Harry preguntándose cuál sería mejor. en fin, todo pasó la misma noche. la mujer de Harry se emborrachó y soltó a todos los pájaros. cinco mil dólares de pájaros. y Harry se quedó allí sentado, borracho, estremecido, y de pronto empezó a gritar y a pegarle a su mujer, cada vez que le pegaba, ella se caía y Henry miraba debajo de la falda, le vio las bragas varias veces. empezó a ponerse muy caliente. Maggy corrió fuera a intentar coger los pájaros y meterlos en las jaulas, pero parecía que no podía cogerlos, corrían por todas partes calle arriba y calle abajo, se posaban en los árboles, en los tejados, cinco mil dólares de pájaros locos, todos de formas y colores distintos, saboreando la confusión de la libertad.

Henry no pudo soportarlo más y agarró a Shirley y la metió en el dormitorio. la desnudó y la montó. casi estaba demasiado borracho para funcionar. cada vez que Henry pegaba a su mujer, su mujer chillaba y él daba un empujoncito extra. luego entró Maggy con un pájaro, un pájaro con un mechón anaranjado en la cabeza y un mechón anaranjado en el pecho y dos mechones anaranjados en las patas. el resto del pájaro eran plumas grises y estúpidas. le había costado a Harry trescientos dólares. Maggy gritó: «¡cogí un pájaro!» y al no ver a Henry entró en el dormitorio y cuando vio lo que pasaba se limitó a sentarse en una silla con el pájaro en el regazo, mirando y llorando, y Harry seguía tirando al suelo a su mujer y ella seguía llorando, y así estaban las cosas cuando entró la policía. dos polis jóvenes. los polis separaron a Henry, les hicieron vestirse a todos y los bajaron a la comisaría, vino otro coche patrulla con otros dos polis jóvenes, a Maggy le entró la mala leche y le atizó a uno de los polis y se la llevaron en uno de los coches patrulla, se turnaron los dos al volante mientras el otro se jodía a Maggy en el asiento trasero. tuvieron que esposarla. el otro poli llevó a Henry, Harry, Shirley y la mujer de Harry a la comisaría, los empapelaron y los enchironaron, y todos los pájaros corriendo calle arriba y calle abajo.

Aquel domingo el predicador habló de los «alcohólicos lujuriosos que traen pecado y vergüenza a nuestra comunidad». Maggy era la única que no estaba en la cárcel. era muy religiosa. estaba allí sentada en la primera fila con las piernas cruzadas muy altas. desde el púlpito, el predicador podía ver piernas arriba. casi podía verle las bragas. empezó a notar algo debajo de los pantalones. el púlpito, afortunadamente, ocultaba esta parte de él. tuvo que mirar por el ventanal hacia fuera y seguir hablando hasta que lo de debajo de los pantalones desapareció.

Harry perdió su empleo. Henry vendió la casa. el predicador lo hizo con Maggy. Shirley se casó con un reparador de televisores. Harry se sentaba por allí mirando las jaulas vacías y los pájaros hambrientos y muertos en las calles. Cada vez que veía otro pájaro muerto en la calle volvía a pegarle a su mujer. Henry se jugó y se bebió el dinero en seis meses.

me llamo Henry. Henry Charles. cuando murió mi madre no estuvo mal. un bonito funeral católico. incienso. el ataúd cerrado. cuando murió mi padre fue más complicado. dejaron abierto el ataúd y la novia del viejo se acercó al ataúd... besó aquella cabeza muerta, y así empezó todo.

posdata: no puedes joderte a un pájaro si no puedes cazarlo.

———

lo mejor de una secadora de gas moderna, por supuesto, es cómo trata la ropa, y el Rey me pateó el culo cinco veces, una dos tres cuatro cinco, y así me vi yo en Atlanta, peor todavía que en Nueva York, más tronado, más loco, más enfermo, más flaco; sin más oportunidades que puta de cincuenta y tres o araña en bosque en llamas. en fin, allí iba yo calle abajo y era de noche y hacía frío y a Dios le daba igual, a las mujeres les daba igual, y al imbécil del editor le daba igual. a las arañas les daba igual, no podían cantar, no conocían mi nombre, pero el frío sí y las calles lamían mi vientre helado y vacío, ja ja, las calles sabían de más, y yo andaba por ellas con mi blanca camisa californiana. y helaba y llamé a una puerta, eran más o menos las nueve, casi dos mil años después de que Cristo palmara, y la puerta se abrió y en el quicio apareció un hombre sin rostro. y yo dije necesito una habitación, vi que tenían un cartel Se Alquila Habitación. y él dijo no me gustas, así que no molestes.

lo único que quiero es una habitación, dije, hace mucho frío. le pagaré. quizá no tenga para una semana, pero sólo quiero librarme del frío. no es morir lo que me molesta, lo que me molesta es estar perdido.

vete a tomar por el culo, dijo él. la puerta se cerró.

recorrí las calles cuyo nombre desconocía. no sabía qué dirección tomar. lo triste era que algo iba mal. y yo no era capaz de formularlo. colgaba en mi cabeza como una biblia. qué mierda absurda. qué modo de perderse. sin mapa. sin gente. sin ruido, sólo avispas. piedras. paredes, viento. la polla y los huevos colgando inertes, podía gritar lo que fuera en la calle y nadie oiría, a nadie le importaría un bledo. no es que debiera importarles. yo no pedía amor. pero había algo muy extraño. los libros nunca hablaban de eso. los padres nunca hablaban de eso. pero las arañas sabían. a tomar por el culo.

por primera vez me di cuenta de que todo lo que era PROPIEDAD DE ALGUIEN tenía un CIERRE. todo estaba cerrado. una lección para ladrones y locos, Norteamérica la bella.

entonces vi una iglesia. no es que me gustaran demasiado las iglesias, sobre todo cuando estaban llenas de gente. pero no creí que aquélla lo estuviera a las nueve de la noche. subí las escaleras.

eh, eh, mujer, ven a ver lo que queda de tu hombre.

podía sentarme allí un rato y aspirar el hedor, quizá sacarle algo a Dios, darle quizá una oportunidad. empujé la puerta.

la muy hijaputa estaba cerrada.

bajé las escaleras.

seguí recorriendo calles, doblando esquinas sin motivo, seguí caminando. estaba ya sobre mí. el muro. a esto temen los hombres. no sólo estar aislado para siempre. sino también no tener un amigo. así que es posible, pensé, que esto PUEDA hacer que te cagues de miedo. que pueda MATARTE. el truco barato de ellos es meterse y engancharse. meterte en la cartera toda clase de tarjetas. dinero. seguro. automóvil. cama. ventana. retrete. gato. perro. fábrica, instrumento musical. partida de nacimiento. cosas por las que enfadarse. enemigos. partidarios. sacos de harina. palillos de dientes. culo sano. bañera. cámara fotográfica. limpieza de botas. oh Dios mío, oh. cierres (húndete en ello, nada en ello, frótale la espalda) (todo lo que tienes: un par de aletas, alas de goma, polla de repuesto en el botiquín).

crucé un puentecillo y luego vi otro cartel: SE ALQUILA HABITACIÓN. subí a la casa. llamé. claro que llamé. ¿qué creéis que iba a hacer? ¿ponerme a taconear con aquella blanca camisa californiana y el culo frío?

sí, se abrió la puerta: una vieja. hacía demasiado frío para percibir si tenía rostro o no. supongo que no. yo funcionaba con porcentajes. un gran matemático con el culo frío. me froté los labios un rato y luego hablé.

veo que alquila una habitación.

así es. ¿y?

tengo razones para creer que podría necesitar una habitación.

necesitará un billete y cuarto.

¿por la noche?

por la semana.

¿por la semana?

eso es.

Dios mío.

le di el billete y cuarto. me quedaban con eso dos o tres dólares. atisbé el interior de la casa. Dios mío. había un gran fuego encendido. metro y medio de ancho, uno de alto. no quiero decir que la casa estuviese en llamas, quiero decir que lo tenían encendido en su sitio. una mágica chimenea. podías resucitar sólo con mirar aquel fuego. podías engordar un kilo sin comer, sólo con mirar aquel fuego. había un viejo sentado junto al fuego. pude verle bañado en la gloria roja de la sombra del fuego. madre. tenía la boca abierta. parecía no saber dónde estaba. se estremecía todo. no podía dejar de temblar. pobre diablo. pobrecillo. avancé. un paso hacia el interior.

eh, cuidado, dijo la vieja.

¿qué quiere decir? pagué el alquiler. una SEMANA entera.

desde luego. pero su habitación está fuera. sígame.

la vieja cerró la puerta dejando allí a aquel pobre diablo y yo la seguí camino abajo hacia la parte delantera. camino, demonios. todo el patio delantero era barro. barro frío y duro. no me había dado cuenta, pero en el patio delantero había una cabaña, un cobertizo de cartón. mis dotes de observador siempre habían sido una mierda. la vieja abrió la puerta de cartón de un empujón. la puerta colgaba de un solo gozne.

no tiene cierre. pero nadie le molestará ahí dentro.

creo que tiene razón.

se fue. yo había tenido razón. le había visto la cara, no tenía cara. sólo carne colgando del hueso como la carne arrugada del culo de una gallina.

no había luz. sólo un cordón colgaba del techo. el suelo estaba sucio, pero había un periódico en el suelo, una especie de alfombra, una cama, ninguna sábana, una manta fina. una. fina. luego encontré ¡una lámpara de keroseno! ¡gloria! ¡suerte! ¡encanto! tenía una cerilla y encendí el chisme. ¡APARECIÓ UNA LLAMA!

era un fuego hermoso, poseía alma, laderas de montañas soleadas, cálidos ríos de sonrientes peces, tibias medias que olían un poco como tostadas. puse la mano sobre la llamita. tenía unas manos muy bellas. era lo único que tenía. tenía unas hermosas manos.

la llamita se apagó.

manipulé la lámpara de keroseno pero como había nacido en el siglo veinte no sabía gran cosa de ella. de todos modos no tardé mucho en imaginar que necesitaba más líquido, combustible, keroseno, como quieras llamarle. abrí la puerta de cartón y salí a la estrellada noche de Dios. llamé a la puerta de la casa con mis hermosas manos.

sí. la puerta se abrió. allí estaba la vieja. ¿quién más? ¿Mickey Rooney? eché otro furtivo vistazo al pobre vejete que temblaba junto al glorioso fuego. maldito imbécil.

¿qué pasa? preguntó la mujer desde su cara de culo de gallina.

bueno, no me gusta molestarla, pero, sabe, ¿recuerda la lamparita de keroseno?

sí.

bueno, se apagó.

¿sí?

sí. ¿podría proporcionarme un poco de combustible...?

estás loco, muchacho, ¡esa mierda cuesta DINERO!

no cerró de un portazo. tenía el Temple antiguo. la cerró con una especie de palurda y espontánea suavidad. el hábito de siglos. lindos ancestros. otros con caras como culos de gallina. los caraculos de gallina que heredarán la tierra.

volví a mi habitación (?) y me senté en la cama. luego pasó algo muy embarazoso: aunque llevaba mucho tiempo sin comer, sentí de pronto ganas de cagar. tuve que levantarme y entrar otra vez en el mundo de Dios y llamar otra vez a aquella puerta. tampoco esta vez me abrió Mickey Rooney.

sí.

siento molestarla otra vez. pero en la habitación no hay retrete. ¿hay algún retrete por aquí?

¡está ahí! señaló.

¿dónde?

¡AHÍ! y escuche...

¿sí?

váyase a tomar por el culo, muchacho. todos hacen igual, vienen aquí a llamar continuamente. ¡así entra todo el aire frío de fuera!

lo siento.

esta vez dio un portazo. pude sentir el aire cálido en las orejas, entre los huevos, un momento. qué dulce era. luego, me dirigí al cobertizo que servía de cagadero.

la taza no tenía tapa.

miré hacia abajo. parecía hundirse kilómetros en la tierra. y nunca vi retrete que oliese como aquél, y es decir mucho. a la luz de la luna, pude ver una araña instalada en el centro de su tela, una araña gorda y negra. muy inteligente. la tela estaba tejida sobre el agujero de la taza. de pronto se me quitaron las ganas de cagar.

volví a mi habitación. me senté en la cama y balanceé mi hermosa mano lo más cerca que pude llegar de aquel cable eléctrico que estaba allí colgando. pude llegar bastante cerca. allí sentado medio loco, lleno de mierda seca, meneando aquel cable. luego me levanté y salí. bajé más o menos una manzana y me paré debajo de un árbol helado. un gran árbol helado. con toda aquella mierda seca en mí. me paré a la puerta de una tienda de ultramarinos. en el interior, una mujer gorda hablaba con el tendero. allí estaban bajo aquella luz amarilla, charlando. y toda aquella COMIDA allí. a ellos les importaban un carajo las artes, o los cuentos cortos, o Platón, o incluso el capitán Kid. a ellos les importaba Mickey Rooney. estaban muertos pero en cierto modo tenían más sentido que yo. el sentido insensible de las pulgas y los perros salvajes. yo era una mierda. una mierda que ni siquiera podía cagar.

volví a mi habitación. por la mañana escribí una larga carta a mi padre en márgenes de periódicos. compré un sobre y un sello y la mandé. le explicaba que estaba muriéndome de hambre y que me mandara el dinero para el billete de autobús de vuelta a Los Ángeles y que por mí los relatos cortos podían irse al diablo. mira a DeMass, escribía yo, cogió la sífilis y se volvió loco remando en una barca. manda dinero.

no recuerdo si llegué a cagar alguna vez mientras esperaba. pero la respuesta llegó. abrí el sobre. moví las cuartillas. había diez o doce, escritas por los dos lados, pero ni cinco. las primeras palabras eran: ¡SE ACABÓ EL CHUPE!

... ¡aún me debes DIEZ DÓLARES que no ME HAS DEVUELTO! tengo que trabajar mucho para ganar dinero. no puedo permitirme el lujo de mantenerte mientras tú escribes tus relatos de mierda. si hubieses vendido alguna vez alguno o se te hubiese notado progreso, sería distinto, pero leí tus relatos y son HORRIBLES. la gente no quiere leer cosas HORRIBLES. deberías escribir como Mark Twain. él sí que era un gran hombre. era capaz de hacer reír a la gente. en todos tus relatos la gente se suicida o se vuelve loca o asesina a alguien. la mayor parte de la vida no es tal como tú te la imaginas. consigue un buen empleo. HAZTE un hombre de provecho...

la carta seguía y seguía. no pude acabarla. lo único que yo quería era dinero. moví otra vez las cuartillas. estaba demasiado enfermo para sentir el frío. aquel mismo día iba yo andando y vi un cartel: Se ofrece trabajo. y, claro, necesitaban un hombre para formar parte de un equipo para trabajar en una vía férrea en un lugar que quedaba al oeste de Sacramento. firmé. no les caí bien a los compañeros. el tren debía de tener encima cien años de polvo. uno de aquellos tíos se metió debajo de mi asiento mientras yo me sentaba a dormir y me sopló polvo en la cara mientras los otros se reían. ¡MIERDAS! pero bueno, era mejor que Atlanta. por fin me enfadé y me levanté. el tío escapó rápidamente y se metió entre sus amigos.

ese tío está loco, decía. si viene aquí quiero que vosotros me ayudéis.

no fui hasta allí. Mark Twain probablemente hubiese podido sacarle algunas carcajadas al asunto, probablemente se habrían puesto a beber una botella con los mierdas y a cantar canciones. un hombre real. Sam Clemens. yo no era gran cosa, pero estaba fuera de Atlanta, y aún no estaba muerto del todo, tenía bonitas manos y un camino que seguir.

el tren seguía corriendo.

––––––

no sé si fueron aquellos caracoles chinos de culitos redondos o si fue el turco del alfiler de corbata púrpura o si fue simplemente que yo tenía que irme a la cama con ella siete u ocho o nueve veces por semana, o algo más, algo más, algo, pero estuve una vez casado con una mujer, una chica, que iba a heredar un millón de dólares. sólo faltaba que se muriera alguien, pero en aquella parte de Texas no hay contaminación y comen bien y beben de lo mejor y van al médico por un arañazo o un estornudo. ella era ninfómana, tenía no sé qué en el cuello, y, para decirlo de una vez y claro, fueron mis poemas, ella creía que mis poemas eran lo más grande desde Black, no, quiero decir Blake... Blake. y algunos lo son. o algo más. ella escribía. yo no sabía que tenía un millón. yo sencillamente estaba sentado allí en una habitación en N. Kingsley Dr., recién salido del hospital donde había ingresado con hemorragias, por arriba y por abajo, mi sangre por todo el hospital general del condado, y ellos diciéndome después de nueve pintas de sangre y nueve pintas de glucosa: «un trago más y muere», vaya modo de hablarle a un suicida. estuve sentado en aquella habitación noche tras noche rodeado de latas de cerveza llenas y vacías, escribiendo poemas, fumando puros baratos, muy pálido y débil, esperando que cayera la barrera final.

entretanto, las cartas. yo las contestaba. después de decirme lo extraordinarios que eran mis poemas, me incluyó unos cuantos suyos (no demasiado malos) y luego llegó el asunto: «ningún hombre se casará conmigo. por mi cuello. no puedo girarlo.» seguí oyendo esto: «ningún hombre se casará conmigo, ningún hombre se casará conmigo. ningún hombre se casará conmigo.» así que lo hice una noche borracho: «¡por amor de Dios, ya me casaré yo! cálmate.» mandé la carta y me olvidé. pero ella no. ella había estado mandándome fotos en las que tenía muy buena pinta. luego, después de decirle aquello, llegaron algunas fotos realmente horribles. contemplé aquellas fotos y REALMENTE me emborraché con ellas. caí de rodillas en el centro de la alfombra. estaba aterrado. decía: «me sacrificaré. si un hombre puede hacer feliz a una sola persona en la vida, su vida está justificada.» demonios, tenía que buscarme algún tipo de consuelo. en fin, miraba una de aquellas fotografías y se me encogía el alma. y gritaba y allá se iba una lata de cerveza entera.

o quizá no fuesen aquellos caracoles chinos de culito redondo. quizá fuese la clase de arte. veamos, veamos.

bueno, ella salió de un autobús. mamá no lo sabía, papá no lo sabía. el abuelo no lo sabía. estaban en algún sitio de vacaciones y ella sólo quería un pequeño cambio. me encontré con ella en la estación de autobús. es decir, me senté allí borracho esperando que una mujer a la que jamás había visto saliese de un autobús, esperando a una mujer con la que jamás había hablado, para casarme con ella. estaba loco. yo no pertenecía a las calles. sonó el altavoz, era su autobús. miré a la gente que salía. y ahí llega esa linda y atractiva rubia de tacones altos, toda culo y meneo y joven, joven, veintitrés, y no tenía nada en el cuello. ¿podía ser aquélla? ¿habría perdido el autobús? me acerqué.

—¿eres Bárbara? —pregunté.

—sí —dijo ella—. y tú eres Bukowski, supongo.

—supongo que lo soy. ¿nos vamos?

—de acuerdo.

entramos en el viejo coche y la llevé a mi casa.

—estuve a punto de bajar del autobús y dar la vuelta.

—no te lo reprocho.

entramos y bebimos algo más pero ella dijo que no se iría a la cama conmigo hasta que nos casáramos. así que dormimos un poco y luego yo llevé el coche hasta Las Vegas, y de vuelta, nos casamos. conduje hasta Las Vegas y de vuelta sin descansar y luego nos metimos en la cama y mereció la pena. la PRIMERA vez. ella me había dicho que era ninfómana, pero yo no lo había creído. después de la tercera o cuarta ronda empecé a creerlo. comprendí que me había metido en un lío. todos los hombres se creen que pueden domesticar a una ninfómana, pero sólo conduce a la tumba... para el hombre.

dejé mi trabajo como mozo de almacén y cogimos el autobús para Texas. fue entonces cuando descubrí que ella era millonaria, pero el hecho no me emocionó demasiado. siempre fui un poco loco. era un pueblo muy pequeño, proclamado el último pueblo de Norteamérica por los especialistas en el que nadie se preocupaba de la bomba atómica y los especialistas tenían razón. cuando yo daba mis pequeños paseos entre mis viajes al dormitorio, débil, pálido, hastiado, todos me miraban, claro. yo era el farsante de la ciudad que había enganchado a la chica rica. DEBÍA de tener algo, sin duda. y lo tenía: una polla muy cansada y una maleta llena de poemas. ella tenía un trabajo fácil en el ayuntamiento, una mesa y nada que hacer, y yo me sentaba junto a la ventana al sol y espantaba las moscas. papá me odiaba profundamente pero al abuelo parecía gustarle pero papá tenía casi todo el dinero. me sentaba allí y espantaba moscas. entró un vaquero muy grande. botas. sombrero alto de vaquero. el uniforme.

—qué hay, Bárbara —dijo, luego me miró...—. dime —preguntó—. ¿tú qué haces?

—¿HACER?

—sí, ¿QUÉ HACES EXACTAMENTE?

dejé pasar un buen rato. miré por la ventana. espanté una mosca. luego me volví hacia él. estaba apoyado en el mostrador, con todos sus dos metros, colorado héroe texano norteamericano. hombre.

–¿yo? bueno, yo sólo... en fin, ando por ahí a lo que sale.

apartó la cabeza del mostrador, dio media vuelta y se fue.

–¿sabes quién era? –me preguntó ella.

–el matón del pueblo. zurra a la gente. es primo mío.

–bueno, no HIZO nada, ¿verdad? –mascullé.

ella me miró de un modo extraño por primera vez, vio la criatura bestial y sucia. mi rollo poeta sensible era sólo una rosa en la boca por Navidad. el día de ponerse los vaqueros me puse mi único traje y me paseé por el pueblo todo el día, era como una película de Hollywood. al que no llevase vaqueros le tirarían al lago, pero no era tan fácil como yo creía, me eché un par de tragos al buche durante el paseo, pero no vi el lago. el pueblo era mío. el médico del pueblo quería ir a cazar y a pescar conmigo. los parientes de ella venían y se me quedaban mirando fijamente mientras yo tiraba latas de cerveza al cubo de la basura y contaba chistes. tomaban mi indiferencia suicida por valor. el chiste era yo.

pero ella quería irse a Los Ángeles. nunca había vivido en una gran ciudad. intenté convencerla. a mí me gustaba haraganear por allí, por el pueblo. pero no, ella tenía que ir, así que el abuelo nos firmó un lindo cheque y volvimos a coger el autobús y volvimos a Los Ángeles, futuros millonarios paseando en autobús. pero ella insistía en que nos gañáramos la vida por nosotros mismos, así que yo cogí otro trabajo como mozo de almacén y ella se dedicó a sentarse por allí deseosa de poder encontrar un trabajo. me emborrachaba todas las noches después del trabajo. «Dios mío», decía yo, «ves lo que he hecho, me he casado con una verdadera palurda.» esto la fastidiaba muchísimo. no podía andar besándole el culo a aquel millón de billetes, no era propio de mí. vivíamos en una casa en el pico de una colina, una casa pequeña alquilada, y no segábamos la hierba del patio y las moscas se metían en la hierba sin segar y luego salían y estaban todas por allí por el patio, cuarenta mil moscas, me volvían loco, salía con una gran lata de insecticida y mataba mil moscas cada día, pero jodían demasiado aprisa, igual que yo. los chiflados que vivían antes allí habían puesto aquellas estanterías alrededor de la cama y en aquellas estanterías había macetas y macetas de geranios. tiestos grandes, tiestos pequeños. todos de geranios. cuando jodíamos, la cama hacía estremecerse las paredes y las paredes hacían estremecerse las estanterías y entonces yo lo oía: el lento sonido volcánico de las estanterías desmoronándose y entonces paraba. «¡NO NO, NO PARES, OH DIOS MÍO, NO PARES!» y cogía el ritmo otra vez y allá abajo se iban las estanterías, allá me caían en la espalda y en el culo y en la cabeza, y en las piernas y en los brazos y ella se reía y gritaba y... SE CORRÍA. a ella le encantaban aquellos tiestos. «voy a arrancar esas estanterías de la pared», le decía. «Oh no», decía ella. «¡OH, POR FAVOR POR FAVOR NO!», decía ella con tanta dulzura que yo no podía hacerlo. así que volvía a clavarlas, volvía a poner los tiestos y a esperar la próxima vez.

ella compró un perrito negro subnormal y le puso de nombre Bruegel. Peter Bruegel fue un pintor, según tengo entendido. pero al cabo de unos días el animal dejó de interesarle. cuando se cruzaba con él le arreaba una gran patada con aquel zapato de punta y bufaba «¡quítate de en medio, cabrón!» así que Bruegel y yo rodábamos por el suelo y peleábamos cuando yo bebía cerveza. era todo lo que sabía hacer él... pelear; tenía mejores dientes que yo. no sé por qué, pero sentía que el millón se me escapaba. y no me preocupaba lo más mínimo.

ella nos compró un coche nuevo, un Plymouth del 57 que aún conduzco yo... le dije que por qué no seguía trabajando para el gobierno. hizo un examen y fue a trabajar en la oficina del sheriff. le dije que me habían echado de mi trabajo como mozo de almacén y me dedicaba a lavar el coche todos los días y luego bajaba a recogerla al trabajo. un día cuando salíamos de allí vi salir también a aquellos tipos de camisas de flores, camisas de manga corta, caras de pan, cargados de hombros, con sonrisas estúpidas y zancadas de colegiales.

—¿quiénes son esos mierdas? —le pregunté.

—son funcionarios de policía —dijo ella con su presuntuoso tono de zorrita.

—¡oh, vamos! ¡pero si parecen subnormales! ¡ésos no son polis! ¿qué? vamos, ¡ÉSOS no son polis!

—ésos son funcionarios de policía, y son todos MUY buenos chicos.

—¡NO JODAS! —dije yo.

se enfadó muchísimo. sólo jodimos una vez aquella noche. al día siguiente era otra cosa.

–ahí va José –dijo ella–. es español.

–¿español?

–sí, nació en España.

–la mitad de los mexicanos con los que trabajé en las fábricas decían que habían nacido en España. es un cuento; España es el padre, el mejor torero, el Gran Sueño de lo antiguo.

–José nació en España, sé que es cierto.

–¿cómo lo sabes?

–me lo dijo él.

–¡NO JODAS!

luego por la noche decidió ir a Clase de Arte. andaba siempre pintando. era el genio del pueblo. puede que del estado. puede que no.

–iré a clase contigo –le dije.

–¿TU? ¿PARA QUÉ?

–así tendrás alguien con quien tomar café en los descansos, y puedo llevarte y traerte en coche.

–bueno, está bien.

íbamos a la misma clase y después de tres o cuatro sesiones ella empezó a cabrearse muchísimo, rompía el papel y lo tiraba al suelo. yo me sentaba allí sin más y procuraba no mirarla. todos estaban muy ocupados, absorbidos, y sin embargo se reían entre dientes como si fuese un gran chiste o como si les diese vergüenza pintar.

volvió el profesor de Arte.

–oiga, Bukowski, tiene que pintar algo. ¿por qué está ahí sentado mirando el papel sin hacer nada?

–olvidé comprar pinceles.

–está bien. le prestaré un pincel, señor Bukowski, pero por favor devuélvalo al final de la clase.

–sí.

–ahora, pinte ese cuenco con las flores.

decidí hacerlo. trabajé deprisa y terminé, pero los demás seguían trabajando aún, poniendo los dedos en el aire, calculando la sombra o la distancia o Dios sabe qué. salí y tomé un café, fumé un cigarrillo, cuando volví a entrar, había un grupo numeroso alrededor de mi mesa. una rubia que era sólo pechos (bueno, ya sabéis) se volvió hacia mí y me puso aquellos pechos delante y dijo:

—oye, tú has pintado ANTES, ¿verdad?

—no, es lo primero que hago.

meneó los pechos y me apuntó con ellos.

—¡estás de BROMA!

—ummmmm —fue todo lo que pude decir.

el profe cogió el cuadro y lo colgó allí delante.

—¡bueno ESTO es lo que QUIERO! —dijo—. observad el SENTI-
MIENTO, LA FLUIDEZ, LA NATURALIDAD!

oh Señor, pensé.

ella se levantó furiosa y cogió lo suyo y lo metió en el cuartito
donde cortaban el papel y lo rompió y lo tiró por allí. destrozó incluso una composición que había creado algún pobre imbécil.

—señor Bukowski —me dijo el profe—, ¿es esa mujer su... mujer?

—sí, claro.

—bueno, no toleramos prima donnas aquí. dígaselo, por favor.
¿podríamos utilizar su obra en la Exposición de Arte?

—desde luego.

—¡oh, gracias, gracias, gracias!

el profe estaba loco, todo lo que yo hacía lo quería para la Exposición de Arte. yo ni siquiera sabía mezclar los colores. no había
logrado hacer un espectro. había mezclado púrpura con naranja,
marrón con negro, blanco con negro, donde caía el pincel. casi
todo lo que hacía parecía un inmenso borrón de cerote espachu-
rrado, pero el profe pensaba que yo era... la huella dactilar de la
polla de Dios. en fin. ella dejó la clase. así que yo dejé la clase y
dejé los cuadros allí.

luego ella al volver a casa del trabajo empezó a hablarme de lo
caballeroso y distinguido que era el turco.

—un alfiler de corbata púrpura, lleva un alfiler de corbata púrpura, y hoy me besó en la frente, pero con gran suavidad, y dijo
que era PRECIOSA.

—escucha, querida, tienes mucho que aprender, esas cosas pasan continuamente en las oficinas de Norteamérica. a veces tienen
consecuencias. pero la mayoría de las veces no tienen ninguna.
esos tipos se la menean casi todos en el retrete y ven demasiadas
películas de Charles Boyer. los tipos que se llevan de verdad el
gato al agua son muy reservados, no hacen las cosas así de frente.

te apuesto cien a uno a que tu chico ha visto demasiadas películas. tírale de los huevos y correrá.

—¡por lo MENOS, él es un CABALLERO! ¡y está TAN cansado! me da mucha lástima.

—¿cansado de QUÉ? ¿de trabajar para el condado de Los Ángeles?

—es que tiene un autocine que funciona de noche. y, claro, no puede dormir.

—¡vaya, soy tonto del culo!

—claro que lo eres —dijo ella dulcemente. pero aquella noche los tiestos cayeron otras dos veces.

luego llegó la noche de la cena de los caracoles chinos. o quizá fuesen caracoles japoneses. en fin, fui al mercado y por primera vez vi aquella sección especial. compré de todo: pulpitos, caracoles, serpientes, lagartijas, babosas, chinches, saltamontes... preparé primero los caracoles. los puse en la mesa.

—los hice con mantequilla —le dije—. llénate el buche. eso es lo que comen los pobres mierdas. por cierto —pregunté, metiéndome dos o tres en la boca—, ¿qué tal estaba hoy el amigo Alfiler-de-Corbata-Púrpura.

—saben como a goma...

—a goma, a goma... ¡CÓMETELOS!

—tienen esos culos pequeños... veo esos culos pequeños que tienen... oh...

—todo lo que comes tiene culo. tú tienes culo, yo tengo culo, todos tenemos culo. Alfiler-de-Corbata-Púrpura tiene culo.

—ooohh...

se levantó de la mesa y corrió al baño y empezó a vomitar.

—esos culos pequeños... oh...

yo mientras reía y reía y me llenaba la boca con aquellos culitos y los echaba abajo con cerveza y reía.

no me sorprendió demasiado que una mañana, un par de días después, alguien llamara a mi puerta, su puerta, y me entregara una petición de divorcio.

—¿qué es esto, niña? —le enseñé el papel—. ¿no me quieres, nena?

empezó a llorar. lloraba y lloraba y lloraba.

—vamos, vamos, no te preocupes, puede que Alfiler-de-Corbata-Púrpura sea el tipo. no creo que se la menee en el retrete. podría muy bien ser el más adecuado.

—oooh, oooh, oooh.

—probablemente se la menee en la bañera.

—¡cerdo de mierda!

dejó de llorar. luego echamos abajo los tiestos por última vez. ella fue al baño y empezó a tararear y a cantar, preparándose para el trabajo. aquella noche le ayudé a encontrar otra vivienda y a hacer el equipaje y se trasladó. dijo que no quería seguir allí. le destrozaría el corazón. puta de mierda. agarré un periódico en el viaje de vuelta y lo abrí por las ofertas de trabajo buscando: almacenero, conserje, mozo, ayudante de inválido, repartidor de listines telefónicos; luego tiré el periódico, salí, compré una caja de cinco y me despedí del millón bebiendo. la vi una o dos veces (por casualidad, sin tiestos) y me dijo que sólo lo había hecho una vez con Alfiler-de-Corbata-Púrpura y luego dejó el trabajo. dijo que iba a empezar a pintar y a escribir «en serio».

más tarde se fue a Alaska y se casó con un esquimal, un pescador japonés. y mi chiste cuando estoy borracho es decir de vez en cuando a alguien:

—una vez perdí un millón de dólares con un pescador japonés.

—venga ya, tú nunca TUVISTE un millón de dólares.

y supongo que tienen razón: nunca lo tuve.

recibo carta una o dos veces al año, una carta larga, normalmente antes de Navidad. «ESCRIBO», me dice. hay ya dos o tres niños con nombres esquimales. y dice que ha escrito un libro. lo tiene allá arriba en las estanterías, es un libro de niños pero está «orgullosa» y ahora va a escribir una novela «seria» sobre «¡desintegración de la personalidad!» va a escribir DOS NOVELAS SOBRE DESINTEGRACIÓN DE LA PERSONALIDAD. ah, pienso, una es sobre mí. y la otra sobre el esquimal, que por ahora debe de estar ya bastante jodido. o desjodido. ¿o quizá la otra sea sobre Alfiler-de-Corbata-Púrpura?

puede que yo debiera haber seguido a aquella chica de las tetas de la Clase de Arte. pero es difícil complacer a una mujer. quizá a ella tampoco le hubieran gustado aquellos culos pequeños. pero deberías probar los pulpitos. como dedos de bebé en manteca fundida. las arañas de mar, las sucias ratas. y mientras tú te chupas esos dedos te vengas, das el beso de despedida a un millón, despides una cerveza, y a la mierda la compañía de la luz. Fuller Brush, las máquinas grabadoras y el bajo vientre de Texas y sus locas mujeres con cuellos rígidos. que lloran y te joden, te dejan, escriben cartas muy hogareñas todas las navidades, aunque seas ya un extraño, no te dejarán olvidar, Bruegel, las moscas, el Plymouth del 57 al pie de tu ventana, el derroche, el terror, la tristeza, el fracaso, el representar la payasada, nuestras vidas todas, el caer y levantarse, el fingir que va bien, el reír entre dientes, el llorar, y el limpiar nuestros culitos y los otros.

Para Bukowski, el Asqueroso

Te llamo Asqueroso porque
me pareces repugnante
no te enfades, porque, me gusta lo
marrano que eres: me pone cachonda leer
sobre el asunto; cuando atisbas debajo de las faldas
        de las señoras
o cuando te imagino en los ascensores u olisqueando cajones...
        para ponerte a tono;
en fin sé que estás preguntándote quién
te escribe esto. bueno, te diré
quién soy, liso y claro
para que, no haya error
y puedas localizarme. soy el coño
suave y limpio en que piensas
cuando te jodes esos chochos arrugados
y chorreantes, soy la señora que se sienta
delante de ti en las películas
de toda la noche, y te ve dale que dale
en el bolsillo del pantalón, y lentamente
me subo la falda, esperando que me mires los muslos
cuando tú... te levantas para ir a lavarte las manos,
yo lo llamo sexo a larga distancia. pero me encanta.
me encanta sentir tu aliento pesado
en la nuca cuando intentas meterme
los dedos en el culo por la ranura
del asiento; ahora estás pensando (suena bonito

aunque no te recuerde). pero de ahora en adelante
pensarás en mí y en definitiva...
eso es lo que yo quería en realidad. mi sucio
amigo...

sin firma

el público toma de un escritor, o de un escrito, lo que necesita
y deja pasar lo demás. pero normalmente suelen tomar lo que menos necesitan y dejan ir lo que más necesitan. sin embargo, todo
esto me permite ejecutar mis pequeños movimientos sagrados sin
molestarme si los entendieron. entonces no habría más creadores,
estaríamos todos en la misma olla de mierda. tal como están ahora
las cosas, yo estoy en mi olla de mierda y ellos están en las suyas. y
creo que la mía apesta mejor.

el sexo es interesante pero no tiene una importancia tan total.
quiero decir, no es ni siquiera tan importante (físicamente) como
la excreción. un hombre puede tirar setenta años sin comerse una
rosca, pero puede morir en una semana si no mueve las tripas.

aquí en Estados Unidos, especialmente, lo sexual se exagera
dándosele mucha mayor importancia de la que tiene. una mujer
con un cuerpo atractivo lo convierte de inmediato en un arma
para el progreso MATERIAL. y no me refiero a la puta de la casa de
putas, me refiero a tu madre y a tu hermana y tu mujer y tu hija. y
el varón norteamericano es el mamón (mal término, sí) que perpe-
túa el extremismo del fraude. pero al varón norteamericano le han
machacado los sesos la educación oficial norteamericana y el padre
preatontado norteamericano y el monstruo Publicidad norteamericano mucho antes de llegar a los doce años. está preparado y la
mujer está lista para hacerle suplicar y llevarse los dólares. por eso
una puta profesional con una toalla debajo del colchón es tan
odiada por su colega la otra puta profesional (el casi recordatorio
de feminidad; ¡hay ALGUNAS mujeres buenas, gracias a Dios!) y
por la ley. la puta abiertamente profesional constituye amenaza
para toda la sociedad norteamericana de Lucha y Roba hasta la
tumba. devalúa el coño.

sí, se estima lo sexual en muchísimo más de lo que vale. fíjate
alguna vez, en tu periódico (no lo encontrarás aquí en *Open City*
salvo de cachondeo). un grupo de candidatas en traje de baño po-

sando para una foto para algún concurso de belleza, o algo parecido, para la reina de esto o aquello. mira esas piernas, esos lomos
largos, los pechos... hay cierta magia en ello, no hay duda. y esas
chicas lo saben, más el precio de trato incorporado. LUEGO mira
las ocho o diez caras, sonriendo. las sonrisas no sonríen, están ta-
lladas en rostros de papel, en papel carbón de muerte. las narices y
las orejas y las bocas y las barbillas están adecuadamente moldea-
das según nuestros cánones, pero las caras superan en fealdad la
esencia toda de la brutalidad. no hay pensamiento alguno allí, no
hay fuerza alguna, no hay densidad alguna, no hay la menor bondad... nada, nada. lisos y asesinados fulgores de piel. sin ojos. pero muestra esas caras de horror al varón norteamericano medio
y dirá:

—sí, son tías de verdadera CLASE. no me las merezco.

luego ves a esas mismas ganadoras de concursos de belleza
años más tarde, viejas, en los supermercados; son melindrosas,
chifladas, amargadas, groseras... invirtieron en algo perecedero, las
engañaron; ten cuidado con los afilados cuchillos de sus carritos
de la compra... son las locas del Universo.

así pues, para algunos escritores, incluido el gloriosamente impertinente Bukowski, el sexo es sin duda la tragicomedia. no escribo sobre sexo como instrumento de obsesión. escribo sobre él
como una representación cómica en la que tienes que llorar, un
poco, entre acto y acto. Giovanni Boccaccio lo escribió mucho
mejor. tenía la distancia y el estilo. yo estoy demasiado cerca del
objetivo para lograr gracia total. la gente piensa que soy sólo un
marrano. si no has leído a Boccaccio, léelo, podrías empezar con
El Decamerón.

de todos modos, aún tengo cierta distancia y después de dos
mil polvos, la mayoría de ellos no muy buenos, aún soy capaz de
reírme de mí mismo y de mi trampa.

recuerdo una vez en el sótano de una tienda de ropa de señora, yo era un miserable almacenero, y mi jefe (es decir, el capataz)
era un tío bastante joven pero que empezaba a quedarse calvo; y a
este tío le reclutaron para la Segunda Guerra Mundial. ¿le preocupaba la posibilidad de que le mataran? ¿el significado de la guerra?
¿el no-significado de la guerra? ¿lo que significaba verse destrozado
por un morterazo?

se me confesó. me consideraba un buen chaval. estábamos los dos solos en aquel gran sótano (los otros empaquetadores sudaban una planta más arriba), estábamos abajo en el sótano húmedo y sucio, y andábamos hurgando en las tapas de las cajas de embalaje de cartón que se alzaban oblongas hasta dos metros de altura. buscábamos un número, un cierto tipo de ropa o vestido que había que facturar, y sólo había tres o cuatro bombillas eléctricas pequeñas para iluminar toda la zona del sótano, y allá andábamos saltando como arañas mono a cuatro patas, de caja en caja, buscando un número mágico, un tipo especial de tela que debía convertirse en un vestido de señora.

oh Dios mío, piedad, pensé, qué modo tan infernal de ganarse la vida, qué modo tan infernal de sobrevivir y morir sólo por cuatro cuartos. no había duda de que el suicidio era lo mejor...

y aquel tipejo va y me grita:

—¿viste ya el número?

le dije «no». a duras penas.

mierda, yo ni siquiera miraba. ¿qué interés tenía yo en encontrar el número? alguna que otra vez, cuando él volvía la vista, yo saltaba del pico de una caja de cartón a otra. por fin vino saltando hacia mí, se sentó en la caja de al lado de la mía y encendió un cigarrillo.

—Bukowski, tú eres buen chaval.

no contesté.

—me voy a la guerra, ésta es mi última semana aquí.

durante mi breve disfrute de empleo allí había hecho todo lo posible para distanciarme de aquel tío y ahora se dedicaba a hacerme aburridas confidencias.

—¿sabes lo que me fastidia del ejército? —preguntó.

—no.

—no podré joder con mi mujer. en fin, la mayoría de esos tipos no se comen una rosca. pero sólo con mirarte me doy cuenta de que tú sí...

(yo estaba en ayunas.)

—... así que le digo esto a mi mujer. le digo: «querida, qué voy a hacer, no podré joderte». ¿y sabes lo que dijo ella?

»pues dijo: "por Dios, vete al ejército y sé un hombre. yo estaré aquí cuando vuelvas", pero, maldita sea, voy a echarlo de menos. voy a echarlo de menos, sí; la mayoría de los tíos de aquí no saben lo que es. pero tú y yo sí que lo sabemos.

(no le dije que alguien jodería con su mujer por él mientras él estuviera fuera, y que si no volvía, ella se ajustaría a la siguiente posición de Cuerpo en Venta con lo que le quedase.)

era un tipo insignificante, una especie de topo, que soportaría un trabajo de mierda, o la carga suicida del nipón ¡BANZÁI! o, peor aún, el decidido avance ajedrecesco de los derrotados, los Hunos de las Nieves, avanzando a través de la caída blancura buscando SU número. el Huno de las Nieves, amargado, entrenado, valeroso, un último disparo de locura en la Bolsa, buscando su número. ¡ah el topo! él SOPORTARÍA estas cosas, casi como un picor o un bostezo o un pequeño catarro, sólo para seguir allí, en el lado derecho de la estructura social, esperando salir con suerte para poder volver a joder con su mujer.

existe tu sexo: se relaciona con imbéciles y con todos los movimientos de ejércitos. se condecora por su valor a hombres que sólo tienen coños por cerebro. pero ¿valor? el valor de un imbécil apenas cuenta. lo que cuenta es el valor del hombre que piensa... exige un poco de trabajo y buen estómago.

y mezclas sexo con el resto de nosotros y obtienes algo muy complicado, y cuanto más lo estudias menos sabes. una teoría sustituye a otra, y en casi todos los casos el perjudicado es el ser humano. quizá deba ser así. pese a todo nuestro potencial, el crecimiento más feroz es hacia abajo.

este asunto del sexo confunde incluso al gran Bukowski. recuerdo una noche que estaba sentado en un bar justo al oeste de uno de aquellos túneles del centro de la ciudad. vivía yo entonces en una habitación que quedaba justo a la vuelta de la esquina, a media cuesta. en fin, yo estoy sentado allí, bien colocado, y, demonios, pienso que soy joven y duro y puedo plantar cara a cualquiera que busque follón. deseo incluso gente que quiera follón, pues aún la vida es tan nueva para mí, digamos que tengo veintidós, veintitrés años, que soy una especie de tonto del culo romántico; la vida me parece vagamente interesante en vez de concretamente aterradora. así que pasa un rato y entonces miro a mi alrededor... ando mezclando bebidas... quiero decir tomando distintas cosas, vino, cerveza... estoy intentando liquidarme pero nada resulta y no ha llegado Dios.

luego vuelvo a echar un vistazo y veo allí a un tipo muy triste y bello de muchachita (unos diecisiete) sentado junto a mí. tiene ese pelo largo y rubio (siempre he sido blando con ese tipo de pelo largo, quiero decir cuando el pelo llega hasta el culo y agarras pelo, mechones de él mientras actúas, y la cosa resulta así bastante sinfónica en vez de la misma mierda de siempre), y es muy calmada, mucho, casi santa, oh, pero es una PUTA, y junto a ella está la protectora, la madame lesbiana y ellas preferirían NO, sabes, pero necesitan el dinero. me enzarcé con ellas en conversación más bien por mi lóbulo cerebral izquierdo. estoy seguro de que les parecía absurdo, pero no importaba, sabes: necesitaban la pasta. pedí bebidas.

el camarero puso la bebida delante de la chica de diecisiete años como si tuviera treinta y cinco. ¿y la ley? gracias a Dios, la ley se pasaba por alto por una razón u otra.

por cada trago que bebían ellas yo bebía tres. esto las animó. yo era la «marca». yo tenía la «mayúscula» marcada con tiza en la espalda. lo que desde luego ellas no sabían era que yo había ganado concursos de beber por toda la ciudad a algunos de los bebedores de más aguante de este siglo, trago gratis y la calderilla. no sé por qué tardaba tanto en quedar liquidado. quizá fuese mi rabia extrema o mi aflicción, o quizá me faltara una parte del alma-cerebro. probablemente fueran las dos cosas.

en fin, para no aburriros con esas malditas observaciones marginales, perdonadme; por fin subimos la cuesta camino de mi habitación, juntos.

he olvidado deciros que la madame lesbiana era un gordo pedazo de mierda humana con ojos de cartón y toscas masas como ancas, y que además le faltaba una mano y en vez de mano tenía aquella GARRA de acero muy muy BRILLANTE y gruesa y sumamente curiosa.

en fin, subimos la cuesta.

luego entramos en mi habitación y las miré a las dos. el polvo glorioso de mi muchachita pura y bella y grácil y mágica con el pelo cayéndole hasta el culo, y con ella la tragedia de los siglos: légamo y horror, la máquina estropeada, ranas torturadas por niños y choques de automóviles de frente y la araña atrapando a la zumbante mosca sin bolas, y la vista aérea del cerebro de Primo Carnera cayendo bajo los rudos cañones de *playboy* del segurísimo Maxie Baer (nuevo campeón de los pesos pesados de Norteamérica) y yo, yo me lancé a la Tragedia de las Eras: aquel gordo légamo de mierda acumulada.

la agarré e intenté echarla en mi sucia cama pero era demasiado fuerte y estaba demasiado sobria para mí. con un brazo se libró de mí. me desplazó con su puro odio lesbiano y tras librarse de mí empezó a BLANDIR AQUEL BRAZO CON AQUELLA GRANDE E INTERESANTE GARRA RELUCIENTE DE ACERO.

yo, un solo hombre, no podía cambiar el curso de la historia sexual, sencillamente no podía conseguirlo.

ella blandía aquella GARRA con amplios rápidos y maravillosos arcos y cuando me había agachado y alzaba la cabeza para ver dónde estaba la GARRA, allá venía otra vez. pero, durante toda la tentativa de matarme de la garra de hierro, yo, que soy por instinto tomador de notas, había dirigido miradas muy rápidas y oportunas a la hermosa y santa y joven puta y creo que de los tres ella era la que más sufría. se lo veía en la cara. verdaderamente, no podía imaginar por qué quería yo a aquella fea acumulación de todas las cosas negativas y muertas en vez de lo que ella tenía. pero supongo que mamá lesbiana conocía la respuesta, pues cada vez que lanza aquel chisme hacia mí, se volvía a su pequeña y decía «este tío está loco, este tío está loco, este tío está loco»... y bajo uno de sus viajes garra de hierro «este tío está loco» conseguí liberarme del acoso y llegar al otro lado de la habitación, junto a la puerta. señalé el armario y grité «EL DINERO ESTÁ EN EL CAJÓN DE ARRIBA!» y mamá L., siendo como era una auténtica mierda, picó y se volvió. cuando volvió otra vez la cabeza yo estaba casi en el pico de la colina, en el seguro refugio de Bunker Hill, mirando alrededor y respirando pesadamente, comprobando mis partes, preguntándome luego dónde estaría la bodega más próxima.

cuando volví con mi botella, la puerta estaba aún abierta, pero se habían ido. tranqué la puerta, me senté y me serví un pacífico trago. por el sexo y la locura. luego tomé otro, me acosté solo y dejé que el mundo siguiera su marcha.

a mi viejo indecente
te he escrito una vez

antes
o fueron tres
veces
resollé en tu oído
lamiendo con mi lengua
para que sintieras lo que quería decirte
y sentiste
sí, niño, sentiste algo bueno.
decías: «¡eh! ¿¿¿qué haces,
quién eres???»
y te oí coger un vaso
servirte un buen trago
apuesto.
«me caes bien, cómo te llamas»,
dijiste, luego... yo respiré hondo
y fuerte, y tú empezaste a hablarme más suave,
a susurrarme, luego a respirar
conmigo
oí bajar lentamente la cremallera de tu bragueta
contuve el aliento
luego, «plif... plaf, pulk.»
«te quiero.» dijiste, «slip slip slap.»
mientras posabas el vaso, para
usar las dos manos, «flop, flap, flip»
más y más deprisa, y me di cuenta de que tenías las
manos allí, está seco ahora pero no por
mucho tiempo.
AAAAAHHHH –oh– AHHHHHH, silbé
«slip, flap»
él está haciéndolo... pensé, cerré los ojos
uf... ¡¡¡AHHHHH-OHOO!!!
«flip-flip» humedeciéndose, «slap, flup, flap»
muy muy resbaladizo; «¡AHHHH-OHO-YAAAAA!»
«eso es, niña», dijiste. «flip, flap.»
«¡di algo!», gritaste.
OOOOOOOH-DIOS MÍO grité, luego
sentí algo en las rodillas... inundación de jugo
de amor...

alcé mis esbeltos muslos... cerré las piernas
colgué

sin firma

Querida Desconocida:
¡oh Dios mío, nena, no puedo esperar más!

sinceramente tuyo
Charles Bukowski

———

todo empieza y termina con el buzón de correos, y cuando encuentran un medio de eliminar los buzones de correos, muchos de nuestros sufrimientos acabarán. de momento, nuestra única esperanza está en la bomba de hidrógeno, y aunque pueda parecer descorazonador, esto no constituye exactamente el remedio adecuado.

en fin, el buzón de correos: tras una noche sin sueño, salí a mi porche alquilado, y contemplé aquella cosa grande insensata y gris tripa con una araña subnormal colgando allí debajo sorbiendo la última oportunidad de amor de una mariposa. en fin, allí estaba yo pensando, bueno, quizá en el Premio Pulitzer o en una beca o en mi ejemplar de *Turf Digest* y abrí y allí en el buzón había una carta, conozco la letra, conozco la dirección, conozco el tono, la forma de cada letra, el fuego cruzado indirecto loco y femenino de insignificantes almas de imagen chapucera:

querido bongó:
hoy regué las plantas. mis plantas se mueren. ¿cómo estás? pronto será Navidad. mi amiga Lana enseña poesía en el manicomio. tienen una revista. envía algo tuyo si puedes. ha de ser enseguida. seguro que les encantaría poder publicar algo tuyo. pronto volverán los niños a casa. vi tu último poema en el número de octubre de *BUJE STARDUST JACK OFF*. precioso. eres el mejor escritor del mundo. los niños llegarán enseguida, tengo que irme. tengo que dejarte.

te quiere,
Meggy

meggy sigue escribiendo estas cartas. nunca he visto a meggy, como dije, pero ella envía fotos, y parece un polvo grande y saludable, y me ha mandado también poemas, sus poemas, y son un poco del lado cómodo, aunque hablan de calvario y muerte y eternidad y el mar, es una cosa cómoda grande inmensa bostezante... casi como si uno se clavase un alfiler para gritar y luego no pudiese gritar, sólo otra desilusión femenina por el proceso de envejecimiento y por el decadente marido; sólo otra mujer embotada por su propia y fácil venta desde el principio y ahora traqueteaban con los días aspiradora y pequeños problemas con *junior* que avanza también rápidamente hacia cero veces nada.

son sus propias mentes lo que las mujeres ingieren en un trabajo de hombre: bien tergiversando voluntariamente la tentativa o bien sintiéndose cansada víctima en la maldita cruz. de cualquier modo, la cagan, quieran o tengan que hacerlo, le da igual a la víctima. que es el hombre, claro.

si meggy hubiese vivido lo bastante cerca yo podría haber puesto fin a toda la tortura bastante fácilmente, ella misma en mi casa aspirando el delicado fulgor cadencioso de mis ojos poetas, mi paso de beodo, pantalones rotos por las rodillas en caídas de las dos y media de la madrugada... compáreseme con, por ejemplo, Stephen Spender... me volvería y diría en un inglés no muy articulado:

—nena, de aquí a un par de minutos te voy a quitar esas jodidas bragas y te voy a enseñar un cuello de pavo que recordarás hasta la tumba, tengo un pene grande y curvo como una hoz, y más de un buen coño se ha corrido suspirando sobre mi sucia alfombra llena de cucarachas aplastadas. espera que acabe este trago y vas a ver.

luego me zamparía un gran vaso de los de agua lleno de whisky puro, rompería luego el vaso contra la pared, murmurando «Villon comía teta frita para desayunar», pararía a encender un cigarrillo y al volverme los problemas estarían resueltos... saldrían por la puerta de la calle, si quedasen se merecerían lo que recibiesen. y también tú.

pero meggy vive en un estado demasiado al norte de aquí y eso estaba descartado. pero contesté sus cartas varios años pensando que algún día se acercaría lo bastante para joder o largarse espantada.

por fin la calentura aparentemente interminable se disolvió. seguían llegando las cartas. las cartas seguían llegando pero yo no las contestaba. sus cartas eran como siempre, excelentemente torpes y significativamente deprimentes, pero el hecho de que hubiera decidido no contestarlas les arrebataba parte del veneno. era un gran plan, el plan que una mente simple como la mía necesitaría todo aquel tiempo para elaborar: no contestes las cartas y serás libre.

hubo una pausa en la correspondencia. creí que se había acabado; había utilizado el último truco del género: ser cruel con el cruel, ser estúpido con el estúpido. el cruel y el estúpido eran el mismo: nada podías hacer por ellos; sólo había cosas que podían hacer ellos, y que te harían a ti. yo había triunfado en la resolución de un problema secular; la eliminación de los no deseados. no hace falta gran número de hombres y mujeres para ahogar y desmembrar la vida de un individuo, basta con uno. y normalmente es uno. incluso cuando ejércitos se enfrentan a ejércitos, hormigas a hormigas, de cualquier modo que quieras disponerlo.

empecé a ver las cosas de nuevo con mis OJOS. advertí un cartel sobre una lavandería, algún bromista lo había colocado; EL TIEMPO HIERE TODOS LOS TALONES. jamás había visto el cartel. empecé, al fin, a ser libre. lo veía casi todo. veía las cosas disparatadas y extrañas que solía percibir, cosas boca abajo, románticas, explosivas, que parecían dar oportunidad a ninguna oportunidad. que parecían mostrar fuerzas mágicas donde antes no había nada.

MATA INVENTOR
Monterrey, 18 de noviembre (UPI)
un hombre de Carmel Valley ha sido asesinado por un artefacto que inventó para desarrugar ciruelas pasas.

esto era todo lo que decía el despacho. perfecto. de nuevo estaba vivo. luego, una mañana salí al buzón. una carta. con las facturas del gas, las amenazas del dentista, una carta de una ex esposa a la que apenas recordaba, y un anuncio de una lectura de poesía de poetas sin talento.

querido bongó:

ésta es la ULTIMA carta. puedes irte al infierno. no eres el ÚNI-CO que me ha abandonado. veré a todos los que me habéis aban-donado... ¡OS VERÉ A TODOS PRIMERO EN LA TUMBA!

meggy

mi abuela solía hablarme así y nunca me lo dio tampoco.

en fin, un par de días después, sacudiendo la obsesión de ale-gría. fui al buzón. unas cartas. las abrí. la primera:

querido mr. b:

el Consejo Nacional de las Artes ha estudiado su solicitud de una subvención individual de la Fundación Nacional Patrocinadora de las Artes. con el asesoramiento de un equipo independiente de especialistas literarios, lamentamos informarle...

otra carta:

qué hay, bongó:

acuclillada en el rincón de esta habitación de hotel de fétidos olores, lo único que rompe el silencio es el clic de botellas de vino contra dientes... estoy reumática, las piernas cubiertas de llagas; cincuenta y dos ases resultaron inútiles, el cincuenta y dos en el correo... cubrí todas las esquinas, ¿sabes?, y resultó ser un cochino y mísero y círculo maldito... expulsada de huertos de limoneros por estar fuera demasiado tiempo. (boda de granja de cerdos: cua-tro días) y cogiendo demasiado poco. vuelta a s.f. & pérdida de trabajo seguro de Navidad en correos por un día... sentada en el rincón de esta habitación luces fuera esperando por paz y alegría Iglesia bautista para encender su letrero rojo de neón para que pueda yo empezar a llorar... perro en la calle resulta atropellado por un autobús... ojalá fuese ese perro, porque no sé cómo hacerlo por mí misma... hasta eso exige decisiones... dónde están esos ci-garrillos... salí de la misión esta mañana. comida innombrable lle-nando mis entrañas buche-cerdo. miré alrededor en la calle Mar-ket a todas aquellas chicas guapas pelo como luz del sol claro invierno San Francisco... en fin... qué demonios.

M.

142

y otra:

querido bongó:
perdóname. seguí este camino. intenta amarme un poco.
compré una regadera nueva hoy. la otra estaba oxidada. incluso
un poema de *Poetry Chicago*. pensé... en mí misma... al leerlo.
ahora debo irme. los niños vuelven a casa.

quiéreme,

meggy

el poema incluido está meticulosamente mecanografiado. ni un
error. doblespaciadas, las palabras que ella mecanografió están gra-
badas en el papel con la misma presión, la misma intensidad...
amor. es un poema horrible. habla del viento y de alguna pequeña
y cómoda tragedia. es siglo XVIII. siglo XVIII malo.

pero aún no contesto. voy a mi trabajo-basura. allí abajo me
conocen. son mis superiores. me gusta. me dejan fluir. ellos no
distinguen a T. S. Eliot de Lawrence de Arabia. llevo dos o tres
días borracho. aún hago el trabajo.

tengo un sistema-timbre especial que debe funcionar antes de
descolgar el teléfono. no es presunción; es simplemente que no me
interesa lo que tiene que decir la mayoría de la gente, o lo que
quiere hacer... sobre todo con mi tiempo. pero una noche, mientras me daba ánimos para seguir siendo capaz de ir al trabajo-basura, sonó el teléfono. como iba a irme en un par de minutos,
pensé que no podrían fastidiarme mucho. no sonó la señal pero de
todos modos cogí el teléfono.

–¿bongó?

–¿eh? ¿sí?

–soy... meggy.

–ah, hola, meggy.

–oye, no es que quiera imponerme. es que, sabes, perdí el
control.

–oh sí. nos pasa a todos.

–no ODIES mis cartas por favor.

–bueno, meggy, te diré. en realidad, no odio tus cartas. son
realmente tan cómodas que...

–¡oh me alegro TANTO!

no me había dejado terminar. me proponía decir que sus cartas eran tan cómodas que me aterraban con sus bostezos de aspiradora. pero ella nunca me dejó terminar.

—me alegro de veras.

—sí –dije yo.

—pero no me has mandado ningún poema para nuestra clase de la institución.

—estoy intentando encontrar uno que sirva.

—estoy segura de que cualquier poema tuyo servirá.

—el torturador es bueno a veces en lo de las indirectas.

—¿qué quieres decir?

—olvídalo.

—bongó, ¿es que ya no escribes? recuerdo cuando salías en todos los números de *Blue Stardust*. Lilly dice que llevas años sin mandar nada. ¿has olvidado a los «pequeños»?

—nunca olvidaré a esos hijos de puta.

—qué bobo eres, en serio, ¿ya no ENVÍAS tus COSAS?

—bueno, tengo *Evergreen*.

—de veras, ¿te han ACEPTADO?

—una o dos veces. pero *Evergreen* no es una revista pequeña, recuérdalo, por favor. díselo a Lilly. dile que he desertado de las barricadas.

—oh bongó, en cuanto leí tus versos supe que estabas destinado. aún tengo tu primera antología. «Cristo se arrastra hacia atrás». oh bongó bongó.

me libré de ella diciéndole que tenía que ir a recoger basura. entretanto, yo pensaba ¿quién QUERRÍA ahora desarrugar una ciruela pasa? desde luego no saben buenas: quizá el sabor se parezca un poco a cerote congelado y desecado. su único encanto consiste en las ARRUGAS MISMAS, las frías arrugas y esa semilla congelada y resbaladiza que resbala de tu lengua en el plato como si fuese algo vivo.

abrí una cerveza. decidí que aquel día no podía trabajar. era agradable sentarse en una silla. alzar la botella y dejar que todo se fuese al diablo. conocí a una que pretendía haberse acostado con Pound en St. Liz. me libré para siempre de ella después de una prolongada correspondencia insistiendo tontamente en que yo también sabía escribir y que los «cantos» me parecían sosos.

tenía cartas de meggy por todas partes. había una antigua en el suelo junto a la máquina de escribir, me levanté, fui y la recogí:

querido bongó,
todos mis poemas vuelven. bien, si ellos no conocen buena poesía, es culpa suya. a veces aún leo tu primer volumen *CRISTO SE ARRASTRA HACIA ATRÁS.* y todos los demás libros tuyos. en fin, que yo sepa, hasta ahora, soy capaz de enfrentar TODA la terrible estupidez de ellos, los niños llegarán pronto a casa.

quiéreme,
meggy

P.D.: mi marido se burla de mí: «bongó lleva mucho tiempo sin escribir. ¿qué le ha pasado a bongó?»

vacié la botella de cerveza, la tiré al cubo de la basura.

lo veo ya perfectamente, su marido montándola tres veces por semana. el pelo como un abanico sobre la almohada, como les gusta decir a los escritores de temas sexuales. ella se imagina realmente que él es bongó. él se imagina que él es bongó.
–¡oh bongó! ¡bongó! –dice ella.
–vamos, mamá –dice él.
abro otra cerveza y me acerco a la ventana, el habitual oscuro y estéril día sin sentido de Los Ángeles. aún sigo vivo, en un sentido, hace mucho tiempo desde el primer libro de poemas; hace mucho tiempo de los motines de Watts. nos hemos derrochado. John Bryan quiere una columna. podría hablarle de meggy. pero la historia de meggy está inconclusa. estará en mi buzón mañana por la mañana. si estuviese en el cine podría resolverlo.
–mira, pequeño John, tengo a esa tía, ¿sabes? está fastidiándome, ¿sabes? tú sabes lo que hay que hacer. no la líes. dale esa polla de treinta y cinco centímetros y sácamela de encima. ¿entendido? búscala. está en esa habitación con una aspiradora con cara triste, ¿entiendes? una habitación llena de revistas de poesía, es desgraciada. cree que la vida la ha crucificado pero en realidad no sabe lo que es la vida, ¿entiendes? enderézala: dale los treinta y cinco.
–vale.

—y oye, pequeño John...

—sí.

—sin paradas en el camino.

—vale.

volví y me senté, le di a la cerveza. debería emborracharme, volar hasta allí, aparecer a su puerta en andrajos, borracho, pegando puñetazos en la puerta, toda la camisa rota llena de insignias: «PROCESO A JOHNSON». «ALTO LA GUERRA.» «DESENTERRAD A TOM MITCH.» cualquier cosa.

pero nada resultaba. tengo que sentarme y esperar. la subvención está descartada. he dejado de escribir poemas para *Evergreen*. sólo habrá una cosa en ese buzón:

querido bongó
bla bla bla bla bla bla bla. he regado las plantas. los niños vienen pronto a casa. bla bla bla.

quiéreme,
meggy

¿le pasó esto alguna vez a Balzac o a Shakespeare o a Cervantes? espero que no. la peor invención del hombre tiene tres cabezas. el buzón el cartero y quien escribe cartas. tengo en la estantería una lata azul de café llena de cartas sin contestar. tengo en el armario una gran caja de cartón llena de cartas sin contestar. ¿cuándo se emborrachan esas personas, joden, ganan dinero, duermen, se bañan, cagan, comen, se cortan las uñas de los pies? y meggy es la que encabeza el rebaño: quiéreme, quiéreme, quiéreme.

una polla de treinta y cinco centímetros podría sacarme, o meterme, o empeorarlo. con lo que tengo, ya ha habido problemas bastantes.

---

por aquellos tiempos, solía haber siempre alguien en mi casa, estuviese allí o no. normalmente no sabía quién iba a estar allí o quién no. pero siempre alguien. tan sólo un humano grandote y no demasiado santo. siempre había una fiesta. fiesta significaba: una extensión de suerte y los medios: dos dólares y pico propor-

146

cionaban una habitación llena de charla y luz y luz eléctrica suficiente para seis o siete.

pues bien, una noche, con todas las luces apagadas, desperté
en la cama borracho pero claro, sabes, súbitamente claras las sucias
paredes. la falta absoluta de objetivo, la tristeza el todo. y me apoyé en un codo y miré alrededor y parecía que todos se habían ido.
sólo aquellas botellas de vino vacías tiradas, iluminadas por la
luna. dura y grosera mañana esperando, y miré a mi alrededor en
la cama y veo allí aquella forma humana. una tía había decidido
quedarse conmigo..., aquello era amor, aquello era bravura. mierda, ¿quién podía soportarme en realidad? cualquiera que pudiese
soportarme tenía mucha indulgencia de alma. tenía sencillamente
que RECOMPENSAR a aquel dulce y querido cervato por tener las
agallas y la penetración y el valor de quedarse conmigo.

¿qué mejor recompensa que echarle un polvo por atrás?

me había tropezado con un extraño género de mujer, una extraña serie de mujeres y ninguna lo había querido por la cola así
que yo nunca lo había hecho de ese modo y la idea estaba dándome vueltas en la cabeza. solía ser mi único tema de conversación
cuando me emborrachaba. le decía a una mujer:

—tengo que darte por el culo, y tengo que darle por el culo a
tu mamá, y le daré por el culo a tu hija.

y la respuesta era siempre:

—¡oh no, ni hablar!

hacían cualquier cosa y todo salvo eso. quizá sólo fuese el
tiempo y el clima, o sólo algo matemático, porque mucho después
de esto no había más que mujeres que se sentaban y decían:

—Bukowski, ¿por qué no me jodes por el tubo de la chimenea?
tengo un culo grande redondo y suave.

y yo contestaba:

—claro que lo tendrás, querida, pero no me apetece.

pero en aquella época sencillamente nunca lo había hecho de
ese modo, y me sentía un poco loco, como siempre, y tenía esta
extraña idea de que dándoles por el culo resolvería un montón de
MIS problemas espirituales y mentales.

encontré el último vaso de vino mezclado con cenizas de puro
y tristeza. volví a meterme en la cama, le guiñé un ojo a la luna y
deslicé mi aparatito en aquel protuberante roncante e inmaculado

trasero. el furtivo ladrón no aprecia tanto el premio como el placer del robo. a mí me encantaban las dos cosas. mi pequeño bastón se alzó hasta la cima de su locura. Dios mío, feo y perfecto. venganza, en cierto modo, por todo tipo de cosas, por viejos vendedores de helados con demenciales ojos de pichón, por mi madre muerta viviendo y echándose crema por su imparcial e insípida cara de hierro.

aún duerme, pensé. lo cual mejoraba el asunto. probablemente sea Mitzi. quizá Betty. ¿qué más da? mi victoria... ¡triste, desempleada y hambrienta polla deslizándose en quicios de cosas prohibidas eternamente! ¡GLORIOSO! me sentía realmente muy dramático... el punto extremo del DRAMA, como Jesse James recibiendo la bala, como Cristo en la Cruz bajo lámparas klieg y cohetes, seguía adelante.

ella gemía y hacía AARRG UG, JO AJ, JA... me di cuenta entonces de que sólo fingía dormir. intentando salvar su honor de borracha que era tan terrible y real como todos los honores. estaba sólo sacándole las tripas con aquella gloria mía, loca y falsificada.

ella está sólo FINGIENDO estar dormida y yo soy un HOMBRE Y NADA. ¡OH, NADA PUEDE CONMIGO!

y tenía la sensación de tener mucha cuerda para variar y la gloria que aquello transpiraba y mi violencia caballo-mágico, y la de aquello, la de todo, me obsesionaba. Atravesé y embestí y machaqué y todo era puro.

luego, con la emoción, cayó hacia atrás la manta. vi más claramente la cabeza. la nuca y los hombros: ¡era un Calvo M. norteamericano VARÓN! todo se desmoronó. me eché hacia atrás sumido en indecente horror. caí atrás sintiéndome enfermo, mirando al techo, y ni un trago en la casa. Calvo M. ni se movió ni habló. por fin decidí dormir y esperar la mañana.

por la mañana despertamos y no se mencionó nada. vino alguien y reunimos algo de dinero para vino.

y los días seguían pasando y yo seguía esperando a que él se fuese. las chicas empezaban a mirarme raro. se quedó dos semanas, tres semanas.

un buque varado, como dicen. una noche después de descargar cajas de pescado congelado de vagones de tren, me corté en la mano y sangraba, tenía un pie embotado y casi roto de una caja que me cayó encima. me incorporé cojeando a una fiesta en mi casa. la fiesta estaba bien, nunca protesto por beber vino. pero el fregadero de mi casa andaba mal. habían comido todas mis latas, utilizado todos los vasos y platos y cubiertos, y todo estaba en el fregadero en el agua, el agua hedionda, el fregadero estaba atrancada y eso no tenía nada de particular, eso era casi normal, pero cuando miré en el fregadero y descubrí que habían encontrado también mis platos de papel y los habían utilizado y tirado al fregadero y los vi flotando por allí, me pareció mal, y luego encima alguien había VOMITADO en el fregadero, y cuando lo vi, me serví un vaso de los de agua de vino, lo liquidé y destrocé el vaso contra la pared y grité:

–¡ya está bien! ¡todos fuera! ¡inmediatamente!

salieron en fila, las putas y los hombres, y Helen la fregona, la había jodido un día también, pelo blanco y todo, y allá se fueron, pues, solemne, tristemente. se fueron todos menos Calvo M.

él se quedó allí sentado al borde de la cama diciendo:

–Hank, Hank, ¿qué pasa? ¿qué pasa, Hank?

–¡cállate o te noqueo, te lo juro!

salí al teléfono del pasillo. busqué el número de su madre. era uno de esos cabrones puros e inteligentes, estúpidos, con un cociente intelectual muy alto, que viven siempre con su madre.

–oiga, señora M., venga por favor y llévese a su hijo. soy Hank.

–¡ah! ¿así que ha ESTADO ahí? lo suponía, pero no sabía dónde vivía usted. informamos de él a personas desaparecidas. es usted malo para él, Hank. óigame, Henry, ¿por qué no deja en paz a mi chico?

(su «chico» tenía treinta y dos años.)

–lo intentaré señora M. ¿pero por qué no viene a llevárselo?

–sencillamente no puedo entender por qué se quedó TANTO tiempo ahí. normalmente le gusta volver a casa al cabo de un día o dos.

–usted venga y lléveselo.

le di la dirección, luego volví a la habitación.

–tu madre viene a buscarte –le dije.

–no, no quiero ir. ¡no! escucha, Hank, ¿hay algo más de vino? necesito un trago, Hank.

le serví un vaso y me serví otro.

él bebió un poco.

—no quiero ir —dijo.

—escucha, te he estado pidiendo que te fueras. y no te ibas. sólo tenía dos elecciones: arrearte una paliza y echarte a la calle o telefonear a tu madre. he telefoneado a tu madre.

—¡pero yo soy un HOMBRE! SOY UN HOMBRE. ¿ES QUE NO LO VES? ¡COMBATÍ EN CHINA! ¡DIRIGÍ A LOS SOLDADOS CHINOS A TRAVÉS DE LOS CAMPOS! ¡FUI TENIENTE DEL EJÉRCITO NORTEAMERICANO EN MOMENTOS DE PELIGRO!

y era verdad. había hecho todo aquello. y le habían licenciado con honores. volví a llenar los dos vasos.

—¡por la guerra de China! —brindé.

—por la guerra de China —dijo él.

los dos bebimos.

luego él empezó otra vez:

—¡soy un HOMBRE! maldita sea, ¿es que no ves que soy un HOMBRE? pero ¿es que no te das cuenta de QUE SOY UN HOMBRE, demonios?

ella llegó unos quince minutos después, sólo dijo una palabra:

—¡WILLIAM!

luego se acercó a la cama y le cogió de una oreja. era una vieja arrugada, y tenía lo menos sesenta años. pues bueno, le agarró, de una OREJA y le arrancó de la cama, y sin soltar la oreja le llevó por el pasillo y lo sacó fuera y llamó el ascensor, él doblado casi por la mitad y llorando, él llorando sin parar. aquellas grandes lágrimas REALES corriendo goteando deslizándose por sus mejillas. y lo metió en el ascensor cogido de la oreja y mientras bajaban pude oírle gritar:

—¡SOY UN HOMBRE, SOY UN HOMBRE, SOY UN HOMBRE!

y luego fui a la ventana y vi cómo bajaban a la acera. ella aún le sujetaba por la OREJA, aquella vieja de sesenta años. y luego, una vez allí, le tiró al interior del coche y entró por el otro lado mientras él se tumbaba en el asiento. luego se alejó con mi única pieza de redondo ojete gimiendo:

—¡SOY UN HOMBRE! ¡SOY UN HOMBRE!

nunca volví a verle ni hice jamás ningún esfuerzo especial por buscarle.

———

la noche que vino la puta de ciento veinte kilos yo estaba preparado. nadie más estaba preparado pero yo sí, yo estaba preparado. ella era todo grasa por todas partes y además no muy limpia. de dónde había salido y qué quería y cómo había sobrevivido hasta entonces era algo que podías preguntarte de cualquier ser humano, y, en fin allí estuvimos bebe que te bebe, riéndonos un rato, yo sentado allí con ella, apretándola, olisqueándola, riendo y pellizcando.

–¡nena, nena, te voy a meter una cosa que va hacerte llorar y no reír!

–aj, jajajaja, ja –se reía ella.

–cuando te clave, llegará la cabeza hasta la tuya, pasando por el vientre, el estómago, el esófago, subiendo por la tráquea. ¡sí!

–¡aj, jajajaja, ja!

–apuesto a que cuando te sientas a cagar te pegan las carnes de las nalgas en el suelo, ¿eh? a que cuando cagas, nena, atrancas un mes la tubería, ¿eh?

–¡aj, jajajajaja, ja!

cuando cerraron salimos los dos juntos... yo dos metros de altura, setenta y tantos kilos, y ella uno setenta y ciento veinte kilos. el mundo de lo solitario y lo ridículo bajaba por la acera caminando unido. al fin, me conseguía una tía, ya era algo por lo menos.

llegamos a la puerta de casa. busqué la llave.

–dios mío –le oí decir–, ¿qué es eso?

miré alrededor. detrás nuestro había un edificio muy sencillo y pequeño con un letrero muy simple: HOSPITAL DEL ESTÓMAGO.

–¿ah, eso? venga ríete ya, me gusta tu risa, ¡déjame que te oiga reír ahora, nena!

–es un cadáver, están sacando un cadáver.

–un amigo mío, fue jugador de fútbol, jugaba con los Red Grange. le vi esta tarde. tenía buen aspecto. le di un paquete de cigarrillos. sacan a los muertos a escondidas, de noche. les veo sacar uno o dos fiambres cada noche. sería mal negocio hacerlo de día.

–¿cómo sabes que es tu amigo?

–la estructura ósea, la forma de la cabeza debajo de la sábana. una noche que estaba animado estuve a punto de robar un cadáver pero volvieron ellos antes de que me decidiera. no sé lo que habría hecho con semejante cosa. meterlo en un armario, supongo.

–¿adónde van ahora?

–a por otro cadáver. ¿cómo tienes el estómago?

–¡bien, perfectamente!

subimos, como pudimos, aunque ella dio un traspié que creí que iba a tirar toda la pared oeste.

nos desnudamos, la monté.

–¡vamos! –le dije–, ¡MUÉVETE! ¡no te quedes ahí tumbada como una gran olla de masilla! alza esas grandes piernas gigantescas como pinos que tienes... ¡demonios, no puedo ENCONTRARTE!

ella se echó a reír entre dientes:

–oh, jejejejeje, oh, jejejejeje.

–¡qué coño te pasa! –masculle–. ¡muévelo! ¡menéalo!

entonces ella empezó realmente a saltar y a moverse. yo estaba allá arriba colgado intentando localizar el ritmo: ella se movía bastante bien, pero se meneaba y subía luego y bajaba y luego se meneaba otra vez. yo cogía el ritmo del meneo, pero en el sube y baja caí de la silla varias veces. quiero decir que subía el suelo cuando llegaba a él, lo cual está muy bien en condiciones normales, pero con ella, cuando alcanzaba el suelo que venía hacia mí, ésta sencillamente me desplazaba por completo de la silla y estuvo varias veces a punto de tirarme de la cama al suelo. recuerdo que una vez casi me agarré a una de aquellas tetas gigantes, pero era una cosa de lo más horrible e indecente y, en fin, yo lo que hice fue engancharme a un lado del colchón como una chinche hambrienta, y luego echarme otra vez encima y aposentarme en el centro de aquellos ciento veinte kilos, hundirme de nuevo en el centro del «oh, jejejejeje, oh, jejejeje», y cabalgar allí colgado, encima, sin saber si jodiendo o jodido, pero en fin, eso uno pocas veces lo sabe.

–ay, Dios nos valga –susurré en una de sus calientes y sucias y gordas orejas.

como estábamos los dos muy borrachos, le dimos y le dimos, y me echó fuera varias veces, pero volví de inmediato al combate. estoy seguro de que los dos queríamos dejarlo, pero que en cierto modo no había salida. el sexo puede convertirse a veces en un trabajo de lo más horrible. incluso una vez, desesperado, agarré uno de aquellos pechos enormes y lo alcé como una especie de apacible pastel y me metí un pezón en la boca. sabía a tristeza, a goma y a dolor y a yogur rancio. solté el chisme aquel de la boca con mucha repugnancia, luego volví al asunto.

y por fin la agoté. quiero decir, ella aún seguía dándole, no estaba tumbada como muerta, había conseguido sacarla de aquello, pero la agoté, entré en el ritmo, lo localicé, le di, le di como es debido unas cuantas veces y por último, como una cámara de resistencia que no quiere ceder, cedió, se entregó, la enganché. gimió y gritó al fin como una niña y yo me fui también. fue hermoso. luego nos dormimos.

y cuando despertamos por la mañana, descubrí que la cama estaba en el suelo. habíamos roto las cuatro patas en nuestro polvo loco.

—¡oh Dios santo! —dije yo—. ¡ay Señor! ¡Señor!

—¿qué pasa, Hank?

—rompimos la cama.

—ya pensé yo que podríamos.

—sí, pero no tengo un céntimo. no puedo pagar una cama nueva.

—yo tampoco tengo dinero.

—además tengo que darte algo, Ann.

—no, por favor, ni hablar, eres el primer hombre que me hace sentir algo en muchos años.

—bueno, gracias, pero ahora no puedo sacarme de la cabeza esta maldita cama.

—¿quieres que me vaya?

—no te enfades, pero sí. es la cama. me preocupa.

—claro, Hank. ¿puedo usar antes el baño?

—claro.

se vistió y fue al cagadero. cuando salió se paró en el quicio de la puerta.

—adiós Hank.

—adiós, Ann.

me sabía muy mal dejarla irse así, pero era la cama, luego recordé la cuerda que había comprado para ahorcarme, era una cuerda gruesa y fuerte. descubrí que todas las patas de la cama estaban rotas por una veta central. era sólo cuestión de colocarlas y atarlas como piernas humanas rotas. las até todas. luego me vestí y bajé.

estaba la patrona esperando.

–vi salir a esa mujer. era una mujer de la calle, señor Bukows-ki. creo que estuvo arriba en la habitación de usted. conozco de-masiado bien a mis otros inquilinos.

–vamos, vamos –dije–. pocos hombres pueden arreglárselas sin. luego salí a la calle. fui al bar. el trago entraba bien, pero no me podía quitar de la cabeza aquella cama. es cojonudo, pensé, que un hombre que quiere suicidarse ande preocupándose por una cama, pero me preocupaba. así que eché unos tragos más y volví. la patrona estaba allí esperando.

–¡no puede usted engañarme con toda esa cuerda, señor Bukowski! ¡ha roto usted la cama! ¡dios mío, mucho trajín ha teni-do que haber ahí anoche para romper todas las CUATRO patas de la cama!

–lo siento –dije–, no puedo pagar esa cama. perdí mi empleo de cobrador de autobús y están devolviéndome todos los relatos que mandé a *Harpers'* y a *Atlantic Monthly.*

–en fin, ¡le hemos puesto una cama nueva!

–¿una cama nueva?

–sí, Lila está haciéndosela ahora.

Lila era una linda criadita de color. sólo la había visto una o dos veces porque trabajaba de día, y de día yo solía estar en el bar, dándole al trinque.

–bueno –dije–, estoy cansado, creo que voy a subir a mi cuarto.

–sí, supongo que debe estar usted cansadísimo.

subimos juntos la escalera. pasamos ante un cartel de tela de la pared: DIOS BENDIGA ESTA CASA.

–¡Lila! –dijo la patrona cuando nos acercábamos al final de las escaleras, junto a mi habitación ya.

–¿sí?

–¿cómo vas con la cama?

–ay Dios mío, ¡este maldito chisme va a acabar conmigo! ¡no consigo acabar de montarla! ¡da la sensación de que no ajusta bien! llegamos los dos a la puerta de mi cuarto.

–miren, señoras –dije–, habrán de perdonarme, pero tengo que ir al baño un rato...

bajé al baño y eché una buena y lenta pero firme cagada de mierda-cerveza-vodka-vino-whisky. ¡menuda peste! descargué la cisterna y volví, camino de mi habitación. cuando me acercaba, oí un golpeteo final y luego mi patrona se echó a reír a carcajadas, luego reían las dos. entré. dejaron de reír. parecían muy serias, enfadadas incluso. mi linda chica de color salió corriendo y allá se fue escaleras abajo y luego empecé a oírla reír otra vez. luego la casera se plantó en el quicio de la puerta, mirándome.

–procure portarse como es debido, señor Bukowski, por favor. aquí sólo admitimos inquilinos de lo más distinguido.

luego cerró la puerta lentamente y entonces me volví.

miré la cama. era de acero.

me desvestí y me metí desnudo entre las nuevas sábanas de mi nueva cama, Filadelfia, una de la tarde, el cielo extendiéndose arriba por todas partes, allí fuera, estiré la blanca y limpia sábana y la colcha hasta la barbilla y luego me dormí, solo, cómodo, en gracia, acariciado por el milagro. todo estaba bien.

————

«Querido señor Bukowski:

Dice que empezó a escribir a los treinta y cinco. ¿qué hacía usted antes, entonces?

E. R.»

«Señor E. R.

No escribir.»

Mary probó todos los trucos. ella no quería irse en realidad aquella noche. salió del baño con todo el pelo recogido a un lado.

–¡mira!

yo acababa de servirme otro vaso de vino.

–puta, puta asquerosa...

luego salió con los labios muy pintados, todo el morro embadurnado de carmín.

–¡mira! ¿has visto alguna vez a la señora Johnson?

–puta, puta, puta asquerosa...

me levanté y me tumbé en la cama, el cigarrillo en una mano, el vaso de vino temblequeando en la mesita. descalzo, en calzoncillos y camiseta sucios de una semana. se acercó y se quedó allí plantada delante de mí.

—¡ERES EL MAYOR CABRÓN DE TODOS LOS TIEMPOS!

—aj, jajajajaja —reí yo.

—¡está bien, me largo!

—eso me da igual. ¡pero quiero advertirte una cosa!

—¿qué?

—que no des un portazo al salir, estoy harto de tus portazos. si das un portazo al salir, te casco.

—¡no tienes cojones!

y realmente dio un portazo al salir tan fuerte que me precipitó en un estado de conmoción nerviosa. cuando la pared dejó de temblar, me levanté de un salto, vacié el vaso de vino y abrí la puerta. no había tiempo para vestirse. ella me oyó abrir la puerta y echó a correr, pero iba con tacones. crucé el descansillo en calzoncillos y la agarré al principio de la escalera. le di la vuelta y le aticé un sopapo bueno a mano abierta en la cara. dio un grito y cayó. al caer las piernas bajaron las últimas y pude ver la falda arriba de aquellas largas piernas torneadas tejidas en nailon, vi hasta arriba, y pensé. ¡tengo que estar LOCO, maldita sea! pero no había salida y di la vuelta y volví lentamente a la puerta, la abrí, la cerré, me senté y eché un vaso de vino. oyéndola llorar allí fuera. luego oí que se abría otra puerta.

—¿qué pasa, querida? —era otra mujer.

—¡él me PEGÓ! ¡me PEGÓ mi marido!

(¿MARIDO?)

—oh, pobrecita, déjame que te ayude a levantarte.

—gracias.

—¿qué vas a hacer ahora?

—no sé. no tengo adónde ir.

(zorra mentirosa)

—bueno, mira, consíguete una habitación para la noche, y luego, cuando él salga a trabajar, puedes volver aquí.

—TRABAJAR —gritó ella—. ¡TRABAJAR! ¡ESE HIJOPUTA NO HA TRABAJADO NI UN DÍA EN TODA SU VIDA!

me hizo gracia aquello. tanta que no podía parar de reír. tuve que volverme y meter la cabeza en la almohada para que Mary no me oyese. cuando por fin pasó la risa y alcé la cara de la almohada y me levanté y salí a ver al descansillo, se habían ido ya.

volvió dos días después y fue como siempre, yo en calzoncillos cabreándome y Mary emperifollándose y arreglándose toda para irse, intentando indicarme lo que me perdía.

—¡esta vez no volveré! ¡ya estoy harta! ¡harta! lo siento muchísimo pero ya no puedo aguantarte! eres un cabrón de mierda, y nada más.

—tú eres una puta, no eres más que eso, una puta asquerosa...

—sí que debo serlo, porque si no no estaría viviendo contigo.

—vaya, nunca lo había enfocado así.

—pues enfócalo.

apuré el vaso de vino.

—esta vez voy a ACOMPAÑARTE a la puerta y la abriré y la cerraré YO MISMO. ¿preparada, querida?

me acerqué a la puerta y allí me planté en calzoncillos, el vaso de vino vuelto a llenar en la mano, esperando.

—vamos vamos, no quiero perder toda la noche. acabemos esto de una vez, ¿de acuerdo? ¿qué?

no le gustaba. salió, se volvió, se me plantó delante.

—bueno, venga, venga, piérdete en la noche. puede que consigas vender algo de lo que te queda por billete y cuarto a ese quiosquero que le falta el pulgar derecho y que tiene la cara como una máscara de goma. largo, querida.

empecé a cerrar la puerta y ella alzó el bolso sobre la cabeza.

—¡CERDO! ¡hijoputa!

vi bajar el bolso y me quedé quieto con una sonrisilla tranquila en la cara. he tenido varias peleas con tíos peligrosos; un bolso de mujer era algo que no podía inquietarme lo más mínimo. cayó. lo sentí. plenamente. tenía el chisme lleno y en la parte delantera, la que me dio en la cabeza, había un tarro de crema. era como una piedra.

—nena —dije. aún mantenía mi sonrisa y seguía con la mano en el pomo de la puerta, pero no podía moverme, estaba Congelado.

volvió a atizarme con el bolso.

—oye, nena.

otra vez.

—vamos, nena.

las piernas empezaron a fallar. al ir doblándome lentamente ella tenía más facilidades para atizarme en la cabeza. y lo hizo, cada vez más deprisa, como si intentase partirme el cráneo. fue el tercer noqueo de mi poco lucida carrera, pero el primero frente a una mujer.

cuando desperté la puerta estaba cerrada y yo solo. miré alrededor y había en el suelo más de dos centímetros de sangre. por suerte todo el apartamento tenía linóleo. chapoteando en aquello me dirigí a la cocina. tenía guardada una botella de whisky para una ocasión especial. aquélla lo era. la abrí y me eché un buen chorro en la cabeza, luego llené un vaso y lo bebí de un trago. ¡aquella zorra asquerosa había intentado MATARME! increíble, pensé en denunciarla a la policía, pero no me pareció buena idea. probablemente se hiciesen cargo del asunto y me encerrasen también a mí.

era una cuarta planta. bebí unos pelotazos más de whisky y me acerqué al armario. cogí sus vestidos, zapatos, bragas, medias, sostenes, zapatillas, pañuelos, ligas, toda aquella mierda, y la amontoné junto a la ventana pieza a pieza, sin dejar de chupar whisky.

–quería matarme la muy puta...

pieza a pieza, fui tirándolas todas por la ventana. había un gran solar vacío debajo junto a una casa pequeña. el apartamento quedaba junto a una excavación, así que en realidad estábamos a unos ocho pisos de altura. apunté a los cables del tendido eléctrico con las bragas, pero no acerté. luego me cabreé y empecé a tirarlo todo sin apuntar. zapatos y bragas y vestidos quedaron esparcidos por todas partes... en los matorrales, en los árboles, en la valla o simplemente en el suelo del solar. entonces me sentí mejor, le di otro tiento a la botella de whisky, encontré una bayeta y limpié todo aquello.

por la mañana me dolía mucho la cabeza. no pude peinarme, sólo mojarme el pelo y echarlo hacia atrás con cuidado con las manos. se me había formado en la cabeza una gran postilla de más de siete centímetros. serían las once. bajé por las escaleras a la primera planta y salí por la parte de atrás a recoger lo que había tirado. no estaba, no podía entenderlo. había un viejo pedo allí trabajando, en el patio de atrás de la casa pequeña, hurgando en el suelo con un desplantador.

–oiga –le dije al viejo pedo–, ¿vio por casualidad ropa por aquí?

–¿qué clase de ropa?

–ropa de mujer.

–había por todas partes. la recogí para el ejército de salvación. les telefoneé para que vinieran a por ella.

–pues era la ropa de mi mujer.

–parece que la tiró alguien.

–un error.

–bueno, aún la tengo toda en una caja.

–¿la tiene? ¿y podrá devolvérmela?

–claro, sólo que parecía que la hubiesen tirado.

el viejo pedo entró en la casa y salió con la caja aquella. me la dio por encima de la valla.

–gracias –le dije.

–de nada.

se volvió, se arrodilló otra vez y metió el desplantador en el suelo. yo volví a casa con la ropa.

ella volvió aquella noche con Eddie y la Duquesa. tenían vino. serví para todos.

–esto está muy limpio –dijo Eddie.

–oye, Hank. no riñamos más. ¡estoy harta de reñir! y sabes que te quiero, te quiero de veras –dijo Mary.

–sí, claro.

la Duquesa estaba allí sentada con todo el pelo por la cara, las medias todas rotas, e hilillos de saliva cayendo por las comisuras de los labios. tomé nota de que debía tirármela. tenía aquel aspecto repugnante tan tentador. largué a Mary y a Eddie fuera a por más vino y en cuanto se cerró la puerta agarré a la Duquesa y la tiré en la cama. era todo huesos y tenía una pinta muy dramática, la pobre probablemente llevase dos semanas sin comer. me corrí dentro. no estuvo mal. uno rápido. cuando volvieron ellos estábamos en el sofá sentados.

llevaríamos bebiendo otra hora cuando la Duquesa me miró desde detrás de aquella maraña de pelo y me apuntó con aquel dedo huesudo como el de la muerte. la conversación se interrumpió. el dedo seguía apuntándome. luego la Duquesa dijo:

–me violó, me violó cuando fuisteis a comprar el vino.

–oye, Eddie, supongo que no lo creerás, ¿verdad?

–claro, por supuesto que lo creo.

–¡oye, si no eres capaz de confiar en un amigo, lárgate inmediatamente de aquí!

–la Duquesa no miente. si la Duquesa dice que tú...

–¡LARGO DE AQUÍ! ¡CERDOS! ¡HIJOS DE PUTA!

me levanté y lancé un vaso de vino lleno contra la pared norte.

—¿yo también? —preguntó Mary.

—¡TU TAMBIÉN! —y apunté hacia ella también con mi dedo.

—oh Hank, creí que ya habíamos acabado con esto, estoy tan harta de riñas...

salieron en fila. Eddie el primero, luego la Duquesa, seguida de Mary.

—me violó, os juro que me violó —seguía diciendo la Duquesa—. me violó, de veras, me violó...

estaba loca.

cuando salieron ya, agarré a Mary por la muñeca.

—¡entra aquí, zorra!

la arrastré de nuevo adentro y eché la cadena en la puerta.

luego la cogí y le di un gran beso apasionado, acompañado de un buen apretón en las ancas.

—oh, Hank...

le gustó.

—Hank, Hank, no te tiraste a ese saco de huesos, ¿verdad?

no contesté. seguí trabajándola. oí caer al suelo el bolso. una de sus manos llegó hasta mis huevos, los acarició. yo estaba agotado, necesitaba un descanso, una hora o así.

—tiré toda tu ropa por la ventana —dije.

—¿QUE? —apartó la mano de mis huevos, abrió mucho los ojos.

—pero bajé y la recogí, déjame que te lo cuente.

fui y serví otros dos tragos.

—sabes que estuviste a punto de matarme, ¿eh?

—¿qué?

—¿me vas a decir que no te acuerdas?

me senté con un vaso y ella se acercó y me miró la cabeza.

—oh, pobrecillo. Dios mío, cuánto lo siento.

se inclinó y besó muy tiernamente la maldita postilla. luego yo le eché mano debajo de la falda y nos enredamos otra vez. necesité unos cuarenta y cinco minutos. allí estábamos, en medio de aquella habitación de pie, debatiéndonos entre pobreza y cristal roto. no habría riña aquella noche, no habría putas ni vagabundos en ninguna parte. el amor se había impuesto. y el limpio linóleo mezclaba nuestras sombras.

———

era en Nueva Orleans, en el barrio francés, y yo estaba en la acera y vi a un borracho apoyado en la pared y el borracho lloraba, y el italiano le preguntaba: «¿eres francés?», y el francés dijo: «sí soy francés.» y el italiano le atizó en la cara fuerte, lanzándole la cabeza contra la pared, y luego volvió a preguntarle al borracho: «¿eres francés?» y el franchute dijo «sí» y el macarroni volvió a atizarle, diciendo al mismo tiempo, una y otra vez, «soy amigo tuyo, soy amigo tuyo, sólo quiero ayudarte. ¿no lo entiendes?» y el francés decía sí y el italiano volvía a atizarle. había otro italiano sentado en su coche afeitándose, con una linterna allí colgada y alumbrándole la cara. qué raro hacía. allí sentado con toda la cara llena de crema de afeitar y afeitándose con aquella navaja barbera tan larga. no prestaba la menor atención a los otros dos, estaba allí sentado afeitándose en mitad de la noche. todo fue bien hasta que el francés salió rebotado de la pared y fue tambaleándose hacia el coche. el tío se agarró a la puerta del coche y dijo «¡socorro!» y el italiano volvió a darle. «soy amigo tuyo, soy AMIGO tuyo!» y el francés cayó contra el coche y el coche se movió y el italiano de dentro evidentemente se cortó y salió del coche con toda aquella crema de afeitar por la cara y el corte creciéndole y dijo: «¡hijo de puta!», y empezó a cortarle la cara al francés y luego el francés alzó las manos y le cortó en las manos.

–¡hijo de puta! ¡pedazo de cabrón!

era mi segunda noche en la ciudad y resultaba duro, así que entré allí en el bar y me senté y el tipo que había a mi lado se volvió y preguntó: «¿eres francés o italiano?» y yo dije: «bueno, verá, yo nací en China, mi padre era misionero y le mató un tigre siendo yo muy pequeño.»

en ese momento alguien empezó a tocar un violín detrás de mí y eso me salvó de más preguntas. apuré la cerveza. cuando el violín calló, alguien se me acercó del otro lado y se sentó.

–me llamó Sunderson. pareces necesitar un trabajo.

–necesito dinero. el trabajo no me entusiasma.

–lo único que tienes que hacer es sentarte en esta silla unas cuantas horas más, de noche.

–¿cuánto?

–dieciocho billetes por semana y no tocar para nada la caja registradora.

–¿cómo vas a impedírmelo?

–pagándole a otro tipo dieciocho billetes semanales por vigilarte.

–¿eres francés?

–Sunderson. escocés... inglés. pariente lejano de Winston Churchill.

–ya me parecía a mí que tenías algo raro.

———

allí era donde iban a echar gasolina los taxis de aquella empresa de taxis. yo echaba la gasolina, cogía el dinero y lo metía en la caja. pasaba casi toda la noche sentado en una silla. el trabajo fue perfectamente las dos o tres primeras noches, una pequeña discusión con los taxistas que querían que les cambiase las ruedas pinchadas. un italiano cogió el teléfono y empezó a protestarle al jefe porque yo no hacía nada, pero yo sabía por qué estaba allí: para proteger el dinero. el viejo me había dicho dónde estaba la pistola, cómo utilizarla y hacer que los taxistas pagasen toda la gasolina y el aceite que consumieran. pero yo no tenía el menor deseo de proteger la pasta por dieciocho a la semana, ahí era donde se equivocaba Sunderson. me hubiese llevado el dinero yo mismo, pero eso de la moral es asunto jodido: alguien me había trabajado con la loca idea de que robar estaba mal, en otros tiempos, y me costaba mucho superar los prejuicios. mientras tanto, trabajaba con ellos, contra ellos, por encima de ellos, en fin, la vida.

hacia la cuarta noche, apareció por allí una negrita. se plantó allí en la puerta muy sonriente. debimos de estar mirándonos cerca de tres minutos.

–¿cómo te va? –preguntó–. Me llamo Elsie.

–no demasiado bien. yo me llamo Hank.

entró y se apoyó en una vieja mesita de escritorio que había. el vestido que llevaba parecía un vestido de muchachita, tenía movimientos de muchachita y también daba la misma sensación el brillo de alegría de su mirada, pero era una mujer, una palpitante mujer milagrosa y eléctrica con un limpio vestido marrón de muchachita.

–¿me das un refresco?

–claro.

me dio el dinero y vi cómo levantaba la tapa de la caja de refrescos y, seria y meticulosa, elegía una bebida. se sentó luego en el taburetito y la observé mientras bebía. las burbujitas de aire flotaban a través de la luz eléctrica, a través de la botella. contemplé su cuerpo, sus piernas, aquella bondad cálida y marrón me inundó. resultaba solitario aquel sitio, allí sentado en aquella silla noche tras noche por dieciocho a la semana.

me dio la botella vacía.

–gracias.

–de nada.

–¿no te importa que traiga unas amigas mañana por la noche?

–si son como tú, querida, tráelas a todas.

–todas son como yo.

–tráelas a todas.

la noche siguiente vinieron tres o cuatro, y allí se pusieron a hablar y a divertirse un poco y a comprar y a beber refrescos. Dios mío, de veras, eran tan dulces, tan jóvenes, con lo que hay que tener, todas mocitas de color, era todo tan divertido y tan hermoso, lo digo en serio, me hacían sentirme así. la noche siguiente, vinieron ocho o diez, la siguiente trece o catorce. empezaron a traer ginebra y whisky y a mezclarlo con los refrescos. yo llevaba también para mí. pero Elsie, la primera, era la mejor de todas. se me sentaba en las rodillas y luego se levantaba de un salto y gritaba:

–¡ay, Dios mío, vas a sacarme los testines por la cabeza con esa CAÑA DE PESCAR que tienes ahí debajo.

se hacía la enfadada, hacía como si estuviese muy enfadada, y las otras chicas se reían. y yo no sabía qué hacer y me quedaba allí sentado, confuso, sonriendo, pero en cierto modo era feliz. tenían demasiado para mí pero era un buen espectáculo. empecé a relajarme un poco yo también. cuando pitaba un conductor, me levantaba ceñudo, terminaba mi vaso, iba a buscar la pistola, se la pasaba a Elsie y le decía:

–ahora mira, Elsie, nena, vigila esa caja, y si alguna de las chicas intenta hurgar en ella, vas y le haces un agujero en el coño por mí, ¿eh?

y dejaba allí a Elsie con aquella gran luger. era una extraña combinación. las dos, podían matar a un hombre, o salvarle, según fuese la cosa. la historia del hombre, la mujer y el mundo. y yo salía a servir la gasolina.

luego vino una noche aquel taxista italiano, Pinelli, a por un refresco. el nombre me gustaba, pero él no. era el que más protestaba de que yo no cambiase las ruedas. yo no tenía nada contra los italianos, pero resultaba extraño que desde que había aterrizado en la ciudad, la Facción Italiana estuviese en la vanguardia de mis desdichas, pero sabía que era algo matemático más que racial. en San Francisco, una vieja italiana probablemente me hubiese salvado la vida, pero ésa era otra historia.

Pinelli entró al acecho, a la caza, las chicas estaban todas por allí, charlando y divirtiéndose. él se acercó y alzó la tapa de la caja de refrescos.

—¡CAGO EN LA PUTA, YA NO HAY REFRESCOS, CON LA SED QUE TENGO! ¿QUIÉN SE LOS BEBIÓ, VAMOS A VER?

—yo —le dije.

todo estaba tranquilo, todas las chicas miraban. Elsie estaba de pie junto a mí, muy atenta. Pinelli era guapo si no mirabas demasiado tiempo o con demasiada profundidad. la nariz aguileña, el pelo negro, contoneo de oficial prusiano, pantalones ceñidos, furia de muchachito.

—¡ESTAS CHICAS SE BEBIERON TODOS LOS REFRESCOS, Y ESTAS CHICAS NO TIENEN POR QUÉ ESTAR AQUÍ, ESTOS REFRESCOS SON SÓLO PARA LOS TAXISTAS!

luego, se me acercó, se me plantó delante, las piernas así abiertas un poco como los pollos cuando van a cagar:

—¿SABES LO QUE SON ÉSTAS, LISTO?

—claro, estas chicas son amigas mías.

—¡NO, ESTAS CHICAS SON PUTAS! ¡TRABAJAN EN TRES BURDELES DEL OTRO LADO DE LA CALLE! ESO SON: ¡PUTAS!

nadie le contestó. seguimos allí todos mirando al italiano, fue una mirada larga. luego, el italiano se volvió y se fue. el resto de la noche no podía ser ya igual, yo estaba preocupado por Elsie. tenía la pistola, me acerqué a ella y se la cogí.

—estuve a punto de hacerle a ese hijoputa un ombligo nuevo —dijo—. ¡su madre era una puta!

cuando me di cuenta, el local estaba vacío. me senté y bebí un

164

buen trago. luego me levanté y miré la caja registradora. estaba todo allí.

hacia las cinco, llegó el viejo.

–Bukowski.

–¿sí, señor Sunderson?

–vas a tener que irte –(palabras familiares)

–¿qué pasa?

–los chicos dicen que no llevas bien esto, que se llena de putas y que tú te dedicas a divertirte con ellas. que ellas andan con las tetas al aire, sin bragas, y tú te dedicas a chupar y a lamer. ¿es ESO lo que pasa aquí por la noche?

–bueno, no exactamente.

–en fin, te dejaré seguir aquí hasta que pueda encontrar uno que sea más de fiar. tengo que saber lo que pasa aquí.

–de acuerdo, Sunderson, el circo es suyo.

creo que fue dos noches después cuando salí del bar y decidí darme una vuelta por la vieja gasolinera. había allí dos o tres coches de la policía.

vi a Marty, uno de los taxistas, me llevaba bien con él. me acerqué.

–¿qué pasa, Marty?

–apuñalaron a Sunderson, y le pegaron un tiro a uno de los taxistas con la pistola de Sunderson.

–joder, como en las películas. ¿el taxista al que le pegaron el tiro fue Pinelli?

–sí, ¿cómo lo sabes?

–¿un tiro en la barriga?

–sí, sí, ¿cómo lo sabes?

yo estaba borracho. me alejé de allí, me fui a mi habitación. la luna de Nueva Orleans brillaba arriba, muy alta. seguí camino de mi casa y pronto llegaron las lágrimas. un gran chorreo de lágrimas a la luz de la luna. luego pararon y pude sentir el agua-lágrima secárseme en la cara, estirando la piel. cuando llegué a mi habitación no me molesté en encender la luz. me quité zapatos, me quité calcetines y me tumbé en la cama sin Elsie, mi linda puta negra, y luego me dormí, crucé dormido la tristeza de todo y cuando desperté me pregunté cuál sería la siguiente ciudad, el siguiente trabajo. me levanté, zapatos, calcetines y salí a por una botella de vino. las calles no tenían muy buen aspecto, pocas veces lo tenían. la calle era una estructura planeada para ratas y hombres y tenías que vivir y morir en ella. pero como dijo una vez un amigo mío: «nunca se te prometió nada, no firmaste ningún contrato.» entré en la bodega a por el vino.

el muy hijoputa se inclinó un poco hacia delante, esperando sus puercas monedas.

———————

garrapateado en cajas de cartón durante borracheras de dos días:

cuando Amor se convierte en una orden, Odio puede convertirse en un placer.

* * *

si no juegas, nunca ganarás.

* * *

jamás duran los bellos pensamientos ni las mujeres bellas.

* * *

puedes enjaular a un tigre pero nunca sabrás seguro si está liquidado, con los hombres es más fácil.

* * *

si quieres saber dónde está Dios, pregúntale a un borracho.

* * *

en las trincheras no hay ángeles.

* * *

ningún dolor significa el fin del sentimiento; cada una de nuestras alegrías es un trato con el demonio.

* * *

la diferencia entre Arte y Vida es que el Arte es más soportable.

* * *

prefiero oír hablar de un vagabundo norteamericano de hoy día que de un dios griego muerto.

* * *

nada hay tan aburrido como la verdad.

* * *

166

el individuo bien equilibrado está loco.

* * *

casi todos nacen genios y los entierran tontos.

* * *

el hombre valiente carece de imaginación. la cobardía suele deberse a la falta de una dieta adecuada.

* * *

la relación sexual es darle patadas en el culo a la muerte mientras cantas.

* * *

cuando los hombres controlen los gobiernos, los hombres no necesitarán gobiernos. hasta entonces, vamos jodidos.

* * *

un intelectual es un hombre que dice una cosa simple de un modo complicado; un artista es un hombre que dice una cosa complicada de un modo simple.

* * *

siempre que voy a un funeral siento como si hubiese comido germen de trigo hinchado.

* * *

grifos que gotean, pedos de pasión, neumáticos deshinchados... son más tristes todos que la muerte.

* * *

si quieres saber quiénes son tus amigos, agénciatelas para ir a la cárcel.

* * *

los hospitales son el lugar donde intentan matarte sin explicar por qué. la fría y controlada crueldad del Hospital Norteamericano no se debe a médicos sobrecargados de trabajo o habituados a la muerte y aburridos de ella. se debe a médicos A LOS QUE SE PAGA DEMASIADO POR HACER DEMASIADO POCO y a los que admiran los ignorantes, como a brujos con poderes de curación, cuando la mayoría de las veces no son capaces de distinguir entre los pelos de su propio culo y los del apio.

* * *

un diario metropolitano antes de exponer un mal se toma el pulso.

* * *

fin de las cajas de cartón.

----

bueno, éste es vuestro cuento de Navidad, niñitos... sentaos alrededor.

–ah –dijo mi amigo Lou–, creo que lo tengo.

–¿sí?

–sí.

serví otro vaso de vino.

–vamos a medias –continuó.

–de acuerdo.

–tú tienes mucha labia, cuentas muchas historias interesantes. da igual que sean ciertas o no.

–son ciertas.

–bueno, eso es igual, escucha, haremos lo siguiente. hay un bar elegante al final de la calle, lo conoces, Molino's. bueno, tú te vas allí y sólo necesitas dinero para el primer trago. ése lo pagaremos a medias. bueno, tú te sientas allí y haces tiempo y te buscas un tipo que se vea que es de pasta. van muchos allí. localizas al tío y te acercas a él, con cualquier disculpa. te sientas al lado y te enrollas. le largas tus cuentos. le gustarán. consigues manejar un buen vocabulario cuando estás colocado. una noche me llegaste a decir que eras cirujano. me explicaste la operación completa del masocolon. bueno, pues él te convidará a beber toda la noche, y él beberá sin parar. tienes que hacer que beba. después, cuando ya vayan a cerrar, le llevas hacia el oeste, hacia la calle Alvarado, le haces pasar por la calleja. puedes decirle que vas a ir a buscar a una chiquita, dile cualquier cosa para llevarlo allí. yo estaré esperando en la calleja con esto.

Lou buscó detrás de la puerta y sacó un bate de béisbol. era un bate muy largo. de más de un kilo.

–¡Dios mío, Lou! ¡le matarás!

–no, ni hablar, no se puede matar a un borracho. ¡lo sabes de sobra! si estuviese sereno puede que le matase, pero borracho sólo quedará grogui. cogemos la cartera y, bueno, a medias.

–lo último que recordará –dije– es que estaba conmigo.

–sí, claro.

–quiero decir que me recordará A MÍ, puede que manejar el bate sea mucho mejor.

–el bate tengo que manejarlo yo, es la única manera de hacerlo porque yo no tengo la labia que tú para contar cuentos.

–no son cuentos.

–entonces tú ERES cirujano. no me digas.

–olvídalo, pero vamos a aclarar las cosas: yo no puedo hacer una cosa así, levantarte un pichón, porque en el fondo soy buen chico, no me gusta eso.

–tú no eres buen chico. eres el peor hijo de puta que conozco. por eso me gustas. ¿quieres pelea? yo quiero pelear contigo. pega tú primero, cuando estaba en las minas luché una vez con un tío con mangos de picos. del primer golpe me rompió el brazo y creyeron que me había liquidado, le liquidé yo a él con un solo brazo, no volvió a ser el mismo después de aquella pelea. se quedó tonto, hablaba en voz baja continuamente, sin decir nada. te toca el primer golpe.

y echó aquella arrugada cabeza de cocodrilo hacia mí.

–no, da tú el primer golpe –le dije–. ¡venga, so cabrón!

lo hizo. caí hacia atrás con silla y todo, me levanté y le aticé en la barriga, él me lanzó con el siguiente contra el fregadero. cayó un plato al suelo y se rompió. agarré una botella de vino vacía y se la tiré a la cabeza. se agachó y la botella estalló contra la puerta. luego se abrió la puerta. era nuestra joven patrona, linda y rubia, resultaba tan desconcertante. nos quedamos los dos allí quietos, mirándola.

–se acabó –dijo.

luego se volvió a mí:

–le vi anoche.

–no me vio.

–le vi en ese solar vacío de al lado.

–yo no estuve allí.

–claro que estuvo, lo que pasa es que no se acuerda. estuvo allí borracho, le vi con la luz de la luna.

–¡bueno y qué!

–estaba usted meando. le vi mear a la luz de la luna en el centro de ese solar vacío.

–no debía ser yo.

–era usted. como lo haga otra vez le echo. no podemos consentir esas cosas aquí.

—nena —dijo Lou—, te amo, oh, cuánto te quiero, daba los dos brazos por acostarme contigo una vez. ¡te lo juro!

—cállate, borracho imbécil.

cerró la puerta. nos sentamos. echamos un vaso.

localicé uno. uno grande y gordo. me habían echado del trabajo imbéciles gordos como aquél toda mi vida. de trabajos indignos, mal pagados, aburridos. iba a ser agradable. me lancé a hablar. no sabía exactamente de qué estaba hablando, quiero decir que sólo sentí que se movían mis labios, pero él escuchaba y reía y cabeceaba y pagaba copas. llevaba reloj de pulsera, un montón de anillos, una estúpida cartera llena. era un trabajo duro pero los tragos lo facilitaban. le conté algunas historias de la cárcel, de las brigadas ferroviarias, de las casas de putas. lo de las casas de putas le gustaba. le hablé de un tío que se metía desnudo en la bañera y la puta se tomaba un laxante fuerte y luego se colocaba allí en el borde de la bañera y le rociaba de mierda y él se subía por las paredes.

—oh no, ¿¡DE VERAS!?

—sí sí, de veras.

luego le conté de aquel tío que iba cada dos semanas y pagaba bien. lo único que quería era una puta con él en la habitación. los dos se quitaban la ropa y jugaban a las cartas y hablaban. lo único que hacían era estar sentados allí. al cabo de dos horas, él se vestía, decía adiós y se largaba. nunca tocaba a la puta.

—demonios —decía él.

—sí.

decidí que no me importaba lo más mínimo que el inmenso bate de Lou aporreara aquel cráneo. gordo asqueroso. inútil pedazo de mierda que chupaba la savia y la vida de su prójimo y de sí mismo. allí estaba sentado orondo, satisfecho, sólo con su habilidad para triunfar fácilmente en una sociedad enloquecida.

—¿te gustan las chicas jovencitas? —le pregunté.

—¡oh sí, sí, sí!

—¿digamos de unos quince y medio?

—sí, hombre, sí, claro.

—hay una que viene a la una y media de Chicago. estará en mi casa hacia las dos y diez. es limpia, caliente, inteligente. te advierto que corro un riesgo grande, así que tienes que confiar en mí. te pido diez billetes por adelantado y diez después de que acabes. ¿te parece demasiado dinero?

–oh no, qué va, está bien –metió la mano en el bolsillo y la sacó con uno de sus sucios billetes de diez.

–vale, cuando cierren aquí te vienes conmigo.

–bien, bien.

–la chica tiene unas espuelas de plata con rubíes incrustados y puede ponérselas y darte espuela en los muslos en el momento justo en que te explotan las bolas. ¿te gustaría eso? claro que serían cinco dólares más.

–no, prefiero que no se ponga las espuelas –dijo.

dieron por fin las dos y le saqué de allí y le llevé hacia la calleja. quizá Lou no estuviese esperando siquiera. quizá se hubiese emborrachado demasiado o simplemente se hubiese vuelto atrás. un golpe como aquél podía matar a un hombre, o dejarle lelo para toda la vida. íbamos haciendo eses a la luz de la luna, no había nadie, estaban las calles vacías.

iba a ser fácil.

llegamos a la calleja, allí estaba Lou.

pero el gordo le vio. alzó un brazo y se agachó cuando Lou lanzó el bate, y el bate me pegó a mí justo detrás de la oreja.

caí en aquel callejón lleno de ratas. (pensando un instante: por lo menos tengo los diez dólares, tengo los diez.) caí en aquel callejón lleno de condones usados, periódicos viejos, lavadoras perdidas, uñas, cerillas, cajas de cerillas, gusanos secos, caí en aquel callejón de viscosas mamadas y sombras húmedas y sádicas, de gatos hambrientos, merodeadores, maricas... y pensé que la suerte y el triunfo eran míos:

los mansos heredarán la tierra.

apenas pude oír escapar al gordo corriendo, y sentí que Lou hurgaba en mí buscando la cartera. luego perdí el conocimiento.

———————

era un cabrón rico y estaba en el baño de vapor, llorando, tenía todos los discos de J. S. Bach y ni siquiera esto le servía de nada. tenía ventanas de vidrio de colores en su casa más una foto de una monja meando. aun así, no le servía de nada. una vez hizo que mataran a un taxista en una noche de luna llena en el desierto

171

de Nevada para verlo. eso... se gastó en treinta minutos. ató perros a cruces y les quemó los ojos con sus puros de dólar: nada. había jodido con tantas chicas guapas jóvenes y de doradas piernas que eso... ya no era nada para él.

nada.

hacía quemar helechos exóticos mientras se bañaba, le tiraba las bebidas en la cara a su mayordomo.

un cabrón rico, un verdadero hijoputa. un miserable. un escupitajo en las entrañas de las rosas.

y seguía allí llorando sobre la mesa mientras yo fumaba uno de sus puros de dólar.

—¡ayúdame, oh DIOS MÍO, ayúdame! —gemía.

era más o menos la hora.

—un momento —le dije.

fui al armario y cogí el cinturón y entonces él se inclinó sobre la mesa, toda aquella carne papilla blanca, aquel repugnante culo peludo, y yo enarbolé el cinturón y le aticé con la hebilla fuerte una y otra vez:

¡ZAP! ¡ZAP!

¡ZAP! ¡ZAP! ¡ZAP!

cayó de la mesa como un cangrejo buscando el mar. se arrastró por el suelo y yo le seguí con el cinto.

¡ZAP!

¡ZAP!

¡ZAP!

mientras él chillaba otras dos o tres veces, me agaché y le quemé con el puro.

luego se quedó quieto y tumbado, sonriendo.

entré en la cocina donde estaba sentado su abogado tomando un café.

—¿terminaste?

—sí.

sacó cinco billetes de diez, me los echó sobre la mesa. me serví un café y me senté. aún tenía el puro en la mano, lo tiré en el fregadero.

—Dios —dije—. Dios mío.

—sí —dijo el abogado—, el último tío sólo duró un mes.

tomamos café allí sentados. era una cocina agradable.

–vuelve el miércoles que viene –dijo.
–¿por qué no lo haces tú por mí? –pregunté.
–¿YO? ¡soy demasiado sensible!
los dos nos echamos a reír y yo me puse dos terrones de azúcar.

----

siéntese, Stirkoff.
gracias, señor.
estire las piernas.
muy amable de su parte, señor.
Stirkoff, tengo entendido que ha estado usted escribiendo artículos sobre justicia, igualdad; también sobre el derecho al gozo y a la supervivencia. ¿Stirkoff?
¿sí, señor?
¿cree usted que habrá algún día una justicia total y razonable en el mundo?
en realidad no, señor.
¿por qué escribe entonces esa mierda? ¿es que no se siente bien?
he estado sintiéndome raro últimamente, señor, casi como si estuviese volviéndome loco.
¿bebe usted mucho, Stirkoff?
por supuesto, señor.
¿y se la menea?
constantemente, señor.
¿cómo?
no entiendo, señor.
quiero decir, ¿cómo se lo monta?
cuatro o cinco huevos crudos y una libra de carne picada en un florero de cuello estrecho, oyendo a Vaughn Williams o a Darius Milhaud.
¿de cristal?
¿cómo dice, señor?
me refiero al florero, ¿es de cristal?
claro que no, señor.
¿ha estado usted casado alguna vez?
varias veces, señor.
¿qué fue mal?

todo, señor.

¿cuál fue la mejor tía que se tiró?

cuatro o cinco huevos crudos y una libra de carne picada en un...

está bien, está bien.

sí, lo está.

¿comprende que su anhelo de justicia y de un mundo mejor es sólo una pantalla para ocultar la decadencia y la vergüenza y el fracaso que hay en su interior?

sí.

¿tuvo un padre malvado?

no sé, señor.

¿qué quiere decir con eso de que no sabe?

bueno, es difícil comparar. sólo tuve uno, sabe.

¿se está usted haciendo el gracioso conmigo, Stirkoff?

oh no, señor. como dice usted, la justicia es imposible.

¿le pegaba su padre?

se turnaban.

creí que sólo tenía usted un padre.

como todos los hombres. quiero decir que mi madre también intervenía.

¿le quería ella?

sólo como una extensión de sí misma.

¿qué otra cosa puede ser el amor?

el sentido común para preocuparse muchísimo por algo muy bueno. no hace falta estar relacionado por la sangre. puede ser una pelota de playa roja o una tostada con mantequilla.

¿quiere decir que puede usted AMAR a una tostada con mantequilla?

sólo a veces, señor. algunas mañanas. con ciertos rayos de sol. el amor llega y se va sin avisar.

¿es posible amar a un ser humano?

claro, sobre todo si no los conoces demasiado bien. me gusta observarlos desde mi ventana, ver cómo bajan andando por la calle.

Stirkoff, es usted un cobarde.

por supuesto, señor.

¿cuál es su definición de un cobarde?

un hombre que se lo pensaría dos veces antes de enfrentarse a un león con las manos vacías.

¿y cuál es su definición de un valiente?

un hombre que no sabe lo que es un león.

todos los hombres saben lo que es un león.

todos los hombres suponen que lo saben.

¿y cuál es su definición de un imbécil?

un hombre que no comprende que básicamente se están desperdiciando Tiempo, Estructura y Carne.

¿quién es un sabio, pues?

no hay ningún hombre sabio, señor.

entonces no puede haber imbéciles. si no hay noche no puede haber día; si no hubiese ningún blanco no podría haber ningún negro.

disculpe, señor. creí que todo era lo que era, sin depender de otra cosa.

ha metido usted el pijo en demasiados floreros. ¿no entiende que TODO es correcto, que nada puede ser incorrecto?

comprendo, señor, que lo que pasa, pasa.

¿qué diría si yo hiciese que le decapitasen?

no podría decir nada, señor.

quiero decir que si yo hiciese que le decapitasen yo seguiría siendo la Voluntad y usted se convertiría en Nada.

me convertiría en otra cosa.

a mi ELECCIÓN.

a nuestras elecciones, señor.

¡relájese! ¡relájese! estire las piernas.

sois muy gentil, señor.

no, somos muy gentiles los dos.

por supuesto, señor.

dice usted que a menudo siente esta locura. ¿qué hace usted cuando le asalta?

escribo poesía.

¿es poesía locura?

la no-poesía es locura.

¿qué es locura?

locura es fealdad.

¿qué es feo?

algo distinto para cada hombre.

¿la fealdad es inherente?

está ahí.

¿es inherente?

no sé, señor.

finge saber. ¿qué es saber? ¿qué es ciencia?

saber lo menos posible.

¿cómo es posible eso?

no sé, señor.

¿puede construir un puente?

no, señor.

¿puede hacer un arma?

no, señor.

esas cosas son los productos del saber.

esas cosas son puentes y armas.

tendré que hacer que le decapiten.

gracias, señor.

¿por qué?

es usted mi motivación cuando tengo muy poca.

soy JUSTICIA.

quizá.

soy el Ganador. haré que le torturen, le haré gritar. haré que desee la muerte.

por supuesto, señor.

¿comprende que soy su amo?

es usted mi manipulador; pero no hay nada que usted pueda hacerme que no pueda hacerse.

cree decir cosas muy inteligentes pero entre alarido y alarido no dirá nada inteligente.

lo dudo, señor.

por cierto, ¿cómo puede andar oyendo a Vaughn Williams y a Darius Milhaud? ¿conoce a los Beatles?

oh, señor, todo el mundo conoce a los Beatles.

¿no le gustan?

no me disgustan.

¿le disgusta algún cantante?

no me pueden disgustar los cantantes.

bueno, ¿cualquier persona que intente cantar?

Frank Sinatra.

¿por qué?

evoca una sociedad enferma en una sociedad enferma.

¿lee usted los periódicos?

sólo uno.

¿cuál?

OPEN CITY.

¡GUARDIA! ¡LLEVE A ESTE HOMBRE A LAS CÁMARAS DE TOR-
TURA INMEDIATAMENTE Y EMPIECE A ACTUAR!

¿una última petición, señor?

sí.

¿puedo llevarme conmigo el florero?

no, ¡lo usaré yo!

¿señor?

quiero decir que lo confiscaré. vamos, guardia, ¡llévese a ese
idiota! y vuelva usted con, vuelva con...

¿sí, señor?

media docena de huevos crudos y un par de libras de ternera
picada...

salen guardia y preso. el rey se echa hacia delante, sonríe malévolamente mientras Vaughn Williams suena por el intercomuni-
cador. fuera, el mundo avanza como un perro comido de pulgas
meando en un hermoso limonero que vibra al sol.

———————

Miriam y yo teníamos la cabaña pequeña del centro, no estaba mal, y yo había plantado un mato de arvejillas, delante, y además tulipanes alrededor. el alquiler no era casi nada y nadie se
molestaba porque te emborracharas. tenías que buscar al casero
para pagar el alquiler y si ibas retrasado una o dos semanas decía:
«vale vale», tenía además un negocio de venta y reparación de automóviles y disponía de cuanto dinero necesitaba. «pero no le dé
el dinero a mi mujer, es una derrochona y estoy intentando fre-
narla.»

parecía una época tranquila. Miriam trabajaba. escribía a máquina para una gran empresa de muebles. yo no era capaz de
acompañarla al autobús por la mañana por la resaca, pero el perro
y yo siempre estábamos esperándola en la parada del autobús cuando volvía. teníamos un coche, pero ella no era capaz de ponerlo en
marcha, y esto no me importaba. despertaba alrededor de las diez

y media, me arreglaba tranquilamente, echaba un vistazo a las flores, tomaba un café, luego una cerveza, luego salía y me plantaba allí al sol a rascarme la barriga, luego jugaba con el perro, un monstruo grande, más grande que yo, y cuando me cansaba de eso entraba y, lentamente, arreglaba un poco la casa, hacía la cama, recogía las botellas, fregaba los platos; otra cerveza, echaba un vistazo a la nevera para ver si había algo para la cena del día. por entonces era hora de coger el coche e irme al hipódromo. solía volver a tiempo justo para recibirla en la parada del autobús. sí, la cosa iba muy bien, y como no había sido nunca el hombre de una dama era agradable que le mantuvieran a uno, aun admitiendo que aquello no fuese exactamente Montecarlo, y que, además de ser el amante, tenía que fregar los platos y hacer otras tareas degradantes.

pensaba que no iba a durar, pero entretanto me sentía mejor, tenía mejor aspecto, hablaba mejor, caminaba mejor, me sentaba mejor, dormía mejor, jodía mejor que nunca. era estupendo, realmente estupendo.

luego resultó que conocí a la mujer de enfrente, la que vivía en la casa grande de enfrente. estaba yo sentado en las escaleras bebiendo mi cerveza y echándole la pelota al perro y ella salía y estiraba la manta en la hierba y tomaba el sol. llevaba puesto un bikini, sólo dos tiras de tela. «hola», decía yo. «hola», decía ella. y la cosa siguió así varias semanas. sin mucha conversación. por mi causa. tenía que andar con ojo. había vecinos por todas partes y Miriam los conocía a todos. pero aquella mujer tenía un CUERPO, señores, de vez en cuando la naturaleza Dios o lo que sea decide hacer UN CUERPO, sólo UNO, para variar. si miras la mayoría de los cuerpos encuentras que las piernas son demasiado cortas o demasiado largas, o los brazos; o el cuello es demasiado grueso o demasiado flaco, o las caderas son demasiado anchas o demasiado bajas y, lo más importante: el culo, el culo casi siempre desentona, es una desilusión. demasiado grande, demasiado liso, demasiado redondo, no redondo, o cuelga como una pieza separada, un pegote añadido allí cuando ya casi era demasiado tarde.

el culo es la cara del alma del sexo.

aquella mujer tenía un culo a tono con todo lo demás. gradualmente, fui descubriendo que se llamaba Renie y que era bailarina de striptease de uno de los pequeños clubs de la avenida

Western. pero su casa era Los Ángeles-duro, mundo-duro. tenías la sensación de que la habían enganchado unas cuantas veces, de que la habían utilizado y usado los muchachos ricos cuando era un poco más joven, y que ahora no bajaba la guardia y te jodía a ti, hermano, yo voy a lo mío, hermano.

una mañana me dijo:

—he tenido que tomar baños de sol atrás. ese hijo de puta viejo de la casa de al lado pasó un día cuando estaba delante y me pegó un pellizco, me metió mano.

—¿de veras?

—sí, ese viejo chiflado, debe tener setenta años y me largó un pellizco. tiene dinero, pero puede guardárselo. hay un tío que le lleva la mujer todos los días. deja que el viejo se la tire todos los días, y anda por allí jodiendo y bebiendo y luego el marido viene y se lleva a su mujer por la noche. creen que se va a morir y va a dejarles el dinero. me da asco la gente. allí donde trabajo, por ejemplo, el propietario del local, un italiano gordo y grande, Gregorio, dice: «nena, tú trabajas para mí, tienes que entenderlo, en el escenario y fuera del escenario.» y le dije: «mira, George, yo soy una Artista, si no te gusta mi actuación, ¡me largo!» y llamé a un amigo mío y lo empaquetamos todo y en cuanto llegué a casa que empieza a sonar el teléfono: Gregorio. y va y me dice: «mira, querida, ¡tienes que volver! esto no es lo mismo sin ti, esto está muerto. todos preguntaron por ti esta noche. ¡vuelve, por favor, nena, te respeto como artista y como dama. ¡eres una gran dama!»

—¿quieres una cerveza? —le pregunté.

—claro.

entré y saqué un par de cervezas y Renie subió las escaleras del porche y bebimos.

—¿y tú qué haces? —preguntó.

—nada por ahora.

—tienes una chica guapa.

—está bien.

—¿qué hacías antes de no hacer nada?

—todos trabajos malos. ninguno del que merezca la pena hablar.

—hablé con Miriam. ella dice que pintas y escribes, que eres artista.

—soy artista muy raras veces. la mayor parte del tiempo no soy nada.

—te gustaría ver mi actuación.

—no me gustan los clubs.

—tengo un escenario en mi dormitorio.

—¿qué?

—ven, te lo enseñaré.

entramos por la puerta de atrás y me hizo sentarme en el dormitorio. y sí, no había duda, allí estaba aquel escenario circular elevado. ocupaba casi todo el dormitorio. había una zona encortinada justo fuera del escenario. me sirvió un whisky con agua y luego se subió allí. se metió detrás del telón. me senté y eché un trago. luego oí música. «Matanza en la Décima Avenida». el telón se abrió. y allí salió ella, deslizándose, deslizándose.

terminé el vaso y decidí no ir al hipódromo aquel día. empezó a caer la ropa. ella empezó a moverse y a menear las caderas. había dejado la botella de whisky junto a mí. la cogí y me serví un buen vaso, y ella llegó entonces a la cuerdecita con las cuentas. cuando meneaba las cuentas veías la caja mágica. la soltó, siguió la música hasta la última nota. estuvo muy bien.

—¡bravo! ¡bravo! —aplaudí.

se bajó de allí y encendió un cigarrillo.

—¿de veras te gustó?

—claro. sé lo que quería decir Gregorio con lo de que tenías clase.

—muy bien, ¿qué quería decir?

—déjame echar otro trago.

—por supuesto. yo beberé también.

—bueno, clase es algo que tú ves, sientes, más que definir. puedes verlo también en los hombres, en los animales, lo ves en algunos artistas del trapecio cuando andan por la pista. es algo en el andar, en los ademanes. tienen algo dentro Y fuera, pero es sobre todo dentro y eso hace el trabajo exterior. tú lo haces cuando bailas; el interior hace el trabajo exterior.

—sí, yo también lo siento así. en mi caso no es sólo una cosa sexual, es un sentimiento: yo canto, hablo, cuando bailo.

—no te quepa la menor duda. capté todo eso.

—pero escucha, quiero que me critiques, quiero que me hagas

180

sugerencias, quiero mejorar. por eso tengo este escenario, por eso practico. dime cosas mientras bailo, no te dé miedo hablar.

–vale, unos cuantos tragos más y me soltaré.

–bebe lo que quieras.

volvió al escenario, pero detrás del telón. salió con un atuendo distinto.

«cuando una chica de Nueva York dice buenas noches
es por la mañana temprano
buenas noches querido».

yo tenía que hablar muy alto para que se me oyera con la música. me sentía como un director famoso con un cerebro Hollywood subnormal.

–NO SONRÍAS AL SALIR, ES VULGAR. ERES UNA DAMA. ES UNA CASUALIDAD QUE ESTÉS AQUÍ. SI DIOS TUVIESE COÑO TÚ SERÍAS DIOS. CON UN POCO MÁS DE GENEROSIDAD. ERES SAGRADA, TIENES CLASE, QUE SE ENTEREN.

seguí dándole al whisky, encontré cigarrillos en la cama, empecé a fumar un cigarrillo detrás de otro.

–ESO ES, ESO ES. ¡ESTÁS SOLA EN UNA HABITACIÓN! NO HAY PÚBLICO. ¡TÚ QUIERES AMOR A TRAVÉS DEL SEXO, AMOR A TRAVÉS DE AGONÍA!

las piezas de su atuendo empezaron a caer.

–¡AHORA, AHORA, DI DE PRONTO ALGO! DILO COMO SI TE ALEJASES DE LA PARTE DELANTERA DEL ESCENARIO, SÍLBALO, LÁNZALO POR ENCIMA DEL HOMBRO, DI CUALQUIER COSA QUE SE TE VENGA A LA CABEZA, COMO «PATATAS LANZAN CEBOLLAS MEDIANOCHE».

–¡patatas lanzan cebollas medianoche! –susurró.

–¡no! ¡tienes que decir algo tú, hacerlo tuyo!

–¡chipi chipi chupabolas! –susurró.

estuve a punto de correrme. más whisky.

–¡dale ahora, dale! ¡sácate esa maldita cinta! ¡déjame ver el ROSTRO DE LA ETERNIDAD!

lo hizo. todo el dormitorio estaba en llamas.

–¡AHORA SIGUE DEPRISA, RÁPIDO, COMO SI HUBIESES PERDIDO LA CABEZA. ABANDONADA POR COMPLETO!

lo hizo. por unos momentos quedé sin habla, el cigarrillo me quemó los dedos.

–SONRÓJATE –grité.

se sonrojó.

–¡AHORA LENTO; LENTO, LENTO; MUÉVETE HACIA Y PARA MÍ! ¡LENTO, LENTO, LENTO, HAS CONSEGUIDO QUE SE EMPALME TODO EL EJÉRCITO TURCO! ¡HACIA MÍ, LENTO, OH DIOS!

estaba ya a punto de saltar al escenario cuando ella susurró:

–chipi chipi chupabolas.

entonces fue demasiado tarde.

bebí otro vaso, le dije adiós, fui a casa, me bañé, me afeité, fregué los platos, cogí al perro y conseguí llegar justo a la parada del autobús.

Miriam estaba cansada.

–vaya día –dijo–. una de esas chicas tontas se dedicó a echar aceite a todas las máquinas. dejaron de funcionar todas. tuvieron que llamar al reparador. «¿quién demonios echó aceite a estos chismes?», nos gritó. luego Conners pensó que teníamos que aprovechar el tiempo perdido y nos largó facturas. tengo los dedos muertos de pegarle a esas teclas de mierda.

–estás muy guapa aún, nena, date un buen baño caliente, echa unos cuantos tragos y te sentirás como nueva. tengo unas patatas en el horno, tomaremos también filetes y tomates, y pan francés caliente con ajo.

–¡estoy tan cansada!

se sentó en un sillón, tiró los zapatos y le llevé un trago. suspiró y dijo mirando afuera:

–esas matas de arvejilla son muy hermosas cuando les da el sol como ahora.

no era más que una buena chica de Nuevo México.

en fin, vi a Renie unas cuantas veces después de esto, pero nunca fue como la primera vez. y no volvimos a hacerlo. primero, yo procuraba ser cuidadoso pensando en Miriam, y segundo, había montado tal número con lo de que Renie era una Artista y una Dama que casi llegamos a creérnoslo nosotros mismos. cualquier actividad sexual habría obstaculizado la relación estrictamente imparcial artista-crítico, y habría creado una pugna poseerno poseer. en realidad, era muchísimo más divertido y anormal del otro modo. pero no fue Renie quien me fastidió, fue el ama de casa gordita del mecánico de la casa de atrás. vino a pedirme prestado un poco de café o un poco de azúcar o algo así sobre las diez de la mañana, llevaba puesta una bata de vestir floja o lo que fuese, y se agachó para coger el café o lo que fuese de una alacena baja y se le salieron los pechos.

fue terrible. ella se puso toda colorada, luego se incorporó. yo pude sentir calor por todas partes. era como verse encerrado con toneladas de energía que te manipulasen a voluntad. cuando me di cuenta estábamos abrazados mientras su marido rodaba debajo de algún coche y maldecía y daba vueltas a una grasienta llave inglesa.

era una muñeca de manteca gorda y chiquitina. nos acostamos y fue bueno. resultaba extraño verla entrar en el baño que siempre usaba Miriam. luego se fue. ninguno de nosotros había dicho nada desde las primeras palabras de ella, cuando me pidió prestado lo que fuese que quería que le prestara. a mí, probablemente.

unas tres noches después, cuando estábamos bebiendo, Miriam dijo:

—oí que estabas jodiéndote a la gorda de atrás.

—en realidad no es gorda —dije yo.

—bueno, está bien. pero eso no puedo consentirlo, y menos cuando estoy trabajando. en fin, se acabó.

—¿puedo quedarme esta noche?

—no.

—pero ¿adónde voy a ir?

—puedes irte al infierno.

—¿después de los ratos que hemos pasado juntos?

—después de los ratos que hemos pasado juntos.

intenté camelarla. no hubo forma. se puso peor.

me fue fácil hacer el equipaje. sólo poseía andrajos que cabían en media maleta de cartón, tenía, por suerte, un poco de dinero y encontré un apartamento agradable en Kingsley Drive por un alquiler muy razonable. pero no podía entender cómo Miriam había descubierto lo de la gordita y no sospechaba de Renie. entonces reconsideré detenidamente las cosas. eran todas amigas. se comunicaban, directa o espiritualmente, o de algún modo por el que se comunican las mujeres entre sí y que los hombres no pueden entender. añade un poco de información exterior a esto y el pobre hombre está perdido.

a veces, bajando en coche a Western, echaba un vistazo al cartel del club. allí estaba, Renie Fox. sólo que no era cabeza de cartel. estaba en grandes letras de neón el nombre de la primera bailarina de striptease y debajo el de Renie y una o dos más. no entré nunca.

a Miriam la vi otra vez, a la puerta de una tienda. llevaba el perro. el perro se me echó enseguida encima y le di unas palmaditas y le acaricié:

—vaya —le dije a Miriam—, por lo menos el perro me echa de menos.

—sí, ya lo sé. le llevé una vez a verte, una noche. pero antes de que pudiese tocar el timbre oí la risilla de una zorra dentro. no quise interrumpir nada, así que nos fuimos.

—debiste imaginarte todo eso. no ha ido nadie por casa.

—no me imaginé nada.

—oye, voy a hacerte una visita una noche de éstas.

—no, ni hablar. tengo un novio estupendo. tiene un buen trabajo. ¡trabaja! ¡él no le tiene miedo al TRABAJO!

con eso, mujer y perro se volvieron y se alejaron de mí meneando el culo; de mí y de mi vida y de mis miedos. me quedé allí viendo pasar a la gente. no había nadie allí. estaba en la esquina. el semáforo estaba rojo. miré. cuando se puso verde crucé la dura calle.

————

uno de mis mejores amigos (yo al menos le considero amigo), uno de los mejores poetas de nuestra Época, está afligido, en este momento, en Londres, con eso, y los griegos lo conocían y los Antiguos, y puede caer sobre un hombre a cualquier edad, pero la edad más propicia es finales de los cuarenta camino de los cincuenta, y yo lo concibo como Inmovilidad: una debilidad de movimiento, una creciente falta de cuidado y de asombro; lo concibo como La Actitud del Hombre Congelado, aunque difícilmente pueda considerarse una ACTITUD, pero podría permitirnos enfocar el cadáver con CIERTO humor; de otro modo, la negrura sería demasiado. todos los hombres se ven afligidos, a veces, con la Actitud del Hombre Congelado, y esto queda mejor indicado por frases tan lisas como «sencillamente no puedo conseguirlo», o: «que se vaya todo a la mierda», o: «dale recuerdos míos a Broadway». pero normalmente se recuperan enseguida y siguen pegando a sus mujeres y dándole al reloj de fichar.

pero para mi amigo La Actitud del Hombre Congelado no puede tirarse debajo del sofá como el juguete de un niño. ¡ojalá fuese posible! ha consultado a médicos de Suecia, Francia, Alemania, Italia, Grecia, España e Inglaterra y nada pudieron hacer. uno de ellos le trató de lombrices. otro le clavó pequeñas agujas en las manos, el cuello, la espalda, miles de agujas. «quizá esto resulte», me escribió: «es muy probable que las agujas resuelvan el asunto.» en la siguiente carta me enteré de que estaba probando con un chiflado del vudú. en la siguiente me decía que ya no intentaba nada. el Hombre Congelado Definitivo. uno de los mejores poetas de nuestro tiempo, paralizado allí en su cama en una pequeña y sucia habitación de Londres, muriéndose de hambre, sobreviviendo a duras penas de limosnas; mirando al techo de su cuarto incapaz de escribir ni de pronunciar palabra, y al fin sin preocuparse por ello. su nombre es conocido en todo el mundo.

yo podía y puedo entender muy bien esta caída del gran poeta en un barril de mierda, pues, curiosamente, por lo que recuerdo, yo NACÍ con la Actitud del Hombre Congelado. uno de los ejemplos que puedo recordar es cuando mi padre, un hombre brutal, malvado y cobarde, me estaba pegando en el baño con aquel largo asentador de navajas de cuero. me pegaba con mucha regularidad; yo había nacido antes del matrimonio y creo que él me echaba la culpa de todos sus problemas. solía canturrear: «¡ah cuando yo era soltero, entonces tenía siempre el bolsillo lleno!», pero no cantaba muy a menudo. estaba demasiado ocupado atizándome. durante algún tiempo, digamos antes de que yo llegase a la edad de siete u ocho años, a punto estuvo de imponerme este sentido de culpa. y es que yo no podía entender por qué me pegaba. él buscaba denodadamente una razón. me obligaba a cortar la hierba del pradillo una vez por semana, primero transversalmente y luego a lo largo, y después debía igualar la hierba con tijeras. y si se me pasaba UNA hoja de hierba en algún sitio, en el pradillo delantero o en el trasero, me zurraba de lo lindo. después de la paliza, tenía que salir y regar la hierba. mientras, los otros chavales jugaban al béisbol o al fútbol e iban convirtiéndose en humanos normales. siempre llegaba el momento decisivo en el que el viejo se tumbaba en el prado y ponía el ojo a ras con la hierba. siempre conseguía encontrar una. «¡allí, YA LA VEO! ¡TE OLVIDASTE UNA! ¡TE OLVIDASTE UNA!» luego gritaba hacia la ventana del baño donde, a aquellas alturas del proceso, estaba siempre mi madre, una delicada señora alemana.

—¡olvidó UNA! ¡LA VI! ¡LA VI!

luego oía la voz de mi madre:

—ah, así que SE OLVIDÓ UNA... ¡qué vergüenza, qué VERGÜENZA!

creo que también ella me echaba a mí la culpa de sus problemas.

—¡AL CUARTO DE BAÑO! —me gritaba él—. ¡AL CUARTO DE BAÑO!

y yo entraba en el baño y salía a relucir el asentador y empezaba la paliza. pero aunque el dolor era terrible, yo, yo mismo, me sentía completamente al margen de él. quiero decir que, realmente, aquello no me interesaba; no significaba nada para mí. no tenía ningún lazo con mis padres y así no sentía que hubiese ninguna violación de amor o confianza o cariño. lo más difícil era el llanto. no quería llorar. era trabajo sucio, como segar el pradillo. como cuando me daban el cojín para que me sentara después, después de la paliza, después de regar el pradillo. yo tampoco quería el cojín, así que, como no quería llorar, un día decidí no hacerlo. lo único que podía oírse era el chasquido del asentador de cuero contra mi culo desnudo. era un sonido extraño, carnoso y horrendo en el silencio y yo miraba fijamente los azulejos del baño. llegaban las lágrimas pero yo no emitía sonido alguno. dejó de pegarme. normalmente me atizaba entre quince y veinte golpes. paró cuando me había dado sólo siete u ocho. salió corriendo del baño:

—¡mamá, mamá, creo que nuestro chico está LOCO, no llora cuando le pego!

—¿crees que estás loco, Henry?

—sí, mamá.

—oh, ¡qué fatalidad!

no era más que la primera aparición IDENTIFICABLE de El Muchacho Congelado. yo sabía que tenía algún problema pero no me consideraba loco. era sólo que no podía entender cómo otras personas eran capaces de enfadarse con tanta facilidad, luego olvidar su enfado con la misma facilidad y ponerse alegres, ni cómo podían interesarse tanto por TODO cuando todo era tan aburrido.

yo no era gran cosa en los deportes ni jugando con mis compañeros porque tenía muy poca práctica. no era el típico cobardica, no tenía ningún miedo ni tampoco era melindroso, y, a veces, hacía cualquier cosa y todas mejor que ellos... pero sólo a ráfagas... no parecía importarme en realidad. cuando me liaba a puñetazos con uno de mis amigos, jamás conseguía enfadarme. sólo peleaba como algo inevitable. no había otra salida. yo estaba Congelado. no podía entender la CÓLERA ni la FURIA de mi adversario. me veía estudiando su cara y su actitud, desconcertado por lo que veía, en vez de intentar pegarle. de vez en cuando, le atizaba un buen golpe para ver si podía hacerlo, luego volvía a caer en la letargia.

entonces, como siempre, mi padre salía corriendo de casa:

–¡se acabó! aquí no se pelea. se acabó. ¡kaput! ¡se acabó!

los chavales temían a mi padre. todos escapaban corriendo.

–vaya hombre estás hecho, Henry. ¡te pegaron otra vez!

yo no contestaba.

–¡mamá, nuestro chico dejó que le pegara Chuck Sloan!

–¿nuestro chico?

–sí, nuestro chico.

–¡qué vergüenza!

supongo que mi padre reconoció por fin en mí al Hombre Congelado, pero aprovechó la situación en beneficio suyo cuanto pudo. «los niños han de verse pero no oírse», solía decir. esto para mí era perfecto. no tenía nada que decir. nada me interesaba. estaba Congelado. antes, después y siempre.

empecé a beber hacia los diecisiete con chavales mayores que andaban holgazaneando por las calles y robaban en las gasolineras y en las bodegas. interpretaron mi repugnancia hacia todo como falta de miedo, pensaron que mi indiferencia era valor. yo era popular y no me importaba serlo o no. estaba Congelado. me ponían delante grandes cantidades de whisky y cerveza y vino. y lo bebía todo. nada podía emborracharme, de modo palpable y definitivo. los otros caían al suelo, se peleaban, cantaban, se tambaleaban y yo me quedaba tranquilamente sentado a la mesa bebiendo otro vaso, sintiéndome cada vez menos con ellos, sintiéndome perdido, pero no había en ello nada doloroso. sólo luz eléctrica y sonidos y cuerpos y poco más.

187

pero aún vivía con mis padres y era la época de la Depresión, 1937, y a un muchacho de diecisiete años como yo le resultaba imposible encontrar trabajo. volvía a casa de las calles, tanto por hábito como por imposición de la realidad, y llamaba a la puerta.

una noche mi madre abrió la mirilla de la puerta y gritó:

—¡está borracho! ¡está borracho otra vez!

y oí la gran voz al fondo de la habitación:

—¿está borracho OTRA VEZ?

mi padre se acercó a la mirilla:

—no te dejaré entrar. eres una desgracia para tu madre y para tu país.

—aquí fuera hace frío. como no abras la puerta la echo abajo. vine hasta aquí para entrar. así que no hay más que hablar.

—no, hijo mío, tú no mereces entrar en mi casa. eres una desgracia para tu madre y para tu...

fui hasta el fondo del porche, bajé el hombro y cargué. no había en mi actitud ni en mi actuación cólera alguna, sólo una especie de cálculo matemático, como si al llegar a cierta cifra tuvieras que seguir trabajando con ella. me lancé contra la puerta. no se abrió pero apareció una gran raja justo en el centro abajo y, al parecer, la cerradura quedó medio rota. volví otra vez al fondo del porche, bajé otra vez el hombro.

—está bien, entra —dijo mi padre.

entré.

pero entonces la expresión de aquellos rostros estériles, huecos, odiosa acartonada y pesadillesca hizo que mi estómago lleno de alcohol diese un vuelco, me puse malo y vomité sobre su magnífica alfombra que estaba decorada con *El Árbol de la Vida,* vomité a gusto.

—¿sabes, lo que le hacemos a un perro que se caga en la alfombra? —preguntó mi padre.

—no —dije yo.

—¡bien, pues le metemos la NARIZ allí! ¡para que no lo haga MÁS!

no contesté. mi padre se acercó a mí y me puso la mano en la nuca.

—tú eres un perro —dijo.

no contesté.

—¿tú sabes lo que les hacemos a los perros, no?

seguía apretando hacia abajo, bajándome la cabeza hacia mi lago de vómito sobre *El Árbol de la Vida.*

–les metemos las narices en su mierda para que no caguen más, nunca más.

allí estaba mi madre, la delicada señora alemana, en camisón, mirando en silencio. yo siempre pensaba que ella quería estar de mi parte pero era una idea totalmente falsa, fruto de chuparle los pezones en otros tiempos. además yo no tenía parte.

–oye, papá –dije–, QUIETO.

–¡no, no, tú sabes lo que le hacemos a un PERRO!

–te digo que pares.

siguió apretando, bajándome y bajándome la cabeza. tenía casi la nariz en la vomitada. aunque yo era el Hombre Congelado, Hombre Congelado significa Congelado, no fundido. sencillamente no podía ver que hubiese motivos para meterme la nariz en mi propio vómito. si hubiese habido una razón yo mismo habría metido allí la nariz. no era cuestión de HONOR o RABIA, era cuestión de verse desplazado de la MATEMÁTICA particular de uno. yo estaba, para usar mi término favorito, disgustado.

–quieto –le dije– ¡te lo digo por última vez, estate quieto!

casi me metió la nariz en el vómito.

giré, me agaché, y le enganché con un gancho perfecto y majestuoso, le aticé de lleno en la barbilla y cayó hacia atrás pesada y torpemente, todo un imperio brutal se fue a la mierda, por fin, y él se derrumbó en su sofá, bang, los brazos abiertos, los ojos como los de un animal drogado. ¿animal? el perro se había rebelado contra el amo. avancé hacia el sofá, esperando que se levantara. no se levantó. se quedó simplemente mirándome. no se levantaría. pese a toda su furia, mi padre había sido un cobarde. no me sorprendió. luego pensé: si mi padre es cobarde, probablemente yo sea un cobarde. pero, al ser un Hombre Congelado, esto no me producía ningún dolor. no importaba, ni siquiera cuando mi madre empezó a arañarme la cara con las uñas, chillando y chillando:

–¡le pegaste a tu PADRE! ¡le pegaste a tu PADRE! ¡le pegaste a tu PADRE!

no importaba, y por fin volví la cara del todo hacia ella y la dejé rasgar y chillar, cortar con sus uñas, arrancarme carne de la cara, la jodida sangre goteando y deslizándose por mi cuello y mi camisa, salpicando el jodido *Árbol de la Vida* con gotas y trozos de carne. esperé, sin interés ya.

–¡LE PEGASTE A TU PADRE!

luego fue dándome los arañazos más abajo. esperé. pero cesaron. luego empezó otra vez, uno o dos.

–le... pegaste... a... tu... padre...

–¿acabaste? –pregunté; creo que fueron las primeras palabras que le dirigí aparte de «sí» y «no» en diez años.

–sí –dijo ella.

–vete a tu dormitorio –dijo mi padre desde el sofá–. te veré por la mañana. ¡por la mañana hablaremos!

sin embargo, por la mañana ÉL era el Hombre Congelado, aunque imagino que no por elección.

————

he dejado muchas veces a amigotas y putas tajarme la cara como hizo mi madre, y esto es un hábito muy malo; estar congelado no significa dejar que los chacales te dominen, y, además, los niños y las viejas, y algunos tipos duros, pestañean ahora cuando ven mi cara. pero, para seguir, y creo que estas historias del Hombre Congelado me interesan más que a vosotros (interés: forma matemática de tabulación), intentaré abreviar. Dios mío, creo que una muy divertida (humor: forma matemática de tabulación. y soy serio en estas cosas) fue la vez que estaba yo en el Instituto de Enseñanza Media de Los Ángeles. ¿1938? ¿1937? ¿o quizá 1936? ingresé en el Centro de Entrenamiento de Oficiales de la Reserva, sin ningún interés por el Ejército ni por lo militar. yo tenía aquellos inmensos forúnculos como pomelos, enormes, que me brotaban por todo el cuerpo y un muchacho tenía dos posibles elecciones en aquella época: ingresar en el CEOR o hacer gimnasia. bueno, en realidad todos los chicos buenos y decentes hacían gimnasia. los mierdas y los raros y los locos como yo, los Hombres Congelados, los que eran así, iban al CEOR. la guerra aún no era una cosa humana. Hitler era sólo un Charle Chaplin parloteante haciendo payasadas divertidas en RKO-Pathe News.

yo fui al CEOR porque con el uniforme del Ejército no podían ver mis forúnculos; con el uniforme de atleta se veían perfectamente. pero, dejémoslo bien claro, lo que importaba no eran mis forúnculos respecto a MÍ, sino mis FORÚNCULOS respecto a ELLOS. desequilibraba sus glándulas. para un hombre que está encerrado en una cueva, un Hombre Congelado como yo, los forúnculos no tienen importancia, lo que hace que la tengan son cosas que no cuentan: como las masas de gente común. estar Congelado no significa no ver la realidad; estar Congelado significa permanecer Congelado; todo lo demás es locura.

hay que procurar estar lo menos jodido posible para poder así entrar donde te propones entrar. así que yo no quería estar jodido por las miradas humanas a mis disparatados forúnculos. así que vestí el uniforme militar para bloquear los rayos X. pero no me atraía lo más mínimo el CEOR. yo estaba CONGELADO.

en fin, el caso es que un día estábamos allí, todo el condenado batallón o como quieras llamarle, y yo soy aún soldado raso y todo el grupo está en algún tipo de competición de manual de armas, las gradas están atestadas de imbéciles y aquí estamos nosotros, ejecutando los movimientos, y yo estoy Congelado, amigo, me da igual todo, y seguimos las órdenes, y pronto sólo el cincuenta por ciento aguanta y pronto sólo el veinticinco y pronto sólo el diez por ciento, y yo sigo aún allí de pie, los grandes forúnculos rojos y horrorosos en la cara, no hay uniforme para la cara, y hace calor calor, e intento conseguir que mi mente piense, haz un error, haz un error, haz un error, pero soy maquinalmente un perfecto artesano, no hay nada que pueda hacer mal aunque todo me sea indiferente, pero no puedo forzar el error y esto TAMBIÉN se debe a que estoy ¡CONGELADO! y pronto quedamos sólo dos, yo y mi amigacho Jimmy. bueno, Jimmy es un mierda y él NECESITA esto, será magnífico para él. esto es lo que yo pensaba realmente. pero Jimmy se fue al carajo. fue con la orden, «¡Presenten armas!», no, la cosa fue así: «Presenten...» luego pausa... «¡Armas!», ya no me acuerdo de la maniobra concreta que correspondía a esta orden, soy una mierda como soldado. se relacionaba más o menos con meter cerrojo en la recámara. pero Jimmy la cagó con el cerrojo. y allí me quedé solo, los forúnculos abultando y sobresaliendo por el cuello de lana verde oliva, forúnculos alzándose por todo mi cráneo, incluso en la cabeza, arriba, en el pelo, y hacía mucho calor al sol y allí estaba yo, indiferente, ni triste ni feliz, nada, sólo

191

nada, las chicas guapas gemían en las gradas por su pobre Jimmy y su madre y su padre bajaron la cabeza, sin entender cómo podía haber pasado aquello. yo también conseguí pensar: pobre Jimmy, pero eso fue lo máximo que pude pensar. el viejo que dirigía el CEOR era un tipo llamado coronel Muggett, un hombre que había dedicado toda su vida al Ejército. se acercó para colocar la medalla sobre mi camisa rasposa, con una cara muy triste, mucho, a mí me consideraba un inadaptado, el chico de la cabeza hueca, y yo a él le consideraba un loco. me clavó la medalla y luego tendió la mano para estrechar la mía. tomé su mano y sonreí. un buen soldado jamás sonríe. la sonrisa significaba decirle que entendía que habían salido mal las cosas y eso quedaba por encima de mí. luego volví a mi compañía, mi escuadrón, mi pelotón, mi lo que fuese. luego el teniente nos convocó otra vez. el apellido de Jimmy era Hadford, o algo así. y no te lo vas a creer, pero pasó. el teniente dijo a los soldados:

—quiero felicitar al soldado Hadford por llegar tan lejos en la competición.

luego dijo: «¡descansen!»

luego: «¡rompan filas!» o algo parecido.

vi a los otros muchachos hablando con Jimmy. a mí nadie me decía nada. luego vi que el padre y la madre de Jimmy salían de las gradas y le abrazaban. mis padres no estaban allí. salí a la calle. me quité la medalla y caminé con ella en la mano. luego sin rencor, miedo, gozo, sin cólera ni razón directa, tiré la medalla a una alcantarilla a la puerta de una tienda. a Jimmy le derribaron años después en el Canal de la Mancha. su bombardero resultó alcanzado y él ordenó a sus hombres tirarse mientras él intentaba volver con el aparato a Inglaterra. no lo consiguió. por entonces, yo vivía del cuento en Filadelfia y me jodí a una puta de ciento veinte kilos que parecía un cerdo gigante y ella rompió las cuatro patas de mi cama, saltando y sudando y tirando pedos durante la cosa.

podría seguir y seguir narrando incidentes dentro del contexto del Hombre Congelado. no es totalmente cierto el que yo nunca ME PREOCUPASE o que nunca me enfureciese o que nunca odiase o que nunca sintiese esperanza o que nunca sintiese alegría. no pretendo decir que careciese POR COMPLETO de pasiones o sentimientos o lo que sea; sólo que me resulta un poco extraño que mis sentimientos, mis pensamientos, mis actitudes sean tan extrañamente distintas y opuestas a las del prójimo. al parecer, nunca puedo conectar CON ellos, dado que estoy congelado tanto por mi propia elección como por mi carácter. no os durmáis, por favor, y dejadme terminar esto con una carta, una carta de mi amigo poeta de Londres que describe sus experiencias como Hombre Congelado. me escribió lo siguiente:

«... estoy en esta pecera, comprendes, un inmenso acuario, y mis aletas no son lo bastante fuertes para recorrer esta gran ciudad submarina. hago lo que puedo, aunque la magia sin duda ha desaparecido. parece simplemente que no puedo arrancarme a mí mismo de este estado de congelación y conseguir la "inspiración". no escribo, no jodo, no hago maldita cosa. no soy capaz de beber, ni de comer, he de conectarme. sólo congelación. de ahí la tristeza, pero nada parece funcionar en este momento. va a ser un largo período de hibernación, una noche larga y oscura. estoy acostumbrado al sol, a la luminosidad y la claridad mediterránea, a vivir en el maldito borde del volcán, como en Grecia, donde al menos había luz, había gente, había incluso lo que se llama amor. ahora, nada. rostros de media edad. caras jóvenes que nada significan, que pasan, sonríen, dicen adiós. oh, fría y gris oscuridad. viejo poeta clavado en las estacas. los hedores. de médicos a hospitales, con muestras de mierda, muestras de orina, y siempre los mismos informes... análisis de hígado y de páncreas anormales: pero nadie sabe qué hacer. sólo yo sé. lo único que se puede hacer es escapar de esta celda, y conocer a alguna joven belleza mítica... algún dulce objeto doméstico que se cuide de mí, que exija poco, que sea cálida y tranquila, que no hable demasiado. ¿dónde está? de ningún modo podría darle lo que ella quiere. ¿¿¿o podría??? sin duda es posible, por supuesto, que esto sea todo cuanto yo necesite. pero ¿cómo, dónde encontrarlo? me gustaría ser duro. habría sido capaz de sentarme y empezar todo de nuevo, desde el principio, ponerlo en el papel, más fuerte, más limpio, más agudo que nunca. pero algo se me ha ido en este momento, y estoy contemporizando, dando largas. el cielo es negro y rosa y colorado a las cuatro cuarenta de la tarde. la ciudad aúlla fuera. los lobos pasean por el zoo. las tarántulas están acuclilladas junto a los escorpiones, la abeja reina es servida por los zánganos. el mandril gruñe malicio-

193

samente, arrojando sucios plátanos y manzanas de su entrepierna a los niños chiflados que le molestan. si voy a morir, quiero salir hacia California, más abajo de Los Ángeles, costa abajo, en la playa, en cualquier sitio, cerca de México. pero eso es un sueño. querría hacerlo de algún modo, pero todas las cartas que recibo de Estados Unidos son de poetas y escritores que han estado aquí, en este lado del Atlántico, y me cuentan la mierda que es todo ahí, en casa, lo puerca que es la situación, etc., no sé, nunca podría hacerlo, financieramente, puesto que mis respaldos están aquí, y me abandonarían si regresase, pues les gusta más o menos mantener un contacto más estrecho conmigo. sí, el cuerpo cede, pero aguanta, y perdona el espantoso torpor de esta carta. no consigo inspirarme, no consigo trabajar. no hago más que mirar las facturas del médico y otras facturas, y el cielo negro, el sol negro. quizá algo cambie, pronto. así están las cosas. tra la la, afrontémoslo sin lágrimas. ánimo, amigo.» firmado: «X» (un famoso poeta... editor).

en fin, mi amigo de Londres lo dice mucho mejor que yo, pero qué bien, qué maravillosamente entiendo lo que él dice. y un montón de dinámicos farsantes con la mente desintegrada por el ritmo sólo nos condenarían por holgazanería o una especie de desdichada vagancia o autocomplacencia. pero no se trata de ninguna de estas cosas. sólo el hombre congelado en la jaula puede conocerlo. pero no tendremos más remedio que salir de nuestro camino y esperar. ¿y esperar qué? en fin, ánimo, amigos. hasta un enano puede conseguir empalmarse, y yo soy Mataeo Platch y Nichlas Combatz al mismo tiempo, y sólo Marina, mi niñita, puede traer luz en pleno mediodía, pues el sol no hablará. y arriba en la plaza, junto a la Union Station, los viejos sentados en círculo miran a las palomas, sentados en círculo horas y horas mirando a las palomas y sin ver nada. congelados. pero yo podría llorar. y de noche cruzaremos sudando sueños insensatos. sólo hay un sitio adonde ir. tra la la la. la la. la.

———————

la conocí en una librería. llevaba una falda muy corta y ceñida, altísimos tacones, y sus pechos se veían patentemente bajo el jersey azul y suelto. tenía la cara muy afilada, austera, no llevaba maquillaje, el labio inferior no parecía colgar bien del todo. pero con un cuerpo como aquél podías olvidar gran número de cosas. sin embargo, resultaba muy extraño que no tuviese algún matón grande y protector acechando por allí. luego vi sus ojos –Cristo, parecían no tener pupilas–, sólo aquel relampagueo profundo profundo de oscuridad. allí me quedé viendo cómo se inclinaba una y otra vez. buscando libros, o estirándose de puntitas para alcanzarlos. la falda corta se alzaba enseñándome gordos y mágicos muslos. revisaba libros de misticismo. yo dejé mi *Cómo ganar con los caballos* y me acerqué.

–perdona –dije–, me siento arrastrado como por un imán. me temo que son tus ojos –mentí.

–el destino es Dios –dijo ella.

–Dios eres tú, Tú eres mi Destino –contesté–. ¿puedo invitarte a tomar algo?

–claro.

fuimos al bar de al lado y nos quedamos allí hasta la hora de cerrar. le hablé de las cosas que le interesaban, imaginando que sería el único medio. lo era. la llevé a mi casa y fue un polvo maravilloso. nuestro noviazgo duró unas tres semanas. cuando le pedí que se casara conmigo me miró tan largo rato que creí que había olvidado la pregunta.

por fin habló:

–bueno, de acuerdo. pero no te quiero. sólo siento que debo... casarme contigo. si sólo fuese amor, rechazaría el amor solo. porque sabes... eso... no resultaría bien; sin embargo, lo que debe ser debe ser.

–de acuerdo, querida –dije yo.

después de casarnos desaparecieron todas las faldas cortas y los zapatos de tacón. y ella andaba con aquella bata larga y roja de pana que le llegaba hasta los tobillos. no era una bata muy limpia. y llevaba unas zapatillas azules rotas, salía incluso a la calle con esta indumentaria, al cine, a cualquier parte. y en especial durante el desayuno le gustaba meter las mangas de la bata en la tostada untada de mantequilla.

–¡eh! –decía yo–, ¡estás manchándote toda de mantequilla! –ella no contestaba, miraba por la ventana y decía:

–¡OOOOOHHHH! ¡un pájaro! ¡un pájaro allí en el árbol! ¿VISTE el pájaro?

–sí.

o:

–¡OOOOHHHHH! ¡una ARAÑA! ¡mira qué linda criatura de Dios! ¡me encantan las arañas! ¡no puedo entender que haya gente que odia a las arañas! ¿tú odias a las arañas, Hank?

–en realidad no pienso mucho en ellas.

había arañas por toda la casa. y chinches, y moscas. y cucarachas. criaturas de Dios. era un ama de casa espantosa. decía que el cuidado de la casa era algo que no tenía importancia. yo pensaba que simplemente era vaga, y empezaba a creer que algo chiflada. tuve que contratar a una doncella para todo el día, Felica. mi mujer se llamaba Yevonna.

una noche llegué a casa y las encontré a las dos olisqueando una especie de ungüento en la parte de atrás de unos espejos, moviendo las manos sobre ellos y pronunciando extrañas palabras. las dos saltaron con sus espejos, gritaron, escaparon corriendo y los escondieron.

–¡pero bueno! –dije–, ¿qué es lo que pasa aquí?

–nadie más que uno mismo puede mirar el espejo mágico –dijo mi mujer Yevonna.

–así es –dijo la doncella Felica.

Felica dejó de limpiar la casa. decía que no importaba. y yo tenía que conservarla porque era casi tan buena en la cama como Yevonna, y, además, cocinaba muy bien, aunque yo nunca sabía exactamente con qué me alimentaba.

mientras Yevonna estuvo preñada con nuestro primer hijo, hube de darme cuenta de que se comportaba de modo más extraño que nunca. seguía teniendo aquellos locos sueños y me decía que un demonio intentaba aposentarse dentro de ella. me describía al muy cabrón. el tipo se le aparecía en dos formas: una de ellas era un hombre muy parecido a mí. la otra una criatura de rostro humano, cuerpo de gato y patas y garras de águila y alas de murciélago. aquella cosa nunca le hablaba pero ella tenía extrañas ideas mientras la miraba. le asaltaba la extraña idea de que yo era responsable de su desgracia y eso creaba en ella un ansia sobrecogedora de destruir. no cucarachas o moscas u hormigas o la basura amontonada en los rincones... sino cosas que me habían costado dinero. destrozó los muebles, rasgó las persianas, quemó las cortinas y el sofá, sembró de papel higiénico la habitación, dejó desbordarse la bañera e inundarse la casa, y puso interminables conferencias a gente a la que apenas conocía. y cuando se ponía así, lo único que yo podía hacer era irme a la cama con Felica e intentar olvidar, hacer tres o cuatro asaltos utilizando todos los trucos del libro.

por fin conseguí que Yevonna fuese a un psiquiatra.

–claro –dijo–, me parece muy bien, pero todo esto es absurdo. está en tu cabeza: ¡tanto tú como el demonio estáis locos!

–de acuerdo, nena, pero vayamos a ver a ese tipo ¿quieres?

–espérame en el coche. salgo enseguida.

esperé. cuando salió, vestía una falda corta, tacones altos, medias de nailon nuevas e incluso se había maquillado. y se había peinado por primera vez desde la boda.

–dame un beso, nena –dije–. estoy que ardo.

–no. vamos a ver al psiquiatra.

con el psiquiatra no podría haber actuado de forma más normal. no mencionó al demonio. se rió de chistes estúpidos y nunca desvarió, dejando siempre que fuese el médico el que dirigiese. el médico la declaró físicamente sana y mentalmente equilibrada. yo sabía que estaba físicamente sana. regresamos en el coche y luego ella entró corriendo en la casa y se cambió la falda corta y los zapatos de tacón por la sucia bata roja. volví a la cama con Felica.

incluso después de nacer nuestro primer hijo (mío y de Yevonna), ésta siguió creyendo en el demonio, que siguió apareciéndosele. la esquizofrenia progresaba. estaba tranquila y afectuosa un momento y al siguiente se ponía áspera, gruñona, torpe, desconsiderada y más bien malévola.

y se ponía a divagar y a perorar, deshilvanadamente.

a veces, ella estaba en la cocina y yo oía aquel grito horroroso, muy fuerte, era como la voz de un hombre, muy áspera.

entonces iba y le preguntaba:

–¿qué pasa, querida?

en fin, debo ser un sucio cabrón, decía yo.

luego me servía un buen trago, iba a la habitación delantera y me sentaba.

un día conseguí meter a un psiquiatra en casa secretamente cuando ella estaba en un arrebato de aquéllos. el psiquiatra dijo que efectivamente se hallaba en un estado psicótico y me aconsejó ingresarla en una institución para locos. firmé los documentos necesarios y me concedieron una audiencia. una vez más, volvieron a salir la falda corta y los tacones. sólo que esta vez no interpretó el papel de tía vulgar y torpe. se convirtió en una intelectual. habló brillantemente en defensa de su salud mental. me retrató como al marido malvado que intenta desembarazarse de su esposa. consiguió desacreditar el testimonio de varios testigos, confundió a dos médicos del tribunal, el juez, después de consultar a los médicos, dijo:

—este tribunal no halla pruebas suficientes para recluir a la señora Radowski. en consecuencia, se rechaza la petición.

la llevé a casa en el coche y esperé a que se cambiase de ropa y se pusiese la sucia bata roja. cuando volvió a salir, le dije:

—¡maldita sea, conseguirás que me VUELVA loco!

—¡tú ESTÁS loco! —dijo ella—. vamos, ¿por qué no te acuestas con Felica e intentas liberarte de tus represiones?

hice exactamente aquello. esta vez Y. se quedó observando, allí de pie, junto a la cama, sonriente, fumando un cigarrillo extralargo en una boquilla de marfil. quizá hubiese alcanzado la frialdad definitiva. yo disfruté bastante.

pero al día siguiente, cuando volví a casa del trabajo, el casero me abordó en el camino:

—¡señor Radowski! señor Radowski, su esposa, su... ESPOSA se ha peleado con todos los vecinos. ha roto todas las ventanas de su casa. ¡no tengo más remedio que pedirles que se vayan!

en fin, hicimos el equipaje. y yo, Yevonna y Felica, nos trasladamos a Glendale, que era donde vivía la madre de Yevonna, la vieja disfrutaba de una posición bastante acomodada, pero todos los encantamientos y espejos mágicos y la quema de incienso la desconcertaban, así que sugirió que fuésemos a una granja que tenía cerca de San Francisco. dejamos al niño con la madre de Yevonna y allá nos fuimos, pero cuando llegamos allí la casa principal estaba ocupada por un aparcero, un tipo grande de barba negra que apareció de pronto allí plantado, a la puerta, un tal Final Benson, según dijo llamarse, que dijo también:

—¡llevo toda mi vida en esta tierra y no habrá quien me eche de aquí! ¡NADIE!

medía más de dos metros, pesaba más de ciento cuarenta kilos y no era muy viejo, así que, mientras se iniciaba el proceso legal, alquilamos una casa que quedaba justo al borde del terreno.

la primera noche misma fue cuando pasó. estaba yo con Felica probando la cama nueva, cuando oí terribles gemidos, quejidos, de las otras habitaciones, y rumores como si estuviese rompiéndose el sofá de la habitación delantera.

—Yevonna parece alterada —dije. me deslicé de la cama—. vuelvo enseguida.

claro que estaba alterada, allí estaba Final Benson montándola. era sobrecogedor. tenía el equivalente a cuatro hombres. volví al dormitorio y seguí con mi chismito.

por la mañana no pude encontrar a Yevonna.

—¿dónde demonios se habrá ido esa tía?

hasta que Felica y yo empezamos a desayunar y miré por la ventana no vi a Yevonna. allí estaba a cuatro patas con aquellos vaqueros azules y una camisa verde oliva de hombre, trabajando la tierra. y Final estaba allí con ella y estaban arrancando cosas y echándolas en cestos, parecían nabos. Final se había agenciado una mujer.

—Dios mío —dije—, vámonos. ¡vámonos de aquí enseguida!

Felica y yo hicimos el equipaje. cuando volvimos a Los Ángeles cogimos una habitación en un motel mientras buscábamos vivienda.

—demonios, querida —dije—, han terminado mis preocupaciones. ¡no tienes ni idea de lo que he tenido que aguantar!

compramos una botella de whisky para celebrarlo, luego hicimos el amor y, nos tumbamos a dormir en paz.

de pronto, la voz de Felica me despertó:

—¡ah malvado torturador! —decía—. ¿no hay descanso para ti de este lado de la tumba? ¡te has llevado a mi Yevonna y ahora me has seguido hasta aquí! ¡sal de aquí, Satanás! ¡vete! ¡déjanos para siempre!

me incorporé en la cama. miré hacia donde miraba Felica y creo que lo vi: aquella cara grande, una especie de brillo rojizo con una mancha anaranjada debajo, como un carbón al rojo, y labios verdes, y dos largos dientes amarillos sobresaliendo, una masa de pelo de un brillo fosco. y aquello se reía. los ojos miraban hacia nosotros como un chiste sucio.

–bueno, debo ser un asqueroso hijo de puta –dije.

–¡vete! –dijo Felica–, ¡por el Sagrado Nombre del Todopoderoso Ja y en el nombre de Buda y en el nombre de un millar de dioses te maldigo y te ordeno que te apartes de nosotros para siempre y diez mil años más!

encendí la luz.

–fue sólo el whisky, nena. un whisky muy malo. y el cansancio del viaje hasta aquí.

miré el reloj. era la una y media y yo necesitaba beber algo enseguida. lo necesitaba muchísimo. empecé a vestirme.

–¿adónde vas, Hank?

–a la bodega. tengo el tiempo justo. sólo bebiendo puedo sacarme de la cabeza esa cara. es demasiado.

acabé de vestirme.

–¿Hank?

–¿sí, querida?

–hay algo que debo decirte.

–claro, querida. pero suéltalo. tengo que llegar a la bodega y volver.

–soy hermana de Yevonna.

–¿ah sí?

–sí.

me agaché y la besé. luego salí y cogí el coche y empecé a conducir. alejándome. conseguí la botella en Hollywood y Normandie y seguía viaje hacia el Oeste. el motel quedaba atrás, al Este, casi junto a la avenida Vermont. en fin, uno no encuentra a un Final Benson todos los días, en ocasiones tienes que largarte sin más y abandonar a esas tías chifladas para conseguir recuperarte. las mujeres exigen a veces cierto precio que ningún hombre está dispuesto a pagar; por otra parte, siempre hay otro imbécil que recogerá lo que tú has tirado, por lo cual no tienes por qué tener ninguna sensación de culpa o de deserción.

paré en una especie de hotel que había cerca de la calle Vine y conseguí una habitación. cuando recogía la llave vi aquella cosa allí sentada en el vestíbulo con la falda subida alrededor del culo. demasiado. no hacía más que mirar la botella que yo llevaba en la bolsa. yo no hacía más que mirar su culo. demasiado. cuando subí en el ascensor ella estaba allí a mi lado.

—¿quiere beberse toda esa botella solo, señor?

—espero no tener que hacerlo.

—no tendrá.

—magnífico —dije.

el ascensor llegó a la última planta. ella salió delante y yo observé sus movimientos, temblando y resbalando; temblando y estremeciéndome de arriba abajo.

—la llave dice habitación 41 —dije.

—vale.

—por cierto, ¿no te interesarán por casualidad el misticismo, los platillos volantes, los ejércitos etéreos, las brujas, los demonios, las ciencias ocultas, los espejos mágicos?

—¿interesarme QUÉ? ¡no entiendo nada!

—¡olvídalo, nena!

siguió caminando delante de mí, los altos tacones repiqueteando, todo su cuerpo balanceándose a la difusa luz del pasillo. no podía contenerme. localizamos la habitación 41 y abrí la puerta. localicé la luz, localicé los vasos, los enjuagué, serví el whisky, le pasé un vaso. ella se sentó en el sofá, las piernas cruzadas altas, sonriéndome por encima del vaso.

todo iba a ir perfectamente.

al fin.

por un rato.

La máquina de follar

TRES MUJERES

Linda y yo vivíamos justo frente al parque McArthur, y una noche que estábamos bebiendo vimos por la ventana que caía un hombre. una visión extraña, parecía un chiste, pero no era ningún chiste pues el cuerpo se estrelló en la calle. «dios mío», le dije a Linda, «¡se espachurró como un tomate pasado! ¡no somos más que tripas y mierda y material pegajoso! ¡ven! ¡ven! ¡míralo!» Linda se acercó a la ventana, luego corrió al baño y vomitó. luego volvió. me volví y la miré. «te lo digo de veras, querida, ¡es exactamente igual que un gran cuenco de espaguetis y carne podrida, aderezado con una camisa y un traje rotos!» Linda volvió corriendo al baño y vomitó otra vez.

me senté y seguí bebiendo vino. pronto oí la sirena. lo que necesitaban en realidad era el departamento de basuras. bueno, qué coño, todos tenemos nuestros problemas. yo no sabía nunca de dónde iba a venir el dinero del alquiler y estábamos demasiado enfermos de tanto beber para buscar trabajo. cuando nos preocupábamos, lo único que podíamos hacer para eliminar nuestras preocupaciones era joder. esto nos hacía olvidar un rato. jodíamos mucho y, para suerte mía, Linda tenía un polvo magnífico. todo aquel hotel estaba lleno de gente como nosotros, que bebían vino y jodían y no sabían después qué. de vez en cuando, uno de ellos se tiraba por la ventana. pero el dinero siempre nos llegaba de algún sitio; justo cuando todo parecía indicar que tendríamos que comernos nuestra propia mierda, una vez trescientos dólares de una tía muerta, otra un reembolso fiscal demorado. otra vez, iba yo en autobús y en el asiento de enfrente aparecen aquellas monedas de cincuenta centavos. yo no sabía, ni lo sé todavía, qué significaba aquello, quién lo había dejado allí. me cambié de asiento y empecé a guardarme las monedas. cuando llené los bolsillos, apreté el timbre y bajé en la primera parada. nadie dijo nada ni intentó detenerme. en fin, cuando estás borracho, sueles ser afortunado; aunque no seas un tipo de suerte, puedes ser afortunado.

pasábamos siempre parte del día en el parque mirando los patos. te aseguro que cuando andas mal de salud por darle sin parar a la botella y por falta de comida decente, y estás cansado de joder intentando olvidar, no hay como irse a ver los patos. quiero decir, tienes que salir del cuarto, porque puedes caer en la tristeza profunda profunda y puedes verte enseguida saltando por la ventana. es más fácil de lo que te imaginas. así que Linda y yo nos sentábamos en un banco a mirar los patos. a los patos les da todo igual, no tienen que pagar alquiler, ni ropa, tienen comida en abundancia, les basta con flotar de aquí para allá cagando y graznando. picoteando, mordisqueando, comiendo siempre. de cuando en cuando, de noche, uno de los del hotel captura un pato, lo mata, lo mete en su habitación, lo limpia y lo guisa. nosotros lo pensamos pero nunca lo hicimos. además es difícil cogerlos; en cuanto te acercas ¡SLUUUSCH! una rociada de agua y el cabrón se fue... nosotros solíamos comer pastelitos hechos de harina y agua, o de vez en cuando robábamos alguna mazorca de maíz (había un tipo que tenía un plantel de maíz), no creo que llegase a conseguir comer ni una mazorca, y luego robábamos siempre algo en los mercados al aire libre... me refiero a las tiendas que tienen mercancías expuestas a la puerta; esto significaba un tomate o dos o un pepino pequeño de cuando en cuando, pero éramos ladronzuelos, raterillos, y nos basábamos sobre todo en la suerte. con los cigarrillos era más fácil, te dabas un paseo de noche y siempre alguien dejaba la ventanilla de un coche sin subir y un paquete o medio paquete de cigarrillos en la guantera. en fin nuestros auténticos problemas eran la bebida y el alquiler. y jodíamos y nos preocupábamos por esto.

y como siempre llegan los días de desesperación total, llegaron los nuestros. no había vino, no había suerte, ya no había nada. no había crédito de la casera *ni* de la bodega. decidí poner el despertador a las cinco y media de la mañana y bajar al Mercado de Trabajo Agrícola, pero ni siquiera el despertador funcionó bien. se había estropeado y yo lo había abierto para arreglarlo. tenía un muelle roto y el único medio que se me ocurrió de arreglarlo fue romper un trozo y enganchar de nuevo el resto, cerrarlo y darle cuerda. ¿queréis saber lo que les pasa a los despertadores, y supongo que a toda clase de relojes, si les pones un muelle más pequeño? os lo diré: cuanto más pequeño sea el muelle, más deprisa andan las manecillas. era una especie de reloj loco, os lo aseguro, y cuando nos cansábamos de joder para olvidar las preocupaciones, solíamos contemplar aquel reloj e intentar determinar la hora que era *realmente*. y veías correr aquel minutero... nos reíamos mucho.

luego, un día, tardamos una semana en adivinarlo, descubrimos que el reloj andaba treinta horas por cada doce horas *reales* de tiempo. y había que darle cuerda cada siete u ocho, porque si no se paraba. a veces despertábamos y mirábamos el reloj y nos preguntábamos qué hora sería.

—¿te das cuenta, querida? —decía yo—. el reloj anda dos veces y media más deprisa de lo normal. es muy fácil.

—sí, pero ¿qué hora era cuando pusiste el reloj por última vez? —me preguntó ella.

—que me cuelguen si lo sé, nena, estaba borracho.

—bueno, será mejor que le des cuerda porque si no se parará.

—de acuerdo.

le di cuerda, luego jodimos.

así que la mañana que decidí ir al Mercado de Trabajo Agrícola no conseguí que el reloj funcionase. conseguimos en algún sitio una botella de vino y la bebimos lentamente. yo miraba aquel reloj, sin entenderlo, temiendo no despertar. simplemente me tumbé en la cama y no dormí en toda la noche. luego me levanté, me vestí y bajé a la calle San Pedro. había demasiada gente por allí, paseando y esperando. vi unos cuantos tomates en las ventanas y cogí dos o tres y me los comí. había un gran cartel: SE NECESITAN RECOLECTORES DE ALGODÓN PARA BAKERSFIELD. COMIDA Y ALOJAMIENTO. ¿qué demonios era aquello? ¿*algodón* en Bakersfield, California? pensé en Eli Whitney y el motor que había eliminado todo aquello. luego apareció un camión grande y resultó que necesitaban recolectores de tomates. bueno, mierda, me fastidiaba dejar a Linda en aquella cama tan sola. no la creía capaz de dormir sola mucho tiempo. pero decidí intentarlo. todos empezaron a subir al camión. yo esperé y me aseguré de que todas las damas estaban a bordo, y las había grandes. cuando todos estaban arriba, intenté subir yo. un mexicano alto, evidentemente el capataz, empezó a subir el cierre de la caja: «¡lo siento, *señor*,* completo»! y se fueron sin mí.

eran casi las nueve y el paseo de vuelta hasta el hotel me llevó una hora. me cruzaba con mucha gente bien vestida y con expresión estúpida. estuvo a punto de atropellarme un tipo furioso con un Caddy negro. no sé por qué estaba furioso. quizá el tiempo. hacía mucho calor. cuando llegué al hotel, tuve que subir andando porque el ascensor quedaba junto a la puerta de la casera y ella andaba siempre jodiendo con el ascensor, limpiándolo y frotándolo, o simplemente allí sentada espiando.

eran seis plantas y cuando llegué oí risas en mi habitación. la zorra de Linda no había esperado mucho. en fin, le daré una buena zurra y también a él. abrí la puerta.

eran Linda, Jeannie y Eve.

—¡querido! —dijo Linda. se acercó a mí. estaba toda elegante, con zapatos de tacón alto. me dio un montón de lengua cuando nos besamos.

—¡Jeannie acaba de recibir su primer cheque del desempleo y Eve está en la ayuda a los desocupados! ¡estamos celebrándolo!

había mucho vino de Oporto. entré y me di un baño y luego salí con mis pantalones cortos. me gusta mucho enseñar las piernas. nunca he visto unas piernas de hombre tan grandes y vigorosas como las mías. el resto de mi persona no vale demasiado. me senté con mis raídos pantalones cortos y puse los pies en la mesita de café.

—¡mierda! ¡mirad esas piernas! —dijo Jeannie.

—sí, sí —dijo Eve.

Linda sonrió.

me sirvieron un vaso de vino.

ya sabéis cómo son esas cosas. bebimos y hablamos, hablamos y bebimos. las chicas salieron a por más botellas. más charla. el reloj daba vueltas y vueltas. pronto oscureció. yo bebía solo, aún con

---

* En castellano en el original. *(N. de los T.)*

mis raídos pantalones cortos. Jeannie había ido al dormitorio y se había derrumbado en la cama. Eve se había derrumbado en el sofá y Linda en otro sofá de cuero más pequeño que había en el vestíbulo, delante del baño. yo seguía sin entender por qué me había dejado en tierra aquel mexicano. me sentía desgraciado. entré en el dormitorio y me metí en la cama con Jeannie. era una mujer grande, estaba desnuda. empecé a besarle los pechos, chupándolos.

—eh, ¿qué haces?

—¿qué hago? ¡joderte!

le metí el dedo en el coño y lo moví arriba y abajo.

—¡voy a joderte!

—¡no! ¡Linda me mataría!

—¡nunca lo sabrá!

la monté y luego muy lenta lenta quedamente para que los muelles no rechinaran, pues no debía oírse el menor rumor, entré y salí y entré y salí siempre despacio despacio y cuando me corrí pensé que nunca pararía. uno de los mejores polvos de mi vida. mientras me limpiaba con las sábanas, se me ocurrió este pensamiento: quizá el hombre lleve siglos jodiendo mal.

luego salí de allí, me senté en la oscuridad, bebí un poco más. no recuerdo cuánto tiempo estuve allí sentado. bebí bastante. luego me acerqué a Eve. Eve la de la ayuda a los desocupados. era una cosa gorda, un poco arrugada, pero tenía unos labios muy atractivos, obscenos, feos, muy cachondos. empecé a besar aquella boca terrible y bella. no protestó en absoluto, abrió las piernas y entré. se portó como una cerdita, gruñendo y tirándose pedos y sorbiéndose los mocos y retorciéndose. no fue como con Jeannie, largo y emocionante, fue sólo plaf plaf y fuera. salí de allí. y antes de que pudiese llegar a mi sillón la oí roncar de nuevo. sorprendente... jodía igual que respiraba... no le daba la menor importancia. cada mujer jode de un modo distinto, y eso es lo que mantiene al hombre en movimiento. eso es lo que mantiene a un hombre atrapado.

me senté y bebí algo más pensando en lo que me había hecho aquel sucio mexicano hijo de puta. no merece la pena ser cortés. luego empecé a pensar en la ayuda a los desocupados. ¿podrían acogerse a ella un hombre y una mujer que no estuviesen casados? por supuesto que no. que se muriesen de hambre. y amor era una

209

especie de palabra sucia. pero eso era algo de lo que había entre Linda y yo: amor. por eso pasábamos hambre juntos, bebíamos juntos, vivíamos juntos. ¿qué significaba matrimonio? matrimonio significaba un JODER santificado y un JODER santificado siempre y finalmente, sin remisión, significa ABURRIMIENTO, llega a ser un TRABAJO. pero eso era lo que el mundo quería: un pobre hijo de puta, atrapado y desdichado, con un trabajo que hacer. bueno, mierda, me iré a vivir al barrio chino y traspasaré a Linda a Big Eddie. Big Eddie era un imbécil, pero al menos le compraría a Linda algo de ropa y le metería filetes en el estómago, que era más de lo que yo podía hacer.

Bukowski Piernas de Elefante, el fracasado.

terminé la botella y decidí que necesitaba dormir un poco. di cuerda al despertador y me acosté con Linda. se despertó y empezó a frotarse conmigo.

—oh mierda, oh mierda —dijo—. ¡no sé qué me pasa!

—¿qué tienes, nena? ¿estás mala? ¿quieres que llame al Hospital General?

—oh, no, mierda, sólo estoy ¡CALIENTE! ¡CALIENTE! ¡MUY CALIENTE!

—¿qué?

—¡digo que estoy muy caliente! ¡JÓDEME!

—Linda...

—¿qué? ¿qué?

—estoy cansadísimo. llevo dos noches sin dormir. ese largo paseo hasta el mercado de trabajo y luego la vuelta, treinta y dos manzanas, con aquel sol... es inútil. no hay nada que hacer. estoy hecho migas.

—¡yo te AYUDARÉ!

—¿qué quieres decir?

se arrastró por el sofá y empezó a chupármela. gruñí agotado.

—querida, treinta y dos manzanas con aquel sol... estoy liquidado.

ella siguió. tenía una lengua como papel de lija y sabía usarla.

—querida —le dije— ¡soy una nulidad social! ¡no te merezco! ¡déjalo, por favor!

como digo, ella sabía hacerlo. unas pueden; otras no. La mayoría sólo conocen el viejo chup chup. Linda empezó con el pene, lo dejó, pasó a las bolas, luego las dejó, volvió otra vez al pene, fue subiendo en espiral, despertando un maravilloso volumen de energía, Y DEJANDO SIEMPRE EL CAPULLO PROPIAMENTE DICHO IN-TACTO. por último, yo me disparé y me lancé a decirle las diversas mentiras sobre lo que haría por ella cuando consiguiese por fin enderezar el culo y dejar de ser un golfo.

entonces ella atacó el capullo, colocó la boca a un tercio de su longitud, hizo esa pequeña presión con los dientes, el mordisquito de lobo y yo me corrí OTRA VEZ... lo cual significaba cuatro veces aquella noche. quedé completamente agotado. hay mujeres que saben más que la ciencia médica.

cuando desperté estaban todas levantadas y vestidas, y con buen aspecto. Linda, Jeannie y Eve. intentaron destaparme, riendo.

–¡bueno, Hank, vamos a divertirnos un poco! ¡y necesitamos un trago! ¡estaremos en el bar de Tommi-Hi!

–¡vale, vale, adiós!

salieron las tres meneando el culo.

todo el Género Humano estaba condenado para siempre.

cuando ya iba a dormirme sonó el teléfono interior.

–¿sí?

–¿señor Bukowski?

–¿sí?

–¡vi a esas mujeres! ¡venían de su casa!

–¿y cómo lo sabe? tiene usted ocho pisos y unas siete u ocho habitaciones por piso.

–conozco a todos mis inquilinos, señor Bukowski. aquí no hay más que gente trabajadora y respetable.

–¿sí?

–sí, señor Bukowski, llevo regentando este lugar veinte años, y nunca jamás había visto cosas como las que pasan en su casa. siempre hemos tenido aquí gente respetable, señor Bukowski.

–sí, son tan respetables que cada poco un hijo de puta se sube a la terraza y se tira de cabeza a la calle y va a caer a la entrada entre esas plantas artificiales que tienen ustedes allí.

–¡le doy de plazo hasta el mediodía para irse, señor Bukowski!

–¿qué hora es en este momento?

–las ocho.

–gracias.

colgué.

busqué un alka-seltzer. lo bebí en un vaso sucio. luego busqué un poco de vino. corrí las cortinas y miré el sol. era un mundo duro, no me decía nada, pero odiaba la idea de volver otra vez al barrio chino, me gustan las habitaciones pequeñas, sitios pequeños donde poder pelearse un poco. una mujer. un trago. pero nada de trabajo diario. no podía soportarlo. no era lo bastante listo. pensé en tirarme por la ventana pero no podía. me vestí y bajé a Tommi-Hi. las chicas reían al fondo del bar con dos tipos. Marty, el encargado, me conocía. le hice una seña. no hay dinero, me senté allí.

aparéció ante mí un whisky con agua y una nota.

«reúnete conmigo en el Hotel Cucaracha, habitación 12, a medianoche, la habitación será para nosotros. amor, Linda.»

bebí el whisky, salí de allí, fui al Hotel Cucaracha a medianoche.

—no, señor —me dijo el recepcionista—, no hay ninguna habitación 12 reservada a nombre de Bukowski.

volví a la una. había estado todo el día en el parque, toda la noche. allí sentado. lo mismo.

—no hay ninguna habitación 12 reservada para usted, señor.

—¿ninguna habitación reservada para mí a ese nombre o a nombre de Linda Bryan?

comprobó sus libros.

—nada, señor.

—¿le importa que mire en la habitación 12?

—no hay nadie allí, señor. se lo aseguro.

—estoy enamorado, amigo, lo siento. ¡déjeme echar un vistazo, por favor!

me echó una de esas miradas que se reservan para los idiotas de cuarta categoría y me dio la llave.

—si tarda más de cinco minutos en volver, tendrá problemas.

abrí la puerta, encendí las luces.

—¡Linda!

las cucarachas, al ver la luz, volvieron todas corriendo a meterse debajo del empapelado. había miles. cuando apagué la luz, las oí corretear saliendo otra vez. el propio empapelado no parecía más que una gran piel de cucaracha.

volví a bajar en ascensor.

–gracias –dije–, tenía usted razón. no hay nadie en la habitación 12.

por primera vez, su voz pareció adoptar un vago tono amable.

–lo siento, amigo.

–gracias –dije.

salí del hotel y giré a la izquierda, es decir hacia el este, es decir, hacia el barrio chino. mientras mis pies me arrastraban lentamente hacia allí, me preguntaba: «¿por qué mienten las personas?» ahora ya no me lo pregunto, pero aún recuerdo, y ahora, cuando mienten, casi lo sé mientras están mintiendo, pero aún no soy tan sabio como el recepcionista del Hotel Cucaracha que sabía que la mentira estaba en todas partes, o la gente que pasaba volando ante mi ventana mientras yo bebía oporto en cálidas tardes de Los Ángeles frente al parque McArthur, donde aún cazan, matan y devoran a los patos, y a la gente.

el hotel aún sigue allí, y también la habitación en la que parábamos, y si algún día te molestas en venir, te lo enseñaré. pero eso tiene poco sentido, ¿verdad? digamos sólo que una noche jodí a tres mujeres, o me jodieron ellas. y cerremos con esto la historia.

VEINTICINCO VAGABUNDOS ANDRAJOSOS

ya sabéis lo que pasa con las apuestas de las carreras de caballos, viene una racha de suerte y crees que nunca pasará. había conseguido recuperar aquella casa, tenía incluso jardín propio, con tulipanes de todas clases que crecían bella y asombrosamente. estaba de suerte. tenía dinero. ya no recuerdo qué sistema había inventado, pero el sistema trabajaba y yo no, y era una forma de vida bastante agradable; y estaba Kathy. Kathy valía. el vejete de la puerta de al lado me veía con ella y le temblaba la mandíbula. Andaba siempre llamando a la puerta.

—¡Kathy! ¡oh Kathy! ¡Kathy!

salía a abrir yo, vestido sólo con mis pantalones cortos.

—oh, yo creía...

—¿qué quieres, cabrón?

—creí que Kathy...

—Kathy está cagando. ¿algún recado?

—yo... compré estos huesos para su perro.

llevaba una gran bolsa con huesos secos de pollo.

—darle a un perro huesos de pollo es como echar cuchillas de afeitar en el desayuno de un niño. ¿quieres asesinar a mi perro, so cabrón?

—¡oh, no!

—entonces guárdate esos huesos y lárgate.

—no entiendo.

—¡métete esa bolsa en el culo y lárgate de aquí!

—es que yo creía que Kathy...

—ya te lo *dije,* ¡Kathy está CAGANDO!

y cerré de un portazo.

—no deberías ser tan duro con ese viejo asqueroso, Hank, dice que le recuerdo a su hija cuando era joven.

—vaya, así que se tiraba a su hija. pues que joda con un queso suizo. no le quiero a la puerta.

—¿acaso crees que le dejo entrar cuando tú te vas a las carreras?

—eso no me preocupa lo más mínimo.

—¿qué es lo que te preocupa entonces?

—lo único que me preocupa es quién se pone encima y quién debajo.

—¡lárgate ahora mismo, hijo de puta!

me puse la camisa y los pantalones, luego los calcetines y los zapatos.

—antes de que haya recorrido cuatro manzanas ya estaréis abrazados.

me tiró un libro. yo no estaba mirando y el canto del libro me dio en el ojo izquierdo. me hizo un corte y mientras me ataba el zapato derecho una gota de sangre me cayó en la mano.

—oh, cuánto lo siento, Hank.

—¡no te ACERQUES A MÍ!

salí y cogí el coche, lo lancé marcha atrás a cincuenta por hora, llevándome parte del seto y luego un poco de estuco de la fachada con la parte izquierda del parachoques trasero. me había manchado la camisa de sangre y saqué el pañuelo y me lo puse sobre el ojo. iba a ser un mal sábado en las carreras. estaba desquiciado.

aposté como si se avecinase la bomba atómica. quería ganar diez de los grandes. hice grandes apuestas. no conseguí nada. perdí quinientos dólares. todo lo que había sacado. sólo me quedaba un dólar en la cartera. volví a casa lentamente. iba a ser una noche de sábado terrible. aparqué el coche y entré por la puerta trasera.

—Hank...

—¿qué?

—estás pálido como la muerte. ¿qué pasó?

—se acabó. estoy hundido. perdí quinientos.

—Dios mío. lo siento —dijo—. es culpa mía.

se acercó a mí, me abrazó.

—maldita sea, no sabes cuánto lo siento —dijo—. la culpa fue mía, lo sé muy bien.

—olvídalo. tú no hiciste las apuestas.

—¿aún sigues enfadado?

—no, no, sé que no estás jodiendo con ese viejo cerdo.

—¿puedo prepararte algo de comer?

—no, no. trae una botella de whisky y el periódico.

me levanté y fui al escondite del dinero. nos quedaban ciento ochenta dólares. bueno, había sido peor muchas otras veces, pero tenía la sensación de haber emprendido el camino de vuelta a las fábricas y los almacenes si es que aún podía conseguir eso. cogí diez, el perro aún me quería. le tiré de las orejas, a él no le importaba el dinero que yo tuviese. era un as aquel perro, sí. salí del dormitorio. Kathy estaba pintándose los labios ante el espejo. le di un pellizco en el trasero y la besé detrás de la oreja.

tráeme también un poco de cerveza y puros. necesito olvidar.

se fue y oí tintinear sus tacones en el camino. era la mejor mujer que podía haber encontrado y la había encontrado en un bar. me retrepé en el sillón y contemplé el techo. un golfo. yo era un golfo. siempre esa repugnancia hacia el trabajo, siempre intentando vivir de la suerte. cuando Kathy regresó le dije que me sirviera un buen trago. sabía hacerlo. le quitó incluso el celofán al puro y me lo encendió. parecía alegre y estaba muy guapa. hicimos el amor. hicimos el amor en medio de la tristeza. me reventaba verlo irse todo: coche, casa, perro, mujer. había sido una vida fácil y agradable.

tenía que estar muy afectado porque abrí el periódico y busqué la sección de ofertas de trabajo.

—mira, Kathy, aquí hay algo. se necesitan hombres, domingo. paga el mismo día.

—oh, Hank, descansemos mañana. ya conseguirás ganar con los caballos el martes. entonces todo parecerá mejor.

—pero mierda, niña, ¡cada billete cuenta! los domingos no hay carreras. hay en Caliente, sí, pero piensa en ese veinticinco por ciento que cobra Caliente y en la distancia. puedo divertirme y beber esta noche y luego coger esa mierda mañana. esos billetes extra pueden significar mucho.

Kathy me miró extrañada. jamás me había oído hablar así. yo siempre actuaba como si nunca fuese a faltar el dinero. aquella pérdida de quinientos dólares me había alterado por completo. me sirvió otro buen trago. lo bebí inmediatamente. alterado, señor,

señor, las fábricas. los días desperdiciados, los días sin sentido, los días de jefes y memos, y el reloj, lento y brutal.

bebimos hasta las dos, lo mismo que en el bar, y luego nos fuimos a la cama, hicimos el amor, dormimos. puse el despertador para las cuatro, me levanté; cogí el coche y estaba en el centro de la ciudad a las cuatro y media. me planté en la esquina con unos veinticinco vagabundos andrajosos. allí estaban liando cigarrillos y bebiendo vino.

bueno, es dinero, pensé. volveré... algún día iré de vacaciones a París o a Roma. que se vayan a la mierda estos tipos. yo no pertenezco a esto.

entonces algo me dijo: eso es lo que están pensando TODOS: yo no pertenezco a esto. TODOS ELLOS están pensando lo mismo. y tienen razón. ¿sí?

hacia las cinco y diez apareció el camión y subimos.

Dios mío, ahora podría estar durmiendo con el culo pegado al lindo culo de Kathy. pero es dinero, dinero.

algunos contaban que acababan de salir del furgón. apestaban los pobres. pero no parecían tristes. yo era el único triste.

ahora estaría levantándome a echar una meada. tomando una cerveza en la cocina, esperando el sol, viendo cómo iba haciéndose de día. contemplando mis tulipanes. y luego volvería a la cama con Kathy.

el tipo que estaba a mi lado dijo:

–¡eh, compadre!

–sí –dije.

–soy francés –dijo.

no contesté.

–¿quieres que te la chupe?

–no –dije yo.

–vi a un tipo chupándosela a otro en la calleja esta mañana. tenía una polla blanca y larga y delgada y el otro tío aún seguía chupando mientras se le caía de la boca toda la leche. y estuve viéndolo todo y estoy de un caliente... ¡déjame chupártela, compadre!

–no –le dije–. no me apetece en este momento.

–bueno, si no me dejas hacerlo, quizá quieras chupármela tú.

–¡déjame en paz! –le dije.

el francés pasó más al fondo del camión. kilómetro y medio

después cabeceaba allí. se lo estaba haciendo delante de todos a un tipo viejo que parecía indio.

—¡¡¡VAMOS, MUCHACHO, SÁCASELO TODO!!! —gritó alguien.

algunos se reían, pero la mayoría se limitaba a guardar silencio, beber su vino y liar sus cigarrillos. el viejo indio actuaba como si nada pasase. cuando llegamos a Vermont, el francés ya había acabado y nos bajamos todos, el francés, el indio, yo y los demás vagabundos. nos dieron a cada uno un trocito de papel y entramos en un café. el papel valía por un bollo y un café. la camarera alzaba la nariz. apestábamos. sucios chupapollas.

luego alguien gritó:

—¡todos fuera!

yo les seguí y entramos en una habitación grande y nos sentamos en esas sillas como las que había en la escuela, más bien en la universidad, por ejemplo en la clase de Formación Musical, con un gran brazo de madera para apoyar el brazo derecho y poder poner el cuaderno y escribir. en fin, allí estuvimos sentados otros cuarenta y cinco minutos. luego, un chico listo con una lata de cerveza en la mano, dijo:

—¡bueno, coged los SACOS!

todos los vagabundos se levantaron inmediatamente y CORRIERON hacia la gran habitación del fondo. qué demonios, pensé. me acerqué lentamente y miré en la otra habitación. allí estaban empujándose y disputando a ver quién se llevaba los mejores sacos. era una lucha despiadada y absurda. cuando salió el último de ellos, entré y cogí el primer saco que había en el suelo. estaba muy sucio y lleno de agujeros y desgarrones. cuando salí al otro lado, todos los vagabundos tenían los sacos a la espalda, yo me senté y esperé sentado con el mío en las rodillas. han debido de tomarnos el nombre en algún momento, pensé, creo que fue antes de darnos el papel del café y el bollo cuando di mi nombre. en fin, fueron llamándonos en grupos de cinco o seis o siete. así pasó, más o menos, otra hora. cuando entré en la caja de aquel camión más pequeño con unos cuantos más, el sol ya estaba bastante alto; nos dieron a cada uno un pequeño plano de las calles en que teníamos que entregar los papeles. a mí también. miré inmediatamente las calles: ¡DIOS TODOPODEROSO, DE TODA LA CIUDAD DE LOS ÁNGELES TENÍAN QUE DARME PRECISAMENTE MI PROPIO BARRIO!

yo me había hecho una reputación de borracho, jugador, viva-
les, de vago, de especialista en chollos, ¿cómo podía aparecer allí con
aquel saco cochambroso a la espalda, a entregar folletos publicitarios?

me dejaron en mi esquina. era una zona muy familiar, realmente, allí estaba la floristería, allí estaba el bar, la gasolinera,
todo... a la vuelta de la esquina mi casita con Kathy durmiendo en
la cama caliente. hasta el perro estaba durmiendo. en fin, es mañana de domingo, pensé. nadie me verá. duermen hasta tarde. haré
la condenada ruta. y me dispuse a hacerla.

recorrí dos calles a toda prisa y nadie vio al gran hombre de
mundo de suaves manos blancas y grandes ojos soñadores. lo conseguí.

enfilé la tercera calle. todo fue bien hasta que oí la voz de una
niñita. estaba en su patio. unos cuatro años.

—¡hola, señor!

—¿sí? ¿qué pasa, niña?

—¿dónde está tu perro?

—oh, jajá, aún dormido.

—oh.

siempre paseaba al perro por aquella calle. había allí un solar
vacío donde cagaba siempre el perro. éste fue el final. cogí los folletos que quedaban, los tiré en la parte trasera de un coche abandonado junto a la autopista. el coche llevaba allí meses sin ruedas.
no sabía las consecuencias que podía tener, pero eché todos los papeles en la parte trasera. luego doblé la esquina y entré en mi casa.
Kathy aún estaba dormida. la desperté.

—¡Kathy! ¡Kathy!

—oh, Hank... ¿todo bien?

vino el perro y le acaricié.

—¿sabes lo que HICIERON ESOS HIJOS DE PUTA?

—¿qué?

—¡me dieron mi *propio* barrio para repartir folletos!

—oh. bueno, no es muy agradable, pero no creo que a la gente
le importe.

—¿es que no comprendes? ¡con la reputación que me he creado!
¡yo soy un vivo! ¡no pueden verme con un saco de mierda a la espalda!

—¡bah, no creo que tengas esa reputación! son cosas tuyas.

—¿pero qué demonios dices? ¡has estado con el culo caliente en esta cama mientras yo estaba por ahí fuera con un montón de soplapollas!

–no te enfades. espera un momento que voy a mear.

esperé allí mientras ella soltaba su soñoliento pis femenino. ¡Dios mío, qué lentas son! el coño es una máquina de mear muy ineficaz. es mucho mejor el pijo.

Kathy salió.

–mira, Hank, no te preocupes. me pondré un vestido viejo y te ayudaré a repartir los folletos. enseguida acabamos. los domingos la gente duerme hasta tarde.

–¡pero si ya me han VISTO!

–¿que ya te han visto? ¿quién?

–esa chiquilla de la casa marrón de la calle West Moreland.

–¿te refieres a Myra?

–¡no sé cómo se llama!

–si sólo tiene tres años.

–¡no sé cuántos años tiene, pero me preguntó por el perro!

–¿qué te dijo del perro?

–¡me preguntó dónde ESTABA!

–vamos, yo te ayudaré a librarte de esos folletos.

Kathy se estaba poniendo un vestido viejo, raído y gastado.

–ya me he librado de ellos. se acabó. los eché en ese coche abandonado que hay en la autopista.

–¿no lo descubrirán?

–¡JODER! ¡y qué más da!

entré en la cocina y cogí una cerveza. cuando volví Kathy estaba otra vez en la cama. me senté en un sillón.

–¿Kathy?

–¿sí?

–¿es que no comprendes con quién estás viviendo? ¡yo tengo clase, auténtica clase! con treinta y cuatro años, no he trabajado más de seis o siete meses desde los dieciocho. y no tenía dinero. ¡mira estas manos! ¡como las de un pianista!

–¿clase? ¡deberías OÍRTE CUANDO ESTÁS BORRACHO! ¡eres horrible, horrible!

–¿quieres que empecemos a armar follón otra vez, Kathy? te he tenido en la opulencia y con pasta abundante desde que te saqué de aquel antro de la calle Alvarado.

Kathy no contestó.

–en realidad –le dije–, soy un genio, pero sólo lo sé yo.

–aceptaré eso –dijo ella. luego hundió la cabeza en la almohada y volvió a dormirse.

terminé la cerveza, tomé otra, luego salí, anduve tres manzanas y me senté en las escaleras de una tienda de ultramarinos cerrada que según el plano sería el lugar de reunión donde tenía que recogerme el encargado. estuve sentado allí desde las diez a las dos y media. fue aburrido y seco y estúpido y tortuoso y absurdo. el maldito camión llegó a las dos y media.

–hola, amigo.

–¿qué hay?

–¿acabó ya?

–sí.

–¡es usted rápido!

–sí.

–quiero que ayude a este tipo a terminar su ruta.

–vaya por Dios, hombre.

entré en el camión y me llevó. allí estaba aquel tipo. se ARRAS-TRABA. depositaba cada folleto con gran cuidado en los porches. cada porche recibía un tratamiento especial y además parecía que el trabajo le encantaba. sólo le quedaba una manzana. liquidé la cuestión en cinco minutos. luego nos sentamos y esperamos el camión. durante una hora.

nos llevaron de nuevo a la oficina y nos sentamos otra vez en aquellas sillas. luego aparecieron dos tipos insolentes con latas de cerveza en la mano. uno decía los nombres y el otro daba a cada uno su dinero.

en una pizarra detrás de las cabezas de aquellos tipos estaba escrito con tiza el siguiente mensaje:

TODO EL QUE TRABAJE PARA NOSOTROS
TREINTA DÍAS SEGUIDOS
SIN PERDER UN DÍA
RECIBIRÁ
GRATIS
UN TRAJE USADO.

estuve observando a mis compañeros mientras les entregaban el dinero. no podía ser cierto. PARECÍA que cada uno de ellos recibía tres billetes de dólar. por entonces, el salario base legal era un dólar por hora. yo había estado en aquella esquina a las cuatro y media de la mañana y eran entonces las cuatro y media de la tarde. para mí, eran doce horas.

fui de los últimos que llamaron. creo que el tercero empezando por la cola. ni uno solo de aquellos vagabundos protestó, cogieron sus tres dólares y se largaron.

—¡Bukowski! —aulló el muchachito impertinente de la lata de cerveza.

me acerqué. el otro contó tres billetes muy limpios y crujientes.

—escuche, ¿es que no saben que hay un salario mínimo legal? un dólar por hora.

el tipo alzó su cerveza.

—descontamos el transporte, el desayuno y demás. sólo pagamos por tiempo medio de trabajo y calculamos unas tres horas.

—he perdido doce horas de mi vida. y ahora tendré que coger el autobús para llegar hasta donde está mi coche y poder volver a casa.

—tienes suerte de tener coche.

—¡y tú de que no te meta esa lata de cerveza por el culo!

—yo no soy quien decide la política de la empresa, señor. no me eche a mí la culpa.

—¡les denunciaré a las autoridades!

—¡Robinson! —aulló el otro impertinente.

el penúltimo vagabundo se levantó de su asiento a por sus tres dólares mientras yo cruzaba la puerta camino del bulevar Beverly. a esperar el autobús. cuando llegué a casa y me vi con un trago en la mano eran las seis o así. cogí una borrachera respetable. estaba tan furioso que le eché tres polvos a Kathy. rompí una ventana. me corté un pie con los cristales. canté canciones de Gilbert & Sullivan que me había enseñado en otros tiempos un profesor inglés chiflado que daba una clase de inglés que empezaba a las siete de la mañana. en el City College de Los Ángeles. Richardson, se llamaba. y quizá no estuviese loco. pero me enseñó lo de Gilbert & Sullivan y me dio una «B» en inglés por aparecer no antes de las siete y media, con resaca, CUANDO aparecía. pero ése es otro asunto. Kathy y yo nos reímos bastante aquella noche, y aunque rompí unas cuantas cosas no estuve tan desagradable e idiota como siempre.

y ese martes, en Hollywood Park, gané ciento cuarenta dólares a las carreras e inmediatamente volví a ser amante despreocupado, vividor, jugador, chulo reformado y cultivador de tulipanes. llegué y enfilé lentamente la entrada de casa en el coche, saboreando los últimos rayos del sol crepuscular. y luego, entré por la puerta trasera. Kathy había preparado carne con muchas cebollas y chorraditas y especies, tal como me gustaba a mí. estaba inclinada sobre la cocina y la agarré por detrás.

–ooooh...

–escucha, querida...

–¿sí?

estaba allí de pie con el cucharón goteando en la mano. le metí en el cuello del vestido un billete de diez dólares.

–quiero que me traigas una botella de whisky.

–de acuerdo, ahora mismo.

–y un poco de cerveza y puros. yo me ocuparé de la comida.

se quitó la bata y entró un momento al baño. la oí canturrear. un momento después me senté en mi sillón y oí repiquetear sus tacones en el camino. había una pelota de tenis. cogí la pelota de tenis y la tiré al suelo de forma que rebotase hacia la pared y de allí al aire. el perro, que medía uno cincuenta de largo por uno de alto, y era medio lobo, saltó al aire, se oyó el chasquido de los dientes; había cogido la pelota de tenis, casi junto al techo. por un instante pareció colgar allá arriba. qué perro maravilloso, qué vida maravillosa. cuando llegó al suelo, me levanté a ver cómo iba el guiso. perfectamente. todo iba perfectamente.

VIDA Y MUERTE EN EL PABELLÓN DE CARIDAD

La ambulancia estaba llena pero me encontraron un sitio arriba de todo y allá nos fuimos. Había estado vomitando sangre en grandes cantidades y me preocupaba el que pudiese vomitar sobre la gente que iba abajo. Viajábamos oyendo la sirena. Sonaba como muy lejos, como si el sonido no lo produjese nuestra propia ambulancia. Íbamos camino del hospital del condado, todos nosotros, los pobres. Los casos de beneficencia. Teníamos todos males distintos y muchos no volverían. Lo único que teníamos en común era el ser todos pobres y el no haber tenido grandes oportunidades. Allí estábamos hacinados. Nunca había pensado que en una ambulancia pudiese caber tanta gente.

–Dios mío, oh Dios mío –oí decir a una mujer negra debajo–. ¡Jamás pensé que pudiera sucederme esto a MÍ! ¡Jamás creí que pudiera pasar algo así, señor...!

Yo no compartía tales sentimientos. Llevaba cierto tiempo jugando con la muerte. No puedo decir que fuésemos grandes amigos, pero nos conocíamos bien. Aquella noche se me había acercado un poco más y un poco más deprisa. Había habido advertencias: dolores como espadas aguijoneándome el estómago que yo había ignorado. Me consideraba un tipo duro y el dolor era para mí sólo como la mala suerte: lo ignoraba. Simplemente bañaba el dolor con whisky y seguía entregado a lo mío. Lo mío era beber y emborracharme. La culpa era del whisky; debería haber seguido fiel al vino.

La sangre de vómito no es del color rojo brillante de la que sale, por ejemplo, de un corte en el dedo. La sangre del vómito es oscura, de un púrpura casi negro, y apesta, huele peor que la mierda. Aquel fluido vivificante olía peor que una mierda-cerveza.

Sentí que llegaba otro espasmo de vómito. Era la misma sensación que cuando se vomita comida, y después de echar la sangre uno se sentía mejor. Pero era simple ilusión... cada vomitada te acercaba cada vez más a Papá Muerte.

–Oh Dios mío, nunca pensé...

Vino la sangre y la retuve en la boca. No sabía qué hacer. Desde allá arriba, desde la hilera superior, habría regado a todos los compañeros que iban abajo. Retuve la sangre en la boca e intenté pensar lo que podía hacer. La ambulancia dobló una esquina y la sangre empezó a escapárseme por las comisuras de la boca. En fin, un hombre ha de mantener el decoro hasta cuando agoniza. Procuré serenarme, cerré los ojos y tragué otra vez la sangre. Era repugnante. Pero había resuelto el problema. Mi única esperanza era llegar pronto a algún sitio donde pudiera librarme de la próxima.

En realidad, no pensaba en absoluto en morir; mi único pensamiento era: qué terrible inconveniente, ya no controlo lo que pasa. Te reducen las posibilidades y te arrastran de un lado a otro. Por fin llegó la ambulancia a su destino y allí me vi en una mesa donde me hacían preguntas: ¿cuál era mi religión? ¿Dónde había nacido? ¿Debía dinero al condado por anteriores viajes a su hospital? ¿Cuándo había nacido? ¿Vivían mis padres? ¿Casado? Todo eso, ya sabéis. Hablan a un hombre como si dispusiese de todas sus facultades. Ni siquiera se les ocurre que puedas estar agonizando. Y no se dan, ni mucho menos, prisa. Esto produce un efecto calmante, pero no es ése su motivo: simplemente están aburridos y no les preocupa si tú te mueres, vuelas o tiras un pedo. No, más bien prefieren que no te tires un pedo.

Luego me vi en un ascensor y se abrió la puerta a lo que parecía una bodega oscura. Allá me llevaron. Me metieron en una cama y se fueron. E inmediatamente apareció un ayudante brotado de la nada que me dio una pildorita blanca.

–Tome esto –dijo. Tragué la píldora, me entregó un vaso de agua y desapareció. Era lo más amable que me había sucedido en bastante tiempo. Me recosté y examiné los alrededores. Había ocho o diez camas, ocupadas todas por norteamericanos varones. Todos teníamos una jarrita metálica de agua y un vaso en la mesilla de noche. Las sábanas parecían limpias. Estaba muy oscuro aquello y hacía frío, y la sensación era la del sótano de una casa de apartamentos. Había una bombillita sin pantalla. Junto a mí había un hombre muy corpulento, viejo, de cincuenta y tantos. Era inmenso, aunque gran parte de la inmensidad era grasa, daba la sensación de mucha fuerza. Estaba atado a la cama. Miraba fijamente hacia arriba, hablando hacia el techo.

–... y era tan buen chico, un chico tan limpio y tan agradable, necesitaba el trabajo, decía que necesitaba el trabajo, y dije: «Me gustas mucho, muchacho. Necesitamos un buen cocinero, un cocinero honrado, y sé distinguir una cara honrada, muchacho, sé conocer a la gente, trabajarás conmigo y con mi mujer y tendrás aquí un buen puesto para toda la vida, muchacho...» Y él dijo: «De acuerdo, señor», y parecía feliz de conseguir aquel trabajo y yo dije: «Martha, tenemos ahora un buen chico, un chico listo y limpio, no hará como los otros sucios hijos de puta.» En fin, salí e hice una buena compra de pollos, una compra excelente. Martha puede hacer grandes cosas con un pollo, tiene un toque mágico con los pollos. El Coronel Sanders no la quería cerca ni en broma. Salí y compré veinte pollos para el fin de semana. Íbamos a tener un fin de semana excelente, un especial pollo. Salí y compré veinte pollos. Echaríamos al coronel Sanders del negocio. Un buen fin de semana como aquél puedes sacar doscientos billetes de beneficio limpio. El muchacho nos ayudó incluso a preparar y cortar los pollos, lo hizo en sus horas libres. Martha y yo no teníamos hijos. Estaba tomándole cariño al muchacho. En fin, Martha preparó los pollos en la parte de atrás, los preparó todos... teníamos pollos preparados de diecinueve maneras distintas, nos salían pollos hasta por el culo. Lo único que tenía que hacer el muchacho era cocinar el otro material, las hamburguesas, los filetes, etc. Los pollos estaban listos. Y tuvimos un gran fin de semana, desde luego. Noche del viernes, sábado y domingo. El muchacho era buen trabajador, y muy simpático, además. Daba gusto tenerle allí. Y hacía aquellas bromas tan divertidas. A mí me llamaba Coronel Sanders y yo le llamaba hijo. Coronel Sanders e Hijo, eso éramos. Cuando cerramos el sábado por la noche, estábamos muy cansados pero muy contentos. Habíamos vendido todos los pollos. El local se había llenado, la gente esperando, nunca había pasado una cosa así. Cerré la puerta y saqué una botella de buen whisky y nos sentamos allí, cansados y felices, a echar un buen trago. El chico lavó todos los platos y fregó el suelo. «Bien, Coronel Sanders, ¿a qué hora vengo mañana?», dijo, sonriendo. Le dije que a las seis y media y cogió su gorra y se fue. «Es un chico magnífico, Martha», dije, y luego fui a la caja a contar las ganancias. ¡La caja estaba VACÍA! Sí, lo que dije: «¡La caja estaba VACÍA!» Y la caja de puros con el beneficio de los otros dos días, también la había encontrado, un chico tan majo y tan limpio... no lo entiendo... le dije que podría tener un puesto de trabajo para toda la vida, eso le dije... veinte pollos... Martha realmente sabe lo que es un pollo... y aquel muchacho, aquel cabrón de mierda, se escapó con todo el dinero, aquel muchacho...

Luego se puso a gemir. He oído llorar a mucha gente, pero no había oído llorar a nadie así. Se incorporó forzando las ligaduras que le ataban a la cama y empezó a gritar. Parecía que iba a lograr romper las ligaduras. Toda la cama rechinaba, la pared nos lanzaba de rebote el chillido. El hombre sufría terriblemente. No era un grito breve. Era un grito largo, largo y seguía y seguía. Por fin cesó. Los ocho o diez norteamericanos varones, enfermos, tumbados en nuestras camas, saboreamos el silencio.

Luego empezó a hablar otra vez.

–Era tan buen muchacho, me gustaba su aspecto. Le dije que podría tener un puesto de trabajo para toda la vida. Hacía aquellas bromas tan divertidas, era agradable tenerle allí. Salí y compré aquellos veinte pollos. Veinte pollos. Un fin de semana bueno puedes sacar doscientos. Teníamos veinte pollos. El chico me llamaba Coronel Sanders...

Me incliné hacia un lado y vomité en el suelo una bocanada de sangre...

Al día siguiente apareció una enfermera que me cogió y me acompañó hasta una camilla. Yo aún vomitaba sangre y estaba muy débil. Me llevó en la litera al ascensor.

El técnico se situó detrás de su máquina. Me punzaron en el vientre y me dijeron que esperase allí. Me sentía muy débil.

–Estoy demasiado débil para aguantar de pie –dije.

–Vamos, vamos, estese ahí –dijo el técnico.

–No creo que pueda –dije.

–Aguante.

Poco a poco, fui dándome cuenta de que empezaba a caerme de espaldas.

–Me caigo –dije.

–No se caiga –dijo él.

–Estese quieto –dijo la enfermera.

Me caí de espaldas.

Tenía la sensación de estar hecho de goma. No sentí nada al tocar el suelo. Me sentía muy ligero. Probablemente lo estuviese.

–¡Maldita sea! –dijo el técnico.

La enfermera me ayudó a levantarme y me aguantó contra la máquina con aquella aguja en la barriga.

–No puedo sostenerme –dije–, creo que estoy agonizando. No puedo sostenerme, lo siento pero no puedo sostenerme.

–Aguante firme –dijo el técnico–. Aguante usted ahí.

–Aguante ahí –dijo la enfermera.

Sentí de nuevo que caía. Caí.

–Lo siento –dije.

–¡Hombre, por Dios, qué hace usted! –gritó el técnico–. ¡Ya he estropeado dos películas! ¡Y estas malditas películas cuestan dinero!

–Lo siento –dije.

–Llévatelo de aquí –dijo el técnico.

La enfermera me ayudó a levantarme y me colocó otra vez en la camilla. Tarareando me arrastró otra vez hasta el ascensor.

Me sacaron de aquel sótano y me pusieron en una sala grande, muy grande. Había allí unas cuarenta personas agonizando. Los cables de los timbres estaban desconectados y había unas grandes puertas de madera, unas puertas muy gruesas de madera, reforzadas con tiras metálicas a ambos lados, que nos separaban de las enfermeras y de los médicos. Habían puesto biombos alrededor de mi cama y me pidieron que utilizase la cuña pero a mí no me gustaba la cuña, ni para vomitar sangre ni, menos aún, para cagar. Si alguien inventase alguna vez una cuña cómoda y práctica, enfermeras y médicos le odiarían por toda la eternidad y hasta después.

Llevaba tiempo con ganas de cagar, pero sin suerte. Por supuesto, lo único que me daban era leche y tenía el estómago destrozado, tanto que apenas podía mandar nada al ojo del culo. Una enfermera me había ofrecido un poco de carne asada de buey, dura, con zanahorias semicocidas y patatas semimachacadas. Lo rechacé. Sabía que lo único que querían era disponer de otra cama libre. De todos modos, aún seguía con ganas de cagar. Extraño. Era mi segunda o tercera noche allí. Estaba muy débil. Conseguí descorrer una cortina y salir de la cama. Llegué hasta el cagadero y me senté. Hice fuerzas allí sentado, descansé, volví a hacer fuerza. Por fin me levanté. Nada. Sólo un remolinito de sangre. Entonces se inició un tiovivo en mi cabeza y me apoyé contra la pared con una mano y vomité una bocanada de sangre. Tiré de la cadena y salí. Cuando iba por mitad del camino tuve otra arcada. Caí. Luego, en el suelo, vomité otra bocanada de sangre. No sabía que hubiese tanta sangre dentro de la gente. Solté otra bocanada.

—Oye, hijo de la gran puta —aulló un viejo desde su cama—, cállate de una vez, aquí no hay quien duerma.

—Perdona, compadre —dije, y luego me desmayé.

La enfermera se puso furiosa.

—Pedazo de cabrón —decía—, te dije que no descorrieras las cortinas. ¡Este mierda me va a joder la noche!

—Oye, coño apestoso —le dije—, tú tenías que estar en una casa de putas de Tijuana.

Me alzó la cabeza, cogiéndome del pelo, y me abofeteó.

—¡Retira eso! —dijo—. ¡Retira eso!

—Florence Nightingale —dije—, te amo.

Me soltó la cabeza y salió de la habitación. Era una dama con auténtico espíritu y auténtico fuego; eso me gustó. Me revolqué en mi propia sangre, manchando la bata. Eso le enseñaría.

Florence Nightingale volvió con otra sádica y me pusieron en una silla y la arrastraron hacia mi cama.

—¡Basta ya de ruidos! —dijo el viejo. Tenía razón.

Volvieron a meterme en la cama y Florence volvió a cerrar la cortinilla.

—Ahora, hijoputa —dijo—, no salgas de ahí porque si no la próxima vez te joderé.

—Chúpamela —dije—, chúpamela antes de irte.

Se apoyó en la cabecera y me miró a la cara. Tengo una cara muy trágica. Atrae a algunas mujeres. La enfermera tenía unos ojos grandes y apasionados y los clavó en los míos. Levanté la sábana y alcé la bata. Me escupió en la cara. Luego se fue...

Luego apareció la enfermera jefe.

–Señor Bukowski –dijo–, no podemos darle a usted sangre. No tiene usted crédito de sangre. –Sonrió. Venía a comunicarme que iban a dejar que me muriera.

–De acuerdo –dije.

–¿Quiere usted ver al sacerdote?

–¿Para qué?

–En su ficha de ingreso dice que es usted católico.

–Lo puse por poner algo.

–¿Por qué?

–Lo fui. Si pongo «ninguna religión» siempre hacen un montón de preguntas.

–Está usted ingresado como católico, señor Bukowski.

–Oiga, me resulta difícil hablar. Me estoy muriendo. De acuerdo, de acuerdo. Soy católico, si ése es su gusto.

–No podemos administrarle nada de sangre, señor Bukowski.

–Escuche, mi padre trabaja para el condado. Creo que está en un programa de sangre. Museo del Condado de Los Ángeles. Se llama señor Henry Bukowski. Me odia.

–Comprobaremos eso...

Algo pasó con mis papeles mientras yo estaba arriba. No vi a un médico hasta el cuarto día, y por entonces descubrieron que mi padre, que me odiaba, era un buen tipo que tenía un trabajo y que tenía un hijo borracho agonizante sin trabajo y el buen tipo había dado sangre para el programa de sangre, así que cogieron una botella y me la sirvieron. Trece pintas de sangre y trece de glucosa sin parar. La enfermera se quedó sin sitio donde clavar la aguja...

Cuando desperté estaba a mi lado el sacerdote.

–Padre –dije–, váyase, por favor. Puedo morirme sin esto.

–¿Quieres que me vaya, hijo mío?

–Sí, padre.

–¿Has perdido la fe?

–Sí, he perdido la fe.

–El que fue católico siempre es católico, hijo mío.

–Cuentos, padre.

Un viejo de la cama de al lado dijo:

–Padre, yo hablaré con usted. Hable usted conmigo, padre.

El sacerdote se acercó a él. Yo esperaba la muerte. Sabes perfectamente que no fallecí entonces, porque si no no estaría contándote esto...

Me trasladaron a una habitación con un negro y un blanco. El blanco tenía rosas frescas todos los días. Cultivaba rosas que vendía a las floristerías. No cultivaba rosas entonces, sin embargo. El negro había reventado como yo. El blanco estaba mal del corazón, muy mal. Allí estábamos, y el blanco hablaba de criar y cultivar rosas y de que ojalá pudiese fumar un cigarrillo, Dios mío, cómo necesitaba un cigarrillo. Yo había dejado de vomitar sangre. Ya sólo la cagaba. Tenía la sensación de haber conseguido salir del agujero. Acababa de vaciar una pinta de sangre y habían retirado la aguja.

–Te conseguiré unos cigarrillos, Harry.

–Oh, Dios mío, gracias, Hank.

Me levanté de la cama.

–Dame dinero.

Me dio unas monedas.

–Si fuma, morirá –dijo Charley. Charley era el negro.

–Cuentos, Charley, un par de cigarrillos no hace daño a nadie.

Salí de la habitación y crucé el vestíbulo. Había una máquina de cigarrillos en el vestíbulo de recepción. Saqué un paquete y volví.

Luego, Charley, Harry y yo nos pusimos a fumar. Era por la mañana. Hacia el mediodía pasó el médico y le colocó una máquina a Harry. La máquina escupía y pedorreaba y gruñía.

–Ha estado usted fumando, ¿verdad? –dijo el doctor a Harry.

–No, doctor, de veras, no he fumado.

–¿Quién de ustedes compró esos cigarrillos?

Charley miró al techo. Yo miré al techo.

–Si fuma usted otro cigarrillo, morirá –dijo el médico.

Luego, cogió su máquina y se largó. En cuanto se fue, saqué la cajetilla de debajo de la almohada.

–Dame uno –dijo Harry.

–Ya oíste lo que dijo el médico –dijo Charley.

–Sí –dije yo, exhalando una bocanada de maravilloso humo azul–. Ya oíste lo que dijo el médico: «Si fuma otro cigarrillo, morirá.»

–Prefiero morir feliz a morir amargado –dijo Harry.

–No puedo hacerme responsable de tu muerte, Harry –dije–. Le pasaré los cigarrillos a Charley, y si él quiere darte uno, es asunto suyo.

Se los pasé a Charley, que tenía la cama del centro.

–Bueno, Charley –dijo Harry–, pásamelos.

–No puedo hacerlo, Harry. No puedo matarte, Harry.

Charley me devolvió los cigarrillos.

–Vamos, Hank, déjame fumar uno.

–No, Harry.

–¡Por favor, te lo suplico, sólo uno!

–¡Maldita sea!

Le tiré la cajetilla. Le temblaba la mano al sacarlo.

–No tengo cerillas. ¿Quién las tiene?

–Maldita sea –dije.

Le tiré las cerillas...

Vinieron y me enchufaron otra botella. A los diez minutos llegó mi padre. Venía con él Vicky, tan borracha que apenas si podía sostenerse en pie.

–¡Querido! –dijo–. ¡Querido mío!

Dio un traspié contra el borde de la cama.

Miré al viejo.

–Hijo de puta –dije–. No tenías que haberla traído borracha.

–Querido, ¿no querías verme, eh? Dime, querido...

–Te advertí que no te comprometieras con una mujer como ésta.

–Está hundida. Tú, cabrón, le compraste whisky, la emborrachaste y luego la trajiste aquí.

–Ya te dije que no era buena, Henry. Te dije que era una mala mujer.

–¿Pero es que ya no me amas, queridito mío?

—Sácala de aquí... ¡INMEDIATAMENTE! —le dije al viejo.

—No, no, quiero que veas qué clase de mujer tienes.

—Sé qué clase de mujer tengo. Ahora sácala de aquí inmediatamente, o si no te juro que me arranco esta aguja del brazo y te la clavo en el culo.

El viejo se la llevó. Me derrumbé en la almohada.

—Es guapa —dijo Harry.

—Lo sé —dije—, lo sé...

Dejé de cagar sangre y me dieron una lista de lo que tenía que comer y me dijeron que si bebía un solo trago moriría. Me dijeron también que moriría si no me operaba. Tuve una terrible discusión con una doctora japonesa sobre operación y muerte. Yo había dicho «nada de operación» y ella salió de allí meneando el culo furiosa. Harry aún seguía vivo cuando me fui, tenía escondidos los cigarrillos.

Salí a la claridad del sol para ver cómo era. Estaba muy bien, perfectamente. Pasaban los coches. La acera era tan acera como lo había sido siempre. Dudé entre coger un autobús y probar a llamar por teléfono a alguien para que viniese a recogerme. Entré a llamar por teléfono en aquel bar. Primero me senté y fumé un cigarrillo.

El encargado se acercó y le pedí una botella de cerveza.

—¿Cómo va esa vida? —me preguntó.

—Como siempre —dije

Se fue. Eché cerveza en el vaso y luego miré el vaso un rato y luego me bebí la mitad de un trago. Alguien echó una moneda en el tocadiscos y hubo un poco de música. La vida parecía algo más agradable, mejor. Terminé por fin aquel vaso, me serví otro y me pregunté si aún se me alzaría el rabo. Eché un vistazo al bar: ninguna mujer. Hice lo mejor que podía hacer: alcé el vaso y lo vacié de un trago.

REPARANDO LA BATERÍA

la convidé a un trago y luego a otro y luego subimos la escalera de detrás de la barra. había allí varias habitaciones grandes. me había puesto muy caliente. estaba con la lengua fuera. y subimos la escalera jugueteando. eché el primero, de pie, nada más entrar en el cuarto, junto a la puerta. ella simplemente echó a un lado las bragas y se la metí.

luego entramos en el dormitorio y allí estaba aquel tipo en la otra cama, había dos camas, y el tipo dijo:

–hola.

–es mi hermano –dijo ella.

el tipo parecía realmente malévolo y peligroso, pero casi todo el mundo tiene ese aspecto si te pones a pensarlo.

había varias botellas de vino junto a la cabecera. abrieron una y yo esperé hasta que los dos bebieron de ella, luego lo probé. dejé diez dólares en el tocador.

el tipo realmente soplaba vino.

–su hermano mayor es Jaime Bravo, el gran torero.

–he oído hablar de Jaime Bravo, torea casi siempre fuera de T. –dije–, pero no tienes por qué contarme cuentos.

–vale –dijo ella–, ningún cuento.

bebimos y hablamos un rato, sobre cosas sin importancia. luego ella apagó las luces y con el hermano allí, en la otra cama, volvimos a hacerlo. yo tenía la cartera debajo de la almohada. cuando acabamos, ella encendió la luz y fue al cuarto de baño mientras su hermano y yo nos pasábamos la botella. en un momento en que el hermano no miraba, me limpié con la sábana.

ella salió del baño y aún me apetecía, quiero decir, después de los dos polvos, aún seguía atrayéndome. tenía pechos pequeños pero firmes. lo que había, sobresalía realmente. y tenía un culo grande, bastante grande.

—¿por qué viniste a este sitio? —me preguntó, avanzando hacia la cama. se deslizó a mi lado, levantó la sábana, agarró la botella.

—tenía que cargar la batería ahí enfrente.

—después de *esto* —dijo ella—, necesitarás cargarla bien.

todos nos reímos. hasta el hermano se rió. luego la miró:

—¿es de confianza?

—seguro que sí —dijo ella.

—¿de qué se trata? —pregunté.

—tenemos que andar con cuidado.

—no sé lo que quieres decir.

—el año pasado casi liquidan a una de las chicas. un tipo la amordazó para que no pudiese gritar y luego con una navaja le hizo cruces por todo el cuerpo. casi se muere desangrada.

el hermano se vistió muy despacio y luego se fue. le di un billete de cinco dólares. ella lo echó en el tocador con el de diez.

me pasó el vino. era un vino bueno, vino francés. no te hacía tartamudear.

apoyó una pierna sobre las mías. estábamos los dos sentados en la cama. era muy cómodo.

—¿qué edad tienes? —preguntó.

—casi medio siglo.

—debes tenerlo, pareces realmente cascado.

—lo siento. no soy muy guapo.

—oh *no,* creo que eres un hombre guapo. ¿no te lo han dicho nunca?

—apuesto a que se lo dices a todos los hombres con quienes jodes.

—no, de veras.

estuvimos allí sentados un rato, pasándonos la botella. se estaba muy tranquilo, sólo se oía un poco de música del bar del piso de abajo. me hundí en una especie de trance.

—¡EH! —gritó ella. me metió una larga uña en el ombligo.

—¡oh! ¡maldita sea!

—¡mírame!

me volví y la miré.

—¿qué ves?

—una chica indiomexicana muy atractiva.

—¿cómo puedes verme?

—¿qué?

—¿cómo puedes verlo? no abres los ojos, los dejas como ranuras. ¿por qué?

era una buena pregunta. tomé un buen trago del vino francés.

—no sé. quizá tenga miedo. miedo de todo. quiero decir de la gente, los edificios, las cosas, todo. sobre todo de la gente.

—yo también tengo miedo —dijo ella.

—pero tú abres los ojos. me gustan tus ojos.

ella le daba al vino. duro. conocía a aquellos chicanos. esperaba que de un momento a otro se pusiese desagradable.

entonces sonó una llamada en la puerta y estuve a punto de cagarme de miedo. la puerta se abrió de par en par, malévolamente, estilo norteamericano, y allí estaba el encargado del bar: grande, colorado, brutal, banal, cabrón.

—¿aún no has acabado con ese hijoputa?

—creo que quiere un poco más —dijo ella.

—¿de veras? —preguntó el señor Banal.

—creo que sí —dije.

sus ojos se posaron en el dinero del tocador y se fue dando un portazo. una sociedad dineraria. lo consideran mágico.

—ése era mi marido, más o menos —dijo ella.

—creo que no repetiré —dije.

—¿por qué no?

—primero, tengo cuarenta y ocho años. segundo, es algo así como joder en la sala de espera de una estación de autobuses.

se echó a reír.

—yo soy lo que vosotros llamáis una «puta». tengo que joderme a ocho o diez tipos por semana, como mínimo.

—eso no me anima gran cosa.

—a mí me anima.

—sí.

seguimos pasándonos la botella.

—¿te gusta joder mujeres?

—por eso estoy aquí.

–¿y hombres?

–yo no jodo hombres.

cogió otra vez la botella. se había bebido por lo menos tres cuartos.

–¿no crees que podría gustarte por el culo? quizá te gustase que un hombre te diese por el culo...

–estás diciendo tonterías.

se quedó mirando al frente con los ojos fijos. había un pequeño Cristo de plata en la pared del fondo. y ella miraba fijamente el pequeño Cristo de plata que estaba allí en su cruz. era muy bonito.

–quizá te lo estés ocultando. quizá quieras que alguien te dé por el culo.

–está bien, como quieras. quizá eso sea lo que realmente quiero.

cogí un sacacorchos y abrí otra botella de vino francés, metiendo en la operación un montón de corcho y de porquería en el vino, como hago siempre. sólo los camareros de las películas son capaces de abrir una botella de vino francés sin ese problema.

bebí un buen trago primero. con corcho y todo. luego le pasé la botella. había apartado la pierna. tenía una expresión como de pez. bebió un buen trago también.

cogí otra vez la botella. los pequeños fragmentos de corcho parecían no saber adónde ir dentro de la botella. me libré de algunos.

–¿quieres que *yo* te dé por el culo? –preguntó.

–¿QUÉ?

–¡puedo HACERLO!

se levantó de la cama y abrió el cajón de arriba del tocador y se fijó a la cintura aquel cinturón y luego se dio la vuelta y se colocó frente a mí... y allí, mirándome, estaba aquella GRAN polla de celuloide.

–¡veinticinco centímetros! –dijo riéndose, adelantando el vientre, agitando el chisme hacia mí–. ¡y nunca se ablanda ni se gasta!

–te prefiero de la otra manera.

–¿no crees que mi hermano mayor es Jaime Bravo, el gran torero?

allí estaba de pie con aquella polla de celuloide, preguntándome sobre Jaime Bravo.

–no creo que Bravo pueda triunfar en España –dije.

–¿podrías *triunfar* tú en España?

–demonios, ni siquiera puedo triunfar en Los Ángeles. Ahora, por favor, quítate esa ridícula polla artificial...

se quitó aquel chisme y volvió a meterlo en el cajón del tocador.

me levanté de la cama y me senté en una silla, bebiendo vino. ella buscó otra silla y allí nos quedamos sentados frente a frente, desnudos, pasándonos el vino.

–esto me recuerda algo de una vieja película de Leslie Howard, aunque no filmaron esta parte. ¿no fue Howard en aquella cosa de Somerset Maugham? *¿Cautivo del deseo?*

–no conozco a esa gente.

–claro, eres demasiado joven.

–¿te gustan ese Howard y ese Maugham?

–los dos tenían estilo, mucho estilo. pero, en cierto modo, con ambos, horas o días o años después, te sientes aburrido al final.

–¿pero tenían eso que tú llamas «estilo»?

–sí, el estilo es importante. hay mucha gente que grita la verdad, pero sin estilo es inútil.

–Bravo tiene estilo, yo tengo estilo, tú tienes estilo.

–vaya, vas aprendiendo.

luego volví a la cama. ella me siguió. lo intenté otra vez. no podía.

–¿la chupas? –pregunté.

–claro.

la cogió en la boca y me lo hizo.

le di otros cinco, me vestí, eché otro trago de vino, bajé la escalera y crucé la calle hasta la gasolinera. la batería ya estaba cargada. pagué al encargado y luego monté en el coche, subí por la Octava Avenida y me siguió un policía en moto durante cuatro o cinco kilómetros. había un paquete de CLOREXS en la guantera y lo saqué, y utilicé tres o cuatro. el policía de la moto renunció por fin y se puso a seguir a un japonés que dio un brusco giro a la izquierda sin hacer señal alguna en el bulevar Wilshire. los dos se lo merecían.

cuando llegué a casa, la mujer estaba dormida y la niña quiso que le leyese un libro llamado *Los pollitos de Baby Susan.* terrible. Bobby buscó una caja de cartón para que durmieran los pollitos.

la colocó en un rincón detrás de la cocina. y puso un poco de cereales a Baby Susan en un platito y lo colocó cuidadosamente en la cajita, para que los pollitos pudiesen tener su cenita. y Baby Susan se reía y batía sus manitas regordetas.

resultó más tarde que los otros dos pollitos son gallos y Baby Susan es una gallina, una gallina que pone un asombroso huevo. ya ves.

dejé a la niña y entré en el baño y llené de agua caliente la bañera. luego me metí en el agua y pensé: la próxima vez que tenga que cargar la batería, me iré al cine. luego me estiré en el agua caliente y lo olvidé todo. casi.

UN LINDO ASUNTO DE AMOR

Me arruiné, de nuevo, pero esta vez en el Barrio Francés de Nueva Orleans, y Joe Blanchard, director del periódico underground *Overthrow,* me llevó a aquel sitio de la esquina, uno de esos edificios blancos y sucios de ventanas verdes y escaleras que suben casi en vertical. Era domingo y yo esperaba un envío de derechos, no, un adelanto por un libro pornográfico que había escrito para los alemanes, pero los alemanes no hacían más que escribirme contándome aquel cuento del propietario, el padre, que era un borracho, y ellos estaban endeudados porque el viejo les había retirado los fondos del banco, no, les había dejado sin pasta porque se la había gastado en beber y joder y correrse juergas y, en consecuencia, estaban arruinados, pero andaban dando los pasos necesarios para echar a patadas al viejo y tan pronto como...

Blanchard tocó el timbre.

Salió a la puerta la vieja gorda, que pesaría entre cien y ciento veinte kilos. Su vestido era como una inmensa sábana y tenía los ojos muy pequeños. Creo que era lo único pequeño que tenía. Era Marie Glaviano, propietaria de un café del Barrio Francés, un café muy pequeño. Esta otra cosa suya tampoco era grande: el café. Pero era un café majo, con manteles rojiblancos, platos caros y muy pocos clientes. Junto a la entrada había una de esas antiguas muñecas negras de pie. Esas viejas muñecas significan los buenos tiempos, los viejos tiempos. Pero los buenos y viejos tiempos ya se habían ido. Los turistas eran ya mirones. Sólo querían pasear por allí y mirar las cosas. No entraban en los cafés. Ni siquiera se emborrachaban. Nada era rentable ya. Los buenos tiempos se habían terminado. Nadie daba nada y nadie tenía dinero, y si lo tenían se lo guardaban. Era una nueva era y no precisamente muy interesante. Todos andaban buscando el modo de destrozar al otro, todos revolucionarios y cerdos. Era una buena diversión y además gratis, con lo que todos podían conservar su dinero en el bolsillo, si es que lo tenían.

–Hola, Marie –dijo Blanchard–. Éste es Charley Serkin. Charley, ésta es Marie.

–Hola –dije yo.

–Hola –dijo Marie Glaviano.

–Entremos un momento, Marie –dijo Blanchard.

(El dinero siempre tiene dos inconvenientes: demasiado o demasiado poco. Y allí estaba yo otra vez en la etapa «demasiado poco».)

Escalamos las empinadas escaleras y la seguí por uno de esos sitios largos largos, hechos sólo de un lado: quiero decir, todo longitud y sin anchura. Llegamos a la cocina y nos sentamos a una mesa. Había un jarro con flores. Marie abrió tres botellas de cerveza.

–Bien, Marie –dijo Blanchard–, Charley es un genio. Está en un apuro. Estoy convencido de que saldrá de él, pero entretanto... entretanto, no tiene dónde estar.

Marie me miró:

–¿Eres un genio?

Bebí un buen trago de cerveza.

–Bueno, la verdad es que es difícil de explicar. Suelo sentirme como una especie de subnormal la mayoría de las veces. Me gustan todos esos bloques blancos de aire grandes y enormes que tengo en la cabeza.

–Puede quedarse –dijo Marie.

Era lunes, el único día libre de Marie, y Blanchard se levantó y nos dejó allí en la cocina. Sonó la puerta de entrada: se había ido.

–¿Y tú qué haces? –preguntó Marie.

–Vivo de la suerte –dije.

–Me recuerdas a Marty –dijo ella.

–¿Marty? –pregunté, pensando: Dios mío, aquí llega. Y llegó.

–Bueno, eres feo, sabes. En realidad, no quiero decir feo, sabes, pareces cascado. Realmente cascado, más incluso que Marty. Y él era un luchador. ¿Fuiste tú luchador?

—Ése es uno de mis problemas: nunca fui capaz de luchar gran cosa.

—De todos modos, tienes el mismo aire que Marty. Estás cascado pero eres bueno. Conozco tu tipo. Conozco a un hombre cuando lo veo. Me gusta tu cara. Es una cara buena.

Incapaz de decir nada sobre su cara, pregunté:

—¿Tienes cigarrillos, Marie?

—Claro, querido. —Hurgó en aquella gran sábana que era su vestido y sacó un paquete lleno de entre las tetas. Podría haber tenido allí la compra de una semana. Resultaba divertido. Me abrió otra cerveza.

Eché un buen trago, y luego dije:

—Creo que podría joderte hasta hacerte aullar.

—Un momento, Charley —dijo ella—, no quiero oírte hablar así. Yo soy una buena chica. Mi madre me educó como es debido. Si sigues hablando así, no puedes quedarte.

—Disculpa, Marie, bromeaba.

—Pues no me gusta ese tipo de bromas.

—Claro, comprendo. ¿Tienes whisky?

—Escocés.

—Vale el escocés.

Trajo una botella casi llena y dos vasos. Nos servimos whisky y agua. Aquella mujer la había corrido. Eso era evidente. Probablemente tuviese diez años más que yo. En fin, la edad no era ningún crimen. Pero la mayoría de la gente envejece mal.

—Eres exactamente igual que Marty —repitió.

—Pues tú no te pareces a nadie que yo conozca —dije.

—¿Te gusto? —preguntó.

—Estás empezando a gustarme —dije, y a esto no me contestó con ningún exabrupto.

Bebimos otra hora o dos, mayormente cerveza, pero con un poco de whisky de vez en cuando, y luego me acompañó hasta abajo a enseñarme mi cama. Y de camino pasamos un cuarto y ella me dijo:

—Ésa es mi cama. —Era muy ancha. Mi cama estaba junto a otra. Muy extraño. Pero no significaba nada.

—Puedes dormir en cualquiera de las dos —dijo Marie—. O en las dos.

Había algo en todo aquello que parecía como un rechazo...

Bueno, en fin, por la mañana desperté y la oí a ella revolver en la cocina, pero lo ignoré como haría cualquier hombre prudente, y la oí poner la televisión para escuchar las noticias de la mañana (tenía la televisión en la mesa del desayuno), y oí el ruido de la cafetera, olía magníficamente pero el aroma del tocino y los huevos y las patatas no me agradó, y el rumor de las noticias de la mañana no me agradó, y tenía ganas de mear y mucha sed, pero no quería que Marie supiese que estaba despierto, así que esperé, meándome casi (jajá, sí), pero quería estar solo, quería ser dueño absoluto del lugar y ella seguía hurgando y hurgando por allí, hasta que al fin la oí pasar corriendo ante mi cama...

–Tengo que irme –dijo–, voy con retraso.

–Adiós, Marie –dije.

Cuando se cerró la puerta, me levanté y fui al cagadero y me senté allí y meé y cagué, allí sentado, en Nueva Orleans, lejos de casa, de donde estuviese mi casa, y luego vi una araña sentada en una tela en el rincón, mirándome. Aquella araña llevaba allí mucho tiempo, me di cuenta, mucho más que yo. Primero pensé en matarla. Pero era tan gorda y tan fea y parecía tan feliz, parecía la propietaria del local. Tendría que esperar un tiempo, hasta que fuese oportuno. Me levanté, me limpié el culo y tiré de la cadena. Cuando salía del cagadero, la araña me guiñó un ojo.

No quise jugar con lo que quedaba del whisky, así que me senté en la cocina, desnudo, preguntándome por qué la gente confiaría así en mí. ¿Quién era yo? La gente estaba loca, la gente era tonta. Esto me dio un estímulo. Demonios, sí, me lo dio. Había vivido diez años sin hacer nada. La gente me daba dinero, comida, alojamiento. Qué importancia tenía el que me considerasen un idiota o un genio. Yo sabía lo que era. No era ni una cosa ni otra. No me preocupaba qué fuese lo que impulsaba a la gente a hacerme regalos. Cogía los regalos sin sensación de victoria o/y coerción. Mi única premisa era que yo no podía *pedir* nada. Y, como remate, disponía encima de aquel pequeño disco de fonógrafo que giraba en mi cabeza tocando siempre la misma música: no lo intentes, no lo intentes. Parecía una idea excelente.

En fin, después de que se marchase Marie, me senté en la cocina y bebí tres latas de cerveza que encontré en la nevera. Nunca me preocupaba mucho por la comida. Sabía del amor a la comida que tiene la gente. Pero a mí la comida me aburría. Lo líquido me parecía muy bien, pero la masa era una lata. Me gustaba la mierda, me gustaba cagar, me gustaban los zurullos, pero era un trabajo tan terrible el crearlos.

Después de las tres latas de cerveza, vi aquel bolso en la silla de al lado. Por supuesto, Marie se había llevado otro bolso al trabajo. ¿Sería lo bastante tonta o amable para dejar dinero? Abrí el bolso. En el fondo había un billete de diez dólares.

Bueno, Marie estaba probándome y me mostraría digno de su prueba.

Cogí los diez, volví a mi dormitorio y me vestí. Me sentía bien. Después de todo, ¿qué necesitaba un hombre para sobrevivir? Nada, de eso no había duda. Hasta tenía la llave de la casa.

Así que salí y *cerré* la puerta para impedir la entrada a los ladrones. Jajaja, y allí me vi otra vez en las calles, en el Barrio Francés, que era un lugar bastante soso, pero de todos modos tenía que utilizarlo. Todo tenía que servirme, eso era lo previsto. Así que... oh, sí, bajaba por la calle y el problema del Barrio Francés era que en él simplemente no había tiendas de licores como en otras partes decentes del mundo. Quizá fuese algo deliberado. Es de suponer que esto ayudase a aquellos horribles agujeros de mierda que había en todas las esquinas, a los que llamaban bares. Lo primero que pensaba cuando entraba en uno de aquellos bares del Barrio Francés era en vomitar. Y solía hacerlo, corría a uno de aquellos meaderos que apestan a orín y soltaba toneladas y toneladas de huevos fritos y grasientas patatas medio crudas. Luego volvía, después de desocupar, y les miraba: sólo el encargado parecía más solitario e insustancial que los clientes, sobre todo si era también propietario del local. En fin, di un rodeo sabiendo que los bares eran la mentira y ¿sabéis dónde encontré mi material? En una pequeña tienda de ultramarinos con pan rancio y todo lo demás, incluso con la pintura desconchada, con su semisexual sonrisa de soledad... Dios me perdone, Dios, Dios... Terrible, sí, ni siquiera pueden iluminar el local, la electricidad cuesta dinero; y allí, estaba yo, el primer cliente en diecisiete días y el primero que compraba tres paquetes de seis cervezas en dieciocho años, y, Dios mío, la mujer casi salta por encima de la caja registradora... era demasiado. Cogí el cambio y dieciocho grandes latas, de cerveza y salí corriendo a la estúpida claridad del Barrio Francés...

Coloqué la vuelta en el bolso de la silla de la cocina y lo dejé abierto para que Marie pudiese verlo. Luego me senté y abrí una cerveza.

Era agradable estar solo. Sin embargo, no estaba solo. Cada vez que tenía que mear veía a aquella araña y pensaba: bueno, araña, tienes que irte, enseguida. No me gusta verte ahí en ese rincón oscuro, cazando pulgas y moscas y chupándoles la sangre. Eres mala, sabes, señora araña. Y yo soy bueno. Al menos, me gusta pensar que es así. No eres más que una verruga negra y sin cerebro, una verruga mortífera, eso eres. Chupa mierda. Es lo que te mereces.

Encontré una escoba en el porche trasero y volví allí y destrocé la telaraña y la maté. Muy bien, aquello estuvo muy bien, la araña murió allí delante de mí, no pude evitarlo. Pero ¿cómo podía Marie posar su gran culo en los bordes de aquella tapa y cagar y mirar aquella cosa? ¿La vería en realidad? Quizá no.

Volví a la cocina y bebí un poco más de cerveza. Luego encendí la tele. Gente de papel. Gente de cristal. Pensé que iba a volverme loco y la apagué. Bebí más cerveza. Luego herví dos huevos y freí dos lonchas de tocino. Conseguí comer. A veces, uno se olvida de la comida. Entraba el sol por las cortinas. Estuve bebiendo todo el día. Tiré los envases vacíos a la basura. Pasó el tiempo. Por fin se abrió la puerta. Era Marie.

–¡Dios mío! –gritó–. ¿Sabes lo que pasó?

–No, no, no lo sé.

–¡Ay, maldita sea!

–¿Pero qué pasa, querida?

–¡Se me quemaron las fresas!

–¿De veras?

Y se puso a corretear por la cocina y a dar vueltitas, bamboleando aquel gran culo. Estaba chiflada. Estaba fuera de sí. Pobre chochito gordo y viejo.

—Pues tenía la cacerola de las fresas haciéndose en la cocina y entró una de esas turistas, una zorra rica, la primera clienta del día, le gustan los sombreritos que hago, sabes... En fin, no es fea y todos los sombreros le sientan bien y por eso mismo se ha convertido en un problema; el caso es que nos pusimos a hablar de Detroit, ella conocía en Detroit a una persona a la que yo también conozco y estábamos hablando y de pronto ¡¡¡LO OLÍ!!! ¡SE ME QUEMAN LAS FRESAS! Corrí a la cocina pero demasiado tarde... ¡Qué desastre! Las fresas se habían pasado y se habían deshecho y apestaban, se me había quemado todo, es triste, y no pude salvar nada, nada, ¡qué desastre!

—Lo siento. Pero ¿le vendiste un sombrero?

—Le vendí dos. No fue capaz de decidirse.

—Siento lo de las fresas. Maté la araña.

—¿Qué araña?

—Creí que lo sabías.

—¿Si sabía qué? ¿Qué dices de arañas? Son sólo insectos.

—A mí me enseñaron que una araña no es un insecto. Es algo que se relaciona con el número de patas... Bueno, en realidad, ni lo sé ni me preocupa.

—¿Una araña no es un insecto? ¿Entonces qué mierda es?

—No un insecto. Al menos eso dicen. En fin, maté al maldito bicho.

—¿Has andado en mi bolso?

—Sí, claro. Lo dejaste ahí. Tenía ganas de tomar una cerveza.

—¿Tienes que tomar cerveza continuamente?

—Sí.

—Pues vas a ser un problema. ¿Comiste algo?

—Dos huevos y dos lonchas de tocino.

—¿Tienes hambre?

—Sí. Pero estás cansada. Descansa. Toma un trago.

—El cocinar me relaja. Pero primero voy a darme un baño caliente.

—Adelante.

—Vale —se inclinó, puso la tele y luego se fue al baño. Tuve que escuchar la tele. Programa de noticias. Un cabrón perfectamente horrible con tres ventanillas en las narices. Un cabrón perfectamente odioso vestido como una sosa muñequita, sudaba, y me miraba, diciendo cosas que yo apenas entendía y que no me interesaban. Me di cuenta de que Marie se dedicaba a mirar la tele horas y horas, así que tenía que adaptarme a ello. Cuando Marie volvió yo miraba fijamente el cristal, lo cual le hizo sentirse mejor. Yo parecía tan inofensivo como un hombre con un tablero de ajedrez y la página de deportes.

Marie había aparecido ataviada con otro atuendo. Si no fuese tan jodidamente gorda podría incluso haber parecido elegante. En fin, de todos modos no estaba durmiendo en un banco del parque.

–¿Quieres que cocine yo, Marie?

–No, no te preocupes. Ya no estoy tan cansada.

Empezó a preparar la cena. Cuando me levanté a por la siguiente cerveza, la besé detrás de la oreja.

–Eres muy simpática, Marie.

–¿Tienes bebida suficiente para el resto de la noche? –preguntó.

–Sí, querida. Y aún queda esa botella de whisky. No hay problema. Yo sólo quiero sentarme aquí y mirar la tele y oírte hablar. ¿De acuerdo?

–Claro, Charley.

Me senté. Se puso a preparar algo. Olía bien. Evidentemente era una buena cocinera. Aquel cálido aroma del guiso impregnaba las paredes. Era lógico que estuviese tan gorda: buena cocinera, buena comedora. Marie estaba haciendo una cacerola de guisantes. De vez en cuando se levantaba y añadía algo a la cacerola. Una cebolla, un trozo de col. Unas cuantas zanahorias. Sabía. Y yo bebía y contemplaba a aquella mujer vieja, grande y gorda y ella se sentaba a hacer aquellos sombreros que parecían mágicos, trenzaba un cesto, cogía un color, luego otro, esta anchura de cinta, aquélla. Y luego trenzaba así y lo cosía asá, y lo ponía en el sombrero. Marie creaba obras maestras que jamás se reconocerían... bajando una calle en la cabeza de una zorra.

Mientras trabajaba y atendía el guisado, hablaba.

–Ay, ya no es como antes. La gente no tiene dinero. Todo son cheques de viaje y talones y tarjetas de crédito. Y es que la gente no tiene dinero. No lo llevan. Crédito por todas partes. Un tipo acepta un talonario de cheques y ya está atrapado. Hipotecan sus vidas por comprar una casa. Y tienen que llenar de mierda esa casa y disponer de un coche. Quedan enganchados con la casa y los políticos lo saben y los fríen a impuestos. Nadie tiene dinero. Los pequeños negocios no pueden mantenerse.

Nos sentamos ante el guisado y era perfecto. Después de cenar, sacamos el whisky y ella trajo dos puros y vimos la tele y no hablamos mucho. Tenía la sensación de llevar allí años. Ella seguía trabajando con los sombreros, hablaba de vez en cuando, y yo decía sí, tienes razón, ¿de veras? Y los sombreros seguían saliendo de sus manos, obras maestras.

—Marie —le dije—. Estoy cansado, me voy a la cama.

Ella dijo que me llevase el whisky y lo hice. Pero, en vez de acostarme en mi cama, levanté la ropa de la suya y me metí dentro. Después de desvestirme, por supuesto. Era un colchón magnífico, una cama magnífica, uno de esos viejos muebles con techo de madera, o como lo llamen. Supongo que el asunto es joder hasta tirar el techo. Jamás tiré ese techo sin que me ayudaran los dioses.

Marie siguió viendo la tele y haciendo sombreros. Luego sentí que apagaba el aparato y encendía la luz de la cocina y se acercaba al dormitorio, pasaba ante él sin verme y seguía derecha hasta el cagadero. Estuvo allí un rato y luego vi cómo se quitaba la ropa y se ponía el gran camisón rosa. Se hurgó un rato en la cara, luego lo dejó, se puso un par de rulos, se volvió, caminó hacia la cama y me vio.

—Dios mío, Charley, te has equivocado de cama.

—Jiji.

—Escucha, querido, no soy esa clase de mujer.

—¡Vamos, déjate de cuentos y ven!

Lo hizo. Dios mío, todo era carne. En realidad, estaba algo asustado. ¿Qué hacer con todo aquel material? Pero no había salida. El lado de la cama de Marie se hundía.

—Escucha, Charley...

Le cogí la cabeza, le volví la cara, parecía estar llorando. Posé mis labios en los suyos. Nos besamos. Coño, empezó a ponérseme dura. Dios mío. ¿Qué pasaba?

—Charley —dijo ella—. No tienes por qué hacerlo.

Le cogí una mano y la puse en el pijo.

—Oh, demonios —dijo ella—, demonios...

Luego, me besó *ella*, dándome lengua. Tenía una lengua pequeña (por lo menos *eso* era pequeño) y metió y sacó, apasionada y salivosa. Me aparté.

–¿Qué pasa?

–Espera un momento.

Estiré la mano, cogí la botella y bebí un buen trago, luego la dejé otra vez y hurgué bajo las sábanas y alcé aquel inmenso camisón rosa. Empecé a palpar, aunque no sabía seguro si podía ser aquello, con lo pequeño que era, aunque estuviese en el lugar correspondiente. Sí, era su coño. Empecé a hurgar con mi aparato. Entonces ella bajó una mano y me guió. Otro milagro. La cosa estaba prieta. Casi me raspaba la piel. Empezamos a darle. Yo quería prolongarlo pero en realidad no me preocupaba demasiado. Ella *me* tenía. Fue uno de los mejores polvos de mi vida. Gemí, bramé, terminé y caí a un lado, vencido. Increíble. Cuando volvió del baño hablamos un rato. Y luego se durmió. Pero roncaba. Así que tuve que irme a mi cama. Desperté a la mañana siguiente cuando ella se iba a trabajar.

–Tengo prisa, Charley, voy con retraso –dijo.

–No te preocupes, querida.

En cuanto se fue, entré en la cocina y me bebí un vaso de agua.

Había dejado allí un monedero. Diez dólares. No los cogí.

Volví hasta el baño y eché una buena cagada, sin araña. Luego me bañé. Intenté lavarme los dientes, vomité un poco. Me vestí y volví a la cocina. Cogí un trozo de papel y un lápiz:

Marie:

Te amo. Eres muy buena conmigo. Pero debo irme. Y no sé exactamente por qué. Estoy loco, supongo. Adiós.

Charley

Puse la nota sobre la tele. Me sentía muy mal. Era como si llorase. Se estaba tranquilo allí, era la tranquilidad que me gustaba. Hasta la cocina y la nevera parecían humanas, lo digo en el buen sentido... parecían tener brazos y voces y decir: quédate, chaval, aquí se está bien, aquí se puede estar muy bien. Encontré lo que quedaba de la botella en el dormitorio. Lo bebí. Luego saqué una lata de cerveza de la nevera. Me la bebí también. Luego me levanté e hice el largo recorrido que había que hacer para salir de aquella estrecha vivienda, tuve la sensación de recorrer por lo menos cien metros. Llegué a la puerta y luego recordé que tenía llave. Volví y dejé la llave con la nota. Entonces volví a mirar los diez dólares del monedero. Los dejé allí. Volví otra vez a la puerta. Cuando llegué, me di cuenta de que cuando la cerrase no habría posibilidad de volver. La cerré. Era el final. Bajé aquellas escaleras. Otra vez estaba solo y a nadie le importaba. Enfilé hacia el sur. Luego torcí a la derecha. Continué, seguí caminando y salí del Barrio Francés. Crucé la calle del canal. Caminé unas cuantas manzanas y luego me desvié y crucé otra calle y volví a desviarme. No sabía adónde ir. Pasé ante un local que quedaba a mi izquierda y había un hombre a la puerta y dijo:

—Eh, amigo, ¿quiere trabajo?

Miré hacia el interior, y había hileras de hombres ante mesas de madera con martillitos que clavaban cosas en conchas, como conchas de almejas, y rompían las conchas y hacían algo con la carne, y estaba oscuro allí; era como si estuviesen pegándose a sí mismos martillazos y sacasen lo que quedaba de ellos, y le dije a aquel tío:

—No, no quiero trabajo.

Miré al sol y seguí mi camino.

Con setenta y cuatro centavos.

Hacía un buen sol.

EL PRINCIPIANTE

Bien, dejé el lecho de muerte y salí del hospital del condado y conseguí un trabajo como encargado de almacén. Tenía los sábados y los domingos libres y un sábado hablé con Madge:

–Mira, nena, no tengo prisa por volver a ese hospital. Tendría que buscar algo que me apartara de la bebida. Hoy, por ejemplo, ¿qué se puede hacer sino emborracharse? El cine no me gusta. Los zoos son estúpidos. No podemos pasarnos todo el día jodiendo. Es un problema.

–¿Has ido alguna vez a un hipódromo?

–¿Qué es eso?

–Donde corren los caballos. Y tú apuestas.

–¿Hay algún hipódromo abierto hoy?

–Hollywood Park.

–Vamos.

Madge me enseñó el camino. Faltaba una hora para la primera carrera y el aparcamiento estaba casi lleno. Tuvimos que aparcar a casi un kilómetro de la entrada.

–Parece que hay mucha gente –dije.

–Sí, la hay.

–¿Y qué haremos ahí dentro?

–Apostar a un caballo.

–¿A cuál?

–Al que quieras.

–¿Y se puede ganar dinero?

–A veces.

Pagamos la entrada y allí estaban los vendedores de periódicos diciéndonos:

—¡Lea aquí cuáles son sus ganadores! ¿Le gusta el dinero? ¡Nosotros le ayudaremos a que lo gane!

Había una cabina con cuatro personas. Tres de ellas te vendían sus selecciones por cincuenta centavos, la otra por un dólar. Madge me dijo que comprase dos programas y un folleto informativo. El folleto, me dijo, trae el historial de los caballos. Luego me explicó cómo tenía que hacer para apostar.

—¿Sirven aquí cerveza? —pregunté.

—Sí, claro. Hay un bar.

Cuando entramos, resultó que los asientos estaban ocupados. Encontramos un banco atrás, donde había como una zona tipo parque, cogimos dos cervezas y abrimos el folleto. Era sólo un montón de números.

—Yo sólo apuesto a los nombres de los caballos —dijo ella.

—Bájate la falda. Están todos viéndote el culo.

—¡Oh! Perdona.

—Toma seis dólares. Será lo que apuestes hoy.

—Oh, Harry, eres todo corazón —dijo ella.

En fin, estudiamos todo detenidamente, quiero decir estudié, y tomamos otra cerveza y luego fuimos por debajo de la tribuna a primera fila de pista. Los caballos salían para la primera carrera. Con aquellos hombrecitos encima vestidos con aquellas camisas de seda tan brillantes. Algunos espectadores chillaban cosas a los jinetes, pero los jinetes les ignoraban. Ignoraban a los aficionados y parecían incluso un poco aburridos.

—Ése es Willie Shoemaker —dijo Madge, señalándome a uno. Willie Shoemaker parecía a punto de bostezar. Yo también estaba aburrido. Había demasiada gente y había algo en la gente que resultaba depresivo.

—Ahora vamos a apostar —dijo ella.

Le dije dónde nos veríamos después y me puse en una de las colas de dos dólares ganador. Todas las colas eran muy largas. Yo tenía la sensación de que la gente no quería apostar. Parecían inertes. Cogí mi boleto justo cuando el anunciador decía: «¡Están en la puerta!»

Encontré a Madge. Era una carrera de kilómetro y medio y nosotros estábamos en la línea de meta.

—Elegí a Colmillo Verde —le dije.

—Yo también –dijo ella.

Tenía la sensación de que ganaríamos. Con un nombre como aquél y la última carrera que había hecho, parecía seguro. Y con siete a uno.

Salieron por la puerta y el anunciador empezó a llamarlos. Cuando llamó a Colmillo Verde, muy tarde, Madge gritó:

—¡COLMILLO VERDE!

Yo no podía ver nada. Había gente por todas partes. Dijeron más nombres y luego Madge empezó a saltar y a gritar: ¡COLMILLO VERDE! ¡COLMILLO VERDE!

Todos gritaban y saltaban. Yo no decía nada. Luego, llegaron los caballos.

—¿Quién ganó? –pregunté.

—No sé –dijo Madge–. Es emocionante, ¿eh?

—Sí.

Luego, pusieron los números. El favorito 7/5 había ganado, un 9/2 quedaba segundo y un 3 tercero.

Rompimos los boletos y volvimos a nuestro banco.

Miramos el folleto para la siguiente carrera.

—Apartémonos de la línea de meta para poder ver algo la próxima vez.

—De acuerdo –dijo Madge.

Tomamos un par de cervezas.

—Todo esto es estúpido –dije–. Esos locos saltando y gritando, cada uno a un caballo distinto. ¿Qué pasó con Colmillo Verde?

—No sé. Tenía un nombre tan bonito.

—Pero los caballos no saben cómo se llaman... El nombre no les hace correr.

—Estás enfadado porque perdiste la carrera. Hay muchas más carreras.

Tenía razón. Las había.

Seguimos perdiendo. A medida que pasaban las carreras, la gente empezaba a parecer muy desgraciada, desesperada incluso. Parecían abrumados, hoscos. Tropezaban contigo, te empujaban, te pisaban y ni siquiera decían «perdón». O «lo siento».

Yo apostaba automáticamente, sólo porque estaba allí. Los seis dólares de Madge se acabaron al cabo de tres carreras y no le di más. Me di cuenta de que era muy difícil ganar. Escogieras el caballo que escogieras, ganaba otro. Yo ya no pensaba en las probabilidades.

En la carrera principal aposté por un caballo que se llamaba Claremount III. Había ganado su última carrera fácilmente y tenía un buen tanteo. Esta vez llevé a Madge cerca de la curva final. No tenía grandes esperanzas de ganar. Miré el tablero y Claremount III estaba 25 a uno. Terminé la cerveza y tiré el vaso de papel. Doblaron la curva y el anunciador dijo:

–¡Ahí viene Claremount III!

Y yo dije:

–¡Oh, no!

–¿Apostaste por él? –dijo Madge.

–Sí –dije yo.

Claremount pasó a los tres caballos que iban delante de él, y se distanció en lo que parecían unos seis largos. Completamente solo.

–Dios mío –dije–, lo conseguí.

–¡Oh, Harry! ¡Harry!

–Vamos a tomar un trago –dije.

Encontramos un bar y pedí. Pero esta vez no pedí cerveza. Pedí whisky.

–Apostamos por Claremount III –dijo Madge al del bar.

–¿Sí? –dijo él.

–Sí –dije yo, intentando parecer veterano. Aunque no sabía cómo eran los veteranos del hipódromo.

Me volví y miré el marcador. CLAREMOUNT se pagaba a 52,40.

–Creo que se puede ganar a este juego –le dije a Madge–. Sabes, si ganas una vez, no es necesario que ganes todas las carreras. Una buena apuesta o dos pueden dejarte cubierto.

–Así es, así es –dijo Madge.

Le di dos dólares y luego abrimos el folleto. Me sentía confiado. Recorrí los caballos. Miré el tablero.

–Aquí está –dije–. LUCKY MAX. Está nueve a uno ahora. El que no apueste por Lucky Max es que está loco. Es sin duda el mejor y está nueve a uno. Esta gente es tonta.

Fuimos a recoger mis 52,40.

Luego fui a apostar por Lucky Max. Sólo por divertirme, hice dos boletos de dos dólares con él ganador.

Fue una carrera de kilómetro y medio, con un final de carga

de caballería. Debía de haber cinco caballos en el alambre. Esperamos la foto. Lucky Max era el número seis. Indicaron cuál era el primero:

6.

Oh Dios mío todopoderoso. LUCKY MAX.

Madge se puso loca y empezó a abrazarme y besarme y dar saltos.

También ella había apostado por él. Había alcanzado un diez a uno. Se pagaba a 22,80 dólares. Le enseñé a Madge el boleto ganador extra. Lanzó un grito. Volvimos al bar. Aún servían. Conseguimos beber dos tragos antes de que cerraran.

–Dejemos que se despejen las colas –dije–. Ya cobraremos luego.

–¿Te gustan los caballos, Harry?

–Se puede –dije–, se puede ganar, no hay duda.

Y allí estábamos, bebidas frescas en la mano, viendo bajar a la multitud por el túnel camino del aparcamiento.

–Por amor de Dios –le dije a Madge–, súbete las medias. Pareces una lavandera.

–¡Huy! ¡Perdona, papaíto!

Mientras se inclinaba, la miré y pensé: pronto podré permitirme algo un poquillo mejor que esto.

Jajá.

EL MALVADO

Martin Blanchard había estado casado dos veces, divorciado otras dos y liado muchísimas. Ahora tenía cuarenta y cinco años, vivía solo en la planta cuarta de una casa de apartamentos y acababa de perder su vigésimo séptimo puesto de trabajo por absentismo y desinterés.

Vivía del subsidio de paro. Sus deseos eran sencillos: le gustaba emborracharse lo más posible, solo, y dormir mucho y estar en su apartamento, solo. Otra cosa extraña de Martin Blanchard era que nunca sentía *soledad.* Cuanto más tiempo pudiese mantenerse separado de la especie humana, mejor se encontraba. Los matrimonios, los ligues de una noche, le habían convencido de que el acto sexual no valía lo que la mujer exigía a cambio. Ahora vivía sin mujer y se masturbaba con frecuencia. Sus estudios habían terminado en el primer año de bachiller y, sin embargo, cuando oía la radio (su contacto más directo con el mundo) sólo escuchaba sinfonías, a ser posible de Mahler.

Una mañana se despertó un poco pronto para él, hacia las diez y media. Después de una noche de beber bastante. Había dormido en camiseta, calzoncillos, calcetines; se levantó de una cama más bien sucia, entró en la cocina y miró en la nevera. Estaba de suerte. Había dos botellas de vino de Oporto, y no era vino barato.

Martin entró en el baño, cagó, meó y luego volvió a la cocina y abrió la primera botella de oporto y se sirvió un buen vaso. Luego se sentó junto a la mesa de la cocina, desde donde tenía una buena vista de la calle. Era verano, y el tiempo cálido y perezoso.

Allí abajo, había una casa pequeña en la que vivían dos viejos. Estaban de vacaciones. Aunque la casa era pequeña, la precedía un verde pradillo grande y muy largo, bien conservado todo aquel césped. A Martin Blanchard le daba una extraña sensación de paz.

Como era verano los niños no iban al colegio, y mientras Martin contemplaba aquel pradillo verde y bebía el buen oporto fresco, observaba a aquella niñita y a aquellos dos muchachos que jugaban a quién sabe qué juego. Parecían dispararse unos a otros. *¡Pam! ¡Pam!* Martin reconoció a la niñita. Vivía en el patio de enfrente con su madre y una hermana mayor. El varón de la familia las había abandonado o había muerto. La niñita, había advertido Martin, era muy desvergonzada..., andaba siempre sacando la lengua a la gente y diciendo cosas sucias. No tenía ni idea de su edad. Entre seis y nueve. Vagamente, había estado observándola durante el principio del verano. Cuando Martin se cruzaba con ella en la acera, ella siempre parecía *asustarse* de él. Él no entendía por qué.

Observándola, advirtió que vestía una especie de blusa marinera blanca y luego una falda roja muy *corta*. Al arrastrarse por la hierba, se le subía la cortísima falda y se le veían unas interesantísimas *bragas:* de un rojo un poquito más pálido que la falda. Y las bragas tenían aquellos volantes fruncidos rojos.

Martin se levantó y se sirvió un trago, sin dejar de mirar fijamente aquellas braguitas mientras la niña se arrastraba. Se empalmó muy deprisa. No sabía qué hacer. Salió de la cocina, volvió a la habitación delantera y luego se encontró otra vez en la cocina, mirando. Aquellas bragas. Aquellos *volantes.*

¡Dios, no podía soportarlo!

Martin se sirvió otro vaso de vino, lo bebió de un trago, volvió a mirar. ¡Las bragas se veían más que nunca! *¡Dios mío!*

Sacó el pijo, escupió en la palma de la mano derecha y empezó a meneársela. ¡Joder, era cojonudo! ¡Ninguna mujer adulta le había puesto así! Nunca había tenido tan dura la polla, tan roja y tan fea. Martin tenía la sensación de estar en el secreto mismo de la vida. Se apoyó en la ventana, meneándosela, gimiendo, mirando aquel culito de los volantes.

Luego se corrió.

Por el suelo de la cocina.

Se acercó al baño, cogió un poco de papel higiénico, limpió el suelo, se limpió la polla y lo echó al váter. Luego se sentó. Se sirvió más vino.

Gracias a Dios, pensó, todo ha terminado. Me lo he sacado de la cabeza. Soy libre otra vez.

Mirando aún por la ventana, pudo ver el observatorio del parque Griffith allá entre las colinas azul púrpura de Hollywood. Era bonito. Vivía en un sitio bonito. Nadie llegaba nunca a su puerta. Su primera esposa había dicho de él que estaba simplemente neurótico pero no loco. En fin, al diablo su primera esposa. Todas las mujeres. Ahora él pagaba el alquiler y la gente le dejaba en paz. Bebió lentamente un trago de vino.

Observó que la niñita y los dos muchachos seguían con su juego. Lió un cigarrillo. Luego pensó, bueno, debería comer por lo menos un par de huevos cocidos. Pero le interesaba poco la comida. Raras veces le interesaba.

Martin Blanchard seguía mirando por aquella ventana. Aún seguían jugando. La niñita se arrastraba por el suelo. *¡Pam! ¡Pam!* Qué juego aburrido.

Entonces, empezó a empalmarse de nuevo.

Martin se dio cuenta de que había bebido una botella entera de vino y había empezado otra. La polla se alzaba irresistible.

Desvergonzada. Sacando la lengua. Niñita desvergonzada, arrastrándose por el césped.

Martin, cuando terminaba una botella de vino, se sentía siempre inquieto. Necesitaba puros. Le gustaba liar sus cigarrillos. Pero no había nada como un buen puro. Un buen puro de los de veintisiete centavos el par.

Empezó a vestirse. Observó su cara en el espejo: barba de cuatro días. No importaba. Sólo se afeitaba cuando bajaba a cobrar el dinero del paro. En fin, se puso unas prendas sucias, abrió la puerta y cogió el ascensor. Una vez en la acera, empezó a caminar hacia la tienda de licores. Mientras lo hacía, se dio cuenta de que los niños habían conseguido abrir las puertas del garaje y estaban dentro, ella y los dos chicos. *¡Pam! ¡Pam!*

Martin se vio de pronto bajando por la rampa camino del garaje. Allí dentro estaban. Entró en el garaje y cerró las puertas.

Estaba oscuro dentro. Estaba allí con ellos. La niñita se puso a chillar.

—¡Vamos, cierra el pico y no te pasará nada! —dijo Martin—. ¡Como grites te aseguro que lo pasarás mal!

—¿Qué va a hacer, señor? —dijo uno de los chicos.

—*¡Callaos! ¡Os dije que os callarais, maldita sea!*

Encendió una cerilla. Allí estaba: una solitaria bombilla eléctrica con un cordón largo. Martin tiró del cordón. La luz justa. Y, como en un sueño, vio aquel ganchito que tenían por dentro las puertas del garaje. Cerró por dentro.

Miró a su alrededor.

—¡Está bien! ¡Los chicos os pondréis en ese rincón y no os pasará nada. *¡Venga! ¡Deprisa!*

Martin Blanchard señaló un rincón.

Allá se fueron los chicos.

—¿Qué va a hacer, señor?

—*¡Dije que os callarais!*

La niñita desvergonzada estaba en otro rincón, con su blusa marinera y su faldita roja y sus bragas de volantes.

Martin avanzó hacia ella. Ella corrió a la izquierda, luego a la derecha. Pero Martin fue arrinconándola lentamente.

—¡Déjeme! ¡Déjeme! ¡Viejo asqueroso, déjeme!

—*¡Calla! ¡Si chillas te mato!*

—¡Déjeme! ¡Déjeme! ¡Déjeme!

Martin por fin la agarró. Tenía el pelo liso, feo, revuelto y una cara casi pícara de muchachita. Le sujetó las piernas entre las suyas, como una prensa. Luego se agachó y puso su cara grande contra la pequeña de ella, besándola y chupándole la boca una y otra vez mientras ella le daba puñetazos en la cara. Sentía la polla tan grande como todo el cuerpo. Y seguía besando, besando, y vio que se apartaba la falda y vio aquellas bragas de volantes.

—¡Está besándola! ¡Mira, la besa! —oyó Martin que decía uno de los chicos desde el rincón.

—Sí —dijo el otro.

Martin la miró a los ojos y hubo una comunicación entre dos infiernos: el de ella y el de él. Martin besaba, completamente desquiciado, con un hambre infinita, la araña besando a la mosca cazada. Empezó a tantear las bragas de volantes.

Oh, sálvame, Dios, pensó. No hay nada tan bello, ese rojo

rosa, y más que eso –la *fealdad*– un capullo de rosa apretado contra su propia raíz total. No podía controlarse.

Martin Blanchard le quitó las bragas a la niña, pero al mismo tiempo parecía no poder dejar de besar aquella boquita. Ella estaba desmayada, había dejado de pegarle en la cara, pero el tamaño distinto de los cuerpos lo hacía todo muy difícil, embarazoso, mucho, y, con la ceguera de la pasión, él no podía pensar. Pero tenía la polla fuera: grande, roja, fea, como si hubiese salido por sí sola como una apestosa locura y no tuviese ningún sitio adonde ir.

Y todo el rato (bajo aquella bombillita) Martin oía las voces de los niños diciendo:

–¡Mira! ¡Mira! ¡Ha sacado ese chisme tan grande e intenta meter eso tan grande por la raja de ella!

–He oído que así es como se tienen niños.

–¿Tendrán un niño aquí?

–Creo que sí.

Los chicos se acercaron, observándole. Martin seguía besando aquella cara mientras intentaba meter el capullo. Era imposible. No podía pensar. Sólo estaba caliente caliente caliente. Luego vio una silla vieja a la que le faltaba uno de los barrotes del respaldo. Llevó a la niña hasta la silla, sin dejar de besarla y besarla, pensando continuamente en los feos mechones de pelo que tenía, aquella boca contra la suya.

Era la solución.

Martin se sentó en la silla, sin dejar de besar aquella boquita y aquella cabecita una y otra vez y luego le separó las piernas. ¿Qué edad tendría? ¿Podría hacerlo?

Los niños estaban ahora muy cerca, mirando.

–Ha metido la punta.

–Sí. Mira. ¿Tendrán un niño?

–No sé.

–¡Mira mira! ¡Ya le ha metido casi la mitad!

–¡Una *culebra!*

–*¡Sí! ¡Una culebra!*

–¡Mira! ¡Mira! ¡Se mueve hacia delante y hacia atrás!

–¡Sí! ¡Ha entrado más!

–¡La ha metido toda!

260

Estoy dentro de ella ahora, pensó Martin. ¡Dios, mi polla debe de ser tan larga como todo su cuerpo!

Inclinado sobre ella en la silla, sin dejar de besarla, rasgándole la ropa, sin darse cuenta, le habría arrancado igual la cabeza.

Luego se corrió.

Y allí se quedaron juntos en la silla, bajo la luz eléctrica. Allí.

Luego, Martin colocó el cuerpo en el suelo del garaje. Abrió las puertas. Salió. Volvió a su casa. Apretó el botón del ascensor. Salió en su piso, abrió la nevera, sacó una botella, se sirvió un vaso de oporto, se sentó y esperó, mirando.

Pronto había gente por todas partes. Veinte, veinticinco, treinta personas. Fuera del garaje. Dentro.

Luego llegó a toda prisa una ambulancia.

Martin vio cómo se la llevaban en una camilla. Luego la ambulancia desapareció. Más gente. Más. Bebió el vino. Se sirvió más.

Quizá no sepan quién soy, pensó. Apenas si salía.

Pero no era así. No había cerrado la puerta. Entraron dos policías. Dos tipos grandes, bastante guapos. Casi le gustaron.

—¡Venga, basura!

Uno de ellos le atizó un buen golpe en la cara. Cuando Martin se levantó a extender las manos para las esposas, el otro le atizó con la porra en el vientre. Martin cayó al suelo. No podía respirar ni moverse. Le levantaron. El otro le pegó de nuevo en la cara.

Había gente por todas partes. No le bajaron en el ascensor, le bajaron andando, empujándole escaleras abajo.

Caras, caras, caras, atisbando en las puertas, caras en la calle.

Aquel coche patrulla era muy extraño. Había dos policías delante y dos detrás con él. Le estaban dando tratamiento especial.

—Yo podría matar tranquilamente a un hijoputa como tú —le dijo uno de los policías que iban detrás—. Podría matar a un hijoputa como tú casi sin darme cuenta...

Martin empezó a llorar en silencio, las lágrimas caían incontroladas.

—Tengo una hija de cinco años —dijo uno de los policías de atrás—. ¡Te mataría y me quedaría tan tranquilo!

—¡No pude evitarlo! —dijo Martin—. Se lo aseguro, de veras, no pude evitarlo...

El policía empezó a pegarle a Martin en la cabeza con la porra. Nadie le paraba. Martin cayó hacia delante, vomitó vino y sangre, el poli le levantó y le pegó porrazos en la cara, en la boca, le rompió casi todos los dientes.

Luego le dejaron en paz un rato, mientras seguían camino de la comisaría.

REUNIÓN

Me bajé del autobús en Rampart, luego retrocedí caminando una manzana hasta Coronado, subí la cuestecita, subí las escaleras hasta el camino, y recorrí el camino hasta la entrada del patio de arriba. Me quedé un rato frente a aquella puerta, sintiendo el sol en los brazos. Luego saqué la llave, abrí la puerta y empecé a subir las escaleras.

–¿Quién es? –oí decir a Madge.

No contesté. Seguí subiendo lentamente. Estaba muy pálido y un poco débil.

–¿Quién es? ¿Quién anda ahí?

–No te asustes, Madge, soy yo.

Llegué al final de la escalera. Ella estaba sentada en el sofá con un vestido viejo de seda verde. Tenía en la mano un vaso de oporto, oporto con cubitos de hielo, como a ella le gustaba.

–¡Chico! –Se levantó de un salto. Parecía alegre cuando me besó–. ¡Oh, Harry! ¿Has vuelto de verdad?

–Puede. Veremos si dura. ¿Hay alguien en el dormitorio?

–¡No seas tonto! ¿Quieres un trago?

–Ellos dicen que no puedo. Tengo que comer pollo hervido, huevos hervidos. Me dieron una lista.

–Ah, los muy cabrones. Siéntate. ¿Quieres darte un baño? ¿Quieres comer algo?

–No, déjame sentarme –me acerqué a la mecedora y me senté–. ¿Cuánto dinero queda? –le pregunté.

–Quince dólares.

–Lo gastaste deprisa.

–Bueno...

–¿Cuánto debemos de alquiler?

–Dos semanas. No pude encontrar trabajo.

–Lo sé. Oye, ¿dónde está el coche? No lo vi fuera.

–Oh, Dios mío, malas noticias. Se lo presté a una gente. Chocaron. Tenía la esperanza de que lo arreglasen antes de que volvieras. Está abajo, en el taller de la esquina.

–¿Aún camina?

–Sí, pero yo quería que le arreglasen el golpe que tiene delante para cuando tú volvieras.

–Un coche como ése puede llevarse con un golpe delante. Mientras el radiador esté bien, no hay problema. Y mientras tengas faros.

–¡Ay, Dios mío! ¡Yo sólo quería hacer bien las cosas!

–Volveré enseguida –le dije.

–Harry, ¿adónde vas?

–A ver el coche.

–¿Por qué no esperas hasta mañana, Harry? No tienes buen aspecto. Quédate conmigo. Hablemos.

–Volveré. Ya me conoces. Me gusta dejar las cosas listas.

–Oh, vamos, Harry.

Empecé a bajar la escalera. Luego subí otra vez.

–Dame los quince dólares.

–¡Oh, vamos, Harry!

–Mira, alguien tiene que impedir que este barco se hunda. Tú no vas a hacerlo, los dos lo sabemos.

–De veras, Harry, hice todo lo posible. Estuve por ahí todas las mañanas buscando, pero no pude encontrar nada.

–Dame los quince dólares.

Madge cogió el bolso, miró dentro.

–Oye, Harry, déjame dinero para comprar una botella de vino para esta noche, ésta está casi acabada. Quiero celebrar tu regreso.

–Sé que lo celebras, Madge.

Buscó en el bolso y me dio un billete de diez y cuatro de dólar. Agarré el bolso y lo vacié en el sofá. Salió toda su mierda. Más monedas, una botellita de oporto, un billete de dólar y un billete de cinco dólares. Intentó coger el de cinco, pero yo fui más rápido, me levanté y la abofeteé.

–¡Eres un cabrón! Sigues siendo el mismo hijoputa de siempre.

–Sí, eso es porque aún sigo vivo.

–¡Si me pegas otra vez, me largo!

–Ya sabes que no me gusta pegarte, nena.

–Sí, me pegas a mí, pero no le pegarías a un hombre, ¿verdad que no?

–¿Qué tendrá que ver una cosa con otra?

Cogí los cinco dólares y volví a bajar las escaleras.

El taller estaba a la vuelta de la esquina. Cuando entré, el japonés estaba poniendo pintura plateada en una rejilla recién instalada. Me quedé mirando.

–Demonios, parece que vayas a hacer un Rembrandt –le dije.

–¿Es éste su coche, señor?

–Sí. ¿Cuánto te debo?

–Setenta y cinco dólares.

–¿Qué?

–Setenta y cinco dólares. Lo trajo una señora.

–Lo trajo una puta. Mira, este coche no valía entero setenta y cinco dólares. Y sigue sin valerlos. Esa rejilla se la compraste por cinco pavos a un chatarrero.

–Oiga, señor, la señora dijo...

–¿Quién?

–Bueno, aquella mujer dijo...

–Yo no soy responsable de ella, amigo. Acabo de salir del hospital. Te pagaré lo que pueda cuando pueda, pero no tengo trabajo y necesito el coche para conseguir un trabajo. Lo necesito ahora mismo. Si consigo el trabajo, podré pagarte. Si no, no podré. Si no confías en mí, tendrás que quedarte con el coche. Te daré la tarjeta. Ya sabes dónde vivo. Si quieres subo a por ella y te la traigo.

–¿Cuánto dinero puede darme ahora?

–Cinco billetes.

–No es mucho.

–Ya te lo dije, acabo de salir del hospital. En cuanto consiga un trabajo, podré pagarte. Eso o te quedas con el coche.

–De acuerdo –dijo–. Confío en usted. Deme los cinco.

–No sabes el trabajo que me costaron estos cinco dólares.

–¿Cómo dice?

–Olvídalo.

Cogió los cinco y yo cogí el coche. Arrancaba. El depósito de gasolina estaba mediado. No me preocupé del aceite ni del agua. Di un par de vueltas a la manzana sólo para ver cómo era lo de conducir otra vez un coche. Agradable. Luego me acerqué a la bodega y aparqué enfrente.

–¡Harry! –dijo el viejo del sucio delantal blanco.

–¡Oh, Harry! –dijo su mujer.

–¿Dónde estuviste? –preguntó el viejo del sucio delantal blanco.

–En Arizona. Trabajando en una venta de terrenos.

–Ves, Sol –dijo el viejo–, siempre te dije que era un tipo listo. Se le nota que tiene cerebro.

–Bueno –dije–, quiero dos cajas de seis botellas de Miller's, a cuenta.

–Un momento –dijo el viejo.

–¿Qué pasa? ¿No he pagado siempre mi cuenta? ¿Qué mierda pasa?

–Oh, Harry, tú siempre has cumplido. Es ella. Ha hecho subir la cuenta hasta... déjame ver... trece setenta y cinco.

–Trece setenta y cinco, eso no es nada. Mi cuenta ha llegado a los veintiocho billetes y la he liquidado, ¿no es así?

–Sí, Harry, pero...

–¿Pero qué? ¿Quieres que vaya a comprar a otro sitio? ¿Quieres que deje de tener cuenta aquí? ¿No vas a fiarme dos cochinas cajas después de tantos años?

–De acuerdo, Harry –dijo el viejo.

–Bueno, mételo todo en una bolsa. Y añade un paquete de Pall Mall y dos Dutch Masters.

–De acuerdo, Harry, de acuerdo...

Subí otra vez las escaleras. Llegué arriba.

–¡Oh, Harry, trajiste cerveza! ¡No la bebas, Harry, no quiero que te mueras, nene!

–Ya lo sé, Madge. Pero los médicos no saben un pijo. Venga, ábreme una cerveza. Estoy cansado. Ha sido mucho trabajo. Sólo he estado dos horas fuera de casa.

Madge salió con la cerveza y un vaso de vino para ella. Se había puesto los zapatos de tacón y cruzó las piernas muy alto. Aún lo tenía. En lo que se refería al cuerpo.

—¿Conseguiste el coche?

—Sí.

—Ese japonesito es un tipo agradable, ¿verdad?

—Tenía que serlo.

—¿Qué quieres decir? ¿No arregló el coche?

—Sí, es un tipo agradable. ¿Ha estado aquí?

—Harry, ¡no empieces otra vez con esa mierda! ¡Yo no jodo con japoneses!

Se levantó. Aún no tenía barriga. Tenía las ancas, las caderas, el culo, todo en su sitio. Qué mala puta. Bebí media botella de cerveza y me acerqué a ella.

—Sabes que estoy loco por ti, Madge, nena, sería capaz de matar por ti. ¿Lo sabes?

Estaba muy cerca de ella. Me lanzó una sonrisilla. Dejé la botella, le quité el vaso de vino de la mano y lo vacié. Era la primera vez en varias semanas que me sentía un ser humano decente. Estábamos muy juntos. Frunció aquellos terribles labios rojos. Entonces me lancé sobre ella con las dos manos. Cayó de espaldas en el sofá.

—¡So puta! Hiciste subir la cuenta en la bodega a trece setenta y cinco, ¿eh?

—No sé.

Tenía el vestido por encima de las rodillas.

—¡So puta!

—¡No me llames puta!

—¡Trece setenta y cinco!

—¡No sé de qué me hablas!

Subí encima de ella, le eché la cabeza hacia atrás y empecé a besarla, sintiendo sus pechos, sus piernas, sus caderas. Ella lloraba.

—No... me llames... puta..., no, no..., ¡sabes que te amo, Harry!

Me aparté de un salto y me planté en el centro de la alfombra.

—¡Vas a saber lo que es bueno, nena!

Madge se rió sin más.

Me acerqué, la cogí, la llevé al dormitorio y la tiré en la cama.

—¡Harry, pero si acabas de salir del hospital!

—¡Lo cual significa que tengo dos semanas de esperma en la reserva!

—¡No digas cochinadas!

—¡Vete a la mierda!

Salté a la cama, desnudo ya.

Le alcé el vestido, besándola y acariciándola. Era un montón de mujer-carne.

Le bajé las bragas. Luego, como en los viejos tiempos, me encontré dentro.

Le di ocho o diez buenos meneos, tranquilamente. Luego, ella dijo:

—No creerás que me he acostado con un sucio japonés, ¿verdad?

—Creo que joderías con un sucio cualquier cosa.

Se echó hacia atrás y me echó a mí.

—¿Qué mierda pasa? —grité.

—Te amo, Harry. Tú sabes que te amo. ¡Me duele mucho que me hables así!

—Bueno, nena, ya sé que no te joderías a un sucio japonés. Era sólo una broma.

Madge abrió las piernas de nuevo y volví a entrar.

—¡Oh, querido, ha sido tanto tiempo!

—¿De veras?

—¿Qué quieres decir? ¿Ya empiezas otra vez con eso?

—No, de veras, nena. ¡Te amo, nena!

Le alcé la cabeza y la besé, cabalgando.

—Harry —dijo.

—Madge —dije.

Ella tenía razón.

Había sido mucho tiempo.

Debía en la bodega trece setenta y cinco, más dos cajas de seis botellas, más los puros y los cigarrillos y debía al Hospital General del condado de Los Ángeles doscientos veinticinco dólares, y debía al sucio japonés setenta dólares, y había algunas facturas más, y nos abrazábamos con fuerza y las paredes se cerraban.

Lo hicimos.

LO TOMA O LO DEJA

Caminaba al sol, sin saber qué hacer. Andaba y andaba. Tenía la sensación de estar al borde de algo. Alcé los ojos y había allí vías de ferrocarril y al borde de las vías una cabañita sin pintar. Tenía un cartel:

SE NECESITA PERSONAL.

Entré. Había un viejo bajito allí sentado con tirantes de un azul verdoso, mascando tabaco.

−¿Sí? −preguntó.

−Yo, ejem, yo, ejem, yo...

−¡Sí, venga, hombre, suéltalo! ¿Qué quieres?

−Vi... el letrero... que necesitan personal.

−¿Quieres firmar?

−¿Firmar? ¿El qué?

−¡Vamos, amigo, no va a ser para corista!

Se inclinó y escupió en su asquerosa escupidera, luego siguió mascando tabaco, encogiendo las mejillas en su boca desdentada.

−¿Qué tengo que hacer? −pregunté.

−¡Ya *te dirán* lo que tienes que hacer!

−Quiero decir, ¿para qué es?

−Para trabajar en el ferrocarril, al oeste de Sacramento.

−¿Sacramento?

−Ya me has oído, maldita sea. Tengo trabajo. ¿Firmas o no?

−Firmaré, firmaré...

Firmé en la lista que tenía sobre el tablero. Yo era el veintisiete. Firmé incluso con mi propio nombre.

Me entregó un boleto.

–Preséntate en la puerta veintiuno con el equipaje. Tenemos un tren especial para vosotros.

Metí el boleto en mi vacía cartera.

Él escupió otra vez.

–Ahora mira, muchacho, sé que eres algo tonto. Esta empresa se cuida de muchos tipos como tú. Ayudamos a la humanidad, somos buena gente. Recuerda siempre esta empresa, y di una palabra amable sobre nosotros aquí y allá. Y cuando salgas a las vías, haz caso de tu capataz. Él está de tu parte. Allí en el desierto puedes ahorrar dinero. Bien sabe Dios que no hay ningún sitio donde gastarlo. Pero el sábado por la noche, muchacho, ay, el sábado por la noche...

Se inclinó de nuevo hacia la escupidera. Luego siguió:

–El sábado por la noche, sabes, vas al pueblo, te emborrachas, te agarras una buena señorita mexicana que te la chupe muy barato y vuelves otra vez al tajo tranquilo y satisfecho. Esas chupadas les sacan a los hombres la miseria de la cabeza. Yo empecé así y ya me ves ahora. Buena suerte, muchacho.

–Gracias, señor.

–¡Y ahora lárgate de aquí! ¡Tengo trabajo!

Llegué a la puerta veintiuno a la hora prevista. Junto a mi tren estaban esperando todos aquellos tipos, en andrajos, apestosos, reían, fumaban cigarrillos liados. Me acerqué y me quedé detrás. Todos necesitaban un corte de pelo y un afeitado y se hacían los matasietes aunque estaban muy nerviosos.

Luego, un mexicano, con un chirlo en la mejilla de una cuchillada, nos dijo que entráramos. Entramos. Era imposible ver por las ventanas. Cogí el último asiento, al fondo del vagón. Los otros se sentaron todos delante, riendo y hablando. Un tipo sacó media botella de whisky y siete u ocho de ellos echaron un trago.

Luego, empezaron a mirar hacia atrás, hacia mí. Empecé a oír voces y no estaban todas en mi cabeza:

–¿Qué le pasa a ese hijoputa?

–¿Se cree mejor que nosotros?

–Va a tener que trabajar con nosotros, amigo.

Miré por la ventanilla, lo intenté, debían de llevar veinticinco años sin limpiarla. El tren empezó a andar y allí estaba yo con aquéllos, eran unos treinta. No esperaron mucho. Me tumbé en mi asiento e intenté dormir.

–¡SUUUSCH!

El polvo se me metió en la cara y en los ojos. Oí a alguien debajo de mi asiento. Sentí otra vez el soplido y una masa de polvo de veinticinco años se me metió en las narices, en la boca, en los ojos, en las cejas. Esperé. Luego pasó otra vez. Una buena soplada. Fuese quien fuese el que estaba allí abajo, lo hacía muy bien.

Me levanté de un salto. Oí mucho ruido debajo del asiento y luego el tipo no estaba ya allí y corría hacia los otros. Se metió en su asiento, intentando perderse en el grupo, pero oí su voz.

–¡Si viene, quiero que me ayudéis, muchachos! ¡Prometedme que me ayudaréis si viene aquí!

No oí ninguna promesa, pero él estaba seguro. No podía distinguir a uno de otro.

Antes de salir de Louisiana, tuve que ir delante a por un vaso de agua. Me miraban.

–Mírale. Mírale.

–Cerdo cabrón.

–¿Quién se creerá que es?

–Hijoputa, ya le arreglaremos las cuentas cuando andemos solos por esas vías, ya le haremos llorar, ya le haremos chupar pollas...

–¡Mira! ¡Está bebiendo *al revés*! ¡Bebe por el lado *que no es*! ¡Mírale! ¡Bebe por el lado *pequeño*! ¡Ese tío está loco!

–¡Ya verás cuando te agarremos en las vías, ya chuparás polla!

Vacié el vaso, volví a llenarlo y lo vacié otra vez, luego lo tiré en el recipiente y volví a mi sitio. Oí:

–Sí, se hace el loco. Puede que haya tenido un disgusto con su novia.

–¿Cómo va a tener novia un tío así?

–No sé. He visto cosas más raras...

Estábamos ya en Texas cuando llegó el capataz mexicano con la comida enlatada. Nos entregó las latas. Algunas no tenían etiqueta y estaban abolladas.

Se acercó a mí.

–¿Eres Bukowski?

–Sí.

Me entregó una lata y escribió «setenta y cinco» debajo de la columna «C». Vi también que me anotaba «45,90 dólares», debajo de la columna «T». Luego me entregó otra lata más pequeña, de alubias. Escribió «45» debajo de la columna «C».

Y se fue de nuevo hacia la puerta.

–¡Eh! ¿Dónde demonios está el abrelatas? ¿Cómo vamos a poder comer esto sin abrelatas? –le preguntó alguien. El capataz cruzó el vestíbulo y desapareció.

Hubo paradas para beber agua en Texas, muchos prados. En cada parada se quedaban dos, tres o cuatro tipos. Cuando llegamos a El Paso quedaban veintitrés de los treinta y uno.

En El Paso, sacaron nuestro vagón del tren y el tren siguió viaje. Apareció el capataz mexicano y dijo:

–Tenemos que parar en El Paso. Os hospedaréis en este hotel.

Sacó unos boletos.

–Estos boletos son para el hotel. Dormiréis allí. Por la mañana, cogeréis el vagón 24 para Los Ángeles y luego seguiréis a Sacramento. Ahí van los boletos.

Volvió a acercarse a mí.

–¿Bukowski?

–Sí.

–Éste es tu hotel.

Me entregó el boleto y escribió «12,50» debajo de mi columna «L».

Nadie había sido capaz de abrir las latas. Las recogerían luego y se las darían al grupo siguiente.

Tiré mi boleto y dormí en el parque a unas dos manzanas del hotel. Me despertó el alboroto de los caimanes, de uno en particular. Vi entonces cuatro o cinco caimanes en el estanque, quizá hubiese más. Y dos marineros allí, con su uniforme blanco. Uno estaba en el estanque, borracho, tirándole de la cola a un caimán. El caimán estaba furioso, pero era lento y no podía volverse lo bastante para agarrar al marinero. El otro marinero estaba al borde del estanque, riéndose, con una chica. Luego, mientras el del estanque seguía aún luchando con el caimán, el otro y la chica se alejaron. Me di la vuelta y me volví a dormir.

En el viaje a Los Ángeles se largaron muchos más en las paradas para beber agua. Cuando llegamos a Los Ángeles, quedaban dieciséis de los treinta y uno. Apareció el capataz mexicano.

–Pararemos dos días en Los Ángeles. Tendréis que coger el tren de las nueve y media, puerta 21, miércoles por la mañana, vagón 42. Está escrito en los boletos del hotel. Recibiréis también cupones de comida que os servirán en el Café Francés, en la calle Mayor.

Y fue entregando los boletos, unos decían HABITACIÓN, los otros COMIDA.

–¿Bukowski? –preguntó.

–Sí –dije.

Me entregó los boletos. Y añadió debajo de mi columna «L»: 12,80 y debajo de mi columna «C»: 6,00.

Salí de Union Station y al cruzar la plaza vi a dos tipos bajitos de los que habían ido en el tren conmigo. Andaban más deprisa que yo y cruzaron a mi derecha. Les miré.

Los dos sonrieron de oreja a oreja y dijeron:

–¡Qué hay! ¿Qué tal?

–Muy bien.

Aceleraron el paso y cruzaron la calle Los Ángeles hacia la calle Mayor...

En el café, la gente usaba los boletos de comida para beber cerveza. Yo hice igual. La cerveza valía sólo diez centavos el vaso. La mayoría se emborrachó enseguida. Yo me puse al final de la barra. Ya no hablaban de mí.

Consumí todos mis cupones y luego vendí mis boletos de alojamiento a otro vagabundo por cincuenta centavos. Tomé otras cinco cervezas y salí de allí.

Me puse a andar. Hacia el norte. Luego hacia el este. Luego otra vez al norte. Luego seguí por los cementerios de chatarra donde se alineaban los coches inservibles. Un tipo me había dicho una vez: «Yo duermo en un coche distinto cada noche. Anoche dormí en un Ford. Anteanoche en un Chevrolet, esta noche dormiré en un Cadillac.» En uno de los sitios la verja estaba cerrada con cadena pero estaba doblada, y como yo estaba muy flaco pude colarme entre las cadenas, la puerta y la cerradura. Miré hasta ver un Cadillac. No me fijé en el año. Me metí en el asiento de atrás y me tumbé a dormir.

Debían de ser las seis de la mañana cuando oí gritar al chico. Tendría unos quince años y llevaba en la mano aquel bate de béisbol.

—¡Sal de ahí! ¡Sal de nuestro coche, sucio vagabundo!

El chico parecía asustado. Llevaba camiseta blanca y zapatos de tenis y le faltaba un diente delantero.

Salí.

—¡Atrás! —gritó—. ¡Atrás, atrás! —Movía el bate hacia mí.

Me fui despacio hacia la verja, que por entonces ya estaba abierta y no muy lejos.

Luego salió de una cabaña de cartón embreado un tipo mayor, de unos cincuenta, gordo y soñoliento.

—¡Papá! —gritó el chico—. ¡Este hombre estaba en uno de nuestros coches! ¡Lo encontré durmiendo en el asiento de atrás!

—¿Es verdad eso?

—¡Sí que es verdad, papá! ¡Lo encontré dormido en el asiento de atrás de uno de nuestros coches!

—¿Qué hacía usted en nuestro coche, señor?

El viejo estaba más cerca de la verja que yo, pero yo seguía avanzando hacia allí.

—Le he preguntado qué hacía usted en nuestro coche.

Seguí hacia la verja.

El viejo le quitó el bate al chico, corrió hacia mí y me hundió una punta en la barriga, con fuerza.

—¡Ufff! —grité—. ¡Dios mío!

El dolor me hizo encoger. Retrocedí. El chico se envalentonó al ver eso.

—¡Déjamelo a mí, papá! ¡Déjamelo a mí!

El chico le quitó el bate al viejo y empezó a pegarme. Me pegó por casi todo el cuerpo. La espalda, las costillas, las piernas, rodillas, tobillos. Lo único que podía hacer era proteger la cabeza y él me pegaba en los brazos y en los codos. Retrocedí hasta apoyarme en la valla de alambre.

—¡Yo le daré su merecido, papá! ¡Déjamelo a mí!

El chico no paraba. De vez en cuando conseguía atizarme en la cabeza.

—Vale, ya basta, hijo —dijo por fin el viejo.

Y el chico seguía dándole al bate.

–Hijo, te he dicho que basta.

Me volví y me apoyé en la alambrada. Durante unos momentos no pude moverme. Ellos me observaban. Por fin, conseguí recuperarme. Me arrastré renqueando hasta la verja.

–¡Déjame pegarle más, papá.

–¡No, hijo!

Crucé la verja y seguí hacia el norte. Cuando empecé a andar, todo empezó a agarrotárseme. A hincharse. Daba pasos cada vez más cortos. Sabía que no iba a ser capaz de andar mucho. Delante sólo había cementerios de coches. Luego vi un solar vacío entre dos de ellos. Entré en el solar y me torcí el tobillo en un agujero, nada más entrar. Me eché a reír. El solar hacía un declive. Luego tropecé con la rama de un matorral duro que no cedió. Cuando me levanté de nuevo, tenía la palma derecha cortada por un trozo de cristal verde. Una botella de vino. Saqué el cristal. Brotó la sangre entre la suciedad. Limpié la suciedad y chupé la herida. Cuando caí la vez siguiente, di una voltereta sobre la espalda, y grité una vez de dolor, luego alcé los ojos hacia el cielo de la mañana. Estaba de vuelta en mi ciudad natal, Los Ángeles. Sobre mi cara revoloteaban pequeños mosquitos. Cerré los ojos.

UNA CONVERSACIÓN TRANQUILA

la gente que viene a mi casa es un poco rara, pero, en fin, casi todo el mundo es un poco raro. el mundo se estremece y tiembla más que nunca, y las consecuencias son evidentes.

hay uno que es un poco gordo, y que se ha dejado ahora una barbita, y tiene un aspecto bastante aceptable. quiere leer uno de mis poemas en una lectura de poesía. le digo que vale y luego le digo CÓMO se lee y se pone un poco nervioso.

—¿dónde está la cerveza? ¿es que no tienes nada de beber?

coge catorce pipas de girasol, se las mete en la boca, masca como una máquina, yo voy a por la cerveza, este chico, Maxie, nunca ha trabajado. sigue yendo a la universidad para que no le manden a Vietnam. ahora estudia para rabino. será un magnífico rabino. es lo suficientemente lujurioso y está lo bastante lleno de mierda. será un buen rabino. pero en realidad no está contra la guerra. como la mayoría de la gente, él divide las guerras en buenas y malas. quiso participar en la guerra árabe-israelí, pero antes de que pudiese hacer el equipaje terminó el embrollo. en fin, es evidente que los hombres seguirán matándose. basta con darles esa cosilla que trastorne su proceso de razonamiento. no es bueno matar a un norvietnamita: está bien matar a un árabe. será un magnífico rabino.

me quita la cerveza de la mano, echa un poco de líquido sobre las pepitas de girasol y dice:

—Jesús.

—vosotros matasteis a Jesús —digo yo.

—¡no empieces otra vez con eso!

—no lo haré. yo no soy así.

–quiero decir, Dios mío, me enteré de que te había dado mucho dinero en derechos *Terror Street*.

–sí, soy su «éxito de ventas». conseguí superar sus series de Duncan, Creeley y Levertov todas sumadas. pero quizá eso no signifique nada... también venden muchos ejemplares de *Los Angeles Times* todas las noches y en *Los Angeles Times* no hay nada.

–sí.

seguimos con la cerveza.

–¿cómo está Harry? –preguntó. Harry es un chaval, Harry ERA un chaval que había salido del manicomio. escribí la introducción al primer libro de poemas de Harry. eran muy buenos. casi aullaban. luego, Harry consiguió un trabajo al que yo me negué: escribir para las revistas de chicas. le dije «no» al director y envié a Harry. Harry era un lío. trabajaba cuidando niños. ya no escribe poemas.

–oh, Harry. tiene CUATRO motocicletas. el 4 de julio reunió a la gente en su patio trasero y quemó quinientos dólares de fuegos artificiales. en quince minutos, los quinientos dólares se esfumaron en el cielo.

–Harry va por buen camino.

–seguro. gordo como un cerdo. bebe buen whisky. come sin parar. se casó con esa mujer que cobró 40.000 dólares cuando murió el marido. tuvo un accidente cuando buceaba, quiero decir que se ahogó. ahora Harry se ha hecho con un equipo de buceo con escafandra.

–precioso.

–tiene celos de ti, a pesar de todo.

–¿por qué?

–no lo sé. en cuanto se menciona tu nombre se pone furioso.

–estoy colgando de un hilo. lo sé de sobra.

–tienen cada uno un suéter con el nombre del otro. ella cree que Harry es un gran escritor, tiene poca experiencia. están tirando una pared para hacerle un estudio. insonorizado, como Proust. ¿era Proust?

–¿el que tenía un estudio forrado de corcho?

–sí, eso creo. de cualquier forma, va a costarles dos de los grandes. ya veo al gran autor escribiendo en su estudio forrado de corcho: «Lilly saltó ágilmente la cerca del granjero John...»

–dejemos en paz a ese tío... es tan curioso que él esté ahogándose en dinero.

–ya. bueno, ¿qué tal la pequeña? ¿cómo se llama? ¿Marina?

–Marina Louise Bukowski. sí. me vio salir de la bañera el otro día. tiene tres años y medio ahora. ¿sabes lo que dijo?

–no.

–me dijo: Hank, mira tu ridículo ser. todo eso colgando por delante y sin nada que cuelgue por detrás.

–demasiado.

–sí. ella esperaba que hubiera pene por los dos lados.

–quizá no sea tan mala idea.

–sí para mí. no consigo trabajo bastante para uno.

–¿tendrías un poco más de cerveza?

–claro, perdona.

saqué las cervezas.

–estuvo aquí Larry –le dije.

–¿sí?

–sí. cree que la revolución será mañana por la mañana. puede que sí y que no. quién sabe. le dije que el problema con las revoluciones es que han de empezar de DENTRO-afuera no de fuera-ADENTRO. lo primero que la gente hace en una revuelta es correr y agarrar una tele en color. quieren el mismo veneno que hace al enemigo un imbécil. pero él no hizo caso. se echó el fusil al hombro. fue a México a unirse a los revolucionarios. los revolucionarios bebían tequila y bostezaban. y además, la barrera del idioma. ahora es Canadá. tienen un nido de comida y armas en uno de los estados del norte. pero no tienen la bomba atómica. están jodidos. y sin fuerza aérea.

–tampoco la tienen los vietnamitas. y están haciéndolo muy bien.

–eso es porque no podemos utilizar la bomba atómica a causa de Rusia y China. pero supongamos que decidimos bombardear un reducto de «castros» en Oregón, eso sería asunto nuestro, ¿no?

–hablas como un buen norteamericano.

–yo no hago política. soy un observador.

–menos mal que no todos se limitan a observar, porque si no nunca llegaríamos a ninguna parte.

–¿hemos llegado a alguna parte?

—no lo sé.

—tampoco yo. pero sé que muchos revolucionarios son simples gilipollas, simples ESTÚPIDOS, demasiado para acabar con el tinglado. mira, no digo que los pobres no tengan que recibir ayuda, que los ignorantes no deban recibir instrucción, que no haya que hospitalizar a los enfermos, etc. lo que quiero decir es que estamos poniendo sotanas a muchos de estos revolucionarios y algunos son enfermos preocupados por el acné, abandonados por sus esposas que se han colgado al cuello esos condenados Símbolos de la Paz. muchos no son más que los oportunistas del momento y lo harían igual de bien si trabajaran para la Ford, si pudieran poner el pie en la puerta. no quiero pasar de una mala dirección a otra igual de mala... y hemos estado haciendo precisamente eso en cada elección.

—yo aún sigo creyendo que una revolución acabaría con mucha mierda.

—lo hará, triunfe o no. acabará con cosas buenas y malas. la historia humana avanza muy lenta. en cuanto a mí, me conformaré con mirar desde la ventana.

—el mejor sitio para observar.

—el mejor sitio para observar. bebamos otra cerveza.

—sigues hablando como un reaccionario.

—escucha, rabino. estoy intentando enfocar las cosas desde todos los ángulos. no sólo desde el mío. el sistema sabe conservar la calma. eso hay que admitirlo. hablaré con él alguna vez, sé que estoy tratando con un chico testarudo. mira lo que le hicieron a Spock. a los dos Kennedy. a King. a Malcolm X. haz la lista. es bien larga. si abandonas con demasiada prisa a los poderosos, puedes verte en Forest Lawn silbando Dixie por el canuto de cartón de un rollo de papel higiénico. pero la cosa está cambiando. los jóvenes razonan mejor que razonaban los viejos y los viejos se están muriendo. aún hay modo de conseguirlo sin que caigan miles de cabezas.

—han conseguido que te retires. pero para mí: «Victoria o Muerte.»

—eso decía Hitler. y consiguió muerte.

—¿qué tiene de malo la muerte?

—nuestra pregunta hoy era «¿qué tiene de malo la vida?»

–escribes un libro como *Terror Street* y luego quieres dar la mano a los asesinos y sentarte con ellos.

–¿nos hemos dado la mano, Rabino?

–¿cómo hablas con tanta tranquilidad sabiendo que en este instante se están cometiendo crueldades?

–¿te refieres a la araña y la mosca o al gato y el ratón?

–me refiero al Hombre contra el Hombre, cuando el Hombre tiene posibilidad de evitarlo.

–hay algo positivo en lo que dices.

–sí claro. no eres el único con pico.

–¿qué propones entonces? ¿quemar la ciudad?

–no, quemar la nación.

–lo que dije, serás un magnífico rabino.

–gracias.

–y después de que arda la nación, ¿con qué la sustituiremos?

–¿dirías tú que la revolución norteamericana fracasó, que la revolución francesa fracasó, que la revolución rusa fracasó?

–no del todo. pero, desde luego, se quedaron cortos.

–fue un intento.

–¿cuántos hombres debemos matar para avanzar un centímetro?

–¿a cuántos hombres se mata por no avanzar en absoluto?

–a veces, tengo la sensación de estar hablando con Platón.

–lo estás: Platón con barba judía.

se calma la cosa entonces, y el problema cuelga entre nosotros. mientras tanto, los barrios pobres se llenan con los desilusionados y los desechados; se mueren los pobres en hospitales sin médicos casi; se llenan las cárceles con los trastornados y los perdidos hasta que no hay bastantes catres y los presos han de dormir en el suelo. entrar en la seguridad social es un acto de caridad que quizá no perdure. y los manicomios se llenan hasta los topes porque la sociedad utiliza a las personas como peones de ajedrez...

es la mar de agradable ser un intelectual o un escritor y observar estas maravillas siempre que tu PROPIO culo no esté en el rodillo de escurrir. ésta es una de las pegas de los intelectuales y los escritores. apenas si sienten más que su propia comodidad o su propio dolor. y es normal, pero es una mierda.

–y el Congreso –dice mi amigo– cree que puede resolver algo con una ley de control de armas.

—sí. en realidad sabemos quién ha disparado la mayor parte de las armas. pero no estamos tan seguros de quién ha disparado algunas de las otras. ¿el ejército, la policía, el estado, otros locos? me da miedo imaginar que yo pueda ser el siguiente, aún tengo, además, unos cuantos sonetos que me gustaría terminar.

—no creo que tú seas lo bastante importante.

—demos gracias a dios por eso, Rabino.

—creo, sin embargo, que eres algo cobarde.

—sí, lo soy. un cobarde es un hombre capaz de prever el futuro. un valiente es casi siempre un hombre sin imaginación.

—a veces, creo que TÚ serías un buen rabino.

—no tanto. Platón no tenía barba judía.

—déjate una.

—ten otra cerveza.

—gracias.

y así, nos tranquilizamos. es otro anochecer extraño, la gente viene a mí, hablan, me llenan: los futuros rabinos, los revolucionarios con sus fusiles, el FBI, las putas, las poetisas, los jóvenes poetas del estado de California, un profesor de Loyola camino de Michigan, un profesor de la Universidad de California, Berkeley, otro que vive en Riverside, tres o cuatro chavales en el camino, simples vagabundos con libros de Bukowski embutidos en el cerebro... y durante un tiempo pensé que esta banda invadiría y asesinaría mis maravillosos y preciosos instantes, pero ha sido una fortuna, una suerte cada uno de ellos, todos, hombres y mujeres, me han traído algo y me dejan algo, y ya no he de sentirme como Jeffers detrás de un muro de piedra, y he tenido suerte por otra parte en que la fama que tengo sea en gran medida oculta y tranquila, y difícilmente seré nunca un Henry Miller con gente acampada alrededor de casa, los dioses han sido muy buenos conmigo, me han conservado vivo, e incluso coleando aún, tomando notas, observando, sintiendo la bondad de los buenos, sintiendo el milagro correr por mi brazo arriba como un ratón loco. una vida así, y se me otorga a los cuarenta y ocho años, aunque mañana no sepa si fue el más dulce de los dulces sueños.

el chaval se ha pasado un poco con la cerveza, el futuro rabino que perorará cada domingo por la mañana.

—tengo que irme. tengo clase mañana.

—claro, chaval, ¿estás bien?

—sí. perfectamente. saludos de mi padre.

—dile a Sam que dije yo que aguantara. todos llegaremos.

—¿tienes mi número de teléfono?

—sí. justo sobre mi tetilla izquierda.

le vi marchar. escaleras abajo. un poco gordo. pero bien. energía. exceso de energía. entusiasta y retumbante. hará un magnífico rabino. me gusta mucho. luego desaparece, le pierdo de vista, y me siento a escribirte esto. cenizas de cigarrillo por toda la máquina. explicarte cómo sigue y qué viene después. junto a mi máquina hay dos zapatitos blancos de muñeca de poco más de un centímetro de largo. mi hija, Marina, los dejó ahí. está en Arizona, no sé exactamente dónde, en este momento, con una madre revolucionaria. es julio de 1968 y tecleo mientras espero que la puerta se derrumbe y aparezcan los dos hombres de rostro verdoso y ojos de gelatina rancia, y metralletas en las manos. ojalá no aparezcan. ha sido una tarde magnífica. y sólo unas cuantas perdices lejanas recordarán el rodar del dado y cómo sonreían las paredes. buenas noches.

YO MATÉ A UN HOMBRE EN RENO

Bukowski lloró cuando Judy Garland cantó en la Filarmónica de Nueva York, Bukowski lloró cuando Shirley Temple cantó «I got animal crackers in my soup»; Bukowski lloró en pensiones baratas, Bukowski no sabe vestir, Bukowski no sabe hablar, a Bukowski le asustan las mujeres, Bukowski no aguanta nada bebiendo, Bukowski está lleno de miedo, y odia diccionarios, monjas, monedas, autobuses, iglesias, los bancos del parque, las arañas, las moscas, las pulgas, los frikis; Bukowski no fue a la guerra. Bukowski es viejo, Bukowski lleva cuarenta y cinco años sin soltar una cometa; si Bukowski fuese un mono, le expulsarían de la tribu...

tan preocupado está mi amigo por desgajar de mis huesos la carne de mi alma que apenas parece pensar en su propia existencia.

–pero Bukowski vomita con mucha limpieza y nunca le he visto mear en el suelo.

así que después de todo, tengo mi encanto, comprendes. luego abre de golpe una puertecilla y allí, en un cuarto de uno por dos lleno de periódicos y trapos, hay un espacio.

–siempre podrás instalarte aquí, Bukowski, estará siempre a tu disposición.

sin ventana, sin cama, pero estoy cerca del baño. aún parece bueno para mí.

–aunque quizá tengas que ponerte tapones en los oídos por la música que siempre tengo puesta.

–me agenciaré un equipo, seguro.

volvimos otra vez a su cubil.

–¿quieres oír un poco a Lenny Bruce?

—no, gracias.

—¿Ginsberg?

—no, no.

en fin, tiene que mantener el magnetófono en marcha, o si no el tocadiscos. por fin, me atacan con Johnny Cash cantando para los chicos de Folsom.

—yo maté a un hombre en Reno sólo por ver cómo moría.

a mí me parece que Johnny está dándoles su ración de mierda lo mismo que sospecho que hace Bob Hope con los chicos que están en Vietnam por navidades. soy tan desconfiado. los chicos gritan, aplauden, están fuera de sus celdas, pero me da la sensación de que es algo así como tirar huesos sin carne en vez de bizcochos a los hambrientos y los atrapados. no veo en ello nada santo ni valiente. sólo se puede hacer una cosa por los que están en la cárcel: dejarles salir. sólo se puede hacer una cosa por los que están metidos en la guerra: parar la guerra.

—apágalo —pido.

—¿qué pasa?

—es puro cuento. el sueño de un publicitario.

—no puedes decir eso. Johnny ha estado en la cárcel.

—mucha gente ha estado.

—nos parece buena música.

—me gusta la voz. pero el único hombre que puede cantar en una cárcel, realmente, es un hombre que esté realmente en la cárcel.

—de todos modos, nos gusta.

está allí su mujer y hay una pareja de jóvenes negros que tocan juntos en una banda.

—a Bukowski le gusta Judy Garland. allá sobre el arcoíris.

—me gustó aquella vez en Nueva York. ponía toda el alma. no había quien pudiera con ella.

—está muy gorda y bebe mucho.

la misma vieja mierda: gente arrancando carne sin llegar a ningún sitio. me fui algo pronto. cuando lo hacía, les oí poner otra vez a J. Cash.

paré a por cerveza y justo la estaba bebiendo cuando suena el teléfono.

—¿Bukowski?

—¿sí?

—Bill.

—ah, hola, Bill.

—¿qué haces?

—nada.

—¿qué haces el sábado por la noche?

—tengo un asunto.

—quería que vinieras, a conocer a una gente.

—no puedo ese día.

—sabes, Charley, voy a cansarme de llamar.

—sí.

—¿aún escribes para el mismo papelucho de mierda?

—¿qué?

—ese periódico hippie...

—¿has leído algún ejemplar?

—claro. toda esa mierda de protestas. estás perdiendo el tiempo.

—no siempre escribo para el periódico de la policía.

—creía que sí.

—yo creí que tú habías *leído* el periódico.

—por cierto, ¿qué sabes de nuestro común amigo?

—¿Paul?

—sí, Paul.

—no sé nada de él.

—sabes, él admira muchísimo tu poesía.

—me parece muy bien.

—personalmente a mí no me gusta tu poesía.

—también me parece muy bien.

—no puedes venir el sábado.

—no.

—bueno, voy a hartarme de llamar. ten cuidado.

—sí, buenas noches.

otro arrancador de carne. ¿qué demonios querían? bueno, Bill vivía en Malibú y Bill ganaba mucho dinero escribiendo (ollas a presión de mierda filosófico-sexual llenas de errores tipográficos e ilustraciones de pregraduado) y Bill no sabía escribir pero Bill tampoco sabía dejar el teléfono. telefonearía otra vez. y otra. y me soltaría sus zurullos de mierda. yo era el viejo que no había vendido las pelotas al carnicero y esto les tenía jodidos. su victoria final sobre mí sólo podría ser una paliza física, y esto podía sucederle a cualquier hombre en cualquier sitio.

Bukowski creía que el ratón Mickey era un nazi; Bukowski hizo el ridículo más bochornoso en Barney's Beanery; Bukowski hizo un ridículo bochornoso en Shelly's Manne-Hole; Bukowski le tiene envidia a Ginsberg, Bukowski envidia el Cadillac 1969, Bukowski no es capaz de comprender a Rimbaud; Bukowski se limpia el culo con papel higiénico de ese áspero y marrón, Bukowski no vivirá cinco años, Bukowski no ha escrito un poema decente desde 1963, Bukowski lloró cuando Judy Garland... mató a un hombre en Reno.

me siento. meto la hoja en la máquina. abro una cerveza. enciendo un cigarrillo.

consigo una o dos líneas buenas y suena el teléfono.

–¿Buk?

–¿sí?

–Marty.

–hola, Marty.

–escucha, acabo de leer tus dos últimas columnas. es muy bueno. no sabía que estuvieses escribiendo tan bien. quiero publicarlas en forma de libro. ¿tienes ya lo de GROVE PRESS?

–sí.

–lo quiero. tus columnas son tan buenas como tus poemas.

–un amigo mío de Malibú dice que mis poemas apestan.

–que se vaya a la mierda. quiero las columnas.

–las tiene...

–coño, ése es un porno. conmigo llegarás a las universidades, a las mejores librerías. cuando esa gente te descubra, ya está; están cansados de toda esa mierda intrincada que llevan siglos embutiéndoles. ya verás. ya estoy viendo publicado todo ese material tuyo antiguo que no se puede conseguir, vendiéndolo a dólar o un dólar y medio el ejemplar y haciendo millones.

–¿no temes que me convierta en un gilipollas?

–bueno, siempre has sido un gilipollas, sobre todo cuando bebes... por cierto, ¿cómo te va?

–dicen que agarré a un tipo en Shelly's por las solapas y que le aticé un poco. pero podría haber sido peor, sabes.

–¿qué quieres decir?

286

—quiero decir que podía haberme agarrado él a mí por las solapas y atizarme. una cuestión de honor, sabes.

—escucha, no te mueras ni dejes que te maten hasta que hagamos esas ediciones de dólar y medio.

—lo intentaré, Martin, lo intentaré.

—¿cómo va la edición de bolsillo?

—Stanges dice que en enero. acabo de recibir las pruebas de imprenta. y cincuenta de adelanto que fundí en las carreras.

—¿es que no puedes dejar de apostar?

—nunca decís nada cuando gano, cabrones.

—es verdad. bueno, dime algo de tus columnas.

—vale. buenas noches.

—buenas noches.

Bukowski, el escritor de campanillas; una estatua de Bukowski en el Kremlin, meneándosela, Bukowski y Castro, una estatua en La Habana, bajo la luz del sol, llena de cagadas de pájaros, Bukowski y Castro en un tándem de carreras hacia la victoria (Bukowski en el asiento de atrás), Bukowski bañándose en un nido de oropéndolas; Bukowski azotando a una esbelta rubia de diecinueve abriles con un látigo de piel de tigre, una espigada rubia de noventa y cinco centímetros de busto, una esbelta rubia que lee a Rimbaud; Bukowski haciendo cucú en las paredes del mundo, preguntándose quién tapió la suerte... Bukowski yendo a por Judy Garland cuando era ya demasiado tarde para todos.

luego recuerdo la vez que volví al coche. justo junto al bulevar Wilshire. su nombre está en el gran cartel. trabajamos una vez en el mismo trabajo de mierda. no me emociona el bulevar Wilshire. pero aún soy un aprendiz. en principio no excluyo nada. él es mulato, combinación de madre blanca y padre negro. caímos juntos en el mismo trabajo de mierda. era manual. sobre todo no queríamos palear mierda siempre, y aunque la mierda era una buena profesora había sólo determinadas lecciones y luego podía ahogarte y liquidarte para siempre.

aparqué detrás y llamé a la puerta trasera, dijo que me esperaría hasta tarde aquella noche. eran las nueve y media. se abrió la puerta. DIEZ AÑOS. DIEZ AÑOS. diez años. diez años. diez. diez jodidos AÑOS.

—¡Hank, hijo de puta!

–Jim, pedazo de cabrón...

–vamos, pasa.

le seguí. dios mío, increíble. pero es agradable cuando se van las secretarias y el personal. en principio no excluyo nada. tiene seis u ocho habitaciones. entramos en su despacho. saco los dos paquetes de seis cervezas.

diez años.

él tiene 43. yo 48. parezco por lo menos quince años más viejo que él. y me da un poco de vergüenza. la barriga floja. el aire de perro apaleado. el mundo se ha llevado de mí muchas horas y años con sus tareas anodinas y rutinarias; se nota. me da vergüenza mi fracaso; no su dinero, mi fracaso. el mejor revolucionario es un hombre pobre. yo no soy siquiera un revolucionario, sólo estoy cansado. ¡vaya cubo de mierda! espejo, espejo...

tenía buen aspecto con su jersey amarillo claro, tranquilo y realmente contento de verme.

–he atravesado el infierno –dijo–, llevo meses sin hablar con un verdadero ser humano.

–hombre, no sé si yo estoy cualificado.

–lo estás.

la mesa escritorio parece tener siete metros de ancho.

–Jim, me han echado de muchos sitios como éste. un mierda sentado en una silla giratoria. como un sueño de un sueño de un sueño. todos malos. ahora estoy aquí sentado bebiendo una cerveza con un hombre que está detrás de la mesa y no sé más ahora de lo que sabía entonces.

se echó a reír.

–chaval, quiero que tengas oficina propia, un sillón propio, tu propia mesa. sé lo que te pagan ahora. ganarás el doble.

–no puedo aceptarlo.

–¿por qué?

–quiero saber de qué te serviría yo.

–necesito tu cerebro.

se echó a reír.

–hablo en serio.

luego esbozó el plan. me dijo lo que quería. tenía uno de esos cerebros hijoputas que sueñan ese tipo de cosas. parecía tan bueno que tuve que reírme.

—me llevará tres meses arreglarlo —le dije.

—entonces firmaremos el contrato.

—por mí de acuerdo. pero esas cosas a veces no resultan.

—resultará.

—mientras tanto, tengo un amigo que me dejará dormir en su casa en el cuarto de las escobas, si algo falla.

—estupendo.

bebimos dos o tres horas más y luego él se fue a dormir lo suficiente como para reunirse luego con un amigo y dar un paseo en yate a la mañana siguiente (sábado) y yo di una vuelta y me salí del barrio elegante y en el primer tascucho que encontré recalé a echar un trago o dos. y bueno, hijoputa si no encontré allí a un tipo al que conocía de un sitio en que habíamos trabajado los dos.

—¡Luke! —digo—. ¡hijoputa!

—¡Hank, chaval!

otro negro. (¿qué hacen los blancos por la noche?)

parece de capa caída, así que le invito a una copa.

—¿aún sigues allí? —me pregunta.

—sí.

—mierda, tío —dice.

—¿qué?

—no podía aguantar más, sabes, así que me largué. conseguí enseguida otro trabajo. en fin, un cambio, ya sabes. eso es lo que mata a un hombre: la falta de cambio.

—lo sé, Luke.

—bueno, la primera mañana me acerqué a la máquina. era un sitio en que trabajaban con fibra de vidrio. yo llevaba una camisa de cuello abierto y manga corta y me di cuenta de que la gente me miraba mucho. En fin, me senté y empecé a manejar las palancas y todo fue bien durante un rato, hasta que de pronto empiezo a notar un picor por todo el cuerpo. entonces voy y le digo al capataz: «oiga, ¿qué demonios es esto? ¡me pica todo el cuerpo! ¡el cuello, los brazos, todo!» y él entonces me dice: «¡no es nada, ya te acostumbrarás.» pero me doy cuenta de que él lleva la camisa abotonada y un pañuelo al cuello y que la camisa es de manga larga, en fin. voy al día siguiente bien abotonado y con mi pañuelo pero no sirve de nada: aquel jodido cristal es tan fino que no puedes verlo, son como pequeñas flechitas de cristal que atraviesan la ropa y se clavan en la piel. entonces me di cuenta de por qué me hacían ponerme las gafas protectoras. aquello podía dejar ciego a un hombre en media hora. tenía que largarme. fui a una fundición. amigo, ¿sabes que los tipos VERTÍAN ESA MIERDA AL ROJO EN MOLDES? lo vertían como si fuese grava o grasa de cerdo. ¡increíble! ¡y caliente! ¡mierda! me largué. ¿cómo te va, hombre?

–Luke, esa zorra de allí no deja de mirarme y de sonreír y de subirse la falda.

–no le hagas caso, está loca.

–pero tiene buenas piernas.

–sí, sí que las tiene.

pedí otro trago, lo cogí y me fui hacia ella.

–hola, nena.

ella entonces hurga en el bolso, saca, aprieta el botón y aparece una hermosa navaja automática de quince centímetros. miro al del bar, que no parece inmutarse.

–¡si te acercas un paso más te corto las pelotas! –dice la zorra.

tiro su vaso y cuando mira la agarro por la muñeca, le quito la navaja, la cierro, me la meto en el bolsillo. el del bar sigue inmutable. vuelvo con Luke y terminamos nuestros tragos. me doy cuenta de que son las dos menos diez y pido dos paquetes de seis cervezas. vamos a mi coche. Luke está sin ruedas. ella nos sigue.

–necesito que me lleves.

–¿adónde?

–hacia Century.

–es mucho camino.

–¿y qué? vosotros, hijos de puta, me robasteis la navaja.

cuando estoy a mitad de camino de Century, veo aquellas piernas femeninas alzarse en el asiento trasero. cuando las piernas bajan me arrimo a una esquina oscura y le digo a Luke que eche un cigarro. odio ser el segundo, pero cuando lleva uno mucho tiempo sin ser el primero y es teóricamente un gran artista y maestro de Vida, TIENEN que servir los segundos platos, y, como dicen los muchachos, en algunos casos son mejores los segundos. estuvo bien. cuando la dejé le devolví la navaja envuelta en un billete de diez dólares. estúpido, desde luego. pero me gusta ser estúpido. Luke vive entre la Octava e Irola, así que no queda muy lejos de mi casa.

cuando abro la puerta, empieza a sonar el teléfono. abro una cerveza y me siento en la mecedora y lo oigo sonar. ha sido suficiente para mí. oscurecer, noche y mañana.

Bukowski lleva calzoncillos de color marrón. a Bukowski le dan miedo los aviones. Bukowski odia a Santa Claus. Bukowski hace figuras deformes con las gomas de la máquina de escribir. cuando el agua gotea, Bukowski llora. cuando Bukowski llora, el agua gotea. oh, sanctasanctórum de los manantiales, oh escrotos, oh manantes escrotos, oh la gran fealdad del hombre por todas partes como ese fresco cagarro de perro que el zapato matutino de nuevo no ve. oh la poderosa policía, oh las poderosas armas, oh los poderosos dictadores, oh los poderosos malditos imbéciles de todas partes, oh el solitario pulpo, oh el tictac del reloj sorbiéndonos cada limpio minuto a todos nosotros, equilibrados y desequilibrados y santos y acatarrados, oh los vagabundos tirados en callejas de miseria en un mundo de oro, oh los niños que se harán feos, oh los feos que se harán más feos, oh la tristeza y la bota y el sable y los muros de tierra (sin Santa Claus, sin mujer, sin varita mágica, sin Cenicienta, sin Grandes Inteligencias siempre; cucú), sólo mierda y perros y niños azotados, sólo mierda y limpiar mierda; sólo médicos sin pacientes sólo nubes sin lluvia sólo días sin días, oh dios oh poderoso que tú nos impongas esto.

cuando penetremos en tu poderoso palacio judío de ángeles fichadores quiero oír Tu voz sólo diciendo una vez

MISERICORDIA MISERICORDIA MISERICORDIA PARA TI MISMO y para nosotros y para lo que te hagamos a Ti, doblé por Irola hasta llegar a Normandie, eso fue lo que hice, y luego entré y me senté y oí sonar el teléfono.

NOCTURNAS CALLES DE LOCURA

el chico y yo éramos los últimos de una juerga en mi casa y estábamos allí sentados cuando alguien, fuera, empezó a tocar la bocina de un coche, fuerte FUERTE FUERTE, oh canta fuerte, pero luego todo es como hachazos en la cabeza, de todos modos. el mundo no hay quién lo arregle, así que simplemente seguí allí sentado con mi copa, fumando un puro y sin pensar en nada; se habían ido los poetas, los poetas y sus damas se habían ido, y el ambiente resultaba bastante agradable, a pesar de aquella bocina. en comparación. los poetas se habían acusado mutuamente de diversas traiciones: de escribir mal, de fallos y cada uno de ellos proclamaba así merecer más aplausos, escribir mejor que Fulano y Mengano y Zutano. les dije a todos que lo que necesitaban era pasarse dos años en una mina de carbón o en una central siderúrgica, pero siguieron discurseando, aquellos melindrosos, bárbaros, apestosos, y, la mayoría, podridos escritores. ya se habían ido. el puro era bueno. el chico seguía allí sentado. yo acababa de escribir un prólogo para su segundo libro de poemas. ¿o era el primero? no lo sé muy bien.

—oye —dijo el chaval—, hay que salir a decirle a ese tío que se calle, que se meta la bocina en el culo.

el chico no escribía mal, y sabía reírse de sí mismo, lo cual es, a veces, signo de grandeza, o al menos signo de que tienes cierta posibilidad de acabar siendo algo más que un zurullo literario disecado. el mundo estaba lleno de zurullos literarios disecados que no paraban de contar que se habían encontrado a Pound en Spoleto o a Edmund Wilson en Boston, o a Dalí en ropa interior, o a

Lowell en su jardín; allí sentados con sus pequeños albornoces, te lo contaban una y otra vez para que te enteraras, y AHORA tú estabas hablando con ELLOS, ay, te das cuenta. «... la última vez que vi a Burroughs...» «Jimmy Baldwin, dios, qué borracho estaba, tuvimos que ayudarle a salir al escenario y apoyarle en el micro...»

–tenemos que salir ahí fuera y decirle que se meta esa bocina en el culo –decía el chico, influido por el mito Bukowski (en realidad yo soy un cobarde), y el rollo Hemingway, y Humphrey B. y Eliot con sus calzones enrolladitos... en fin. di una chupada al puro. la bocina seguía. ALTO CANTA EL CUCO.

–la bocina no está mal. no salgas a la calle después de llevar cinco o seis u ocho o diez horas bebiendo. tienen jaulas preparadas para la gente como nosotros. no creo que pueda soportar otra jaula, otra de esas malditas jaulas. ya me construyo yo solo bastantes.

–voy a salir a decirles que se la metan en el culo –dijo el chico.

el chico estaba influido por el superhombre, Hombre y Superhombre. él quería hombres inmensos, duros y criminales, uno noventa, ciento veinte kilos, que escribiesen poesía inmortal. pero por desgracia los fortachones eran todos subnormales y eran los mariquitas elegantes de pulidas uñas los que escribían los poemas de los tipos duros. el único que se ajustaba al modelo de héroe del muchacho era el gran John Thomas, y el gran John Thomas siempre actuaba como si el muchacho no estuviese allí. el chico era judío y el gran John Thomas tenía conexiones con Adolfo. me gustaban los dos y a mí no suele gustarme la gente.

–escucha –dijo el chico–, yo voy a salir a decirles que se metan la bocina por el culo.

ay, dios. el chico era grande pero un poco por la vertiente gorda, no se había debido de perder muchas comidas, pero era flojo por dentro, bueno por dentro, asustado y preocupado y un poco loco, como todos nosotros, ninguno había triunfado, en realidad, y yo dije: «chaval, olvida la bocina. me parece que no la toca un hombre. parece una mujer. los hombres paran y lanzan bocinazos, lanzan amenazas musicales. las mujeres simplemente se apoyan en la bocina. el sonido total, una gran neurosis femenina.»

–¡joder! –dijo el chico. corrió hacia la puerta.

¿qué importa esto?, pensé. ¿qué más da? la gente sigue haciendo cosas que no cuentan. cuando haces una cosa, todo debe estar ordenado matemáticamente. eso fue lo que aprendió Hemingway en las corridas de toros y lo aplicó en su obra. eso es lo que yo aprendo en las carreras de caballos y lo aplico a mi vida. los buenos de Hem y Buk.

–qué hay, Hem, soy Buk.

–oh, *Buk,* qué alegría oírte.

–es que me gustaría acercarme a tomar una copa.

–oh, me encantaría. muchacho, pero sabes, bueno, en realidad me voy ahora mismo de la ciudad.

–pero ¿por qué te vas, Ernie?

–tú has leído los libros. dicen que estaba loco, que imaginaba cosas. entrando y saliendo del manicomio. dicen que imaginaba que tenía el teléfono controlado, que imaginaba que tenía la silla pegada al culo, que me seguían y me vigilaban. sabes, yo no fui en realidad político, pero siempre jodí con la izquierda, la guerra española, todo ese rollo.

–sí, la mayoría de vosotros los literatos os inclináis a la izquierda. parece romántico, pero puede resultar una trampa infernal.

–lo sé. pero, en fin, yo tenía aquella terrible resaca y sabía que había dado un patinazo, y cuando creyeron en *El viejo y el mar* supe que el mundo estaba podrido.

–lo sé. volviste a tu primer estilo, pero no era real.

–yo sé que no era real. y conseguí el PREMIO. y que me siguieran y me vigilaran. la vejez cayó sobre mí. bebiendo allí sentado como un vejestorio, contando historias rancias a quien quisiese escucharlas. ¿qué iba a hacer sino pegarme un tiro?

–bueno, Ernie, ya te veré.

–de acuerdo, sé que lo harás, Buk.

colgó. y cómo.

salí fuera a ver lo que hacía el chico.

era una vieja en un coche del 69. seguía tumbada en la bocina. ni piernas, ni pecho, ni cerebro. sólo un coche del 69 y rabia, rabia, inmensa y total. un coche bloqueaba la entrada de su casa. tenía casa propia. yo vivía en uno de los últimos patios cochambrosos de DeLongpre. algún día el propietario lo vendería por una gran suma y yo sería bulldozeado. terrible. daba fiestas que duraban hasta que salía el sol, escribía a máquina día y noche. en el patio de al lado vivía un loco. todo era agradable. una manzana al norte y diez al oeste podía caminar por una acera que tenía huellas de ESTRELLAS. no sé lo que los nombres significan. no voy al cine. no tengo televisor. tiré por la ventana el aparato de radio cuando dejó de funcionar. borracho. yo, no el aparato. en una de mis ventanas hay un gran agujero. olvidé que tenía cristales. tuve que sacar la radio de allí y abrir la ventana para tirarla. después, borracho y descalzo, mi pie (izquierdo) recogió todos los cristales, y el médico, mientras me lo abría sin ponerme siquiera anestesia, mientras buscaba los malditos cristales, me preguntó:

—oiga, ¿anda usted siempre por ahí sin saber lo que hace?

—casi siempre, nene.

entonces me dio un gran corte que no era necesario.

me agarré a la mesa y dije:

—sí, doctor.

entonces se puso más amable. ¿por qué han de estar los médicos por encima de mí? no lo entiendo. el viejo cuento del hechicero.

así pues, estaba en la calle, Charles Bukowski, amigo de Hemingway, Ernie, que nunca ha leído *Muerte en la tarde*. ¿dónde consigo un ejemplar?

el chico dijo a la chiflada del coche, que sólo exigía respeto y estúpidos derechos de propiedad:

—retiraremos el coche, lo sacaremos de ahí en medio.

el chico hablaba también por mí. ahora que le había escrito su prólogo, le pertenecía.

—mira, muchacho, no hay sitio al que empujar el coche. y en realidad me importa un pito, yo voy a echar un trago.

empezaba a llover. tengo la piel delicadísima, igual que los caimanes, y el alma a juego. me fui, mierda, ya estaba harto de guerras.

me fui y luego, cuando estaba a punto de llegar al agujero del patio de delante, oí gritos. me volví.

y había lo siguiente: un chico delgado de camiseta blanca que le gritaba descompuesto al poeta judío gordo cuyos poemas acababa de prologar. ¿qué tenía que ver con el asunto el de la camiseta blanca? el camisetablanca empujaba a mi poeta semiinmortal. con fuerza. la loca seguía tumbada en la bocina.

Bukowski, ¿deberías probar otra vez tu gancho de izquierda? te balanceas como la puerta de un granero viejo y sólo ganas una pelea de cada diez. ¿cuál fue la última pelea que ganaste? deberías usar bragas.

bueno, demonios, con un historial como el tuyo, una paliza más no será ninguna vergüenza.

empecé a avanzar para ayudar a aquel chaval judío y poeta, pero vi que tenía acogotado al camisetablanca. y entonces, del lujoso edificio de veinte millones de dólares que había junto a mi agujero cochambroso, salió una joven corriendo. vi cómo se balanceaban las mejillas de su trasero a la falsa luz lunar de Hollywood. nena, podría enseñarte algo que nunca, jamás olvidarías: casi nueve sólidos centímetros de palpitante polla, ay, dios santo, pero ella no me dio oportunidad, corrió meneando el culo hasta su pequeño Fiaria del 68 o como se llame, y entró, lindo chochito muriéndose por mi alma poética, entró, puso en marcha el chisme, lo sacó de allí en medio, casi me atropella, a mí, a Bukowski, BUKOWSKI, Mmm, y se mete en el aparcamiento subterráneo del edificio de veinte millones. ¿por qué no lo había aparcado allí desde el principio?

el chico de la camiseta blanca aún sigue dando vueltas por allí, descompuesto, mi poeta judío ha vuelto a mi lado, allí a la luz lunar de Hollywood, que era como apestosa agua de fregar platos derramada sobre todos nosotros, resulta tan difícil suicidarse, quizá cambie la suerte, hay un PENGUIN a punto de salir, Norse-Bukowski-Lamantia... ¿qué?

ahora, ahora, la mujer tiene sitio para entrar en su casa pero es incapaz de hacerlo. ni siquiera sabe situar adecuadamente el coche. sigue dando hacia atrás y embistiendo a un camión blanco de reparto que hay frente a ella. allá se van las luces de situación al primer golpe. retrocede. acelera. allá va media puerta trasera. marcha atrás. acelerador. allá se van la defensa y la mitad del lado izquierdo, no, del derecho, es el derecho. da igual. el camino queda despejado.

Bukowski-Norse-Lamantia. libros de bolsillo. menuda suerte tienen los otros dos tíos de que yo esté allí.

de nuevo mierdoso acero que choca con acero. y en medio ella tumbada, sobre la bocina, camisetablanca se bambolea a la luz de la luna, enloquecido.

—¿qué pasa? —pregunté al chico.

—no sé —admitió finalmente.

—serás un buen rabino algún día, pero debes comprender todo esto.

el chico estudia para rabino.

—no lo comprendo —dice.

—necesito un trago —digo—. si estuviese aquí John Thomas los mataría a todos, pero yo no soy John Thomas.

estaba a punto de irme, la mujer seguía destrozando el camión blanco de reparto y yo estaba a punto de irme ya cuando un viejo con gafas y un holgado abrigo marrón, un tío realmente viejo, más viejo que yo, y eso es ser *viejo,* salió y se enfrentó al chico de la camiseta. ¿enfrentó? ¿será ésa la palabra adecuada?

lo cierto es que, al parecer, el viejo de las gafas y el abrigo marrón sale con aquella gran lata de pintura verde, debía de ser por lo menos de un galón o de cinco, y no sé lo que significa esto, he perdido por completo el hilo de la trama o el significado, si es que hubo alguno en principio, y el viejo, digo, tira la pintura al chico de la camiseta blanca que está dando vueltas en círculo por la avenida DeLongpre. a la luz lunar mierda de pollo de Hollywood, y la pintura no le da de lleno, sólo le alcanza un poco, allí donde acostumbraba a estar el corazón, un golpe de verde sobre el blanco, y sucede deprisa, lo deprisa que suceden las cosas, casi más de lo que ojo o pulsación puedan sumar, y por eso uno recibe versiones tan distintas de cualquier hecho, motín, pelea a puñetazos, de cualquier cosa, ojo y alma no pueden parangonarse con la ACCIÓN animal y frustrante, pero veo al viejo encogerse, caer, creo que el primero fue un empujón, pero sé que el segundo no lo fue. La mujer del coche dejó de embestir y de dar bocinazos y se quedó allí sentada chillando, chillando, un chillido total que significaba lo mismo que había significado la bocina, ella estaba muerta y liquidada para siempre en un coche del 69 y no podía aceptarlo, estaba enganchada y destrozada, desechada, y algún pequeño sector del interior de su ser aún lo comprendía. (nadie pierde definitivamente su alma, sólo se llevan un noventa y nueve por ciento de ella.)

camisetablanca acertó de lleno al viejo con el segundo golpe. le partió las gafas. le dejó tambaleándose y flotando en su viejo abrigo marrón. al fin, el viejo logró recuperarse y el chico le atizó otro. cayó. le pegó otra vez al ver que intentaba incorporarse, aquel chico de la camiseta blanca estaba pasándolo muy bien.

–¡DIOS MÍO! ¿VES LO QUE LE HACE AL VIEJO? –me dijo el joven poeta.

–sí, sí, es muy curioso –dije, deseando un trago, o por lo menos un cigarro.

volví hacia mi casa. cuando vi el coche patrulla aceleré el paso. el chico me siguió.

–¿por qué no volvemos a decirles lo que pasó?

–porque lo único que pasó fue que todos dejaron que la vida les arrastrara a la locura y la estupidez. en esta sociedad sólo hay dos cosas que cuentan: que no te agarren sin dinero y que no te agarren mamado de ningún tipo de cosa.

–pero no debió hacerle aquello al viejo.

–los viejos están para eso.

–pero ¿y la justicia?

–pero qué es la justicia: el joven azotando al viejo, el vivo azotando al muerto. ¿es que no te das cuenta?

–pero tú dices esas cosas y *eres* viejo.

–ya lo sé. vamos dentro.

saqué más cerveza y nos sentamos. el rumor de la radio del coche patrulla atravesaba las paredes. dos chavales de veintidós años con revólveres y porras iban a tomar una decisión inmediata basándose en dos mil años de cristiandad estúpida, homosexual y sádica.

no es extraño que se sintiesen a gusto con el uniforme, la mayoría de los policías son empleaduchos de clase media baja a quienes se les da un poco de carne para echar en la sartén y una mujer de culo y piernas medio aceptables, y una casita tranquila en MIERDALANDIA... son capaces de matarte para demostrar que Los Ángeles tenía razón, lo llevamos con nosotros, señor, lo siento, señor, pero tenemos que hacerlo, señor.

dos mil años de cristianismo y ¿cómo acabamos? radios de coches patrulla intentando mantener en pie mierda podrida, y ¿qué más? toneladas de guerra, pequeñas incursiones aéreas, asaltos en las calles, puñaladas, tantos locos que llegas a olvidarlos, simplemente corren por las calles, con uniformes de policías o sin ellos.

así que entramos y el chico siguió diciendo:

—bueno, ¿por qué no salimos ahí y le explicamos al policía lo que pasó?

—no, chaval, por favor. si estás borracho, eres culpable, pase lo que pase.

—pero si están ahí mismo. salgamos a decírselo.

—no hay nada que decir.

el chico me miró como si fuese un cobarde de mierda. lo era. él sólo había estado en la cárcel unas siete horas por una manifestación de universitarios.

—chaval, creo que la noche terminó.

le di una manta para el sofá y se tumbó a dormir. yo cogí dos botellas de cerveza, las abrí, las coloqué a la cabecera de mi gran cama alquilada, eché un gran trago, me estiré, esperé mi muerte como debió de hacer cummings, Jeffers, el basurero, el repartidor de periódicos, el corredor de apuestas...

terminé las cervezas.

el chaval se despertó hacia las nueve y media. no puedo entender a los madrugadores. Micheline era otro madrugador. de esos que se lanzan por ahí a tocar timbres, a despertar a todo el mundo. estaban nerviosos, intentaban derribar las paredes. siempre pensé que los que se levantan antes del mediodía son tontos de remate. lo mejor era lo de Norse: andar siempre con bata de seda y pijama por casa y dejar que el mundo siga su camino.

dejé al chico en la puerta y allá se fue al mundo. la pintura verde estaba seca en la calle. el azulejo de Maeterlinck estaba muerto. Hirschman estaba sentado en una habitación oscura sangrando por la ventanilla derecha de la nariz.

y yo había escrito otro PRÓLOGO a otro libro de poesía de alguien. ¿cuántos más?

—hola, Bukowski, tengo este libro de poemas. pensé que podrías leer los poemas y decir algo.

—¿decir algo? pero, hombre, si a mí no me gusta la poesía.

—da igual. sólo di algo.

el chico se había ido. yo tenía que cagar. el váter estaba atascado. el casero se había ido fuera tres días. saqué la mierda y la metí en una bolsa de papel marrón. luego salí y caminé con la bolsa de papel como el que va al trabajo con el almuerzo. luego, cuando llegué al solar vacío, tiré la bolsa. tres prólogos. tres bolsas de mierda. nadie comprendería jamás lo que sufría Bukowski.

volví a casa, soñando con mujeres en posición supina y fama perdurable. lo primero resultaba más agradable. y me estaba quedando sin bolsas marrones. quiero decir sin bolsas de papel. las diez, el correo. una carta de Beiles, está en Grecia. decía que allí también llovía.

bueno, en fin, dentro y solo de nuevo, y la locura de la noche la locura del día. me eché en la cama, en posición supina mirando fijo hacia arriba y oyendo la lluvia mamona.

PÚRPURA COMO UN IRIS

En un lado del pabellón decía A-1, A-2, A-3, etc., y allí estaban los hombres. En el otro decía B-1, B-2, B-3, y allí tenían a las mujeres. Pero luego decidieron que sería buena terapia dejarles mezclarse de vez en cuando, y era muy buena terapia: jodíamos en los retretes, en el jardín, detrás del granero, en cualquier sitio.

Muchas de las que estaban allí se fingían locas porque los maridos las habían cazado dándole al asunto con otros, pero todo era cuento, pedían ellas mismas que las ingresaran y así los maridos se compadecían, y luego salían y volvían a las andadas. Luego volvían a entrar, salían, etc. Pero mientras estaban allí dentro, tenían que hacerlo, y nosotros hacíamos todo lo posible por ayudarlas, y, por supuesto, el personal estaba muy ocupado: los médicos jodiendo con las enfermeras y los ayudantes jodiéndose entre sí, por eso apenas se enteraban de lo que hacíamos nosotros. Y eso estaba muy bien.

He visto más locos fuera (mira donde quieras: almacenes, fábricas, oficinas de correos, tiendas de animales, partidos de béisbol, oficinas políticas) que dentro. A veces me preguntaba por qué estarían allí. Había un tipo absolutamente equilibrado. Podías hablar con él sin problema, se llamaba Bobby, parecía normal del todo. De hecho, parecía muchísimo más normal que la mayoría de los loqueros que intentaban curarnos. No podías hablar con un loquero sin sentirte loco tú mismo. La razón de que la mayoría de los loqueros se hagan loqueros es que están preocupados por su propio coco. Y examinar la propia mente es lo peor que puede hacer un loco, y todas las teorías que digan lo contrario son pura mierda. De vez en cuando, algún loco preguntaba algo así:

—Oye, ¿dónde está el doctor Malov? No ha aparecido hoy. ¿Está de vacaciones, o le han trasladado?

—Está de vacaciones —contestaba otro loco—, y le han trasladado.

—No lo entiendo.

—Cuchillo de carnicero. Muñecas y cuello. No dejó ni una nota.

—Era un tipo tan agradable.

—Sí, mierda, sí.

Esto es algo que yo no podía entender. Quiero decir lo de que funcionase radio Macuto en lugares como aquél. Radio Macuto nunca se equivoca. Fábricas, grandes instituciones como aquélla... corre el rumor de que ha pasado esto y aquello. Y más aún, con días, con semanas de antelación, oyes cosas que resultan ciertas. Al viejo Joe, que llevaba allí veinte años, le iban a soltar. O nos iban a soltar a todos o cualquier cosa así. Siempre era cierto.

Otra cosa de los loqueros, volviendo a ellos, era que yo nunca podía entender por qué tenían que seguir la vía *dura* teniendo a su disposición todas aquellas píldoras.

No tienen ni una chispa de inteligencia ninguno de ellos.

Bueno, en fin, volviendo al asunto, los casos más avanzados (quiero decir avanzados respecto a una aparente cura) tenían permiso para salir a las dos de la tarde los lunes y los jueves, y tenían que volver a las cinco y media porque si no perdían sus privilegios. La teoría era que así podríamos lentamente ajustarnos a la sociedad. Ya sabes, en vez de simplemente saltar del manicomio a la calle. Un vistazo podría hacerte volver enseguida, al ver a todos aquellos locos sueltos allí fuera.

A mí se me concedían mis privilegios de lunes y jueves, durante los cuales visitaba a un médico al que tenía enganchado y me cargaba de benzedrina, dexedrina, mezendrina, arcoíris, libriums y demás, gratis. Se lo vendía a los pacientes. Bobby las comía como caramelos, y Bobby tenía muchísimo dinero. En realidad, la mayoría lo tenía. Como dije, a veces me preguntaba por qué Bobby estaba allí. Era normal en casi todas las áreas de conducta. Sólo tenía una cosita: de vez en cuando, se levantaba y se metía las manos en los bolsillos y alzaba mucho las perneras de los pantalones y andaba ocho o diez pasos soltando un torpe silbidillo. Una especie de melodía que tenía en la cabeza. No era muy musical. Era una especie de melodía, siempre la misma. Duraba sólo unos segundos. Eso era lo único que le pasaba a Bobby. Pero seguía haciéndolo entre veinte y treinta veces al día. Yo, al verlo, al principio creí que bromeaba y pensé: vaya, qué tío más simpático y agradable. Luego, más tarde, te dabas cuenta de que *tenía* que hacerlo.

Vale. ¿Dónde estaba? Bien. A las chicas las dejaban salir a las dos de la tarde también, y entonces teníamos más posibilidades con ellas. Ponía muy caliente el andar jodiendo por aquellos retretes, pero teníamos que darnos prisa porque rondaban por allí los cazadores. Eran tipos con coche, que conocían el horario del hospital y llegaban con sus coches y nos birlaban a nuestras lindas y desvalidas damas.

Antes de meterme en el tráfico de drogas, no tenía casi dinero y sí muchos problemas. Tuve una vez que trincarme a una de las mejores, Mary, en el váter de señoras de una gasolinera. Fue bastante difícil dar con la postura (cualquiera se tumba en el suelo de un meadero) y el asunto no iba bien de pie, era espantoso hasta que recordé un truco que aprendiera una vez. Cruzando en tren Utah. Con una linda y joven india borracha de vino. Le dije a Mary que pusiera una pierna encima del lavabo. Yo subí una pierna encima del lavabo también y entré. Funcionó bien. Recuérdalo. Puede serte útil algún día. Puedes, incluso, soltar el agua caliente y que te bañe los huevos para añadir una sensación más. Pero el caso es que salió primero Mary del váter de señoras y luego salí yo. Y me vio el de la gasolinera.

—Eh, amigo, ¿qué hacía usted en el váter de señoras?

—¡Vaya hombre, vaya! —Hice un delicado movimiento con la muñeca—. ¿Es que quieres ligarme? —Y salí meneando el culo. No pareció poner en duda mi condición. Eso estuvo preocupándome muchísimo unas dos semanas. Luego, lo olvidé...

Creo que lo olvidé. En fin, de todos modos, la droga funcionaba bien. Bobby se lo tragaba todo. Le vendí incluso un par de píldoras anticonceptivas. Se las tragó también.

—Buen material, amigo. Consígueme más, ¿vale?

Pero el más raro de todos ellos era Pulon. Siempre estaba sentado en una silla junto a la ventana, sin moverse. Nunca iba al comedor. Nadie le veía comer. Pasaban semanas. Y él seguía allí, sentado en su silla. Pero se relacionaba realmente con los locos que eran casos perdidos: la gente que nunca hablaba con nadie, ni siquiera con los loqueros. Se plantaban allí y hablaban con Pulon. Hablaban, cabeceaban, reían, fumaban. Aparte de Pulon, también a mí se me daba muy bien el relacionarme con estos casos perdidos.

—¿Cómo hacéis para vencer su resistencia? —nos preguntaban los loqueros.

Entonces, ambos les mirábamos sin contestar.

Pero Pulon podía hablar con gente que llevaba veinte años sin hablar. Conseguía que contestaran a preguntas y que le contaran cosas. Pulon era muy raro. Era uno de esos hombres inteligentes capaces de morir sin soltar prenda... y quizá por eso seguía aquel camino. Sólo un zoquete tiene bolsas llenas de consejos y respuestas a todas las preguntas.

—Escucha, Pulon —dije—, tú nunca comes. Nunca te veo comer nada. ¿Cómo puedes mantenerte?

—Jijijijijijiji. Jijijijijijiji.

Me presenté voluntario para trabajos especiales sólo por salir del pabellón, para andar por el hospital. Yo era un poco como Bobby, sólo que no me subía los pantalones y silbaba alguna desentonada versión de la *Carmen* de Bizet. Yo tenía aquel complejo de suicidio y los graves ataques depresivos y no podía soportar las muchedumbres y, sobre todo, no podía *soportar* estar en una larga cola esperando por algo. Y en eso es en lo que se está convirtiendo toda la sociedad: largas colas y esperar por algo. Intenté suicidarme con gas y no resultó. Pero tenía otro problema. Mi problema era salir de la cama. Me fastidiaba salir de la cama, siempre. Solía decir a la gente: «Los mayores inventos del hombre son la cama y la bomba atómica: la primera te aísla y la segunda te ayuda a escapar.» Me tomaban por loco. Juegos de niños, eso es todo lo que hace la gente, juegos de niños. Van del coño a la tumba sin que les roce siquiera el horror de la vida.

Sí, me fastidiaba levantarme de la cama por la mañana. Esto significaba empezar la vida de nuevo y después de estar en la cama toda la noche has creado un tipo de intimidad a la que es muy difícil renunciar. Yo siempre fui un solitario. Perdona, supongo que lo que me pasa es que estoy desquiciado, pero, quiero decir, salvo por lo de echar un polvete de vez en cuando, no me importaría que todos los habitantes del mundo se muriesen. Sí, sé que no es agradable. Pero yo me pondría tan contento como un caracol; después de todo fue la gente la que me hizo desgraciado.

Todas las mañanas igual:

–Bukowski, ¡arriba!

–¿Quéeeee?

–He dicho: ¡Bukowski, arriba!

–¿Cómo?

–¡Nada de CÓMO! ¡Arriba! ¡Levántate de una vez!

–arrrrr... tu puta hermana...

–Iré a avisar al doctor Blasingham.

–A la mierda el doctor Blasingham.

Y allí llegaba trotando Blasingham, furioso, algo alterado, en fin, porque estaba metiéndole el dedo a una de las estudiantes de enfermera en su despacho, una que soñaba con casarse e ir de vacaciones a la Riviera francesa... con un viejo subnormal al que ni siquiera se le levantaba. Doctor Blasingham. Chupasangre de fondos del condado. Un farsante y un mierda. Yo no entendía cómo no le habían elegido aún presidente de Estados Unidos. Quizá no le hubiesen visto aún..., estaba tan ocupado sobando y babeando las bragas de la enfermera...

–Vamos, Bukowski, ¡ARRIBA!

–No hay nada que hacer. No hay absolutamente nada que hacer... ¿Es que no se da cuenta?

–Arriba. O perderá todos sus privilegios.

–Mierda. Eso es como decir que perderás el condón cuando no hay nada que joder.

–De acuerdo, cabrón... yo, el doctor Blasingham, voy a contar... veamos... Uno... Dos...

Me levanté de un salto.

–El hombre es la víctima de un medio que se niega a comprender su alma.

–Tú perdiste el alma en el parvulario, Bukowski. Venga, lávate y prepárate para el desayuno...

Me dieron el trabajo de ordeñar las vacas, por último, y tenía que levantarme antes que nadie. Pero era agradable tirarles de las tetas a las vacas aquellas. Y me puse de acuerdo con Mary para encontrarnos junto al granero aquella mañana. Toda aquella paja. Sería bárbaro, bárbaro. Yo estaba tirándole de las tetas al bicho cuando asomó Mary por un lado.

—Venga, vamos, pitón.

Ella me llamaba «pitón». No tengo idea de por qué. Quizá piense que soy Pulon, pensaba yo. Pero ¿qué demonios saca un hombre de pensar? Sólo problemas. En fin, subimos al altillo del pajar, nos desvestimos; desnudos los dos como ovejas trasquiladas, tiritando, aquella paja limpia y dura clavándose en la carne como alfileres de hielo. Demonios, era lo que se lee en las novelas antiguas, dios mío, estábamos allí...

Entré. Era magnífico. Ya empezaba a engranar cuando pareció como si todo el ejército italiano hubiese irrumpido en el pajar:

—¡EH! ¡ALTO! ¡ALTO! ¡SUELTA A ESA MUJER!

—¡DESMONTA INMEDIATAMENTE!

—¡SACA TU PIJO DE AHÍ!

Una pandilla de auxiliares, magníficos chicos todos, homosexuales la mayoría, demonios, yo no tenía nada contra ellos, pero... Vaya: suben la escalerilla...

—¡ESTATE QUIETO, ANIMAL!

—¡SI TE CORRES TE CORTAMOS LOS HUEVOS!

Aceleré, pero era inútil. Eran cuatro. Me arrancaron de allí y me tiraron de espaldas.

—¡DIOS SANTO, MIRA ESE CHISME!

—¡PÚRPURA COMO UN IRIS Y LARGO COMO MEDIO BRAZO! ¡PALPITANTE, GIGANTESCO, FEO!

—¿DEBEMOS?

—Podríamos perder el trabajo.

—Pero quizá mereciera la pena.

En ese momento entró el doctor Blasingham. Eso lo resolvió todo.

—¿Qué pasa ahí arriba? —preguntó.

—Tenemos a este hombre bajo nuestro control, doctor.

–¿Y la mujer?

–¿La mujer?

–Sí, la mujer.

–Oh... ella está más loca que el diablo.

–De acuerdo, que se pongan la ropa y que vengan a mi despacho. Por separado. ¡Primero la mujer!

Me hicieron esperar allí fuera, a la puerta del despacho particular de Blasingham. Allí estuve sentado entre dos auxiliares en aquel duro banco, pasando de un ejemplar del *Atlantic Monthly* a otro del *Reader's Digest.* Una tortura. Como estar muriéndote de sed en el desierto y que te pregunten qué prefieres: chupar una esponja seca o que te metan nueve o diez granos de arena garganta abajo...

Supongo que Mary recibió una buena reprimenda del doctor.

Luego sacaron a Mary y me metieron a mí. Blasingham parecía tomarse muy en serio el asunto. Me dijo que llevaba varios días vigilándome con unos prismáticos. Que sospechaba de mí desde hacía semanas. Dos embarazos sin aclarar. Le dije que privar a un hombre de relaciones sexuales no era el medio más saludable de ayudarle a recobrar el juicio. Él proclamó que la energía sexual podía transferirse columna vertebral arriba y reciclarse para otros usos más gratificantes. Le dije que creía que podía ser así si fuese *voluntario,* pero que, siendo a *la fuerza,* a la columna vertebral podía muy bien no apetecerle transferir energía para otros usos más gratificantes. En fin, en resumen, perdí mis privilegios por dos semanas. Pero antes de diñarla espero echar un polvo en aquella paja. ¡Fastidiarme un plan como aquél! Me deben uno, por lo menos.

OJOS COMO EL CIELO

hace algún tiempo vino a verme Dorothy Healey. yo tenía resaca y barba de cinco días. se me había olvidado esto hasta que la otra noche, tomando tranquilamente una cerveza, me acordé de su nombre. se lo mencioné al joven que estaba frente a mí, que había venido a verme.

—¿por qué vino a verte? —preguntó él.

—no sé.

—¿y qué dijo?

—no recuerdo lo que dijo. lo único que recuerdo es que llevaba un lindo vestido azul y que tenía los ojos de un maravilloso azul resplandeciente.

—¿no te acuerdas de lo que dijo?

—en absoluto.

—¿te la tiraste?

—claro que no. Dorothy tiene que vigilar mucho con quién se va a la cama. piensa en la mala publicidad si involuntariamente se acostase con un agente del FBI o con el dueño de una cadena de zapaterías.

—supongo que Jackie Kennedy debe seleccionar también cuidadosamente sus ligues.

—claro. la Imagen. no creo que ella se acostase nunca con Paul Krassner.

—me gustaría estar allí si lo hiciera.

—¿sujetando las toallas?

—sujetando las piezas —dijo él.

y los ojos de Dorothy Healey tenían aquel maravilloso azul resplandeciente...

los tebeos hace ya mucho que se han hecho serios, y desde entonces son en realidad más cómicos que nunca. las historietas dibujadas han sustituido en cierto modo a los antiguos seriales radiofónicos. ambas cosas tienen en común el que tienden a proyectar una realidad seria, muy seria, y en eso radica su humor: su realidad es tan claramente artilugio de plástico de saldo que no puedes por menos de reírte un poco si no tienes demasiados problemas digestivos.

en el último número de *Los Angeles Times* (cuando escribo esto) tenemos una historia hippie-beatnik y su desenlace. ha aparecido el rebelde universitario, barbudo y con jersey de cuello alto, escapándose con la reina de la universidad, una rubia de larga melena y figura perfecta (casi me corro mirándola). lo que el rebelde de la universidad defiende es algo de lo que nunca podemos estar del todo seguros, salvo en unos cuantos discursitos que dicen muy poco. de cualquier modo, no te aburriré con el argumento de la historia. termina con el gran papi malo, corbata y traje caro y cabeza calva y nariz aguileña, haciéndole al barbudo un sermoncito de su cosecha, y ofreciéndole luego un trabajo en bandeja, para que pueda así tener como es debido a su cachonda hija. el hippie-beatnik se niega al principio y desaparece de la página y el papi y la hija están haciendo el equipaje para abandonarle, para dejarle allí en su propio fango idealista, cuando, de improviso, vuelve. «¡Joe!..., ¿qué has hecho?», dice la cachonda hija. y Joe entra SONRIENDO Y AFEITADO: «pensé que debías verle bien la cara a tu marido, querida... ¡antes de que fuese demasiado tarde!» luego se vuelve a papá: «también pensé, señor Stevens, que una barba sería más un inconveniente que una ayuda... ¡PARA UN AGENTE INMOBILIARIO!» «¿significa esto que ha recuperado usted por fin EL JUICIO, joven», pregunta papá. «significa que quiero pagar el precio que usted pone a su hija, caballero» (¡ay el sexo, ay el amor, ay la JODIENDA!), «pero», continúa nuestro ex hippie, «aún pienso combatir la INJUSTICIA... ¡dondequiera que la encuentre!» bien, eso es magnífico, porque nuestro ex hippie va a encontrar mucha injusticia en el negocio inmobiliario. luego, en un aparte, papá nos dice: «vaya sorpresa que te vas a llevar, amigo... ¡cuando descubras que nosotros los viejos retrógrados queremos también un mundo mejor! ¡sólo que no somos partidarios de QUEMAR la casa para librarnos de las termitas!»

pero, viejos retrógrados, piensa uno inevitablemente, ¿qué demonios estáis haciendo? luego pasas al otro lado de la página, a APARTAMENTO 3-G, y allí hay un profesor universitario que analiza con una chica muy rica y muy bella el amor que ella siente por un joven médico pobre e idealista. este médico ha incurrido en arrebatos temperamentales muy desagradables: tiró el mantel, los platos y las tazas en el club nocturno, tiró por el aire los emparedados de huevo, y, si no recuerdo mal, zurró a un par de amigos. le enfurece que su hermosa y rica dama no haga más que ofrecerle dinero, pero pese a tanta furia ha aceptado un fantástico automóvil nuevo, un consultorio lujosamente decorado en la zona residencial y otros artículos. ay, si este médico fuese el vendedor de periódicos de la esquina, o el cartero, no recibiría nada de esto, y me gustaría verle entrar en un club nocturno y tirar cena y vino y tazas de café y cucharas y demás al suelo y luego volver y sentarse y no disculparse siquiera. desde luego, no me gustaría nada que ESE médico me operase de mis hemorroides crónicas.

así que cuando lees las historietas ríes ríes ríes, y sabes que es ahí, en parte, donde estamos.

pasó ayer a verme un profesor de una universidad. no se parecía a Dorothy Healey, pero su mujer, una poetisa peruana, estaba la mar de buena. el objeto era que estaba cansado de las mismas inútiles reuniones de supuesta NUEVA POESÍA. la poesía sigue siendo aún, dentro de las artes, el mayor reducto de fatuos pretenciosos, con grupillos de poetas luchando por el poder. supongo que el mayor fraude que se inventó fue el viejo grupo de Black Mountain. y a Creeley aún le temen dentro y fuera de las universidades (le temen y le reverencian) más que a ningún otro poeta. luego tenemos a los académicos que, como Creeley, escriben muy cuidadosamente. en suma, la poesía generalmente aceptada hoy, tiene una especie de cristal por fuera, suave y deslizante, y dentro sólo hay una articulación embutida palabra a palabra en una suma o agregado, en general inhumano y metálico, una especie de perspectiva semisecreta. es una poesía para millonarios y hombres gordos con tiempo libre por lo que recibe respaldo y sobrevive, porque el secreto es que los que están en el ajo lo están de veras y al diablo el resto. pero es una poesía torpe, muy torpe, tan torpe que la torpeza se toma por significado oculto... el significado está oculto, no hay duda, tan bien oculto que no hay ningún significado. pero si TÚ no puedes encontrarlo, careces de alma, de sensibilidad, etc., así que es MEJOR QUE LO DESCUBRAS O NO ESTÁS EN EL AJO. y si no lo descubres, NO MOLESTES.

entretanto, cada dos o tres años, alguien de la academia, deseando conservar su puesto en la estructura universitaria (y si piensas que Vietnam es un infierno deberías ver lo que pasa entre esos supuestos cerebros en sus combates, intrigas y luchas por el poder dentro de sus propias cárceles), saca la misma vieja colección de poesía vidriosa e insulsa y la etiqueta LA NUEVA POESÍA o LA NOVÍSIMA, pero sigue siendo la misma baraja marcada.

bueno, este profesor era un jugador evidentemente, dijo que estaba harto del juego y que quería sacar a la luz algo fuerte, una creatividad nueva. tenía ideas propias, pero luego me preguntó quién creía yo que estaba escribiendo la nueva poesía ACTUAL, qué muchachos eran y qué material. no pude contestarle, francamente. al principio mencioné algunos nombres: Steve Richmond, Doug Blazek, Al Purdy, Brown Miller, Harold Norse, etc., pero luego me di cuenta de que a la mayoría los conocía personalmente, y si no personalmente, por correspondencia. me dio un escalofrío. si los etiquetaba como grupo, sería otra vez una especie de BLACK MOUNTAIN... otra nueva capilla. así empieza la muerte. una especie de muerte personal gloriosa, pero de todos modos una mierda.

así que rechacemos a ésos; rechacemos a los chicos de la vieja poesía-vidriosa, ¿qué nos queda? una obra de mucho vigor, la obra vivida y colorista de los jóvenes que empiezan ahora a escribir y a publicar en pequeñas revistas que sacan adelante otros jóvenes llenos también de fuerza y ánimo. para éstos, el sexo es algo nuevo y la vida también bastante nueva y también la guerra, y eso está muy bien, resulta refrescante. aún no están «atrapados». pero, por otra parte, escriben un buen verso y catorce malos. a veces, te hacen añorar hasta el cuidadoso chisporroteo y el catarro de un Creeley y suenan todos igual. y añoras a un Jeffers, un hombre sentado detrás de una roca, tallando la sangre de su corazón entre paredes. dicen que no hay que confiar en el que pase de los treinta, y porcentualmente es una buena fórmula: la mayoría de los hombres se han vendido ya por entonces. así que, en realidad,

¿CÓMO VOY A CONFIAR YO EN UN HOMBRE DE MENOS DE TREINTA? lo más probable es que se venda.

bueno, quizá sea cuestión de épocas. tal como está la poesía (y esto incluye a un tal Charles Bukowski), sencillamente, en esta época, sencillamente no TENEMOS arietes, faltan los innovadores audaces, los hombres, los dioses, los grandes muchachos, que podrían levantarnos de la cama de un golpe o mantenernos en movimiento en el infernal pozo oscuro de fábricas y calles. los T. S. Eliot han desaparecido. Auden se ha parado; Pound está esperando la muerte; Jeffers dejó un hueco que jamás llenará ningún *love-in* del Gran Cañón; hasta el viejo Frost tenía cierta grandeza de espíritu; cummings no nos deja dormirnos; Spender, «este hombre es vida agonizando», ha dejado de escribir; a D. Thomas le mató el whisky norteamericano, la admiración norteamericana y la mujer norteamericana; hasta Sandburg, hace ya mucho tiempo escaso de talento, que entra en las aulas norteamericanas con su pelo blanco mal cortado, su mala guitarra y sus ojos vacíos, hasta Sandburg ha recibido la patada en el culo de la muerte.

admitámoslo: los gigantes han muerto y no han aparecido gigantes que los sustituyan. quizá sean los tiempos. quizá ahora les toque a Vietnam, a África, a los árabes. quizá la gente quiera más de lo que dicen los poetas. quizá la gente acabe siendo el último poeta... ojalá. Dios lo sabe, a mí no me gustan los poetas. no me gusta sentarme con ellos en la misma habitación. pero es difícil dar con lo que a uno le gusta. las calles parecen huecas. el hombre que me llena el depósito en la gasolinera de la esquina parece la más nefanda y odiosa de las bestias. y cuando veo fotos de mi presidente, o le oigo hablar, me parece una especie de gran payaso seboso, una criatura torpe y repugnante a la que se ha otorgado decisión sobre mi vida, mis posibilidades, y las de todos los demás. y yo no lo entiendo. y lo que pasa con nuestro presidente pasa con nuestra poesía. es casi como si le hubiésemos formado con nuestra falta de espíritu, y en consecuencia lo mereciéramos. Johnson está perfectamente a cubierto de las balas de un asesino, no por el aumento de las medidas de seguridad, sino porque produce poco placer o ninguno matar a un hombre muerto.

lo que vuelve a llevarnos al profesor y a su pregunta: ¿a quién incluir en un libro de poesía verdaderamente nueva? yo diría que a nadie. que es mejor olvidarse de tal libro. es casi imposible. si quieres leer un material decente, humano y fuerte, sin falsedades ni fingimientos, yo diría Al Purdy, el canadiense. pero ¿qué es en realidad un canadiense? sólo alguien subido en la rama de un árbol, apenas allí, gritando hermosas canciones de fuego desde dentro de su vino casero. el tiempo, si lo tenemos, nos lo dirá, nos hablará de él.

así que, profesor, lo siento, pero no puedo ayudarle, quizá sea culpa de alguna rosa de mi ojal (¿ROSA TIERRA?) el que nos hayamos perdido, y eso incluye a los Creeley, a ti, a mí, a Johnson, a Dorothy Healey, a C. Clay, a Powell, al último disparo de Hem, a la gran tristeza de mi hija pequeña, que corre por el piso hacia mí. todos sentimos cada vez más esta maldita pérdida de espíritu y de dirección. e intentamos avanzar más y más hacia algún mesías antes de la Catástrofe, pero ningún Gandhi, ningún PRIMER Castro se ha adelantado. sólo Dorothy Healey, la de ojos como el cielo, y es una sucia comunista.

así que veamos. Lowell rechazó la invitación de Johnson a una especie de fiesta al aire libre. esto estuvo bien. esto fue un principio. pero, por desgracia, Robert Lowell escribe bien. demasiado bien. está atrapado entre una especie de poesía tipo vidrio y una dura realidad, y no sabe qué hacer: por tanto, mezcla ambas y muere de ambos modos. a Lowell le gustaría muchísimo ser un ser humano. pero le castran sus propias concepciones poéticas. Ginsberg, mientras da gigantescos y extrovertidos saltos mortales ante nuestra vista, comprende el vacío e intenta llenarlo. al menos sabe lo que está mal... pero carece sencillamente de la capacidad artística necesaria para llenar ese vacío.

así que, profesor, gracias por la visita. a mi puerta llama mucha gente extraña. demasiados extraños.

no sé qué será de nosotros. necesitamos muchísima suerte. y últimamente la mía ha sido muy mala. y el sol está acercándose. y la Vida, tan fea como parece, quizá merezca vivirse tres o cuatro días más. ¿crees que lo conseguiremos?

NOTAS SOBRE LA PESTE

Peste, s. (del latín pestis, *plaga, peste; de donde pestilente, pestífero; la misma* raíz *que* perdo, *destruir* [PERDICIÓN]). *Una plaga, pestilencia o enfermedad epidémica y mortífera; toda cosa nociva, maligna o destructiva; persona destructiva y maligna.*

la peste es, en cierto modo, un ser muy superior a nosotros: sabe dónde encontrarnos y cómo... normalmente en el baño o en plena relación sexual, o dormidos. Hace muy bien también lo de cazarte en el cagadero a media cagada. si ella está a la puerta, puedes gritar: «¡por Dios, espera un momento, no fastidies, ahora mismo salgo!», pero el sonido de una dolorida voz humana no hace más que alentar a la peste: su llamada, su campanilleo, se hace más animado. la peste suele llamar y campanillear. has de dejarla entrar. y cuando se va (al fin), estás enfermo una semana. la peste no sólo te mea el alma..., hace también magníficamente lo de dejarte su agua amarillenta en la tapa del váter. deja apenas lo suficiente para que se vea; no sabes que está allí hasta que te sientas y es demasiado tarde.

a diferencia de ti, la peste tiene tiempo de sobra para fastidiarte. y todas sus ideas son contrarias a las tuyas, pero ella nunca lo sabe porque habla constantemente y aun cuando aproveches una oportunidad para discrepar, la peste no oye. la peste jamás oye tu voz, en realidad. sólo es para ella una vaga zona de ruptura, después prosigue su diálogo. y mientras la peste prosigue, te preguntas cómo es que siempre consigue meter sus sucios morros en tu alma. la peste tiene también muy clara conciencia de tus horas de sueño y te telefoneará una y otra vez cuando duermes y su primera pregunta será: «¿te desperté?» o irá a tu casa y estarán todas las persianas echadas, pero ella llamará y llamará salvaje, orgiásticamente. si no contestas, gritará: «¡sé que estás ahí! ¡he visto el coche fuera!»

esos destructores, aunque no tienen la menor idea de tu forma de pensar, perciben que los detestas, pero por otra parte esto no hace más que estimularlos. comprenden también que eres un determinado tipo de persona: es decir, ante la disyuntiva de herir o ser herido, aceptarás lo último, y las pestes corren detrás de los mejores filetes de humanidad. saben dónde está la buena carne.

la peste siempre desborda vulgares y secas chorradas que considera sabiduría propia. algunas de sus observaciones favoritas son:

—no es cierto eso de TODOS malos. dices que *todos* los policías son malos. pues bien, no lo son. he conocido algunos buenos. existe el policía bueno.

no te concede posibilidad de explicarle que cuando un hombre se pone ese uniforme, es el protector pagado de las cosas del tiempo presente. está aquí para procurar que las cosas sigan como están. si te gusta cómo están las cosas, entonces *todos* los polis son polis buenos. si no te gusta cómo están las cosas, entonces todos los polis son malos. sí existe lo de TODOS malos. pero la peste está impregnada de estas hueras filosofías caseras y no las abandonará. la peste, incapaz de pensar, se aferra a la gente... hosca y definitivamente y para siempre.

—no estamos informados de lo que pasa, no tenemos las soluciones auténticas. hemos de confiar en nuestros gobernantes.

ésta es tan jodidamente estúpida que no quiero ni comentarla. en realidad, bien pensado, no enumeraré más comentarios de la peste porque empiezo ya a ponerme malo.

en fin. pues bien, esta peste no necesita ser una persona que te conozca por el nombre o la dirección. la peste está en todas partes, siempre, dispuesta a lanzar su apestoso y envenenado rayo mortífero sobre ti. recuerdo una época concreta en la que tuve suerte con los caballos. estaba en Del Mar con coche nuevo. todas las noches después de las carreras elegía un motel nuevo, y después de una ducha y de cambiar de ropa, me metía en el coche y recorría la costa y buscaba un sitio bueno para comer. por un sitio bueno quiero decir un lugar en el que haya poca gente y den buena comida. parece una contradicción. quiero decir, si la comida es buena, habrá mucha gente. pero, como muchas aparentes verdades, ésta no lo es necesariamente, a veces la gente va en manadas a sitios donde dan absoluta basura. así que todas las noches hacía el peregrinaje buscando un sitio en que diesen bien de comer y que no estuviese lleno de chiflados. me llevaba tiempo. una noche tardé hora y media en localizar un sitio. aparqué el coche y entré. pedí una tajada de carne a la neoyorquina, patatas fritas, etc., y allí me quedé sentado tomando café y esperando que llegara mi comida. el comedor estaba vacío; la noche era maravillosa. luego, justo cuando llegó mi filete a la neoyorquina, se abrió la puerta y allá entró la peste. por supuesto, te lo suponías. había treinta y dos taburetes allí, pero TUVO QUE coger el que estaba a mi lado y empezar a charlar con la camarera mientras comía su donut. era un auténtico imbécil. el diálogo rasgaba las tripas. apestosas y necias memeces, el hedor de su alma bailoteaba en el aire destrozándolo todo. me metía justo lo *suficiente* el codo en la bandeja. la peste hace *muy* bien lo de meter justo lo suficiente el codo en la bandeja. tragué el filete Nueva York y luego salí y me emborraché tanto que perdí las tres primeras carreras del día siguiente.

la peste está en todo lugar en que trabajes, en todos los sitios en los que estás empleado. yo soy carne de peste. una vez trabajé en un sitio en que había uno que llevaba quince años sin hablar con nadie. cuando yo llevaba dos días allí, me soltó un rollo de más de media hora. estaba completamente loco. una frase era sobre un tema y la otra sobre otro sin relación alguna. lo que me parece muy bien, si no fuera que lo que decía era material rancio muerto soso y apestoso. le conservaban en su puesto porque era un buen obrero. «un buen trabajo por un buen jornal», hay por lo menos un loco en cada lugar de trabajo, una peste, y siempre me eligen a mí. «les gustas a todos los locos», es una frase que he oído en trabajo tras trabajo. no es alentadora.

quizá las cosas mejoraran si todos comprendiéramos que quizá hayamos sido pestes para alguien una u otra vez, aunque no lo supiéramos. mierda, qué horrible pensamiento, pero es muy probable que sea cierto y quizá nos ayude a soportar la peste. no hay, en realidad, un tipo cien por cien. todos poseemos locuras y taras diversas de las que nosotros no somos conscientes pero sí todos los demás. ¿cómo íbamos a quedarnos si no quietos en el corral?

sin embargo, debemos admirar al hombre que toma medidas contra la peste. frente a la acción directa, la peste tiembla y pronto se aferra a otro sitio. conozco a un hombre, una especie de poeta-intelectual, del tipo animoso y lleno de vida, que tiene un gran letrero colgado en la puerta de casa. no lo recuerdo exactamente pero más o menos dice así (y lo dice en unas maravillosas letras de molde):

a quien pueda interesar: telefonéame, por favor, para concertar una cita cuando quieras verme. no contestaré llamadas que no espere. necesito tiempo para mi trabajo. no permitiré que asesines mi trabajo. comprende, por favor, que lo que me mantiene vivo me hará más agradable contigo y para ti cuando por fin nos veamos en condiciones de tranquilidad y calma.

admiré aquel letrero. no lo consideré algo presuntuoso o una sobrevaloración egoísta. era un buen hombre en el buen sentido y tenía el valor y carácter necesarios para afirmar sus derechos naturales. vi el cartel por primera vez por casualidad, y después de mirarlo y de oírle a él dentro, volví a mi coche y me largué. el principio de la comprensión es el principio de todo y hora es de que algunos de nosotros empecemos. por ejemplo, nada tengo contra los *love-ins* siempre que NO SE ME OBLIGUE A ASISTIR. ni siquiera estoy contra el amor, pero hablábamos de la peste, ¿no es cierto?

incluso yo, que soy carne de peste selecta, incluso yo me enfrenté una vez a una peste. andaba, por entonces, trabajando doce horas de noche, Dios me perdone y Dios perdone a Dios, pero, aun así, aquella apestosísima peste no podía evitar telefonearme todas las mañanas hacia las nueve. me acostaba sobre las siete y media y, tras un par de botellas de cerveza, solía arreglármelas para dormir un poco. lo tenía todo minuciosamente cronometrado. y él me hacía siempre la misma vieja y vulgar jugada. sólo quería saber que me había despertado y oír mi voz destemplada contestarle. él tosía, maullaba, carraspeaba, escupía. «escucha», le dije por fin, «¿por qué demonios me despiertas siempre a las nueve? sabes que trabajo toda la noche. ¡tengo un turno de doce horas! ¿por qué diablos insistes en despertarme a las nueve?»

—creí –dijo– que pensabas ir a las carreras. quería cogerte antes de que salieras para el hipódromo.

—escucha –dije–, la primera apuesta es a la una y cuarenta y cinco, además ¿cómo diablos piensas que voy a apostar en las carreras trabajando doce horas de noche? ¿cómo demonios crees que puedo trabajar tanto? tengo que dormir, cagar, bañarme, comer, joder, comprar cordones nuevos para los zapatos. toda esa mierda. ¿es que no tienes sentido de la realidad? ¿no te das cuenta de que cuando llego del trabajo me han estrujado totalmente? ¿no te das cuenta de que no queda nada? no podría llegar siquiera al hipódromo. no tengo fuerzas ni para rascarme el culo. ¿por qué diablos sigues telefoneándome a las nueve todas las mañanas?

su voz tembló de emoción como se dice...

—quería cogerte antes de que te fueras al hipódromo.

era inútil. colgué el aparato. luego, cogí una caja grande de cartón. y cogí el teléfono y lo metí en el fondo de aquella caja grande de cartón. y rellené la maldita caja sólidamente con trapos. lo hacía todas las mañanas cuando llegaba y sacaba el teléfono cuando me despertaba. así maté a la peste. vino a verme un día.

—¿cómo es que ya no contestas al teléfono? –me preguntó.

—meto el teléfono en una caja de trapos cuando llego a casa.

—¿pero no te das cuenta de que, al meter el teléfono en una caja de trapos, simbólicamente estás metiéndome a mí en una caja de trapos?

le miré y dije, muy lenta y calmosamente:

—sí, me doy cuenta.

nuestra relación nunca volvió a ser igual a partir de entonces. un amigo mío, un hombre mayor que yo pero lleno de vida y no artista (gracias a Dios), me dijo: «McClintock me telefonea tres veces al día. ¿aún te llama a ti?»

—no, ya no.

todos se ríen de los McClintocks, pero los McClintocks no se dan cuenta nunca de que son los McClintocks. es muy fácil distinguir a un McClintock: llevan todos una libretita de tapas negras llena de números de teléfono. si tienes teléfono, cuidado. la peste se apoderará de tu teléfono, asegurándote primero que no es conferencia (lo es) y luego empezará a descargar su interminable y venenosa perorata en el oído del desdichado oyente, esos tipos peste-McClintock son capaces de hablar horas, y aunque intentes no escuchar es imposible no hacerlo y sientes una especie de melancólica simpatía por el pobre individuo que está al otro agónico extremo del hilo.

quizá algún día se construya, reconstruya, el mundo, de modo que la peste, en virtud de la generosidad de sistemas claros y vida decente, no sea ya la peste. existe la teoría de que crean la peste cosas que no deberían existir. mal gobierno, atmósfera viciada, relaciones sexuales jodidas, una madre con un brazo de madera, etc. nunca sabremos si llegará o no la sociedad utópica. pero de momento aún tenemos esas áreas jodidas de humanidad con las que hay que tratar: las hordas del hambre, los negros, los blancos y los rojos, las bombas que duermen, los *love-ins,* los hippies, los no tan hippies, Johnson, las cucarachas de Albuquerque, la mala cerveza, la blenorragia, los editoriales apestosos, esto y lo otro y lo de más allá, y la Peste. la peste aún está aquí. yo vivo hoy, no mañana. mi utopía significa menos peste AHORA. y estoy seguro de que me gustaría oír tu historia. estoy seguro de que cada uno de nosotros soporta uno o dos McClintocks. puede que me hicieses reír con tus historias sobre el McClintockpeste. ¡¡¡¡Dios, lo que me recuerda!!!! ¡QUE NUNCA HE OÍDO REÍRSE A UN MCCLINTOCK!

piénsalo.

piensa en todas las pestes que hayas conocido y pregúntate si se han reído alguna vez. ¿se han reído?

Dios mío, y ahora que lo pienso, no es que yo me ría gran cosa. no puedo reírme más que cuando estoy solo. ¿habré estado escribiendo sobre mí mismo? una peste apestada por pestes. piénsalo. toda una colonia de pestes retorciéndose y clavando colmillo y 69-ando. ¿¿69-ando?? encendamos un chester y olvidemos el asunto. hasta mañana. mañana te veo. metido en una caja de trapos y lindas tetitas de cobra.

hola. no te desperté, ¿verdad?

no creo.

UN MAL VIAJE

¿nunca habéis pensado que el LSD y la televisión en color llegaron para nuestro consumo más o menos al mismo tiempo? nos llega toda esta pulsación explorativa de color y ¿qué hacemos? prohibimos una cosa y jodemos la otra. la televisión, desde luego, es inútil en las manos actuales; creo que no hay mucho que discutir al respecto. y leí que en un registro reciente se declaraba que un agente había recibido una rociada de ácido en la cara, arrojada por un supuesto fabricante de droga alucinógena. esto es también un derroche. hay ciertas razones esenciales para prohibir el LSD, el DMT, el STP. puede hacer que un hombre pierda permanentemente el juicio. claro que lo mismo podría aplicarse a la recolección de remolacha, o al trabajo en cadena apretando tornillos en una fábrica de coches o a lavar platos o a enseñar primer curso de inglés en una de las universidades locales. si prohibiésemos todo lo que vuelve locos a los hombres, toda la estructura social se derrumbaría: el matrimonio, la guerra, las líneas de autobuses, los mataderos, la apicultura, la cirugía, todo lo que se te ocurra. cualquier cosa puede volver loco a un hombre, porque la sociedad se asienta en bases falsas. hasta que no lo derribemos todo y lo reconstruyamos, los manicomios seguirán descuidados. y los recortes que hace nuestro buen gobierno a los presupuestos de los manicomios los tomo como una sugerencia implícita de que a los enloquecidos por la sociedad no debe mantenerlos y curarlos esa sociedad misma, en este período de inflación y locura fiscal generalizadas. ese dinero sería mejor para hacer carreteras, o para rociarlo con mucha medida sobre los negros, y que no quemen y arrasen nuestras ciudades. y tengo una idea espléndida: ¿por qué no asesinar a los locos? piensa en el dinero que nos ahorraríamos. incluso un loco come demasiado y necesita un sitio para dormir, y los cabrones son tan repugnantes... chillan y embadurnan de mierda las paredes, y demás. bastaría con un pequeño cuadro médico que tome las decisiones y un par de enfermeras o enfermeros que tengan buena pinta y que mantengan a un nivel satisfactorio las actividades sexuales extralaborales de los psiquiatras.

en fin, volvamos, más o menos, al LSD. lo mismo que es cierto que cuanto menos recibes más arriesgas (pensemos en la recolección de remolacha), también es cierto que cuanto más recibes más arriesgas. cualquier complejidad exploratoria, pintar, escribir poesía, asaltar bancos, ser dictador, etc., te lleva a ese punto en que peligro y milagro son casi como hermanos siameses. raras veces conectas, pero mientras estás en movimiento, la vida es sumamente interesante. es bastante agradable acostarse con la mujer de otro, pero tú sabes que algún día te van a coger con el culo al aire. esto únicamente hace más placentero el acto. nuestros pecados se manufacturan en el cielo para crear nuestro propio infierno, cosa que evidentemente necesitamos. sé lo bastante bueno en cualquier cosa y te crearás tus propios enemigos. los campeones reciben abucheos. la multitud está deseando verles hundidos para arrastrarles a su propio cuenco de mierda. son pocos los idiotas que resultan asesinados; un ganador puede ser liquidado con un rifle comprado por correo (eso dice la historia) o con su propio rifle en una ciudad pequeña como Ketchum. o como Adolfo y su puta cuando Berlín se desmorona en la última página de su historia.

el LSD puede machacarte también porque no es terreno adecuado para empleados leales. concedido, el mal ácido, como las malas putas, te puede liquidar. la ginebra casera, el licor de contrabando, también tuvo su día. la ley crea su propia enfermedad en mercados negros ponzoñosos. pero, en el fondo, la mayoría de los malos viajes se deben a que el individuo ha sido moldeado y envenenado previamente por la sociedad misma. si un hombre está preocupado por el alquiler, los plazos del coche, los horarios, una educación universitaria para su hijo, una cena de doce dólares para su novia, la opinión del vecino, levantarse por la bandera o qué va a pasarle a Brenda Starr, una píldora de LSD probablemente le vuelva loco, porque en cierto modo ya lo está y sólo soporta las mareas sociales por las rejas externas y los sordos martillos que le hacen insensible a cualquier pensamiento individualista. un viaje exige un hombre que aún no esté enjaulado, un hombre aún no jodido por el gran Miedo que hace funcionar toda la sociedad. por desgracia, la mayoría de los hombres sobrestiman su mérito y su dignidad como individuos esenciales y libres, y el error de la generación hippie es no confiar en nadie de más de 30. 30 no significa nada. la mayoría de los seres humanos quedan capturados y moldeados, por completo, a la edad de siete u ocho años. muchos de los jóvenes PARECEN libres pero esto no es más que una cuestión química del organismo y la energía y no algo real del espíritu. he encontrado hombres libres en los sitios más extraños y de TODAS las edades. (conserjes, ladrones de coches, lavacoches, y también algunas mujeres libres, la mayoría enfermeras o camareras, y de TODAS las edades). el alma libre es rara, pero la identificas cuando la ves: básicamente porque te sientes a gusto, muy a gusto, cuando estás con ellas o cerca de ellas.

un viaje de LSD te muestra cosas que no abarcan las reglas. te muestra cosas que no vienen en los libros de texto, y cosas por las que no puedes reclamar a los concejales del ayuntamiento. la hierba sólo hace más soportable la sociedad presente. el LSD es otra sociedad en sí misma. si tienes tendencia social, puede que etiquetes el LSD como «droga alucinógena», lo cual es fácil medio de eliminar y olvidar el asunto. pero lo de alucinación, la definición de ella, depende del polo desde el que operes. todo lo que te está sucediendo en el momento en que lo está, constituye la realidad misma: ya sea una película, un sueño, una relación sexual, un asesinato, que te maten a ti o el tomarse un helado. las mentiras se imponen más tarde; lo que pasa, pasa. alucinación es sólo una palabra del diccionario y un zanco social. cuando un hombre está muriendo, para él es muy real. para los demás, no es más que mala suerte o algo que hay que esquivar. la funeraria se cuida de todo. cuando el mundo empiece a admitir que TODAS las partes ajustan en el todo, entonces empezaremos a tener una oportunidad. todo lo que ve un hombre es real. no lo puso allí una fuerza externa, estaba allí antes de que naciera él. no le acuséis de que lo vea ahora, no le reprochéis volverse loco porque la educación y las fuerzas espirituales de la sociedad no fueron lo bastante sabias para decirle que la exploración nunca termina. no le digáis que debemos ser todos mierdecitas encajonadas en nuestro abecé y nada más. no es el LSD la causa del mal viaje: fue tu madre, tu presidente, la chiquita de la puerta de al lado, el heladero de las manos sucias, un curso de álgebra o de español obligatorios, fue el hedor de una cagada de 1926, fue un hombre de nariz demasiado larga cuando te dijeron que las narices largas eran feas; fue un laxante, fue la brigada Abraham Lincoln, fueron los caramelos y las galletas, fue la cara de F. Delano Roosevelt, fueron las gotas de limón, fue el trabajar diez años en una fábrica y que te echaran por llegar un día cinco minutos tarde, fue aquel viejo idiota que te enseñó historia en sexto curso, fue aquel perro tuyo atropellado y el que nadie supiera trazarte el mapa luego, fue una lista de treinta páginas de largo y seis kilómetros de anchura.

¿un mal viaje? todo este país, todo este mundo, es un mal viaje, amigo. pero te meterán en la cárcel por tomarte una píldora.

yo aún sigo con cerveza porque, en realidad, tengo ya cuarenta y siete años y ando muy enganchado. sería tonto del todo si me creyera libre de todas sus redes. creo que Jeffers lo expresó muy bien cuando dijo, más o menos, cuidado con las trampas, amigo, hay muchísimas, dicen que hasta Dios quedó atrapado en una cuando bajó a la tierra. por supuesto, ahora algunos no estamos tan seguros de que fuese dios, pero fuese quien fuese tenía trucos muy buenos, aunque da la sensación de que habló demasiado. cualquiera puede hablar demasiado. hasta Leary. o yo.

ahora es un sábado frío. se hunde el sol. ¿qué hacer en el ocaso? si yo fuese Liza, me peinaría el pelo, pero no soy Liza. en fin, cogí este *National Geographic* viejo y las páginas brillan como si algo realmente estuviese pasando. no es así, por supuesto. a mi alrededor, en este edificio, hay borrachos. toda una colmena de borrachos de principio a fin. pasan las mujeres caminando ante mi ventana. emito, silbo, una palabra más bien cansada y suave como «mierda» y, luego, arranco esta cuartilla de la máquina. es vuestra.

UN HOMBRE CÉLEBRE

dos veces he tenido la gripe la gripe la gripe. y la puerta sigue sonando, y cada vez hay más gente, y cada persona o personas creen tener algo especial que ofrecerme, y ring ring ring la puerta, y siempre lo mismo, digo

—¡UN MOMENTO! ¡UN MOMENTO!

y me enfundo unos pantalones y les dejo pasar. pero estoy muy cansado, nunca puedo dormir lo suficiente, hace tres días que no cago, exactamente, de veras, estoy volviéndome loco, y toda esta gente tiene una energía especial, tienen todos buen aspecto, yo soy un solitario pero no un cascarrabias, pero es siempre siempre... algo. pienso en el viejo proverbio alemán de mi madre, que dice más o menos: «emmr etvas!», que significa: siempre algo. lo cual el hombre nunca entiende del todo hasta que empieza a enloquecer. no es que la edad sea una ventaja, pero trae a colación la misma escena una y otra vez como un manicomio de película.

es un tipo duro de sucios pantalones, recién salido de la carretera, que cree profundamente en su obra, y no es mal escritor, pero me fastidia su seguridad en sí mismo y a él le fastidia el hecho de que no nos besemos y nos abracemos y nos toquemos el culo en medio de la habitación. está representando, es un actor, tiene que serlo. ha vivido más vidas que diez hombres. pero su energía, bella en cierto modo, acaba cansándome. me importa un pijo el panorama poético o que telefonease a Norman Mailer o conozca a Jimmy Baldwin, y el resto. y todo el restante resto. y veo que no me entiende del todo porque no excito del todo sus preponderancias. pero vale, de todos modos me agrada. se merece novecientos noventa y nueve de mil. pero, ay, mi alma alemana no descansará hasta alcanzar el mil. estoy muy tranquilo y escucho, pero por debajo hay un hervor inmenso de locura que hay que cuidar en último término o acabaré pegándome un tiro, algún día, en una habitación de ocho dólares por semana, en avenida Vermont. sí, no hay duda, mierda, sí.

en fin, él habla y es agradable. me río.

—quince de los grandes. conseguí aquellos quince grandes. se muere mi tío. entonces ella quiere casarse. yo estoy gordo como un cerdo, ha estado alimentándome bien. ella gana trescientos semanales en la oficina del consejero general, una cosa muy buena, y de pronto se empeña en casarse, en dejar el trabajo. nos vamos a España. muy bien, yo estoy escribiendo una obra de teatro, se me ocurrió esa gran idea para una obra de teatro, la tengo perfilada, así que bien, bebo, me jodo a todas las putas, y luego, el tipo de Londres quiere ver mi obra, quiere representar mi obra, vale, así que me voy a Londres y, cojones, a la vuelta descubro que mi mujer ha estado jodiendo con el alcalde del pueblo y con mi mejor amigo. y la agarro y le digo: MALA PUTA, JODER CON MI MEJOR AMIGO Y CON EL ALCALDE. DEBERÍA MATARTE AHORA MISMO Y ASÍ SÓLO ME ECHARÍAN CINCO AÑOS, PORQUE ERES UNA ¡ADÚLTERA!

pasea por la habitación, arriba y abajo.

—y qué pasó entonces —pregunto.

—ella dijo: «¡adelante, apuñálame, mamón.»

—vaya par de huevos —le dije.

—sí —dijo él—. yo tenía aquel cuchillo grande en la mano y lo tiré al suelo. tenía demasiada clase, más que yo. demasiada clase media alta.

muy bien. en fin, hijos de Dios todos: se fue.

volví a la cama. estaba sencillamente muriéndome. no le interesaba a nadie, ni siquiera a mí. otra vez los escalofríos, daba igual que me echara encima mantas. seguía teniendo frío. y luego este pensamiento: todas las aventuras mentales de los seres humanos parecían falsas, parecían mierda, era como si nada más nacer te hubiesen metido en el caldero de los falsarios y si no entendías la falsedad o no jugabas del lado del falsario, estabas liquidado, del todo. los falsarios lo tenían todo bien cosido, lo tenían cosido desde siglos atrás, no podías reventar las costuras. él no quería romperlas tampoco, no quería conquistar, él sabía que Shakespeare escribía mal, que Creeley tenía miedo. daba igual. lo único que quería él era estar solo en un cuartito. solo.

le había dicho una vez a un amigo que en tiempos pensó que le entendía, le había dicho una vez a su amigo: «nunca me sentí solo.»

y dijo su amigo: «eres un mentiroso de mierda.»

así pues, volvió a la cama, enfermo, estuvo allí una hora, volvió a sonar el timbre. decidió ignorarlo. pero los timbrazos y el aporreo cobraron tal violencia que pensó que podría ser algo importante.

era un chaval judío. muy buen poeta. pero ¡joder!

–¿Hank?

–¿sí?

cruzó la puerta, el joven, lleno de energía, convencido del fraude-poético, de toda esa mierda: si un hombre es un buen ser humano y un buen buenísimo poeta, será recompensado en algún sitio de este lado de este lado del infierno. el chaval simplemente no sabía. la gran beca ya estaba dispuesta para los ya bastante cómodos y gordos para chupar y acechar y enseñar primer curso o segundo de inglés en las míseras universidades del mundo. todo estaba dispuesto para el fracaso. el alma jamás vencerá a la mentira. sólo un siglo después de la muerte, y entonces utilizarán esa alma como fraude para defraudarte fraudulentamente. todo fallaba.

entró. el joven y rabínico estudiante.

–joder, qué horror –dijo.

–¿el qué? –pregunté.

–el viaje al aeropuerto.

–¿sí?

–Ginsberg se rompió las costillas en el coche. a Ferlinghetti, el más gilipollas de todos, no le pasó nada. se va a Europa, a dar esas lecturas de cinco a siete dólares la noche, y no se hizo ni un rasguño. yo vi una noche a Ferlinghetti en escena e intentó hacer callar a un tipo tan mal, con unos trucos que daba pena. le silbaron, al final, le calaron. Hirschman suelta también mucha mierda de ésa.

–a Hirschman le tiene enganchado Artaud, no lo olvides. cree que el que no hace locuras no es un genio. hay que darle tiempo. quién sabe.

–oye –dice el chaval–, me diste treinta y cinco dólares por pasarte a máquina tu próximo libro de poemas. pero son demasiados. ¡JESÚS! ¡no creí que fuesen TANTOS!

–yo creía que había dejado de escribir poesía.

y cuando un judío menciona a Jesús, es seguro que está en un lío. así que me dio tres dólares y yo le di diez, y entonces los dos nos sentimos mejor. se comió también media rebanada de mi pan francés y un pepinillo en vinagre. luego se fue.

volví al saco y me dispuse a morir y, en realidad, sean buenos o malos chicos, escriban o no sus versos, flexionen o no sus musculillos poéticos, cansa ya, tantos, tantos intentando triunfar, tantos odiándose entre sí, y algunos de los que están arriba, claro, no merecen estar allí, pero muchos de los que están arriba merecen estar allí, pero la cuestión es demoler, destrozar, arriba y abajo, «conocí a Jimmy en una fiesta...».

bueno, me trago esa mierda. estamos en que él se volvió a acostar. y vio cómo las arañas tragaban las paredes. aquello era lo suyo, desde siempre. no podía soportar a la gente, a los poetas, a los no poetas, a los héroes, a los no héroes... no podía soportar a ninguno de ellos. estaba condenado. su único problema en la condena era aceptar su condena lo más agradablemente posible. él, yo, nosotros, vosotros...

volvió a la cama, pues, temblando, frío. muerte como lomo de pez, agua blanquecina de balbuceo. todo el mundo muere. de acuerdo, pero yo y otra persona no. magnífico. hay diversas fórmulas. diversos filósofos. qué cansado estoy.

muy bien. la gripe la gripe, muerte natural de rústica frustración y descuido, aquí estamos, al fin, tumbados solos en la cama, sudando, contemplando la cruz, volviéndome loco a mi *propio* modo personal, al menos tenía eso, en otros tiempos, cuando nadie me molestaba, ahora hay siempre alguien llamando a la puerta, y no gano ni quinientos dólares al año escribiendo y siguen llamando a mi puerta. quieren VERME.

él, yo, se acostó de nuevo, enfermo, sudando, muriendo, muriendo realmente, que me dejen solo, por favor, me importa un carajo ser un genio o un imbécil, que me dejen dormir, que me dejen por lo menos un día, sólo ocho horas, el resto para ellos, y entonces suena el timbre otra vez.

podía ser Ezra Pound con Ginsberg intentando chupársela...
y él dijo:
—un momento, un momento que me vista.
y todas las luces estaban encendidas, fuera. como neón. o cosquilleantes pelos de prostituta.
el tipo era profesor de inglés de no sé dónde.
—¿Buk?
—sí. es que estoy malo, de gripe. muy contagiosa.
—¿querrás un árbol este año?
—no sé. estoy hecho polvo. la chica está en la ciudad. y yo me encuentro muy mal, es contagioso.

da un paso atrás y me ofrece un paquete de seis botellas de cerveza y luego abre su último libro de poesía, me lo dedica, se va, sé que el pobre diablo no sabe escribir, nunca sabrá, pero está enganchado en unos cuantos versos que escribió una vez en algún sitio y que jamás repetirá.

y no hay competencia en ello. en el gran arte no hay competencia, nunca. el gran arte puede ser gobierno o niños o pintores o chupapollas, o cualquier cosa, cualquiera.

dije adiós al tipo y a su paquete de cervezas y luego abrí su libro:

«... pasó el año académico de 1966-67 con una beca Guggenheim estudiando e investigando en...»

tiró el libro a un rincón, sabiendo que no sería bueno. todas las ayudas iban a los ya sobrados de ellas que tenían el tiempo necesario y sabían muy bien dónde conseguir un impreso para solicitar las jodidas becas. él nunca había visto una. no las ves si andas al volante de un taxi o de mozo de hotel en Albuquerque. joder.

volvió a dormir.

sonó el teléfono.

seguían llamando a la puerta.

así estaban las cosas. dejó de preocuparse. entre tantos sonidos y visiones, dejó de preocuparse. llevaba tres días o tres noches sin dormir, no tenía qué cenar, y todo ya parecía en calma. lo más próximo a la muerte que se pueda estar sin ser tonto. y siendo casi tonto. era magnífico. pronto se largarían.

y en el Cristo de su pared alquilada se hicieron fisurillas y él sonrió cuando aquel yeso de dos siglos cayó en su boca, lo aspiró y se murió de asfixia.

328

CABALLO FLORIDO

me pasé la noche sin dormir, con John el Barbas. hablamos de Creeley, él a favor, yo en contra, y yo estaba borracho cuando llegué y llevaba cerveza conmigo. hablamos de muchas cosas, de mí, de él, simple conversación general, y pasó la noche. hacia las seis, me metí en el coche, arrancó y bajé de las colinas hasta Sunset. conseguí entrar en casa, busqué otra cerveza, la bebí, conseguí desvestirme, me acosté, desperté al mediodía, malo, salté de la cama, me enfundé la ropa, me limpié los dientes, me peiné. contemplé un rostro balanceante en el espejo, me volví deprisa, giraron las paredes, salí por la puerta y logré entrar en el coche, puse rumbo sur hacia Hollywood Park. lo de siempre.

aposté diez al favorito, 8 por 5, y me volví para salir y ver la carrera. un chaval alto de traje oscuro corrió hacia la ventanilla intentando apostar en el último minuto. el cabrón debía de medir más de dos metros. intenté zafarme pero me arreó con el hombro en plena cara. casi me noquea. me volví: «cabrón hijoputa, ¡TEN CUIDADO!», grité. Él estaba tan obsesionado con su apuesta que no me oyó siquiera. subí la rampa y vi entrar el 8 por 5. luego salí del club y entré en la parte de la tribuna principal y cogí una taza de café caliente, sin leche. toda la pista parecía un ondulamiento psicodélico. 5,60 veces 5. 18 pavos de beneficio, primera carrera. no quería estar en la pista. no quería estar en ningún sitio. hay veces que un hombre tiene que luchar tanto por la vida que ni tiempo tiene de vivirla. volví al club, acabé el café, me senté para no desmayarme. malo, malísimo.

cuando me quedaba un minuto, volví a la cola. un tipejo japonés se volvió, y me dijo nariz con nariz: «¿a quién prefiere?», ni siquiera tenía programa. intentaba atisbar en el mío. los hay que son capaces de apostar diez o veinte pavos en una carrera y luego son tan tacaños que no compran un programa de cuarenta centavos que contiene además el historial de los caballos. «no me gusta ninguno», le dije, con un bufido. así me libré de él. se volvió a intentar leer el programa del que tenía delante en la cola. atisbaba por el costado del tipo, por encima del hombro.

hice mi apuesta y salí a ver la carrera, Jerry Perkins corría como el jamelgo de catorce años que era, Charley Short parecía como dormido en la bici. quizá hubiese estado también despierto toda la noche. con el caballo. ganó Night Freight, 18 por 1, yo rompí los boletos. el día antes había ganado un 15 por 1 y luego un 60 por 1. querían empujarme al precipicio. tenía ropa y zapatos de espantapájaros. un jugador puede gastar en todo menos en ropa: el trago vale, comida, jodienda, pero ropa no. Mientras no estés desnudo y tengas tu verde, te dejan apostar.

la gente miraba a una tía de minifalda cortísima. ¡pero CORTA de veras! y era joven y con clase. comprobé. demasiado. una dormida me costaría cien. decía que trabajaba de camarera en un sitio. yo volví al mío con mi ropa andrajosa y ella se fue a la barra y se pagó su propia bebida.

tomé otro café.

le había dicho a John el Barbas la noche anterior que el Hombre suele pagar cien veces más por un polvo de lo que vale, de todos modos. yo no. los demás sí. la de la minifalda valía unos ocho dólares. sólo me aumentaba unas trece veces su valor. buena chica.

me puse a la cola para la apuesta siguiente. con el tablero a cero. la carrera estaba a punto de terminar. el chico gordo que había delante de mí parecía dormido. no parecía que quisiese apostar. «vamos, apueste y muévase», dije. parecía atascado en la ventanilla. se volvió lentamente y le eché a un lado, metiéndole el codo, le saqué de la ventanilla. si me decía algo, le pensaba atizar. la resaca me había puesto nervioso. aposté veinte ganador a Scottish Dream, un buen caballo, aunque temía que Craine no lo montara bien. no le había visto una buena carrera. así que, en fin..., se lo merecía, salieron y un 18 por 1 le pasó en la recta final. quedó el segundo.

el precipicio estaba cada vez más cerca. miré a la gente. ¿qué hacían ellos allí? ¿por qué no estaban trabajando? ¿cómo hacían? había unos cuantos ricos en el bar. ellos no estaban preocupados, pero tenían esa mirada mortecina especial del rico que llega cuando el espíritu de lucha se esfuma de ellos y no queda nada que lo sustituya... ningún interés, sólo ser ricos. pobres diablos. sí. ja, jajaja, ja.

no bebía más que agua. estaba seco, seco. enfermo y seco. y descolgado. para el arrastre. acorralado otra vez. qué deporte aburrido.

se acercó a mí un hispano bien vestido que olía a asesinato e incesto. olía como una tubería de cloaca atascada.

–dame un dólar –dijo.

–vete a la mierda –dije yo, muy tranquilo.

se volvió y se acercó al siguiente.

–dame un dólar –dijo.

tuvo su respuesta. se había topado con un duro de Nueva York.

–dame tú diez, pijotero –le dijo el duro.

paseaba por allí otra gente, timados por el Dream. quebrados, furiosos, angustiados. machacados, mutilados, engañados, cazados, estafados, atrapados. jodidos. volverían a por más si consiguieran algo de dinero. ¿yo? yo iba a empezar a robar carteras o a hacerme macarra, algo así.

la carrera siguiente no fue mejor. llegué otra vez segundo, Jean Daily me fastidió con Peper Tone. empecé a convencerme de que todos mis años de experiencia en las carreras (tantas horas nocturnas de estudio) eran pura ilusión. demonios, eran sólo animales y tú los soltabas y pasaba algo. habría estado mejor en mi casa oyendo algo muy cursi *(Carmen* en inglés) y esperando a que el casero me echara a patadas.

en la quinta carrera volví a quedar segundo con Bobbijack, me ganó Stormy Scott N. la elección obvia era Stormy, sobre todo porque tenía el mejor jinete, Farrington, y había cerrado con once cuerpos en su última carrera.

segundo otra vez en la sexta. con Shotgun, un buen precio a 8 por 1. y se fueron con él, Peper Streak le ganó. rompí el boleto de diez dólares.

quedé el tercero en la séptima y fueron 50 dólares. En la octava tenía que elegir entre Creedy Cash y Red Wave. me quedé al final con Red Wave y, naturalmente, ganó Creedy Cash a 8 por 5, con O'Brien. lo que no fue ninguna sorpresa... Creedy había ganado ya 10 de 19 aquel año.

se me había ido la mano con Red Wave y ya eran 90 pavos.

fui a los urinarios a echar una meada, allí estaban todos dando vueltas, dispuestos a matar, a robar carteras. una multitud remota y maltratada. pronto saldrían, terminado ya todo. vaya vida... familias rotas, trabajos perdidos, negocios perdidos. locura. pero pagaba impuestos al buen estado de California, amigo. un siete u ocho por ciento de cada dólar. parte de eso construía carreteras. pagaba policías para amenazarte. construía manicomios. alimentaba y pagaba al gobierno.

un tiro más. aposté por un jaco de once años, Fitment, un caballo que la había armado en su última carrera, terminó a trece cuerpos contra seis mil quinientos apostadores, y que corría ahora contra un par de doce mil quinientos y un ocho mil. había que estar loco, y además aceptando sólo 9 por 2. aposté diez ganador a Urrall, a 6 por 1, como apuesta de compensación y aposté cuarenta ganador a Fitment. Eso me hundía ciento cuarenta pavos en el agujero. cuarenta y siete años y aún correteando por el País de las Hadas. atrapado como el palurdo más imbécil.

salí a ver la carrera. Fitment iba a dos largos al doblar la primera curva, pero corría bien. no te hundas, queridito, no te hundas. al menos concédeme una carrerita, sólo una. para qué quieren los dioses cagar siempre sobre el mismo individuo: yo. que todos tengan su oportunidad. es bueno para su resistencia. estaba oscureciendo y los caballos corrían entre la nieve. Fitment se lanzó a la cabeza al enfilar la pista opuesta a la recta final. hacía una carrera tranquila. pero Meadow Hutch, el favorito 8 por 5, dio la vuelta y se colocó delante de Fitment. corrieron así por la primera curva y luego Fitment avanzó, alcanzó a Meadow Hutch, lo igualó y lo dejó atrás. bien, hemos liquidado al favorito 8 por 5, ahora sólo quedan otros ocho caballos. mierda, mierda, no le dejarán, pensé. saldrá alguno del grupo. un alivio. los dioses no me lo concederán. volvería a mi habitación y me tumbaría en la oscuridad con las luces apagadas, mirando al techo, preguntándome qué significaba todo aquello. Fitment estaba a dos cuerpos en la recta final y yo esperaba. parecía una recta muy larga. Dios mío, ¡qué larga ERA! ¡qué LARGA!

no podrá ser. no puedo soportarlo. qué oscuro está.

ciento cuarenta pavos menos. enfermo. viejo. imbécil. desgraciado. verrugas en el alma.

las jóvenes duermen con gigantes de inteligencia y cuerpo. las chicas se ríen de mí cuando voy por la calle.

Fitment. Fitment.

mantenía los dos cuerpos. seguía. quedaron a dos cuerpos y medio. nadie se acercó más. maravilloso. una sinfonía. sonreía hasta la niebla. le vi llegar a la meta y luego me acerqué y bebí un poco más de agua. cuando volví habían puesto el precio: 11,80 dólares por 2. había ganado 40. saqué la pluma y calculé. ingreso: 236 dólares, menos mis 140. un beneficio de 96. Fitment. amor. niño. amor. caballo florido.

la cola de los diez dólares era larga. fui a los lavabos, me chapucé la cara. había recuperado el ritmo otra vez. salí y busqué los boletos.

¡sólo encontraba TRES boletos de Fitment! ¡había perdido uno en algún sitio!

¡aficionado! ¡imbécil! ¡majadero! me sentía enfermo. un boleto de diez pavos valía cincuenta y nueve dólares. volví sobre mis pasos. recogiendo boletos. ninguno del número 4. alguien había cogido mi boleto.

me puse a la cola, buscando en la cartera. ¡pedazo de burro! luego encontré el otro boleto, se había deslizado por detrás de una abertura de la cartera. era la primera vez que me pasaba. ¡cartera de mierda!

cobré mis 236 dólares. vi a Minifalda buscándome. ¡oh, no no no no NO! me largué en el ascensor, compré un periódico, esquivé a los conductores del aparcamiento, llegué al coche.

encendí un puro. bueno, pensé, no hay por qué negarlo: simplemente un genio no puede perder. con esta idea arranqué mi Plymouth del 57. conduje con gran cuidado y cortesía. Tarareé el concierto en re mayor para violín y orquesta de Piotr Ilich Chaikovski. había inventado un pasaje verbal que abarcaba el tema principal, la melodía principal: «una vez más, volveremos a ser libres. oh, una vez más, volveremos a ser libres, libres otra vez, libres otra vez...»

salí entre los furiosos perdedores. los fracasados. lo único que les quedaba eran aquellos coches de seguro caro y aún sin pagar. se desafiaban y se arriesgaban a la mutilación y al asesinato, zumbando, acuchillando, sin ceder ni un centímetro, me desvié en Century. se me paró el coche justo en la salida, y bloqueé detrás a otros catorce. pisé enseguida el pedal, hice un guiño al policía de tráfico, luego le di a la puesta en marcha. engranó y salí, continué a través de la niebla. Los Ángeles no era, en realidad, mal sitio: allí un buen sinvergüenza siempre podía salir adelante.

EL GRAN JUEGO DE LA HIERBA

la otra noche estaba en una reunión, cosa que suele resultarme desagradable. soy ante todo un solitario, un viejo curda que prefiere beber solo, con algo de Mahler o Stravinski en la radio quizá. pero allí estaba yo con las masas chifladas. no daré la razón, porque ésa es otra historia, puede que más larga, quizá más confusa, pero allí de pie, solo, tomando mi vino, oyendo a los Doors o los Beatles o los Airplane mezclados con todo el rumor de las voces, comprendí que necesitaba un cigarrillo. estaba desconectado. suelo estarlo. así que vi a dos de esos jóvenes cerca, braceando y moviéndose. cuerpos sueltos, cuellos doblados, dedos de las manos sueltos... en resumen, como goma, girones de goma que se estiraban y se encogían y se fragmentaban.

me acerqué.

—eh, ¿tenéis alguno de vosotros un cigarro?

esto realmente puso a saltar la goma. me quedé allí mirando y ellos volvieron a bracear y a agitarse.

—¡nosotros no fumamos, hombre! pero, HOMBRE, nosotros no... fumamos. cigarrillos.

—que no hombre, nosotros no fumamos, eso es, no, hombre. flop flop flip flap. goma.

—¡nosotros vamos a M-a-li-buuuú, hombre! ¡sí, nosotros vamos a Malll-i-buuú! ¡que sí, a M-a-li-buuuuú!

—¡que sí, hombre!

—¡que sí, hombre!

—¡que sí!

flip flap o flop flop.

no podían decirme sencillamente que no tenían un cigarrillo. tenían que soltarme su publicidad, su religión: los cigarrillos eran para novatos. ellos se iban a Malibú, a una cabaña y quemaban un poco de hierba. me recordaban, en cierto modo, a las viejas que venden en una esquina *La Atalaya* de los testigos de Jehová. toda la tropa del LSD, el LST, la marihuana, la heroína, el hachís, el jarabe para la tos, sufre del prurito *Atalaya:* tienes que estar con nosotros, hombre, si no te quedas fuera, estás muerto. esta propaganda es una constante y similar OBLIGACIÓN de todos los que le dan al asunto. no es raro que los detengan: no pueden usarlo tranquilamente para su placer; tienen que DEMOSTRAR que están en el rollo. además, tienden a ligarlo con Arte, Sexo, el escenario Marginal. su Dios del Ácido, Leary, les dice: «dejadlo todo. seguidme.» luego, alquilan un local aquí en la ciudad y les cobran cinco dólares por cabeza por oírle hablar. luego llega Ginsberg al lado de Leary. luego Ginsberg proclama a Bob Dylan gran poeta. autopropaganda de los devoratitulares del orinal de la mierda. Norteamérica.

pero dejémoslo correr, porque eso también es otra historia. este asunto tiene muchos brazos y poca cabeza, tal como lo cuento, y tal como es. pero volvamos a los chicos «conectados», los fumetas. su idioma. qué pasada, tío. el rollo, etc., etc. he oído esas mismas frases (o comoquiera que las llames) cuando tenía doce años, en 1932, oír las mismas cosas veinticinco años después no te inclina gran cosa a congeniar con el usuario, sobre todo cuando se considera hip. mucha de la palabrería proviene originariamente de los que usaban droga fuerte, de los de la cuchara y la aguja, y también de los chavales negros de las antiguas bandas de jazz. la terminología de los realmente «conectados» ha cambiado ya, pero los supuestos chicos hip, como los dos a quienes pedí el cigarrillo... ésos aún siguen hablando 1932.

y que la hierba cree arte resulta dudoso, muy dudoso. De Quincy escribió algún material bueno, y *Confesiones de un inglés comedor de opio* estaba lindamente escrito, aunque a ratos resultase bastante pesado. y es propio de la mayoría de los artistas probarlo casi todo. son aventureros, desesperados, suicidas. pero la hierba viene DESPUÉS, el Arte ya está allí, viene después de que el artista ya esté allí. la hierba no produce el Arte: pero a menudo se convierte en el terreno de juego del artista consagrado, una especie de celebración del ser, esas fiestas de hierba, y también algún material cojonudo para el artista: gente cazada con los pantalones espirituales bajados, o, si no bajados, mal abrochados.

allá por la década de 1830, las fiestas de hierba y las orgías sexuales de Gautier eran la comidilla de París. ese Gautier escribía poesía además, y se sabía también. ahora sus fiestas se recuerdan mejor.

pasemos a otro aspecto de este asunto: me fastidiaría que me enchironaran por uso y/o posesión de hierba. sería como acusarte de violación por husmear unas bragas en tendedero ajeno. la hierba, sencillamente, no vale tanto. gran parte del efecto lo causa un estado premental de fe en que uno va a subir. si pudiese introducirse un material con el mismo olor pero sin droga, la mayoría de los usuarios sentirían los mismos efectos: «¡esto sí que pega, tío!»

yo, por mi parte, puedo sacar más de un par de buenas latas de cerveza. no le doy a la hierba, no por la ley, sino porque me aburre y me hace muy poco efecto. pero aceptaré que los efectos del alcohol y de la maría son distintos. es posible pirarse con hierba y apenas darte cuenta; con el trago, sabes muy bien, en general, dónde estás. yo soy de la vieja escuela: me gusta saber dónde estoy. pero si otro hombre quiere hierba o ácido o aguja, no tengo nada que objetar. es su camino y cualquier camino que sea mejor para él, es mejor para mí.

ya hay suficientes comentaristas sociales de baja potencia cerebral. ¿por qué habría de añadir yo mi bufido de alta potencia? todos hemos oído a esas viejas que dicen: «¡oh, me parece sencillamente ESPANTOSO lo que hacen esos jóvenes consigo mismos, toda esa droga y esas cosas! ¡es terrible!» y luego miras a la vieja: sin ojos, sin dientes, sin cerebro, sin alma, sin culo, sin boca, sin color, sin flujo, sin humor, nada, sólo un palo, y te preguntas qué le habrán dado a ELLA su té y pastas y su iglesia y su casa en la esquina. y los viejos a veces se ponen muy violentos con lo que hacen algunos jóvenes: «¡he trabajado como un ANIMAL toda mi vida, demonios!» (piensan que es una virtud, y sólo demuestra que el hombre es un imbécil rematado.) «¡ésos lo quieren todo sin ES-FUERZO! ¡se tumban a destrozarse el organismo con las drogas, dispuestos a darse la gran vida!»

y entonces tú le miras:

amén.

únicamente tiene envidia. a él le han engañado. le han jodido
sus mejores años. también a él le gustaría echar una cana al aire. si
pudiese. pero ya no puede. así que ahora quiere que los demás su-
fran como él.

y en líneas generales ése es el asunto. los fumetas arman demasiado alboroto con su jodida hierba y el público lo arma por el hecho de que ellos utilizan su jodida hierba. y la policía está ocupada
y a los fumetas les detienen y gritan crucifixión, y el alcohol es legal hasta que te emborrachas demasiado y te cazan en la calle y entonces a la trena. dale algo al género humano y lo rasparán y lo
arañarán y lo machacarán. si legalizas la hierba, los Estados Unidos serán un poco más cómodos, pero no mucho más. mientras
estén ahí los tribunales y las cárceles y los abogados y las leyes, habrá acusados.

pedirles que legalicen la hierba es como pedirles que pongan
un poco de mantequilla en las esposas antes de ponérnoslas, otra
cosa es lo que te hace daño... por eso necesitas hierba, o whisky, o
látigos y trajes de goma, o música aullante tan jodidamente alta
que no puedas pensar. o manicomios, o coños mecánicos o ciento
sesenta y dos partidos de béisbol por temporada. o Vietnam o Is-
rael o el miedo a las arañas. tu amante se lava la amarillenta denta-
dura postiza en el lavabo antes de que te la jodas.

hay soluciones básicas y hay triquiñuelas. aún seguimos jugando con triquiñuelas porque aún no somos lo bastante hombres ni
lo bastante reales para decir lo que necesitamos. durante unos siglos creímos que podría ser el cristianismo. después de arrojar a
los cristianos a los leones, les dejamos que nos arrojaran ellos a los
perros. descubrimos que el comunismo podría ser un poco mejor
para el estómago del hombre medio, pero que hacía poco por su
alma. ahora jugamos con drogas, pensando que abrirán puertas.
Oriente conoce ese asunto desde mucho antes que la pólvora. des-
cubren que sufren menos, que mueren más. hierba o no hierba.
«¡nosotros nos vamos a Malibú, hombre! ¡que sí, que nos vamos a
Malll-i-buuuuú!»

perdonad un momento, que líe un poco de Bull Durham.

¿una calada?

LA MANTA

He estado durmiendo mal últimamente, pero no se trata concretamente de eso. Es cuando *parece* que voy a dormir cuando pasa. Digo «parece que voy a dormir» porque es justo eso. Últimamente, cada vez más, parezco estar dormido, tengo la sensación de que estoy durmiendo, y sueño, sin embargo, en mi sueño con mi habitación, sueño que estoy dormido y que todo está exactamente donde lo dejé al acostarme. El periódico en el suelo, una botella de cerveza vacía en una silla, mi carpa dorada dando lentas vueltas en el fondo de su pecera, todas las cosas íntimas que son tan parte de mí como mi pelo. Y muchas veces, cuando NO estoy dormido pero estoy en la cama mirando las paredes, adormilado, esperando dormir, suelo preguntarme: ¿aún estoy despierto o estoy dormido ya y sueño con mi habitación?

Las cosas han ido mal últimamente. Muertes; caballos que corren mal; dolor de muelas; hemorragias, otras cosas inmencionables. Tengo a veces la sensación de que, bueno, de que las cosas no pueden ponerse ya peor. Y entonces pienso: en fin, aún tienes una habitación, no estás en la calle. Hubo tiempos en que no me importaban las calles. Ahora no puedo soportarlas. Puedo soportar ya muy poco. Me han pinchado, acuchillado y sí, bombardeado incluso..., tan a menudo, que sencillamente estoy harto; no puedo soportar todo esto.

Y ahí está el asunto. Cuando me acuesto y sueño que estoy en mi habitación o si está pasándome realmente y estoy despierto, no sé, en fin, empiezan a pasar cosas. Me doy cuenta de que la puerta del armario está un poquito abierta y estoy seguro de que no lo estaba un momento antes. Luego veo que la abertura de la puerta del tocador y el ventilador (ha hecho calor y tengo el ventilador en el suelo) se alinean apuntando en línea recta a mi cabeza. Con un súbito giro, me aparto bufando de la almohada, y digo «bufando» porque suelo maldecir bastante a «esos» o «eso» que intentan echarme. Ya te oigo decir: «este tío está loco», y en realidad quizá lo esté. Pero de todos modos no tengo la sensación de estarlo. Aunque sea un punto muy débil a mi favor, si lo es en realidad. Cuando estoy fuera, entre gente, me siento incómodo. Ellos hablan y tienen emociones en las que yo no participo. Y es, sin embargo, cuando estoy con ellos cuando más fuerte me siento. Y pienso esto: si ellos pueden existir apoyándose concretamente en esos fragmentos de cosas, yo también puedo existir, sin duda. Pero es cuando estoy solo y todas las comparaciones deben enfrentarse a una comparación de mí mismo frente a las paredes, a la respiración, a la historia, a mi fin, cuando empiezan a pasar cosas extrañas. Evidentemente soy un hombre débil. He probado a recurrir a la Biblia, a los filósofos, a los poetas, pero para mí, no sé por qué, ninguno ha dado en el blanco. Hablan de algo completamente distinto. Por eso dejé de leer hace ya mucho. Hallé cierta ayuda en la bebida, en el juego y el sexo, en este sentido me he portado como cualquier hombre de la comunidad, la ciudad, la nación. Con la diferencia única de que a mí no me interesaba «triunfar». No quería familia, hogar, trabajo respetable, etc. Y así me veía yo: ni intelectual ni artista, sin las auxiliadoras raíces del hombre normal, colgando como algo etiquetado en medio y supongo, sí, que es el principio de la locura.

¡Y qué vulgar soy! Estiro la mano y me rasco el culo. Tengo hemorroides, almorranas. Es mejor que la relación sexual. Rasco hasta sangrar, hasta que el dolor me obliga a parar. Así hacen los monos. ¿No les has visto nunca en los zoos con los culos rojos y ensangrentados?

Pero déjame seguir. Aunque si te interesa lo raro te hablaré del asesinato. Esos Sueños de la Habitación, permíteme llamarlos así, empezaron hace algunos años. Uno de los primeros fue en Filadelfia. Entonces tampoco trabajaba y quizá estuviese preocupado por el alquiler. Ya no bebía más que un poco de vino y algo de cerveza, y el sexo y el juego aún no habían caído sobre mí con plena fuerza. Aunque vivía con una dama de la calle por entonces me parecía muy extraño que ella quisiera más sexo o «amor», como decía cuando se trataba de mí, después de estar con dos o tres o más hombres aquel día y noche, y aunque yo tenía tanta cárcel y experiencia encima como cualquier Caballero de la Vida, daba una sensación rara meterla allí dentro después de todo AQUELLO... y eso se volvía contra mí y lo pasaba muy mal:

–Querido –decía ella–, tienes que entender que yo te AMO. Con ellos no es nada. No CONOCES a las mujeres. Una mujer puede dejarte entrar y tú creer que estás allí dentro y no estarlo siquiera. Contigo es distinto.

Pero las palabras no ayudaban gran cosa. Sólo acercaban más las paredes. Y una noche, no sé si soñaba o no, me desperté y ella estaba en la cama conmigo (o soñé que despertaba) y miré alrededor y vi allí a todos aquellos hombrecillos, treinta o cuarenta, atándonos con alambres a la cama, una especie de alambre de plata, y daban vueltas y vueltas enrollándonos, por debajo de la cama, por encima, con el alambre. Mi chica debió de sentir mi nerviosismo. Vi que tenía los ojos abiertos y que me miraba.

–¡Quieta! –dije–. ¡No te muevas! ¡Están intentando electrocutarnos!

–¿QUIÉN ESTÁ INTENTANDO ELECTROCUTARNOS?

–¡Maldita sea! ¡QUIETA he dicho! ¡No te muevas!

Les dejé trabajar un rato más, fingiendo estar dormido. Luego, me alcé con todas mis fuerzas, rompiendo el alambre, sorprendiéndolos. Le largué un viaje a uno, pero no le di. No sé dónde se metieron, pero me libré de ellos.

–Acabo de salvarnos de la muerte –dije a mi chica.

–Bésame, querido –dijo ella.

En fin, volvamos al presente. Despierto por la mañana con estos cintazos en el cuerpo. Marcas azules. Hay una manta concreta a la que he estado vigilando. Creo que esta manta se aprieta a mí mientras duermo. A veces despierto y la tengo enrollada al cuello y apenas puedo respirar. Siempre es la misma manta. Pero he procurado ignorarla. Abro una cerveza, extiendo el programa de las carreras, miro por la ventana la lluvia e intento olvidar todo. Quiero sencillamente vivir tranquilo y sin problemas. Estoy cansado. No quiero imaginar ni inventar cosas.

Sin embargo esta noche volvió a molestarme la manta. Se mueve como una serpiente. Adopta diversas formas. No se está lisa y quieta encima de la cama. Y la noche anterior la tiré al suelo de una patada. Luego la vi moverse. Vi moverse esa manta muy rápido cuando fingí volver la cabeza. Me levanté y encendí todas las luces y cogí el periódico y me puse a leer. Lo leí todo, la bolsa, los últimos estilos de la moda, cómo cocinar una calabaza, cómo librarse de la hierba piojera; las cartas al director, las columnas políticas, ofertas de trabajo, esquelas, etc. Durante ese tiempo la manta no se mueve y bebo tres o cuatro botellas de cerveza, quizá más, y luego a veces es de día y entonces resulta fácil dormir.

La otra noche pasó. Bueno, empezó por la tarde. Como había dormido muy poco, me acosté por la tarde, a las cuatro, y cuando desperté, o soñé con mi habitación otra vez, estaba oscuro y tenía la manta enrollada al cuello, la manta había decidido que ¡Era EL momento! ¡Basta de disimulos! ¡Iba a por mí, y era más fuerte! O más bien yo parecía muy débil, como en un sueño, y me costó un trabajo inmenso impedirle que me cortara del todo el aire, pero seguía colgando a mi alrededor, aquella manta, dando rápidos y fuertes tirones, intentando cogerme descuidado. Empezó a llenárseme la frente de sudor. ¿Quién iba a creer una cosa así? ¿Quién podía creer aquello? Una manta que cobra vida e intenta matar a un hombre... Nada se cree hasta que pasa por PRIMERA vez..., como la bomba atómica o que los rusos mandasen un hombre al espacio o que Dios descendiese a la tierra y luego le clavasen en una cruz aquellos a los que Él creara. ¿Quién puede creer todas las cosas que pasan? ¿El último husmeo de fuego? ¿Los ocho o diez hombres y mujeres en una nave espacial, la Nueva Arca, camino de otro planeta a plantar la insípida semilla del hombre una vez más? ¿Habría hombre o mujer capaz de creer que aquella manta intentaba estrangularme? ¡Nadie, absolutamente nadie! Y, en cierto modo, esto empeoraba las cosas. Aunque, por supuesto, no me afectase gran cosa lo que las masas pensasen de mí, deseaba, en cierto modo, comprender a la manta. ¿Extraño? ¿Por qué pasaba aquello? Y, también extraño, había pensado a menudo en el suicidio, pero ahora que la manta quería ayudarme, luchaba contra ella.

Por fin, logré librarme de aquel chisme y tirarlo al suelo y encendí las luces. ¡Eso lo resolvería todo! ¡LUZ, LUZ, LUZ!

Pero no, vi que aún se agitaba o se movía un centímetro o dos allí, bajo la luz. Me senté y la observé atentamente. Volvió a moverse. Treinta centímetros por lo menos. Me levanté y empecé a vestirme. Apartándome de la manta y bordeándola para coger los zapatos, los calcetines, etc. Una vez vestido, no sabía qué hacer. La manta aún seguía allí. Quizá un paseo, el aire de la noche. Sí, charlaría con el chico de los periódicos de la esquina. Aunque esto ya no era posible tampoco. Todos los chicos de los periódicos del barrio eran intelectuales. Leían a G. B. Shaw y a O. Spengler y a Hegel. Y no eran chicos de los periódicos ya: tenían sesenta, ochenta o mil años. Mierda. Salí dando un portazo.

Luego, cuando llegué a las escaleras, algo me hizo volverme y mirar al descansillo. Acertaste: la manta me seguía, avanzaba serpentinamente, los pliegues y sombras de delante aparentaban cabeza, boca y ojos. Permite que te diga que en cuanto empiezas a admitir que un horror es un horror, al fin se hace MENOS horror. Por un momento pensé en mi manta como si fuese un buen perro que no quisiese estar solo sin mí y tenía que seguirme. Pero luego caí en la cuenta de que aquel perro, aquella manta, había salido a matarme, y entonces, a toda prisa, bajé las escaleras.

¡Sí, sí, vino tras de mí! Se movía con la rapidez que quería bajando las escaleras. Sin ruido. Decidida.

Yo vivía en el tercer piso. Me siguió escaleras abajo. Hasta el segundo. Hasta el primero. Mi primer pensamiento fue salir corriendo fuera, pero fuera estaba muy oscuro. Es un barrio tranquilo y solitario, lejos de las grandes avenidas. Lo mejor era acercarse a la gente para cerciorarse de la realidad de los hechos. Son necesario como MÍNIMO 2 votos para hacer real la realidad. Los artistas que han trabajado años por delante de su época han descubierto eso, y los casos de demencia y de supuesta alucinación lo han puesto también al descubierto. Si eres el único que ves una visión, te llaman santo o loco.

Llamé a la puerta del apartamento 102. Salió a abrir la mujer de Mick.

–Hola, Hank –dijo–. Pasa.

Mick estaba en la cama, todo hinchado, los tobillos de tamaño doble, con más vientre que una mujer embarazada. Había sido un gran bebedor y había fallado el hígado. Estaba lleno de agua. Esperaba que quedase una cama libre en el hospital de veteranos.

–Hola, Hank –dijo–. ¿Trajiste un poco de cerveza?

–Vamos, Mick –dijo su vieja–, ya sabes lo que dijo el doctor: se acabó, ni siquiera cerveza.

–¿Para qué es esa manta, Hank? –preguntó él.

Miré. La manta había saltado hasta mi brazo para poder entrar inadvertida.

–Bueno –dije–, es que tengo muchas. Pensé que podría serviros. La eché sobre el sofá.

–¿No trajiste cerveza?

–No, Mick.

–Una cerveza seguro que podría aguantarla.

–Mick –dijo su vieja.

–Bueno, es que resulta muy duro cortar en seco después de tantos años.

–Bueno, quizá una –dijo su vieja–. Bajaré a la tienda.

–No te molestes –dije–, traigo yo unas cuantas de la nevera.

Me levanté y fui hacia la puerta, vigilando la manta. No se movió. Estaba allí posada, mirándome desde el sofá.

–Enseguida vuelvo –dije, y cerré la puerta.

Creo, pensé, que es cosa mental. Llevé la manta conmigo e imaginé que me seguía. Tengo que relacionarme más con la gente. Mi mundo es demasiado limitado.

Subí a casa y metí tres o cuatro botellas de cerveza en una bolsa de papel y luego empecé a bajar. Cuando iba por el segundo piso oí un grito, un taco y luego un tiro. Bajé corriendo las otras escaleras y me lancé hacia el 102. Mick estaba allí de pie todo hinchado con una magnum del 32 de cuyo cañón salía un hilillo de humo. La manta seguía en el sofá, donde yo la había dejado.

–¡Mick, estás loco! –le decía su vieja.

–Es cierto –dijo él–. En cuanto entraste en la cocina, esa manta, que muerto me caiga ahora mismo si no es cierto, esa manta saltó hacia la puerta. Intentaba girar el manubrio para salir, pero no podía. En cuanto me recuperé de la primera sorpresa, salí de la cama y fui hacia ella, y cuando me acercaba, saltó del pomo, saltó a mi cuello e intentó estrangularme.

–Mick ha estado enfermo –dijo su vieja–. Ha estado poniéndose inyecciones. Ve cosas. Veía cosas cuando bebía. En cuanto lo ingresen en el hospital se pondrá perfectamente.

–¡Maldita sea! –gritó él plantado allí todo hinchado con su pijama–. Te aseguro que ese chisme intentó matarme, y suerte que la vieja magnum estuviese cargada y que pudiese correr al aparador y sacarla y atizarle cuando intentó atacarme otra vez. Se escurrió. Volvió otra vez al sofá y allí está. Puedes ver el agujero donde le metí la bala. ¡No son imaginaciones mías!

Llamaron a la puerta. Era el encargado.

–Hacen ustedes demasiado ruido –dijo–. Nada de televisión ni radio ni ruidos fuertes después de las diez –dijo.

Luego se fue.

Me acerqué a la manta. Tenía un agujero, desde luego. Parecía muy quieta. ¿Cuáles son los puntos vitales de una manta viva?

–Jesús, vamos a tomar una cerveza –dijo Mick–. Me da igual morirme que no.

Su vieja abrió tres botellas y Mick y yo encendimos un par de Pall Malls.

–Oye, amigo –dijo–, cuando te vayas llévate la manta.

–Yo no la necesito, Mick –dije–. Quédatela tú.

Bebió un gran trago de cerveza.

–¡Sácame ese maldito chisme de aquí!

–Bueno, ya está MUERTA, ¿no? –le dije.

–¿Cómo diablos voy a saberlo?

–¿Quieres decirme que te crees ese absurdo de la manta, Hank?

–Sí, señora, lo creo.

Ella echó la cabeza hacia atrás y soltó una carcajada.

–Vaya un par de chiflados, nunca vi cosa igual. –Luego añadió–: Tú también bebes, ¿verdad Hank?

–Sí, señora.

–¿Mucho?

–A veces.

–¡Yo lo único que digo es que te lleves esa condenada manta de aquí!

Bebí un buen trago de cerveza y deseé que fuese vodka.

–De acuerdo, camarada –dije–, si no quieres la manta, me la llevaré.

La doblé y me la eché al brazo.

—Buenas noches.

—Buenas noches, Hank, y gracias por la cerveza.

Subí la escalera y la manta seguía muy quieta. Quizá la bala la hubiese liquidado. Entré en casa y la eché en una silla. Luego estuve sentado un rato, mirándola.

Luego se me ocurrió una idea: cogí la panera y puse encima un periódico. Luego cogí un cuchillo. Puse la panera en el suelo. Luego me senté en la silla. Me puse la manta sobre las piernas. Y agarré el cuchillo. Pero costaba trabajo apuñalar aquella manta. Seguí allí, sentado en la silla, el viento de la noche de la podrida ciudad de Los Ángeles entraba soplándome en la nuca, y qué trabajo me costaba clavar aquel cuchillo. ¿Qué sabía yo? Quizá aquella manta fuese alguna mujer que me había amado, y buscaba un medio de volver a mí a través de la manta. Pensé en dos mujeres. Luego, pensé en una. Luego me levanté y entré en la cocina y abrí la botella de vodka. El médico me había dicho que una gota más de licor y estaba listo. Pero llevaba tiempo practicando. Un dedalito una noche. Dos la siguiente, etc. Esta vez me serví un vaso lleno. No era el morir lo que importaba, era la tristeza, el asombro, las pocas personas buenas que hay llorando en la noche. Las pocas personas buenas. Quizá la manta hubiese sido aquella mujer e intentase matarme para llevarme a la muerte con ella, o intentase amar como una manta y no supiese cómo... o intentase matar a Mick porque la había molestado cuando intentaba seguirme por la puerta... ¿Locura? Seguro. ¿Qué no es locura? ¿No es una locura la vida? Todos estamos atados como muñecos... unos cuantos vientos de primavera, y se acabó, y ya está... y damos vueltas por ahí y suponemos cosas, hacemos planes, elegimos gobernadores. Segamos el césped... Locura, sin duda, ¿qué NO ES locura?

Bebí el vaso de vodka de un trago y encendí un cigarrillo. Luego alcé la manta por última vez y ¡CORTÉ! Corté y corté y corté, corté aquel chisme en trozos pequeñísimos... y metí los trozos en el balde y luego lo puse junto a la ventana y puse en marcha el ventilador para soplar el humo, y mientras la llama se alzaba, entré en la cocina y me serví otro vodka.

Cuando salí estaba poniéndose rojo y bien, como cualquier bruja del viejo Boston, como cualquier Hiroshima, como cualquier amor, como cualquier amor, cualquiera, y yo no me sentí bien, no me sentí nada bien. Bebí el segundo vaso de vodka y apenas lo noté. Entré en la cocina a por otro, el cuchillo en la mano. Tiré el cuchillo en el fregadero y desenrosqué el tapón de la botella. Volví a mirar el cuchillo que había echado en el fregadero. En su filo había una mancha clara de sangre. Me miré las manos. Las revisé buscando cortes. Las manos de Cristo eran manos hermosas. Miré mis manos. No había ningún corte. No había ni un arañazo. Ni un rasguño.

Sentí rodar las lágrimas, arrastrarse como cosas pesadas e insensibles, sin piernas. Estaba loco. Tenía que estar loco sin duda.

ANIMALES HASTA EN LA SOPA

Había estado mucho tiempo por ahí bebiendo, y durante ese tiempo había perdido mi lindo trabajo, la habitación y (quizá) el juicio. Después de dormir la noche en una calleja, vomité en la claridad, esperé cinco minutos, acabé lo que quedaba de la botella de vino que encontré en el bolsillo de la chaqueta. Empecé a caminar por la ciudad, sin ningún objetivo. Mientras andaba, tenía la sensación de poseer una parte del significado de las cosas. Por supuesto, era falso. Pero quedarse en una calleja tampoco servía de gran cosa.

Anduve durante un rato, sin darme casi cuenta. Consideraba vagamente la fascinación de morir de hambre. Sólo quería un sitio donde tumbarme y esperar. No sentía rencor alguno contra la sociedad, porque no pertenecía a ella. Hacía mucho que me había habituado a este hecho. Pronto llegué a los arrabales de la ciudad. Las casas estaban mucho más espaciadas. Había campo y fincas pequeñas. Yo estaba más enfermo que hambriento. Hacía calor y me quité la chaqueta y la colgué del brazo. Empezaba a notar sed. No había rastro de agua por ninguna parte. Tenía la cara ensangrentada de una caída de la noche anterior, y el pelo revuelto. Morir de sed no lo consideraba una muerte cómoda. Decidí pedir un vaso de agua. Pasé la primera casa, no sé por qué me pareció que me sería hostil, y seguí calle abajo hasta una casa verde de tres plantas, muy grande, adornada de hiedra y con matorrales y varios árboles alrededor. A medida que me acercaba al porche delantero, oía dentro extraños ruidos, y me llegaba un olor como de carne cruda y orina y excrementos. Sin embargo, la casa daba una sensación amistosa; llamé al timbre.

Salió a la puerta una mujer de unos treinta años. Tenía el pelo largo, de un rojo castaño, muy largo, y aquellos ojos pardos me miraron. Era una mujer guapa, vestía vaqueros azules ceñidos, botas y una camisa rosa pálido. No había en su cara ni en sus ojos ni miedo ni recelo.

–¿Sí? –dijo, casi sonriendo.

–Tengo sed –dije yo–. ¿Puedo tomar un vaso de agua?

–Pasa –dijo ella, y la seguí a la habitación principal–. Siéntate.

Me senté, tímidamente, en un viejo sillón. Ella entró en la cocina a por el agua. Estando allí sentado, oí correr algo vestíbulo abajo, hacia la habitación principal. Dio una vuelta a la habitación, frente a mí, luego se detuvo y me miró. Era un orangután. El bicho empezó a dar saltos de alegría al verme. Luego corrió hacia mí y saltó a mi regazo. Pegó su cara a la mía, sus ojos se fijaron un instante en los míos y luego apartó la cabeza. Cogió mi chaqueta, saltó al suelo y corrió vestíbulo adelante con ella, haciendo extraños ruidos.

Ella volvió con mi vaso de agua, me lo entregó.

–Soy Carol –dijo.

–Yo Gordon –dije–, pero, en fin, qué más da.

–¿Por qué?

–Bueno, estoy liquidado. No hay nada que hacer. Se acabó.

–¿Y qué fue? ¿El alcohol? –preguntó.

–El alcohol –dije, luego indiqué lo que quedaba más allá de las paredes–: Y ellos.

–También yo tengo problemas con ellos. Estoy completamente sola.

–¿Quieres decir que vives sola en esta casa tan grande?

–Bueno, no exactamente –se echó a reír.

–Ah, claro, tienes ese mono grande que me robó la chaqueta.

–Oh, ése es Bilbo. Es muy lindo. Está loco.

–Necesitaré la chaqueta esta noche. Hace frío.

–Tú te quedas aquí esta noche. Necesitas descanso, se te nota.

–Si descansase, podría querer seguir con el juego.

–Creo que deberías hacerlo. Es un buen juego si lo enfocas como es debido.

–Yo no lo creo. Y, además, ¿por qué quieres ayudarme?

–Yo soy como Bilbo –dijo ella–. Estoy loca. Al menos, eso creen ellos. Estuve tres meses en un manicomio.

–¿De veras? –dije.

–De veras –dijo ella–. Lo primero que voy a hacer es prepararte un poco de sopa.

Más tarde me dijo:

–Las autoridades del condado están intentando echarme. Hay un pleito pendiente. Por suerte, papá me dejó bastante dinero. Puedo combatirlos. Me llaman Carol la Loca del Zoo Liberado.

–No leo los periódicos. ¿Zoo Liberado?

–Sí, *amo* a los animales. Tengo problemas con la gente. Pero, Dios mío, *conecto* realmente con los animales. Puede que *esté* loca. No sé.

–Creo que eres encantadora.

–¿De veras?

–De veras.

–La gente parece tenerme miedo. Me alegro de que tú no me tengas miedo.

Sus ojos pardos se abrían más y más. Eran de un color oscuro y melancólico, y mientras hablábamos, parte de la tensión pareció esfumarse.

–Oye –dije–, lo siento, pero tengo que ir al baño.

–Después del vestíbulo, la primera puerta a la izquierda.

–Vale.

Crucé el vestíbulo y giré a la izquierda. La puerta estaba abierta. Me detuve. Sentado en la barra de la ducha, sobre la bañera, había un loro. Y en la alfombra un tigre adulto tumbado. El loro me ignoró y el tigre me otorgó una mirada indiferente y aburrida. Volví rápidamente a la habitación principal.

–¡Carol! ¡Dios mío, hay un *tigre* en el baño!

–Oh, es Dopey Joe. Dopey Joe no te hará nada.

–Sí, pero no puedo cagar con un tigre mirándome.

–Oh, qué tonto. ¡Vamos, ven conmigo!

Seguí a Carol por el vestíbulo. Entró en el baño y dijo al tigre:

–Vamos, Dopey, muévete. El caballero no puede cagar sí tú le miras. Cree que quieres comerlo.

El tigre se limitó a mirar a Carol con indiferencia.

–¡Dopey, bastardo, que no tenga que repetírtelo! ¡Contaré hasta *tres*! *¡Venga!* Vamos: uno... dos... *tres...*

El tigre no se movió.

–¡De acuerdo, tú te lo has buscado!

Cogió a aquel tigre por la oreja y tirando de ella lo obligó a levantarse. El bicho bufaba, escupía; pude ver los colmillos y la lengua, pero Carol parecía ignorarlo. Sacó a aquel tigre de allí por una oreja y se lo llevó al vestíbulo. Luego le soltó la oreja y dijo:

–Muy bien, Dopey, ¡a tu habitación! ¡A tu habitación inmediatamente!

El tigre cruzó el vestíbulo, hizo un semicírculo y se tumbó en el suelo.

–*¡Dopey!* –dijo ella–. ¡A tu habitación!

El bicho la miró, sin moverse.

–Este hijoputa está poniéndose imposible. Voy a tener que emprender una acción disciplinaria –dijo ella–, pero me fastidia. Le amo.

–¿Le amas?

–Amo a todos mis animales, por supuesto. Dime, ¿y el loro? ¿Te molestará el loro?

–Supongo que podré descargar delante del loro –dije.

–Entonces adelante, que tengas una buena cagada.

Cerró la puerta. El loro no dejaba de mirarme. Luego dijo:

–Entonces adelante, que tengas una buena cagada.

Luego cagó *él,* directamente en la bañera.

Hablamos algo más aquella tarde y por la noche, y yo consumí un par de magníficas comidas. No estaba seguro del todo de que aquello no fuese un montaje gigante del delírium trémens. O de que no me hubiese muerto, o me hubiese vuelto loco, o estuviese viendo visiones.

No sé cuántos tipos de animales distintos tenía Carol allí. Y la mayoría de ellos campaban a sus anchas por la casa, pero tenían buenos hábitos de limpieza. Era un Zoo Liberado.

Luego, había el «período de mierda y ejercicio», según palabras de Carol. Y allá salían todos desfilando en grupos de cinco o seis, dirigidos por ella, hacia el prado. La zorra, el lobo, el mono, el tigre, la pantera, la serpiente..., en fin, ya sabes lo que es un zoo. Lo tenía casi todo. Pero lo curioso era que los animales no se molestaban unos a otros. Ayudaba el que estuviesen bien alimentados (la factura de alimentación era tremenda; papá debía de haber dejado mucha pasta), pero yo estaba convencido de que el amor de

Carol hacia ellos les colocaba en un estado de pasividad muy suave y casi alegre: un estado de amor transfigurado. Los animales simplemente se sentían *bien*.

—Mírales, Gordon. Fíjate en ellos. ¿Cómo no amarlos? Mira cómo se *mueven*. Tan diferente cada uno, tan real cada uno de ellos, tan él mismo cada uno. No como los humanos. Están tranquilos, están liberados, nunca son feos. Tienen la gracia, la misma gracia con la que nacieron...

—Sí, creo que entiendo lo que quieres decir...

Aquella noche no podía conciliar el sueño. Me puse la ropa, salvo los zapatos y los calcetines, y recorrí el pasillo hasta la habitación delantera. Podía mirar sin ser visto. Allí me quedé.

Carol estaba desnuda y tumbada sobre la mesa de café, la espalda en la mesa, con sólo las partes inferiores de muslos y piernas colgando. Todo su cuerpo era de un excitante blanco, como si jamás hubiese visto el sol, y sus pechos, más vigorosos que grandes, parecían independientes, partes diferenciadas alzándose en el aire, y los pezones no eran de ese tono oscuro de la mayoría de las mujeres, sino más bien de un rojo-rosa brillante, como fuego, sólo que más rosa, casi neón. ¡Cielos, la dama de los pechos de neón! Y los labios, del mismo color, estaban abiertos en un rictus de ensoñación. La cabeza colgaba un poco fuera, por el otro extremo de la mesa, y aquel pelo rojo-marrón se balanceaba, largo, largo, hasta doblarse sobre la alfombra. Y todo su cuerpo daba la sensación de estar *ungido...*, no parecía tener codos ni rodillas, ni puntas, ni bordes. Suave y aceitada. Las únicas cosas que destacaban eran los pechos afilados.. Y enroscada en su cuerpo, estaba aquella larga serpiente... no sé de qué tipo era. La lengua silbaba y su cabeza avanzaba y retrocedía lenta, fluidamente, a un lado de la cabeza de Carol. Luego, alzándose, con el cuello doblado, la serpiente miró la nariz de Carol, sus labios, sus ojos, bebiendo en su rostro.

De cuando en cuando, el cuerpo de la serpiente se deslizaba ligerísimamente sobre el cuerpo de Carol; aquel movimiento parecía una caricia, y, tras la caricia, la serpiente hacía una leve contracción, apretándola, allí enroscada alrededor de su cuerpo. Carol jadeaba, palpitaba, se estremecía; la serpiente bajaba, deslizándose junto a su oreja, luego se alza, miraba su nariz, sus labios, sus ojos, y luego repetía los movimientos. La lengua de la serpiente silbaba rápida, y el coño de Carol estaba abierto, los pelos suplicantes, rojo y hermoso, a la luz de la lámpara.

Volví a mi habitación. Una serpiente muy afortunada, pensé; nunca había visto cuerpo de mujer como aquél. Me costó trabajo dormir, pero al final lo conseguí.

A la mañana siguiente, mientras desayunábamos juntos, le dije a Carol:

–Estás *realmente* enamorada de tu zoo, ¿verdad?

–Sí, de todos ellos, del primero al último –dijo.

Terminamos el desayuno, sin hablar casi. Carol estaba más guapa que nunca. Estaba cada vez más radiante. Su pelo parecía vivo; parecía saltar alrededor de ella cuando se movía, y la luz de la ventana brillaba a su través, enrojeciéndolo.

Sus ojos, muy abiertos, temblaban, pero sin miedo, sin vacilación. Aquellos ojos: lo dejaban entrar y salir todo. Ella era animal, y humana.

–Escucha –dije–, si me recuperas la chaqueta que se llevó el mono, seguiré mi camino.

–No quiero que te vayas –dijo ella.

–¿Quieres que forme parte de tu zoo?

–Sí.

–Pero yo soy humano, sabes.

–Pero estás intacto. No eres como ellos. Aún flotas por dentro. Ellos están perdidos, endurecidos. Tú estas perdido pero no te has endurecido. Lo único que necesitas es ser cariñoso.

–Pero yo quizá sea demasiado viejo para que... me ames como al resto de tu zoo.

–Yo... no sé..., me gustas muchísimo. ¿No puedes quedarte? Podríamos encontrarte un...

A la noche siguiente tampoco podía dormir. Crucé el vestíbulo hasta la cortina de cuentas y miré. Esta vez Carol tenía una mesa en el centro de la habitación. Era una mesa de roble, casi negra, de anchas patas. Carol estaba tumbada en la mesa, las nalgas justo en el borde, las piernas separadas, los dedos de los pies justo rozando el suelo. Se cubría el coño con una mano, luego la apartó. Al apartarla, todo su cuerpo pareció ponerse de un rosa claro; la sangre lo bañó todo, luego desapareció. El último rosa colgó un instante justo debajo de la barbilla y alrededor del cuello y luego se desvaneció y su coño se abrió levemente.

El tigre daba vueltas a la mesa en lentos círculos. Luego empezó a hacer círculos más rápidos, la cola balanceante. Carol lanzó aquel gemido sordo. Cuando hizo esto, el tigre estaba directamente enfrente de sus piernas. Se detuvo. Se alzó. Colocó una zarpa a cada lado de la cabeza de Carol. El pene extendido; era gigantesco. El pene llamó a su coño, buscando entrada, Carol puso la mano sobre el pene del tigre, para guiarlo. Ambos se columpiaron en el borde de un calvario insoportable y ardiente. Luego, una parte del pene entró. El tigre sacudió bruscamente los lomos. Entró el resto... Carol chilló. Luego subió las manos y rodeó con ellas el cuerpo del tigre mientras él empezaba a moverse. Volví a mi habitación.

Al día siguiente comimos en el prado con los animales. Una comida campestre. Yo comí un bocado de ensalada de patatas mientras veía pasar un lince con una zorra plateada. Había penetrado en una experiencia total completamente nueva. El condado había obligado a Carol a alzar aquellas vallas altas de alambre, pero los animales aún tenían una amplia zona de tierra despejada por la que vagar. Terminamos de comer y Carol se tumbó en la hierba, mirando al cielo. Dios mío, quién fuera otra vez joven.

Carol me miró:

–¡Vamos, ven aquí, viejo tigre!

–¿Tigre?

–«Tigre tigre, luz ardiente...»* Cuando mueras, se darán cuenta, verán las manchas.

Me tumbé junto a ella. Ella se puso de lado, apoyando la cabeza en mi brazo. La miré.

Todo el cielo y toda la tierra corrían por aquellos ojos.

–Eres como una mezcla de Randolph Scott y Humphrey Bogart –me dijo.

Me eché a reír.

–Eres muy graciosa –dije.

Nos miramos. Tuve la sensación de que podía caer dentro de aquellos ojos.

* Alude a un célebre poema de William Blake. *(N. de los T.)*

Luego, posé una mano en sus labios, nos besamos y atraje su cuerpo hacia el mío. Con la otra mano acariciaba su pelo. Fue un beso de amor, un largo beso de amor. Aun así, me empalmé. Su cuerpo se movió rozando el mío, serpentinamente. Pasó a nuestro lado un avestruz. «Jesús», dije, «Jesús, Jesús...» Nos besamos de nuevo. Luego ella empezó a decir:

—¡Ay, hijoputa! ¡Hijoputa, qué estás haciéndome!

Y me cogió la mano y la metió dentro de sus vaqueros. Sentí los pelos de su coño. Estaban ligeramente húmedos. Froté y acaricié. Luego entró mi dedo. Ella me besaba arrebatadamente.

—¡Ay, qué me haces, hijoputa! ¡Hijoputa qué me haces! —Luego se apartó bruscamente.

—¡Demasiado aprisa! Tenemos que ir lentamente, muy lentamente...

Nos incorporamos y ella tomó mi mano y me leyó la palma:

—Tu línea de la vida... —dijo—. No llevas mucho tiempo en la Tierra. Mira, mira tu palma, ¿ves esta línea?

—Sí, sí.

—Ésa es la línea de la vida. Ahora mira la mía: ya he estado en la Tierra varias veces.

Hablaba en serio y la creí. A Carol había que creerla. Era en Carol en lo único que había que creer. El tigre nos observaba a unos veinte metros de distancia. Una brisa agitó parte del pelo marrón rojizo de Carol trasladándolo de la espalda al hombro. No pude soportarlo. La agarré y nos besamos de nuevo. Caímos hacia atrás. Luego ella cortó.

—Tigre, hijoputa, ya te lo dije: *despacio*.

Hablamos un poco más. Luego dijo:

—Sabes..., no sé cómo explicarlo. Tengo sueños sobre eso. El mundo está cansado. Está acercándose el final. La gente se ha hundido en la inconsecuencia..., la gente rock. Están cansados de sí mismos. Están pidiendo la muerte y sus oraciones tendrán respuesta. Yo estoy... estoy... bueno... estoy como preparando una criatura nueva que habite lo que quede de la Tierra. Tengo la sensación de que hay alguien más aquí preparando la nueva criatura. Quizá en varios otros sitios. Esas criaturas se encontrarán y procrearán y sobrevivirán. ¿Comprendes? Pero deben tener lo mejor de todas las criaturas, incluido el hombre, para sobrevivir dentro de la pequeña partícula de vida que quedará... Mis sueños, ay, mis sueños..., ¿crees que estoy loca?

Me miró y se echó a reír.

–¿Crees que soy Carol la Loca?

–No sé –dije–. No hay modo de saberlo.

De nuevo aquella noche no podía dormir y recorrí el pasillo hacia la habitación delantera. Miré entre las cuentas. Carol estaba sola, tumbada en el sofá, ardía cerca una lamparilla. Estaba desnuda y parecía dormida. Aparté las cuentas y entré en la habitación, me senté en una silla frente a ella. La luz de la lámpara caía sobre la mitad superior de su cuerpo; el resto estaba en sombras.

Me desnudé y me acerqué a ella. Me senté al borde del sofá y la miré. Abrió los ojos. Cuando me vio, no pareció mostrar sorpresa. Pero el marrón de sus ojos, aunque claro y profundo, parecía desentonado, sin acento, como si yo no fuese algo que ella conociese por el nombre o la forma, sino algo distinto: una fuerza separada de mí. Sin embargo, había aceptación.

A la luz de la lámpara era como si su pelo estuviese bajo la luz del sol: brotaba el rojo por entre el marrón. Era como fuego interior; ella era como fuego interior. Me incliné y la besé detrás de la oreja. Ella inspiró y espiró perceptiblemente. Me deslicé hacia abajo, mis piernas cayeron del sofá, me agaché y lamí sus pechos, lamí su estómago, su ombligo, volví a los pechos, luego volví a bajar, más abajo, donde empezaba el vello y empecé a besar allí, mordí levemente una vez, luego bajé más, salté, besé en el borde interno de un muslo, luego en el otro. Se agitó, gruñó un poco: «ah, aaah...» y luego me vi frente a la abertura, los labios, y muy lentamente pasé la lengua por todo el borde de los labios, y luego invertí el círculo. Mordí, metí la lengua dos veces, profundamente, la saqué, hice otro círculo. Empezó a humedecerse, a oler levemente a sal. Hice otro círculo. El gruñido: «Ah, ah...» y la flor se abrió, vi el pequeño capullo y con la punta de la lengua, lo más suave y dulce que pude, di toques y lamí. Pataleó, y mientras intentaba bloquearme la cabeza con las piernas, fui subiendo, lamiendo, parando, subiendo hacia el cuello, mordiendo, y mi pene empezó a llamar y llamar y llamar hasta que ella bajó la mano y me colocó en la abertura. Al entrar, mi boca encontró la suya, y quedamos unidos por dos puntos: la boca húmeda y fresca, la flor húmeda y cálida, un horno de ardor allá abajo, y mantuve el pene pleno e inmóvil en su interior, mientras ella culebreaba sobre él, pidiendo...

—¡Ay, hijoputa, hijoputa..., muévete! ¡Muévelo!

Seguí quieto mientras ella se agitaba. Apreté los dedos de los pies en el extremo del sofá e hinqué más, sin moverme aún. Luego, obligué al pene a saltar tres veces por sí solo sin mover el cuerpo. Ella respondió con contracciones. Lo hicimos de nuevo, y cuando no pude soportarlo más, lo saqué casi todo, y volví a meterlo (cálido y suave) de nuevo. Luego lo mantuve inmóvil mientras ella culebreaba colgada de mí como si yo fuese el anzuelo y ella el pez. Repetí esto varias veces, y luego, totalmente perdido, salí y entré, sintiéndolo crecer, y escalamos juntos hechos uno (el lenguaje perfecto), escalamos dejándolo atrás todo, la historia, nosotros mismos, ego, piedad y análisis, todo salvo el oculto gozo de saborear Ser.

Nos corrimos juntos y seguí dentro sin que mi pene se ablandara. Al besarla, sus labios estaban totalmente blandos y cedían a los míos. Su boca estaba suelta, rendida hacia todo. Mantuvimos un leve y suave abrazo una media hora, luego Carol se levantó. Fue primero al baño. Luego la seguí. No había tigres allí aquella noche. Sólo el viejo Tigre que había ardido en luz.

Nuestra relación siguió, sexual y espiritual, pero al mismo tiempo, he de confesarlo, Carol seguía también con los animales. Los meses pasaron en una tranquilidad feliz. Luego, advertí que Carol estaba preñada. Y yo había llegado allí a por un vaso de agua.

Un día, fuimos a comprar suministros al pueblo. Cerramos la casa como hacíamos siempre. No teníamos que preocuparnos de ladrones porque andaban por allí la pantera y el tigre y los demás animales supuestamente peligrosos. Los suministros para los animales nos los entregaban todos los días, pero teníamos que ir al pueblo a por los nuestros. Carol era muy conocida. Carol la Loca, y siempre se quedaba la gente mirándola en las tiendas, y a mí también, su nuevo animalito, su nuevo y lindo animalito.

Primero fuimos a ver una película, que no nos gustó. Cuando salimos, llovía un poco. Carol compró unos cuantos vestidos de embarazada y luego fuimos al mercado a hacer el resto de las compras. Volvíamos despacio, hablando, gozando uno de otro. Éramos gente satisfecha. Sólo queríamos lo que queríamos; no los necesitábamos a ellos y había dejado de preocuparnos hacía mucho lo que pensasen. Pero sentíamos su odio. Éramos marginados. Vivíamos como animales y los animales eran una amenaza para la sociedad... creían ellos. Y nosotros éramos una amenaza a su manera de vivir. Vestíamos ropa vieja. Y yo no me recortaba la barba; llevaba el pelo largo y revuelto, y aunque tenía cincuenta años, mi pelo era rojo claro. A Carol el pelo le llegaba hasta el culo. Y siempre encontrábamos cosas de las que reírnos. Risa de la buena. No podían entenderlo. En el mercado, por ejemplo, Carol había dicho:

—¡Eh, papi! ¡Ahí va la sal! ¡Coge la sal, papi, cabrón!

Estaba en medio del pasillo y había tres personas entre nosotros y lanzó la sal por encima de sus cabezas. La cogí; ambos reímos. Luego yo miré la sal.

—¡No, hija, no, no me seas puta! ¿Es que quieres que se me endurezcan las arterias? Tiene que ser *yodada*! ¡Toma, mis dulces, y cuidado con el niño! ¡Bastante recibirá luego ese cabroncete!

Carol cogió mis dulces y me tiró la sal, yodada. Qué caras ponían..., éramos tan indecorosos.

Lo habíamos pasado bien aquel día. Aunque la película había sido mala, lo habíamos pasado bien. Nosotros hacíamos nuestras propias películas. Hasta la lluvia era buena. Bajamos las ventanillas y la dejamos entrar. Cuando enfilé la entrada, Carol lanzó un grito. Un grito de profundo dolor. Se desplomó y se puso completamente blanca.

—¡Carol! ¿Qué pasa? ¿Te encuentras bien? —La atraje hacia mí—. ¿Qué pasa? Dime...

—No me pasa nada a mí. Mira lo que han hecho. Lo percibo, lo sé. Oh Dios mío, Dios mío, oh Dios mío, esos sucios cabrones, lo han hecho, lo han hecho, la terrible cerdada.

—¿Qué han hecho?

—Asesinar... la casa... asesinar por todas partes...

—Espera aquí —dije.

Lo primero que vi en la habitación delantera fue a Bilbo el orangután. Con un agujero de bala en la sien izquierda. Bajo su cabeza había un charco de sangre. Estaba muerto. Asesinado. Tenía en la cara aquella sonrisa. En la sonrisa se leía dolor, y a través del dolor era como si se hubiese reído, como si hubiese visto la

Muerte y la Muerte fuese algo distinto..., sorprendente, superior a su razón, y le hubiese hecho sonreír en medio del dolor. En fin, ahora él sabía más de aquello que yo.

A Dopey, el tigre, le habían cogido en su guarida favorita: el baño. Le habían disparado muchas veces, como si los asesinos tuviesen miedo. Había mucha sangre, en parte seca. Tenía los ojos cerrados pero la boca había quedado muerta y congelada en un bufido, y destacaban los inmensos y maravillosos colmillos. Incluso en la muerte era más majestuoso que un hombre vivo. En la bañera estaba el loro. Una bala. El loro estaba al fondo, junto al desagüe, cuello y cabeza doblados bajo el cuerpo, un ala debajo y las plumas de la otra desplegadas, como si aquella ala hubiese querido gritar y no hubiese podido.

Registré las habitaciones. No quedaba nada vivo. Todos asesinados. El oso negro. El coyote. La mofeta. Todo. Toda la casa estaba tranquila. Nada se movía. Nada podíamos hacer. Tenía ante mí un enorme proyecto funerario. Los animales habían pagado por su individualidad... y la nuestra.

Despejé la habitación delantera y el dormitorio.

Limpié cuanta sangre pude y metí allí a Carol. Al parecer, lo habían hecho mientras nosotros estábamos en el cine. Puse a Carol en el sofá. No lloraba pero temblaba toda. La froté, la acaricié, le dije cosas... De vez en cuando, un escalofrío agitaba su cuerpo, gemía: «Oooh, oooh... Dios mío...» Tras dos largas horas empezó a llorar. Me quedé allí con ella, la abracé. Se durmió enseguida. La llevé a la cama, la desvestí, la tapé. Luego, salí y contemplé el prado de atrás. Gracias a Dios, era grande. Pasaríamos de un zoo liberado a un cementerio de animales en un solo día.

Tardé dos en enterrarlos a todos. Carol puso marchas fúnebres en el tocadiscos y yo cavé y enterré los cuerpos y los cubrí. Era insoportablemente triste. Carol marcó las tumbas y los dos bebimos vino sin hablar. La gente vino a vernos, atisbaban por la alambrada. Adultos, niños, periodistas, fotógrafos. Hacia el final del segundo día, sellé la última tumba y entonces Carol cogió mi pala y se acercó lentamente a la multitud de la alambrada. Retrocedieron, murmurando asustados. Carol arrojó la pala contra la alambrada. La gente se agachó y se tapó con los brazos como si la pala fuese a traspasar los alambres.

–Está bien, asesinos –gritó Carol–. *¡Disfrutad!*

Entramos en la casa. Había cincuenta y cinco tumbas allí fuera...

Después de varias semanas, le sugerí a Carol la posibilidad de formar otro zoo, esta vez dejando siempre a alguien guardándolo.

–No –dijo ella–. Mis sueños... mis sueños me han dicho que ha llegado la hora. Se acerca el fin. Hemos llegado justo a tiempo. Lo conseguimos.

No le pregunté más. Consideré que había pasado por bastante. Cuando se acercó el nacimiento, Carol me pidió que me casara con ella. Dijo que ella no necesitaba casarse, pero que puesto que no tenía ningún pariente próximo, quería que yo heredase su hacienda. Por si moría en el parto y sus sueños no eran ciertos... sobre el fin de todo.

–Los sueños pueden no ser ciertos –dijo ella–, sin embargo, hasta ahora, los míos lo han sido.

Así que hicimos una boda tranquila... en el cementerio. Llevé a uno de mis viejos compadres de calleja de testigo y padrino, y de nuevo la gente se puso a mirar. La cosa terminó enseguida. Le di al compadre algo de dinero y un poco de vino y le llevé otra vez a la calleja.

Por el camino, bebiendo de la botella, me preguntó:

–La preñaste, ¿eh?

–Bueno, eso creo.

–¿Quieres decir que hubo otro?

–Bueno..., sí.

–Eso es lo que pasa con estas tías. Nunca sabes. La mitad de los de la calleja están allí por las mujeres.

–Creí que era por el trinque.

–Primero vienen las mujeres, luego viene el trinque.

–Ya.

–Nunca sabes con estas tías.

–Sí, claro.

Me miró de aquella manera y le dejé salir.

En el hospital esperé abajo. Qué extraño había sido todo. Había pasado de la calleja a aquella casa y a todas las cosas que me habían sucedido. El amor y el dolor. Aunque, en conjunto, el amor había derrotado al dolor. Pero nada había terminado. Inten-

360

té leer los resultados del béisbol, los de las carreras. Qué más me daba. Además, estaban los sueños de Carol; yo creía en ella, pero no estaba tan seguro de sus sueños. ¿Qué eran los sueños? Yo no lo sabía. Luego vi al médico de Carol en la mesa de recepción, hablando con una enfermera. Me dirigí a él.

–Oh, señor Jennings –dijo–. Su mujer está perfectamente. Y el recién nacido es... es... varón, tres kilos y medio.

–Gracias, doctor.

Subí en ascensor hasta la partición de cristal. Debía de haber allí un centenar de niños llorando. Les oía a través del cristal. No paraba. Lo de los nacimientos. Y lo de la muerte. Cada uno tenía su turno. Entrábamos solos y solos salíamos. Y la mayoría vivíamos vidas solitarias, aterradas, incompletas. Cayó sobre mí una tristeza incomparable. Al ver toda aquella vida que debía morir. Al ver toda aquella vida que tendría el primer turno para el odio, la demencia, la neurosis, la estupidez, el miedo, el asesinato, la nada... nada en la vida y nada en la muerte.

Dije mi nombre a la enfermera. Entró en la parte encristalada y buscó a nuestro hijo. Al pasármelo, la enfermera sonrió. Era una sonrisa de lo más compasiva. Tenía que serlo. Miré a aquel niño... imposible, médicamente imposible: era un tigre, un oso, una serpiente y un ser humano. Era un alce, un coyote, un lince y un ser humano. No lloraba. Sus ojos me miraron y me conocieron, lo supe. Era insoportable, Hombre y Superhombre, Superhombre y Superbestia. Era totalmente imposible y me miraba, a mí, al Padre, uno de los padres, uno de los muchos, muchísimos padres... Y el borde del sol agarró al hospital y todo el hospital empezó a temblar, los niños lloraban, las luces se apagaban y se encendían, un fogonazo púrpura cruzó el cristal de separación frente a mí. Chillaron las enfermeras. Tres barras de fluorescentes cayeron de sus soportes sobre los niños. Y la enfermera seguía allí sosteniendo a mi hijo y sonriendo mientras caía la primera bomba de hidrógeno sobre la ciudad de San Francisco.

hacía mucho calor aquella noche en el bar de Tony. ni siquiera pensaba en follar. sólo en beber cerveza fresca. Tony nos puso un par para mí y para Mike el Indio, y Mike sacó el dinero. le dejé pagar la primera ronda. Tony lo echó en la caja registradora, aburrido, y miró alrededor... había otros cinco o seis mirando sus cervezas. imbéciles. así que Tony se sentó con nosotros.

—¿qué hay de nuevo, Tony? —pregunté.

—es una mierda —dijo Tony.

—no hay nada nuevo.

—mierda —dijo Tony.

—ay, mierda —dijo Mike el Indio.

bebimos las cervezas.

—¿qué piensas tú de la Luna? —pregunté a Tony.

—mierda —dijo Tony.

—sí —dijo Mike el Indio—, el que es un carapijo en la Tierra es un carapijo en la Luna, qué más da.

—dicen que probablemente no haya vida en Marte —comenté.

—¿y qué coño importa? —preguntó Tony.

—ay, mierda —dije—. dos cervezas más.

Tony las trajo, luego volvió a la caja con su dinero. lo guardó. volvió.

—mierda, vaya calor. me gustaría estar más muerto que los antiguos.

—¿adónde crees tú que van los hombres cuando mueren, Tony?

—¿y qué coño importa?

—¿tú no crees en el Espíritu Humano?

—¡eso son cuentos!

—¿y qué piensas del Che, de Juana de Arco, de Billy el Niño y de todos ésos?

—cuentos, cuentos.

bebimos las cervezas pensando en esto.

—bueno —dije—, voy a echar una meada.

fui al retrete y allí, como siempre, estaba Petey el Búho.

la saqué y empecé a mear.

—vaya polla más pequeña tienes —me dijo.

—cuando meo y cuando medito sí. pero soy lo que tú llamas un tipo elástico. cuando llega el momento, cada milímetro de ahora se convierte en seis.

—hombre, eso está muy bien, si es que no me engañas. porque ahí veo por lo menos cinco centímetros.

—es sólo el capullo.

—te doy un dólar si me dejas chupártela.

—no es mucho.

—eso es más del capullo. seguro que no tienes más que eso.

—vete a la mierda, Petey.

—ya volverás cuando no te quede dinero para cerveza.

volví a mi asiento.

—dos cervezas más —pedí.

Tony hizo la operación habitual. luego volvió.

—vaya calor, voy a volverme loco —dijo.

—el calor te hace comprender precisamente cuál es tu verdadero yo —le expliqué a Tony.

—¡corta ya! ¿me estás llamando loco?

—la mayoría lo estamos. pero permanece en secreto.

—sí, claro, suponiendo que tengas razón en esa chorrada, dime, ¿cuántos hombres cuerdos hay en la tierra? ¿hay alguno?

—unos cuantos.

—¿cuántos?

—¿de todos los millones que existen?

—sí. sí.

—bueno, yo diría que cinco o seis.

—¿cinco o seis? —dijo Mike el Indio—. ¡hombre, no jodas!

—¿cómo sabes que estoy loco? di —dijo Tony—. ¿cómo podemos funcionar si estamos locos?

–bueno, dado que estamos todos locos, hay sólo unos cuantos para controlarnos, demasiado pocos, así que nos dejan andar por ahí con nuestras locuras. de momento, es todo lo que pueden hacer. yo en tiempos creía que los cuerdos podrían encontrar algún sitio donde vivir en el espacio exterior mientras nos destruían. pero ahora sé que también los locos controlan el espacio.

–¿cómo lo sabes?

–porque ya plantaron la bandera norteamericana en la Luna.

–¿y si los rusos hubieran plantado una bandera rusa en la Luna?

–sería lo mismo –dije.

–¿entonces tú eres imparcial? –preguntó Tony.

–soy imparcial con todos los tipos de locura.

silencio. seguimos bebiendo. Tony también; empezó a servirse whisky con agua. *podía;* era el dueño.

–coño, qué calor hace –dijo Tony.

–mierda, sí –dijo Mike el Indio.

entonces Tony empezó a hablar.

–locura –dijo–. ¿y si os dijera que ahora mismo está pasando algo de auténtica locura?

–claro –dije.

–no, no, no... ¡quiero decir AQUÍ, en mi bar!

–¿sí?

–sí. algo tan loco que a veces me da miedo.

–explícame eso, Tony –dije, siempre dispuesto a escuchar los cuentos de los otros.

Tony se acercó más.

–conozco a un tío que ha hecho una máquina de follar. no esas chorradas de las revistas de tías. esas cosas que se ven en los anuncios. botellas de agua caliente con coños de carne de buey cambiables, todas esas chorradas. este tipo lo ha conseguido de veras. es un científico alemán, lo cogimos nosotros, quiero decir nuestro gobierno, antes de que pudieran agarrarlo los rusos. no lo contéis por ahí.

–claro, hombre, no te preocupes...

–Von Brashlitz. el gobierno intentó hacerle trabajar en el ESPACIO. no hubo nada que hacer. es un tipo muy listo, pero no tiene en la cabeza más que esa MÁQUINA DE FOLLAR. al mismo tiempo, se considera una especie de artista, a veces dice que es Miguel Ángel... le dieron una pensión de quinientos dólares al mes para que pudiera seguir lo bastante vivo para no acabar en un manicomio. anduvieron vigilándole un tiempo, luego se aburrieron o se olvidaron de él, pero seguían mandándole los cheques, y de vez en cuando, una vez al mes o así, iba un agente y hablaba con él diez o veinte minutos, mandaba un informe diciendo que aún seguía loco y listo. así que él andaba por ahí de un sitio a otro, con su gran baúl rojo hasta que, por fin, una noche llega aquí y empieza a beber. me cuenta que es sólo un viejo cansado, que necesita un lugar realmente tranquilo para hacer sus experimentos. y le escondí aquí. aquí vienen muchos locos, ya sabéis.

—sí —dije yo.

—luego, amigos, empezó a beber cada vez más, y acabó contándomelo. había hecho una mujer mecánica que podía darle a un hombre más gusto que ninguna mujer real de toda la historia... además sin tampax, ni mierdas, ni discusiones.

—llevo toda la vida buscando una mujer así —dije yo.

Tony se echó a reír.

—y quién no. yo creía que estaba chiflado, claro, hasta que una noche después de cerrar subí con él y sacó la MÁQUINA DE FOLLAR del baúl rojo.

—¿y?

—fue como ir al cielo antes de morir.

—déjame que imagine el resto —le pedí.

—imagina.

—Von Brashlitz y su MÁQUINA DE FOLLAR están en este momento arriba, en esta misma casa.

—eso es —dijo Tony.

—¿cuánto?

—veinte billetes por sesión.

—¿veinte billetes por follarse una máquina?

—ese tipo ha superado a lo que nos creó, fuese lo que fuese. ya lo verás.

—Petey el Búho me la chupa y me da un dólar.

—Petey el Búho no está mal, pero no es un invento que supere a los dioses.

le di mis veinte.

–te advierto, Tony, que si se trata de una chifladura del calor, perderás a tu mejor cliente.

–como dijiste antes, todos estamos locos de todas formas. puedes subir.

–de acuerdo –dije.

–vale –dijo Mike el Indio–. aquí están mis veinte.

–os advierto que yo sólo me llevo el cincuenta por ciento. el resto es para Von Brashlitz. quinientos de pensión no es mucho con la inflación y los impuestos, y Von B. bebe cerveza como un loco.

–de acuerdo –dije–. ya tienes los cuarenta. ¿dónde está esa inmortal MÁQUINA DE FOLLAR?

Tony levantó una parte del mostrador y dijo:

–pasad por aquí. tenéis que subir por la escalera del fondo. cuando lleguéis llamáis y decís «nos manda Tony».

–¿en cualquier puerta?

–la puerta 69.

–vale –dije–, ¿qué más?

–listo –dijo Tony–, preparad las pelotas.

encontramos la escalera. subimos.

–Tony es capaz de todo por gastar una broma –dije. llegamos. allí estaba: puerta 69.

llamé:

–nos manda Tony.

–¡oh, pasen, pasen, caballeros!

allí estaba aquel viejo chiflado con aire de palurdo, vaso de cerveza en la mano, gafas de cristal doble. como en las viejas películas. tenía visita al parecer, una tía joven, casi demasiado, parecía frágil y fuerte al mismo tiempo.

cruzó las piernas, toda resplandeciente: rodillas de nailon, muslos de nailon, y esa zona pequeña donde terminan las largas medias y empieza justo esa chispa de carne. era todo culo y tetas, piernas de nailon, risueños ojos de límpido azul...

–caballeros..., mi hija Tanya...

–¿qué?

–sí, ya lo sé, soy tan... viejo... pero igual que existe el mito del negro que está siempre empalmado, existe el de los sucios viejos alemanes que no paran de follar. pueden creer lo que quieran. de todos modos, ésta es mi hija Tanya...

–hola, muchachos –dijo ella sonriendo.

luego todos miramos hacia la puerta en que había este letrero: SALA DE ALMACENAJE DE LA MÁQUINA DE FOLLAR.

terminó su cerveza.

–bueno... supongo, muchachos, que venís a por el mejor POLVO de todos los tiempos...

–¡papaíto! –dijo Tanya–. ¿por qué tienes que ser siempre tan *grosero?*

Tanya recruzó las piernas, más arriba esta vez, y casi me corro.

luego, el profesor terminó otra cerveza, se levantó y se acercó a la puerta del letrero SALA DE ALMACENAJE DE LA MÁQUINA DE FOLLAR. se volvió y nos sonrió. luego, muy despacio, abrió la puerta. entró y salió rodando aquel chisme que parecía una cama de hospital con ruedas.

el chisme estaba DESNUDO, una mesa de metal.

el profesor nos plantó aquel maldito trasto delante y empezó a tararear una cancioncilla, probablemente algo alemán.

una masa de metal con aquel agujero en el centro. el profesor tenía una lata de aceite en la mano, la metió en el agujero y empezó a echar sin parar de aquel aceite. sin dejar de tararear aquella insensata canción alemana.

y siguió un rato echando aceite hasta que por fin nos miró por encima del hombro y dijo: «bonita, ¿eh?» luego, volvió a su tarea, a seguir bombeando aceite allí dentro.

Mike el Indio me miró, intentó reírse, dijo:

–maldita sea... ¡han vuelto a tomarnos el pelo!

–sí –dije yo–, estoy como si llevara cinco años sin echar un polvo, pero tendría que estar loco para meter el pijo en ese montón de chatarra.

Von Brashlitz soltó una carcajada. se acercó al armario de bebidas. sacó otro quinto de cerveza, se sirvió un buen trago y se sentó frente a nosotros.

–cuando empezamos a saber en Alemania que estaba perdida la guerra, y empezó a estrecharse el cerco, hasta la batalla final de Berlín, comprendimos que la guerra había tomado un giro nuevo: la auténtica guerra pasó a ser entonces quién agarraba más científicos alemanes. si Rusia conseguía la mayoría de los científicos o si los conseguía Norteamérica... el que más consiguiera sería el primero en llegar a la Luna, el primero en llegar a Marte... el primero en todo. en fin, el resultado exacto no lo sé... numéricamente o en términos de energía cerebral científica. sólo sé que los norteamericanos me cogieron primero, me agarraron, me metieron en un coche, me dieron un trago, me pusieron una pistola en la sien, hicieron promesas, hablaron y hablaron. yo lo firmé todo...

–todas esas consideraciones históricas me parecen muy bien –dije yo–. pero no voy a meter la polla, mi pobrecita polla, en ese cacharro de acero o de lo que sea. Hitler debía de ser realmente un loco para confiar en usted. ¡ojalá le hubieran echado el guante los rusos! ¡yo lo que quiero es que me devuelvan mis veinte dólares!

Von Brashlitz se echó a reír.

–jiii jiii jiii ji... es sólo mi bromita de siempre. jiii jiii jiii ji!

metió otra vez el cacharro en el cuartito. cerró la puerta.

–¡ay, ji jiii ji! –bebió otro trago de schnapps.

luego se sirvió más. lo liquidó.

–caballeros, ¡yo soy un *artista* y un inventor! mi MÁQUINA DE FOLLAR es en realidad mi hija Tanya...

–¿más chistecitos, Von? –pregunté.

–¡no es ningún chiste! ¡Tanya! ¡ponte en el regazo de este caballero!

Tanya soltó una carcajada, se levantó, se acercó y se sentó en mi regazo. ¿Una MÁQUINA DE FOLLAR? ¡no podía serlo! su piel era piel, o lo parecía, y su lengua cuando entró en mi boca al besarnos, no era mecánica... cada movimiento era distinto, y respondía a los míos.

me lancé inmediatamente, le arranqué la blusa, le metí mano *en* las bragas, hacía años que no estaba tan caliente; luego nos enredamos; de algún modo acabamos de pie... y le entré de pie, tirándole de aquel pelo largo y rubio, echándole la cabeza hacia atrás, luego bajando, separándole las nalgas y acariciándole el ojo del culo mientras le atizaba, y se corrió... la sentí estremecerse, palpitar, y me corrí también.

¡nunca había echado un polvo mejor!

Tanya se fue al baño, se limpió y se duchó, y volvió a vestirse para Mike el Indio. supuse.

–el mayor invento de la especie humana –dijo muy serio Von Brashlitz.

tenía toda la razón.

por fin Tanya salió y se sentó en mi regazo.

—¡NO! ¡NO! ¡TANYA! ¡AHORA LE TOCA AL OTRO! ¡CON ÉSE ACABAS DE FOLLAR!

ella parecía no oír, y era extraño, incluso en una MÁQUINA DE FOLLAR, porque yo nunca había sido muy buen amante, la verdad.

—¿me amas? —preguntó.

—sí.

—te amo, y soy muy feliz. y... teóricamente no estoy viva. ya lo sabes, ¿verdad?

—te amo, Tanya, eso es lo único que sé.

—¡cago en todo! —chilló el viejo—. ¡esta JODIDA MÁQUINA!

se acercó a la caja barnizada en que estaba escrita la palabra TANYA a un lado. salían unos pequeños cables; había marcadores y agujas que temblequeaban, y varios indicadores, luces que se apagaban y se encendían, chismes que tictaqueaban... Von B. era el macarra más loco que había visto en mi vida. empezó a hurgar en los marcadores, luego miró a Tanya:

—¡25 AÑOS! ¡toda una vida casi para construirte! ¡tuve que esconderte incluso de HITLER! y ahora... ¡pretendes convertirte en una simple y vulgar puta!

—no tengo veinticinco —dijo Tanya—. tengo veinticuatro.

—¿lo ves? ¿lo ves? ¡como una zorra normal y corriente!

volvió a sus marcadores.

—te has puesto un carmín distinto —dije a Tanya.

—¿te gusta?

—¡oh, sí!

se inclinó y me besó.

Von B. seguía con sus marcadores. tenía el presentimiento de que ganaría él.

Von Brashlitz se volvió a Mike el Indio:

—no se preocupe, confíe en mí, no es más que una pequeña avería. lo arreglaré en un momento.

—eso espero —dijo Mike el Indio—. se me ha puesto en treinta y cinco centímetros esperando y he pagado veinte dólares.

—te amo —me dijo Tanya—. no volveré a follar con ningún otro hombre. si puedo tenerte a ti, no quiero a nadie más.

—te perdonaré, Tanya, hagas lo que hagas.

el profe estaba corridísimo. seguía con los cables pero nada lograba.

—¡TANYA! ¡AHORA TE TOCA FOLLAR CON EL OTRO! estoy... cansándome ya... tengo que echar otro traguito de aguardiente... dormir un poco... Tanya...

—oh —dijo Tanya—, ¡este jodido viejo! ¡tú y tus traguitos, y luego te pasas la noche mordisqueándome las tetas y no puedo dormir! ¡ni siquiera eres capaz de conseguir un empalme decente! ¡eres asqueroso!

—¿CÓMO?

—¡DIJE «QUE NI SIQUIERA ERES CAPAZ DE CONSEGUIR UN EMPALME DECENTE»!

—¡esto lo pagarás, Tanya! ¡eres creación mía, no yo creación tuya! seguía hurgando en sus mágicos marcadores. quiero decir, en la máquina. estaba fuera de sí, pero se veía claramente que la rabia le daba una clarividencia que le hacía superarse.

—es sólo un momento, caballero —dijo dirigiéndose a Mike—. ¡sólo tengo que ajustar los cuadros electrónicos! ¡un momento! ¡vale! ¡ya está!

entonces se levantó de un salto. aquel tipo al que habían salvado de los rusos.

miró a Mike el Indio.

—¡ya está arreglado! ¡la máquina está en orden! ¡a divertirse, caballero!

luego, se acercó a su botella de aguardiente, se sirvió otro pelotazo y se sentó a observar.

Tanya se levantó de mi regazo y se acercó a Mike el Indio. vi que Tanya y Mike el Indio se abrazaban.

Tanya le bajó la cremallera. le sacó la polla, ¡menuda polla tenía el tío! había dicho treinta y cinco centímetros, pero parecían por lo menos cincuenta.

luego Tanya rodeó con las manos la polla de Mike.

él gemía de gozo.

luego la arrancó de cuajo. la tiró a un lado.

vi el chisme rodar por la alfombra como una disparatada salchicha, dejando tristes regueruelos de sangre. fue a dar contra la pared. allí se quedó como algo con cabeza pero sin piernas y sin lugar alguno adonde ir... lo cual era bastante cierto.

luego, allá fueron las BOLAS volando por el aire. una visión saltarina y pesada. simplemente aterrizaron en el centro de la alfombra y no supieron qué hacer más que sangrar.

así que sangraron.

Von Brashlitz, el héroe de la invasión rusonorteamericana, miró ásperamente lo que quedaba de Mike el Indio, mi viejo camarada de sople, rojo rojo allá en el suelo, manando por su centro... Von B. se dio el piro, escaleras abajo...

la habitación 69 había hecho de todo salvo aquello.

luego le pregunté a ella:

—Tanya, habrá problemas aquí muy pronto. ¿por qué no dedicamos el número de la habitación a nuestro amor?

—¡como quieras, amor mío!

lo hicimos, justo a tiempo; y luego entraron aquellos idiotas. uno de aquellos enterados declaró entonces muerto a Mike el Indio.

y como Von B. era una especie de producto del gobierno norteamericano, enseguida se llenó aquello de gente, varios funcionarios de mierda de diversos tipos, bomberos, periodistas, la pasma, el inventor, la CIA, el FBI y otras diversas formas de basura humana.

Tanya vino y se sentó en mi regazo.

—ahora me matarán. procura no entristecerte, por favor.

no contesté.

luego Von Brashlitz se puso a chillar, apuntando a Tanya:

—¡SE LO ASEGURO, CABALLEROS, ELLA NO TIENE NINGÚN SENTIMIENTO! ¡CONSEGUÍ QUE HITLER NO LA AGARRASE! ¡se lo aseguro, no es más que una MÁQUINA!

todos se limitaron a quedarse allí mirándolo. nadie le creía.

era ni más ni menos la máquina más bella, la mujer por así decirlo, que habían visto en su vida.

—¡maldita sea! ¡majaderos! toda mujer es una máquina de follar, ¿es que no se dan cuenta? ¡apuestan al mejor caballo! ¡EL AMOR NO EXISTE! ¡ES UN ESPEJISMO DE CUENTO DE HADAS COMO LOS REYES MAGOS!

aun así no le creían.

—¡ESTO es sólo una máquina! ¡no tengan ningún MIEDO! ¡MIREN!

Von Brashlitz agarró uno de los brazos de Tanya.

lo arrancó de cuajo del cuerpo.

y dentro, dentro del agujero del hombro, se veía claramente, no había más que cables y tubos, cosas enroscadas y entrelazadas, además de cierta sustancia secundaria que recordaba vagamente la sangre.

y yo vi a Tanya allí de pie con aquellos alambres enroscados colgándole del hombro donde antes tenía el brazo. me miró:

—¡por favor, hazlo por *mí*! recuerda que te pedí que no te pusieras triste.

vi cómo se echaban sobre ella, cómo la destrozaban y la violaban y mutilaban.

no pude evitarlo. apoyé la cabeza en las rodillas y me eché a llorar...

Mike el Indio nunca llegó a cobrarse sus veinte dólares.

pasaron unos meses. no volví al bar. hubo juicio, pero el gobierno eximió de toda culpa a Von B. y a su máquina. me trasladé a otra ciudad. lejos. y un día estaba sentado en la peluquería y cogí una revista pornográfica. había un anuncio: «¡Hinche su propia muñequita! veintinueve dólares noventa y cinco. goma resistente, *muy* duradera. cadenas y látigos incluidos en el lote. un bikini, sostén, bragas, dos pelucas, barra de labios y un tarrito de poción de amor incluidos. Von Brashlitz Co.»

envié un pedido. a un apartado de correos de Massachusetts. también él se había trasladado.

el paquete llegó al cabo de unas tres semanas. fue bastante embarazoso porque yo no tenía bomba de bicicleta, y me puse muy caliente cuando saqué todo aquello del paquete. tuve que bajar a la gasolinera de la esquina y utilizar la bomba de aire.

hinchada tenía mejor pinta. grandes tetas, un culo. inmenso.

—¿qué es eso que tiene ahí, amigo? —me preguntó el de la gasolinera.

—oiga, oiga, yo le he pedido prestado un poco de aire. soy un buen cliente, ¿no?

—bueno, bueno, puede coger el aire. pero es que no puedo evitar la curiosidad... ¿qué tiene ahí?

—¡vamos, déjeme en paz! –dije.

—¡DIOS MÍO! ¡qué TETAS! ¡mire, mire!

—¡ya las veo, imbécil!

le dejé con la lengua fuera, me eché el chisme al hombro y volví a casa. me metí en el dormitorio.

aún estaba por plantearse la gran cuestión...

abrí las piernas buscando algún tipo de abertura.

Von B. no lo había hecho mal del todo.

me eché encima y empecé a besar aquella boca de goma. de cuando en cuando echaba mano a una de las gigantescas tetas de goma y la chupaba. le había puesto una peluca amarilla y me había frotado con la poción de amor toda la polla. no hizo falta mucha poción de amor, con la del tarro habría para un año.

la besé apasionadamente detrás de las orejas, le metí el dedo en el culo y le di sin parar. luego la dejé, di un salto, le encadené los brazos a la espalda, con el candadito y la llave, y le azoté el culo de lo lindo con los látigos.

¡dios mío, voy a volverme loco!, pensé.

después de azotarla bien, volví a metérsela. follé y follé. era más bien aburrido, la verdad. imaginé perros follando con gatas; imaginé dos personas follando en el aire mientras caían de un rascacielos. imaginé un coño grande como un pulpo, reptando hacia mí, apestoso, anhelante de orgasmo. recordé todas las bragas, rodillas, piernas, tetas y coños que había visto. la goma sudaba; yo sudaba.

—¡te amo, querida! –susurré jadeante en sus oídos de goma.

me fastidia admitirlo, pero me obligué a eyacular en aquella sarnosa masa de goma. no se parecía en nada a Tanya.

cogí una navaja de afeitar y destrocé el artefacto. lo tiré donde las latas vacías de cerveza.

¿cuántos hombres compran esos chismes absurdos en Norteamérica?

¿no pasas ante medio centenar de máquinas de joder si das una vuelta por cualquier calle céntrica de una gran ciudad de Norteamérica? con la única diferencia de que éstas *pretenden* ser mujeres.

pobre Mike el Indio, con su polla muerta de cincuenta centímetros.

todos los pobres mikes. todos los que escalan el Espacio. todas las putas de Vietnam y Washington.

pobre Tanya, con su vientre que había sido el vientre de un cerdo. sus venas que habían sido las venas de un perro. apenas cagaba o meaba, follar, sólo follaba (corazón, voz y lengua prestados por otros). por entonces sólo debían de haber hecho unos diecisiete trasplantes de órganos. Von B. iba muy por delante de todos.

pobre Tanya, qué poco había comido la pobre... Fundamentalmente queso barato y uvas pasas. nunca había deseado dinero ni propiedades ni grandes coches nuevos, ni casas supercaras. jamás había leído el diario de la tarde. no deseaba en absoluto una televisión en color, ni sombreros nuevos, ni botas de lluvia, ni charlas de patio con mujeres idiotas; jamás había querido un marido médico, o corredor de bolsa, o miembro del Congreso o policía.

y el tipo de la gasolinera sigue preguntándome:

—oiga, ¿qué fue de aquello que trajo a hinchar aquel día?

pero ya no me lo preguntará más, voy a echar gasolina en otro sitio. y no volveré tampoco a la barbería donde vi la revista del anuncio de la muñeca de goma de Von B. voy a intentar olvidarlo todo.

¿no harías tú lo mismo?

Erecciones, eyaculaciones, exhibiciones

A LINDA KING

que me lo trajo y
se lo llevará

LA CHICA MÁS GUAPA DE LA CIUDAD

Cass era la más joven y la más guapa de cinco hermanas. Cass era la chica más guapa de la ciudad. Medio india, con un cuerpo flexible y extraño, un cuerpo fiero y serpentino y ojos a juego. Cass era fuego móvil y fluido. Era como un espíritu embutido en una forma incapaz de contenerlo. Su pelo era negro y largo y sedoso y se movía y se retorcía igual que su cuerpo. Cass estaba siempre muy alegre o muy deprimida. Para ella no había término medio. Algunos decían que estaba loca. Lo decían los tontos. Los tontos no podían entender a Cass. A los hombres les parecía simplemente una máquina sexual y no se preocupaban de si estaba loca o no. Y Cass bailaba y coqueteaba y besaba a los hombres pero, salvo un caso o dos, cuando llegaba la hora de hacerlo, Cass se evadía de algún modo, los eludía.

Sus hermanas la acusaban de desperdiciar su belleza, de no utilizar lo bastante su inteligencia, pero Cass poseía inteligencia y espíritu; pintaba, bailaba, cantaba, hacía objetos de arcilla, y cuando la gente estaba herida, en el espíritu o en la carne, a Cass le daba una pena tremenda. Su mente era distinta y nada más; sencillamente, no era práctica. Sus hermanas la envidiaban porque atraía a sus hombres, y andaban rabiosísimas porque creían que no les sacaba todo el partido posible. Tenía la costumbre de ser buena y amable con los feos; los hombres considerados guapos le repugnaban: «No tienen agallas», decía ella. «No tienen nervio. Confían siempre en sus orejitas perfectas y en sus narices torneadas... todo fachada y nada dentro...» Tenía un carácter rayano en la locura; un carácter que algunos calificaban de locura.

Su padre había muerto del alcohol y su madre se había largado dejando solas a las chicas. Las chicas se fueron con una pariente que las metió en un colegio de monjas. El colegio había sido un lugar triste, más para Cass que para sus hermanas. Las chicas envidiaban a Cass y Cass se peleó con casi todas. Tenía señales de cuchillas por todo el brazo izquierdo, de defenderse en dos peleas. Tenía también una cicatriz imborrable que le cruzaba la mejilla izquierda; pero la cicatriz, en vez de disminuir su belleza, parecía, por el contrario, realzarla.

Yo la conocí en el bar West End unas noches después de que la soltaran del convento. Al ser la más joven, fue la última hermana que soltaron. Sencillamente entró y se sentó a mi lado. Yo quizá sea el hombre más feo de la ciudad, y puede que esto tuviese algo que ver con el asunto.

–¿Tomas algo? –pregunté.

–Claro, ¿por qué no?

No creo que hubiese nada especial en nuestra conversación esa noche, era sólo el sentimiento que Cass transmitía. Me había elegido y no había más. Ninguna presión. Le gustó la bebida y bebió mucho. No parecía tener la edad, pero de todos modos le sirvieron. Quizá hubiese falsificado el carnet de identidad, no sé. En fin, lo cierto es que cada vez que volvía del retrete y se sentaba a mi lado yo sentía cierto orgullo. No sólo era la mujer más bella de la ciudad, sino también una de las más bellas que yo había visto en mi vida. Le eché el brazo a la cintura y la besé una vez.

–¿Crees que soy bonita? –preguntó.

–Sí, desde luego. Pero hay algo más..., algo más que tu apariencia...

–La gente anda siempre acusándome de ser bonita. ¿Crees de veras que soy bonita?

–Bonita no es la palabra, no te hace justicia.

Buscó en su bolso. Creí que buscaba el pañuelo. Sacó un alfiler de sombrero muy largo. Antes de que pudiese impedírselo, se había atravesado la nariz con él, de lado a lado, justo sobre las ventanillas. Sentí repugnancia y horror.

Ella me miró y se echó a reír.

–¿Crees ahora que soy bonita? ¿Qué piensas ahora, eh?

Saqué el alfiler y puse mi pañuelo sobre la herida. Algunas

personas, incluido el encargado, habían observado la escena. El encargado se acercó.

—Mira —dijo a Cass—, si vuelves a hacer eso te echo. Aquí no necesitamos tus exhibiciones.

—¡Vete a la mierda, amigo! —dijo ella.

—Será mejor que la controles —me dijo el encargado.

—No te preocupes —dije yo.

—Es *mi* nariz —dijo Cass—, puedo hacer lo que quiera con ella.

—No —dije—, a mí me duele.

—¿Quieres decir que te duele a ti cuando me clavo un alfiler en la nariz?

—Sí, me duele, de veras.

—De acuerdo, no lo volveré a hacer. Ánimo.

Me besó, pero como riéndose un poco en medio del beso y sin soltar el pañuelo de la nariz. Cuando cerraron nos fuimos a donde yo vivía. Tenía un poco de cerveza y nos sentamos a charlar. Fue entonces cuando pude apreciar que era una persona que rebosaba bondad y cariño. Se entregaba sin saberlo. Al mismo tiempo, retrocedía a zonas de descontrol e incoherencia. Esquizoide. Una *esquizo* hermosa y espiritual. Quizá algún hombre, algo, acabase destruyéndola para siempre. Esperaba no ser yo.

Nos fuimos a la cama y cuando apagué las luces me preguntó:

—¿Cuándo quieres hacerlo, ahora o por la mañana?

—Por la mañana —dije, y me di la vuelta.

Por la mañana me levanté, hice un par de cafés y le llevé uno a la cama.

Se echó a reír.

—Eres el primer hombre que conozco que no ha querido hacerlo por la noche.

—No hay problema —dije—. En realidad no tenemos por qué hacerlo.

—No, espera, ahora quiero yo. Déjame que me refresque un poco.

Se fue al baño. Salió enseguida, realmente maravillosa, largo pelo negro resplandeciente, ojos y labios resplandecientes, *toda* resplandor... Se desperezó sosegadamente, buena cosa. Se metió en la cama.

—Ven, amor.

Fui.

Besaba con abandono, pero sin prisa. Dejé que mis manos recorriesen su cuerpo, acariciasen su pelo. La monté. Su carne era cálida y prieta. Empecé a moverme despacio y queriendo que durara. Ella me miraba a los ojos.

–¿Cómo te llamas? –pregunté.

–¿Qué diablos importa? –preguntó ella.

Solté una carcajada y seguí. Después se vistió y la llevé en coche al bar, pero era difícil olvidarla. Yo no trabajaba y dormí hasta las dos y luego me levanté y leí el periódico. Cuando estaba en la bañera, entró ella con una gran hoja: una oreja de elefante.

–Sabía que estabas en la bañera –dijo–, así que te traje algo para tapar esa cosa, hijo de la naturaleza.

Y me echó encima, en la bañera, la hoja de elefante.

–¿Cómo sabías que estaba en la bañera?

–Lo sabía.

Cass llegaba casi todos los días cuando yo estaba en la bañera. No era siempre la misma hora, pero raras veces fallaba, y traía la hoja de elefante. Y luego hacíamos el amor.

Telefoneó una o dos noches y tuve que sacarla de la cárcel por borrachera y pelea pagando la fianza.

–Esos hijos de puta –decía–, sólo porque te pagan unas copas creen que pueden echarte mano a las bragas.

–La culpa la tienes tú por aceptar la copa.

–Yo creía que se interesaban por *mí,* no sólo por mi cuerpo.

–A mí me interesas tú *y* tu cuerpo. Pero dudo que la mayoría de los hombres puedan ver más allá de tu cuerpo.

Dejé la ciudad y estuve fuera seis meses, anduve vagabundeando; volví. No había olvidado a Cass ni un momento, pero habíamos tenido algún tipo de discusión y además yo tenía ganas de ponerme en marcha, y cuando volví pensé que se habría ido; pero no llevaba sentado treinta minutos en el bar West End cuando ella llegó y se sentó a mi lado.

–Vaya, cabrón, has vuelto.

Pedí un trago para ella. Luego la miré. Llevaba un vestido de cuello alto. Nunca la había visto vestida así. Y debajo de cada ojo, clavado, llevaba un alfiler de cabeza de cristal. Sólo se podían ver las cabezas de los alfileres, pero los alfileres estaban clavados.

–Maldita sea, aún sigues intentando destruir tu belleza...

–No, no seas tonto, es la *moda*.

–Estás chiflada.

–Te he echado de menos –dijo.

–¿Hay otro?

–No, no hay ninguno. Sólo tú. Pero ahora hago la vida. Cobro diez billetes. Pero para ti es gratis.

–Sácate esos alfileres.

–No, es la moda.

–Me hace muy desgraciado.

–¿Estás seguro?

–Sí, mierda, estoy seguro.

Se sacó lentamente los alfileres y los guardó en el bolso.

–¿Por qué estropeas tu belleza? –pregunté–. ¿Por qué no aceptas vivir con ella sin más?

–Porque la gente cree que es todo lo que tengo. La belleza no es nada. La belleza no permanece. No sabes la suerte que tienes siendo feo, porque si le agradas a alguien sabes que es por otra cosa.

–Vale –dije–, tengo mucha suerte.

–No quiero decir que seas feo. Sólo que la gente cree que lo eres. Tienes una cara fascinante.

–Gracias.

Tomamos otra copa.

–¿Qué andas haciendo? –preguntó.

–Nada. No soy capaz de apegarme a nada. Nada me interesa.

–A mí tampoco. Si fueses mujer podrías ser puta.

–No creo que quisiese establecer un contacto tan íntimo con tantos extraños. Debe ser un fastidio.

–Tienes razón, es fastidioso, todo es fastidioso.

Salimos juntos. Por la calle, la gente aún miraba a Cass. Aún era una mujer hermosa, quizá más que nunca.

Fuimos a casa y abrí una botella de vino y hablamos. A Cass y a mí siempre nos era fácil hablar. Ella hablaba un rato, yo escuchaba y luego hablaba yo. Nuestra conversación fluía fácil, sin tensión. Era como si descubriésemos secretos juntos. Cuando descubríamos uno bueno, Cass se reía con aquella risa..., de aquella manera que sólo ella podía reírse. Era como el gozo del fuego.

Y durante la charla nos besábamos y nos arrimábamos. Nos pusimos muy calientes y decidimos irnos a la cama. Fue entonces cuando Cass se quitó aquel vestido de cuello alto y lo vi..., vi la mellada y horrible cicatriz que le cruzaba el cuello. Era grande y ancha.

–Maldita sea, condenada, ¿qué has hecho? –dije desde la cama.

–Lo intenté con una botella rota una noche. ¿Ya no te gusto? ¿Soy bonita aún?

La arrastré a la cama y la besé. Me empujó y se echó a reír:

–Algunos me pagan los diez y luego, cuando me desvisto, no quieren hacerlo. Yo me quedo los diez. Es muy divertido.

–Sí –dije–, no puedo parar de reír... Cass, zorra, te amo..., deja de destruirte; eres la mujer con más vida que conozco.

Volvimos a besarnos. Cass lloraba en silencio. Sentí las lágrimas. Sentí aquel pelo largo y negro tendido debajo de mí como una bandera de muerte. Disfrutamos e hicimos un amor lento y sombrío y maravilloso.

Por la mañana, Cass estaba levantada haciendo el desayuno. Parecía muy tranquila y feliz. Cantaba. Yo me quedé en la cama gozando su felicidad. Por fin, vino y me zarandeó:

–¡Arriba, cabrón! ¡Chapúzate con agua fría la cara y la polla y ven a disfrutar del banquete!

Ese día la llevé en coche a la playa. No era un día de fiesta y aún no era verano, todo estaba espléndidamente desierto. Vagabundos playeros en andrajos dormían en la arena. Había otros sentados en bancos de piedra compartiendo una botella solitaria. Las gaviotas revoloteaban, estúpidas pero distraídas. Ancianas de setenta y ochenta años, sentadas en los bancos, discutían ventas de fincas dejadas por maridos asesinados mucho tiempo atrás por la angustia y la estupidez de la supervivencia. Había paz en el aire y paseamos y estuvimos tumbados por allí y no hablamos mucho. Era agradable simplemente estar juntos. Compré bocadillos, patatas fritas y bebidas y nos sentamos a beber en la arena. Luego abracé a Cass y dormimos así abrazados un rato. Era mejor que hacer el amor. Era como un fluir juntos sin tensión. Luego volvimos a casa en mi coche y preparé la cena. Después de cenar, sugerí a Cass que viviésemos juntos. Se quedó mucho rato mirándome y luego dijo lentamente: «No.» La llevé de nuevo al bar, le pagué una copa y me fui.

Al día siguiente, encontré un trabajo como empaquetador en una fábrica y trabajé todo lo que quedaba de semana. Estaba demasiado cansado para andar mucho por ahí, pero el viernes por la noche me acerqué al West End. Me senté y esperé a Cass. Pasaron horas. Cuando estaba ya bastante borracho, me dijo el encargado.

–Siento lo de tu amiga.

–¿Qué? –pregunté.

–Lo siento. ¿No lo sabías?

–No.

–Suicidio, la enterraron ayer.

–¿Enterrada? –pregunté. Parecía como si fuese a aparecer en la puerta de un momento a otro, ¿cómo podía haber muerto?

–La enterraron las hermanas.

–¿Un suicidio? ¿Cómo fue?

–Se cortó el cuello.

–Ya. Dame otro trago.

Estuve bebiendo allí hasta que cerraron. Cass, la más bella de las cinco hermanas, la chica más guapa de la ciudad. Conseguí conducir hasta casa sin poder dejar de pensar que debería haber *insistido* en que se quedara conmigo en vez de aceptar aquel «no». Todo en ella había indicado que le pasaba algo. Yo sencillamente había sido demasiado insensible, demasiado despreocupado. Me merecía mi muerte y la de ella. Era un perro. No, ¿por qué acusar a los perros? Me levanté, busqué una botella de vino, bebí lúgubremente. Cass, la chica más guapa de la ciudad muerta a los veinte años.

Fuera, alguien tocaba la bocina de un coche. Unos bocinazos escandalosos, persistentes. Dejé la botella y aullé: «¡MALDITO SEAS, CONDENADO HIJO DE PUTA, CÁLLATE YA!» Y seguía avanzando la noche y yo nada podía hacer.

KID STARDUST EN EL MATADERO

la suerte me había vuelto a abandonar y estaba demasiado nervioso por el exceso de bebida; desquiciado, débil; demasiado deprimido para encontrar uno de mis trabajos habituales como recadero o mozo de almacén con que tapar agujeros y reponerme un poco, así que bajé al matadero y entré en la oficina.

¿no te he visto ya?, preguntó el tipo.

no, mentí yo.

había estado allí dos o tres años antes, había pasado por todo el papeleo, revisión médica y demás, y me habían llevado escaleras abajo, cuatro plantas, y cada vez hacía más frío y los suelos estaban cubiertos de un lustre de sangre, suelos verdes, paredes verdes, me habían explicado mi trabajo, que era apretar un botón y luego por un agujero de la pared salía un ruido como un estruendo de defensas o elefantes desplomándose, y llegaba la cosa..., algo muerto, mucho, sangriento, y el tipo me dijo: lo coges y lo echas al camión y luego aprietas el timbre y ya llega otro, y después se largó, cuando vi que se iba me quité la bata, el casco metálico, las botas (tres números menos que el que yo uso), subí otra vez la escalera y me largué de allí, y ahora estaba de vuelta, tronado otra vez.

pareces un poco viejo para el trabajo.

quiero endurecerme. necesito trabajo duro, muy duro, mentí.

¿y puedes aguantarlo?

otra cosa no tendré, pero coraje sí. fui boxeador. y bueno.

¿ah, sí?

sí.

vaya, se te nota en la cara. debieron darte duro.

de lo de la cara no hagas caso. yo tenía un juego de brazos magnífico. todavía lo tengo. lo de la cara es porque tuve que hacer algunos tongos y tenía que parecer verdad.

sigo el boxeo. no recuerdo tu nombre.

peleaba con otro nombre, Kid Stardust.

¿Kid Stardust? no recuerdo a ningún Kid Stardust.

peleé en América del Sur, en África, en Europa, en las Islas, en ciudades pequeñas. por eso hay ese hueco en mi historial de trabajo... no me gusta poner que fui boxeador porque la gente cree que hablo en broma o que miento. lo dejo en blanco y se acabó.

vale, vale, sube a que te hagan la revisión médica. mañana a las nueve y media te pondremos a trabajar. ¿dices que quieres trabajo duro?

bueno, si tenéis otra cosa...

no, en este momento no. sabes, aparentas cerca de cincuenta. no sé si darte el trabajo... no nos gusta la gente que nos hace perder el tiempo.

yo no soy gente: soy Kid Stardust.

vale, vale, dijo riendo, ¡te pondremos a TRABAJAR!

no me gustó el tono.

dos días después crucé la puerta y entré en el garito de madera y le enseñé a un viejo la tarjeta con mi nombre: Henry Charles Bukowski, hijo, y el viejo me mandó al muelle de descarga: tenía que ver a Thurman. fui hasta allí. había una fila de hombres sentados en un banco de madera y me miraron como si fuese un homosexual o una canasta de baloncesto.

yo les miré con lo que supuse tranquilo desdén y mascullé con mi mejor acento golfo:

dónde está Thurman. tengo que ver a ese tío.

alguien señaló.

¿Thurman?

¿sí?

trabajo para ti.

¿sí?

sí.

me miró.

¿y las botas?

¿botas?

no tengo, dije.

sacó un par de botas de debajo del banco y me las dio. viejas, duras, tiesas. me las puse. la historia de siempre: tres números menos. me encogían y me espachurraban los dedos.

luego me dio una ensangrentada bata y un casco metálico. allí me quedé de pie mientras él encendía un cigarrillo. tiró la cerilla con un floreo tranquilo y varonil.

vamos.

eran todos negros y cuando me acerqué me miraron como si fueran musulmanes negros. yo mido casi uno ochenta, pero todos eran más altos que yo, y, si no más altos, por lo menos dos o tres veces más anchos.

¡Charley!, aulló Thurman.

Charley, pensé. Charley, como yo. qué bien.

sudaba ya bajo el casco metálico.

¡¡dale TRABAJO!!

dios mío, oh, dios mío. ¿qué había sido de las noches plácidas y dulces? ¿por qué no le pasa esto a Walter Winchey que cree en el sistema americano? ¿no era yo uno de los estudiantes de antropología más inteligentes de mi promoción? ¿qué pasó?

Charley me llevó hasta un camión vacío de media manzana de largo que había en el muelle.

espera aquí.

luego llegaron corriendo algunos de los musulmanes negros con carretillas pintadas de un blanco grumoso y sórdido, un blanco que parecía mezclado con mierda de pollo. y cada carretilla estaba cargada con montañas de jamones que flotaban en sangre acuosa y fina. no, no flotaban en sangre, se asentaban en ella, como plomo, como balas de cañón, como muerte.

uno de los tipos saltó al camión detrás de mí y el otro empezó a tirarme los jamones y yo los cogía y se los tiraba al que estaba detrás de mí que se volvía y echaba el jamón en la caja. los jamones venían deprisa, DEPRISA, y pesaban, pesaban cada vez más. en cuanto lanzaba un jamón y me volvía, ya había otro de camino hacia mí por el aire. comprendí que querían reventarme. pronto sudaba y sudaba como si se hubiesen abierto grifos, y me dolía la espalda y me dolían las muñecas, y me dolían los brazos, me dolía todo y había agotado hasta el último gramo de energía. apenas podía ver, apenas podía obligarme a agarrar un jamón más y lanzarlo, un jamón más y lanzarlo. estaba embadurnado de sangre y seguía agarrando el suave muerto pesado FLUMP con mis manos, el jamón cedía un poco, como un culo de mujer, y estaba demasiado débil para hablar y decir eh, qué demonios pasa, amigos... los jamones seguían llegando y yo giraba, clavado, como un hombre clavado en una cruz bajo el casco metálico, y ellos seguían trayendo a toda prisa carretillas llenas de jamones jamones jamones y al fin todas se vaciaron, y yo me quedé allí tambaleante, respirando la amarillenta luz eléctrica. era de noche en el infierno. bueno, siempre me había gustado el trabajo nocturno.

¡vamos!

me llevaron a otro local. arriba en el aire en una gran compuerta elevada en la pared del extremo había media ternera, o quizá fuese una ternera entera, sí, eran terneras enteras, ahora que lo pienso, las cuatro patas, y una de ellas salía del agujero sujeta en un gancho, recién asesinada, y se paró justo sobre mí, colgada allí justo sobre mi cabeza de aquel gancho.

acaban de asesinarla, pensé, han asesinado a ese maldito bicho. ¿cómo pueden distinguir un hombre de una ternera? ¿cómo saben que yo no soy una ternera?

VENGA... ¡MENÉALA!

¿menéala?

eso es: ¡BAILA CON ELLA!

¿qué?

¡pero qué coño pasa! ¡GEORGE, ven aquí!

George se puso debajo de la ternera muerta. la agarró. UNO. corrió hacia delante. DOS. corrió hacia atrás. TRES. corrió hacia delante mucho más. la ternera quedó casi paralela al suelo. alguien apretó un botón y George quedó abrazado a ella. lista para las carnicerías del mundo. lista para las bien descansadas chismosas y chifladas amas de casa del mundo a las dos en punto de la tarde con sus batas de casa, chupando cigarrillos manchados de carmín y sintiendo casi nada.

me pusieron debajo de la ternera siguiente.

UNO.

DOS.

TRES.

la tenía. sus huesos muertos contra mis huesos vivos. su carne muerta contra mi carne viva, y el hueso y el peso me aplastaban; pensé en óperas de Wagner, pensé en cerveza fría, pensé en un lindo chochito sentado frente a mí en un sofá con las piernas alzadas y cruzadas y yo tengo una copa en la mano y hablo lenta, pausadamente abriéndome paso hacia ella y hacia la mente en blanco de su cuerpo y Charley aulló ¡CUÉLGALA DEL CAMIÓN!

caminé hacia el camión. por la aversión a la derrota que me inculcaron de muchacho en los patios escolares de Norteamérica supe que no debía dejar que la ternera cayera al suelo, porque eso demostraría que era un cobarde, que no era un hombre y que, en consecuencia, nada merecía, sólo burlas y risas y golpes, en Norteamérica tienes que ser un ganador, no hay otra salida, y tienes que aprender a luchar porque sí y se acabó, sin preguntas, y además si soltaba la ternera quizá tuviera que volver a recogerla, además se ensuciaría, yo no quería que se ensuciase. o más bien... ellos no querían que se ensuciase.

llegué al camión.

¡CUÉLGALA!

el gancho que pendía del techo estaba tan romo como un pulgar sin uña. dejabas que el trasero de la ternera se deslizase hacia atrás e ibas a por lo de arriba, empujabas la parte de arriba contra el gancho una y otra vez pero el gancho no enganchaba. ¡¡MADRE MÍA!! era todo cartílago y grasa, duro, duro.

¡VAMOS! ¡VAMOS!

utilicé mi última reserva y el gancho enganchó, era una hermosa visión, un milagro, el gancho clavado, aquella ternera colgando allí sola completamente separada de mi hombro, colgando para el chismorreo bata de casa y carnicería.

¡MUÉVETE!

un negro de unos ciento quince kilos, insolente, áspero, frío, criminal, entró, colgó su ternera tranquilamente y me miró de arriba abajo.

¡aquí trabajamos en cadena!

vale, campeón.

me puse delante de él. otra ternera me esperaba. cada una que agarraba estaba seguro de que sería la última que podría agarrar. pero me decía.

una más
sólo una más
luego
lo dejo.
a la
mierda.

ellos estaban esperando que me rajara. lo veía en sus ojos, en sus sonrisas cuando creían que no miraba. no quería darles el placer de la victoria. agarré otra ternera. como el campeón que hace el último esfuerzo, agarré otra ternera.

pasaron dos horas y entonces alguien gritó DESCANSO.

lo había conseguido, un descanso de diez minutos, un poco de café y ya no podrían derrotarme. fui tras ellos hacia un carrito que alguien había traído. vi elevarse el vapor del café en la noche; vi los bollos y los cigarrillos y las pastas y los emparedados bajo la luz eléctrica.

¡EH, TÚ!

era Charley. Charley, como yo.

¿sí, Charley?

antes de tomarte el descanso, lleva ese camión a la parada dieciocho.

era el camión que acabábamos de cargar, el de media manzana de largo. la parada dieciocho quedaba al otro extremo del patio.

conseguí abrir la puerta y subir a la cabina. tenía un asiento blando de suave piel y era tan agradable que me di cuenta de que si me descuidaba caería dormido allí mismo, yo no era un camionero. miré por abajo y vi como media docena de mandos, palancas, frenos, pedales y demás. di vuelta a la llave y conseguí encender el motor. fui probando pedales y palancas hasta que el camión empezó a rodar y entonces lo llevé hasta el fondo del patio, hasta la parada dieciocho, pensando constantemente: cuando vuelva, ya no estará el carrito, era una tragedia para mí, una verdadera tragedia. aparqué el camión, apagué el motor y quedé allí sentado unos instantes paladeando la suave delicia del asiento de piel. luego abrí la puerta y salí. no acerté con el escalón o lo que fuese y caí al suelo con mi bata ensangrentada y mi maldito casco metálico como si me hubiesen pegado un tiro. no me hice daño, ni siquiera lo sentí. me levanté justo a tiempo para ver cómo se alejaba el carrito y cruzaba la puerta camino de la calle.

les vi dirigirse de nuevo al muelle riendo y encendiendo cigarrillos.

me quité las botas, me quité la bata, me quité el casco metálico y fui hasta el garito del patio de entrada, tiré bata, casco y botas
por encima del mostrador. El viejo me miró:

vaya, así que dejas esta BUENA colocación...

diles que me manden por correo el cheque de mis dos horas
de trabajo o si no que se lo metan en el culo, ¡me da igual!

salí, crucé la calle hasta un bar mexicano y bebí una cerveza.
luego cogí el autobús y volví a casa. el patio escolar norteamericano me había derrotado otra vez.

VIDA EN UN PROSTÍBULO DE TEXAS

Salí del autobús en aquel lugar de Texas y hacía frío y yo tenía catarro, y uno nunca sabe, era una habitación muy grande, limpia, por sólo cinco dólares a la semana, y tenía chimenea, y apenas me había quitado la ropa cuando de pronto entró aquel negro viejo y empezó a hurgar en la chimenea con aquel atizador largo. No había leña en la chimenea y me pregunté qué haría allí aquel viejo hurgando en la chimenea con el atizador. Y entonces me miró, se agarró el pijo y emitió un sonido así como «¡isssssss!» y yo pensé: bueno, por alguna razón debe creer que soy marica, pero como no lo soy, no puedo hacer nada por él. En fin, pensé, así es el mundo, así funciona. Dio unas cuantas vueltas por allí con el atizador y luego se fue. Entonces me metí en la cama. Cuando viajo en autobús siempre me acatarro y además me da insomnio, aunque la verdad es que siempre tengo insomnio de todos modos.

En fin, la cosa es que el negro del atizador se largó y yo me tumbé en la cama y pensé: bueno, puede que un día de éstos consiga cagar.

Volvió a abrirse la puerta y entró una criatura, hembra, bastante sabrosa, y se echó de rodillas y empezó a fregar el suelo de madera, y a mover y mover y mover el culo mientras fregaba el suelo de madera.

—¿Quieres una chica guapa? —me preguntó.

—No. Estoy molido. Acabo de bajarme del autobús. Sólo quiero dormir.

—Un buen chocho te ayudaría a dormir, de veras. Sólo son cinco dólares.

–Estoy hecho migas.

–Es una chica muy guapa... y limpia.

–¿Dónde está esa chica?

–Yo soy la chica –se levantó y se plantó delante de mí.

–Lo siento, pero estoy agotado, de veras.

–Sólo dos dólares.

–No, lo siento.

Se fue. Al cabo de unos minutos oí la voz de hombre.

–Oye, ¿vas a decirme que eres incapaz de camelarle? Le dimos nuestra mejor habitación por sólo cinco dólares. ¿Me vas a decir que no puedes?

–¡Lo intenté, Bruno! ¡De verdad que lo intenté, Bruno!

–¡Sucia zorra!

Identifiqué el sonido. No era un bofetón. La mayoría de los buenos chulos procuran no espachurrar la cara. Pegan en la mejilla, junto a la mandíbula, evitando los ojos y la boca. Bruno debía de tener un establo bien surtido. Era sin lugar a dudas el sonido de puñetazos en la cabeza. Ella chilló y cayó al suelo y el hermano Bruno le atizó otro lanzándola contra la pared. Anduvo un rato rebotando de puño a pared y de pared a puño entre chillidos; yo me estiré en la cama y pensé: bueno, a veces la vida resulta interesante. Pero no quiero *de ninguna manera* oír esto. Si hubiese sabido qué iba a pasar le habría dejado acostarse conmigo.

Luego me dormí.

Por la mañana, me levanté, me vestí. Normalmente lo hago. Pero de cagar nada. Me fui a la calle y empecé a buscar estudios fotográficos. Entré en el primero.

–Buenos días, caballero. ¿Quiere usted una foto?

Era una guapa pelirroja y sonreía.

–¿Una foto con esta cara? Ando buscando a Gloria Westhaven.

–Yo soy Gloria Westhaven –dijo ella y cruzó las piernas y se subió un poquito la falda. Pensé que el hombre ha de morir para llegar al cielo.

–¿Pero qué dices? –dije–. Tú no eres Gloria Westhaven. Conocí a Gloria Westhaven en un autobús de Los Ángeles.

–¿Y qué pasó?

–Bueno, me enteré de que su madre tenía un estudio fotográfico. Ando buscándola. Es que en el autobús pasó algo...

–Vaya, vaya, ¿qué pasó?

–Que la conocí. Había lágrimas en sus ojos cuando se bajó. Yo seguí hasta Nueva Orleans, al llegar cogí el autobús de vuelta. Nunca una mujer había llorado por mí.

–Quizá llorase por otra cosa.

–Eso creí yo también hasta que los otros pasajeros empezaron a insultarme.

–¿Y lo único que sabes es que su madre tiene un estudio fotográfico?

–Eso es todo lo que sé.

–Muy bien, escucha. Conozco al director del periódico más importante de esta ciudad.

–No me sorprende –dije mirándole las piernas.

–Escucha, déjame tu nombre y dirección. Le explicaré por teléfono la historia, aunque habrá que cambiarla. Os conocisteis en un avión, ¿entiendes? Amor en el aire. Ahora estáis separados y perdidos, ¿entiendes? Y tú has volado hasta aquí desde Nueva Orleans y lo único que sabes es que su madre tiene un estudio fotográfico. ¿Comprendido? Lo pondremos en la columna de M...K... en la edición de mañana. ¿De acuerdo?

–De acuerdo –dije y eché una última ojeada a sus piernas y salí mientras ella marcaba en el teléfono. Y allí estaba yo en la segunda o tercera ciudad de Texas, el amo de la ciudad. Entré en el primer bar...

Estaba muy lleno para aquella hora del día. Me senté en el único taburete vacío. Bueno, no. Había dos taburetes vacíos, uno a cada lado de aquel tipo grande. Tendría unos veinticinco años, con cerca de uno noventa y unos cien kilos. Ocupé uno de los taburetes y pedí una cerveza. Me zampé la cerveza y pedí más.

–Así me gusta, eso es beber, sí señor –dijo el tipo grande–. En cambio, estos maricas de aquí se sientan y están horas con una cerveza. Me gusta cómo se comporta usted, forastero. ¿De dónde es, qué hace?

–No hago nada –dije–. Y soy de California.

–¿Y no tiene proyectos?

–No, ninguno. Yo sólo ando por ahí.

Bebí la mitad de mi segunda cerveza.

–Usted me gusta, forastero –dijo el tipo grande–. Confiaré en usted. Pero hablaré bajo, porque aunque soy un tipo grande, son muchos para mí.

–Diga, diga –dije terminando la segunda cerveza.

El tipo grande se inclinó y me dijo al oído, en un susurro:

–Los texanos apestan.

Miré alrededor. Asentí lentamente. Sí.

Cuando acabó, yo estaba debajo de una de las mesas que atendía la camarera por la noche. Salí a gatas, me limpié la boca furtivamente, vi que todos se reían y me largué...

Cuando llegué al hotel no podía entrar. Había un periódico debajo de la puerta y la puerta estaba abierta sólo unos milímetros.

–Eh, déjeme pasar –dije.

–¿Quién es usted? –preguntó el tipo.

–Estoy en la ciento dos. Pagué por una semana. Me llamo Bukowski.

–Usted no lleva botas, ¿verdad?

–¿Botas? ¿Cómo dice?

–Rangers.

–¿Rangers? ¿Qué es eso?

–Pase, pase –dijo...

No llevaba diez minutos en mi habitación, estaba en la cama con toda aquella red alrededor. Toda la cama (y era una cama grande con una especie de techo) tenía alrededor aquella red. Tiré de ella por los lados y me quedé allí tumbado con toda aquella red alrededor. Me producía una sensación bastante extraña hacer una cosa así, pero tal como iban las cosas pensé que de todos modos me sentiría extraño. Por si no bastara esto, sentí una llave en la puerta y la puerta se abrió. Esta vez era una negra baja y maciza de rostro bonachón y culo inmenso.

Y aquella amable y enorme negra se puso a colocar de nuevo la extraña red, diciendo:

–Es hora de cambiar las sábanas, querido.

–Pero sí llegué ayer –dije yo.

–Querido, nuestro turno de cambio de sábanas no depende de ti. Venga, saca de ahí tu culito rosado y déjame hacer mi trabajo.

—Bueno, bueno —dije, y salté de la cama, absolutamente desnudo. No pareció asustarse.

—Conseguiste una cama muy linda y muy grande, querido —me dijo—. Tienes la mejor habitación y la mejor cama de este hotel.

—Debo ser un hombre de suerte.

Estiró aquellas sábanas y me enseñó todo aquel culo. Me enseñó todo aquel culo y luego se volvió y dijo:

—Vale, querido, ya está hecha la cama. ¿Algo más?

—Bueno, si puedes subirme cinco o seis litros de cerveza.

—Te los subiré. Primero dame el dinero.

Le di el dinero y pensé: en fin, hasta nunca. Eché la red alrededor decidido a dormir. Pero la negrita volvió y corrió la red y nos sentamos allí a charlar y a beber cerveza.

—Háblame de ti —le dije.

Se rió y empezó a contar. Por supuesto, no había tenido una vida fácil. No sé cuánto tiempo estuvimos bebiendo. Por fin se metió en la cama y fue uno de los polvos mejores de mi vida...

Al día siguiente, me levanté, bajé a la calle y compré el periódico y allí estaba, en la columna del popular columnista. Se mencionaba mi nombre. Bukowski, novelista, periodista, viajero. Nos habíamos conocido en el aire. La encantadora dama y yo. Y ella había aterrizado en Texas y yo había seguido hasta Nueva Orleans cumpliendo mi trabajo de periodista, pero, como no podía borrar del pensamiento a aquella maravillosa mujer, había cogido otro avión rumbo a Texas. Sólo sabía que su madre tenía un estudio fotográfico. En el hotel, me hice con una botella de whisky y cuatro o cinco litros de cerveza y *cagué* al fin. ¡Qué gozosa experiencia! ¡Debería haber figurado en la columna!

Me metí de nuevo en la red. Sonó el teléfono. Era el teléfono interior. Estiré la mano y descolgué.

—Una llamada para usted, señor Bukowski, del director del..., ¿se la paso?

—Sí, pásemela —dije—. Diga.

—¿Es usted Charles Bukowski?

—Sí.

–¿Qué hace en un sitio así?

–¿Qué quiere decir? ¿Qué tiene este sitio? Me parece una gente muy agradable.

–Es el peor prostíbulo de la ciudad. Llevamos quince años intentando cerrarlo. ¿Cómo fue a parar ahí?

–Hacía frío. Entré en el primer sitio que vi. Vine en autobús y hacía frío.

–Vino usted en avión. ¿No recuerda?

–Recuerdo.

–Muy bien, tengo la dirección de la chica. ¿La quiere?

–Sí, si no tiene usted inconveniente. Si lo tiene, olvídelo.

–No entiendo, la verdad, cómo vive usted en un sitio así.

–Está bien. Es usted el director del periódico más importante de la ciudad y está hablando conmigo por teléfono y estoy en un burdel de Texas. En fin, amigo, dejémoslo. La chica lloraba o algo así; y eso me impresionó. Sabe, cogeré el próximo autobús y me iré de la ciudad.

–¡Espere!

–¿Qué he de esperar?

–Le daré la dirección. La chica leyó la columna. Leyó entre líneas. Telefoneó. Quiere verle. No le dije dónde estaba viviendo. En Texas somos gente hospitalaria.

–Sí, estuve en un bar anoche. Pude comprobarlo.

–¿También bebe?

–No es que beba, soy un borracho.

–Creo que no debería darle la dirección.

–Entonces olvide este jodido asunto –dije, y colgué.

Sonó otra vez el teléfono.

–Una llamada para usted, señor Bukowski. Del director del...

–Pásela.

–Mire, señor Bukowski, necesitamos completar la historia. Hay mucha gente interesada.

–Dígale al columnista que utilice su imaginación.

–Escuche, ¿le importa que le pregunte qué hace usted para ganarse la vida?

–No hago nada.

–¿Sólo viajar por ahí en autobús y hacer llorar a las jóvenes?

–No todos pueden hacerlo.

–Escuche, voy a darle una oportunidad. Voy a darle esa dirección. Vaya usted y véala.

–Puede que sea yo el que esté dándole una oportunidad.

Me dio la dirección.

–¿Quiere que le explique cómo puede ir allí?

–No se preocupe. Si puedo encontrar un burdel, podré encontrarla a ella.

–Hay algo en usted que no acaba de gustarme –dijo.

–Olvídelo. Si la chica merece la pena, volveré a llamarle.

Colgué.

Era una casita marrón. Me abrió una vieja.

–Busco a Charles Bukowski –dije–. No, perdón –añadí–, busco a una tal Gloria Westhaven.

–Soy su madre –dijo ella–. ¿Es usted el del avión?

–Soy el del autobús.

–Gloria leyó la columna. Supo inmediatamente que era usted.

–Magnífico. ¿Qué hacemos ahora?

–Oh, pase, pase.

Pasé.

–Gloria –aulló la vieja.

Salió Gloria. Seguía con muy buen aspecto. Exactamente una más de esas saludables pelirrojas texanas.

–Pase, pase, no se quede ahí –dijo–. Discúlpanos, mamá.

Me hizo pasar a su cuarto, pero dejó la puerta abierta. Nos sentamos, muy separados.

–¿Qué hace usted? –preguntó.

–Soy escritor.

–¡Oh, qué maravilla! ¿Dónde le han publicado?

–No me han publicado.

–Entonces, en cierto modo, en realidad no es usted escritor.

–Así es. Y vivo en una casa de putas.

–¿Que?

–Lo dicho, tiene usted razón, no soy escritor, en realidad.

–No, me refiero a lo otro.

–Estoy viviendo en un burdel.

–¿Vive usted siempre en burdeles?

–No.

–¿Cómo es que no está usted en el ejército?

—No pude pasar el psiquiatra.

—Bromea usted.

—No, gracias a Dios.

—¿No quiere usted combatir?

—No.

—Ellos bombardearon Pearl Harbor.

—Ya me enteré, ya.

—¿No quiere usted luchar contra Adolf Hitler?

—Pues no, la verdad, prefiero que sean otros.

—Es usted un cobarde.

—Sí, claro, lo soy. No es que me importe mucho matar a un hombre, pero no me gusta dormir en barracones con un montón de tíos roncando y luego que me despierte un idiota a cornetazos, y no me gusta llevar esas cochambrosas camisas color aceituna que pican muchísimo. Soy de piel muy sensible.

—Me alegro que tenga usted algo sensible.

—Yo también, pero ojalá que no fuese la piel.

—Quizá debiese usted escribir con la piel.

—Quizá debiese usted escribir con el chocho.

—Es usted ruin. Y cobarde. Alguien ha de enfrentarse a las hordas fascistas. Estoy prometida a un teniente de la marina norteamericana que si estuviese aquí ahora, le daría a usted una buena zurra.

—Ya puede ser, pero eso sólo me haría aún más ruin.

—Le enseñaría al menos a portarse como un caballero delante de una dama.

—Sí, claro, tiene usted razón. ¿Si matase a Mussolini sería un caballero?

—Sin duda.

—Me alisto ahora mismo.

—No le quieren. ¿Se acuerda?

—Me acuerdo.

Estuvimos sentados allí mucho tiempo en silencio. Luego dije yo:

—Oiga, ¿puedo preguntarle algo?

—Adelante —dijo ella.

—¿Por qué me pidió que me bajara del autobús con usted? ¿Y por qué lloró al ver que no lo hacía?

—Bueno, se trata de su cara. Es usted tan feo.

—Sí, ya lo sé.

—En fin, tiene esa cara tan fea y tan trágica. No quería perder esa «cosa trágica». Me daba usted lástima, por eso lloré. ¿Cómo consiguió una cara tan trágica?

—Ay, Dios mío —dije. Luego me levanté y me fui.

Volví andando al burdel. El tipo de la puerta me reconoció.

—Eh, amigo, ¿dónde le hicieron ese cardenal?

—Un asunto relacionado con Texas.

—¿Texas? ¿Estaba usted a favor o en contra de Texas?

—A favor, desde luego.

—Va usted aprendiendo, amigo.

—Sí, lo sé.

Subí a la habitación y cogí el teléfono y le dije al tipo que me pusiera con el director del periódico.

—Oiga, amigo, aquí Bukowski.

—¿Vio usted a la chica?

—Vi a la chica.

—¿Cómo fueron las cosas?

—Bien, muy bien. Estuve corriéndome como una hora. Dígaselo a su columnista. Colgué.

Bajé y salí y busqué el mismo bar. No había cambiado nada. Aún seguía allí el tipo grande, con un taburete vacío a cada lado.

Me senté y pedí dos cervezas. Bebí la primera de un trago. Luego bebí la mitad de la otra.

—Yo a usted le recuerdo —dijo el tipo grande—. ¿Qué le pasó?

—La piel. Es muy sensible.

—¿Usted me recuerda? —preguntó.

—Le recuerdo.

—Creí que no volvería nunca.

—Pues aquí estoy. ¿Jugamos el jueguecito?

—Aquí en Texas no jugamos jueguecitos, forastero.

—¿No?

—¿Aún cree usted que los texanos apestan?

—Algunos.

Y allá fui yo otra vez debajo de la mesa. Salí, me levanté y me fui. Volví al burdel.

Al día siguiente, el periódico decía que el «Romance» había

fracasado. Yo había vuelto a Nueva Orleans. Recogí mis cosas y bajé hasta la estación de autobuses. Llegué a Nueva Orleans, conseguí una habitación legal y me instalé. Conservé los recortes de periódico un par de semanas, y luego los tiré. ¿Tú no habrías hecho lo mismo?

QUINCE CENTÍMETROS

Los primeros tres meses de mi matrimonio con Sara fueron aceptables, pero luego empezaron los problemas. Era una buena cocinera, y yo empecé a comer bien por primera vez en muchos años. Empecé a engordar. Y Sara empezó a hacer comentarios.

–Ay, Henry, pareces un pavo engordando para el Día de Acción de Gracias.

–Tienes razón, mujer, tienes razón –le decía yo.

Yo trabajaba de mozo en un almacén de piezas de automóvil y apenas si me llegaba la paga. Mis únicas alegrías eran comer, beber cerveza e irme a la cama con Sara. No era precisamente una vida majestuosa, pero uno ha de conformarse con lo que tiene. Sara era suficiente. Respiraba SEXO por todas partes. La había conocido en una fiesta de Navidad de los empleados del almacén. Trabajaba allí de secretaria. Me di cuenta de que ninguno se acercaba a ella en la fiesta y no podía entenderlo. Jamás había visto mujer tan guapa y además no parecía tonta. Sin embargo, tenía algo raro en la mirada. Te miraba fijamente como si entrara en ti y daba la impresión de no parpadear. Cuando se fue al lavabo me acerqué a Harry, al camionero.

–Oye, Harry –le dije–. ¿Cómo es que nadie se acerca a Sara?

–Es que es bruja, hombre, una bruja de verdad. Ándate con ojo.

–Vamos, Harry, las brujas no existen. Está demostrado. Las mujeres aquellas que quemaban en la hoguera antiguamente, era todo un error horrible, una crueldad. Las brujas no existen.

–Bueno, puede que quemaran a muchas mujeres por error, no voy a discutírtelo. Pero esta zorra es bruja, créeme.

—Lo único que necesita, Harry, es comprensión.

—Lo único que necesita —me dijo Harry— es una víctima.

—¿Cómo lo sabes?

—Hechos —dijo Harry—. Dos empleados de aquí. Manny, un vendedor, y Lincoln, un dependiente.

—¿Qué les pasó?

—Pues sencillamente que desaparecieron ante nuestros propios ojos, sólo que muy lentamente..., podías verles irse, desvanecerse...

—¿Qué quieres decir?

—No quiero hablar de eso. Me tomarías por loco.

Harry se fue. Luego salió Sara del váter de señoras. Estaba maravillosa.

—¿Qué te dijo Harry de mí? —me preguntó.

—¿Cómo sabes que estaba hablando con Harry?

—Lo sé —dijo ella.

—No me dijo mucho.

—Pues sea lo que sea, olvídalo. Son mentiras. Lo que pasa es que le he rechazado y está celoso. Le gusta hablar mal de la gente.

—A mí no me importa la opinión de Harry —dije yo.

—Lo nuestro puede ir bien, Henry —dijo ella.

Vino conmigo a mi apartamento después de la fiesta y te aseguro que nunca había disfrutado tanto. No había mujer como aquélla. Al cabo de un mes o así nos casamos. Ella dejó el trabajo inmediatamente, pero yo no dije nada porque estaba muy contento de tenerla. Sara se hacía su ropa, se peinaba y se cortaba el pelo ella misma. Era una mujer notable, muy notable.

Pero, como ya dije, hacia los tres meses empezó a hacer comentarios sobre mi peso. Al principio eran sólo pequeñas observaciones amables, luego empezó a burlarse de mí. Una noche llegó a casa y me dijo:

—¡Quítate esa maldita ropa!

—¿Cómo dices, querida?

—Ya me oíste, so cabrón. ¡Desvístete!

No era la Sara que yo conocía. Había algo distinto. Me quité la ropa y las prendas interiores y las eché en el sofá. Me miró fijamente.

—¡Qué horror! —dijo—. ¡Qué montón de mierda!

—¿Cómo dices, querida?

–¡Digo que pareces una gran bañera llena de mierda!

–Pero querida, qué te pasa... ¿Estás en plan de bronca esta noche?

–¡Calla! ¡Toda esa mierda colgando por todas partes!

Tenía razón. Me había salido un michelín a cada lado, justo encima de las caderas. Luego cerró los puños y me atizó fuerte varias veces en cada michelín.

–¡Tenemos que machacar esa mierda! Romper los tejidos grasos, las células...

Me atizó otra vez, varias veces.

–¡Ay! ¡Que duele, querida!

–¡Bien! ¡Ahora, pégate tú mismo!

–¿Yo mismo?

–¡Sí, venga, condenado!

Me pegué varias veces, bastante fuerte. Cuando terminé los michelines aún seguían allí, aunque estaban de un rojo subido.

–Tenemos que conseguir eliminar esa mierda –me dijo.

Yo supuse que era amor y decidí cooperar...

Sara empezó a contarme las calorías. Me quitó los fritos, el pan y las patatas, los aderezos de la ensalada, pero me dejó la cerveza. Tenía que demostrarle quién llevaba los pantalones en casa.

–No, de eso nada –dije–, la cerveza no la dejaré. ¡Te amo muchísimo, pero la cerveza no!

–Bueno, de acuerdo –dijo Sara–. Lo conseguiremos de todos modos.

–¿Qué conseguiremos?

–Quiero decir que conseguiremos eliminar toda esa grasa, que tengas otra vez unas proporciones razonables.

–¿Y cuáles son las proporciones razonables? –pregunté.

–Ya lo verás, ya.

Todas las noches, cuando volvía a casa, me hacía la misma pregunta.

–¿Te pegaste hoy en los lomos?

–¡Sí, mierda, sí!

–¿Cuántas veces?

–Cuatrocientos puñetazos de cada lado, fuerte.

Iba por la calle atizándome puñetazos. La gente me miraba, pero al poco tiempo dejó de importarme, porque sabía que estaba consiguiendo algo y ellos no...

La cosa funcionaba. Maravillosamente. Bajé de noventa kilos a setenta y ocho. Luego de setenta y ocho a setenta y cuatro. Me sentía diez años más joven. La gente me comentaba el buen aspecto que tenía. Todos menos Harry el camionero. Sólo porque estaba celoso, claro, porque no había conseguido nunca bajarle las bragas a Sara.

Una noche di en la báscula los setenta kilos.

–¿No crees que hemos bajado suficiente? –le dije a Sara–. ¡Mírame!

Los michelines habían desaparecido hacía mucho. Me colgaba el vientre. Tenía la cara chupada.

–Según los gráficos –dijo Sara–, según los gráficos, aún no has alcanzado el tamaño ideal.

–Pero oye –le dije–, mido uno ochenta, ¿cuál es el peso ideal?

Y entonces Sara me contestó en un tono muy extraño:

–Yo no dije «peso ideal», dije «tamaño ideal». Estamos en la Nueva Era, la Era Atómica, la Era Espacial, y, sobre todo, la Era de la Superpoblación. Yo soy la Salvadora del Mundo. Tengo la solución a la Explosión Demográfica. Que otros se ocupen de la Contaminación. Lo básico es resolver el problema de la superpoblación; eso resolverá la Contaminación y muchas cosas más.

–¿Pero de qué demonios hablas? –pregunté, abriendo una botella de cerveza.

–No te preocupes –contestó–. Ya lo sabrás, ya.

Empecé a notar entonces, en la báscula, que aunque aún seguía perdiendo peso parecía que no adelgazaba. Era raro. Y luego me di cuenta de que las perneras de los pantalones me arrastraban... y también empezaban a sobrarme las mangas de la camisa. Al coger el coche para ir al trabajo me di cuenta de que el volante parecía quedar más lejos. Tuve que adelantar un poco el asiento del coche.

Una noche me subí a la báscula.

Sesenta kilos.

–Oye, Sara, ven.

–Sí, querido...

–Hay algo que no entiendo.

–¿Qué?

–Parece que estoy encogiendo.

–¿Encogiendo?

–Sí, encogiendo.

–¡No seas tonto! ¡Eso es increíble! ¿Cómo puede encoger un hombre? ¿Acaso crees que tu dieta te encoge los huesos? Los huesos no se disuelven! La reducción de calorías sólo reduce la grasa. ¡No seas imbécil! ¿Encogiendo? ¡Imposible!

Luego se echó a reír.

–De acuerdo –dije–. Ven aquí. Coge el lápiz. Voy a ponerme contra esta pared. Mi madre solía hacer esto cuando era pequeño y estaba creciendo. Ahora marca una raya ahí en la pared donde marca el lápiz colocado recto sobre mi cabeza.

–De acuerdo, tontín, de acuerdo –dijo ella.

Trazó la raya.

Al cabo de una semana pesaba cincuenta kilos. El proceso se aceleraba cada vez más.

–Ven aquí, Sara.

–Sí, niño bobo.

–Vamos, traza la raya.

Trazó la raya.

Me volví.

–Ahora mira, he perdido diez kilos y veinte centímetros en la última semana. ¡Estoy derritiéndome! Mido ya uno cincuenta y cinco. ¡Esto es la locura! ¡La locura! No aguanto más. Te he visto metiéndome las perneras de los pantalones y las mangas de las camisas a escondidas. No te saldrás con la tuya. Voy a empezar a comer otra vez. ¡Creo que eres una especie de bruja!

–Niño bobo...

Fue poco después cuando el jefe me llamó a la oficina.
Me subí en la silla que había frente a su mesa.

—¿Henry Markson Jones II?

—Sí, señor, dígame.

—¿Es usted Henry Markson Jones II?

—Claro, señor.

—Bien, Jones, hemos estado observándole cuidadosamente. Me temo que ya no sirve usted para este trabajo. Nos fastidia muchísimo tener que hacer esto..., quiero decir, nos fastidia que esto acabe así, pero...

—Oiga, señor, yo siempre cumplo lo mejor que puedo.

—Le conocemos, Jones, le conocemos muy bien, pero ya no está usted en condiciones de hacer un trabajo de hombre.

Me echó. Por supuesto, yo sabía que me quedaba la paga del desempleo. Pero me pareció una mezquindad por su parte echarme así...

Me quedé en casa con Sara. Con lo cual, las cosas empeoraron: ella me alimentaba. Llegó un momento en que ya no podía abrir la puerta del refrigerador. Y luego me puso una cadenita de plata.

Pronto llegué a medir sesenta centímetros. Tenía que cagar en una bacinilla. Pero aún me daba mi cerveza, según lo prometido.

—Ay, mi muñequito —decía—. ¡Eres tan chiquitín y tan mono!

Hasta nuestra vida amorosa cesó. Todo se había achicado proporcionalmente. La montaba, pero al cabo de un rato me sacaba de allí y se echaba a reír.

—¡Bueno, ya lo intentaste, patito mío!

—¡No soy un pato, soy un hombre!

—¡Oh, mi hombrecín, mi pequeño hombrecito!

Y me cogía y me besaba con sus labios rojos...

Sara me redujo a quince centímetros. Me llevaba a la tienda en el bolso. Yo podía mirar a la gente por los agujeritos de ventilación que ella había abierto en el bolso. Ahora bien, he de decir algo en su favor: aún me permitía beber cerveza. La bebía con un dedal. Un litro me duraba un mes. En los viejos tiempos, desaparecía en unos cuarenta y cinco minutos. Estaba resignado. Sabía que si quisiera me haría desaparecer del todo. Mejor quince centímetros que nada. Hasta una vida pequeña se estima mucho cuando está cerca el final de la vida. Así que entretenía a Sara. Qué otra cosa podía hacer. Ella me hacía ropita y zapatitos y me colocaba sobre la radio y ponía música y decía:

—¡Baila, pequeñín! ¡Baila, tontín mío, baila! ¡Baila, baila!

En fin, yo ya no podía siquiera recoger mi paga del desempleo, así que bailaba encima de la radio mientras ella batía palmas y reía.

Las arañas me aterraban y las moscas parecían águilas gigantes, y si me hubiese atrapado un gato me habría torturado como a un ratoncito. Pero aún seguía gustándome la vida. Bailaba, cantaba, bebía. Por muy pequeño que sea un hombre, siempre descubrirá que puede serlo más. Cuando me cagaba en la alfombra, Sara me daba una zurra. Colocaba trocitos de papel por el suelo y yo cagaba en ellos. Y cortaba pedacitos de aquel papel para limpiarme el culo. Raspaba como lija. Me salieron almorranas. De noche no podía dormir. Tenía una gran sensación de inferioridad, me sentía atrapado. ¿Paranoia? Lo cierto es que cuando cantaba y bailaba y Sara me dejaba tomar cerveza me sentía bien. Por alguna razón, me mantenía en los quince centímetros justos. Ignoro cuál era la razón. Como casi todo lo demás, quedaba fuera de mi alcance.

Le hacía canciones a Sara y las llamaba así: Canciones para Sara:

> *sí, no soy más que un mosquito,*
> *no hay problema mientras no me pongo caliente,*
> *entonces no tengo dónde meterla,*
> *salvo en una maldita cabeza de alfiler.*

Sara aplaudía y se reía.

> *si quieres ser almirante de la marina de la reina*
> *no tienes más que hacerte del servicio secreto,*
> *conseguir quince centímetros de altura*
> *y cuando la reina vaya a mear*
> *atisbar en su chorreante coñito...*

Y Sara batía palmas y se reía. En fin, así eran las cosas. No podían ser de otro modo...

Pero una noche pasó algo muy desagradable. Estaba yo cantando y bailando y Sara en la cama, desnuda, batiendo palmas, bebiendo vino y riéndose. Era una excelente representación. Una de mis mejores representaciones. Pero, como siempre, la radio se calentó y empezó a quemarme los pies. Y llegó un momento en que no pude soportarlo.

–Por favor, querida –dije–, no puedo más. Bájame de aquí. Dame un poco de cerveza. Vino no. No sé como puedes beber ese vino tan malo. Dame un dedal de esa estupenda cerveza.

–Claro, queridito –dijo ella–. Lo has hecho muy bien esta noche. Si Manny y Lincoln lo hubiesen hecho tan bien como tú, estarían aquí ahora. Pero ellos no cantaban ni bailaban, no hacían más que llorar y cavilar. Y, peor aún, no querían aceptar el Acto Final.

–¿Y cuál es el Acto Final? –pregunté.

–Vamos, queridín, bébete la cerveza y descansa. Quiero que disfrutes mucho en el Acto Final. Eres mucho más listo que Manny y Lincoln, no hay duda. Creo que podremos conseguir la Culminación de los Opuestos.

–Sí, claro, cómo no –dije, bebiendo mi cerveza–. Llénalo otra vez. ¿Y qué es exactamente la Culminación de los Opuestos?

–Saborea la cerveza, monín, pronto lo sabrás.

Terminé mi cerveza y luego pasó aquella cosa repugnante, algo verdaderamente muy repugnante. Sara me cogió con dos dedos y me colocó allí, entre sus piernas; las tenía abiertas, pero sólo un poquito. Y me vi ante un bosque de pelos. Me puse rígido, presintiendo lo que se aproximaba. Quedé embutido en oscuridad y hedor. Oí gemir a Sara. Luego Sara empezó a moverme despacio, muy despacio, hacia delante y hacia atrás. Como dije, la peste era insoportable, y apenas podía respirar, pero en realidad había aire allí dentro..., había varias bolsitas y capas de oxígeno. De vez en cuando, mi cabeza, la parte superior de mi cabeza, pegaba en El Hombre de la Barca y entonces Sara lanzaba un gemido superiluminado.

Y empezó a moverme más deprisa, más deprisa, cada vez más y empezó a arderme la piel, y me resultaba más difícil respirar; el hedor aumentaba. Oía sus jadeos. Pensé que cuanto antes acabase la cosa menos sufriría. Cada vez que me echaba hacia delante arqueaba la espalda y el cuello, arremetía con todo mi cuerpo contra aquel gancho curvo, zarandeaba todo lo posible al Hombre de la Barca.

De pronto, me vi fuera de aquel terrible túnel. Sara me alzó hasta su cara.

—¡Vamos, condenado! ¡Vamos! —exigió.

Estaba totalmente borracha de vino y pasión. Me sentí embutido otra vez en el túnel. Me zarandeaba muy deprisa arriba y abajo. Y luego, de pronto, sorbí aire para aumentar de tamaño y luego concentré saliva en la boca y la escupí..., una, dos veces, tres, cuatro, cinco, seis veces, luego paré... El hedor resultaba ya increíble, pero al fin me vi otra vez levantado en el aire.

Sara me acercó a la lámpara de la mesita y empezó a besarme por la cabeza y por los hombros.

—¡Oh, querido mío! ¡Oh, mi linda pollita! ¡Te amo! —me dijo.

Y me besó con aquellos horribles labios rojos y pintados. Vomité. Luego, agotada de aquel arrebato de vino y pasión, me colocó entre sus pechos. Descansé allí, oyendo los latidos de su corazón. Me había quitado la maldita correa, la cadena de plata, pero daba igual. No era más libre. Uno de sus gigantescos pechos había caído hacia un lado y parecía como si yo estuviese tumbado justo encima de su corazón: el corazón de la bruja. Si yo era la solución a la Explosión Demográfica, ¿por qué no me había utilizado ella como algo más que un objeto de diversión, un juguetito sexual? Me estiré allí, escuchando aquel corazón. Decidí que no había duda, que ella era una bruja. Y entonces alcé los ojos. ¿Sabéis lo que vi? Algo sorprendente. Arriba, en la pequeña hendidura que había debajo de la cabecera de la cama. Un alfiler de sombrero. Sí, un alfiler de sombrero, largo, con uno de esos chismes redondos de cristal púrpura al extremo. Subí entre sus pechos, escalé su cuello, llegué a su barbilla (no sin problemas), luego caminé quedamente a través de sus labios, y entonces ella se movió un poco y estuve a punto de caer y tuve que agarrarme a una de las ventanas de la nariz. Muy lentamente llegué hasta el ojo derecho (tenía la cabeza ligeramente inclinada hacia la izquierda) y luego conseguí subir hasta la frente, pasé la sien, y alcancé el pelo..., me resultó muy difícil cruzarlo. Luego, me coloqué en posición segura y estiré el brazo..., estiré y estiré hasta conseguir agarrar el alfiler. La bajada fue más rápida, pero más peligrosa. Varias veces estuve a punto de perder el equilibrio con aquel alfiler. Una caída hubiese sido fatal. Varias veces se me escapó la risa: era todo tan ridículo. El resultado de una fiesta para los chicos del almacén, Feliz Navidad.

Por fin llegué de nuevo a aquel pecho inmenso. Posé el alfiler y escuché otra vez. Procuré localizar el punto exacto de donde brotaba el rumor del corazón. Decidí que era un punto situado exactamente debajo de una pequeña mancha marrón, una marca de nacimiento. Entonces, me incorporé. Cogí el alfiler con su cabeza de cristal color púrpura, tan bella a la luz de la lámpara, y pensé: ¿resultará? Yo medía quince centímetros y calculé que el alfiler mediría unos veintidós. El corazón parecía estar a menos de veintidós centímetros.

Alcé el alfiler y lo clavé. Justo debajo de la mancha marrón.

Sara se agitó. Sostuve el alfiler. Estuvo a punto de tirarme al suelo..., lo cual en relación a mi tamaño hubiese sido una altura de trescientos metros o más. Me habría matado. Seguía sujetando con firmeza el alfiler. De sus labios brotó un extraño sonido.

Luego toda ella pareció estremecerse como si sintiese escalofríos.

Me incorporé y le hundí los siete centímetros de alfiler que quedaban en el pecho hasta que la hermosa cabeza de cristal púrpura chocó con la piel.

Entonces quedó inmóvil. Escuché.

Oí el corazón, uno dos, uno dos, uno dos, uno dos, uno...

Se paró.

Y entonces, con mis manitas asesinas, me agarré a la sábana y me descolgué hasta el suelo. Medía quince centímetros y era un ser real y aterrado y hambriento. Encontré un agujero en una de las ventanas del dormitorio que daba al este, me agarré a la rama de un matorral, y descendí por ella al interior de éste. Sólo yo sabía que Sara estaba muerta, pero desde un punto de vista realista no significaba ninguna ventaja. Si quería sobrevivir, tenía que encontrar algo que comer. De todos modos, no podía evitar preguntarme qué decidirían los tribunales sobre mi caso. ¿Era culpable? Arranqué una hoja e intenté comerla. Inútil. Era intragable. Entonces vi que la señora del patio del sur sacaba un plato de comida de gato para su gato. Salí del matorral y me dirigí al plato, vigilando posibles movimientos, animales. Jamás había comido algo tan asqueroso, pero no tenía elección. Devoré cuanto pude..., peor sabía la muerte. Luego, volví al matorral y me encaramé en él.

Allí estaba yo, quince centímetros de altura, la solución a la Explosión Demográfica, colgando de un matorral con la barriga llena de comida de gato.

No quiero aburriros con demasiados detalles de mis angustias cuando me vi perseguido por gatos y perros y ratas. Percibiendo que poco a poco mi tamaño aumentaba. Viéndoles llevarse de allí el cadáver de Sara. Cómo entré luego y descubrí que era aún demasiado pequeño para abrir la puerta de la nevera.

El día que el gato estuvo a punto de cazarme cuando le comía su almuerzo. Tuve que escapar.

Ya medía entonces entre veinte y veinticinco centímetros. Iba creciendo. Ya asustaba a las palomas. Cuando asustas a las palomas puedes estar seguro de que vas consiguiéndolo. Un día sencillamente corrí calle abajo, escondiéndome en las sombras de los edificios y debajo de los setos y así. Y corriendo y escondiéndome llegué al fin a la entrada de un supermercado y me metí debajo de un puesto de periódicos que hay junto a la entrada. Entonces vi que entraba una mujer muy grande y que se abría la puerta eléctrica y me colé detrás. Una de las dependientas que estaba en una caja registradora alzó los ojos cuando yo me colaba detrás de la mujer.

–¿Oiga, qué demonios es eso?

–¿Qué –preguntó una cliente.

–Me pareció ver algo –dijo la dependienta–, pero quizá no. Supongo que no.

Conseguí llegar al almacén sin que me vieran. Me escondí detrás de unas cajas de legumbres cocidas. Esa noche salí y me di un buen banquete. Ensalada de patatas, pepinos, jamón con arroz, y cerveza, mucha cerveza. Y seguí así, con la misma rutina. Me escondía en el almacén y de noche salía y hacía una fiesta. Pero estaba creciendo y cada vez me era más difícil esconderme. Me dediqué a observar al encargado que metía el dinero todas las noches en la caja fuerte. Era el último en irse. Conté las pausas mientras sacaba el dinero cada noche. Parecía ser: siete a la derecha, seis a la izquierda, cuatro a la derecha, seis a la izquierda, tres a la derecha: abierta. Todas las noches me acercaba a la caja fuerte y probaba. Tuve que hacer una especie de escalera con cajas vacías para llegar al disco. No había modo de abrir, pero seguí intentándolo. Todas las noches. Entretanto, mi crecimiento se aceleraba. Quizá midiese ya noventa centímetros. Había una pequeña sección de ropa y tenía que utilizar tallas cada vez mayores. El problema demográfico volvía. Al fin una noche se abrió la caja. Había veintitrés mil dólares en metálico. Tenía que llevármelos de noche, antes de que abrieran los bancos. Cogí la llave que utilizaba el encargado para salir sin que se disparase la señal de alarma. Luego enfilé calle abajo y alquilé una habitación por una semana en el Motel Sunset. Le dije a la encargada que trabajaba de enano en las películas. Sólo pareció aburrirla.

–Nada de televisión ni de ruidos a partir de las diez. Es nuestra norma.

Cogió el dinero, me dio un recibo y cerró la puerta.

La llave decía habitación 103. Ni siquiera vi la habitación. Las puertas decían noventa y ocho, noventa y nueve, cien, 101, y yo caminaba rumbo al norte, hacia las colinas de Hollywood, hacia las montañas que había tras ellas, la gran luz dorada del Señor brillaba sobre mí, crecía.

DOCE MONOS VOLADORES QUE NO QUERÍAN FORNICAR ADECUADAMENTE

Suena el timbre y abro la ventana lateral que hay junto a la puerta. Es de noche.

–¿Quién es? –pregunto.

Alguien se acerca a la ventana, pero no puedo verle la cara. Tengo dos luces sobre la máquina de escribir. Cierro de golpe la ventana, pero hay gente hablando fuera. Me siento frente a la máquina, pero aún siguen hablando allí fuera. Me levanto de un salto y abro furioso la puerta y grito:

–¡YA LES DIJE QUE NO MOLESTARAN, ROMPEHUEVOS!

Miro y veo a un tipo de pie al fondo de las escaleras y a otro en el porche, meando. Está meando en un arbusto a la izquierda del porche, colocado en el borde del porche; la meada se arquea en un sólido chorro, hacia arriba, y luego hacia los matorrales.

–¡Ese tipo está meando en mis plantas! –digo.

El tipo se echa a reír y sigue meando. Le agarro por los pantalones, le alzo y le tiro, aún meando, por encima del matorral, hacia la noche. No vuelve.

–¿Por qué hizo eso? –dice el otro tío.

–Porque me dio la gana.

–Está usted borracho.

–¿Borracho? –pregunto.

Dobla la esquina y desaparece. Cierro la puerta y me siento de nuevo a la máquina. Muy bien, tengo este científico loco, ha enseñado a volar a los monos, tiene ya once monos con esas alas. Los monos son muy buenos. El científico les ha enseñado a hacer carreras. Hacen carreras alrededor de esos postes marcadores, sí.

Ahora veamos. Hay que hacerlo bien. Para librarse de una historia tiene que haber jodienda, en abundancia a ser posible. Mejor que sean doce monos, seis machos y seis del otro género. Vale así. Ahí van. Empieza la carrera. Dan vuelta al primer poste. ¿Cómo voy a hacerles joder? Llevo dos meses sin vender un relato. Debía haberme quedado en aquella maldita oficina de correos. De acuerdo. Allá van. Rodean el primer poste. Quizá sólo se escapen volando. De pronto. ¿Qué tal eso? Vuelan hasta Washington, y se dedican a revolotear y saltar por el Capitolio cagando y meando sobre la gente, llenando la Casa Blanca con el aroma de sus cerotes. ¿No podría caerle un cerote encima al presidente? No, eso es pedir mucho. De acuerdo, que el cerote le caiga al secretario de estado. Se dan órdenes de acabar con ellos a tiros. Trágico, ¿verdad? ¿Y de joder qué? De acuerdo, de acuerdo. Veamos. Bueno, diez de ellos son abatidos a tiros, pobrecillos. Sólo quedan dos. Uno macho y uno del otro género. Al parecer no pueden localizarlos. Luego un policía cruza el parque una noche y allí están, los dos últimos, abrazados con las alas, jodiendo como diablos. El poli se acerca. El macho oye, vuelve la cabeza, alza la vista, esboza una estúpida sonrisa simiesca, sin dejar el asunto, y luego se vuelve y se concentra en su tarea. El policía le vuela la cabeza. La cabeza del mono, quiero decir. La hembra aparta al macho con disgusto y se incorpora. Para ser una mona, es bastante pequeñita. Por un momento, el policía piensa en... piensa... Pero no, sería demasiado, quizá, y además ella podría morderle. Mientras piensa esto, la mona se vuelve y levanta el vuelo. El poli apunta, dispara y la alcanza, ella cae. El poli se acerca corriendo. La mona está herida pero no de muerte. El poli mira a su alrededor, la levanta, se saca el chisme, prueba. No hay nada que hacer. Sólo cabe el capullo. Mierda. Tira la mona al suelo, se lleva el revólver a la sien y ¡BAM! Se acabó.

Vuelve a sonar el timbre.

Abro la puerta.

Eran tres tíos. Siempre estos tíos. Nunca viene una mujer a mear en mi porche, apenas si pasan siquiera mujeres por aquí. ¿Cómo se me van a ocurrir ideas? Ya casi se me ha olvidado lo que es joder. Pero dicen que es como lo de andar en bicicleta, que nunca se olvida. Es mejor que lo de andar en bicicleta.

Son Jack el Loco y dos que no conozco.

—Oye, Jack —digo—, creí que me había librado de ti.

Jack simplemente se sienta. Los otros dos se sientan. Jack me ha prometido no volver nunca, pero casi siempre está borracho, así que las promesas no significan mucho. Vive con su madre y dice que es pintor. Conozco a cuatro o cinco tipos que viven con su madre o a costa de ella y que se creen que son genios. Y todas las madres son iguales: «Oh, Nelson nunca ha conseguido que acepten sus trabajos. Va demasiado por delante de su época.» Pero supongamos que Nelson es pintor y consigue colgar algo en una galería: «Oh, Nelson tiene un cuadro expuesto esta semana en las Galerías Warner-Finch. ¡Por fin reconocen su genio! Pide cuatro mil dólares por el cuadro. ¿Tú crees que es demasiado?» Nelson, Jack, Biddie, Norman, Jimmy y Katya. Mierda.

Jack lleva unos vaqueros azules, va descalzo, no tiene camisa ni camiseta, sólo lleva encima un chal marrón. Uno de los otros tiene barba y hace muecas y se ruboriza continuamente. El otro tío es sólo gordo. Una especie de sanguijuela.

—¿Has visto últimamente a Borst? —pregunta Jack.

—No.

—¿Puedo tomar una de tus cervezas?

—No. Vosotros, amigos, venís, os bebéis todo mi material, os largáis y me dejáis seco.

—De acuerdo.

Se levanta de un salto, sale y coge la botella de vino que había escondido debajo del cojín de la silla del porche. Vuelve. Descorcha y echa un trago.

—Yo estaba abajo en Venice con esa chica y cien arcoíris. Creí que me habían guipado y subí corriendo a casa de Borst con la chica y los cien arcoíris. Llamé a la puerta y le dije: «¡Rápido, déjame pasar! ¡Tengo cien arcoíris y vienen siguiéndome!» Borst cerró la puerta. La abrí a patadas y entré con la chica. Borst estaba en el suelo, meneándosela a uno. Entré en el baño con la chica y cerré la puerta. Borst llamó. «¡No te atrevas a entrar aquí!», dije. Estuve allí con la chica sobre una hora. Echamos dos para divertirnos. Luego nos fuimos.

—¿Tiraste los arcoíris?

—No, qué coño, era una falsa alarma. Pero Borst se cabreó mucho.

—Mierda —dije—, Borst no ha escrito un poema decente desde 1955. Le mantiene su madre. Perdona. Pero quiero decir que lo único que hace es ver la televisión, comer esas delicadas verduras y pasearse por la playa en camiseta y calzoncillos sucios. Cuando vivía con aquellos muchachos en Arania era un buen poeta. Pero no me cae simpático. No es un ganador. Como dice Huxley, Aldous, «todo hombre puede ser un...».

—¿Qué andas haciendo tú? —pregunta Jack.

—Nada, todo me lo rechazan —dije.

Mientras la sanguijuela seguía allí sentada sin hacer nada, el otro tipo empieza a tocar la flauta. Jack alza su botella de vino. La noche es hermosa ahí en Hollywood, California. Entonces el tipo que vive en el patio de atrás se cae de la cama, borracho. Se oye un gran golpe. Estoy acostumbrado. Estoy acostumbrado a todo el patio. Todos están sentados en sus casas, con las persianas bajadas. Se levantan al mediodía. Tienen los coches fuera cubiertos de polvo, los neumáticos deshinchados, sin batería. Mezclan alcohol y droga y no tienen ningún medio visible de vida. Me gustan. No me molestan.

El tipo sube otra vez a la cama, se cae.

—Condenado y maldito imbécil —se le oye decir—, vuelve a esa cama.

—¿Qué ruido es ése? —pregunta Jack.

—El que vive ahí atrás. Es muy solitario. De vez en cuando bebe unas cervezas. Su madre murió el año pasado y le dejó veinte de los grandes. Se pasa la vida sentado en su casa, meneándosela y viendo los partidos de béisbol y las películas del Oeste por la televisión. Antes trabajaba de ayudante en una gasolinera.

—Tenemos que largarnos —dice Jack—. ¿Quieres venir con nosotros?

—No —digo.

Explican que es algo relacionado con la Casa de Seven Gables. Van a ver a alguien relacionado con la Casa de Seven Gables. No es el escritor, el productor ni los actores, es otro.

—No, no —digo, y se largan. Magnífica perspectiva.

Así que me siento otra vez con los monos. Si pudiese manipularlos, hacer algo con ellos. ¡Si consiguiese ponerlos a joder todos al mismo tiempo! ¡Eso es! ¿Pero cómo? ¿Y por qué? Piensa en el Ballet Real de Londres. ¿Pero por qué? Me estoy volviendo loco.

Vale, el Ballet Real de Londres es buena idea. Doce monos volando mientras bailan ballet, sólo que antes de la representación alguien les da a todos cantáridas. Pero la cantárida es un mito, ¿no? ¡Vale, introduce otro científico loco con una cantárida real! ¡No, no, oh, Dios mío, no hay forma de arreglarlo!

Suena el teléfono. Lo cojo. Es Borst:

–¿Hank?

–¿Sí?

–Seré breve. Estoy arruinado.

–Sí, Jerry.

–Bueno, perdí mis dos patrocinadores. La bolsa y el duro dólar.

–Vaya, vaya.

–Bueno, siempre supe que esto iba a pasarme. Así que me voy de Venice. Aquí no puedo triunfar. Me iré a Nueva York.

–¿Qué?

–Nueva York.

–Ya me pareció que decías eso, ya.

–En fin, bueno, ya sabes, no tengo un céntimo y creo que allí triunfaré, realmente.

–Claro, Jerry.

–El perder a mis patrocinadores es lo mejor que podía haberme ocurrido.

–¿De veras?

–Ahora me siento de nuevo luchando. Ya has oído hablar de esa gente que se pudre en la playa. Pues bien, eso es lo que he estado haciendo yo hasta ahora: pudriéndome. He conseguido salir de esto. Y no me preocupa. Salvo los baúles.

–¿Qué baúles?

–No termino de hacerlos. Así que mi madre vuelve de Arizona para vivir aquí mientras yo esté fuera y para cuando vuelva, si es que vuelvo.

–Bien, Jerry, bien.

–Pero antes de ir a Nueva York voy a acercarme a Suiza y quizá a Grecia. Luego volveré a Nueva York.

–De acuerdo, Jerry, ya me tendrás informado. Me gusta saber de tu vida.

Luego, otra vez con los monos. Doce monos que pueden volar, jodiendo. ¿Cómo hacerlo? Ya van doce botellas de cerveza.

Busco mi dosis de whisky de reserva en el refrigerador. Mezclo un tercio de vaso de whisky con dos tercios de agua. Nunca debí salir de aquella maldita oficina de correos. Pero incluso aquí, de este modo, uno tiene su pequeña oportunidad. Esos doce monos jodiendo, por ejemplo. Si hubiese nacido en Arabia y fuese camellero no tendría siquiera esta oportunidad. Así que endereza la espalda y dedícate a esos monos. Se te ha concedido la bendición de un pequeño talento y no estás en la India, donde probablemente dos docenas de muchachos podrían escribir para ti si supiesen escribir. Bueno, quizá no dos docenas, quizá sólo una docena pelada.

Termino el whisky, bebo media botella de vino, me acuesto, lo olvido.

A la mañana siguiente, a las nueve, suena el timbre. Hay una chica negra allí con un chico blanco con cara de tonto y gafas sin montura. Me cuentan que hace tres meses en una fiesta prometí ir en barco con ellos. Me visto, entro en el coche con ellos. Me llevan hasta un apartamento y allí sale un tipo de pelo oscuro.

–Hola, Hank –dice.

No le conozco. Al parecer, le conocí en la fiesta. Saca pequeños salvavidas color naranja. Luego estamos en el muelle. No puedo diferenciar el muelle del agua. Me ayudan a bajar a un balanceante artilugio de madera que lleva a un muelle colgante. Entre el artilugio y el muelle flotante hay como un metro de separación. Me ayudan a pasar.

–¿Qué coño es esto? –pregunto–. ¿Nadie tiene un trago?

Ésta no es mi gente. Nadie tiene bebida. Luego estoy en un pequeño bote de remos, alquilado, al que alguien ha unido un motor de medio caballo. El fondo del bote está lleno de agua en la que flotan dos peces muertos. No sé qué gente es ésta. Ellos me conocen. Magnífico. Magnífico. Salimos al mar. Bonito. Pasamos ante una rémora que flota casi en la superficie del agua. Una rémora, pienso, una rémora enroscada a un mono volador. No, eso es horrible. Vomito otra vez.

–¿Cómo está el gran escritor? –pregunta el tipo con cara de tonto que va en la proa de la barca, el de las gafas sin montura.

–¿Qué gran escritor? –pregunto, pensando que está hablando de Rimbaud, aunque jamás consideré a Rimbaud un gran escritor.

–Tú –dice.

–¿Yo? –digo–. Oh, muy bien. Creo que el año que viene me iré a Grecia.

–¿Grasa?* –dice él–. ¿Para metértela en el culo?

–No –contesto–. En el tuyo.

Y seguimos hacia alta mar, donde Conrad triunfó. Al diablo con Conrad. Tomaré Coca-Cola con whisky en un dormitorio a oscuras en Hollywood en 1970, o en el año en que tú lees esto, sea el que sea. El año de la orgía simiesca que nunca sucedió. El motor farfulla y rechina en el mar. Vamos camino de Irlanda. No, es el Pacífico. Vamos camino del Japón. Al diablo.

---

* Juego de palabras entre *Greece* («Grecia») y *grease* («grasa»). *(N. de los T.)*

NACIMIENTO, VIDA Y MUERTE DE UN PERIÓDICO UNDERGROUND

Hubo unas cuantas reuniones en casa de Joe Hyans al principio, y yo solía aparecer borracho, así que no recuerdo mucho de los principios de *Open Pussy,* el periódico underground, y sólo por lo que más tarde me contaron supe cómo fue. O más bien, lo que yo había hecho.

Hyans: «Dijiste que limpiarías todo esto y que empezarías por el tipo de la silla de ruedas. Entonces él empezó a chillar y la gente empezó a irse y tú le pegaste un botellazo en la cabeza.»

Cherry (esposa de Hyans): «Te negaste a marchar y bebiste un botella entera de whisky y no parabas de decirme que ibas a joderme allí mismo contra la librería.»

–¿Lo hice?

–No.

–Bueno, espera a la próxima vez.

Hyans: «Escucha, Bukowski, intentamos organizarnos y tú lo único que haces es estropearlo todo. ¡Eres el borracho más repugnante que he visto en mi vida!»

–De acuerdo, me largo. Por mí podéis joderos. ¿A quién le importan los periódicos?

–No, queremos que hagas una columna. Te consideramos el mejor escritor de Los Ángeles.

Alcé mi copa.

–¡Es un insulto hijoputesco! ¡No vine aquí a que me insultaran!

–Bueno, quizá seas el mejor escritor de California.

–¡Qué dices! ¡Aún sigues insultándome!

–En fin, queremos que hagas una columna.

—Soy un poeta.

—¿Qué diferencia hay entre poesía y prosa?

—La poesía dice demasiado en demasiado poco tiempo; la prosa dice demasiado poco y se toma demasiado tiempo.

—Queremos una columna para *Open Pussy.*

—Sírveme un trago y de acuerdo.

Hyans me lo sirvió. Yo estaba de acuerdo. Terminé el trago y me fui a mi patio barriobajero, considerando el error que estaba cometiendo. Tenía casi cincuenta años y andaba haciendo el tonto con aquellos chavales melenudos y barbudos. ¡Oh, qué *alucinante,* papi, qué *alucinante!* Guerra es mierda. Guerra es infierno. Jode, no luches. Hace cincuenta años que sé todo eso. Para mí no fue tan emocionante ni tan interesante. Oh, y no se olvide la *hierba.* La mandanga. ¡*Alucinante,* niño!

Encontré una pinta de whisky en casa, la bebí, luego bebí cuatro latas de cerveza y escribí la primera columna. Era sobre una puta de ciento veinte kilos que me había tirado una vez en Filadelfia. Era una buena columna. Corregí los errores mecanográficos, la envié y me fui a dormir...

El asunto empezó en la planta baja de la casa que había alquilado Hyans. Había algunos voluntarios medio memos y la cosa era nueva y todos estaban emocionados menos yo. Me dediqué a perseguir a las mujeres, pero todas *parecían* y *actuaban* igual: todas tenían diecinueve años, pelo rubio sucio, culo pequeño, pecho pequeño; eran tontuelas y aturdidas, y, en cierto modo, engreídas sin saber bien por qué. Cuando posaba mis manos borrachas sobre ellas se quedaban absolutamente frías. Absolutamente.

—¡Mira, abuelo, lo único que quiero que levantes es una bandera norvietnamita!

—¡Pero de todos modos tu coño probablemente apeste!

—¡Oh, qué viejo sucio! ¡Eres realmente... repugnante!

Y luego se alejaban meneando sus deliciosos culitos de manzana, llevando sólo en la mano (en vez de mi amoroso corazón púrpura) algún tebeo juvenil en el que los policías atizaban a los chicos y se llevaban sus chupachups en el Sunset Strip. Allí estaba yo, el mejor poeta vivo desde Auden y sin ni siquiera poder darle por el culo a un perro...

El periódico se hizo demasiado grande. O a Cherry le preocupaba que yo anduviese por allí borracho en el sofá, atisbando a su hijita de cinco años. Cuando la cosa se puso mal de veras fue cuando la hija empezó a sentárseme en las rodillas y a mirarme a la cara frotándose contra mí, diciendo:

—Me gustas, Bukowski. Cuéntame cosas. ¿Quieres que te traiga otra cerveza, Bukowski?

—¡Deprisa, querida!

Cherry: «Escucha, Bukowski, haz el favor de...»

—Cherry, los niños me aman. Yo qué voy a hacer.

La niñita, Zaza, volvió corriendo con la cerveza y volvió a sentarse en mis rodillas. Abrí la cerveza.

—Me gustas, Bukowski. Cuéntame un cuento.

—De acuerdo, bonita. Bueno, érase una vez un viejo y una encantadora niñita que se perdieron juntos en el bosque...

Cherry: «Oye, viejo lascivo...»

—Cállate, Cherry, ¡tienes el alma sucia!

Cherry corrió escaleras arriba a buscar a Hyans, que estaba echando una cagada.

—¡Joe, Joe, tenemos que trasladar el periódico a otro sitio! ¡Te lo digo en serio!

Encontraron un edificio libre enfrente, de dos plantas, y una medianoche que estaba bebiendo vino de Oporto le sujeté la linterna a Joe mientras él abría la caja telefónica que había a un costado de la casa y modificaba los cables para poder disponer de teléfonos interiores sin cargo. Por entonces, sólo había otro periódico underground en Los Ángeles y acusó a Joe de robar una copia de su lista de direcciones. Yo sabía, por supuesto, que Joe tenía su moral y sus escrúpulos y sus ideales: por eso dejó de trabajar para el gran diario metropolitano. Por eso dejó de trabajar para el otro periódico underground. Joe era una especie de Cristo. De eso no había duda.

—Sostén bien la linterna —decía...

Por la mañana sonó el teléfono en mi casa. Era mi amigo Mongo, el Gigante de la Nube Eterna.

—¿Hank?

—¿Sí?

—Cherry se fue anoche.

—¿Sí?

–Tenía esa lista de direcciones. Estaba muy nerviosa. Quería que la escondiera yo. Dijo que Jensen anda tras la pista. La metí en la despensa debajo de un montón de bocetos a tinta china que hizo Jimmy el Enano antes de morir.

–¿Te la tiraste?

–¿Para qué? Sólo tiene huesos. Sus costillas me destrozarían.

–Pues te tiraste a Jimmy el Enano y sólo pesaba treinta y cinco kilos, cabrón.

–Pero tenía gancho.

–¿Sí?

–Sí.

Colgué...

Durante los cuatro o cinco números siguientes, *Open Pussy* salió con frases como éstas: «NOS ENCANTA *LOS ANGELES FREE PRESS*», «OH, NOS ENCANTA *LOS ANGELES FREE PRESS*», «NOS ENCANTA, NOS CHIFLA, NOS ENTUSIASMA *LOS ANGELES FREE PRESS*». Debía de ser verdad. Tenían su lista de direcciones.

Uno noche Jensen y Joe cenaron juntos. Joe me explicó más tarde que todo iba ya «perfectamente». No sé quién jodió a quién o lo que pasó por debajo de la mesa. No me importaba...

Y pronto descubrí que tenía otros lectores lo que yo escribía, además de los barbudos y los encollarados...

En Los Ángeles, el nuevo Edificio Federal se eleva, todo alto cristal, moderno y absurdo, con sus kafkianas series de oficinas, todas ellas provistas de su poquito de burocracia personal; todo alimentándose de todo y palpitando en una especie de calor y torpeza gusano-en-la-manzana. Pagué mis cuarenta y cinco centavos por media hora de aparcamiento, o más bien me dieron un billete de tiempo por esa cantidad, y entré en el Edificio Federal, que tenía murales en el vestíbulo como Diego Rivera hubiese hecho si le hubiesen extirpado nueve décimas partes de su sensibilidad: marinos norteamericanos e indios y soldados sonrientes, procurando parecer nobles, en amarillos baratos y repugnantes y podridos verdes y azules meones.

Me llamaban a personal. Sabía que era para un ascenso. Cogieron la carta y me congelaron en el duro asiento durante cuarenta y cinco minutos. Formaba parte de la vieja rutina: tú tienes mierda en los intestinos y nosotros no. Afortunadamente, por pasadas experiencias, leí el verrugoso anuncio, y me quedé allí pensando cómo resultarían en la cama las chicas que pasaban, o con las piernas alzadas o cogiéndomela en la boca. Pronto me encontré con un cosa inmensa entre las piernas (bueno, inmensa para mí) y hube de clavar los ojos en el suelo.

Por fin me llamaron, una negra muy negra y grácil y bien vestida y agradable, con mucha clase e incluso cierta recámara, cuya sonrisa decía que sabía muy bien que me iban a joder pero que insinuaba también que no le importaría hacerme un favor. Esto facilitaba las cosas. No es que fuera importante.

Y entré.

—Coja una silla.

Hombre detrás de la mesa. La misma mierda de siempre. Me senté.

—¿Mr. Bukowski?

—Sí.

Me dijo su nombre. No me interesaba.

Se echó hacia atrás, me miró fijamente desde su silla giratoria.

Estoy seguro de que esperaba a alguien más joven y de mejor aspecto, más vistoso, de aire más inteligente, de aire más traicionero... Yo era simplemente un viejo cansado, indiferente, con resaca. Él era un poco canoso y distinguido, si entiendes el tipo de distinguido a que me refiero. Jamás arrancó remolachas de la tierra con una pandilla de emigrantes mexicanos ni estuvo en la cárcel por borrachera quince o veinte veces. Ni recogió limones a las seis de la mañana sin camisa, porque sabes que al mediodía hará más de cuarenta grados. Sólo los pobres saben lo que significa la vida: los ricos y aposentados tienen que imaginarlo. Luego, curiosamente, empecé a pensar en los chinos. Rusia se había suavizado. Quizá sólo los chinos supiesen, por subir desde el fondo, cansados de mierda blanda. Pero entonces no tenía ideas políticas, todo esto eran cuentos: la historia nos jodía a todos al final. Yo me adelantaba a mi época: cocido, jodido, machacado, no quedaba nada.

—¿Mr. Bukowski?

—¿Sí?

—Bueno, hemos recibido un informe...

426

–Sí. Adelante.

–... en el que nos dicen que usted no está casado con la madre de su hija.

Le imaginé entonces decorando un árbol de Navidad con una copa en la mano.

–Así es. No estoy casado con la madre de mi hija, que tiene cuatro años.

–¿Paga usted los gastos de manutención de la niña?

–Sí.

–¿Cuánto?

–No tengo por qué decírselo.

Se echó hacia atrás de nuevo.

–Debe usted comprender que los que servimos al gobierno debemos observar ciertas normas.

Como en realidad no me sentía culpable de *nada,* no contesté. Esperé.

Oh, ¿dónde estáis vosotros, muchachos? ¿Dónde estás tú, Kafka? ¿Y tú, Lorca, fusilado en una cuneta, dónde estás? Hemingway, clamando que le vigilaba la CIA y sin que nadie lo creyera, salvo yo...

Entonces, el canoso y anciano y distinguido y bien descansado señor que jamás había arrancado remolachas de la tierra, se giró y buscó en un bien barnizado armarito que tenía detrás y sacó seis o siete ejemplares de *Open Pussy.*

Los tiró sobre la mesa como si fuesen apestosos, humeantes y violados cagarros. Los palmeó con una de aquellas manos que jamás habían recogido limones.

–Nos vemos obligados a creer que usted es el autor de estas columnas: *Escritos de un viejo indecente.*

–Sí.

–¿Qué tiene que decir de estas columnas?

–Nada.

–¿Llama usted a esto *escribir?*

–Lo hago lo mejor que puedo.

–Pues bien, yo mantengo a dos hijos que estudian periodismo en la mejor universidad, y ESPERO...

Palmeó las hojas, las apestosas hojas cerotescas, con la palma de su anillada mano que nada sabía de fábricas o cárceles y dijo:

–¡Espero que mis hijos no escriban jamás como USTED!

–No lo harán –le prometí.

–Mr. Bukowski, creo que la entrevista ha concluido.

–Sí –dije, y encendí un cigarrillo, me levanté, rasqué mi panza cervecera y salí.

La segunda entrevista fue antes de lo que yo esperaba. Estaba plenamente entregado (por supuesto) a una de mis importantes tareas subalternas cuando el altavoz bramó: *«¡Henry Charles Bukowski, preséntese en la oficina del supervisor de turno!»*

Abandoné mi importante tarea, cogí una hoja de ruta que me dio el carcelero local y pasé a la oficina. El secretario del supervisor, un anciano pellejo canoso, me miró de arriba abajo.

–¿Es *usted* Charles Bukowski? –me preguntó, muy desilusionado.

–Sí, amigo.

–Sígame, por favor.

Le seguí. Era un edificio grande. Bajamos varios tramos de escaleras y rodeamos luego un largo vestíbulo y entramos en una gran estancia a oscuras que daba a otra gran estancia aún más a oscuras. Allí había dos hombres sentados al fondo de una mesa que debía de medir por lo menos veinticinco metros. Estaban sentados bajo una solitaria lámpara. Y al fondo de la mesa había una sola silla: para mí.

–Puede usted pasar –dijo el secretario. Y luego se esfumó.

Entré. Los dos hombres se levantaron. Y allí quedamos bajo una lámpara en la oscuridad. Pensé en asesinatos, no sé por qué razón.

Luego pensé: esto son los Estados Unidos, papi, Hitler ha muerto. ¿O no?

–¿Bukowski?

–Sí.

Los dos me estrecharon la mano.

–Siéntese.

Alucinante, amigo.

–Éste es el señor..., de Washington –dijo el otro tipo que era uno de los grandes cagarros perrunos del lugar.

Yo no dije nada. Era una lámpara bonita. ¿Hecha con piel humana?

El que habló fue Mr. Washington. Llevaba una carpeta con unos cuantos papeles.

–Bien, Mr. Bukowski...

–¿Sí?

–Tiene usted cuarenta y ocho años y lleva once trabajando para el gobierno de los Estados Unidos.

–Sí.

–Estuvo usted casado con su primera esposa dos años y medio. Luego se divorció y se casó con su esposa actual, ¿cuándo? Querríamos saber la fecha.

–No hay fecha. No me casé.

–¿Tienen ustedes una hija?

–Sí.

–¿De qué edad?

–Cuatro años.

–¿Y *no* están casados?

–No.

–¿Paga usted la manutención de la niña?

–Sí.

–¿Cuánto?

–Lo normal.

Entonces retrocedió y nos sentamos. Estuvimos los tres sin decir nada por lo menos cuatro o cinco minutos.

Luego aparecieron los ejemplares del periódico underground *Open Pussy.*

–¿Escribe usted estas columnas, *Escritos de un viejo indecente?* –preguntó Mr. Washington.

–Sí.

Entregó un ejemplar a Mr. Los Ángeles.

–¿Ha visto usted éste?

–No, no, no lo he visto.

Cruzando la cabecera de la columna caminaba una polla con piernas. Una andarina e inmensa INMENSA polla con piernas. La columna hablaba de un amigo mío al que le había dado por el culo por error, estando borracho, por creerme que era una de mis amigas. Me llevó dos semanas obligar a mi amigo a dejar mi casa. Era una historia auténtica.

–¿Llama a esto *escribir?* –preguntó el señor Washington.

–No sé si está bien escrito, pero la historia me pareció *muy* divertida. ¿A usted no le hizo gracia?

–Pero esta... esta ilustración de la cabecera? ¿Qué me dice de esto?

–¿La polla que anda?

–Sí.

–No la dibujé yo.

–¿No tiene usted nada que ver con la selección de las ilustraciones?

–El periódico se compone los martes por la noche.

– ¿Y no está usted allí los martes por la noche?

–Tendría que estar, sí.

Esperaron un rato, ojeando *Open Pussy,* leyendo mis columnas.

–Sabe –dijo Mr. Washington, palmeando de nuevo los *Open Pussies*–, no habría habido problema si hubiese seguido usted escribiendo *poesía,* pero cuando empezó usted a escribir *estas* cosas...

Volvió a palmear los *Open Pussies.*

Esperé dos minutos treinta segundos. Luego pregunté:

–¿Hemos de considerar que los funcionarios de correos son los nuevos críticos literarios?

–Oh, no, no –dijo Mr. Washington–. No queremos decir *eso.*

Seguí allí sentado, esperando.

–Pero se espera determinada conducta de un empleado de correos. Usted está a la vista del público. Tiene que ser un modelo de conducta ejemplar.

–Pues yo creo –dije– que está usted amenazando mi libertad de expresión con una consecuente pérdida de mi empleo. Quizá le interesa eso a la ACLU.*

–Preferiríamos que no escribiese usted la columna.

–Caballeros, llega un momento en la vida del hombre en que éste tiene que elegir entre escapar o plantar cara. Yo elijo plantar cara.

Su silencio.

Espera.

Espera.

* American Civil Liberties Union (Sindicato de libertades civiles norteamericano). *(N. de los T.)*

Barajeo de los *Open Pussies*.

Luego Mr. Washington:

–¿Mr. Bukowski?

–¿Sí?

–¿Va a escribir usted más columnas sobre la administración de correos?

Había escrito una sobre ellos que consideraba más humorística que degradante... pero, en fin, quizá *mi* mente no funcionase como era debido.

Les dejé tomarse su tiempo. Luego contesté:

–No, si no me obligan a hacerlo.

Entonces esperaron *ellos*. Era una especie de partida de ajedrez-interrogatorio en la que estabas esperando a que el otro hiciese el movimiento equivocado: desbaratase peones, alfiles, caballos, rey, reina, sus fuerzas. (Y entretanto, mientras tú lees esto, allá se va mi maldito trabajo. Alucinante, niño. Pueden enviar dólares para cerveza y coronas de flores al Fondo de Rehabilitación de Charles Bukowski...)

Mr. Washington se levantó.

Mr. Los Ángeles se levantó.

Mr. Charles Bukowski se levantó.

Mr. Washington dijo: «Creo que la entrevista ha terminado.»

Nos estrechamos todos las manos como serpientes enloquecidas por el sol.

Mr. Washington dijo: «Y, por favor, no se tire de ningún puente...»

(Extraño: ni siquiera se me había ocurrido.)

–... llevábamos diez años sin tener un caso así.

(¿Diez años? ¿Quién habría sido el último pobre mamón?)

–¿Sí? –pregunté.

–Mr. Bukowski –dijo Mr. Los Ángeles–. Vuelva a su puesto.

Pasé un rato inquieto (¿o mejor inquietante?) intentando dar con la ruta de vuelta hasta la zona de trabajo por aquel subterráneo laberinto kafkiano y, cuando conseguí llegar, todos mis subnormales compañeros de trabajo (un buen atajo de cabrones) empezaron a gorjearme:

–¿Dónde has estado, muchacho?

–¿Qué querían, viejo?

—¿Te liquidaste a otra chica negra, papaíto?

Les di SILENCIO. Uno aprende del queridísimo Tío Sam.

Siguieron cotorreando y chismorreando y frotándose sus ojetes mentales. Estaban asustados de veras. Yo era el Viejo Frío y si eran capaces de liquidar al Viejo Frío, serían capaces de liquidar a cualquiera.

—Querían hacerme jefe de oficina —les dije.

—¿Y qué pasó, viejo?

—Les mandé a la mierda.

El capataz del pasillo pasó y todos le rindieron la adecuada pleitesía, salvo yo, yo, Bukowski, yo encendí un cigarrillo con un lindo floreo, tiré la cerilla al suelo y me puse a mirar al techo como si tuviese grandes y maravillosos pensamientos. Era cuento. Tenía la mente en blanco. Lo único que quería era una media pinta de Grandad y seis o siete buenas cervezas frías...

El jodido periódico creció, o pareció crecer, y se trasladó a un edificio de Melrose. Me fastidiaba siempre ir allí con mis originales, sin embargo, porque todos eran muy mierdas, muy mierdas y muy presumidos y no valían gran cosa, en fin. Nada cambiaba. La evolución histórica del Hombre-bestia es muy lenta. Eran como los mierdas que me encontré cuando entré en la redacción del periódico del instituto de Los Ángeles en 1939 o 1940, los mismos muñequitos petulantes con sombreritos de papel de periódico en la cabeza que escribían tonterías y estupideces. Se hacían los importantes..., no eran lo bastante humanos para reconocer tu presencia. La gente del periódico siempre fue lo más bajo de la especie; los miserables que recogían las compresas de las mujeres en los retretes, tenían más alma..., sí, no hay duda.

Cuando vi a aquellos tipos, a aquellos frikis de universidad, me largué, para no volver.

Ahora. *Open Pussy.* Veintiocho años después.

En mi mano las hojas. Allí en la mesa, Cherry. Cherry hablaba por teléfono. Muy importante. Silencio. O Cherry no estaba al teléfono. Escribía algo en un papel. Silencio. La misma vieja mierda de siempre. Treinta años no habían significado nada. Y Joe Hyans corriendo por allí, haciendo grandes cosas, subiendo y bajando las escaleras. Tenía un cuartito arriba. Un lugar íntimo, claro. Y tenía a un pobre mierda en un cuarto trasero con él allí donde Joe pudiera vigilarle, disponiendo las cosas para imprimir en la IBM. Le daba al pobre mierda treinta y cinco a la semana por sesenta horas de trabajo y el pobre mierda estaba contento, con su barba y sus encantadores ojos soñolientos, y el pobre mierda preparaba aquel patético periódico de tercera fila. Mientras Los Beatles tocaban a todo volumen por el intercom y el teléfono sonaba sin parar, Joe Hyans, director, estaba siempre CAMINO DE ALGÚN SITIO IMPORTANTE. Pero cuando leías el periódico a la semana siguiente te preguntabas dónde habría estado. Allí no estaba.

Open Pussy siguió saliendo un tiempo. Mis columnas siguieron siendo buenas, pero el periódico en sí no valía gran cosa. Olía a coño* muerto...

El equipo se reunía algún que otro viernes por la noche. Fui algunas veces. Y después de ver los resultados, no volví a ir. Si el periódico quería vivir, que viviese. Me mantuve al margen y me limité a echar mi material por debajo de la puerta en un sobre.

Entonces Hyans me llamó por teléfono:

–Se me ha ocurrido una idea. Quiero que me reúnas a los mejores poetas y prosistas que conozcas para sacar un suplemento literario.

Lo preparé todo. Él lo editó. Y la bofia le metió en chirona por «obscenidad».

Pero era un buen tío. Le llamé por teléfono.

–¿Hyans?

–¿Sí?

–Ya que te metieron en la cárcel por ese asunto, te haré la columna gratis. Los diez dólares que me pagabas, que vayan al fondo de defensa de *Open Pussy.*

–Muchísimas gracias –dijo él.

Y así consiguió gratis al mejor escritor de Norteamérica...

Luego Cherry me telefoneó una noche.

–¿Por qué no vienes ya a nuestras reuniones de redacción? Todos te echamos muchísimo de menos.

–¿Qué? ¿Qué demonios dices, Cherry? ¿Me echas de menos?

---

* Uno de los significados de *pussy* es «coño». *(N. de los T.)*

–No, Hank, no sólo yo. Todos te queremos. De veras. Ven a nuestra próxima reunión.

–Lo pensaré.

–Estará muerta sin ti.

–Y muerta conmigo.

–Te queremos, viejo.

–Lo pensaré, Cherry.

Así pues, aparecí. El propio Hyans me había dado la idea de que como era el primer aniversario de *Open Pussy,* habría vino, jodienda, vida y amor a raudales.

Pero lleno de grandes esperanzas y con la idea de ver a la gente jodiendo por el suelo amando desatadamente, sólo vi a todas aquellas criaturitas del amor trabajando afanosamente. Me recordaban muchísimo, tan encorvados y desvaídos, a las ancianitas que trabajaban a destajo y a las que yo solía entregar ropa, abriéndome camino hasta allí en ascensores manuales todos llenos de ratas y hedores, de cien años, destajistas orgullosas y muertas y neuróticas como todos los infiernos, trabajando, trabajando, para hacer millonario a alguien... En Nueva York, en Filadelfia, en San Luis.

Y *aquéllos* trabajaban *sin* salario por *Open Pussy.* Y allí estaba Joe Hyans, con su aspecto algo brutal y tosco paseando detrás de ellos, las manos a la espalda, controlando que *cada* voluntario cumpliese perfectamente su deber.

–¡Hyans! *¡Hyans, eres un asqueroso gilipollas!* –grité al entrar–. *Estás dirigiendo un mercado de esclavos, eres un miserable esclavista. ¡Pides a la policía y a Washington justicia y eres un cerdo mucho mayor que todos ellos! ¡Eres Hitler multiplicado por cien, bastardo esclavista! ¡Hablas de atrocidades y luego las repites tú mismo! ¿A quién coño crees que estás engañando, gilipollas? ¿Quién coño te crees que eres?*

Afortunadamente para Hyans, el resto del equipo estaba muy acostumbrado a mí y pensaban que lo que yo dijese serían tonterías y que Hyans defendía la Verdad.

Hyans se acercó y me puso una grapadora en la mano.

–Siéntate –dijo–. Intentamos aumentar la circulación. Siéntate y grapa uno de estos anuncios verdes en cada periódico. Enviamos los ejemplares que sobran a posibles suscriptores...

El condenado Hyans, el Niño-Amor-Libertad, utilizando los métodos de las multinacionales para comer el coco al prójimo. Con el cerebro absolutamente lavado.

Por fin se acercó y me cogió la grapadora de la mano.

—Vas muy despacio.

—Vete a tomar por el culo, gilipollas. Iba a haber champán aquí. Y me das grapas...

—¡Eh, Eddie!

Llamó a otro miembro del equipo de esclavos: cara chupada, brazos de alambre, patético. El pobre Eddie andaba muriéndose de hambre. Todos andaban muriéndose de hambre por la causa. Salvo Hyans y su mujer, que vivían en una casa de dos plantas y mandaban a uno de sus hijos a un colegio privado, y luego estaba el viejo papá allá en Cleveland, uno de los cabezas tiesas del *Plain Dealer,* con más dinero que ninguna otra cosa.

Así, Hyans me echó y también a un tipo con una pequeña hélice en el pico de una gorra tipo casquete, Adorable Doctor Stanley, creo que se llamaba, y también a la mujer del Adorable Doctor, y cuando los tres salíamos por la puerta de atrás muy tranquilamente, compartiendo una botella de vino barato, llegó la voz de Joe Hyans.

—¡Y largaos de aquí, y no volváis ninguno *nunca,* pero no me refiero a *ti,* Bukowski!

Pobre gilipollas, qué bien sabía lo que mantenía en pie el periódico.

Luego intervino otra vez la policía. Esta vez por publicar la foto del coño de una mujer. También esta vez, como siempre, estaba comprometido Hyans. Quería aumentar la circulación por cualquier medio, o liquidar el periódico y largarse. Al parecer era un tornillo que no podía manipular adecuadamente y se apretaba cada vez más. Sólo los que trabajaban gratis o por treinta y cinco dólares a la semana parecían tener algún interés por el periódico. Pero Hyans consiguió tirarse a un par de las voluntarias más jóvenes, así que por lo menos no perdió el tiempo.

—¿Por qué no dejas tu cochino trabajo y vienes a trabajar con nosotros? —me preguntó Hyans.

—¿Por cuánto?

—Cuarenta y cinco dólares a la semana. Eso incluye tu columna. Distribuirías además por los buzones el miércoles por la noche, en tu coche, yo pagaría la gasolina, y escribirías también encargos especiales. De once de la mañana a siete y media de la tarde, viernes y sábados libres.

–Lo pensaré.

Vino de Cleveland el papá de Hyans. Nos emborrachamos juntos en casa de Hyans. Hyans y Cherry parecían muy desgraciados con papá. Y papá le daba al whisky. A él no le iba la hierba. Yo también le di al whisky. Bebimos toda la noche.

–Bueno, el modo de librarse del *Free Press* es liquidar sus puntos de apoyo, echar de las calles a los vendedores, detener a unos cuantos cabecillas. Eso era lo que hacíamos en los viejos tiempos. Tengo dinero, puedo contratar a unos cuantos hampones, que sean unos buenos hijos de puta. Puedo contratar a Bukowski.

–¡Maldita sea! –chilló el joven Hyans–. ¡No quiero que me sueltes toda tu mierda, comprendes!

–¿Qué piensas tú de mi idea, Bukowski? –me preguntó papá.

–Creo que es una buena idea. Pasa la botella.

–¡Bukowski está loco! –chilló Joe Hyans.

–Tú publicas su columna –dijo papá.

–Es el mejor escritor de California –dijo el joven Hyans.

–El mejor escritor loco de California –corregí yo.

–Hijo –continuó papá–, tengo mucho dinero. Quiero que salga adelante tu periódico. Lo único que tenemos que hacer es detener a unos cuantos...

–No. No. ¡No! –chilló Joe Hyans–. ¡No lo *soportaré!*

Y salió corriendo de la casa. Qué hombre maravilloso era Joe Hyans. Salió corriendo de la casa. Me serví otro trago y le dije a Cherry que iba a joderla allí mismo contra la librería. Papá dijo que después le tocaba a él. Cherry nos insultó mientras Joe Hyans escapaba en la calle con su sensibilidad...

El periódico siguió, saliendo más o menos una vez por semana. Luego llegó el juicio de la foto del coño.

El fiscal preguntó a Hyans:

–¿Se opondría usted a la copulación oral en las escaleras del ayuntamiento?

–No –dijo Joe–, pero probablemente habría un atasco de tráfico.

436

Oh, Joe, pensé, qué mal lo hiciste. Deberías haber dicho: «Para copulación oral preferiría el *interior* del ayuntamiento, donde suele hacerse normalmente.»

Cuando el juez preguntó al abogado de Hyans qué sentido tenía la foto del órgano sexual femenino, el abogado de Hyans contestó:

–Bueno, es sencillamente lo que es. Es lo que es, amigo.

Perdieron el juicio, claro, y apelaron.

–Una provocación –dijo Joe Hyans a los pocos medios de información que se preocuparon–. No es más que una provocación policial.

Qué hombre inteligente era Joe Hyans...

La siguiente noticia que me llegó de Joe Hyans fue por teléfono:

–Bukowski, acabo de comprarme un revólver. Ciento doce dólares. Una bonita arma. Voy a matar a un hombre.

–¿Dónde estás ahora?

–En el bar, junto al periódico.

–Voy para allá.

Cuando llegué estaba paseando delante del bar.

–Vamos –dijo–. Te invito a una cerveza.

Nos sentamos. Aquello estaba lleno. Hyans hablaba muy alto. Podían oírle en Santa Mónica.

–*¡Voy a aplastarle los sesos contra la pared...! ¡Voy a matar a ese hijo de puta!*

–¿Pero quién es, muchacho? ¿Por qué quieres matarle?

Miraba fijamente al frente.

–Vamos, amigo, ¿Por qué quieres matar a ese hijo de puta, dime?

–¡Está jodiéndose a mi mujer, por eso!

–Oooh.

Siguió mirando al frente fijamente un poco más. Era como una película. Ni siquiera tan bueno como una película.

–Es una bonita arma –dijo Joe–. Se coloca en esta pequeña abrazadera. Dispara diez tiros. Fuego rápido. ¡Acabaré con ese cabrón!

Joe Hyans.

Aquel hombre maravilloso de la gran barba pelirroja.

Alucinante, sí.

En fin, de todos modos, le pregunté:

–¿Y qué me dices de todos esos artículos antibélicos que has publicado? ¿Y qué me dices del amor? ¿Qué fue de todo eso?

–Vamos, vamos, Bukowski, tú nunca te has creído toda esa mierda pacifista...

–Bueno, no sé, en fin..., creo que no exactamente.

–Le dije a ese tipo que iba matarle si no se largaba, y entro y allí está sentado en el sofá en mi propia casa. ¿Qué harías tú, dime?

–Estás convirtiendo esto en cuestión de propiedad privada. ¿No comprendes? Mándalo al carajo. Olvídalo. Lárgate. Déjales allí juntos.

–¿Eso es lo que has hecho tú?

–A partir de los treinta años, siempre. Y después de los cuarenta, resulta aún más fácil. Pero entre los veinte y los treinta me sacaba de quicio. Las primeras quemaduras son las peores.

–*¡Pues yo voy a matar a ese hijo de puta! ¡Voy a volarle la tapa de los sesos!*

Todo el bar escuchaba. Amor, nene, amor.

–Salgamos de aquí –le dije.

Después de cruzar la puerta del bar, Hyans cayó de rodillas y se puso a gritar, un largo grito leche cuajada de cuatro minutos. Debían de oírle en Detroit. Le levanté y le llevé a mi coche. Cuando llegó a la puerta agarró la manija, cayó de rodillas y lanzó otro aullido hasta Detroit. Cherry le tenía enganchado, pobre imbécil. Le levanté, le metí en su asiento, entré por el otro lado, enfilé hacia el norte camino de Sunset y luego al este a lo largo de Sunset y en la señal, roja, entre Sunset y Vermont, lanzó otro. Yo encendí un puro. Los otros conductores miraban espantados cómo lloraba aquel pelirrojo barbudo.

Pensé: no va a parar. Tendré que atizarle.

Pero luego al ponerse verde el disco, lo dio por terminado y salimos de allí. Seguía gimiendo. Yo no sabía qué decir. No había nada que decir. Pensé: le llevaré a ver a Mongo el Gigante de la Nube Eterna. Mongo está lleno de mierda. Quizá pueda volcar alguna mierda en Hyans. Yo llevaba cuatro años sin vivir con una mujer. Estaba ya demasiado alejado del asunto para verlo con claridad.

La próxima vez que chille, pensé, le atizaré. No puedo soportar otro chillido de ésos.

–¡Eh! ¿Adónde vamos?

–A ver a Mongo.

–¡Oh, no! ¡Mongo no! ¡Odio a ese tío! ¡No hará más que reírse de mí! ¡Es un hijoputa de lo más cruel!

Era verdad. Mongo era inteligente pero cruel. No serviría de nada ir allí. Y yo tampoco podía hacer nada. Seguimos.

–Escucha –dijo Hyans–, por aquí vive una amiga mía. Un par de manzanas al norte. Déjame allí. Ella me comprende.

Giré hacia el norte.

–Oye –dije–, no te cargues al tío.

–¿Por qué?

–Porque eres el único capaz de publicar mi columna.

Le llevé hasta allí, le dejé, esperé hasta que abrieron la puerta y luego me fui.

Unas buenas cachas le suavizarían, sin duda. Yo también las necesitaba...

La siguiente noticia que tuve de Hyans fue que se había mudado de casa.

–No podía soportarlo más. En fin, la otra noche me di una ducha, me disponía a echar un polvo con ella, quería meter un poco de vida en sus huesos, y ¿sabes lo que hizo?

–¿Qué?

–Cuando yo entré escapó corriendo y se largó de casa. La muy zorra.

–Escucha, Hyans, conozco el juego. No puedo hablar contra Cherry porque enseguida estaréis juntos otra vez y entonces recordarás todas las porquerías que dijera de ella.

–Nunca volveré.

–Bah, bah.

–He decidido no matar a ese cabrón.

–Bien.

–Voy a desafiarle a un combate de boxeo. Con todas las reglas del ring. Árbitro, ring, guantes y todo.

–Me parece muy bien –dije.

Dos toros luchando por la vaca. Por aquella vaca huesuda, además. Pero en Norteamérica los perdedores se llevan a menudo

439

la vaca. ¿Instinto maternal? ¿Mejor cartera? ¿Polla mayor? Dios sabe qué...

Hyans, mientras se volvía loco, alquiló a un tipo de pipa y pajarita para llevar el periódico. Pero era evidente que *Open Pussy* andaba por su último polvo. Y nadie se preocupaba por la gente de los veinticinco o treinta dólares por semana y de la ayuda gratuita. Ellos disfrutaban con el periódico. No era muy bueno, pero tampoco era muy malo. En fin, estaba mi columna: *Escritos de un viejo indecente.*

Y pipa y pajarita dirigió el periódico. No había diferencia. Y entretanto, yo no hacía más que oír: «Joe y Cherry andan juntos de nuevo. Joe y Cherry se separan otra vez. Joe y Cherry están otra vez juntos. Joe y Cherry...»

Luego, una cruda y triste noche de miércoles salí a un quiosco a comprar un ejemplar de *Open Pussy*. Había escrito una de mis mejores columnas y quería ver si tenían el valor de publicarla. En el quiosco había el número de la semana anterior. Lo olí en el aire azul muerte. El juego había terminado. Compré bebida en abundancia y volví a casa y bebí por el difunto. Siempre preparado para el final, no lo estaba cuando llegó. Quité el cartel de la pared y lo tiré a la basura. «*OPEN PUSSY.* REVISTA SEMANAL DEL RENACIMIENTO DE LOS ÁNGELES.»

El gobierno ya no tendría que preocuparse. Yo volvía a ser un ciudadano magnífico. Veinte mil de tirada. Si hubiéramos podido llegar a los sesenta (sin problemas familiares, sin provocaciones policiales) podríamos haber triunfado. No lo conseguimos.

Al día siguiente telefoneé a la oficina. La chica del teléfono lloraba.

—Intentamos localizarte anoche, Bukowski, pero nadie sabía tu dirección. Es terrible. Se acabó. No hay nada que hacer. El teléfono sigue sonando. Estoy sola aquí. Celebraremos una reunión todo el personal el martes próximo por la noche para intentar seguir con el periódico. Pero Hyans se lo llevó todo: todos los ejemplares, la lista de direcciones y la máquina IBM que no le pertenecía. Nos hemos quedado limpios. No queda nada.

Oh, qué voz más dulce se te pone, niña, una voz dulce y triste, me gustaría follarte, pensé.

—Estamos pensando empezar un periódico hippie. El underground está muerto. Por favor, vete el martes por la noche a casa de Lonny.

—Procuraré ir —dije, sabiendo que no iría. Así que allí estaba..., casi dos años. Había terminado. Había ganado la policía, había ganado la ciudad, había ganado el gobierno, la decencia reinaba de nuevo en las calles. Quizá los policías dejarían de ponerme multas siempre que veían mi coche. Y Cleaver no nos enviaría ya notitas desde su escondite. Y siempre podías comprar *Los Angeles Times* en cualquier parte. Por Dios y por la Madre Celestial, qué triste es la vida.

Pero le di a la chica mi dirección y mi teléfono, pensando que podríamos hacer algo de provecho. (Harriet, nunca viniste.)

Pero Barney Palmer, el escritor político, sí vino. Le dejé entrar y abrí unas cervezas.

—Hyans —dijo—, se puso el revólver en la boca y apretó el gatillo.

—¿Y qué pasó?

—Se encasquilló. Así que vendió el revólver.

—Podía haberlo intentado otra vez.

—Hace falta mucho coraje para intentarlo una.

—Tienes razón. Perdona. Tengo una resaca tremenda.

—¿Quieres saber lo que pasó?

—Claro. También es mi suerte.

—Bueno, fue el martes por la noche, estábamos intentando preparar el periódico. Teníamos tu columna y gracias a Dios era larga, porque andábamos escasos de material. Nos faltaban páginas. Apareció Hyans, con los ojos vidriosos, borracho. Él y Cherry habían roto otra vez.

—Uf.

—Sí. En fin, no teníamos material para cubrir todas las páginas. Y Hyans seguía estorbando y metiéndose en medio. Por fin se fue arriba y se tumbó en el sofá y se quedó traspuesto. En cuanto se fue, el periódico empezó a encajar. Conseguimos terminarlo y nos quedaban cuarenta y cinco minutos para la imprenta. Dije que lo bajaría yo a la imprenta. ¿Sabes lo que pasó entonces?

—Se despertó Hyans.

—¿Cómo lo sabes?

—Porque soy así.

—Bueno, insistió en llevarlo a la imprenta él mismo. Metió el material en el coche, pero no fue a la imprenta. Al día siguiente llegamos y encontramos la nota que dejó, y el local limpio: la IBM, la lista de direcciones, todo...

—Ya me enteré. Bueno, enfoquémoslo así: él empezó este maldito asunto, así que tenía derecho a terminar con él.

—Pero la máquina IBM no era suya. Podría verse en un lío por eso.

—Hyans está acostumbrado a los líos. Le encantan. Está chiflado. Si le oyeras llorar...

—Pero qué me dices de la otra gente, Buk, los de veinticinco dólares semanales que lo dieron todo para que el periódico siguiera. Los de suelas de cartón en los zapatos. Los que dormían en el suelo.

—A los pequeños siempre les dan por el culo. Palmer. Así es la historia.

—Pareces Mongo.

—Mongo suele tener razón, aunque sea un hijoputa.

Hablamos un poco más. Luego se acabó todo.

Aquella noche cuando estaba trabajando vino a verme un gran gatazo negro.

—Oye, hermano, oí que tu periódico cerró.

—Así es, hermano, pero ¿dónde lo oíste?

—Está en *Los Angeles Times,* primera página de la sección segunda. Supongo que están celebrándolo.

—Supongo que sí.

—Nos gustaba tu periódico, amigo. Y también tu columna. Un buen material, sí señor.

—Gracias, hermano.

A la hora de comer (diez y veinticuatro), salí y compré el *Los Angeles Times.* Me lo llevé al bar de enfrente, pedí una jarra de cerveza de a dólar, encendí un puro y fui a sentarme en una mesa bajo una luz:

«*OPEN PUSSY*» *EN BANCARROTA*
Open Pussy, el periódico underground número dos de Los Ángeles, deja de publicarse, según declararon sus directores el

martes. El periódico cumpliría dentro de diez semanas su segundo aniversario.

Cuantiosas deudas, problemas de distribución y una multa de mil dólares consecuencia de un proceso por obscenidad en octubre contribuyeron a la ruina de esta publicación semanal, según Mike Engel, el director ejecutivo. Éste situó la circulación última del periódico en veinte mil ejemplares.

Pero Engel y los demás miembros del equipo editorial dijeron también que creían que *Open Pussy* podría haber seguido publicándose y que su cierre fue decisión de Joe Hyans, su propietario-director jefe, de treinta y cinco años.

Cuando los miembros del equipo de redacción llegaron a la oficina del periódico, avenida Melrose 4369, el miércoles por la mañana, encontraron una nota de Hyans que decía, entre otras cosas:

«El periódico ha cumplido ya su objetivo artístico. Políticamente no fue nunca demasiado útil, en realidad. Lo que ha aparecido en sus páginas últimamente no significa ningún avance sobre lo que sacábamos hace un año.

»Como artista, debo abandonar un trabajo que no progresa... aunque sea un trabajo que haya hecho con mis propias manos y aunque esté dando pasta (dinero).»

Terminé la jarra de cerveza y me fui a mi trabajo de funcionario del gobierno...

Unos días después encontré un nota en el buzón:

Lunes, 10.45 de la noche

Hank:

Encontré en mi buzón esta mañana una nota de Cherry Hyans. (Estuve fuera todo el día y la noche del domingo.) Dice que tiene los chicos y está enferma y pasando muchos apuros en la calle Douglas... No puedo localizar Douglas en este jodido plano, pero quería que supieras de esta nota.

Barney

Unos dos días después sonó el teléfono. No era una mujer salida que no podía más. No. Era Barney.

—Oye, Joe Hyans está en la ciudad.

—También estamos tú y yo —dije.

—Joe ha vuelto con Cherry.

—¿Sí?

—Van a trasladarse a San Francisco.

—Deben hacerlo.

—Lo del periódico hippie fracasó.

—Sí. Siento no haber podido ir. Me emborraché.

—No te preocupes. Pero escucha, ahora estoy escribiendo un encargo. En cuanto acabe, quiero hablar contigo.

—¿Para qué?

—He conseguido un socio con cincuenta de los grandes.

—¿Cincuenta de los grandes?

—Sí. Dinero de verdad. Quiere hacerlo. Quiere empezar otro periódico.

—Tenme informado, Barney. Siempre me caíste simpático. ¿Recuerdas aquella vez que empezamos a beber en mi casa a las cuatro de la tarde, hablamos toda la noche y no terminamos hasta las once de la mañana siguiente?

—Sí. Fue una noche tremenda. A pesar de lo viejo que eres, tumbas a cualquiera bebiendo.

—Sí.

—Bueno, cuando termine de escribir esto, ya te informaré.

—Sí. Tenme informado, Barney.

—Lo haré. Entretanto, aguanta firme.

—Claro.

Entré en el cagadero, solté una hermosa mierdacerveza. Luego me fui a la cama, me hice una paja y me dormí.

EL DÍA QUE HABLAMOS DE JAMES THURBER

O estaba de mala suerte, o se me había terminado el talento. Creo que fue Huxley, o uno de sus personajes, quien dijo en *Contrapunto:* «A los veinticinco años, cualquiera puede ser un genio. A los cincuenta, cuesta bastante trabajo.» En fin, yo tenía cuarenta y nueve, que no son cincuenta, faltan unos meses. Mis perspectivas no eran nada alentadoras. Había publicado hacía poco un librito de poemas: *El cielo es el mayor de todos los coños,* por el que había recibido cien dólares cuatro meses antes, y que había pasado a ser ejemplar de coleccionista, valorado en veinticinco dólares en las listas de los traficantes de libros raros. Ni siquiera tenía un ejemplar de mi propio libro. Me lo había robado un amigo estando yo borracho. ¿Un amigo?

La suerte me era adversa. Me conocían Genet, Henry Miller, Picasso, etc., etc., y ni siquiera podía conseguir trabajo como lavaplatos. Probé en un sitio pero sólo duré una noche con mi botella de vino. Una señora gorda y grande, una de las propietarias, proclamó: «¡Este hombre no sabe lavar platos!» Luego me enseñó que había que poner primero los platos en una parte del fregadero (donde había una especie de ácido) y luego trasladarlos a la otra parte, donde había agua y jabón. Me despidieron aquella noche. Pero, de todos modos, conseguí liquidar dos botellas de vino y zamparme media pata de cordero que habían dejado justo detrás de mí.

Era, en cierto modo, aterrador terminar siendo un cero a la izquierda, pero lo que más me dolía era que había una hija mía de cinco años en San Francisco, la única persona que quería en el mundo, que tenía necesidad de mí, y de zapatos y vestidos y comida y amor y cartas y juguetes y una visita de vez en cuando.

Me vi obligado a vivir con cierto gran poeta francés que estaba por entonces en Venice, California, y el tipo era ambidextro..., quiero decir que se jodía a hombres y a mujeres y le jodían hombres y mujeres. Era agradable y hablaba con gracia y con inteligencia. Tenía además una peluca pequeña que se le escurría siempre, y andaba colocándosela continuamente mientras hablaba contigo. Hablaba siete idiomas, pero, si estaba yo, tenía que hablar inglés. Y hablaba todos esos idiomas como si fuesen su lengua materna.

–No te preocupes, Bukowski –me decía sonriendo–. ¡Yo me *cuidaré* de ti!

Tenía una polla de veinticinco centímetros, sin empalmar, y había aparecido en algunos de los periódicos underground al llegar a Venice, con noticias de él y comentarios sobre sus virtudes como poeta (uno de los comentarios lo había escrito yo), pero algunos de los periódicos underground habían publicado la foto del gran poeta francés... desnudo. Medía más o menos uno cincuenta de altura y tenía pelo por todo el pecho y los brazos. Tenía pelo desde el cuello a las bolas (negro, rizado, apestoso) y allí en medio de la foto aparecía su monstruoso chisme colgando, con la *cabeza* redonda, grueso: una polla de toro en un muñequito mal hecho.

Frenchy era uno de los grandes poetas del siglo. Lo único que hacía era andar por allí sentado y escribir sus mierdosos poemitas inmortales y tenía dos o tres mecenas que le mandaban dinero. Así cualquiera: polla inmortal, poemas inmortales. Conocía a Corso, a Burroughs, a Ginsberg, la tira. Conocía a todo aquel primer grupo del hotel que vivían juntos, empeñaban juntos, jodían juntos y creaban separadamente. Se había encontrado incluso a Miró y a Hem bajando por la avenida, Miró llevaba los guantes de boxeo de Hem cuando ambos iban hacia el campo de batalla donde esperaba Hemingway para arrearle una paliza a alguien. Por supuesto, se conocían todos y pararon un momento a soltar un poquito de inteligente mierda dialogal.

El inmortal poeta francés había visto a Burroughs arrastrarse por el suelo «borracho perdido» en casa de B.

–Me lo recuerdas, Bukowski. No hay fachada. Bebe hasta que cae, hasta que se le ponen los ojos vidriosos. Y aquella noche se arrastraba por la alfombra demasiado borracho para incorporarse y me miró y me dijo: «¡Me jodieron, me emborracharon! Firmé el contrato. ¡Vendí los derechos cinematográficos de *El almuerzo desnudo* por quinientos dólares! ¡Mierda, ahora ya es demasiado tarde!»

Por supuesto, Burroughs tuvo suerte: la opción caducó y ganó quinientos dólares. A mí me emborracharon y me sacaron una mierda mía a cincuenta dólares la opción por dos años, y aún me quedan por sudar dieciocho meses. Cazaron a Nelson Algren del mismo modo con *El hombre del brazo de oro;* millones para ellos y para Algren cáscaras de cacahuetes. Se emborrachó y no leyó la letra pequeña.

También me la jugaron con los derechos cinematográficos de *Escritos de un viejo indecente.* Yo estaba borracho y me trajeron aquel chochito de dieciocho años con minifalda hasta las caderas, tacones altos y largas medias: llevaba dos años sin poder llevarme nada a la boca. Comprometí mi vida. Y probablemente podría haber entrado por aquella vagina con un camión de cuatro ejes. En realidad, no pude comprobarlo siquiera.

Así estaba yo, pues, absolutamente liquidado, sin suerte ni talento, incapaz de conseguir un trabajo ni de repartidor de periódicos, portero, lavaplatos, y el poeta francés inmortal siempre tenía algún asunto en su casa, jovencitos y jovencitas llamando siempre a su puerta. ¡Y un apartamento tan limpio! Parecía que nadie hubiese cagado nunca en aquel váter. Los mosaicos brillaban blancos y pulidos, y había aquellas alfombritas gordas y blandas por todas partes. Sofás nuevos, sillones nuevos. Una nevera que brillaba como un diente inmenso y majestuoso al que hubiesen lavado y cepillado hasta hacerle llorar. Todo, todo adornado con la delicadeza de ningún dolor, ninguna preocupación, ningún mundo fuera de allí. Por otra parte, todos sabían qué decir y qué hacer y cómo actuar, era el código, discretamente y sin ruidos: dar por el culo, chuparla, meter el dedo y todo lo demás. Se admitían hombres, mujeres y niños. Y muchachos.

Y allí estaba el Gran C. El gran H. y Hash. Mary. Todos. Era un arte que se hacía con calma, todos sonreían corteses, suaves, esperando, luego haciendo. Se iban, volvían de nuevo.

Había incluso whisky, cerveza, vino para tipos como yo..., cigarros y la estupidez del pasado.

El inmortal poeta francés seguía y seguía con sus diversas cosas. Se levantaba temprano y hacía varios ejercicios de yoga. Y luego se dedicaba a contemplarse en el espejo de cuerpo entero, frotándose su poquito de sudor, y luego, estiraba la mano y acariciaba su inmensa polla, sus huevos; dejaba la polla y los huevos para el final, los alzaba, los palpaba, luego los dejaba caer: PLUNK.

Y entonces yo entraba en el baño y vomitaba. Salía.

–¿No habrás ensuciado el suelo, eh, Bukowski?

No me preguntaba si estaba muriéndome. Sólo le preocupaba tener limpio el suelo del baño.

–No, André, deposité todo el vómito en los canales adecuados.

–¡Buen chico!

Luego, por exhibirse, sabiendo que yo estaba peor que diez infiernos, se dirigía al rincón, se plantaba de cabeza con sus jodidas bermudas, cruzaba las piernas, me miraba al revés y decía:

–Oye, Bukowski, si te mantuvieses sereno un día y te pusieses un esmoquin, te aseguro una cosa: no tendrías más que entrar así vestido en un sitio y todas las mujeres se desmayarían.

–No lo dudo.

Luego hizo un pequeño floreo y aterrizó de pie:

–¿Te apetece desayunar?

–André, llevo treinta y dos años sin que me apetezca desayunar.

Luego sonaba una llamadita en la puerta, muy leve, tan *delicada* que parecía como si fuese un pajarillo que llamase con un ala, en plena agonía, a pedir un traguito de agua.

Solían ser dos o tres jóvenes, sexo masculino, mierdosas barbas pajizas.

Predominaban los hombres, aunque de vez en cuando aparecía una jovencita, absolutamente deliciosa, y a mí siempre me fastidiaba irme cuando era una chica. Pero *él* tenía casi treinta centímetros *sin erección* más la inmortalidad. Así que yo siempre sabía cuál era mi papel.

–Oye, André, no se me quita este dolor de cabeza..., creo que voy a salir a dar una vuelta por la playa.

–¡Oh, no, Charles! ¡No hay ninguna *necesidad*!

Y antes incluso de que yo llegase a la puerta, si miraba hacia atrás furtivamente, la chica le había abierto ya la bragueta a André, o si las bermudas no tenían bragueta, allí estaban en el suelo, rodeando sus tobillos franceses, y la tipa agarrando aquello casi treinta centímetros sin erección para ver de lo que era capaz si la azuzaban un poco. Y André la tenía siempre desnuda ya hasta las caderas y escarbaba con el dedo buscando el agujero secreto en el hueco que quedaba entre sus apretadas bragas color rosa impecablemente lavadas. Y siempre había algo para el dedo: el ojo del culo *aparentemente* nuevo y melodramático o si, siendo como era un maestro, podía deslizarse alrededor y a través de la apretada y lavada tela rosa, hacia arriba, allá se iba, a preparar aquel coño que sólo había tenido dieciocho horas de descanso.

Y yo siempre tenía que darme aquel paseo por la playa. Como era tan temprano no tenía que contemplar aquella gigantesca extensión de humanidad desperdiciada, codo con codo, trozos de carne que croaban y parloteaban, tumores de rana. No tenía que verles caminar ni haraganear por allí con sus cuerpos horribles y sus vidas vendidas (sin ojos, ni voces, sin nada, y sin saberlo), aquella mierda, aquella basura, el olor a lo largo del paseo.

Pero por las mañanas temprano no era tan malo, sobre todo en los días de trabajo. Todo me pertenecía, hasta las feísimas gaviotas (que se hacían más feas cuando empezaban a desaparecer las bolsas y las migajas y desperdicios, hacia el jueves o el viernes) pues esto era para ellas el final de la Vida. No tenían medio de saber que el sábado y el domingo la gente estaría de vuelta con sus perros calientes y sus diversos bocadillos y emparedados. En fin, pensaba yo, quizá las gaviotas estén peor que yo. Quizá.

André aceptó un buen día una oferta para ir a hacer una lectura de poemas a un sitio, no recuerdo cuál (Chicago, Nueva York, San Francisco, no sé), y se fue y yo me quedé allí en aquella casa solo. Tenía la oportunidad de utilizar la máquina de escribir. Poco bueno salió de aquella máquina. André era capaz de hacer que aquel chisme funcionase casi perfectamente. Era extraño que él fuese tan gran escritor y yo no. No parecía que hubiese *tanta* diferencia entre nosotros. Pero la había: él sabía cómo colocar una palabra tras otra. Y cuando yo me senté delante de aquella hoja en blanco simplemente me quedé allí sentado y la hoja me *miró*. Cada hombre tiene sus diversos infiernos, pero yo llevaba una ventaja de tres largos a todos los demás.

Así que bebía más y más vino y esperaba la noche. André se había ido hacía un par de días cuando una mañana sobre las diez y media alguien llamó a la puerta. Yo dije «un momento», entré en el baño, vomité, me lavé la boca. Me puse unos pantalones cortos y luego me eché encima una de las túnicas de seda de André. Abrí la puerta.

Eran un chico y una chica. Ella llevaba una falda muy corta y tacones altos y las medias de nailon le subían casi hasta el culo. El chico era sólo un chico, joven, una especie de tipo Buquet Cachemira: jersey blanco de manga corta, delgado, la boca abierta, las manos a los lados un poco separadas, como si estuviese a punto de despegar y salir volando.

—¿André? —preguntó la chica.

—No. Soy Hank. Charles. Bukowski.

—¿Bromeas, verdad, André? —preguntó la chica.

—Sí. Soy una broma —contesté.

Llovía un poco allí fuera. Ellos seguían bajo la lluvia.

—Bueno, en fin, entrad, que llueve.

—¡Tú *eres* André! —dijo la zorra—. Te *reconozco,* esa cara de anciano... ¡como de doscientos años!

—Bueno, bueno —dije—. Adelante. Soy André.

Traían dos botellas de vino. Fui a la cocina a por el sacacorchos y los vasos. Serví tres vinos. Y allí me planté de pie a beber mi vino, mirando todo lo posible aquellas piernas, cuando el tipo se abalanzó sobre mí, me abrió la bragueta y empezó a chupármela.

Hacía mucho ruido con la boca. Le di unas palmaditas en la nuca y luego le pregunté a la chica:

—¿Cómo te llamas?

—Wendy —dijo—, y he admirado siempre tu poesía, André. Creo que eres uno de los poetas más grandes del mundo.

El chico seguía con lo suyo, chupando y sorbiendo, y cabeceando como una máquina descompuesta.

—¿Uno de los más grandes? —pregunté—. ¿Quiénes son los otros?

—El otro —dijo Wendy—. Ezra Pound.

—Ezra siempre me aburrió —dije.

—¿De veras?

—De veras. Trabaja demasiado las cosas. Es demasiado serio,

demasiado sabio y en último término no es más que un torpe artesano.

–¿Por qué firmas tus obras simplemente «André»?

–Porque me gusta.

Por entonces, el tipo estaba culminando ya su tarea. Agarré su cabeza, la empujé hacia mí, descargué.

Luego me subí la cremallera y serví otros tres vinos.

Seguimos simplemente allí sentados, hablando y bebiendo. No sé cuánto duró el asunto. Wendy tenía unas piernas maravillosas y unos tobillos finos y torneados que giraba constantemente como si tuviese fuego debajo o algo así. *Conocían* su literatura. Hablamos de varias cosas. Sherwood Anderson... *Winesburg, todo ese rollo.* Dos. Camus. Los Granecs, los Dickeys, las Brontë; Balzac, Thurber, etc., etc..

Terminamos los vinos y busqué más material en la nevera. Seguimos con aquello. Luego, no sé. Creo que perdí el control y empecé a meterle la mano por debajo de la falda, lo que no era mucho camino a recorrer. Vi un poco de enagua y bragas. Luego arranqué el vestido por la parte superior, arranqué el sostén. Agarré una teta. Agarré una teta. Era gorda. La besé y la chupé. Luego la retorcí con la mano hasta que ella chilló, y cuando lo hizo puse mi boca sobre la suya, ahogando los chillidos.

Rasgué por completo el vestido: nailon, piernas, rodillas, carne de nailon. Y la levanté de la silla y le quité aquellas mierdosas bragas y se la metí.

–André –dijo–. *Oh,* André.

Miré por encima del hombro de la chica y el tipo nos miraba meneándosela en su sillón.

Estábamos de pie, pero nos movíamos por toda la habitación. Chocamos con las sillas, rompimos lámparas. En determinado momento la eché encima de la mesita del café, pero sentí que las patas cedían bajo el peso de ambos, así que volví a levantarla antes de que aplastáramos la mesa contra el suelo.

–¡Oh, *André!*

Luego se estremeció toda ella una vez, luego volvió a estremecerse, como si estuviera en un altar de sacrificios. Luego, sabiendo que ella estaba debilitada y sin control de sí misma, de su propio yo, simplemente le metí todo el chisme como si fuese un gancho, lo mantuve quieto, la colgué allí como una especie de disparatado pez atravesado para siempre. En medio siglo había aprendido unos cuantos trucos. Ella perdió la conciencia. Luego me eché hacia atrás y la taladré, la taladré, la taladré, mientras ella cabeceaba como una muñeca descompuesta, y se corrió otra vez justo al mismo tiempo que yo, y cuando nos corrimos estuve a punto de morir. Los dos estuvimos a punto de morir.

Para levantar a alguien así, su tamaño debe guardar cierta relación con el tuyo. Recuerdo que una vez estuve a punto de morir en Detroit en la habitación de un hotel. Intenté hacerlo, pero no funcionó. Quiero decir que ella alzó las piernas del suelo y me enroscó con ellas. Lo cual significaba que yo sostenía a dos personas con dos piernas. Eso es malo. Quise dejarlo. La sostenía sólo con dos cosas: mis manos debajo de su culo y mi polla.

Pero ella seguía diciendo:

–¡Dios mío, que piernas tan soberbias tienes! ¡Qué piernas tan fuertes, tan poderosas, tan bellas!

Es cierto. El resto de mi persona es mierda mayormente, incluyendo el cerebro y todo lo demás. Pero alguien ha colocado unas inmensas y poderosas piernas en mi cuerpo. No es broma. De cualquier modo estuve a punto de morir (con el polvo del hotel de Detroit). Debido al equilibrio, el movimiento de la polla hacia delante y hacia atrás, entrando y saliendo, exige en esa posición un ajuste muy especial. Sostienes el peso de dos cuerpos. El movimiento debe transferirse en consecuencia, todo él, a la espina dorsal. Es una maniobra dura y peligrosa. Por fin nos corrimos los dos y yo simplemente la tiré en algún sitio. Me la quité de encima.

Pero con la de casa de André, ella mantuvo los pies en el suelo, y eso me permitió hacer trucos: girar, arponear, reducir, acelerar, etc.

Por fin terminé con ella. Yo estaba en mala posición..., los calzoncillos y los pantalones cortos allí abajo alrededor de mis zapatos. Simplemente dejé que Wendy se separara. No sé dónde demonios se cayó, ni me preocupó. Pero cuando me agachaba para subirme los calzoncillos y los pantalones, el tipo se levantó, se acercó y me metió el dedo medio de la mano derecha recto por el culo. Lancé un grito, me volví y le aticé en la boca. Salió volando.

Luego, me puse los calzoncillos y los pantalones y me senté en un sillón, a beber vino y cerveza, resplandeciente, sin decir nada. Finalmente, ellos se repusieron.

–Buenas noches, André –dijo él.

–Buenas noches, André –dijo ella.

–Tened cuidado con las escaleras –dije–, se ponen muy resbaladizas con la lluvia.

–Gracias, André –dijo él.

–Ya tendremos cuidado, André –dijo ella.

–¡Amor! –dije yo.

–¡Amor! –contestaron ambos al unísono.

Cerré la puerta. ¡Dios mío, era delicioso ser un poeta francés inmortal!

Fui a la cocina, cogí una buena botella de vino francés, unas anchoas y unas aceitunas rellenas. Lo saqué todo y lo coloqué en la mesita de café.

Me serví un buen vaso de vino. Luego me acerqué a la ventana que dominaba el mundo y el océano. Aquel mar era delicioso: seguía haciendo lo que estaba haciendo. Terminé aquel vino, tomé otro, comí un poco y luego me sentí cansado. Me quité la ropa y me espatarré en mitad de la cama de André. Me tiré un pedo, miré hacia el sol que brillaba fuera, escuché el rumor del mar.

–Gracias, André –dije–. Después de todo, eres un buen tío.

Y mi talento aún no estaba liquidado.

CUANTOS CHOCHOS QUERAMOS

Harry y Duke. La botella en medio, un hotel barato del centro de Los Ángeles. Noche de sábado en una de las ciudades más crueles del mundo. La cara de Harry era completamente redonda y estúpida con sólo una puntita de nariz saliendo y unos ojos odiosos; en realidad, Harry resultaba odioso en cuanto le mirabas, así que no le mirabas. Duke era un poco más joven, buen oyente, sólo una levísima sonrisa cuando escuchaba. Le gustaba escuchar; la gente era su mayor espectáculo y no había que pagar entrada. Harry estaba parado y Duke era conserje. Los dos habían estado en chirona y volverían otra vez. Lo sabían. Daba igual.

De la botella faltaban dos tercios y había latas de cerveza vacías por el suelo. Liaban cigarrillos con la tranquila calma de los que han vivido vidas duras e imposibles antes de los treinta y cinco y siguen vivos. Sabían que todo era un cubo de mierda, pero se negaban a renunciar.

–Mira –dijo Harry, dando una calada al cigarro–, te escogí, amigo. Sé que puedo confiar en ti. Tú no te asustarás. Creo que tu coche sirve. Iremos a medias.

–Explícame el asunto –dijo Duke.

–No vas a creerlo.

–Explícamelo.

–Mira, hay oro allí, tirado en el suelo. Oro auténtico. Sólo hay que ir y cogerlo. Sé que parece una locura, pero está allí. Yo lo he visto.

–¿Y cuál es el problema?

–Bueno, es un terreno del Ejército, de la artillería. Bombardean todo el día y a veces de noche, ése es el problema. Hacen falta huevos. Pero el oro está allí. Puede que las bombas y los proyectiles lo desenterraran, no sé. Lo que sí sé es que de noche no suelen bombardear.

–Iremos de noche.

–De acuerdo. Y cogeremos el oro y lo sacaremos de allí. Seremos ricos. Tendremos cuantos chochos queramos. Piénsalo..., cuantos chochos queramos.

–Parece buena idea.

–Si tiran, nos metemos en el primer agujero de bomba. No van a apuntar allí otra vez. Si dan en el blanco, se dan por satisfechos; si no, no van a dirigir el tiro siguiente al mismo sitio.

–Sí, claro, natural.

Harry sirvió más whisky.

–Pero hay otra pega.

–¿Sí?

–Allí hay serpientes. Por eso hacen falta dos hombres. Sé que eres bueno con el revólver. Mientras yo recojo el oro, tú te ocupas de las serpientes. Si aparecen, les vuelas la cabeza. Hay serpientes de cascabel. Creo que para esto eres el indicado.

–¿Por qué no? ¡Claro!

Siguieron fumando y bebiendo, sentados allí, pensándose el asunto.

–Tendremos oro –dijo Harry–. Tendremos mujeres.

–Sabes –dijo Duke– quizá los cañonazos desenterrasen un cofre de un tesoro antiguo.

–Sea lo que sea, lo cierto es que ahí hay oro.

Cavilaron un rato más.

–¿Y si –preguntó Duke– después de recogido el oro disparo contra ti?

–Bueno, tengo que correr ese riesgo.

–¿Te fías de mí?

–Yo no me fío de nadie.

Duke abrió otra cerveza, bebió otro trago.

–Mierda, ya no tienes por qué ir a trabajar el lunes, ¿verdad?

–Ya no.

–Yo ya me siento rico.

–Yo casi también.

–Todo lo que uno necesita es una oportunidad –dijo Duke–, después te tratan como a un señor.

–Sí.

–¿Y dónde está ese sitio? –preguntó Duke.

–Ya lo sabrás cuando lleguemos.

–¿Vamos a medias?

–A medias.

–¿No tienes miedo que te liquide?

–¿Por qué vuelves con eso, Duke? Podría matarte yo a ti.

–Vaya, no se me ocurrió. ¿Serías capaz de matar a un camarada?

–¿Somos amigos?

–Bueno, sí, yo diría que sí, Harry.

–Habrá oro y mujeres suficientes para los dos. Seremos ricos toda la vida. Se acabará la mierda de libertad vigilada. Se acabó el lavar platos. Las putas de Beverly Hills andarán detrás de nosotros. No tendremos más preocupaciones.

–¿Crees de veras que podremos sacarlo?

–Claro.

–¿De verdad hay oro allí?

–Hazme caso, te digo que sí.

–De acuerdo.

Bebieron y fumaron un rato más. Sin hablar. Pensaban los dos en el futuro. Era una noche calurosa. Algunos de los inquilinos tenían la puerta abierta. Casi todos tenían su botella de vino. Los hombres estaban sentados en camiseta, cómodos, pensativos, tristes. Algunos tenían incluso mujeres, no precisamente damas, pero sí capaces de aguantarles el vino.

–Será mejor que cojamos otra botella –dijo Duke– antes de que cierren.

–Yo no tengo un céntimo.

–Pago yo.

–Vale.

Se levantaron, salieron a la puerta. Giraron a la derecha al fondo del pasillo, camino de la parte de atrás.

La bodega estaba al fondo de la calleja, a la izquierda. En lo alto de las escaleras posteriores había un tipo andrajoso tumbado a la entrada.

—Vaya, si es mi viejo camarada Franky Cannon. La ha cogido buena esta noche. Lo quitaré de la entrada.

Harry le agarró por los pies y, a rastras, le retiró de allí. Luego se inclinó sobre él.

—¿Crees que ya le habrán registrado?

—No sé —dijo Duke—. Comprueba.

Duke dio vuelta a todos los bolsillos de Franky. Tanteó la camisa. Le abrió los pantalones, palpó por la cintura. Sólo encontró una caja de cerillas que decía:

APRENDA

A DIBUJAR

EN CASA

Miles de trabajos

bien pagados le esperan

—Me parece que alguien pasó antes —dijo Harry.

Bajaron las escaleras posteriores hasta la calleja.

—¿Estás seguro de que hay oro allí? —preguntó Duke.

—¡Oye —dijo Harry—, es que quieres tomarme el pelo! ¿Crees que estoy loco?

—No.

—¡Pues entonces no vuelvas a preguntármelo!

Entraron en la bodega. Duke pidió una botella de whisky y una caja de cerveza de malta. Harry robó una bolsa de frutos secos. Duke pagó lo que había pedido y salieron. Cuando llegaron a la calleja apareció una mujer joven; bueno, joven para aquel barrio, debía de tener unos treinta, buena figura, pero despeinada y farfullante.

—¿Qué lleváis en esa bolsa?

—Tetas de gato —dijo Duke.

Ella se acercó a Duke y se frotó contra la bolsa.

—No quiero beber vino. ¿Tienes whisky ahí?

—Claro, niña, ven.

—Déjame ver la botella.

A Duke le pareció bien. Era esbelta y llevaba el vestido ceñido, muy ceñido, y estaba muy buena. Sacó la botella.

—Vale —dijo ella—, vamos.

Subieron por la calleja, ella en medio. Le daba con la cadera a Harry al andar. Harry la agarró y la besó. Ella le apartó bruscamente.

–¡Déjame, hijoputa! –gritó.

–¡Vas a estropearlo todo, Harry! –dijo Duke–. ¡Si vuelves a hacer eso, te rompo la crisma.

–¡Tú qué me vas a romper!

–¡Vuelve a hacerlo y verás!

Subieron la calleja y luego la escalera y abrieron la puerta. Ella miró a Franky Cannon, que seguía allí tirado, pero no dijo nada. Siguieron hasta la habitación. Ella se sentó, cruzando las piernas. Unas lindas piernas.

–Me llamo Ginny –dijo.

Duke sirvió los tragos.

–Yo Duke. Y él Harry.

Ginny sonrió y cogió su vaso.

–El hijo de puta con el que estaba me tenía desnuda, me encerraba la ropa con llave en el armario. Estuve allí una semana. Esperé a que se durmiera, le quité la llave, cogí este vestido y me largué.

–Está bien el vestido.

–Muy bien.

–Te favorece mucho.

–Gracias. Decidme, chicos, ¿vosotros qué hacéis?

–¿Hacer? –preguntó Duke.

–Sí, quiero decir, ¿cómo os lo montáis?

–Somos buscadores de oro –dijo Harry.

–Venga, no me vengáis con cuentos.

–De verdad –dijo Duke–, somos buscadores de oro.

–Y además ya lo hemos encontrado. En una semana seremos ricos –dijo Harry.

Luego, Harry tuvo que ir a echar una meada. El retrete quedaba al final del pasillo. En cuanto se fue, Ginny dijo:

–Quiero joder primero contigo, chato. Él no me gusta gran cosa.

–Vale –dijo Duke.

Sirvió tres tragos más. Cuando Harry volvió, Duke le dijo:

–Joderá primero conmigo.

–¿Quién lo dijo?

–Nosotros –dijo Duke.

–Así es –dijo Ginny.

–Creo que deberíamos incluirla también a ella –dijo Duke.

–Primero vamos a ver cómo jode –dijo Harry.

–Vuelvo locos a los hombres –dijo Ginny–. Los hago aullar. ¡No hay mejor coño en toda California!

–De acuerdo –dijo Duke–, ahora lo veremos.

–Primero otro trago –dijo ella, vaciando el vaso.

Duke le sirvió.

–Te advierto que yo también tengo un buen aparato, nena, lo más probable es que te parta en dos.

–Como no le metas los pies –dijo Harry.

Ginny se limitó a sonreír sin dejar de beber. Terminó el vaso.

–Venga –dijo a Duke–. Vamos.

Ginny se acercó a la cama y se quitó el vestido. Tenía bragas azules y un sostén de un rosa desvaído sujeto atrás con un imperdible. Duke tuvo que quitarle el imperdible.

–¿Va a quedarse mirando? –le preguntó.

–Si quiere –dijo Duke–, qué coño importa.

–Bueno –dijo Ginny.

Se metieron los dos en la cama. Hubo unos minutos de calentamiento y maniobraje mientras Harry observaba. La manta estaba en el suelo. Harry sólo podía ver movimiento debajo de una sábana bastante sucia. Luego, Duke la montó, Harry veía el trasero de Duke subir y bajar debajo la sábana.

Luego Duke dijo:

–¡Oh, mierda!

–¿Qué pasa? –preguntó Ginny.

–¡Me salí! ¿No decías que era el mejor coño de California?

–¡Yo la meteré! ¡Ni siquiera me di cuenta de que estabas dentro!

–¡Pues en *algún sitio* estaba! –dijo Duke.

Luego, el culo de Duke volvió a subir y bajar. Nunca debí contarle a ese hijo de puta lo del oro, pensó Harry. Ahora está por medio esa zorra. Pueden aliarse contra mí. Claro que si él muriera, se quedaba conmigo, seguro.

Entonces Ginny lanzó un gemido y empezó a hablar:

–¡Oh, querido, querido! ¡Oh, Dios, querido, oh, Dios mío!

Puro cuento, pensó Harry.

Se levantó y se acercó a la ventana de atrás. La parte de atrás del hotel quedaba muy cerca del desvío de Vermont de la autopista de Hollywood. Miró los faros y luces de los coches. Siempre le asombraba que unos tuvieran tanta prisa por ir en una dirección y otros por ir en otra. Alguien tenía que estar equivocado. O si no, no era todo más que un juego sucio. Entonces oyó la voz de Ginny:

—¡Ay que me corro ya! ¡Ay, Dios mío, que me corro! ¡Ay, Dios mío...!

Cuento, pensó, y luego se volvió para mirarla. Duke estaba trabajando firmemente. Ginny tenía los ojos vidriosos; miraba fijamente al techo, tenía la vista clavada en una bombilla sin pantalla que colgaba de él; aquellos ojos vidriosos miraban fijamente por encima de la oreja izquierda de Duke...

Quizá tenga que pegarle un tiro en ese campo de artillería, pensó Harry. Sobre todo, si ella tiene un coño tan prieto.

oro, todo ese oro.

EL ASESINATO DE RAMÓN VÁSQUEZ

Este relato es ficción, *y el acontecimiento o semiacontecimiento de la vida real que* pueda *reflejar no ha influido en el autor a favor o en contra de ninguna de las personas implicadas o no implicadas. En otras palabras, se dejaron correr libres pensamiento, imaginación y capacidad creadora, y eso significa invención, que creo motivada y causada por el hecho de vivir un año menos de medio siglo entre la especie humana... Y no se ciñó la historia a ningún caso concreto, o casos, o noticias de periódico, y no se escribió para perjudicar, sacar consecuencias o hacer injusticia a ninguno de mis semejantes que se haya visto en circunstancias similares a las que se verán en la historia que sigue.*

Sonó el timbre de la puerta. Dos hermanos, Lincoln, 23, y Andrew, 17.

Él mismo salió a abrir.

Allí estaba, Ramón Vásquez, el viejo astro del cine mudo y principios del sonoro. Andaba ya por los sesenta. Pero aún tenía el mismo aire delicado. En los viejos tiempos, en la pantalla y fuera de ella, llevaba el pelo empastado en brillantina y peinado recto hacia atrás. Y con la nariz larga y fina y el fino bigote y la forma que tenía de mirar intensamente a las mujeres a los ojos, en fin, era demasiado. Le habían llamado «El Gran Amante». Las mujeres se desmayaban cuando le veían en la pantalla. Pero en realidad Ramón Vásquez era homosexual. Ahora tenía el pelo majestuosamente blanco y el bigote un poco más ancho.

Era una cruda noche californiana y la casa de Ramón estaba en una zona aislada de colinas. Los muchachos vestían pantalones del ejército y camisetas blancas. Los dos eran del tipo musculoso, con caras bastante agradables, agradables y tímidas.

Lincoln fue quien habló.

–Hemos leído sobre usted, señor Vásquez. Siento molestarle, pero estamos interesadísimos por los ídolos de Hollywood. Nos enteramos dónde vivía y pasábamos por aquí y no pudimos evitar llamar al timbre.

–Debe hacer bastante frío ahí fuera, muchachos.

–Sí, sí que lo hace.

–¿Por qué no entráis un momento?

–No queremos molestarle, no queremos interrumpirle para nada.

–No hay problema. Entrad. Estoy solo.

Los chicos entraron. Se quedaron de pie en el centro de la habitación, mirando, embarazados y confusos.

–¡Sentaos, *por favor!* –dijo Ramón.

Indicó un sofá. Los chicos se acercaron a él, se sentaron, torpemente. Había un pequeño fuego en la chimenea.

–Os traeré algo para que entréis en calor. Un momento.

Ramón volvió con una botella de buen vino francés; la abrió. Se fue otra vez, luego volvió con tres vasos. Sirvió tres tragos.

–Bebed un poco. Es muy bueno.

Lincoln vació el suyo con bastante rapidez. Andrew, que lo vio, hizo lo mismo. Ramón volvió a llenar los vasos.

–¿Sois hermanos?

–Sí.

–Me lo imaginé.

–Yo me lamo Lincoln. Él es mi hermano menor, se llama Andrew.

–Vaya, vaya. Andrew tiene un rostro fascinante, muy delicado. Un rostro caviloso. Con un pequeño toque cruel también. Quizá sea el grado de crueldad justo. Mmmmm. Podría entrar en el cine. Aún tengo cierta influencia, sabéis.

–¿Y mi cara, señor Vásquez? –preguntó Lincoln.

–No es tan delicada y es más cruel. Tan cruel como para tener casi una belleza animal; eso y con tu... cuerpo. Perdona, pero tienes una constitución... como un mono al que le hubiesen afeitado el pelo..., pero me gustas mucho... Irradias... algo.

–Quizá sea hambre –dijo Andrew, hablando por primera vez–. Acabamos de llegar a la ciudad. Venimos en coche de Kansas. Tuvimos varios pinchazos. Luego se nos jodió un pistón. Se nos fue casi todo el dinero entre neumáticos y reparaciones. Lo tenemos ahí fuera, un Plymouth del 56, no nos daban ni diez dólares por él como chatarra.

–¿Tenéis hambre?

–¡Mucha!

–Bueno, esperad, demonios, os traeré algo, os prepararé algo. ¡Mientras tanto, bebed!

Ramón entró en la cocina.

Lincoln cogió la botella y bebió a morro. Mucho rato. Luego se la pasó a Andrew.

–Termínala.

Andrew acababa de terminar la botella cuando volvió Ramón con una bandeja grande: aceitunas rellenas y con hueso; queso; salami, pastrami, galletas, cebollitas, jamón y huevos rellenos.

–¡Oh, el vino! ¡Lo habéis acabado! ¡Estupendo!

Ramón salió y volvió con dos botellas frías. Las abrió.

Los chicos se lanzaron sobre la comida. No duró mucho. La bandeja quedó limpia.

Luego empezaron con el vino.

–¿Conoció usted a Bogart?

–Bueno, muy poco.

–¿Y a la Garbo?

–Claro, qué tonto eres.

–¿Y a Gable?

–Superficialmente.

–¿Y a Cagney?

–No conocí a Cagney. La mayoría de los que mencionáis son de épocas distintas. A veces creo que algunos de los astros posteriores estaban resentidos conmigo, por el hecho de que hubiese ganado la mayor parte de mi dinero antes de que los impuestos fuesen tan terribles. Pero se olvidan de que en términos de ganancias yo nunca gané su tipo de dinero inflacionario. Que están ahora aprendiendo a proteger con el asesoramiento de especialistas fiscales que les enseñan las artimañas... Reinvertir y todo eso. De todos modos, en fiestas y demás, esto provoca sentimientos contradictorios. Creen que soy rico; yo creo que los ricos son ellos. Todos nos preocupamos demasiado del dinero y de la fama y el poder. A mí sólo me queda lo suficiente para vivir con holgura lo que me queda de vida.

–Hemos leído cosas sobre usted, Ramón –dijo Lincoln–. Un periodista, no, dos periodistas, dicen que usted siempre tiene en casa escondidos cinco de los grandes en efectivo. Una especie de reserva. Y que desconfía usted de los bancos y del sistema bancario.

–No sé de dónde habéis sacado eso. No es cierto.

–De *Screen* –dijo Lincoln–, el número de septiembre de 1968. *The Hollywood Star, Young and Old*, número de enero de 1969. Tenemos la revista ahí fuera en el coche.

–Es falso. El único dinero que tengo en casa es el que llevo en la cartera. Aquí la tengo. Veinte o treinta dólares.

–A ver.

–¿Por qué no?

Ramón sacó la cartera. Había un billete de veinte y tres de dólar. Lincoln agarró la cartera.

–¡Eso me lo quedo!

–¿Qué te pasa, Lincoln? Si quieres el dinero cógelo, pero devuélveme la cartera. Llevo ahí mis cosas..., el permiso de conducir, son cosas que necesito.

–¡Vete a la mierda!

–¿Qué?

–¡Que te vayas a la mierda, he dicho!

–Óyeme, tendré que pediros que salgáis de esta casa. ¡Os estáis comportando muy groseramente!

–¿Hay más vino?

–¡Sí, sí, hay más vino! Podéis cogerlo todo, hay diez o doce botellas de los mejores vinos franceses. ¡Cogedlas y marchaos, por favor! ¡Os lo suplico!

–¿Estás preocupado por los cinco billetes?

–Te aseguro que no tengo cinco mil dólares escondidos. ¡Te digo con toda sinceridad que no los tengo!

–¡Chupapollas mentiroso!

–¿Por qué tienes que ser tan grosero?

–¡Chupapollas! ¡CHUPAPOLLAS!

–Os ofrezco mi hospitalidad, soy amable con vosotros y vosotros correspondéis así.

–¿Lo dices por esa mierda de comida que nos diste? ¿Llamas comida a eso?

–¿Qué tenía de malo?

–¡Era comida de maricas!

–¡No comprendo!

–Aceitunas, huevitos rellenos... ¡Los *hombres* no comen esa mierda!

–Vosotros lo comisteis.

–¿Intentas tomarme el pelo, CHUPAPOLLAS?

Lincoln se levantó del sofá, se acercó a Ramón, que seguía sentado en su silla, le abofeteó, fuerte, a mano abierta. Tres veces. Lincoln tenía unas manos muy grandes.

Ramón bajó la cabeza y empezó a llorar.

–Lo siento. Yo intenté hacerlo lo mejor posible.

Lincoln miró a su hermano.

–¿Le ves? ¡Jodido marica! ¡LLORANDO COMO UN NIÑO! ¡AMIGO, VOY A HACERLE LLORAR! ¡VOY A HACERLE LLORAR DE VERAS SI NO SUELTA ESOS CINCO MIL!

Lincoln cogió una botella de vino y bebió a morro un buen trago.

–Bebe –le dijo a Andrew–. Tenemos que trabajar.

Andrew bebió de su botella, también bastante. Luego, mientras Ramón lloraba, los dos se sentaron bebiendo vino y mirándose y pensando.

–¿Sabes lo que voy a hacer? –preguntó Lincoln a su hermano.

–¿Qué?

–¡Voy a hacer que me la chupe!

–¿Por qué?

–¿Por qué? ¡Sólo por reírnos, por eso!

Lincoln bebió otro trago. Luego se acercó a Ramón. Le agarró por la barbilla y le alzó la cabeza.

–Eh, mamón...

–¿Qué? ¡Oh, por favor, DEJADME, POR FAVOR!

–¡Vas a chupármela, CHUPAPOLLAS!

–¡Oh, no, por favor!

–¡Sabemos que eres marica! ¡Venga, mamón!

—¡NO! ¡POR FAVOR! ¡POR FAVOR!

Lincoln abrió la bragueta.

—ABRE LA BOCA.

—¡Oh, no, por favor!

Esta vez Lincoln pegó con el puño cerrado.

—Te amo, Ramón: ¡chupa!

Ramón abrió la boca. Lincoln le puso la punta de la polla en los labios.

—¡Si me muerdes, cabrón, TE MATO!

Ramón, llorando, empezó a chupar.

Lincoln le dio un revés en la frente.

—¡Un poco de ACCIÓN! ¡Dale un poco de vida al asunto!

Ramón chupó con más fuerza. Movió la lengua. Luego Lincoln, cuando vio que iba a correrse, agarró a Ramón por la nuca y apretó, sujetándole bien. Ramón mascullaba, ahogándose. Lincoln se la dejó dentro hasta terminar.

—¡Vamos! ¡Ahora chúpasela a mi hermano!

—Oye Linc, prefiero que no lo haga.

—¿Tienes miedo?

—No, no es eso.

—¿No te atreves?

—No, no...

—Echa otro trago.

Andrew bebió. Caviló un rato.

—Bueno, puede chupármela.

—¡OBLÍGALE A HACERLO!

Andrew se levantó, abrió la bragueta.

—Prepárate a chupar, mamón.

Ramón seguía sentado allí, quieto, llorando.

—Levántale la cabeza. Si en realidad le gusta.

Andrew le alzó la cabeza a Ramón.

—No quiero pegarte, viejo, separa los labios. Acabaré enseguida.

Ramón abrió la boca.

—Ves —dijo Lincoln—, ves cómo lo hace. Si no hay ningún problema.

Ramón movía la cabeza, usó la lengua, Andrew se corrió.

Ramón lo escupió en la alfombra.

—Pedazo de cabrón —dijo Lincoln—. ¡Tenías que tragarlo!

Y se acercó y abofeteó a Ramón, que había dejado de llorar y parecía en una especie de trance.

Los hermanos volvieron a sentarse, terminaron las botellas de vino. Encontraron más en la cocina. Las trajeron, las descorcharon, bebieron otro poco.

Ramón Vásquez, parecía ya la figura de cera de una estrella muerta del museo de Hollywood.

–Vamos a hacernos con esos cinco billetes y luego nos largamos –dijo Lincoln.

–Él dijo que no los tenía aquí –dijo Andrew.

–Los maricas son mentirosos natos. Yo se los sacaré. Tú quédate aquí sentado disfrutando del vino. Ya me encargaré yo de este mierda.

Lincoln cogió a Ramón, se lo echó al hombro y lo llevó al dormitorio.

Andrew siguió allí sentado bebiendo vino. Oía voces y gritos en el dormitorio. Luego vio el teléfono. Marcó un número de la ciudad de Nueva York, y cargó la llamada al teléfono de Ramón. Allí era donde estaba su chica. Se había ido de Kansas City para actuar en el musical. Pero aún le escribía cartas. Largas. Aún no había empezado a triunfar.

–¿Quién?

–Andrew.

–Oh, Andrew, ¿pasa algo?

–¿Estabas dormida?

–Acababa de acostarme.

–¿Sola?

–Claro.

–Bueno, no pasa nada. Este tío va a meterme en lo de las películas. Dice que tengo una cara muy fina.

–¡Qué maravilla, Andrew! Tienes una cara bellísima, y te quiero, ya lo sabes.

–Lo sé. ¿Y tú qué tal, gatita?

–No tan bien, Andrew. Nueva York es una ciudad fría. Todos intentan meterte la mano en las bragas. Es lo único que quieren. Estoy trabajando de camarera, es una mierda. Pero creo que conseguiré un papel en una obra de Broadway.

–¿Qué tipo de obra?

—Oh, no sé. Parece un poco verde. Una cosa que escribió un negro.

—No te fíes de los negros, nena.

—No me fío. Es sólo por la experiencia. Han conseguido la colaboración de una actriz muy famosa.

—Bueno, eso está bien. ¡Pero no te fíes de los negros!

—No me fío, Andrew, demonios. No me fío de nadie. Es sólo por la experiencia.

—¿Quién es el negro?

—No sé. Un escritor. Sólo está por allí sentado, fumando hierba y hablando de la revolución. Es el rollo de ahora. Hay que seguirlo mientras dure.

—¿No estarás jodiendo con ese escritor?

—No seas imbécil, Andrew. Me trata muy bien, pero es sólo un pagano, un animal... Si vieras qué harta estoy de ser camarera. Todos esos aprovechados pellizcándote el culo porque dejan unos centavos de propina. Es una mierda.

—Pienso en ti constantemente, nena.

—Yo pienso en ti, cara linda, Andy pijo grande. Y te amo.

—A veces dices cosas divertidas, divertidas y reales, por eso te amo, nena.

—¡Eh! ¡Qué gritos son esos que oigo!

—Es una broma, nena. Estoy en una fiesta aquí en Beverly Hills. Ya sabes cómo son los actores.

—Pues parece que estuvieran matando a alguien.

—No te preocupes, nena. Interpretan. Están todos borrachos. Y ensayan sus papeles. Te amo. Te telefonearé otra vez o te escribiré pronto.

—Hazlo, por favor, Andrew. Te amo.

—Buenas noches, querida.

—Buenas noches, Andrew.

Andrew colgó y se acercó al dormitorio. Entró. Allí estaba Ramón en la cama de matrimonio. Ramón estaba lleno de sangre. Las sábanas estaban llenas de sangre. Lincoln tenía el bastón en la mano. Era el famoso bastón que utilizaba en la película *El gran amante*. Estaba todo ensangrentado.

—Este hijo de puta no suelta prenda —dijo Lincoln—. Tráeme otra botella de vino.

Andrew volvió con el vino, lo descorchó, Lincoln bebió un buen trago.

–Quizá no estén aquí los cinco mil –dijo Andrew.

–Están. Y los necesitamos. Los maricas son peor que los judíos. Tengo entendido que los judíos prefieren morir a dar un centavo. ¡Y los maricas MIENTEN! ¿Entiendes?

Lincoln volvió a mirar el cuerpo de la cama.

–¿Dónde escondiste los cinco grandes, Ramón?

–Lo juro... Lo juro... ¡Juro por mi madre que no los tengo, lo juro! ¡Lo juro!

Lincoln cruzó otra vez con el bastón la cara del Gran Amante. Luego otra. Corrió la sangre. Ramón perdió el conocimiento.

–Así no adelantamos nada. ¡Dale una ducha! –dijo Lincoln a su hermano–. Reanímalo. Límpiale la sangre. Empezaremos otra vez. Y ahora... no sólo la cara sino también la polla y los huevos. Hablará. Cualquiera hablaría. Límpiale mientras echo un trago.

Lincoln salió. Andrew contempló la masa de rojo ensangrentado, le dio una arcada y vomitó en el suelo. Se sintió mejor después de vomitar. Levantó el cuerpo, lo arrastró hacia el baño. Ramón pareció revivir por un momento.

–Virgen Santa, Virgen Santa, Madre de Dios...

Lo dijo una vez más antes de llegar al baño.

–Virgen Santa, Virgen Santa, Madre de Dios...

Andrew le metió en el baño y le quitó la ropa empapada de sangre, luego le puso en la ducha y comprobó el agua hasta ponerla a la temperatura adecuada. Luego se quitó él mismo los zapatos, calcetines, pantalones, calzoncillos y camiseta, se metió en la ducha con Ramón, le sujetó debajo del chorro de agua. La sangre empezó a desaparecer. Andrew vio cómo el agua aplastaba los cabellos grises sobre el cráneo del que había sido ídolo de la Feminidad. Ramón sólo parecía un viejo triste, hundido en la misericordia de sí mismo. Luego, de pronto, como por un impulso, cerró el agua caliente, dejó sólo la fría.

Apoyó la boca en el oído de Ramón.

–Sólo queremos tus cinco mil, viejo. Nos largaremos. Danos los cinco, luego te dejaremos en paz, ¿entendido?

–Virgen Santa... –decía el viejo.

Andrew le sacó de la ducha. Le llevó al dormitorio, le echó en la cama. Lincoln tenía otra botella de vino. Estaba bebiéndola.

–Bueno –dijo–. ¡Esta vez *habla!*

–No creo que tenga los cinco mil. ¡Yo no aguantaría una paliza así por cinco mil!

–¡Los tiene! ¡Es un marica de mierda! ¡Esta vez HABLA!

Le pasó la botella a Andrew, que se la llevó inmediatamente a la boca. Lincoln cogió el bastón:

–¡Venga! ¡Mamón ¿DÓNDE ESTÁN LOS CINCO MIL?

El hombre de la cama no contestó. Lincoln dio la vuelta al bastón, es decir, cogió el extremo más delgado, luego con la punta curvada bajó hasta la polla y los huevos de Ramón.

Lo único que Ramón hizo fue lanzar series continuas de gemidos.

Los órganos sexuales de Ramón quedaron casi completamente borrados.

Lincoln se tomó un momento para echar un buen trago de vino y luego agarró el bastón y empezó a atizarle en todas partes: en la cara, en vientre, manos, nariz, cabeza, por todas partes, sin preguntar ya nada sobre los cinco mil. Ramón tenía la boca abierta y la sangre de la nariz rota y de otras partes de la cara se le metió en ella. La tragó y se ahogó en su propia sangre. Luego se quedó muy quieto y el batir del bastón tuvo muy poco efecto ya.

–Lo mataste –dijo Andrew desde la silla, mirando–. Iba a meterme en las películas.

–¡No lo maté yo! –dijo Lincoln–. ¡Lo mataste tú! Yo estaba sentado ahí viendo cómo le matabas con su propio bastón. ¡El bastón que le hizo famoso en sus películas!

–No jodas, anda –dijo Andrew–, hablas como un borracho. Ahora lo principal es salir de aquí. El resto ya lo arreglaremos más tarde. ¡Este tío esta muerto! ¡Vámonos!

–Primero hay que despistarles –dijo Lincoln–. He leído en las revistas de estas cosas. Lo de mojar los dedos en su sangre y escribir cosas en las paredes, todo ese rollo.

–¿Qué?

–Sí. Podemos poner, por ejemplo: «¡CERDOS DE MIERDA! ¡MUERTE A LOS CERDOS!» Luego, escribes un nombre encima, un nombre masculino... Por ejemplo «Louie». ¿Entiendes?

–Entiendo.

Mojaron los dedos en su sangre y escribieron sus letreritos. Luego salieron.

El Plymouth del 56 arrancó. Pusieron rumbo sur con los 23 dólares de Ramón más el vino que le habían robado. Entre Sunset y Western vieron a dos chicas de mini junto a la esquina haciendo autostop. Pararon. Cruzaron unas palabras y luego las dos chicas entraron. El coche tenía radio. Era casi todo lo que tenía. La encendieron. Rodaban botellas de caro vino francés por el coche.

–Oye –dijo una de las chicas–, creo que estos tíos tienen muy buen rollo.

–Óyeme tú –dijo Lincoln–, vamos hasta la playa a tumbarnos en la arena y beber este vino y ver salir el sol.

–Vale –dijo la otra chica.

Andrew consiguió descorchar una, era difícil. Tuvo que usar su navaja, que era de hoja fina, habían dejado atrás a Ramón y el magnífico sacacorchos de Ramón... y la navaja no servía tan bien, tenían que beber el vino mezclado con trozos de corcho.

Lincoln iba delante conduciendo, así que sólo podía mirar a la suya. Andrew, en el asiento trasero, ya le había metido a la suya la mano entre las piernas. Le abrió las bragas por un lado. Le costó trabajo, pero por fin consiguió meterle el dedo. De pronto ella se apartó, le dio un empujón y dijo:

–Creo que antes debemos conocernos un poco.

–De acuerdo –dijo Andrew–. Nos faltan aún 20 o 30 minutos para llegar a la arena y hacerlo. Me llamo –dijo Andrew– Harold Anderson.

–Yo me llamo Claire Edwards.

Volvieron a abrazarse.

El Gran Amante estaba muerto. Pero ya habría otros. Y también muchachos medianos. Sobre todo de éstos. Así funcionaban las cosas. O no funcionaban.

UN COMPAÑERO DE TRAGO

Conocí a Jeff en un almacén de piezas de automóvil de la calle Flower, o quizá de la calle Figueroa, siempre las confundo. En fin, yo estaba de dependiente y Jeff era más o menos el mozo. Tenía que descargar las piezas usadas, barrer el suelo, poner el papel higiénico en los cagaderos, etc. Yo había hecho trabajos parecidos por todo el país, así que nunca los miraba por encima del hombro. Salía precisamente por entonces de un mal paso con una mujer que había estado a punto de acabar conmigo. Quedé sin ganas de mujeres un tiempo y, como sustituto, jugaba a los caballos, me la meneaba y bebía. Yo, francamente, me sentí mucho más feliz haciendo esto, y cada vez que me pasaba una cosa así pensaba: se acabaron las mujeres, para siempre. Por supuesto, siempre aparecía otra. Acababan cazándote, por muy indiferente que fueses. Creo que cuando llegas a hacerte indiferente de veras es cuando más te lo ofrecen, para fastidiarte. Las mujeres son capaces de eso; por muy fuerte que sea un hombre, las mujeres siempre pueden conseguirlo. Pero, de todos modos, yo me encontraba en esa situación de paz y libertad cuando conocí a Jeff (sin mujer) y no había en la relación nada de homosexual. Sólo dos tíos que vivían sin normas, viajaban y les habían abandonado las mujeres. Recuerdo una vez que estaba sentado en La Luz Verde, tomando una cerveza, recuerdo que estaba en una mesa leyendo los resultados de las carreras y que aquel grupo hablaba de algo cuando de pronto alguien dijo: «... y sí, a Bukowski le ha dejado la pequeña Flo, ¿verdad? ¿No es cierto que te dejó plantado, Bukowski?» Miré. La gente se reía. No sonreí. Sólo alcé mi cerveza:

—Sí —dije, bebí un trago, dejé el vaso.

Cuando volví a mirar, una joven negra se había traído su cerveza.

—Mira, amigo —dijo—, mira, amigo...

—Hola —dije yo.

—Mira, amigo, no dejes que esa Flo te hunda, no la dejes que te hunda, amigo. Puedes superarlo.

—Ya sé que puedo superarlo. Aún no me he rendido.

—Bueno. Es que pareces triste, sabes. Pareces tan triste.

—Claro, lo estoy. La tenía muy dentro. Pero pasará. ¿Cerveza?

—Sí. Y pago yo.

Dormimos esa noche en mi casa, pero fue mi despedida de las mujeres... por catorce o dieciocho meses. Si no andas a la caza, puedes conseguir esos períodos de descanso.

Así que después del trabajo, me dedicaba a beber solo todas las noches, en mi casa, y me quedaba lo suficiente para ir a las carreras el sábado y la vida era simple y no demasiado dolorosa. Quizá sin demasiada razón, pero apartarse del dolor era bastante razonable. Conocí muy pronto a Jeff. Aunque era más joven que yo, reconocí en él un modelo más joven de mí mismo.

—Tienes una resaca infernal, muchacho —le dije una mañana.

—Qué le vamos a hacer —dijo él—. Hay que olvidar.

—Quizá tengas razón —dije—. Es mejor la resaca que el manicomio.

Aquella noche fuimos a un bar cercano después del trabajo. Él era como yo, no le preocupaba la comida, un hombre nunca pensaba en la comida. Y, en realidad, éramos dos de los hombres más fuertes del almacén, aunque nunca se llegara a hacer comprobaciones. La comida era simplemente algo aburrido. Yo ya estaba harto de los bares por entonces: todos aquellos imbéciles chiflados esperando a que entrara una mujer y les llevara al país de las maravillas. Los dos grupos más detestables eran los que iban a las carreras de caballos y los de los bares, y me refiero básicamente a los varones de ambos grupos. Los perdedores que seguían perdiendo y no eran capaces de plantarse y afrontar el asunto. Y allí estaba *yo*, en el medio mismo de ellos. Jeff me hacía más fáciles las cosas. Quiero decir con esto que el rollo era más nuevo para él y él animaba la fiesta, conseguía casi hacerla realista, como si estuviésemos haciendo algo significativo en vez de derrochar nuestros míseros salarios bebiendo o jugando, viviendo en habitaciones miserables, perdiendo empleos, encontrándolos, rechazados por las mujeres, siempre en el infierno e ignorándolo. Todo ese rollo.

–Quiero que conozcas a mi amigo Gramercy Edwards –dijo.

–¿Gramercy Edwards?

–Sí, Gram ha estado más dentro que fuera.

–¿Cárcel?

–Cárcel y manicomio.

–No está mal. Dile que baje.

–Voy a llamarle por teléfono. Vendrá, si no está demasiado borracho...

Gramercy Edwards vino como una hora después. Para entonces, yo ya me sentía más capaz de manejar las cosas, y esto fue bueno, pues allí llegaba Gramercy, cruzando la puerta: una auténtica víctima de reformatorios y cárceles. Parecía hacer rodar constantemente los ojos hacia atrás, hacia el interior de la cabeza, como si intentase mirar al interior de su cerebro para ver qué error había. Vestía con andrajos y de un bolsillo rasgado de sus pantalones salía una gran botella de vino. Apestaba y llevaba en los labios un cigarrillo liado. Jeff nos presentó. Gram sacó del bolsillo la botella de vino y me ofreció un trago. Bebí. Y allí estuvimos bebiendo hasta la hora de cerrar. Luego, bajamos por la calle hasta el hotel de Gramercy. En aquellos tiempos, antes de que se instalara la industria en la zona, había casas viejas que alquilaban habitaciones a los pobres, y en una de aquellas casas la propietaria tenía un bulldog al que dejaba suelto por la noche para que guardase su preciosa propiedad. Era un perro de lo más cabrón e hijoputa. Me había asustado más de una noche de borrachera hasta que aprendí qué lado de la calle era el suyo y qué lado el mío. Y elegí el lado que él no quería.

–Vale –dijo Jeff–. Vamos a agarrar a ese cabrón esta noche. Bueno, Gram, yo me encargo de agarrarle. Pero cuando lo tenga agarrado, tendrás que rajarlo tú.

–Tú agárralo –dijo Gramercy–. Traje el corte. Está recién afilado.

Y hacia allá fuimos. Pronto oímos gruñidos y vimos acercarse a saltos al bulldog. Era muy hábil mordiendo pantorrillas. Un perro guardián magnífico. Venía saltando con mucho aplomo. Jeff esperó a que estuviese casi encima de nosotros y entonces se puso de lado y saltó por encima de él. El bulldog patinó, se movió rápidamente y Jeff le agarró cuando le pasaba por debajo. Le metió los brazos debajo de las patas delanteras y tiró hacia arriba. El bulldog pataleaba y lanzaba mordiscos desesperado, con la barriga al descubierto.

–Jejejejeje –decía Gramercy–. ¡Jejejeje!

Y metió el cuchillo y cortó un rectángulo. Luego lo dividió en cuatro partes.

–Jesús –dijo Jeff.

Había sangre por todas partes. Jeff dejó al perro. El perro no se movía.

–Jejejeje –siguió Gramercy–. Ese hijoputa no volverá a molestar a nadie.

–Me dais asco –dije yo. Subí a mi habitación pensando en aquel pobre bulldog. Estuve enfadado con Jeff dos o tres días. Luego lo olvidé...

Nunca volví a ver a Gramercy, pero seguí emborrachándome con Jeff. Qué otra cosa podíamos hacer.

Todas las mañanas, en el trabajo, nos sentíamos enfermos... Era nuestro chiste particular. Y todas las noches volvíamos a emborracharnos. ¿Qué va a hacer un pobre? Las chicas no buscan a los vulgares trabajadores. Las chicas buscan médicos, científicos, abogados, negociantes, etc. Nosotros las conseguimos cuando ya les repugnan a ellos, cuando ya no son chicas..., nos toca el material usado, deformado, nos tocan las enfermas, las locas. Cuando llevas un tiempo aguantando esto, en vez de conformarte con segundos o terceros o cuartos platos, renuncias. O intentas renunciar. El trago ayuda. Y a Jeff le gustaban los bares, así que yo le acompañaba. El problema de Jeff era que cuando se emborrachaba le gustaba la bronca. Por suerte, no se peleaba conmigo. Era muy bueno en eso, era un buen luchador, sabía esquivar y tenía fuerza, quizá sea el hombre más fuerte que haya conocido. No era fanfarrón, pero después de beber un rato, sencillamente parecía volverse loco. Le vi en una ocasión arrear a tres tipos. Era de noche y les miró tirados en la calleja, metió las manos en los bolsillos, luego me miró:

—Venga, vamos a echar otro trago.

Nunca presumía de ello.

Por supuesto, las noches de los sábados eran las mejores. Teníamos el domingo para superar la resaca. Casi siempre nos preparábamos otra para el día siguiente, pero por lo menos la mañana del domingo no tenías que estar en aquel almacén por un salario de esclavos en un trabajo que acabarías dejando o del que te echarían.

Aquella noche de sábado estábamos sentados en La Luz Verde y al final se nos despertó el hambre. Nos acercamos al Chino, que era un sitio bastante limpio y con cierta clase. Subimos por la escalera a la segunda planta y cogimos una mesa al fondo. Jeff estaba borracho y tiró una lámpara de mesa. Se rompió con mucho estrépito. Todo el mundo miraba. El camarero chino que estaba en otra mesa nos dirigió una mirada particularmente hostil.

—Tómeselo con calma —dijo Jeff—. Puede incluirlo en la cuenta. Lo pagaré.

Una mujer embarazada miraba fijamente a Jeff. Parecía muy contrariada por lo que Jeff había hecho. Yo no era capaz de entenderlo. No podía ver que fuese tan grave. El camarero no quería servirnos, o quería hacernos esperar, y aquella mujer embarazada seguía mirando. Era como si Jeff hubiese cometido el más odioso de los crímenes.

—¿Qué pasa, nena? ¿Necesitas un poquito de amor? Si quieres puedo entrar por la puerta trasera. ¿Te encuentras sola, cariño?

—Llamaré ahora mismo a mi marido. Está abajo, ha ido al servicio. Voy a llamarle. Ahora mismo, le llamaré. ¡Él le enseñará!

—¿Qué es lo que tiene? —preguntó Jeff—. ¿Una colección de sellos? ¿O mariposas debajo de un cristal?

—¡Voy a decírselo! ¡Ahora mismo! —dijo ella.

—No lo haga, señora, por favor —dije yo—. Necesita usted a su marido. No lo haga, señora, por favor.

—Claro que lo haré —dijo ella—. ¡Ahora mismo!

Se levantó y corrió hacia la escalera. Jeff corrió detrás de ella, la agarró, le dio la vuelta y dijo:

—¡Toma, te ayudaré a bajar!

Y le pegó un puñetazo en la barbilla y allá la mandó saltando y rodando escaleras abajo. Aquello me puso enfermo. Era tan terrible como lo del perro.

–¡Dios del cielo, Jeff! Has tirado por la escalera de un puñetazo a una mujer embarazada. Eso es cobarde y estúpido. Puedes haber matado a dos personas. Eres un mal bicho, ¿qué diablos quieres demostrar?

–¡Calla o te arreo a ti también! –dijo Jeff.

Jeff estaba bestialmente borracho, allí plantado de pie en lo alto de la escalera, tambaleándose. Abajo se había reunido mucha gente alrededor de la mujer. Aún parecía viva y no parecía tener nada roto, pero yo no sabía del niño. Deseé que el niño estuviese perfectamente. Luego salió el marido del váter y vio a su mujer. Le explicaron lo que había pasado y luego le señalaron a Jeff. Jeff se volvió y se dispuso a regresar a la mesa. El marido subió las escaleras como un tiro. Era alto, tan alto como Jeff e igual de joven. Yo no me sentía nada a gusto con Jeff, así que no le avisé. El marido le saltó a la espalda y le sujetó en una llave de estrangulamiento. Jeff se ahogaba y se le puso toda la cara roja, pero por debajo sonreía. Le encantaban las peleas. Consiguió poner una mano en la cabeza del tipo y luego maniobró con la otra y logró alzar el cuerpo del tipo y colocarlo paralelo al suelo. El marido aún le tenía cogido por el cuello cuando Jeff se aproximó a la boca de la escalera. Se plantó allí y luego simplemente se apartó al tipo del cuello, lo alzó en el aire y lo lanzó al espacio. El marido, cuando dejó de rodar, se quedó muy quieto. Yo empecé a pensar en la forma de salir de allí. Abajo había varios chinos dando vueltas. Cocineros, camareros, propietarios. Parecían comunicarse entre sí. Empezaron a subir por la escalera. Yo tenía media botella en el abrigo y me senté en la mesa a contemplar el espectáculo. Jeff se plantó al final de la escalera y fue echándoles abajo a puñetazos. Pero venían más y más. No sé de dónde saldrían todos aquellos chinos. La simple presión del número fue haciendo retroceder a Jeff de la escalera y, por último, se vio en el centro de la estancia derribándolos a puñetazos. En otra ocasión, yo habría ayudado a Jeff, pero entonces no podía dejar de pensar en aquel pobre perro y aquella pobre mujer embarazada y seguí allí sentado bebiendo de la botella y observando.

Por fin un par de ellos agarraron a Jeff por detrás, uno le agarró un brazo, otros dos el otro brazo, otro una pierna, el otro por el cuello. Era como una araña arrastrada por una masa de hormigas. Luego cayó al suelo y todos intentaban inmovilizarle. Como dije, era el hombre más fuerte que he visto en mi vida. Le tenían allí sujeto, pero no conseguían inmovilizarle del todo. De vez en cuando, salía volando un chino del montón, como lanzado por una fuerza invisible. Luego volvía a saltar encima. Jeff simplemente no se rendía. Y aunque le tenían allí sujeto, no podían hacer nada con él. Seguía luchando y los chinos parecían muy desconcertados y muy preocupados al ver que no se rendía.

Bebí otro trago, metí la botella en el abrigo, me levanté. Me acerqué allí.

—Si vosotros le sujetáis —dije—, yo lo dejaré listo. Me matará por esto, pero no hay otra salida.

Me agaché y me senté en su pecho.

—¡Sujetadle! ¡Ahora sujetadle la cabeza! ¡No puedo atizarle si sigue moviéndose así! ¡Agarradle bien, coño! ¡Maldita sea, sois una docena! ¿Es que no vais a ser capaces de sujetar a un hombre? ¡Vamos, vamos, agarradle bien!

No eran capaces de inmovilizarle. Jeff seguía dando vueltas y debatiéndose. Parecía tener una fuerza inagotable. Renuncié, me senté otra vez en la mesa, eché otro trago. Debieron de pasar otros cinco minutos.

Luego, de pronto, Jeff se quedó muy quieto. Dejó de moverse. Los chinos le observaban sin dejar de sujetarle. Empecé a oír un llanto. ¡Jeff estaba llorando! Tenía la cara cubierta de lágrimas. Toda la cara le brillaba como un lago. Luego gritó, muy quejumbrosamente, una palabra...

—¡MADRE!

Fue entonces cuando oí la sirena. Me levanté, pasé ante ellos y bajé la escalera. Cuando iba a la mitad, me crucé con la policía.

—¡Está allá arriba, agentes! ¡Deprisa!

Salí lentamente por la puerta principal. Luego, en la primera calleja, empecé a correr. Salí a la otra calle y cuando lo hacía pude oír las ambulancias que se acercaban. Me metí en mi habitación, cerré todas las cortinas y apagué la luz. Terminé la botella en la cama.

Jeff no fue a trabajar el lunes. Jeff no fue a trabajar el martes. Ni el miércoles. En fin, no volví a verle. No indagué en las cárceles. Poco después, me echaron por absentismo y me mudé a la zona oeste de la ciudad, donde encontré trabajo como mozo de almacén en Sears Roebuck. Los mozos de almacén de Sears Roebuck nunca tenían resaca y eran muy dóciles, y bastante flacuchos. Nada parecía alterarlos. Yo comía solo y hablaba muy poco con el resto.

No creo que Jeff fuese un ser humano excelente. Cometió muchos errores, errores brutales, pero *había* sido interesante, bastante interesante. Supongo que ahora está cumpliendo condena o que le ha matado alguien. Nunca encontraré otro compañero de trago como él. Todo el mundo está dormido y es sensato y correcto. Se necesita, de vez en cuando, un verdadero hijo de puta como él. Pero como dice la canción: «¿Dónde se han ido todos?»

LA BARBA BLANCA

Y Herb hacía un agujero en una sandía y se jodía la sandía y luego obligaba a Talbot, al pequeño Talbot, a comérsela. Nos levantábamos a las seis y media de la mañana a recoger las manzanas y las peras y estábamos casi en la frontera y los bombardeos estremecían la tierra mientras tú arrancabas manzanas y peras, procurando ser buen chico, procurando recoger sólo las maduras, y luego bajabas a mear (hacía frío por las mañana) y a fumar un poco de hachís en el váter. No había quién entendiera todo aquello. Estábamos cansados y nos daba igual. Estábamos a miles de kilómetros de casa en un país extranjero y todo nos daba igual. Era como si hubiesen excavado un espantoso agujero en la tierra y nos hubiesen tirado por él. Trabajábamos sólo por el alojamiento y la comida y un pequeñísimo salario y lo que podíamos robar. Ni siquiera el sol se portaba bien; estaba cubierto de aquella especie de sutil celofán rojo que los rayos no podían atravesar, así que siempre andábamos enfermos, siempre en la enfermería, donde lo único que hacían era alimentarte con aquellos inmensos pollos fríos. Aquellos pollos sabían a goma y te sentabas en la cama y comías aquellos pollos de goma, uno detrás de otro, moqueando sin parar, chorreándote los mocos por la nariz, por la cara, y tenías que aguantar los pedos de aquellas enfermeras culigordas. Tan mal estaba uno allí que tenía que sanar y volver enseguida a aquellos estúpidos manzanos y perales.

La mayoría habíamos huido de algo: mujeres, facturas, niños, incapacidad para soportar. Estábamos descansando y cansados, enfermos y cansados, estábamos liquidados.

–No deberías obligarle a comerse esa sandía –dije.

–Venga, cómela –dijo Herb–. ¡Cómela o te juro que te arranco la cabeza de los hombros!

El pequeño Talbot mordía aquella sandía, tragando las pepitas y el semen de Herb, llorando en silencio. A los hombres, cuando se aburren, les gusta pensar cosas para no volverse locos. O quizá se vuelvan locos. El pequeño Talbot estuvo enseñando álgebra en un instituto de enseñanza media de los Estados Unidos, pero había tenido algún problema y se había largado a nuestro pozo de mierda, y ahora estaba comiendo semen mezclado con jugo de sandía.

Herb era un tipo grande, con unas manos como palas mecánicas, barba negra como de alambre y tiraba tantos pedos como aquellas enfermeras. Llevaba siempre aquel inmenso cuchillo de caza a la cadera, metido en una vaina de cuero. No lo necesitaba, podía matar a cualquiera sin él.

–Oye, Herb –dije–, ¿por qué no sales ahí y terminas de una vez con esta guerra? Ya estoy harto.

–No quiero desequilibrar la balanza –dijo Herb.

Talbot había acabado con la sandía.

–Sí, ¿por qué no echas un vistazo a los calzoncillos, a ver si los tienes cagados? –preguntó a Herb.

–Una palabra más –contestó Herb– y tendrás que llevar el culo en una mochila.

Salimos a la calle y allí estaba toda aquella gente culiflaca en pantalones cortos, armados y con barba de días. Hasta algunas de las mujeres parecían necesitar un afeitado. Había por todas partes un vago olor a mierda, y de cuando en cuando ¡BURUMB... BURUMB!, oías el bombardeo. Menudo «alto el fuego»...

Entramos en un sitio, cogimos una mesa y pedimos un poco de vino barato. En el local ardían velas. Había algunos árabes sentados en el suelo, inertes y soñolientos. Uno tenía un cuervo en el hombro y de vez en cuando alzaba la palma de la mano. En la palma había una o dos semillas. El cuervo las cogía y parecía tener dificultades para tragarlas. Vaya mierda de tregua. Vaya mierda de cuervo.

Luego vino y se sentó a nuestra mesa una chica de trece o catorce años. Tenía los ojos de un azul lechoso, si es que puede concebirse un azul lechoso, y la pobrecilla no tenía más que pechos. Era sólo un cuerpo, brazos, cabeza, etc., colgando de aquellos pechos. Unos pechos mayores que el mundo, que aquel mundo que estaba matándonos. Talbot la miraba a los pechos, Herb la miraba a los pechos, yo la miraba a los pechos. Era como si nos hubiese visitado el último milagro, y sabíamos que los milagros habían terminado. Estiré la mano y toqué uno de aquellos pechos. No pude evitarlo. Luego lo apreté. La chica se echó a reír y dijo, en inglés:

—Te ponen caliente, ¿eh?

Me eché a reír. Ella vestía una cosa amarilla transparente. Llevaba bragas y sostén rojos; zapatos de tacón alto verdes y grandes pendientes verdes. Le brillaba la cara como si la hubiesen barnizado y tenía la piel entre marrón pálido y amarillo oscuro. En fin, no soy pintor, no sé decirlo exactamente. Tenía pezones. Tenía pechos. Era todo un espectáculo.

El cuervo voló una vez alrededor del local en un falso círculo, aterrizó otra vez en el hombro del árabe. Yo, allí sentado, pensaba en los pechos, y en Herb y en Talbot también. En Herb y en Talbot, en que jamás me habían dicho qué les había llevado allí y en que yo jamás había dicho qué me había llevado allí y en que éramos unos absolutos fracasos, unos imbéciles que nos escondíamos, intentando no pensar ni sentir, pero sin decidirnos todavía a matarnos, vegetando aún por el mundo. Nuestro sitio era aquél. Pertenecíamos a aquello. Luego cayó una bomba en la calle y la vela de nuestra mesa se desprendió de su soporte. Herb la cogió y yo besé a la chica, acariciándole los pechos. Estaba volviéndome loco.

—¿Quieres joder? —preguntó ella.

Me indicó el precio, pero era demasiado alto. Le dije que éramos sólo recolectores de fruta y que cuando aquello acabase tendríamos que ir a trabajar a las minas. Las minas no eran ninguna juerga. La última vez la mina estaba en la montaña. En vez de cavar en el suelo, derribamos la montaña. El filón estaba en la cima y el único medio de extraerlo era desde abajo. Así que excavamos aquellos agujeros hacia arriba formando un círculo, cortamos la dinamita, cortamos las mechas y metimos los cartuchos en aquel círculo de agujeros. Había que unir todas las mechas a una mecha general más larga, encenderla y largarte. Tenías dos minutos y medio para alejarte lo más posible. Luego, después de la explosión, volvías y paleabas toda aquella mierda y luego repetías el proceso. Subías y bajabas corriendo aquella escalerilla como un mono. De vez en cuando, encontraban una mano o un pie, y nada más. Los dos minutos y medio no habían bastado. O una de las mechas estaba mal, y el fuego se había corrido. El fabricante había hecho trampas, pero estaba demasiado lejos para preocuparse. Era como tirarse en paracaídas: si no se abría, no había a quién reclamar en realidad.

Subí con la chica. El cuarto no tenía ventana, y la luz era también de velas. Había un colchón en el suelo. Nos sentamos los dos en él. Ella encendió la pipa de hachís y me la pasó. Le di una chupada y se la pasé, contemplando otra vez aquellos pechos. Me parecía casi ridícula, allí colgada de aquellas dos cosas. Era casi un crimen. Ya dije, casi. Y, después de todo, hay otras cosas además de los pechos. Las cosas que van con ellos, por ejemplo. En fin, yo no había visto nada parecido en Norteamérica. Pero claro, en Norteamérica, cuando había algo como aquello, los ricos le echaban mano y lo escondían hasta que se estropeaba o cambiaba, y entonces nos dejaban probar a los demás.

Pero yo estaba furioso contra Norteamérica porque me habían echado de allí. Siempre habían intentado matarme, enterrarme. Hubo incluso un poeta conocido mío, Larsen Castile, que escribió un largo poema sobre mí en el que al final encontraban un montículo en la nieve una mañana y paleaban la nieve y allí estaba yo. «Larsen, gilipollas –le dije–, eso es lo que tú quieres.»

En fin, me lancé a los pechos, chupando primero uno, luego el otro, me sentía como un niño. Al menos sentía lo que yo imaginaba que podría sentir un niño. Me daban ganas de llorar de lo bueno que era. Tenía la sensación de poder estar allí chupando aquellos pechos eternamente. A la chica parecía no importarle. ¡De hecho, brotó una lágrima! ¡Era tan delicioso, el que brotara una lágrima! Una lágrima de plácido gozo. Navegando, navegando. Dios, ¡lo que tienen que aprender los hombres! Yo había sido siempre hombre de pierna, mis ojos siempre quedaban atrapados por las piernas: las mujeres que salían de los coches me dejaban siempre absolutamente extasiado. No sabía qué hacer. Ay, cuando salía una mujer de un coche y yo veía aquellas PIERNAS... SUBIEN-DO. Todo aquel nailon, aquellas trampas, toda aquella mierda... ¡SUBIENDO! ¡Demasiado! ¡No puedo soportarlo! ¡Piedad! ¡Que me capen como a los bueyes!... Sí, era demasiado... Y ahora, me veía chupando pechos. En fin.

Metí las manos bajo aquellos pechos, los alcé. Toneladas de carne. Carne sin boca ni ojos. CARNE CARNE CARNE. Me la metí en la boca y volé al cielo.

Luego me lancé a su boca y empecé a bajarle las bragas rojas. Luego la monté. Pasaban navegando vapores en la oscuridad. Me echaban chorros de sudor por la espalda los elefantes. Temblaban en el viento flores azules. Ardía trementina. Eructaba Moisés. Un neumático bajó rodando una verde ladera. Y así terminó todo. No tardé mucho. Bueno..., en fin.

Ella sacó una pequeña palangana y me lavó y luego me vestí y bajé la escalera. Herb y Talbot estaban esperándome. La eterna pregunta:

—¿Qué tal?

—Bueno, casi como las demás.

—¿Quieres decir que no se lo hiciste en los pechos?

—Demonios. Yo sólo sé que se lo hice en algún sitio.

Herb subió.

—Voy a matarle —me dijo Talbot—. Le mataré esta noche con su propio cuchillo cuando esté dormido.

—¿Te cansaste de comer sandías?

—Nunca me gustaron las sandías.

—¿No quieres probarla?

—Quizá lo haga también.

—Los árboles están casi vacíos. Creo que pronto tendremos que irnos a las minas.

—Al menos allí no estará Herb apestando los pozos con sus pe-dos.

—Ah, sí, no me acordaba. Vas a matarle.

—Sí, esta noche, con su propio cuchillo. No me lo estropearás, ¿verdad?

—No es asunto mío. Supongo que me lo dices como un secreto.

—Gracias.

—De nada...

484

Luego bajó Herb. Las escaleras se estremecían con sus pisadas. Todo el local se estremecía. No podías diferenciar el ruido de las bombas del ruido que hacía Herb. Luego bombardeó *él*. Pudimos oírlo, FLURRRRPPPP, luego pudimos olerlo, por todas partes se extendió el olor. Un árabe que había estado durmiendo apoyado en la pared, despertó, soltó un taco y salió corriendo a la calle.

–Se la metí entre los pechos –dijo Herb–. Y luego fue como un mar debajo de su barbilla. Cuando se levantó, le colgaba como una barba blanca. Necesitó dos toallas para limpiarse. Después de hacerme a mí, tiraron el molde.

–Después de hacerte a ti se olvidaron de tirar de la cadena –dijo Talbot.

Herb se limitó a sonreír.

–¿No vas a probarla tú, pajarillo? –le dijo.

–No, cambié de idea.

–Miedo, ¿eh? Me lo figuraba.

–No, es que tengo otra cosa en la cabeza.

–Probablemente la polla de alguien.

–Puede que tengas razón. Me has dado una idea.

–No hace falta mucha imaginación. Basta con que te la metas en la boca. En fin, haz lo que quieras.

–No es eso lo que pienso.

–¿Sí? ¿Y qué es lo que piensas? ¿Que te la metan por el culo?

–Ya lo descubrirás.

–Lo descubriré, ¿eh? ¿Qué me importa a mí lo que hagas con la polla de otro?

Luego, Talbot se echó a reír.

–Este pajarillo se ha vuelto loco. Ha comido demasiada sandía.

–Quizá, quizá –dije yo.

Bebimos un par de rondas de vino y nos fuimos. Era nuestro día libre, pero nos habíamos quedado sin dinero. Lo único que podíamos hacer era volver, tumbarnos en los catres y esperar el sueño. Hacía mucho frío allí de noche, y no había calefacción y sólo nos daban dos mantas muy finas. Tenías que echar encima de las mantas toda la ropa: chaquetas, camisas, calzoncillos, toallas, todo. Ropa sucia, ropa limpia, todo. Y cuando Herb se tiraba un pedo, tenías que taparte la cabeza con todo aquello. Volvimos, pues, y yo me sentía muy triste. Nada podía hacer. A las manzanas les daba igual, a las peras les daba igual. Norteamérica nos había echado o nosotros habíamos escapado. A dos manzanas de distancia cayó una bomba encima de un autobús escolar. Los niños volvían de una excursión. Cuando pasamos había trozos de niños por todas partes. La carretera estaba llena de sangre.

–Pobres niños –dijo Herb–. Nunca les joderán.

Yo pensé que ya lo habían hecho. Seguimos nuestra ruta.

UN COÑO BLANCO

es un bar que queda cerca de la estación de ferrocarril. ha cambiado de dueño seis veces en un año. pasó de bar topless a restaurante chino, después a mexicano y luego a varias cosas más, pero a mí me gustaba sentarme allí a mirar el reloj de la estación por una puerta lateral que siempre dejan entornada. es un bar bastante aceptable: no hay mujeres que molesten. sólo un grupo de comedores de mandioca y jugadores de máquinas del millón que me dejan en paz. están siempre allí sentados viendo la aburrida retransmisión de un partido de algo en la tele. se está mejor en el cuarto de uno, por supuesto. pero hemos aprendido con los años de trinque que si bebes solo entre cuatro paredes, las cuatro paredes no sólo te destruyen sino que les ayudan a ELLOS a destruirte. No hay por qué darles victorias fáciles. Saber mantener el equilibrio justo entre soledad y gente, ésa es la clave, ésa es la táctica, para no acabar en el manicomio.

así que estoy allí sentado muy serio cuando se sienta a mi lado el mexicano de la Sonrisa Eterna.

—necesito tres verdes, ¿puedes dármelos?

—los muchachos dicen que «no»... por ahora. ha habido muchos problemas últimamente.

—pero lo necesito.

—todos lo necesitamos. págame una cerveza.

la Sonrisa Mexicana Eterna me paga una cerveza.

a) está tomándome el pelo.

b) está loco.

c) quiere liarme.

d) es un poli.

e) no sabe nada.

–quizá pueda conseguirte tres verdes –le digo.

–ojalá, perdí a mi socio, él sabía cómo agujerear una caja fuerte, sabía encontrarle el punto débil y aplicar la presión necesaria hasta que la plancha saltaba. todo perfecto, sin un ruido. ahora le han cazado. y yo tengo que usar el martillo, sacar la combinación y dinamitar el agujero. muy anticuado y muy ruidoso. pero necesito tres verdes hasta que me salga un asunto.

me cuenta todo esto muy bajo, acercándose, para que nadie oiga, apenas puedo oírle.

–¿cuánto hace que eres policía? –le pregunto.

–te equivocas conmigo. soy estudiante. de la escuela nocturna, estudio trigonometría superior.

–¿y para eso necesitas robar cajas fuertes?

–claro. y cuando acabe yo también tendré cajas fuertes y una casa en Beverly Hills, donde no lleguen los motines.

–mis amigos me dicen que la palabra es Rebelión, no Motín.

–¿qué clase de amigos tienes?

–de todas clases, y de ninguna. quizá cuando llegues al cálculo superior, entiendas mejor lo que quiero decir, creo que te queda mucho por delante.

–por eso necesito tres verdes.

–un préstamo de tres verdes significa cuatro verdes dentro de treinta y cinco días.

–¿cómo sabes que no voy a largarme?

–nunca lo ha hecho nadie, tú ya me entiendes.

tomamos otras dos cervezas. mientras veíamos el partido.

–¿cuánto hace que eres policía? –volví a preguntarle.

–me gustaría que dejases eso. ¿te importa que te pregunte yo algo?

–bueno –dije.

–te vi por la calle una noche hace unas dos semanas, hacia la una, con la cara llena de sangre, y también la camisa. una camisa blanca, quise ayudarte pero parecías no saber dónde estabas. me asustaste: no te tambaleabas pero era como si anduvieras en sueños. luego vi cómo entrabas en una cabina de teléfonos y más tarde te recogió un taxi.

—bueno —dije.

—¿eras tú?

—supongo.

—¿qué pasó?

—tuve suerte.

—¿qué?

—claro, sólo me tocaron un poco. estamos en la Década Loca de los Asesinos. Kennedy. Oswald. el doctor King. Che G. Lumumba. olvido varios, seguro. tuve suerte, no era lo bastante importante para un asesinato.

—¿y quién te hizo aquello?

—todos.

—¿todos?

—claro.

—¿qué piensas del asunto de King?

—una chorrada, como todos los asesinatos desde Julio César.

—¿crees que los negros tienen razón?

—no creo que yo merezca morir a manos de un negro, pero creo que hay algunos blancos enfermos de fantasías que sí, quiero decir ELLOS quieren morir a manos de un negro. pero creo que una de las cosas mejores de la Revolución Negra es que ellos están INTENTÁNDOLO. la mayoría de nosotros los lindos blanquitos hemos olvidado ya esto, incluido yo. ¿pero qué tiene eso que ver con los tres verdes?

—bueno, a mí me dijeron que tenías contactos y necesito pasta, pero creo que estás un poco loco.

—FBI.

—¿cómo?

—¿eres del FBI?

—¿estás paranoico? —pregunta él.

—por supuesto, ¿qué hombre sano no?

—¡tú estás loco! —parece fastidiado y echa hacia atrás la silla y se va. Teddy, el nuevo propietario, llega con otra cerveza.

—¿quién era? —pregunta.

—un tío que quería liarme.

—¿sí?

—sí. así que le lié yo.

Teddy se alejaba nada impresionado pero así son los de los bares, termino la cerveza. salgo y bajo hasta el bar mexicano grande de la baranda de bronce. querían matarme allí dentro, yo era mal actor estando borracho. era agradable ser blanco y estar loco y ser tan desenvuelto. ella se acerca. la camarera. recuerdo la cara, la banda empieza «Vuelven los días felices». quieren engañarme. esto activa la navaja automática.

–necesito recuperar mis llaves.

ella busca en el delantal (le sienta bien ese delantal; a las mujeres siempre les sientan bien los delantales; algún día joderé a una que no tenga más que el delantal. quiero decir encima de ELLA) y coloca las llaves sobre la barra. allí estaban: las llaves del coche, las del apartamento, las llaves para llegar al interior de mi cráneo.

–anoche dijiste que volvías.

miro alrededor, hay por allí, por la barra, dos o tres. groguis. revolotean las moscas sobre sus cabezas, sin carteras. el asunto olía a droga en la bebida, en fin, ellos se lo merecen, yo no. pero los mexicanos eran fríos: nosotros les robamos su tierra pero ellos siguieron tocando sus trompetas, y yo digo:

–se me olvidó volver.

–la consumición es por mi cuenta.

–oye, ¿crees que soy Bob Hope contando chistes navideños a los soldados? un whisky con droga, fuerte.

se echa a reír y va a mezclar el veneno, vuelvo la cabeza para facilitarle las cosas. se sienta frente a mí.

–me gusta –dice–. quiero que jodamos otra vez. haces buenos trucos para ser un viejo.

–gracias, es por esa peluca blanca que llevas, soy un chiflado: me gustan las jóvenes que se fingen viejas, y las viejas que se fingen jóvenes, me gustan los ligueros, los tacones altos, las braguitas rosa, todo ese rollo picante.

–hago una escena en que me tiño el coño de blanco.

–perfecto.

–bebe tu veneno.

–oh, sí, gracias.

–no hay de qué.

bebí el whisky con droga, pero les engañé, salí inmediatamente y tuve la suerte de ver un taxi allí mismo en Sunset, al sol, entré y cuando llegué a casa apenas pude pagar, abrir la puerta y cerrarla, luego quedé paralizado, un coño blanco, sí, ella no quería joder conmigo, quería joderme. conseguí llegar al sofá y quedar paralizado allí, salvo en el pensamiento, oh, sí, tres verdes, ¿quién no lo aceptaría? al diablo el interés y la cláusula de penalización final, treinta y cinco días, ¿cuántos hombres han tenido treinta y cinco días libres en sus vidas? y luego, se puso oscuro, así que no pude contestarme mi propia pregunta.

ujjujj.

UN 45 PARA PAGAR LOS GASTOS DEL MES

Duke tenía aquella hija, Lala le llamaban, de cuatro años. era su primer crío y él siempre había procurado no tener hijos, temiendo que pudiesen asesinarle, o algo así, pero ahora estaba loco y ella le encantaba, ella sabía todo lo que Duke pensaba, pues había una especie de cable que iba de ella a él y de él a ella.

Duke estaba en el supermercado con Lala, y hablaban, decían cosas. hablaban de todo y ella le decía todo lo que sabía, y sabía mucho, instintivamente, y Duke no sabía mucho, pero le decía lo que podía, y el asunto funcionaba. eran felices juntos.

–¿qué es eso? –preguntó ella.

–eso es un coco.

–¿qué tiene dentro?

–leche y cosa de masticar.

–¿por qué está ahí?

–porque se siente a gusto ahí, toda esa leche y esa carne mascable, se siente bien dentro de esa cáscara, se dice: «¡Oh, qué bien me siento aquí!»

–¿y por qué se siente bien ahí?

–porque cualquier cosa se sentiría bien ahí. yo me sentiría bien.

–no, tú no. no podrías conducir el coche desde ahí dentro, ni verme desde ahí dentro, no podrías comer huevos con jamón desde ahí.

–los huevos y el jamón no lo son todo.

–¿qué *es* todo?

–no sé. quizá el interior del sol, sólido congelado.

–¿el INTERIOR del sol...? ¿SÓLIDO CONGELADO?

–sí.

–¿cómo sería el interior del sol si fuese sólido congelado?

–bueno, el sol debe ser como una pelota de fuego. no creo que los científicos estuviesen de acuerdo conmigo. pero *yo* creo que debe ser eso.

Duke cogió un aguacate.

–¡oh!

–sí, eso es un aguacate: sol congelado, comemos el sol y luego podemos andar por ahí y sentirnos calientes.

–¿está el sol en toda esa cerveza que tú bebes?

–sí, lo está.

–¿está el sol dentro de mí?

–no he conocido a nadie que tenga dentro tanto sol como tú.

–¡pues yo creo que tú tienes dentro un SOL INMENSO!

–gracias, querida.

siguieron y terminaron sus compras. Duke no eligió nada. Lala llenó el cesto de cuanto quiso, parte de ello no comestible: globos, lapiceros, una pistola de juguete, un hombre espacial al que le salía un paracaídas de la espalda al lanzarlo al cielo. un hombre espacial magnífico.

a Lala no le gustó la cajera. la miró ceñuda, hosca. pobre mujer: le habían ahuecado la cara y se la habían vaciado... era un espectáculo de horror y ni siquiera lo sabía.

–¡hola, bonita! –dijo la cajera. Lala no contestó. Duke no la empujó a hacerlo. pagaron su dinero y volvieron al coche.

–cogen nuestro dinero –dijo Lala.

–sí.

–y luego tú tienes que ir a trabajar de noche para ganar más. no me gusta que te marches de noche. yo quiero jugar a mamá, quiero ser mamá y que tú seas un niño.

–bueno, yo seré el niño ahora mismo. ¿qué tal, mamá?

–muy bien, niño, ¿puedes conducir el coche?

–puedo intentarlo.

luego, en el coche, cuando iban conduciendo, un hijo de puta apretó el acelerador e intentó embestirlos en un giro a la izquierda.

–¿por qué quiere la gente pegarnos con sus coches, niño?

–bueno, mamá, es porque son desgraciados y a los desgraciados les gusta destrozar las cosas.

–¿no hay gente feliz?

–hay mucha gente que finge ser feliz.

–¿por qué?

–porque están avergonzados y asustados y no tienen el valor de admitirlo.

–¿tú estás asustado?

–yo sólo tengo el valor de admitirlo contigo... estoy tan asustado y tengo tanto miedo, mamá, que podría morirme en este mismo instante.

–¿quieres tu biberón, niño?

–sí, mamá, pero espera a que lleguemos a casa.

siguieron su camino, giraron a la derecha en Normandie. Por la derecha les resultaba más difícil embestir.

–¿trabajarás esta noche, niño?

–sí.

–¿por qué trabajas de noche?

–porque está más oscuro y la gente no puede verme.

–¿por qué no quieres que la gente te vea?

–porque si me viesen podrían detenerme y meterme en la cárcel.

–¿qué es cárcel?

–todo es cárcel.

–¡yo no soy cárcel!

aparcaron y subieron las compras a casa.

–¡mamá! –dijo Lala– ¡hemos comprado muchas cosas! ¡soles congelados, *hombres espaciales*, todo!

mamá (la llamaban «Mag»), mamá dijo:

–qué bien.

luego dijo a Duke:

–diablos, no quiero que salgas esta noche. tengo un presentimiento, no salgas, Duke.

–¿*tú* tienes un presentimiento, querida? yo lo tengo siempre, es cosa del oficio, tengo que hacerlo, estamos sin blanca, la niña echó de todo en el carrito, desde jamón enlatado a caviar.

–¿pero es que no puedes controlar a la niña?

–quiero que sea feliz.

–no será feliz si tú estás en la cárcel.

–mira, Mag, en mi profesión sólo tienes que hacerte a la idea de que pasarás temporadas en la cárcel. yo ya pasé una, muy corta. he tenido más suerte que la mayoría.

—¿y si hicieras un trabajo honrado?

—nena, trabajar a presión es espantoso, te hunde, y además no hay trabajos honrados, de un modo u otro te mueres. y yo ya estoy metido por este camino... soy una especie de dentista, digamos, que le saca dientes a la sociedad. no sé hacer otra cosa. es demasiado tarde, y ya sabes cómo tratan a los ex presidiarios. ya sabes las cosas que te hacen, ya te lo he dicho, yo...

—ya sé que me lo has dicho, pero...

—¡pero pero pero... perooo! —dijo Duke—. déjame acabar, condenada!

—acaba, acaba.

—esos soplapollas industriales de esclavos que viven en Beverly Hills y Malibú. esos tipos especializados en «rehabilitar» presidiarios, ex presidiarios. es algo que hace que la libertad vigilada de mierda huela a rosas. un cuento. trabajo de esclavos. los funcionarios de libertad vigilada lo saben, lo saben de sobra, y lo sabemos nosotros. ahorra dinero al estado, haz dinero para otro. mierda. mierda todo. todo, hacen trabajar el triple al individuo normal mientras ellos roban a todos dentro de la ley: les venden mierda por diez o veinte veces su valor real. pero eso está dentro de la ley, *su* ley...

—cállate ya, he oído eso tantas veces...

—¡pues lo oirás OTRA VEZ, maldita sea! ¿crees que no lo veo y no lo siento? ¿crees que debo callármelo? ¿delante de mi propia mujer? tú eres mi mujer, ¿no? ¿no jodemos? ¿no vivimos juntos? ¿eh?

—el jodido eres tú. ahora te pones a gritar.

—¡TÚ eres la jodida! ¡cometí un error, un error técnico! era joven; no entendía sus reglas de mierda...

—¡y ahora intentas justificar tu estupidez!

—¡ésa sí que es *buena!* eso ME GUSTÓ, mi mujercita, mi coñito. mi coñito. eres sólo un coñito en las escaleras de la Casa Blanca, abierto del todo y acribillado mentalmente...

—Duke, que nos oye la niña.

—bueno. terminaré, coñito mío. REHABILITADO. ésa es la palabra, eso es lo que dicen los mamones de Beverly Hills. son tan condenadamente decentes, tan HUMANOS. sus mujeres escuchan a

Mahler en el centro musical y hacen caridad, donaciones libres de impuestos. y las eligen entre las diez mejores mujeres del año en *Los Angeles Times*. ¿y sabes lo que te hacen sus MARIDOS? te tratan como a un perro. te recortan el jornal y se lo embolsan, y no hay más que hablar. ¿cómo no verá la gente que todo es una mierda? ¿es que nadie lo ve?

–yo...

–¡CÁLLATE! ¡Mahler, Beethoven, STRAVINSKI! te hacen trabajar de más por nada. están siempre dándote patadas en el culo. y como digas una palabra, cogen el teléfono y hablan con el funcionario de libertad vigilada. y estás listo, «lo siento, Jensen, pero no tengo más remedio que decírtelo, tu hombre robó veinticinco dólares de la caja, empezaba a caernos simpático, pero...».

–¿y qué clase de justicia quieres tú? Dios mío, Duke, no sé qué hacer. gritas y gritas. te emborrachas y me cuentas que Dillinger fue el hombre más grande de todos los tiempos. te acunas en la mecedora, completamente borracho, y te pones a dar vivas a Dillinger. yo también estoy viva, escúchame...

–¡a la mierda Dillinger! está muerto, ¿justicia? en Norteamérica no hay justicia. sólo hay *una* justicia. pregunta a los Kennedy, pregunta a los muertos, pregunta a cualquiera.

Duke se levantó de la mecedora, se acercó al armario, hurgó debajo de la caja de adornos navideños y sacó la pipa. un cuarenta y cinco.

–ésta, ésta, ésta es la única justicia de Norteamérica. esto es lo *único* que entienden todos.

y agitó en el aire el condenado trasto.

Lala estaba jugando con el hombre espacial. el paracaídas no abría bien, lógico: una estafa, otra estafa. como la gaviota de los ojos muertos. como el bolígrafo, como Cristo dando voces al Papa con las líneas cortadas.

–oye –dijo Mag–, guarda ese maldito revólver, trabajaré yo. déjame trabajar.

–¡trabajarás tú! ¿cuánto hace que oigo eso? tú sólo sirves para joder, para andar sin hacer nada tumbada por ahí leyendo revistas y comiendo bombones.

–oh, Dios mío, eso no es cierto..., yo te amo, Duke, de veras.

a él ya le cansaba.

–de acuerdo, vale. entonces, recoge y coloca las compras. y prepárame algo de comer antes de que salga a la calle.

Duke volvió a guardar la pipa en el armario. se sentó y encendió un cigarrillo.

–Duke –preguntó Lala–, ¿quieres que te llame Duke o que te llame papá?

–como tú quieras, cariño, como tú quieras.

–¿por qué tienen pelo los cocos?

–ay, Dios mío, y yo qué sé. ¿por qué tengo yo pelos en los huevos?

Mag salió de la cocina con una lata de guisantes en la mano.

–no tienes por qué hablarle a mi hija de ese modo.

–¿*tu* hija? ¿es que no ves esa boca que tiene? como la mía. ¿y esos ojos? exactamente iguales que los míos, tu hija... sólo porque salió de tu agujero y mamó de ti. ella no es hija de nadie, ella es su propia niña.

–*insisto* –dijo Mag– ¡en que no le hables así a la niña!

–insistes... insistes...

–¡sí, insisto! –sostuvo en el aire la lata de guisantes, equilibrada en la palma de la mano izquierda–. ¡insisto!

–¡si no quitas esa lata de mi vista te juro por Dios que te la meto POR EL CULO!

Mag entró en la cocina con los guisantes, se quedó allí.

Duke sacó del armario el abrigo y la pistola. dio un beso de despedida a su hijita. era más dulce aquella niña que un bronceado de diciembre y seis caballos blancos corriendo por una loma verde. eso era lo que le evocaba; empezaba a dolerle. se largó deprisa. cerró la puerta despacio.

Mag salió de la cocina.

–Duke se fue –dijo la niña.

–sí, ya lo sé.

–tengo un poco de sueño, mamá. léeme un libro.

se sentaron juntas en el sofá.

–¿volverá Duke, mamá?

–sí, claro que volverá ese hijo de puta.

–¿qué es un hijo de puta?

–Duke lo es. y yo le amo.

–¿amas a un hijo de puta?

—sí —dijo Mag riendo—. sí, ven aquí, cariño, siéntate encima de mí.

abrazó a la niña.

—¡eres tan rica tan rica como el jamón como las galletas!

—¡yo no soy jamón ni galletas! ¡tú eres jamón y galletas!

—esta noche hay luna llena, demasiada luna, demasiada luz. tengo miedo, mucho miedo. Dios mío, le amo, oh, Dios mío...

Mag cogió una carpeta de cartón y sacó un libro de cuentos.

—mamá, ¿por qué tienen pelo los cocos?

—¿los cocos tienen pelo?

—sí.

—escucha, puse un poco de café, acabo de oír que hierve. déjame ir a apagarlo.

—bueno.

Mag entró en la cocina y Lala se quedó esperando sentada en el sofá.

mientras, Duke estaba a la puerta de una bodega entre Hollywood y Normandie, cavilando: demonios demonios demonios.

no tenía buen aspecto, no le olía bien. podía haber un tipo detrás con una Luger, mirando por un agujero. así habían cazado a Louis. le habían hecho trizas, como a un muñeco de barro. asesinato legal. todo el jodido mundo nada en la mierda del asesinato legal.

el sitio no parecía bueno. quizá un bar pequeño esta noche. un bar de maricas, algo fácil, dinero suficiente para un mes.

estoy perdiendo el valor. pensaba Duke. cuando me dé cuenta estaré sentado oyendo a Shostakóvich.

volvió a meterse en el ford negro del 61.

y enfiló hacia el norte. tres manzanas, cuatro manzanas. seis manzanas. doce manzanas en el mundo en congelación. mientras Mag sentada con la niña en el regazo empezaba a leer un libro, LA VIDA EN EL BOSQUE...

«las comadrejas y sus primos, los visones, y las martas son criaturas delgadas, ágiles, rápidas y feroces. son carnívoros y compiten continua y sanguinariamente por el...»

entonces, la hermosa niña se quedó dormida y salió la luna llena.

EN LA CÁRCEL CON EL ENEMIGO PÚBLICO NÚMERO UNO

estaba escuchando a Brahms en Filadelfia, en 1942. tenía un pequeño tocadiscos, era el segundo movimiento de Brahms. vivía solo entonces. iba bebiendo lentamente una botella de oporto y fumando un puro barato. la habitación era pequeña y limpia. alguien llamó a la puerta. pensé que vendrían a darme el Premio Nobel o el Pulitzer. eran dos zoquetes grandes con pinta de palurdos.

¿Bukowski?

sí.

me enseñaron la chapa: FBI.

venga con nosotros, es mejor que se ponga la chaqueta. estará fuera un tiempo.

yo no sabía lo que había hecho. no pregunté, imaginé que todo estaba perdido, de cualquier modo. uno apagó a Brahms. bajamos, salimos a la calle. había cabezas en las ventanas como si todos supieran.

luego la eterna voz de mujer: ¡oh, ahí va ese hombre horrible! ¡le han cogido!

tengo poco éxito con las damas, no hay duda.

empecé a pensar en lo que podría haber hecho y lo único que se me ocurrió fue que hubiese asesinado a alguien estando borracho. pero no podía entender por qué intervenía en aquello el FBI.

¡manos en las rodillas y sin moverse!

iban dos delante y dos atrás, así que pensé que tenía que haber matado a alguien, a alguien importante.

arrancamos de allí y luego se me olvidó y levanté la mano para rascarme la nariz.

¡¡LA MANO QUIETA!!

cuando llegamos a la oficina, uno de los agentes señaló una hilera de fotos que recorría las cuatro paredes.

¿ve esas fotos?, preguntó con dureza.

miré las fotos, estaban muy bien enmarcadas pero ninguna de las caras me decía nada.

sí, ya vi las fotos, le dije.

ésos son hombres que han sido asesinados sirviendo al FBI.

como no sabía lo que él esperaba que dijera, no dije nada.

me llevaron a otra habitación. había un hombre detrás de una mesa.

¿DÓNDE ESTÁ SU TÍO JOHN? me gritó.

¿qué?, pregunté.

¿DÓNDE ESTÁ SU TÍO JOHN?

yo no sabía qué quería decir, por un momento. pensé que quería decir que yo llevaba una especie de herramienta secreta con la que mataba a la gente cuando estaba borracho. me sentía muy nervioso y todo me parecía absurdo y sin sentido.

me refiero a ¡JOHN BUKOWSKI!

oh, murió.

¡mierda!, ¡por eso no podemos localizarle!

me bajaron a una celda amarillo-naranja. era un sábado por la tarde. desde la ventana de la celda veía pasar a la gente caminando ¡qué suerte tenían! al otro lado de la calle. había una tienda de discos, un altavoz lanzaba música hacia mí. todo parecía tan libre y cómodo allá fuera. me quedé allí intentando descubrir lo que había hecho. me daban ganas de llorar, pero no conseguí averiguar nada. era una especie de enfermedad triste, de tristeza enferma, en que llega un momento en que ya no puedes sentirte peor. creo que sabes lo que quiero decir. creo que todo el mundo siente esto de vez en cuando. pero yo lo he sentido muy a menudo, demasiado a menudo.

la Prisión de Moyamensing me recordaba a un viejo castillo. los grandes portones de madera se abrieron para dejarme paso. me sorprende que no tuviésemos que pasar por un puente levadizo.

me metieron con un hombre gordo que parecía un contable.

soy Courtney Taylor, enemigo público número uno, me dijo.

¿y por qué estás aquí?, me preguntó.

500

(entonces ya lo sabía, lo había preguntado al entrar.)

por no querer hacer el servicio militar.

hay dos cosas que no podemos soportar aquí: los que rehúyen el servicio militar y los exhibicionistas.

honor entre ladrones, ¿eh? mantener firme al país para poder saquearlo.

aún no nos gustan quienes rehúyen el servicio militar.

en realidad, soy inocente, me trasladé y se me olvidó dejar la dirección en la oficina militar. lo notifiqué en la oficina de correos, recibí una carta de San Luis estando en esta ciudad, en la que me decían que me presentara para un examen relacionado con el servicio militar. les dije que no podía ir a San Luis pero que me hicieran aquí el examen. me agarraron y me metieron aquí. no lo comprendo: si intentase eludir el servicio militar, no les hubiese dado mi dirección.

vosotros siempre sois inocentes. eso a mí me suena a cuento.

me tumbé en el jergón.

pasó un segundo.

¡LEVANTA EL CULO DE AHÍ! me gritó.

alcé mi culo prófugo.

¿quieres suicidarte? me preguntó Taylor.

sí, dije.

no tienes más que sacar esa tubería de arriba donde está la luz de la celda, luego llenas este cubo de agua y metes los pies dentro, sacas la bombilla y metes el dedo. así saldrás de aquí.

miré la luz largo rato.

gracias, Taylor, eres muy amable.

apagadas las luces me tumbé y empezaron. las chinches.

¿qué coño es esto? grité.

chinches, dijo Taylor, tenemos chinches.

apostaría a que yo tengo más que tú, dije.

apuesta.

¿diez centavos?

diez centavos.

empecé a capturar y matar las mías. fui dejándolas en la mesita de madera.

cuando se acabó el tiempo, llevamos nuestras chinches junto a la puerta de la celda, donde había luz, y las contamos. yo tenía trece. él tenía dieciocho. le di el dinero. más tarde descubrí que él partía las suyas por la mitad y las estiraba. había sido estafador. era un buen profesional el muy hijoputa.

tuve suerte con los dados en el patio. ganaba todos los días y estaba haciéndome rico. rico de cárcel. ganaba de quince a veinte billetes diarios. los dados estaban prohibidos y nos apuntaban con las ametralladoras desde las torres y aullaban ¡DISUÉLVANSE! pero siempre conseguíamos organizar otra vez el juego. precisamente fue un exhibicionista el que consiguió pasar los dados. era un exhibicionista que no me gustaba un pelo. en realidad no me gustaba ninguno. todos tenían barbillas débiles, ojos acuosos, caderas estrechas y modales relamidos. sólo eran hombres en una décima parte. no tenían la culpa, supongo, pero no me gustaba mirarlos, éste se dedicaba a rondarme después de cada juego. estás de suerte, estás ganando mucho, dame un poco, anda. yo dejaba caer unas cuantas monedas en aquella mano de lirio y él se largaba. aquel marrano que soñaba con enseñarles la polla a niñas de tres años. tenía que hacerlo para quitármelo de encima sin pegarle porque si le pegabas a alguien te mandaban a la celda de castigo, y el agujero era depresivo, pero era aún peor lo de estar a pan y agua. les había visto salir de allí y tardaban un mes en recuperar el aspecto normal. pero todos estábamos locos. yo era un loco, un chiflado. y a aquel tipo lo tenía atravesado. sólo podía razonar cuando no le miraba.

yo era rico. el cocinero bajaba después de apagarse las luces, con platos de comida, comida buena y abundante, helados, tartas, pasteles, buen café. Taylor dijo que nunca le diera más de quince centavos, que era suficiente. el cocinero susurraba gracias y preguntaba si debía volver la noche siguiente.

desde luego, le decía yo.

aquélla era la comida de los guardias, y los guardias, evidentemente, comían bien. los presos se morían todos de hambre, y Taylor y yo andábamos que parecíamos con embarazo de nueve meses.

es un buen cocinero, decía Taylor. asesinó a dos hombres, mató a uno y luego salió y se cargó enseguida a otro. está aquí para mucho tiempo, si no puede fugarse. la otra noche agarró a un marinero y le dio por el culo. le dejó destrozado. no podrá andar en una semana.

me gusta el cocinero, dije, creo que es buen tío.

es buen tío, confirmó Taylor.

nos quejábamos siempre de las chinches al carcelero, y el carcelero nos gritaba:

¿pero qué creéis que es esto? ¿un hotel? ¡las trajisteis vosotros!

esto, por supuesto, lo considerábamos un insulto.

los carceleros eran serviles, los carceleros eran tontos y malos, los carceleros tenían miedo. lo sentía por ellos.

por fin, nos colocaron a Taylor y a mí en celdas distintas y fumigaron la nuestra.

me encontré con Taylor en el patio.

me han metido con un chaval, dijo Taylor, un infeliz, es tonto. no sabe nada. es insoportable.

a mí me metieron con un viejo que no hablaba inglés y que se pasaba el día sentado en el váter diciendo, ¡TARA BUBBA COMER TARA BUBBA CAGAR! lo decía sin parar, su vida consistía en comer y cagar. creo que hablaba de alguna figura mitológica de su tierra natal. quizá Taras Bulba... no sé. el viejo me rasgó la sábana de mi jergón la primera vez que fui al patio y se hizo con ella una cuerda para tender la ropa. y colgó allí los calcetines y los calzoncillos y yo entré y todo goteaba. el viejo no salía nunca de la celda, ni siquiera para ducharse. decían que no había cometido ningún delito, que simplemente quería estar allí y le dejaban. ¿un acto de bondad? a mí me volvía loco porque no me gusta que las mantas de lana me rocen la piel, tengo una piel muy delicada.

¡viejo de mierda, le grité, ya he matado a un hombre, y si no miras lo que haces, serán dos!

pero él seguía allí sentado riéndose de mí y diciendo ¡TARA BUBBA COMER, BUBBA CAGAR!

tuve que dejarlo. pero he de reconocer, de todos modos, que nunca tuve que fregar el suelo, su maldito hogar estaba siempre húmedo y fregado. teníamos la celda más limpia de Norteamérica. del mundo. le encantaba aquella comida extra de la noche. le entusiasmaba.

el FBI decidió que yo era inocente de tentativa deliberada de eludir el servicio militar y me llevaron al centro de reclutamiento, nos llevaron a muchos, y pasé el examen físico y luego entré a ver al psiquiatra.

¿cree usted en la guerra?, me preguntó.

no.

¿quiere usted ir a la guerra?

sí.

(tenía la loca idea de salir de la trinchera y avanzar hacia las ametralladoras hasta que me mataran.)

estuvo un rato callado escribiendo en un papel. luego, alzó los ojos.

por cierto, el próximo miércoles por la noche haremos una fiesta para médicos, artistas y escritores, deseo invitarle, ¿vendrá?

no.

de acuerdo, dijo, no tiene que ir.

¿ir adónde?

a la guerra.

le miré.

no creyó usted que lo entenderíamos, ¿verdad?

no.

dele este papel al hombre de la mesa siguiente.

fue un largo paseo. el papel estaba doblado y pegado a mi carnet con un clip. alcé el borde y miré: «... oculta una sensibilidad extrema bajo una cara de póquer...». qué risa, pensé, ¡por amor de Dios! yo ¡¡sensible!!

y así fue lo de Myamensing. y así fue como gané la guerra.

LA GRAN BODA ZEN

Yo iba en la parte de atrás, embutido entre el pan rumano, las salchichas de hígado, la cerveza, las gaseosas; con corbata verde, la primera corbata desde la muerte de mi padre diez años atrás. Ahora era el padrino de una boda zen, Hollis iba a casi ciento cuarenta por hora, y la barba de metro de Roy flotaba alrededor de mi cara. Íbamos en mi Comet del 62, pero yo no podía conducir..., no tenía seguro, dos accidentes conduciendo borracho y estaba medio trompa ya. Hollis y Roy habían vivido sin casarse tres años. Hollis mantenía a Roy. Yo sorbía cerveza sentado allí detrás. Roy me explicaba quiénes eran los miembros de la familia de Hollis uno por uno. A Roy le iba mejor con la mierda intelectual. O con la lengua. Las paredes de la casa en que vivían estaban cubiertas con fotos de ésas de tíos agachados hacia el chisme y chupando.

También una instantánea de Roy corriéndose al final de una paja. La había hecho Roy solo. Quiero decir, él mismo accionó la cámara. Un hilo o un alambre. Algún truco. Roy afirmaba haber tenido que meneársela seis veces para lograr la foto perfecta. Toda una jornada de trabajo. Allí estaba: aquel globo lechoso: una obra de arte. Hollis se desvió de la autopista. No era muy lejos. Algunos ricos tienen caminos de coches de kilómetro y medio. Éste no estaba mal del todo: casi un kilómetro. Salimos. Jardines tropicales. Cuatro o cinco perros. Grandes bestias negras lanudas, estúpidas, babosas. No llegamos a la puerta: allí estaba *él,* el rico, de pie en la baranda, mirando hacia abajo, un vaso en la mano. Y Roy gritó:

–¡Ay, Harvey, cabrón, cuánto me alegro de verte!

Harvey esbozó una sonrisilla:

–También yo me alegro de verte, Roy.

Uno de aquellos grandes bichos lanudos y negros empezó a mordisquearme la pierna izquierda.

–¡Echa a tu perro, Harvey, cabrón, cuánto me alegro de verte! –grité.

–¡Aristóteles, vamos, BASTA ya!

Aristóteles se apartó, justo a tiempo.

Y.

Subimos y bajamos escaleras, con el salami, el pescado escabechado a la húngara, los camarones. Las colas de langosta. Los roscos de pan. Los culos de paloma troceados.

Cuando lo tuvimos todo allí, me senté y agarré una cerveza. Era el único que llevaba corbata. Era también el único que había comprado un regalo de boda. Lo escondí entre la pared y la pierna que Aristóteles había mordisqueado.

–Charles Bukowski...

Me levanté.

–Oh, Charles Bukowski.

–Uj juj.

Luego:

–Éste es Marty.

–Hola, Marty.

–Y ésta es Elsie.

–Qué hay, Elsie.

–¿De veras –preguntó ella– rompes los muebles y las ventanas y te destrozas las manos y todo eso cuando te emborrachas?

–Uj juj.

–Pues eres un poco viejo para eso.

–Vamos, Elsie, déjate de historias...

–Y ésta es Tina.

–Hola, Tina.

Me senté.

¡Nombres! Había estado casado con mi primera mujer dos años y medio. Una noche vino gente. Le había dicho a mi mujer: «Ésta es Louie, la Medio Culo. Y ésta Marie, Reina de la Mamada Súper Rápida, y éste Nick, el Medio Cojo.» Luego me había vuelto a ellos y les había dicho: «Ésta es mi mujer..., ésta es mi mujer..., ésta es...» y por último tuve que mirarla y preguntarle: «¿CÓMO DEMONIOS TE LLAMAS EN REALIDAD?»

–Barbara.

–Ésta es Barbara –dije...

No había llegado el maestro zen. Seguí sentado, soplando cerveza.

Luego llegó *más* gente. Fueron subiendo las escaleras. Eran todos familia de Hollis. Parecía que Roy no tuviera familia. Pobre Roy. No había trabajado un solo día en toda su vida. Cogí otra cerveza.

Seguían subiendo las escaleras: ex presidiarios, estafadores, lisiados, traficantes de artículos diversos. Familia y amigos. A docenas. Ningún regalo de boda. Ninguna corbata.

Me retrepé en mi rincón.

Había uno que estaba bastante jodido. Tardó veinticinco minutos en subir la escalera. Tenía unas muletas hechas a medida, unos chismes que parecían muy fuertes, con tiras redondas para los brazos. Y varios agarraderos especiales. Aluminio y goma. Nada de madera para aquel chico. Me lo figuré: material acuoso o un mal paso. Había recibido la metralla en la vieja silla de barbería con la toalla de afeitar húmeda y caliente sobre la cara. Sólo que no le habían dado en los puntos vitales.

Había otros. Alguien que daba clase en la Universidad de California, Los Ángeles. Otro que traficaba en mierda con los barcos de pesca chinos por puerto San Pedro.

Me presentaron a los mayores asesinos y traficantes del siglo.

Yo, bueno yo traficaba por ahí.

Luego se acercó Harvey.

–Bukowski, ¿te apetece un poco de whisky con agua?

–Claro, Harvey, claro.

Fuimos hacia la cocina.

–¿Para qué es la corbata?

–Es que tengo rota la parte de arriba de la cremallera de los pantalones. Y los calzoncillos son demasiado cortos. El final de la corbata cubre la pelambrera apestosa que va encima del pijo.

–Creo que eres el maestro máximo del relato corto moderno. Nadie se aproxima siquiera a ti.

–Claro, Harvey. ¿Dónde está el whisky?

Harvey me enseñó la botella de whisky.

–Yo siempre bebo de éste..., desde que tú lo mencionas en tus relatos.

–Pero Harv, ya he cambiado de marca. Encontré uno mucho mejor.

–¿Cómo se llama?

–Que me condenen si me acuerdo.

Busqué un vaso grande de agua y serví mitad whisky, mitad agua.

–Para los nervios –le dije–. Ya sabes.

–Claro, Bukowski.

Me lo bebí de un trago.

–¿Otra ronda?

–Claro.

Cogí el vaso y fui al salón principal y me senté en un rincón. Nueva animación: ¡El maestro zen HABÍA LLEGADO! El maestro zen llevaba aquel atuendo tan fantástico y mantenía siempre los ojos entrecerrados. Quizá fueran así. El maestro zen necesitaba mesas. Roy empezó a buscar mesas. Y el maestro zen estaba muy tranquilo entretanto, muy afable. Terminé mi whisky, fui a por más. Volví.

Entró una chica de pelo dorado. Unos once años.

–Bukowski, he leído algunos de tus relatos. ¡Creo que eres el mejor escritor que he leído en mi vida!

Largos bucles rubios. Gafas. Cuerpo delgado.

–Muy bien, niña. Tú hazte mayor. Nos casaremos. Viviremos de tu dinero. Estoy ya cansándome. Puedes pasearme por ahí en una caja de cristal con agujeritos para respirar. Te dejaré joder con los chavales. Miraré, incluso.

–¡Bukowski! ¡Sólo *porque* tengo el pelo largo piensas que soy una chavala! ¡Me llamo Paul! ¡Nos presentaron! ¿No te *acuerdas?*

El padre de Paul, Harvey, me miraba. Vi sus ojos. Me di cuenta de que había decidido que yo no era tan buen escritor, en realidad. Puede incluso que fuese mal escritor. En fin, nadie logra engañar eternamente.

Pero el chaval era estupendo:

–¡Da igual, Bukowski! ¡Aún sigues siendo el mejor escritor que he leído! Papá me dejó leer *algunos* de tus relatos.

Entonces se apagaron todas las luces. Era lo que se merecía el chico, por bocazas...

Pero se encendieron velas por todas partes. Todo el mundo se dedicó a buscar velas, a buscar velas y a encenderlas.

—Mierda, son sólo los plomos. Hay que cambiarlos —dije.

Alguien dijo que no eran los plomos, que era otra cosa, así que cedí y mientras todos los enciendevelas seguían, yo entré en la cocina a por más whisky. Mierda, allí estaba Harvey.

—Tienes un hijo estupendo, Harvey. Tu chico, Peter...

—Paul.

—Perdona. Lo bíblico.

—Entiendo.

(Los ricos entienden; simplemente no obran en consecuencia.)

Harvey descorchó otra botella. Hablamos de Kafka. De Dos. De Turguénev, de Gógol. Toda esa mierda sosa. Luego ya había velas por todas partes. El maestro zen quería empezar el asunto. Roy me había dado los dos anillos. Palpé. Aún seguían allí. Nos esperaban todos. Yo esperaba que Harvey se cayese al suelo después de haberse zampado todo aquel whisky. Él no tenía aguante. Había bebido el doble que yo, y aún seguía en pie. No solía pasar. Nos habíamos liquidado media botella en los diez minutos de búsqueda de velas. Nos unimos de nuevo a la masa. Le pasé los anillos a Roy. Roy había informado días antes al maestro zen de que yo era un borracho... en quien no se podía confiar, débil de espíritu o vicioso. En consecuencia, durante la ceremonia, no había que pedirle a Bukowski los anillos porque Bukowski podía no estar allí o podía perder los anillos, o vomitar, o perder a Bukowski.

Así que por fin el asunto se ponía en marcha. El maestro zen empezó a jugar con su librito negro. No parecía muy grueso. Unas ciento cincuenta páginas, diría yo.

—Ruego —dijo el zen— que no fumen ni beban durante la ceremonia.

Vacié el vaso. Me puse a la derecha de Roy. Se vaciaban vasos por todas partes.

Luego, el maestro zen esbozó una sonrisilla boba.

Yo conocía las ceremonias nupciales cristianas por triste experiencia. Y la ceremonia zen se parecía, en realidad, a la cristiana. Con un pequeño volumen de chorradas añadidas. En determinado momento del asunto, se encendían tres varillas. El zen tenía una caja entera de aquellos chismes. Dos o trescientos. Después de encenderlas, se colocaba una en el centro de una jarra de arena. Aquélla era la varilla zen. Luego, el maestro pidió a Roy que colocase su varilla encendida a un lado de la varilla zen y a Hollis que colocase la suya al otro lado.

Pero las varillas no iban del todo bien. El maestro zen tuvo que inclinarse con media sonrisa y ajustar las varillas a nuevas profundidades y alturas.

Luego, sacó un aro de cuentas marrones.

Entregó el aro de cuentas a Roy.

–¿Ahora? –preguntó Roy.

Maldita sea, pensé, Roy siempre se ha dedicado a leerlo todo sobre cualquier cosa. ¿Por qué no lo ha hecho con su propia boda?

El zen se inclinó hacia delante y colocó la mano derecha de Hollis en la izquierda de Roy. Y luego las cuentas rodearon ambas manos.

–Quieres...

–Quiero...

(¿Aquello era zen?, pensé.)

–Y quieres tú, Hollis...

–Quiero...

Mientras tanto, a la luz de las velas, había un imbécil tomando cientos de fotos de la ceremonia. Me puso nervioso. Podría haber sido el FBI.

¡Clic! ¡Clic! ¡Clic!

Por supuesto, todos estábamos limpios. Pero era irritante porque resultaba poco delicado.

Luego me fijé en las orejas del maestro zen a la luz de las velas. La luz de las velas brillaba a través de ellas como si estuviesen hechas del más fino papel higiénico.

El maestro zen tenía las orejas más finas que yo había visto en toda mi vida. *¡Aquello* era lo que le hacía sagrado! ¡Yo *tenía* que tener aquellas orejas! Para mi cartera o mi gato o mi memoria. Para meter debajo de la almohada.

Por supuesto, yo sabía que eran el whisky y el agua y la cerveza quienes hablaban por mí. Y luego, al mismo tiempo, olvidé esto por completo.

Seguí mirando fijamente las orejas del maestro zen.

Y seguían las palabras.

–... Y tú, Roy, ¿prometes no tomar drogas mientras mantengas tu relación con Hollis?

Pareció producirse una pausa embarazosa. Luego, sus manos se apretaron entre las cuentas marrones:

–Prometo –dijo Roy– no...

Pronto terminó. O pareció terminar. El maestro zen se irguió, con una levísima sonrisa.

Toqué a Roy en un hombro:

–Enhorabuena.

Luego me incliné. Cogí la cabeza de Hollis, besé sus espléndidos labios.

Aún seguían todos sentados. Una nación de subnormales. Nadie se movía. Las velas brillaban como velas subnormales. Me acerqué al maestro zen. Le estreché la mano:

–Gracias. Hizo usted muy bien la ceremonia.

Pareció realmente complacido. Me hizo sentirme un poco mejor. Pero todos los otros gángsters... mafiosos... eran demasiado orgullosos y estúpidos para estrecharle la mano a un oriental. Sólo otro besó a Hollis. Sólo otro estrechó la mano al maestro zen. Podría haber sido un matrimonio pistola en mano... ¡Toda aquella *familia!* En fin, yo habría sido el último en saber o el último al que se lo dijeran.

Después de terminada la boda, el ambiente era muy frío allí dentro. La gente estaba sentada, mirándose. Yo no era capaz de entender el género humano, pero *alguien* tenía que hacer el payaso. Me arranqué la corbata verde, la tiré al aire:

–¡EH! ¡MAMONES! ¿ES QUE NO TENÉIS HAMBRE?

Me lancé y empecé a agarrar queso y patas de cerdo escabechado y coños de gallina. Algunos, animados, se acercaron y empezaron a atacar la comida, no sabiendo qué otra cosa hacer.

Les dejé mascando y me fui a por el whisky y el agua.

Cuando estaba en la cocina, repostando, oí decir al maestro zen:

–Debo irme ya.

–Ooooh, no se vaya... –oí elevarse una vieja voz cascada y fe-

511

menina entre la mayor asamblea de gángsters de los últimos tres años. Y ni siquiera ella parecía hablar sinceramente. ¿Qué demonios estaba haciendo yo allí con aquella gente? ¿O el profesor de la Universidad de California? No, el profesor de la Universidad de California pertenecía a aquello.

Debía de ser un arrepentimiento. O algo. Algún acto para humanizar los procedimientos.

En cuanto oí al maestro zen cerrar la puerta de la calle, vacié mi vaso lleno de whisky. Luego atravesé corriendo el salón, iluminado por las velas y lleno de balbucientes cabrones, busqué la puerta (que fue todo un trabajo, durante unos instantes) y la abrí, y la cerré luego y allí estaba yo..., unos quince escalones detrás del señor zen. Aún quedaban de cuarenta y cinco a cincuenta escalones para llegar al aparcamiento.

Le alcancé, bajando los escalones de dos en dos.

–¡Eh, maestro! –grité.

Zen se volvió.

–¿Sí, viejo?

–¿Viejo?

Los dos quedamos allí plantados, mirándonos, en aquella retorcida escalera, en el jardín tropical iluminado por la luna. Parecía momento adecuado para una relación más íntima. Entonces le dije:

–Quiero o tus jodidas orejas o tu jodida ropa: ¡ese albornoz color neón que llevas!

–¡Estás chiflado, viejo!

–Yo creí que el zen tenía más vigor, que no cabían en él esas afirmaciones tan directas y espontáneas. ¡Me desilusionas, maestro!

El zen juntó las manos y miró hacia arriba.

–Quiero –le dije– ¡o tu jodida ropa o tus jodidas orejas!

Siguió con las manos juntas, mirando hacia arriba.

Me lancé escaleras abajo, un poco tambaleante, pero sin caerme, lo cual me impidió partirme la cabeza, y mientras caía hacia delante, sobre él, intenté desviarme, pero me pudo el impulso y me convertí en algo suelto y sin dirección. El zen me cogió y me enderezó:

–Hijo mío, hijo mío...

Estábamos cuerpo a cuerpo. Le lancé un golpe. Le alcancé bastante bien. Le oí bufar. Retrocedió un paso. Volví al ataque.

Erré. Muy a la izquierda. Caí entre unas plantas importadas del infierno. Me levanté. Avancé de nuevo hacia él. Y a la luz de la luna vi la parte delantera de mis pantalones... salpicada de sangre, cera de las velas y vómito.

—¡Encontraste a tu maestro, cabrón! —le notifiqué mientras avanzaba hacia él. Él esperó. Los años de trabajo como factótum no habían resultado tan inútiles para los músculos. Conseguí atizarle un buen golpe en la barriga, con todos mis noventa kilos de peso.

Zen soltó un breve jadeo, suplicó una vez más al cielo, dijo algo en su cosa oriental, me dio un breve golpe de kárate, amablemente, y me dejó enrollado entre unos insensibles cactus mexicanos, que me parecieron plantas antropófagas de lo más profundo de las selvas brasileñas. Estuve reponiéndome tumbado allí, a la luz de la luna, hasta que aquella flor púrpura pareció avanzar hacia mi nariz y empezó a asfixiarme delicadamente.

Mierda, lleva por lo menos ciento cincuenta años introducirse en los Clásicos Harvard. No había elección: me liberé de aquel chisme y empecé a gatear otra vez escaleras arriba. Cerca de la cima, me puse de pie, abrí la puerta y entré. Nadie advirtió mi presencia. Todos seguían diciendo chorradas. Me metí en mi rincón. El golpe de kárate me había hecho un corte sobre la ceja izquierda. Busqué el pañuelo.

—¡Mierda! ¡Necesito un trago! —aullé.

Apareció Harvey con uno. Whisky puro. Lo vacié. ¿Por qué podía ser tan insensato el ronroneo de seres humanos hablando? Vi una mujer que me habían presentado como la madre de la novia, que estaba ahora enseñando abundante pierna, no tenía mal aspecto, todo aquel largo nailon con los caros zapatos de tacón, más las pequeñas puntas enjoyadas abajo junto a los dedos. Podría haber puesto caliente a un tonto, y yo sólo era medio tonto.

Me levanté, me acerqué a la madre de la novia, le alcé la falda hasta los muslos, besé rápidamente sus lindas rodillas y empecé a subir, besando.

La luz de las velas ayudaba. Todo.

—¡Eh! —se despertó bruscamente—. ¿Qué demonios *hace*?

—¡Menudo polvo voy a echarte! ¡Te vas a cagar de gusto! ¿Qué te parece?

Me empujó y caí hacia atrás sobre la alfombra. Luego, me vi tumbado de espaldas en el suelo, debatiéndome, intentando levantarme.

—¡Condenada amazona! —le grité.

Por último, tres o cuatro minutos después, logré levantarme. Alguien reía. Luego, sintiendo otra vez los pies asentados en el suelo, me dirigí a la cocina. Me serví un trago, me lo trinqué. Luego me serví otro y salí.

Allí estaban: todos los malditos parientes.

—¿Roy o Hollis? —pregunté—. ¿Por qué no abrís vuestro regalo de bodas?

—Claro —dijo Roy—, ¿por qué no?

El regalo estaba envuelto en cuarenta y cinco metros de papel de estaño. Roy estuvo un bueno rato desenvolviéndolo. Por fin, terminó.

—¡Feliz matrimonio! —grité.

Todos lo vieron. La habitación quedó en silencio.

Era un pequeño ataúd de artesanía, obra de uno de los mejores artesanos de España. Tenía incluso su fondo de fieltro rojo rosado. Era la reproducción exacta de un ataúd mayor, salvo que quizá estuviese hecho con más amor.

Roy me lanzó una mirada asesina, arrancó el folleto de instrucciones, en que explicaba qué había que hacer para conservar limpia la madera, lo metió dentro del ataúd y cerró la tapa.

Todos seguían callados. El único regalo no había tenido éxito. Pero pronto se recuperaron y empezaron otra vez a soltar chorradas.

Yo guardé silencio. En realidad, me había sentido muy orgulloso de mi pequeño ataúd. Me había pasado horas buscando un regalo. Había estado a punto de volverme loco. Luego lo había visto allí solo, en la estantería. Lo acaricié por fuera, lo volví, miré el interior. Era caro, pero había que pagar la perfecta artesanía. La madera. Las bisagritas. Todo. Necesitaba también un pulverizador matahormigas. Encontré un Bandera Negra al fondo de la tienda. Las hormigas me habían hecho un hormiguero en casa, debajo de la puerta de entrada. Fui con aquello al mostrador. Había una chica joven, lo coloqué delante de ella, señalé el ataúd.

—¿Sabe usted lo que es esto?

—¿Qué?

–¡Esto es un ataúd!

Lo abrí y se lo enseñé.

–Esas hormigas están volviéndome loco. ¿Sabe usted lo que voy a hacer?

–¿Qué?

–Voy a matar a *todas* esas hormigas y a meterlas en este ataúd y a enterrarlas.

Se echó a reír.

–¡Lo mejor del día! –dijo.

Y es que ya no se puede uno burlar de los jóvenes; son de una especie totalmente superior. Pagué y salí de allí...

Pero ahora, en la boda, nadie se reía. Una olla a presión con una cinta roja les habría hecho felices. ¿O no?

Harvey, el magnate, finalmente, fue el más amable de todos. ¿Quizá porque podía permitirse ser amable? Recordé entonces algo que había leído, una cosa de los antiguos chinos:

«¿Preferirías ser rico o ser un artista?»

«Preferiría ser rico, pues según parece los artistas siempre han de sentarse a la entrada de las casas de los ricos.»

Eché un trago de la botella y no me preocupé más. En realidad, cuando volví en mí todo había terminado. Estaba en el asiento trasero de mi propio coche. Hollis conduciendo de nuevo, y de nuevo la barba de Roy flotando en mi cara. Eché otro trago de mi botella.

–Decidme, ¿tirasteis mi pequeño ataúd, amigos? ¡Os quiero mucho a los dos, y lo sabéis! ¿Por qué tirasteis mi pequeño ataúd?

–¡Vamos, Bukowski! ¡Aquí tienes tu ataúd!

Roy lo alzó hacia mí, lo echó hacia mí.

–¡Está bien, está bien!

–¿Lo quieres?

–¡No! ¡No! ¡Es mi regalo para vosotros! ¡Vuestro *único* regalo! ¡Quedáoslo! ¡Por favor!

–De acuerdo.

El resto del viaje fue bastante tranquilo. Yo vivía en una plazoleta cerca de Hollywood (por supuesto). Era difícil encontrar aparcamiento. Por fin dieron con un sitio a una media manzana de donde yo vivía. Aparcaron mi coche y me entregaron las llaves. Luego vi cómo cruzaban la calle hacia su propio coche. Les observé un momento, me volví camino de mi casa y cuando aún seguía observándoles y sujetando el resto de la botella de Harvey, se me enganchó el zapato en la pernera y caí al suelo. Como caí hacia atrás, de espaldas, el primer instinto fue proteger el resto de aquella excelente botella para que no se rompiera contra el cemento (como una madre con su niño), y al caer procuré hacerlo sobre los hombros manteniendo alzadas cabeza y botella. Salvé la botella, pero la cabeza chocó con la acera. ¡PAF!

Ambos se pararon y contemplaron mi caída. Quedé conmocionado, casi sin sentido, pero conseguí gritarles:

–¡Roy! ¡Hollis! ¡Ayudadme a llegar a la puerta de mi casa, por favor, me he hecho daño!

Se quedaron parados un momento, mirándome. Luego entraron en su coche, mirándome, encendieron el motor, dieron marcha atrás y, limpiamente, se alejaron.

Aquello era el pago por algo. ¿El ataúd? Fuera lo que fuera, el uso de mi coche, o yo como payaso y/o padrino..., yo había dejado de ser útil. La especie humana me ha repugnado siempre. Y lo que les hacía repugnantes era, básicamente, la enfermedad relación-familia, que incluía matrimonio, intercambio de poder y ayuda, que como una llaga, una lepra, se convertía luego en tu vecino de la puerta de al lado, tu barrio, tu distrito, tu ciudad, tu condado, tu estado, tu nación... cada cual cogiendo el culo del otro en el panal de la supervivencia por pura estupidez y miedo animal.

Lo entendí todo allí, comprendí por qué me habían dejado, a pesar de mis súplicas.

Cinco minutos más, pensé. Si puedo seguir cinco minutos más aquí tumbado sin que me molesten, me levantaré y conseguiré llegar a casa, entrar. Era el último de los forajidos. No tenía nada que envidiar a Billy el Niño. Cinco minutos más. Dejadme que llegue hasta mi cueva. Me enmendaré. La próxima vez que me inviten a una de *sus* funciones, les diré dónde pueden meterse la invitación. Cinco minutos. No necesito más.

Pasaron dos mujeres, se volvieron y me miraron.

–¡Oh, mira! ¿Qué le pasará?

–Está borracho.

–No está enfermo, ¿verdad?

–Qué va, mira cómo agarra esa botella, como si fuese un niño de pecho.

Oh, mierda. Les grité:

–¡VOY A CHUPAROS LA VAGINA A LAS DOS! ¡OS DEJARÉ SECO EL COÑO!

–¡Oooooh!

Las dos salieron corriendo y se metieron en el alto edificio acristalado. Cruzaron la puerta de cristal. Yo estaba allí fuera en la calle sin poder levantarme, padrino de alguna cosa. Todo lo que tenía que hacer era llegar hasta mi casa: treinta metros de distancia, que eran como tres millones de años luz. A treinta metros de una puerta alquilada. Dos minutos más y podría levantarme. Cada vez que lo intentaba me sentía más fuerte. Un viejo borracho siempre lo conseguiría, si le daban suficiente tiempo. Un minuto. Un minuto más. Podría haberlo conseguido.

Entonces, aparecieron. Parte de la disparatada estructura familiar del mundo. Locos, en realidad, que jamás se preguntan lo que les mueve a hacer lo que hacen. Dejaron encendida su luz roja al aparcar. Luego salieron. Uno levaba una linterna.

–Bukowski –dijo el de la linterna–, siempre metido en líos, ¿eh?

Conocía mi nombre de alguna parte, de otros tiempos.

–Mira –dije–, resbalé. Me di en la cabeza. Yo nunca pierdo el sentido o la coherencia. No soy peligroso. ¿Por qué no me ayudáis, muchachos, a llegar a mi puerta? Está a treinta metros. Dejadme que me eche en la cama y la duerma. ¿No creéis, realmente, que sería lo más decente?

–Señor, dos damas informaron que usted intentó violarlas.

–Caballeros, yo *jamás* intentaría violar a dos damas al mismo tiempo.

Uno de los policías mantenía enfocada su estúpida linterna hacia mi cara. Esto debía de darle una gran sensación de superioridad.

–¡Sólo treinta metros para la Libertad! ¿Es que no lo comprenden?

–Eres el peor comediante de la ciudad, Bukowski. Danos una excusa mejor.

–Bien, veamos... Esta cosa que veis aquí espatarrada en el suelo, es el producto final de una boda, una boda zen.

—¿Quieres decir que una mujer intentó realmente *casarse* contigo?

—No conmigo, gilipollas...

El de la linterna la acercó a mi nariz.

—Exigimos respeto a los funcionarios de policía.

—Lo lamento. Por un momento se me olvidó.

Me bajaba la sangre por el cuello y luego hacia y sobre la camisa. Me sentía muy cansado... De todo.

—Bukowski —dijo el que acababa de utilizar la linterna—, ¿es que nunca vas a dejar de meterte en líos?

—Basta de coñazo —dije yo—, vamos a la cárcel.

Me esposaron y me metieron en el asiento de atrás. La misma vieja y triste escena de siempre.

Fuimos despacio, hablando de diversas cosas, cosas posibles y cosas disparatadas..., como de ampliar el porche delantero, instalar una piscina o hacer una habitación más en la parte trasera para la abuela. Y en cuanto a los deportes (eran hombres *auténticos*) los Dodgers aún tenían una oportunidad. Pese a la feroz competencia de los otros dos o tres equipos que estaban a su altura. Vuelta a la familia: si los Dodgers ganaban, ganaban ellos. Si un hombre aterrizaba en la Luna, *ellos* aterrizaban en la Luna. Pero que un hombre que se muere de hambre les pida unos centavos... ¿no tiene identificación? jódete. Comemierda. Quiero decir, cuando iban vestidos de paisano. Aún no se ha dado el caso de un muerto de hambre que haya ido a pedirle unos centavos a un *policía*. Las estadísticas son claras.

Y, sí, me hicieron pasar por el molino. Después de encontrarme a treinta metros de mi casa. Después de ser el único humano en una casa llena de cincuenta y nueve personas.

Allí estaba, una vez más, en la larga cola de los de algún modo culpables. Los jóvenes no sabían lo que se avecinaba. Estaban embaucados con ese artilugio llamado La Constitución y sus Derechos. Los policías jóvenes, tanto en la jaula de la ciudad como en la del condado, se entrenaban con los borrachos. Tenían que demostrar que valían. Metieron, estando yo mirando, a un tipo en el ascensor y le subieron y le bajaron, sube y baja, sube y baja; cuando salió, apenas sabías quién era o lo que había sido..., un negro que exigía a gritos respeto por los Derechos Humanos. Luego cogieron a un blanco que gritaba algo sobre DERECHOS CONSTITUCIONALES; le cogieron cuatro o cinco, y le agarraron por los pies tan deprisa que apenas pudo moverse, y cuando le trajeron otra vez le apoyaron contra la pared y se quedó allí temblando, con todo el cuerpo lleno de cintarazos rojos, allí temblando y tiritando.

Me sacaron la foto otra vez. Otra vez las huellas dactilares.

Me bajaron a la celda de los borrachos, abrieron la puerta.

Después, sólo fue cuestión de buscar un cuadrado de suelo entre los ciento cincuenta hombres que había. Aquello era un orinal. Vómitos y meadas por todas partes. Encontré un sitio entre mis camaradas. Yo era Charles Bukowski, figuraba en los archivos literarios de la Universidad de California, Santa Bárbara. Alguien pensaba allí que yo era un genio. Me estiré sobre las tablas. Oí una voz infantil. La voz de un muchacho.

–¡Se la chupo por veinticinco centavos, señor!

En principio, te quitan todo, las monedas, los billetes, los carnets, las llaves, los cuchillos, etc., y además los cigarrillos, y luego te dan el recibo. Que pierdes o vendes o te roban. Pero, aun así, allí siempre había dinero y cigarrillos.

–Lo siento amigo –le dije–, me quitaron hasta el último céntimo.

Cuatro horas después, conseguí dormir.

Allí.

Padrino en una boda zen, y apuesto que ellos, la novia y el novio, ni siquiera jodieron aquella noche. Claro que alguien acabó bien jodido.

LOS CRISTOS ESTÚPIDOS

tres hombres tenían que alzar la masa de goma y colocarla en la máquina y la máquina la fragmentaba en las diversas cosas para las que estaba prevista; la calentaba y la cortaba y luego la cagaba: pedales de bicicleta, gorros de baño, bolsas de agua caliente... tenías que mirar cómo metías aquello en la máquina porque si no te comía un brazo, y cuando estabas de resaca te preocupaba especialmente el que te dejara sin un brazo, les había pasado a dos tipos en los tres últimos años. Durbin y Peterson. a Durbin le pusieron en nómina... podías verle allí sentado con la manga colgando. a Peterson le dieron una escoba y una bayeta y limpiaba las letrinas, vaciaba los cubos de basura, colocaba el papel higiénico, etc., todos decían que era asombroso lo bien que hacía Peterson todas aquellas cosas sólo con un brazo.

las ocho horas estaban a punto de terminar. Dan Skorski ayudó a meter la última masa de goma. había trabajado las ocho horas con una de las peores resacas de su carrera: los minutos se le habían convertido en el trabajo en horas, los segundos habían sido minutos. siempre que alzabas los ojos, allí estaban sentados cinco tipos en la rotonda. siempre que alzabas la vista estaban allí aquellos diez OJOS mirándote.

Dan se volvió para ir a la estantería de las fichas cuando entró un hombre delgado que parecía un cigarro puro. cuando el cigarro caminaba, sus pies ni siquiera tocaban el suelo. el cigarro se llamaba señor Blackstone.

—¿dónde demonios va? —preguntó a Dan.

—fuera de aquí, ahí es adonde voy.

–HORAS EXTRAS –dijo el señor Blackstone.

–¿qué?

–lo que dije: HORAS EXTRAS. vamos, hay que sacar eso.

Dan miró. había por todas partes montones y montones de goma para las máquinas. y lo peor de las horas extras era que nunca podías saber cuándo terminaban. podían ser dos horas o cinco. nunca sabías. sólo te quedaba tiempo para volver a la cama, tumbarte, levantarte otra vez y empezar a meter aquella goma en las máquinas. y nunca terminabas, siempre había *más* goma, *más* pedidos, *más* máquinas. todo el edificio explotaba, *se corría*, soltando goma, montones de goma goma goma y los cinco tipos de la rotonda iban haciéndose más ricos y más ricos y más ricos.

–¡vuelva usted al TRABAJO! –dijo el cigarro puro.

–no, no puedo –dijo Dan–. no puedo levantar una pieza más de goma.

–¿y cómo vamos a sacarnos todo este material de encima? –preguntó el cigarro–. tenemos que hacer sitio para el suministro que llega mañana.

–alquile otro edificio, contrate más gente. están matando al personal, destrozándoles el cerebro, ni siquiera saben dónde están, ¡MÍRELOS! ¡mire a esos pobres idiotas!

y era verdad. los obreros apenas parecían humanos. tenían los ojos vidriosos, tenían un aire abatido y demente. se reían por cualquier cosa y se burlaban unos de otros continuamente. los habían vaciado por dentro, habían sido asesinados.

–son sus compañeros. son buena gente –dijo el cigarro.

–claro que lo son. la mitad de su salario va al Estado en impuestos, la otra mitad se va en coches nuevos, televisión en color, esposas estúpidas y cuatro o cinco tipos distintos de seguros.

–si no trabaja usted las horas extras como los demás, se queda sin trabajo, Skorski.

–entonces me quedo sin trabajo, Blackstone.

–soy un hombre honrado y quiero pagarle.

–en la oficina de trabajo del Estado.

–allí le enviaremos su cheque por correo.

–muy bien. y háganlo rápido.

al abandonar el edificio, tuvo la misma sensación de libertad y maravilla que experimentaba siempre que le despedían o que dejaba un trabajo, al dejar aquel edificio, al dejarles allí dentro... «¡has encontrado un hogar, Skorski! ¡nunca habías tenido una cosa tan buena!» por muy mierda que fuese el trabajo, los obreros siempre le decían eso.

Skorski paró en la bodega, compró una botella de Grandad y empezó a darle. era una tarde agradable y terminó la botella y se fue a la cama y durmió en una cómoda gloria que no había sentido en muchos años. ningún despertador le arrojaría a las seis y media hacia una falsa y bestial humanidad.

durmió hasta el mediodía, se levantó, tomó dos alka-seltzers y bajó hasta el buzón. había una carta:

> Querido señor Skorski:
>
> Soy desde hace mucho tiempo admirador de sus poemas y relatos cortos, y pude apreciar también la gran calidad de los cuadros que expuso usted recientemente en la Universidad de *N*. Tenemos un puesto libre aquí en el departamento editorial de World-Way Books, Inc. Estoy seguro de que habrá oído hablar de nosotros. Nuestras publicaciones se distribuyen en Europa, África, Australia y, sí, incluso en Oriente. Hemos estado siguiendo su trabajo durante varios años y hemos visto que fue usted editor de la pequeña revista *LAMEBIRD*, en los años 1962-1963, y nos gusta mucho su criterio en la selección de poesía y prosa. Creemos que es usted el hombre que necesitamos aquí, en nuestro departamento editorial. Creo que podríamos llegar a un acuerdo, la proposición inicial sería de doscientos dólares por semana y nos honraría mucho tenerle con nosotros. Si le atrae nuestra proposición, telefonéenos, por favor a..., y le enviaremos por giro telegráfico el precio del billete del avión y una suma que consideramos generosa para los gastos de traslado.
>
> Humildemente suyo,
>
> D. R. Signo,
> Redactor Jefe
> World-Way Books, Inc.

Dan tomó una cerveza, puso un par de huevos a hervir y telefoneó a Signo. Signo parecía hablar a través de un trozo de acero

522

enrollado. pero Signo había publicado a algunos de los mejores escritores del mundo. y Signo parecía muy distante, muy distinto a la carta.

–¿quieren de verdad que trabaje ahí? –le preguntó Dan.

–desde luego –dijo Signo–. tal como le indicamos.

–de acuerdo, envíenme el dinero y me pondré en camino.

–el dinero está en camino –dijo Signo–. lo adivinamos.

colgó. Signo, claro. Dan sacó los huevos, se fue a la cama y durmió otras dos horas...

en el avión de Nueva York, las cosas podrían haber ido mejor. Dan no podía determinar si la causa había sido el que fuese la primera vez que volaba o el extraño tono de la voz de Signo hablando a través de acero enrollado. de la goma al acero. bueno, quizá Signo estuviese muy ocupado, podría ser. había hombres que estaban muy ocupados. siempre. de todos modos, cuando Skorski subió en el avión, estaba ya bastante colocado, y llevaba además con él un poco de Grandad. Sin embargo, se le acabó a mitad de camino y empezó a acosar a la azafata pidiéndole bebida. no tenía la menor idea de lo que le servía la azafata: era una cosa dulce, de color purpúreo, y no parecía ligar muy bien con el Grandad, pronto estaba hablando a todos los pasajeros, diciéndoles que él era Rocky Graziano. ex boxeador. al principio se reían, pero luego se quedaron callados, al ver que él seguía insistiendo:

–soy Rock, sí, soy Rock, ¡vaya puños que tenía! ¡coraje y pegada! ¡cómo *aullaba* la gente!

luego se puso malo y se fue al cagadero. al vomitar, parte del vómito se le quedó en los zapatos y los calcetines y se sacó zapatos y calcetines y salió descalzo. puso los calcetines a secar en algún sitio y luego los zapatos en otro y luego se olvidó de dónde había puesto ambas cosas.

caminaba pasillo arriba y pasillo abajo, descalzo.

–señor Skorski –le dijo la azafata–, quédese en su asiento, por favor.

–Graziano. Rocky. ¿y quién demonios me robó mis zapatos y mis calcetines? ¿voy a atizarles un puñetazo en la barriga a cada uno de ustedes.

vomitó allí en el pasillo y una vieja lanzó un bufido realmente como de una culebra.

–señor Skorski –dijo la azafata–. ¡insisto en que vuelva a su asiento!

Dan la agarró por la cintura.

–me gustas. creo que te violaré aquí mismo en el pasillo.

¡piénsalo! ¡violación en el cielo! ¡te encantará! ¡ex boxeador, Rocky Graziano, viola a azafata en el cielo de Illinois! ¡ven *p'acá!*

Dan la tenía cogida por la cintura. ella de cara pálida e insulsa. joven, mezquina y fea. con el coeficiente de inteligencia de una rata tetuda pero sin tetas. pero fuerte. se soltó y corrió al compartimiento del piloto. Dan vomitó un poco más y luego se sentó.

salió el copiloto. un hombre de gran trasero y mandíbula alargada, casa de tres plantas, cuatro hijos y una esposa loca.

–¿qué pasa, amigo? –dijo el copiloto.

–¿qué pasa, gilipollas?

–compórtese. tengo entendido que está usted organizando un escándalo.

–¿un escándalo? ¿qué es eso? ¿es que eres marica, niño volador?

–¡le repito que se comporte!

–¡cierra el pico, comemierda! ¡yo pago mi pasaje!

Trasero Inmenso agarró el cinturón de seguridad y ató a Dan a su asiento con despreocupado desdén y gran aparato y amenaza de fuerza, como un elefante que arrancase un mango del suelo con la trompa.

–¡ahora QUÉDESE ahí!

–soy Rocky Graziano –dijo Dan al copiloto. el copiloto estaba ya en su compartimiento. cuando pasó la azafata y vio a Skorski atado a su asiento, rió entre dientes.

–¡tengo más de TREINTA CENTÍMETROS de polla! –le gritó Dan.

la vieja volvió a bufarle como una culebra...

en el aeropuerto, descalzo, cogió un taxi y se dirigió a New Village. encontró una habitación sin problemas, y también un bar a la vuelta de la esquina. bebió en el bar hasta primera hora de la mañana y nadie hizo comentario alguno sobre sus pies descalzos. nadie se fijó en él siquiera, ni le habló. estaba en Nueva York, no había duda.

incluso cuando compró zapatos y calcetines a la mañana siguiente, al entrar descalzo en la tienda, nadie le dijo nada. era una ciudad con siglos de vejez y refinada más allá de todo significado y/o sentimiento.

un par de días después telefoneó a Signo.

—¿ha tenido buen viaje, señor Skorski?

—oh, sí.

—bueno, yo como en Griffo's. queda justo en la esquina de World-Way. ¿podemos vernos allí dentro de media hora?

—¿dónde está Griffo's? quiero decir, ¿cuál es la dirección?

—basta que le dé el nombre al taxista: Griffo's —colgó.

—sí, claro.

le dijo al taxista lo de Griffo's. y allá se fueron. entró. se quedó en la entrada. había cuarenta y cinco personas dentro. ¿cuál era Signo?

—Skorski —dijo una voz—. ¡aquí!

estaba a una mesa. Signo. otro. estaban tomando cócteles. cuando se sentó apareció el camarero y le puso un cóctel delante.

bueno, aquello estaba mejor.

—¿cómo supo usted quién era? —preguntó a Signo.

—bueno, lo supe —digo Signo.

Signo jamás miraba a los ojos. siempre miraba por encima de uno, como si estuviese esperando un mensaje o que entrara un pájaro volando o un dardo envenenado de un ubangi.

—sí que lo es —dijo Dan.

—quiero decir que éste es el señor Extraño, uno de nuestros jefes de redacción.

—hola —dijo Extraño—. siempre he admirado su obra.

Extraño era exactamente lo contrario: siempre miraba hacia el suelo como si esperase que brotara algo de entre las tablas: aceite rezumante o un gato montés o una invasión de cucarachas enloquecidas por la cerveza. nadie decía nada. Dan terminó su combinado y les esperó. ellos bebían muy despacio, como si no importase. como si fuese agua de tiza. tomaron otra ronda y se fueron a la oficina...

le enseñaron su mesa. cada mesa estaba separada de las otras por aquellos altos acantilados de cristal blanquecino. no se podía ver a través del cristal. y detrás de la mesa había una puerta de cristal blanquecino, cerrada. y apretando un botón, se cerraba un cristal allí mismo delante de la mesa y quedabas absolutamente solo. uno podía tirarse allí mismo a una secretaria sin que nadie se enterara. una de las secretarias le había sonreído. ¡Dios mío, qué cuerpo! toda aquella carne, fluida y bamboleante y deseando ser jodida, y luego la sonrisa... qué tortura medieval.

jugueteó con una regla de cálculo que había en su mesa. era para medir cíceros o píceros o algo así. él no sabía manejar aquella regla. claro. sólo se sentaba allí a jugar con ella. pasaron cuarenta y cinco minutos, empezó a sentir sed. abrió la puerta posterior y caminó entre las hileras de mesas con aquellas paredes de cristal blanco. tras cada una de aquellas paredes de cristal había un hombre, unos hablaban por teléfono. otros jugaban con papeles. todos parecían saber qué estaban haciendo. encontró Griffo's. se sentó en la barra y echó dos tragos. luego volvió a subir. se sentó y se puso a jugar otra vez con la regla. pasaron treinta minutos. se levantó y volvió a bajar a Griffo's. tres tragos. vuelta otra vez a la regla. y así estuvo bajando a Grifo's y subiendo. perdió la cuenta. pero más tarde, ese mismo día, cuando pasaba frente a las mesas, cada redactor apretó su botón y la hoja de cristal se cerró frente a él. flip, flip, flip, flip, y así todo el camino hasta que llegó a su mesa. sólo un redactor no cerró su pared de cristal. Dan se quedó parado frente a él y le miró: era un hombre inmenso, agonizante, con un cuello grueso pero fláccido, los tejidos fofos, y la cara redonda e hinchada. redonda como el balón de playa de un niño con los rasgos difusamente marcados. el hombre no le miraba. miraba al techo, por encima de la cabeza de Dan, y estaba furioso... rojo primero, pálido después, decayendo, decayendo. Dan llegó hasta su mesa, apretó el botón y se encerró. alguien llamó a su puerta, la abrió. era Signo. Signo miraba por encima de la cabeza de Dan.

—hemos decidido que no podemos utilizarle.

—¿y los gastos de vuelta?

—¿cuánto necesita?

—ciento setenta y cinco bastarían.

Signo extendió un cheque por ciento setenta y cinco, lo dejó sobre la mesa y...

Skorski, en vez de coger el avión para Los Ángeles, se decidió por San Diego. llevaba mucho tiempo sin ir a la pista de carreras de Caliente, y consiguió que resultase lo del 5-10. pensó que podría coger 5 × 6 sin demasiadas combinaciones. prefirió establecer una relación peso-distancia-velocidad que pareciese lo bastante segura. se mantuvo aceptablemente sobrio en el viaje de vuelta, se quedó una noche en San Diego y luego cogió un taxi para Tijuana. cambió de taxi en la frontera y el taxista mexicano le encontró un buen hotel en el centro de la ciudad. metió su bolsa de andrajos en un armario del cuarto del hotel y luego salió a ver la población. eran las seis de la tarde y el sol rosado parecía suavizar la pobreza y la cólera del pueblo. pobres mierdas, lo bastante cerca de los Estados Unidos para hablar el idioma y conocer su corrupción, pero sin poder más que rebañar un poco de la riqueza, como una rémora adosada al vientre de un tiburón.

Dan encontró un bar y tomó un tequila. la máquina tocaba música mexicana. había cuatro o cinco hombres sentados por allí bebiendo y haciendo tiempo. no había ninguna mujer. bueno, eso no era problema en Tijuana. y lo que menos deseaba en aquel momento era una mujer, asediándole, presionándole; las mujeres fastidian siempre. pueden matar a un hombre de nueve mil modos distintos. después de conseguir el 5-10, cogería sus cincuenta o sesenta de los grandes, se agenciaría una casita en la costa, entre Los Ángeles y Dago, y luego compraría una máquina de escribir eléctrica y sacaría el pincel, bebería vino francés y daría largos paseos nocturnos por la orilla del mar. pasar de vivir mal a vivir bien era sólo cuestión de un poco de suerte y Dan tenía la sensación de que le llegaba aquel poco de suerte, los libros, los libros contables, se lo debían...

preguntó al tipo del bar qué día era y el del bar dijo «jueves», así que tenía un par de días. no había carreras hasta el sábado. Aleseo tenía que esperar a que las multitudes norteamericanas pasaran la frontera para sus dos días de locura tras cinco de infierno. Tijuana se cuidaba de ellos. Tijuana se cuidaba de su dinero por ellos. pero los norteamericanos nunca sabían cuánto les odiaban los mexicanos; el dinero les cegaba y no podían verlo, y andaban por Tijuana como si fuesen los amos de todo, y toda mujer era un polvo y todo poli sólo era una especie de payaso. pero los norteamericanos habían olvidado que le habían ganado a México unas cuantas guerras, como norteamericanos o texanos o lo que fuese. para los norteamericanos esto era sólo una historia en un libro, para los mexicanos era muy real. no te sentías a gusto como norteamericano en un bar mexicano un jueves por la noche. los norteamericanos habían acabado con las corridas de toros, los norteamericanos habían acabado con todo. Dan pidió más tequila.

–¿quiere una chica guapa, señor? –dijo el del bar.

–gracias, amigo –contestó él–, pero soy escritor. estoy más interesado en la humanidad en general que en joder en concreto. el comentario nacía de su timidez. se sintió muy mal después de hacerlo. el otro se fue.

pero se estaba tranquilo allí. bebió y escuchó la música mexicana. era agradable dejar un rato el suelo patrio. estar sentado allí y sentir y escuchar el trasero de otra cultura. ¿qué clase de palabra era aquélla? cultura. de cualquier modo, era agradable.

estuvo cuatro o cinco horas bebiendo y nadie le molestó y él no molestó a nadie y salió un poco cargado y subió a su cuarto. levantó la persiana, contempló la luna de México, se estiró, se sintió absoluta y totalmente en paz con todo, se durmió...

encontró un café por la mañana donde pudo obtener jamón y huevos, y alubias refritas, el jamón duro, los huevos quemados por los bordes, el café malo. pero le gustó. el sitio estaba vacío. y la camarera era tan gorda y boba como una cucaracha, un ser no pensante... jamás había tenido un dolor de muelas, nunca había estado siquiera acatarrada, nunca había pensado en la muerte y sólo un poco en la vida. tomó otro café y fumó un cigarrillo mexicano dulce-azúcar, los cigarrillos mexicanos ardían de modo distinto... ardían *caliente* como si estuviesen vivos.

era temprano, alrededor del mediodía, demasiado temprano sin duda para empezar a beber, pero la carrera no era hasta el sábado y no tenía máquina de escribir. tenía que escribir directamente a máquina. no podía escribir con lápiz o pluma. le gustaba el rumor de ametralladora de la máquina. le ayudaba a escribir.

Skorski volvió al mismo bar. seguía habiendo música mexicana, parecían seguir sentados allí los cuatro o cinco tipos del día anterior. el camarero llegó con el tequila. parecía más amable que el día anterior. quizá aquellos cuatro o cinco tipos tuviesen una historia que contar. Dan se acordó de cuando andaba por los bares negros de avenida Central, solo, mucho antes de que ser pro negro se convirtiese en la cosa intelectual que había que ser, se convirtiese en juego y puro cuento. se acordó de que se ponía a hablar con ellos y tenía que cortar y largarse porque hablaban y pensaban exactamente igual que los blancos... eran materialistas, mucho. y se había derrumbado borracho encima de sus mesas y no le habían asesinado, cuando lo que él quería en realidad era que le asesinasen, cuando la muerte era el único sitio adonde ir.

y ahora aquello. México.

se emborrachó muy pronto y empezó a meter monedas en la máquina. música mexicana, apenas si la entendía. parecía tener toda el mismo sonsonete romántico jerga-mierda tañido-sueño. aburrido, pidió una mujer. la mujer vino y se sentó a su lado, era algo más vieja de lo que había supuesto. tenía un diente de oro en el centro de la boca y él no sentía absolutamente ningún deseo, ninguno, de joderla. le dio sus cinco dólares y le dijo de la forma más amable posible, creía él, que se fuese. se fue.

más tequila, los cinco tipos y el del bar seguían sentados, observándole, ¡tenía que llegar a sus *almas! tenían* que tenerlas. ¿cómo podían estar allí así? ¿como dentro de capullos? ¿como moscas en el cristal de una ventana tomando perezosamente el sol de la tarde?

Skorski se levantó y metió más monedas en la máquina.

luego abandonó su sitio y empezó a bailar. ellos reían y gritaban. era *alentador,* ¡al fin se animaba la cosa!

Dan siguió echando monedas en la máquina y bailando. pronto los otros dejaron de gritar y de reír y se limitaron a observarle, en silencio. pidió tequila tras tequila, pagó tragos a los cinco silenciosos, y luego al camarero cuando el sol ya se ocultaba, cuando la noche empezaba a arrastrarse como un gato mojado y sucio a través del alma de Tijuana, Dan bailaba. bailaba y bailaba. sin ningún control ya, claro. pero era perfecto, la ruptura. al fin. era avenida Central de nuevo, 1955. él era perfecto. estaba siempre allí primero antes de que la masa y los oportunistas viniesen a joderlo. toreó incluso con un silla y el paño del camarero...

Dan Skorski despertó en el parque público, la plaza, sentado en un banco. lo primero que advirtió fue el sol. eso era bueno, luego advirtió las gafas sobre su cabeza. colgaban de una oreja. y uno de los cristales estaba salido de la montura, colgaba sujeto sólo por la punta. cuando alzó la mano y lo tocó, el roce de su mano hizo que se desprendiera y cayera. cayó el cristal, después de estar colgando toda la noche, cayó en el cemento y se rompió. Dan cogió lo que quedaba de las gafas y lo metió en el bolsillo de la camisa. luego pasó al movimiento siguiente que SABÍA que sería inútil, inútil, inútil... pero TENÍA que hacerlo, que saberlo, finalmente... buscó su cartera. no estaba. en ella tenía todo su dinero. ante sus pies pasó andando perezosamente una paloma. le resultaba siempre odioso el movimiento del cuello de las palomas. estupidez. como esposas estúpidas y jefes estúpidos y presidentes estúpidos y Cristos estúpidos.

y había una historia estúpida que nunca había sido capaz de contarles. la noche que estaba borracho y vivía en aquel barrio donde tenían LA LUZ PÚRPURA. tenían aquel pequeño cubículo de cristal y en medio de aquel jardín de flores estaba aquel Cristo de tamaño natural, un poco triste y un poco cochambroso, que miraba hacia abajo, hacia los dedos de sus pies... SOBRE ÉL BRILLABA LA LUZ PÚRPURA.

a Dan le fastidiaba. por último, una noche que estaba bastante borracho, estaban sentadas las viejas allí en el jardín, mirando su Cristo púrpura y Skorski había entrado, borracho. y empezó a trabajar, intentando sacar el Cristo de su jaula de plástico. pero era difícil, luego salió un tío corriendo.

–¡señor! ¿qué intenta hacer usted?

–... sólo quería sacar a este cabrón de su jaula, ¿qué pasa?

–lo siento, señor, pero hemos llamado a la policía...

–¿la policía?

Skorski dejó el Cristo y se largó rápido.

y había bajado hasta la plaza mexicana de ningún sitio. le tocó en la rodilla un jovencito. un jovencito todo vestido de blanco. hermosos ojos, no había visto nunca ojos tan lindos.

–¿quiere usted joder a mi hermana, señor? –preguntó el muchacho–. tiene doce años.

–no, no, de veras. hoy, no.

el muchachito se alejó realmente triste, baja la cabeza. había fracasado. a Dan le dio pena.

luego se levantó y salió de la plaza. pero no hacia el norte, ha-

cia la tierra de la Libertad, sino hacia el sur. hacia el interior de
México.

algunos niños, cuando pasaba por un fangoso callejón, camino de algún sitio, le tiraban piedras.

pero no importaba, al menos, esta vez, tenía zapatos.

y él sólo quería lo que ellos le diesen.

y lo que ellos diesen era lo que él quería.

todo estaba en manos de idiotas.

cruzando un pueblecito, a pie, camino de Ciudad de México,
dicen que parecía casi un Cristo púrpura, bueno, estaba en realidad AZUL, lo cual es aproximarse.

luego, jamás volvieron a verle.

lo cual significa que quizá nunca debió haberse bebido aquellos combinados tan deprisa en la ciudad de Nueva York.

o quizá sí.

DEMASIADO SENSIBLE

> muéstrame un hombre que viva solo y tenga una
> cocina perpetuamente sucia, y cinco veces de cada
> nueve se tratará de un hombre excepcional
>
> CHARLES BUKOWSKI, 27-6-67,
> hacia la 19.ª botella de cerveza.

> muéstrame un hombre que viva solo y tenga una
> cocina perpetuamente limpia, y ocho veces de cada
> nueve se tratará de un hombre de cualidades espiritua-
> les detestables.
>
> CHARLES BUKOWSKI, 27-6-67,
> hacia la 20.ª botella de cerveza.

a menudo, el estado de la cocina es el estado de la mente, los pensadores son hombres confusos e inseguros, hombres flexibles. sus cocinas son como sus mentes, llenas de basura, de cubiertos sucios, de impureza, pero ellos son conscientes de su estado mental y encuentran cierto humor en él. a veces, en una violenta explosión de fuego, desafían a las deidades eternas y aparecen todos resplandecientes con lo que solemos llamar creación; y lo mismo hay otras veces que están medio borrachos y limpian sus cocinas. pero pronto cae todo de nuevo en desorden y ellos vuelven a verse en la oscuridad. y necesitan píldoras, oración, sexo, suerte y salvación. el hombre que tiene la cocina siempre ordenada es un chiflado. sin embargo, cuidado con él. el estado de su cocina es el estado de su mente: todo en orden, asentado, ese hombre ha dejado que la vida le condicione rápidamente a un complejo vil y endurecido de orden mental, defensivo y suave. si le escuchas diez minutos te darás cuenta de que todo lo que dice en su vida será básicamente insignificante y siempre estúpido. es un hombre de cemento. hay más hombres de cemento que de otras clases. así que si buscas un hombre vivo, mira primero su cocina y ahorrarás tiempo.

ahora bien, la mujer que tiene la cocina sucia es otro asunto... desde el punto de vista del varón. si no está empleada en otro sitio y no tiene hijos, la limpieza o la suciedad de su cocina está casi siempre (hay excepciones, por supuesto) en relación directa con lo que se preocupa por ti. unas mujeres tienen teorías sobre cómo salvar el mundo, pero no son capaces de lavar una taza de café. si se lo mencionas, te dirán: «lavar tazas de café no es importante». por desgracia lo es. sobre todo para un hombre que se ha pasado ocho horas seguidas más dos extras con un torno. se empieza a salvar el mundo salvando a los hombres de uno en uno. todo lo demás o es romanticismo grandilocuente o es política.

hay mujeres buenas en el mundo, yo he conocido incluso a una o dos. luego, hay de la otra clase. por entonces, el maldito trabajo me destrozaba tanto que al final de ocho o doce horas todo mi cuerpo quedaba agarrotado en una tabla de dolor, digo «tabla» porque no encuentro otro término que lo exprese mejor. quiero decir que, por la noche, ni siquiera podía ponerme la chaqueta, me resultaba imposible levantar los brazos y meterlos en las mangas. el dolor era excesivo y no podía alzar tanto los brazos. cualquier movimiento provocaba unas explosiones de dolor horribles y calambres, en fin algo de locura. me habían puesto por entonces una serie de multas de tráfico, la mayoría de ellas a las tres o las cuatro de la madrugada. volviendo a casa del trabajo, esta noche concreta, cuando intentaba protegerme de pequeñas formalidades, quise sacar el brazo izquierdo para indicar un giro a la izquierda. las luces indicadoras del coche ya no funcionaban, pues había arrancado los cables del volante estando borracho, así que intenté sacar el brazo izquierdo. sólo conseguí llegar con la muñeca hasta la ventanilla y sacar un dedito. mi brazo no se alzaba más y el dolor era ridículo, tan ridículo que empecé a reírme, me parecía divertidísimo, aquel dedito saliendo para obedecer a las reglas de cortesía de Los Ángeles, en aquella noche negra y vacía, sin nadie por ninguna parte, y yo haciendo aquella frustrada y absurda señal. no podía parar de reírme y estuve a punto de chocar con un coche aparcado mientras giraba, riendo, e intentando controlar el volante con aquel otro brazo piojoso. el caso es que salí bien librado, aparqué como pude, cerré la puerta del coche y entré en casa, ay, el hogar.

allí estaba ella, en la cama, comiendo chocolatinas (¡de veras!) y repasando el *New Yorker* y la *Saturday Review of Literature*. era miércoles o jueves y los periódicos del domingo aún estaban en el suelo de la habitación principal. yo estaba demasiado cansado para comer y llené la bañera sólo hasta la mitad para no ahogarme (es mejor elegir el momento a que lo elijan por ti).

cuando salí de la condenada bañera centímetro a centímetro, como un ciempiés, me abrí camino hasta la cocina con el propósito de beber un vaso de agua. el fregadero estaba atascado, con agua gris y hedionda hasta el borde; casi vomito. había basura por todas partes. y además, aquella mujer parecía tener la afición de guardar tarros vacíos y tapas de tarros. y, flotando en el agua, entre platos, etc., estaban aquellos tarros medio vacíos y aquellas tapas, en una especie de amable e irracional burla de todo.

lavé un vaso y bebí un poco de agua, luego me dirigí al dormitorio. no podéis imaginaros el calvario que fue llevar mi cuerpo de la posición erecta a la posición horizontal sobre la cama, la única salida era no moverme, y así, allí me quedé como un jodido pez congelado, torpe y tonto. la oía pasar páginas, y queriendo establecer cierto contacto humano, probé a hacer preguntas.

–¿cómo te ha ido esta noche en el taller de poesía?

–oh, estoy muy preocupada con lo de Benny Adimson –contestó.

–¿Benny Adimson?

–sí, el que escribe esas historias tan divertidas sobre la Iglesia católica. tienen mucha gracia. sólo ha publicado una vez en una revista canadiense, y ya no manda sus cosas a nadie, no creo que las revistas estén preparadas para él. pero es muy divertido, de veras, tiene mucha gracia.

–¿y qué problema tiene?

–bueno, perdió el trabajo que tenía con el camión de reparto. hablé con él fuera de la iglesia antes de que empezara la lectura. dice que cuando no tiene trabajo no puede escribir, para escribir necesita tener un trabajo.

–qué extraño –dije yo–, yo escribí algunas de mis mejores cosas cuando no trabajaba, cuando estaba muriéndome de hambre.

–¡pero Benny Adimson –contestó ella–, Benny Adimson no escribe sobre SÍ MISMO! escribe sobre OTRA gente.

–ah.

decidí olvidarlo. sabía que habrían de pasar por lo menos tres horas para que pudiese dormir. por entonces, algunos de los dolores se habrían filtrado al fondo del colchón. y pronto sería hora de levantarse y volver al mismo sitio. la oía pasar páginas del *New Yorker.* me sentía muy mal, pero decidí que HABÍA otros modos de pensar. quizá en el taller de poesía hubiese realmente algunos escritores; era improbable pero PODÍA ser.

esperé a que mi cuerpo se relajara. oí el rumor de otra página, el rumor del envoltorio de otra chocolatina. luego habló otra vez:

–sí, Benny Adimson necesita un trabajo, necesita una base para trabajar. estamos intentando todos animarle a que envíe cosas a las revistas. me gustaría que leyeses sus relatos anticatólicos. él fue católico, sabes.

–no, no lo sabía.

–pero necesita un trabajo. estamos intentando buscarle un trabajo para que pueda escribir.

hubo un espacio de silencio. francamente, yo no pensaba siquiera en Benny Adimson y su problema. luego intenté pensar en Benny Adimson y su problema.

–oye –dije–, yo puedo resolver el problema de Benny Adimson.

–¿TÚ?

–sí.

–¿cómo?

–están contratando gente en correos. mucha gente. puede ir mañana mismo por la mañana, así podrá escribir.

–¿correos?

–sí.

pasó otra página. luego habló:

–¡Benny Adimson es demasiado SENSIBLE para trabajar en una oficina de correos!

–ah.

escuché pero no oí más rumor de páginas ni de papeles de chocolatinas. ella estaba muy interesada por entonces en un autor de relatos cortos llamado Choates o Coates o Caos o algo así, que escribía una prosa deliberadamente desmañada que llenaba las lar-

535

gas columnas entre los anuncios de licores y de viajes en barco con bostezos y luego acababa siempre, por ejemplo, con un tipo que tiene una colección completa de Verdi y una resaca de Bacardí y que asesina a una niñita de tres años de bombachos azules en alguna sucia calleja de Nueva York a las cuatro y trece de la tarde. ésta era la jodida y subnormal idea que tenían los editores del *New Yorker* de la sofisticación vanguardista: queriendo decir que la muerte siempre gana y que todos tenemos mierda debajo de las uñas. esto lo hizo todo y mejor hace cincuenta años alguien llamado Iván Bunin, en una cosa que se llamaba *El caballero de San Francisco*. desde la muerte de Thurber, el *New Yorker* ha estado vagando como un murciélago muerto entre las resacas hielo-cueva de la guardia roja china. dando a entender que lo habían logrado.

–buenas noches –le dije.

hubo una larga pausa, luego, decidió corresponderme.

–buenas noches –dijo por fin.

desolados chillidos azules rasgueaban sus banjos, pero sin un sonido. me puse bocabajo (tardé en hacerlo por lo menos cinco minutos) y esperé a que llegara la mañana y otro día.

quizá haya sido malévolo con esta dama, quizá haya pasado de las cocinas a la venganza. hay mucha basura en todas nuestras almas, muchísima en la mía, y me enredé en las cocinas, casi siempre me enredo. la dama que he mencionado tenía mucho valor en varios sentidos. fue sólo que aquella noche no era una buena noche ni para ella ni para mí.

y espero que ese bastardo de las historias anticatólicas y las angustias haya encontrado un trabajo que se ajuste a su sensibilidad y que todos nos veamos recompensados con su genio inédito (salvo en Canadá).

entretanto, yo escribo sobre mí mismo y bebo demasiado.

pero eso ya lo sabéis.

UNA CIUDAD MALIGNA

Frank bajó las escaleras. No le gustaban los ascensores. Había muchas cosas que no le gustaban. *Detestaba* menos las escaleras de lo que detestaba los ascensores.

El empleado de recepción le llamó:

—¡Señor Evans! ¿Quiere venir un momento, por favor?

Asociaba la cara del empleado de recepción con un plato de gachas de maíz. Era todo lo que Frank podía hacer para no pegarle. El empleado de recepción miró a ver si había alguien en el vestíbulo, luego se acercó a él, inclinándose.

—Hemos estado observándole, señor Evans.

El empleado volvió a mirar hacia el vestíbulo, vio que no había nadie cerca, luego se aproximó de nuevo.

—Señor Evans, hemos estado observándole y creemos que está usted perdiendo el juicio.

El empleado se echó entonces hacia atrás y miró a Frank cara a cara.

—Tengo ganas de ir al cine —dijo Frank—. ¿Sabe dónde ponen una buena película en esta ciudad?

—No nos desviemos del asunto, señor Evans.

—De acuerdo, estoy perdiendo el juicio. ¿Algo más?

—Queremos ayudarle, señor Evans. Creo que hemos encontrado un trozo de su juicio, ¿le gustaría recuperarlo?

—De acuerdo, devuélvame ese trozo de mi juicio.

El empleado buscó debajo del mostrador y sacó algo envuelto en celofán.

—Aquí tiene, señor Evans.

–Gracias.

Frank lo metió en el bolsillo de la chaqueta y salió. Era una noche fresca de otoño y bajó la calle, hacia el este. Paró en la primera bocacalle. Entró. Buscó en el bolsillo de la chaqueta, sacó el paquete y quitó el celofán. Parecía queso. Olía a queso. Dio un mordisco. Sabía a queso. Se lo comió todo. Luego salió de la calleja y volvió a seguir bajando la calle.

Entró en el primer cine que vio, pagó la entrada y se adentró en la oscuridad. Se sentó en la parte de atrás. No había mucha gente. El local olía a orina. Las mujeres de la pantalla vestían como en los años veinte y los hombres llevaban fijador en el pelo, peinado hacia atrás, apretado y liso. Las narices parecían muy largas y los hombres parecían llevar también pintura alrededor de los ojos. Ni siquiera hablaban. Las palabras aparecían debajo de las imágenes: BLANCHE ACABABA DE LLEGAR A LA GRAN CIUDAD. Un tipo de pelo liso y grasiento estaba haciendo beber a Blanche una botella de ginebra. Blanche se emborrachaba, al parecer. BLANCHE SE SENTÍA MAREADA. DE PRONTO ÉL LA BESÓ.

Frank miró a su alrededor. Las cabezas parecían balancearse por todas partes. No había mujeres. Los tipos parecían estar chupándosela unos a otros. Chupaban y chupaban. Parecían no cansarse. Los que se sentaban solos estaban al parecer meneándosela. El queso le había gustado. Ojalá el del hotel le hubiese dado más.

Y AQUEL HOMBRE EMPEZÓ A DESNUDAR A BLANCHE.

Cada vez que miraba, aquel tipo estaba más cerca de él. Cuando Frank volvía a mirar a la pantalla, el tipo se acercaba dos o tres asientos.

Y AQUEL INDIVIDUO VIOLÓ A BLANCHE MIENTRAS ÉSTA ESTABA INDEFENSA.

Volvió a mirar. El tipo estaba a tres butacas de distancia. Respiraba pesadamente. Luego, el tipo estaba ya en el asiento de al lado.

–Oh, mierda –decía el tipo–, oh, mierda, oh, ooooh, ooooh, oooooh. ¡Ah, ah! ¡Uyyyyy! ¡Oh!

CUANDO BLANCHE DESPERTÓ A LA MAÑANA SIGUIENTE COMPRENDIÓ QUE HABÍA SIDO MANCILLADA.

Aquel tipo olía como si no se hubiese limpiado nunca el culo. Se inclinaba hacia él, le caían hilos de saliva por las comisuras de los labios.

Frank apretó el botón de la navaja automática.

–¡Cuidado! –le dijo a aquel tipo–. ¡Si te acercas más a lo mejor te haces daño con esto!

–¡Oh, Dios santo! –dijo el tipo. Se levantó y corrió por la fila hasta el pasillo. Luego bajó por el pasillo rápido hacia las filas delanteras. Había allí otros dos. Uno se la meneaba al otro y el otro se la chupaba. El que había estado molestando a Frank se sentó allí a mirar.

POCO DESPUÉS, BLANCHE ESTABA EN UNA CASA DE PROSTITUCIÓN. Entonces a Frank le entraron ganas de mear. Se levantó y fue hacia el letrero: CABALLEROS. Entró. El lugar apestaba. Sintió náuseas, abrió la puerta del retrete, entró. Sacó el pijo y empezó a mear. Luego oyó un ruido.

–¡Oooooh mierda ooooh mierda ooooh ooooooh Dios mío es una serpiente una cobra oooh Dios mío oooh oooh!

En la partición que separaba los váteres había un agujero. Vio el ojo de un tipo. Desvió el pijo y meó por el agujero.

–¡Ooooh, ooooh, marrano! –dijo el tipo–. ¡Oooh, eres un salvaje, un cacho mierda!

Oyó al tipo arrancar el papel higiénico y limpiarse la cara. Luego el tipo empezó a llorar. Frank salió del retrete y se lavó las manos. No le apetecía ya ver la película. Salió y volvió andando al hotel. Entró. El empleado de recepción le hizo una seña.

–¿Sí? –preguntó Frank.

–Por favor, señor Evans, lo siento mucho. Sólo era una broma.

–¿Qué?

–Ya sabe.

–No, no sé.

–Bueno, lo de que estaba perdiendo el juicio. Es que he estado bebiendo, sabe. No se lo diga a nadie, si no me echarán. Es que estuve bebiendo. Ya sé que no está usted perdiendo el juicio. No era más que una broma.

–Sí estoy perdiendo el juicio –dijo Frank–. Y gracias por el queso.

Luego se volvió y subió las escaleras. Cuando llegó a la habitación, se sentó a la mesa. Sacó la navaja automática, apretó el botón, miró la hoja. Sólo estaba afilada, muy bien, por un lado. Po-

539

día clavar y cortar. Apretó de nuevo el botón y guardó la navaja en el bolsillo. Luego cogió pluma y papel y empezó a escribir:

Querida madre:
Ésta es una ciudad maligna. Controlada por el Diablo. Hay sexo por todas partes y no se utiliza como instrumento de Belleza según los deseos de Dios, sino como instrumento de Maldad. Sí, la ciudad ha caído sin duda en manos del demonio, en manos del Maligno. Obligan a las jóvenes a beber ginebra y luego las desfloran y las obligan a entrar en casas de prostitución. Es terrible. Es increíble. Tengo el corazón destrozado. Ayer estuve paseando a la orilla del mar. No exactamente a la orilla sino por unos acantilados, y luego me detuve y me senté allí respirando toda aquella Belleza. El mar, el cielo, la arena. La vida se convirtió en Bendición Eterna. Luego sucedió algo aún más milagroso. Tres pequeñas ardillas me vieron desde abajo y empezaron a subir por el acantilado. Vi sus caritas atisbándome desde detrás de las rocas y desde las hendiduras de los acantilados mientras subían hacia mí. Por último llegaron a mis pies. Sus ojos me miraban. Nunca, madre, he visto ojos más bellos..., tan libres de Pecado: todo el cielo, todo el mar. La Eternidad estaba en aquellos ojos. Por último, me moví y ellas...

Alguien llamaba a la puerta. Frank se levantó, se acercó a la puerta, la abrió. Era el empleado de recepción.

—Por favor, señor Evans, tengo que hablar con usted.

—Muy bien, pase.

El recepcionista cerró la puerta y se quedó plantado frente a Frank. El empleado de recepción olía a vino.

—Por favor, señor Evans, no le hable al encargado de nuestro malentendido.

—No sé de qué me habla usted.

—Es usted un gran tipo, señor Evans. Es que, sabe, he estado bebiendo.

—Le perdono. Ahora váyase.

—Hay algo que tengo que decirle, señor Evans.

–Está bien. ¿De qué se trata?

–Le quiero, señor Evans.

–¿Cómo? Querrá decir usted que aprecia mi *carácter,* ¿verdad?

–No, su cuerpo, señor Evans.

–¿Qué?

–Su cuerpo, señor Evans. ¡No se ofenda, por favor, pero quiero que usted me dé por el culo!

–¿Qué?

–QUE ME DÉ POR EL CULO, señor Evans. ¡Me ha dado por el culo la mitad de la Marina de los Estados Unidos! Esos muchachos saben lo que es bueno, señor Evans. No hay nada como un buen ojete.

–¡Salga usted inmediatamente de esta habitación!

El recepcionista le echó a Frank los brazos al cuello, luego posó su boca en la de Frank. La boca del empleado de recepción estaba muy húmeda y fría. Apestaba. Frank le dio un empujón.

–¡Sucio bastardo! ¡ME HAS BESADO!

–¡Le amo, señor Evans!

–¡Cerdo asqueroso!

Frank sacó la navaja, apretó el botón, surgió la hoja y Frank la hundió en el vientre del empleado de recepción. Luego la sacó.

–Señor Evans... Dios mío...

El empleado cayó al suelo. Se sujetaba la herida con ambas manos intentando contener la sangre.

–¡Cabrón! ¡ME HAS BESADO!

Frank se agachó y bajó la cremallera de la bragueta del empleado de recepción. Luego le cogió el pijo, lo estiró y cortó unos tres cuartos de su longitud.

–Oh, Dios mío, Dios mío, Dios mío... –dijo el empleado.

Frank fue al baño, y tiró el trozo de carne en el váter. Luego tiró de la cadena. Luego se lavó meticulosamente las manos con agua y jabón. Salió, se sentó otra vez a la mesa. Cogió la pluma.

... se fueron pero yo había visto la Eternidad.

Madre, debo irme de esta ciudad, de este hotel: el Diablo controla casi todos los cuerpos. Volveré a escribirte desde la próxima ciudad... quizá sea San Francisco o Portland, o Seattle. Tengo ganas de ir hacia el norte. Pienso continuamente en ti y espero que seas feliz y te encuentres bien de salud, y que nuestro Señor te proteja siempre.

Recibe todo el cariño de tu hijo

Frank

Escribió la dirección en el sobre, lo cerró, puso el sello y luego metió la carta en el bolsillo interior de la chaqueta que estaba colgada en el armario. Luego, sacó una maleta del armario, la colocó en la cama, la abrió, y empezó a hacer el equipaje.

¡VIOLACIÓN! ¡VIOLACIÓN!

El médico estaba haciendo una especie de prueba. Consistía en una triple extracción de sangre, la segunda diez minutos después de la primera, la tercera diez minutos más tarde. Ya me habían hecho las dos primeras extracciones y yo estaba dando vueltas por la calle, esperando que pasaran los diez minutos para volver. Allí en la calle, vi que había una mujer sentada en la parada del autobús, al otro lado. De los millones de mujeres que ves, aparece de pronto una que te impresiona. Hay algo en sus formas, en cómo está hecha, en el vestido concreto que lleva, algo, a lo que no puedes sobreponerte. Tenía un cruce de piernas espectacular, y llevaba un vestido amarillo claro. Las piernas terminaban en unos finos y delicados tobillos, pero tenía unas magníficas pantorrillas y unas nalgas y unos muslos espléndidos. Y en la cara aquella expresión juguetona, como si estuviese riéndose de mí, pero intentando ocultarme algo.

Bajé hasta el semáforo, crucé la calle. Fui hacia ella, hacia el banco de la parada del autobús. Era como un trance. No podía controlarme. Cuando me acercaba, se levantó y se alejó calle abajo. Aquel trasero me hechizó, me hizo perder el juicio. Fui tras ella embrujado por el tintineo de sus tacones, devorando su cuerpo con los ojos.

¿Qué demonios me pasa?, pensé. He perdido el control.

Me da igual, me contestó algo.

Llegó a una oficina de correos y entró. Entré detrás de ella. En la cola había cuatro o cinco personas. Era una tarde agradable y cálida. Todos parecían como sonámbulos. Yo, desde luego, lo estaba.

543

Estoy a unos centímetros de ella, pensé. Podría tocarla con la mano. Recogió un giro postal de siete dólares ochenta y cinco. Escuché su voz. Hasta su voz parecía brotar de una máquina sexual especial. Salió. Yo compré una docena de postales aéreas que no quería. Luego salí apresuradamente detrás. Ella esperaba el autobús y el autobús llegaba. Conseguí entrar detrás de ella. Luego encontré asiento justo detrás. Recorrimos una larga distancia. Ella debe darse cuenta de que estoy siguiéndola, pensé. Sin embargo, no parece incómoda. Tenía el pelo amarillo rojizo. Todo era fuego a su alrededor.

Debíamos llevar recorridos de cinco a seis kilómetros. De pronto se levantó y apretó el botón. Vi cómo se alzaba su ceñido vestido por todo su cuerpo al estirarse para pulsar el botón. Dios mío, no puedo soportarlo, pensé.

Salió por la puerta de delante y yo por la de atrás. Dobló la esquina a la derecha y la seguí. Nunca miraba atrás. Era una zona de casas de apartamentos. Tenía un aspecto más espléndido que nunca. Una mujer como aquélla no debería andar por la calle.

Luego entró en un sitio llamado «Hudson Arms». Me quedé fuera mientras ella esperaba el ascensor. La vi entrar. La puerta se cerró y entonces entré yo y me quedé a la puerta del ascensor. Lo oí subir, oí abrirse las puertas, la oí salir. Cuando pulsé el botón, lo oí bajar e hice un cálculo de los segundos:

Uno, dos, tres, cuatro, cinco, seis...

Cuando llegó abajo, yo había calculado dieciocho segundos de descenso.

Entré y apreté el botón del último piso, el cuarto. Luego conté. Cuando llegué a la cuarta planta habían pasado veinticuatro segundos. Eso significaba que ella estaba en la tercera planta. En alguna de las puertas. Di al tercero. Seis segundos. Salí.

Había allí muchos apartamentos. Pensando que sería demasiado fácil que estuviese en el primero, prescindí de él y llamé al segundo.

Abrió la puerta un hombre calvo, con camiseta y tirantes.

—Soy de la Empresa de Seguros de Vida Concord. ¿Tienen ustedes hecho su seguro de vida?

—Lárguese —dijo Calvo, y cerró la puerta.

Probé en la siguiente puerta. Abrió una mujer de unos cuarenta y ocho, gorda, muy arrugada.

—Soy de la Empresa de Seguros Concord. ¿Tienen hecho su seguro de vida, señora?

—Pase por favor, caballero —dijo ella.

Entré.

—Escuche —dijo—, mi niño y yo estamos muriéndonos de hambre. Mi marido cayó muerto en la calle hace dos años. Muerto en la calle, se quedó el pobre. No puedo vivir con ciento noventa dólares al mes. Mi hijo pasa hambre. ¿Tiene usted algo de dinero para que pueda comprarle a mi hijo un huevo?

La miré de arriba abajo. El chico estaba de pie en el centro de la habitación, sonriendo. Era un arrapiezo muy alto, de unos doce años y un poco subnormal. No dejaba de sonreír.

Le di un dólar a la mujer.

—¡Oh, gracias, señor! ¡Muchas gracias!

Me rodeó con sus brazos, me besó. Tenía la boca húmeda, acuosa, fofa. Luego me metió la lengua en la boca. Casi vomito Era una lengua gorda, llena de saliva. Tenía pechos muy grandes, muy blandos, tipo bizcocho. Me aparté.

—Oiga, ¿nunca ha estado solo? ¿No necesita una mujer? Soy una mujer buena y limpia, de veras. Conmigo no cogerá ninguna enfermedad, no se preocupe.

—Mire, tengo que irme —dije. Salí de allí.

Probé en otras tres puertas. Sin suerte.

Luego, en la cuarta puerta apareció ella. Abrió unos diez centímetros. Me eché hacia delante y empujé. Cerré la puerta después de entrar. Era un lindo apartamento. Ella se quedó allí plantada mirándome. ¿Cuándo chillará?, pensé. Tenía aquella cosa larga frente a mí.

Me acerqué a ella, la agarré por el pelo y por el culo y la besé. Ella me empujó, rechazándome. Aún llevaba puesto aquel vestido amarillo tan ceñido. Retrocedí y la abofeteé, con fuerza, cuatro veces. Cuando volví a cogerla, la resistencia fue menor. Fuimos tambaleándonos por el piso, Le rasgué el vestido por el cuello, le rompí toda la pechera, le arranqué el sostén. Eran unos pechos inmensos. Volcánicos. Los besé. Luego llegué a la boca. Le había levantado el vestido y estaba trabajando con las bragas. De pronto, cayeron. Y yo la tenía dentro. La atravesé allí mismo, de pie. Después de hacerlo, la tiré de espaldas en el sofá. Su coño me miraba. Aún era tentador.

–Vete al baño –le dije–. Límpiate.

Fui a la nevera. Había una botella de buen vino. Busqué dos vasos. Serví dos tragos. Luego ella salió y le di un vaso. Me senté en el sofá a su lado.

–¿Cómo te llamas?

–Vera.

–¿Te gustó?

–Sí. Me gusta que me violen. Sabía que estabas siguiéndome. Te esperaba. Cuando subí en el ascensor sin ti, creí que habías perdido el valor. Sólo me habían violado una vez. A las mujeres guapas nos resulta muy difícil conseguir un hombre. Todo el mundo piensa que somos inaccesibles. Es un infierno.

–Pero con la pinta que tienes y cómo vistes... ¿Te das cuenta de que torturas a los hombres por la calle?

–Sí. Quiero que la próxima vez utilices el cinturón.

–¿El cinturón?

–Sí, que me azotes, en el culo, en los muslos, en las piernas, que me hagas daño y luego que me la metas. ¡Dime que vas a violarme!

–De acuerdo, te pegaré, te violaré.

La agarré por el pelo, la besé violentamente, la mordí el labio.

–¡Jódeme! –dijo ella–. ¡Jódeme!

–Espera –dije–, ¡tengo que descansar!

Me bajó la cremallera y sacó el pene.

–¡Qué hermoso es! ¡Así todo rosado y doblado!

Lo metió en la boca. Empezó a trabajar. Lo hacía muy bien.

–¡Oh, mierda! –dije–. ¡Oh, mierda!

Me tenía enganchado. Estuvo trabajando sus buenos seis o siete minutos y luego el aparato empezó a bombear. Clavó los dientes justo debajo del capullo y me sorbió el tuétano.

–Escucha –dije–, parece como si hubiese estado aquí toda la noche. Creo que voy a necesitar recuperar fuerzas. ¿Qué te parece si tomo un baño mientras tú preparas algo de comer?

–De acuerdo –dijo.

Entré en el baño. Solté el agua caliente. Cerré la puerta. Colgué la ropa en la manija.

Me di un buen baño caliente y luego salí con una toalla por encima.

Justo cuando salía, entraban dos polis.

–¡Ese hijo de puta me violó! –les decía ella.

–¡Un momento, un momento! –dije.

–Vístase, amigo –dijo el poli más grande.

–Oye, Vera, esto es una broma o qué.

–¡No, tú me violaste! ¡Me violaste! ¡Y luego me obligaste a hacerlo con la boca!

–Vístase amigo –dijo el poli grande–. ¡Que no tenga que repetirlo!

Entré en el baño y empecé a vestirme. Cuando salí me pusieron las esposas.

Vera lo dijo otra vez:

–¡Violador!

Bajamos en el ascensor. Cuando cruzábamos el vestíbulo, varias personas me miraron. Vera se había quedado en su apartamento. Los polis me metieron violentamente en el asiento de atrás.

–¿Pero qué le pasa, amigo? –preguntó uno de ellos–. ¿Por qué arruinó su vida por un polvo? Es un disparate.

–No fue exactamente una violación –dije.

–Pocas lo son.

–Sí –dije–. Creo que tiene razón.

Pasé por el papeleo. Luego me metieron en una celda.

Confían sólo en la palabra de una mujer, pensé. ¿Dónde está la igualdad?

Luego pensé: ¿La violaste tú a ella o te violó ella a ti?

No lo sabía.

Por fin me dormí. Por la mañana me dieron uvas, gachas de maíz, café y pan. ¿Uvas? Un sitio con verdadera clase. Sí.

Quince minutos después abrieron la puerta.

–Tienes suerte, Bukowski, la señora retiró las acusaciones.

–¡Magnífico! ¡Magnífico!

–Pero cuidadito con lo que haces.

–¡Claro, claro!

Recogí mis cosas y salí de allí. Cogí el autobús, hice transbordo, me bajé en la zona de casas de apartamentos y por fin me vi frente al «Hudson Arms». No sabía qué hacer. Debí de estar allí unos veinticinco minutos. Era sábado. Probablemente ella estuviese en casa. Fui hasta el ascensor, entré y apreté el botón del tercer piso. Salí. Llamé a la puerta. Apareció ella. Entré.

–Tengo otro dólar para su chico –dije.

Lo cogió.

–¡Oh, gracias! ¡Muchas gracias!

Pegó su boca a la mía. Fue como una ventosa de goma húmeda. Apareció la lengua gorda. La chupé. Luego le alcé el vestido. Tenía un culo grande y lindo. Mucho culo. Bragas azules anchas con un agujerito en el lado izquierdo. Estábamos enfrente de un espejo de cuerpo entero. Agarré aquel gran culo y luego metí la lengua en aquella boca-ventosa. Nuestras lenguas se enredaron como serpientes locas. Tenía frente a mí algo grande.

El hijo idiota estaba de pie en el centro de la habitación y nos sonreía.

ÍNDICE

ERECCIONES, EYACULACIONES, EXHIBICIONES